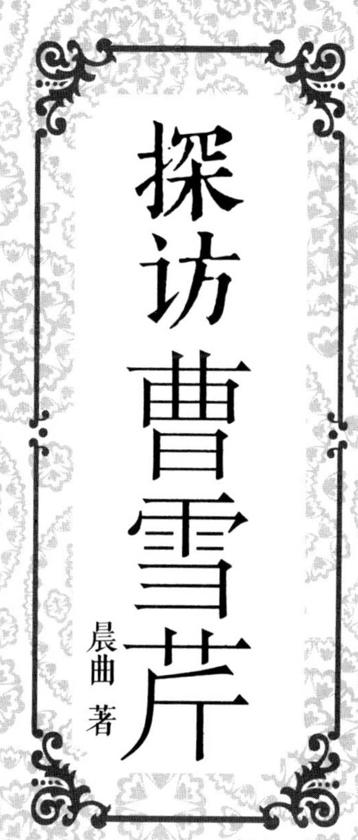

探访曹雪芹

晨曲 著

译林出版社

序:何处招魂赋楚蘅

——读晨曲《探访曹雪芹》随感

崔道怡

一

“中国地大物博，人口众多，还有一部《红楼梦》。”在对《红楼梦》成千上万的赞语中，我最叹服这句评价。因为，它把《红楼梦》置于中华民族精神创造无以复加的最高地位。外国读者难以理解，我们应该以此为荣。在人类文化遗产中，《红楼梦》乃是华夏神州无与伦比的瑰宝。

因而，三百年来，围绕着《红楼梦》，涌现了各种各样的文学思索。我最近读到晨曲的《探访曹雪芹》，就是其中别有特色的新著。这一部系统、全面表现伟大作家生平的长篇小说，运用当代青年穿越时空探访的手法，通过曹雪芹本人自述，把有关《红楼梦》研究所涉及的资料汇编在一起，可以看作红学之百科全书。

如此说来，或以为我对红学有所了解，其实恰好相反，实际上我一无所知。年轻时候读《红楼梦》，进入了这部长篇小说的规定情景，引发自己对它的想象，其人物和细节便落实为我再创造的形象世界。此后唯愿长久维持这种神往感应，不愿发生有损我个人想象的事情。除大学课程中得知的基本常识，我不肯再涉猎有关《红楼梦》的资料，没读过红学家们连篇累牍的文章，不认可对《红楼梦》进行其他艺术形式的改编。我只作原著的纯读者，只在讲艺术技巧时赞赏它不可企及的功力，而不想参与任何学术性的议论。这一次，实在出于盛情难却，破例阅读了《探访曹雪芹》，但以我之拒斥情怀，怎么能对此书做出恰如其分的评价？

二

我是在观摩杨柳青年画期间认识晨曲的。他的长篇小说《赶大营》已取得热烈反响，《探访曹雪芹》的初稿已在天津《今晚报·今晚西青》连载。及至年底，他提出要我为他这部书作序。我将上述情况告知，表示无能为力，但他一再坚持，使得我不得不勉为其难。我站在《红楼梦》读者的立场，是不可改变的。因而这篇作为序的随感，便“非同一般”，是在并非赞同此书写法更非推荐此书成就的前提下直言我个人的阅读意见。首先要说的是，这次被动阅读，使我意外“大开眼界”：原来，无论对《红楼梦》还是对曹雪芹，红学家们都已经做过了如许多的研讨。我推断，晨曲写此书的缘起之一，就是要把红学研讨所有信息都集纳于他的小说。

《探访曹雪芹》的内容，则缘起于追寻曹雪芹的诞辰。“御河曹雪芹研究会”的斋主提出，应该在曹雪芹诞辰300周年时，为这位旷世奇才举办大型纪念活动。于是，一位颇似史湘云的影之歌，经由魔法见到了曹雪芹。曹雪芹告诉她：“贾宝玉既是我，也是我兄我叔，还有其他人影子，有虚构成分，是一个综合体……”

接着，坦言身世，曹雪芹讲述了家族与自己在官场和情场上历尽磨难的际遇。1722年曹雪芹7岁，康熙去世，预示曹家富贵从此终结。雍正五年，曹雪芹12岁，奶奶告诉他：一朝天子一朝臣，织造也一个样。咱们曹家已荣华富贵六十一年，只怕到了你这一代，不能再靠天恩祖德，今后你要好好读书，靠自己考功名了。

果然，“大厦倒倾间”。对此，晨曲指出：这是“时势造英雄”。“从顶尖豪富一下子败落到举家食粥，那种强烈失落感才能形成块垒，在曹雪芹的心中郁结。他痛恨封建制度黑暗，不愿为朝廷出力。这样一个浑身上下全是傲骨，毛发中都满溢了才华的人、最终找到实现自己价值的坐标，创作出了旷世奇书。”晨曲表示：“有了这个认识，又掌握了红学家们提供的大量信息，我有了主心骨。如何提升思想意义和现实意义，是我考虑的另一个重要问题……之所以定书名为《探访曹雪芹》，就是想把当今现实与清朝中叶曹雪芹时代拉近，共同探讨文化层面的深层问题。”

三

因有诸多红学研究成果支撑，这部书基本上可视为曹雪芹“自传性”的纪实作品。但其形象化过程需要加以作家的想象，也就必然具有虚构的成分。没有这种想象虚构，即便自传也难以写成。况且，为使作品生动而完整，晨曲又加进了许多个人创造性的虚构。“假作真时真亦假，无为有处有还无。”这是任何小说创作都得遵循的规矩。如果说纪实与虚构交织，是这部书的特色，那么历史与现实穿越，更是这部书的亮点。穿越于历史和现实间的影之歌，显然是代表当代文学青年去探访曹雪芹的。而这人物也有双重身份：作为普通读者，她表达好奇的心愿；作为红学爱好者，她体现求证的意图。曹雪芹的回答即被抒写对象的自白，满足了这两方面的需求。

小说通过主人公的倾诉和著作人的描述，着力刻画了曹雪芹的铮铮傲骨。奶奶要他好好读书，但“官学逆心愿”，在念书的官学以及此后任职的宗学里，他只结交朋友。对于经营仕途，更是一概拒绝，坚决叛逆，他“誓死不当差”，“坚拒如意馆”。为此付出惨痛代价，“因逆遭毒打”，又不得不“被迫中举人”。作品展示曹雪芹叛逆性格的同时，对清官场的腐败做了重点揭露。

四

然而，这部书的主要内容，写的则是曹雪芹一生中与五位女性的情感关系。最初，他与表妹李阿芳两小无猜。因“大厦倒倾”，阿芳失散。他爱上婢女，“情切恋翠环”；又爱上秀女，“为美追香玉”。继而他被“胁迫入青楼”，和流落风尘的大家闺秀查阿芳共拜天地。无奈，查阿芳“殉情悬梁”，翠环为老太太“殉葬”而“上吊”。此后，他与香玉完婚。京城突发瘟疫，香玉殁于伤寒。他当房葬妻，以致“落魄宿废寺”。再后，他窥见王府“神秘美少妇”，遂与小福晋小文君“私奔”。小文君产后故去，他“南游寻旧梦”，与失散了三十年的李阿芳重逢。两人终于结为连理，他埋头“著书黄叶村”。最后，表妹李阿芳伴随他走完悲凉凝重的一生。

小说里抒写曹雪芹逝世，是在他与文君所生之子湉儿的坟前。痛失爱子，哀伤至极，酒醉喷血，悲愤而亡。曹雪芹自我感觉“五脏六腑像要炸裂开一般”：“啊，我就这样完了么？我的《红楼梦》还没写完呢……”作品随即引述他好友敦诚的悼诗：“……牛鬼遗文悲李贺，鹿车荷锸葬刘伶。故人欲有生刍吊，何处招魂赋楚蘅？……”张宜泉的《伤芹溪居士》说曹雪芹“素性放达，好饮，善诗画，年未五旬而卒”，深感惋惜：“谢草池边晓露香，怀人不见泪成行。北风图冷魂难返，白雪歌残梦正长。”晨曲凭借影之歌认定：“‘白雪歌残梦正长’，分明指《红楼梦》后三十回残缺！可怜你为之拼搏半生的巨作，至死未能完成。这真是天大的遗憾！”

五

晨曲认为：女性的悲惨命运，是曹雪芹写作《红楼梦》的主要动因。他通过影之歌称曹雪芹为“闺阁的代言人”，曹雪芹对此表示赞同说：“你确实是懂了，这便是我写《红楼梦》的目的之一。”遂又表白另两个目的：“痛斥官场腐败黑暗是其二，反对科举制度是其三。”晨曲的这部书，也就是以这三条线索为经纬，网罗红学研究的各种成果，将它们转化为形象表达，从而演绎他心目中的曹雪芹生平。关于女性的描写，细致浪漫而新奇。曹雪芹跟同龄表妹青梅竹马，及长与婢女翠环相恋。后在青楼，跟妓女拜天地。对秀女香玉和小福晋文君，都是因受美貌吸引而追求，放达甚而纨绔，成为晨曲笔下“千古情人独我痴”的写照。

《红楼梦》以其非凡魅力不断吸引各类读者、学者、作家、论家等等，他们对这部伟大作家的作品产生各种想象，进行各类诠释，都是可以理解，值得敬重的。晨曲这部《探访曹雪芹》也是其中之一，其情可感，其志可嘉。但对孤陋寡闻之我来说，它便是我读这类书的唯一。只此一家，无从比较，我是从它而得知有关曹雪芹之故事的。所写哪些符合历史真实，哪些出自作家虚构，既然无从分辨，就无须认真。据我推测，跟我一样对曹雪芹不甚了然的年轻读者大有人在。这部书对这些人或许是又一个可读可感的篇章？其穿越手法正时尚流行，其爱情悲剧乃恒久主题，其联系时弊可引发共鸣，可谓集知识性与趣味性于一身的红学普及读物。

六

但是，就我而言，读这类书，仅止于此。不接触任何对《红楼梦》与曹雪芹进行的改编和演绎，仍将自我遵循。这一次虽然从小说中了解到不少资料，但对它的路数和观点，则颇不以为然。作家想以历史和现实的沟通探讨文化深层问题，显得有些牵强附会。而其“穿越”，在我这已老化头脑里，又总觉得未免滑稽。晨曲所创造的曹雪芹，其言其行，其与五位女性间的缠绵悱恻，都写得“现代化”，也就损害了“自传性”应有的真实性。

实际上，曹雪芹写《红楼梦》，缘起单一纯净，“本意原为记述当日闺友闺情”，“大旨谈情”。脂砚斋说他“随事生情，因情得文”，“欲天下人共来哭此情字”。

一个“情”字，丰美内涵，概括了认知社会与品味人生的所有理念，能让读者根据感受各有自己的《红楼梦》。我相信，相当多的读者和我一样，读过原著再看其他，都会产生种种不满。我也相信，不断会有文艺家、学问家对《红楼梦》进行这样那样的改编或议论。

“何处招魂赋楚蘅”，后人对曹雪芹的感念与崇敬，也表现在这一类著述中。而每一此类著述，都会唤起对于原著一读再读终生阅读的愿望。《探访曹雪芹》若能促进伟大作家300周年诞辰的隆重纪念，可以说也是一大功德。

2012年元旦于北京和平家园

序:无中生有的故事

——《探访曹雪芹》之我见

高　为

本书用30多万字的篇幅，写了曹雪芹一生的经历，脉络清楚，构思合理，想象力丰富，语言流畅，为读者营造了一个18世纪早中期中国江宁府和顺天府的政治、经济、文化、民俗的环境，塑造了以曹雪芹为代表的一系列栩栩如生的人物。在作者晨曲的创作历程中，此书有独特的突破，比起作者以前的小说《霍元甲》《赶大营》等作品，有了质的飞跃。

作者在众多红学专家的众多研究著作中，博采众长，择善而从，在他人研究成果上另起炉灶，构思出完整的故事。作者把红学家们的研究成果都打碎，然后有选择地撷取再糅合到小说中去，用丰满的人物形象，去说明曹雪芹的家族由极盛而不断衰败的因果关系。曹家因靠山去世江山易主而受到清查、清算，以致被抄家；被迫由南京返回北京，再次被抄家，一贫如洗。仕途坎坷，命运多舛，使曹雪芹逐渐认清了官场险恶。人只要一入仕途，喜怒哀乐都要看上司脸色行事，一个人、一个家族的命运，都掌握在皇帝手中。因此，曹雪芹坚定了饿死不当官的信念，最后甘愿“举家食粥酒常赊”，安贫乐道，百折不挠，最终写出了中国文学史上的巨著《红楼梦》。

作者较好地实现了自己的创作意图：《红楼梦》的诞生，离开曹雪芹不行，别人无法胜任；曹雪芹不是出生在江宁织造不行，否则他就享受不到荣华富贵；不是江南文人领袖曹寅之后不行，只享受荣华富贵没得到积世家学，他就无法有后来的“洪才河泻”；不被抄家不行，一味地荣华富贵可能会使曹雪芹变成纨绔子弟，只有那种强烈的失落感才能在曹雪芹心中郁结积累，日后爆发成《红楼梦》；不是孤傲性格不行，绵羊性格逆来顺受，定当碌碌无为，曹雪芹痛恨官场和封建制度的黑暗腐败，不愿为朝廷出力，更不愿受庸人驱使。只有诸种条件都具备，才能产生旷世巨著《红楼梦》。

本书的故事很简单：民间“御河曹雪芹研究会”为了弄清曹雪芹确切的生卒年月日，以便纪念这位世界级的大作家，一位研究者影之歌（同时也是一位美女）去另一个世界直接请教曹雪芹。作者调动多种艺术表现手法，比如时髦的“穿越”，全书开篇，让当代人借助神仙的帮助，去探访曹雪芹，同曹雪芹对话，颇有《红楼梦》开篇的味道。本书第一层叙事采用全知的视角，引出本书的主人公曹雪芹。第二层叙事变成了以曹雪芹为主的对话体的第一人称叙事，增加了真实感和在场感。

本书可以说是曹雪芹的“自传”，如果没有影之歌的问话和对曹雪芹自述的补充，书名用《曹雪芹自述》或《曹雪芹自传》可能更切题。影之歌探访曹雪芹，本身就是一种隐喻——现实对历史的追问，当下与过去的对话。同时，通过影之歌与曹雪芹的对话，表现了历史与现实的沟通，用现实的观念去观照历史，用历史的现象解释现实，使历史与现实实现了互动，这样的写作方法使作品的现实性更加强烈。作者在创作中有意识地观照现实，因为，传统文化中有很多健康有益的元素，成为十分宝贵的文化遗产被传承下来，同时也有部分消极因素在暗中发挥作用，如“特权思想”“权大于法”“情大于法”等不健康行为仍很严重。作者在本书中形象地描写了曹雪芹对官场的不合作态度，这在300年前不属于主流价值观，在今天仍然不符合主流价值观，但这种思想还有一定的认识意义。

小说大体上分两种：平中见奇，奇中见奇。后者如《三国演义》《封神演义》《水浒传》《西游记》，以题材本身的不同凡响取胜；前者如《红楼梦》，题材平凡，内容是家长里短，主要以高超的叙事技巧吸引读者。本书更多地具有奇中见奇的特点，题材很奇特，叙事很奇特，取得了出奇制胜、意料之外、情理之中的效果。

本书使用的是仰视的角度，采用的是“英雄”或“传奇”叙事体。曹雪芹跌宕起伏的人生充满了传奇性，就连他的三段婚姻都是神奇得难以置信：第一位夫人是从皇宫中救出的待选宫女；第二位是私奔的王爷儿媳；第三位是找回的几十年前被拐卖的初恋。一段比一段神奇，也一段比一段离奇。以真实的历史人物为主角的小说，应该有别于完全虚构的小说。《堂吉诃德》即使冒险的故事再多，人们也不会认为荒唐——写的本来就是无中生有的故事，流浪汉的奇遇。而以真实人物为主角的小说，就应在注意趣味性、戏剧性的同时，稍稍兼顾到真实性，不能让人说“太假，不像”。所谓“虚幻的花园里有真实的癞蛤蟆”，整体虚构，细节真实。即使是玄幻、科幻、穿越小说，细节描写也是以现实为基础的。曹雪芹三段惊心动魄、大喜大悲的婚姻，固然起到了跌宕起伏的效果，使读者惊叹不已，但也使可信性打了折扣。

本书分三部：秦淮忆梦，京师醒梦，西山圆梦。第一部的题目还可以再斟酌，以便与后两部的题目协调。第一部“秦淮忆梦”篇幅较少，只有短短的五章，可以理解，因为曹雪芹年幼，对秦淮之事记忆无多，可叙述的东西自然就少。但第三部“西山圆梦”是曹雪芹写作《红楼梦》的时期，应是浓墨重彩描写的部分，却只用了十章的篇幅（对比第二部“京师醒梦”的二十三章），给人以分量不足，草草了结的印象，恐怕还是想象力没有充分发挥的结果。本书的三部每一部又分若干章，共有三十八章，有些章的题目还可以再斟酌。如有的章节名直接引用古诗，富有文采，如“我歌月徘徊”“相期邈云汉”，但这样的题目并不多；大部分的章名太过直白，如“赵公公传书”；有的则几乎不知所云，如“疯贪狂奢欲”。影之歌称曹雪芹的父亲为“你父亲”，也不符合这位红学研究者兼美女的身份、学识和教养。这些还都可以细细打磨，精益求精。

曹雪芹去世的年月日基本上只有两种说法，即乾隆二十七年壬午除夕（1763年2月12日）和乾隆二十八年癸未除夕（1764年2月1

日），农历上相差整一年。本书采用的是后一种说法。而其出生的年月日则言人人殊。别说具体的日期，甚至连年份都有很大的争议。《探访曹雪芹》如果作为报告或报告文学，以宣布曹雪芹的确切出生日期，就有点荒诞不经，因为缺乏一锤定音的直接根据。但作为小说，却可以言之成理，认假为真。

文学是求美的，主要不是求真的。作为小说，本书自有它独特的艺术价值，对作者本身而言，已经达到一个新的高度。

目　录

第一部　秦淮忆梦

第二部　京师醒梦

第三部　西山圆梦

第一部 秦淮忆梦

一章　我歌月徘徊

三人斋其实是“御河曹雪芹研究会”办公室的名称，因为只有三个人，故称“三人斋”。三人斋里有斋主，还有志同道合者月之光与影之歌。研究会研究的是曹雪芹，自然也就要同时研究那部旷世巨著《红楼梦》，二者密切相关，无法分离。

三人斋斋主在大学时就是个“红”迷，对《红楼梦》和曹雪芹研究很痴迷。他迷到什么程度？简单说吧，不论你跟他说什么话题，不出三句，他就会不知不觉把你引入红学和曹雪芹。便是谈恋爱也不例外，他与女友对话，很快也会用上《红楼梦》中的人物语言或诗词。女友嫌他拽文，因此告吹。为此，他誓言不爱红学的女子不谈，便是仙女也不娶，宁可终生光棍。

走向社会后，三人斋斋主开了一家公司，收入很可观。但是，他仍然醉心于曹雪芹的研究。

一日，他应邀参加一位名人的纪念大会。那位名人生得明明白白，死得明明白白，因为有了生卒年月，后人就好为他召开各式各样的生辰与逝世的纪念会。文学巨匠曹雪芹呢？连生卒年都是一本糊涂账，红学家一代又一代，研究了二百多年，至今却仍然没个着落，让后人无法对这位文学巨匠进行任何形式的纪念活动。这是国人多么大的遗憾啊！那位名人的纪念活动一结束，斋主再也坐不住了，立刻给月之光和影之歌打电话，让他们速到三人斋议事。

斋主又开始滔滔不绝了：“中国出现一个曹雪芹是多么不容易，这光彩熠熠的三个字已深入人心数百年，可是，曹雪芹的很多问题却仍在争议和谜团之中。曹雪芹的生辰卒日到底是何时？曹雪芹的生父母究竟是谁？脂砚斋究竟是曹雪芹自己，还是其父、其叔、其舅乃至情人？曹家被抄后住在何处？曹雪芹是在西山什么地方著书？死后身葬哪里？‘泪迸荒天寡妇声’的寡妇是不是史湘云？曹雪芹为什么会形成如此鲜明的叛逆性格？又为什么要用十年时间去研磨出这样一本甘冒文字狱风险的《红楼梦》？哎呀，这些永无止境的问号，要拖到哪一天才是个头，难道说要永无止境地永远拖下去吗？”

月之光笑了：“斋主，这些老问题，我们不是正在积极想办法进行研究解决吗？”

影之歌也说：“就是嘛，斋主你受了什么刺激，怎么突然这么猴急地把我们喊来说这个？”

斋主长叹一声说：“没法不急，咱们三人都是‘御河曹雪芹研究会’的成员，责任重大啊！曹雪芹是何等样人物，他是中华民族的文学巨匠，历代皇帝的名字可以忘掉，曹雪芹的大名人们可是无法忘掉的！国外红学家都称曹雪芹是世界级最伟大的文学家。毛泽东在建国初期也说过，中国工农业不发达，科学技术水平低，除了地大物博人口众多历史悠久还有一部《红楼梦》外，很多地方不如人家，骄傲不起来。毛泽东把《红楼梦》看得是多么重要，《红楼梦》和曹雪芹都是中国的骄傲！”

影之歌不耐烦了，说：“斋主你到底要干什么？快直奔主题，别啰唆好不好？”

斋主说：“好，就直奔主题！我要说，曹雪芹不能没有诞辰和逝世的纪念活动，已经冷清了二百多年，绝不能再冷清下去！看看世界各国的大文豪，英国的莎士比亚，法国的巴尔扎克，俄罗斯的托尔斯泰，德国的歌德，哪个国家的文学大师没有纪念馆和纪念活动？我们不能再沉默下去，我们要大声疾呼，要呐喊！曹雪芹与世界上所有的文学巨星相比毫不逊色，甚至超过他们。我们重中之重的任务是，要下大力气，千方百计尽快确定曹雪芹的诞辰日和逝世日，哪怕近期能确定一个也好。”

月之光马上同意说：“斋主原来是为这个激动呀。斋主你有如此强大的动力，我们也就来精神了。好吧，就把重点转移到这方面，想尽一切办法去落实曹雪芹的生卒年月。”

影之歌叹道：“除了加大力度去图书馆翻阅故纸堆，还能有什么办法？”

斋主说：“所以请你们来啊，要开动脑筋，还要有急转弯的本事。唉，这事已经成我心病，此病不去，无法安宁！”

影之歌看看月之光，调侃地说：“我以为斋主有什么新发现新措施呢，原来还是一头雾水。”

月之光悄悄说：“别说风凉话，斋主这是急火攻心了。”又大声说，“斋主，我们加大力度尽快与专家学者联系，看有没有新发现的蛛丝马迹。”

斋主高兴地说：“加大力度，尽快，就是最好的办法嘛。我们重视自己的工作，但也不能忽略专家学者的工作，掌握最新信息非常重要。好，快去办！众多红学家都认可曹雪芹是出生在1715年，如果能找到证实这一生年的线索就太好了，到2015年就是曹雪芹诞生300周年的纪念年，我们就可以为曹雪芹举办大型纪念活动了！”

月之光和影之歌都受到斋主情绪的感染，也激动起来，答应立即去想办法。

自那次碰头会后，三人斋斋主一直在等待新信息。正在一筹莫展之时，影之歌突然来电，称她已有办法。斋主惊喜之余又半信半疑，但仍然立即通知月之光速来。

影之歌的办法令人哭笑不得。她说，她刚刚认识一位佛门高僧，昨日见面时偶然说到如何解开曹雪芹种种谜团的话题，高僧说此事其实不难，红学家不知的事，问曹雪芹本人不就清楚了吗？影之歌笑得前仰后合，说高僧你说话真逗，只是跟白说一样。高僧却一本正经起来，说出家人不打诳语。曹雪芹虽然已经离世近三百年，但他不是一般俗人，他的确是西方灵河岸边赤霞宫的神瑛侍者。他在人世间游历一番后，又回赤霞宫了。你去访他，一切都可真相大白。影之歌咯咯地笑个不停，说阿弥陀佛，师傅说的即便是真事，我也无法去访曹雪芹那位神瑛侍者啊，一个天上，一个地上，就是乘宇宙飞船，只怕也飞不到灵河岸边的赤霞宫。高僧大笑起来声如洪钟，说我说的的确是真事。我既然给你出这个主意，自然就有送你去的办法。

高僧附耳低语说，东岳泰山百丈崖下有一山洞，洞中有一修炼百年的仙人，号为如释仙人。如释仙人昼伏夜出，在百丈崖顶修炼真功，聚月露精华，吸山川精髓，如今已修炼得法力无边，上天入地不在话下。他给你一片祥云，你便可乘云而去，随心所欲游览仙界。只是，他自得此功后便不再见人。你今日身负重任，并非贪玩好奇，我想，你去求他，他不会拒绝。

影之歌已听得半信半疑，高僧恳切而又凝重的表情使她无法不信。她当机立断，决定前往一试，要亲自到东岳泰山走一趟，去百丈崖找那位如释仙人。

高僧笑说，如释仙人法力无边，早用障眼法将洞口遮住，肉眼凡胎无人能见。

影之歌说，趁如释仙人夜晚练功之时去百丈崖找他。

高僧说那也是绝不可能的，如释仙人练功从不让人看见。你若真有决心前往，我教你两句咒语，你只在农历十八日的夜黑之后，去百丈崖下面向东方，耐心等待月出。但见月亮露头，你就立刻念咒语，连念三遍，如释仙人必到。

影之歌这时已经非常认真，将高僧的咒语默念两遍，牢记于心。

三人斋斋主和月之光听罢影之歌的介绍，都觉得此事很荒唐。

月之光笑说：“都什么年月了，神舟飞船已经多次飞上天，你还信这个。”

影之歌说：“我也不信，可高僧表情凝重严肃认真。我就觉得，人类本来就有很多未知的事，也许高僧所说正是咱们还不知的领域吧。唉，也是实在无计可施嘛，宁可信其有，不可信其无，我就走一趟东岳泰山又有何妨？不入虎穴焉得虎子嘛。”

月之光又笑说：“挺精明的女作家，没想到这么容易被忽悠。影妹，你有一副闭月羞花容貌，可要当心被人家拐卖进深山黑刹。”

影之歌不屑地说：“我的智商会那么低吗？谁敢打我的歪主意，我就让他进入悲惨世界！”

斋主也是很担心，劝道：“影之歌，此事虽然很急，但不可贸然行动，还是要考虑周密。”

影之歌仍然很不在乎：“斋主尽管放心，我就权当旅游，不亲自去探探虚实，我这颗心也无法安宁了。”

月之光调笑道：“此事若能成真，可是天下奇闻。斋主，你注意没有，影妹她像谁？眉是一抹轻烟眉，眼是含情脉脉眼，酒窝左右点缀，薄唇上下均匀，安静时如娇花照水，行动处似弱柳扶风。”

斋主定睛看影之歌，看着看着就乐了：“哈哈，月之光，我才刚刚注意，影妹真有林黛玉的风韵。此行若能见到曹雪芹，这形象还真有利于采访。”

“斋主，咱们影妹比林黛玉可爱得多，首先身体健康，更重要的是性格开朗，爱说爱笑又不乏沉稳，性情活泼且意志刚强。”

影之歌调侃道：“还有呢，本人本来就是倾国倾城之貌，走在大街上回头率最高。要是能见到顶级作家曹雪芹，只怕是再也回不来了，对吗？你还有什么话要说？”

月之光不好意思地说：“影妹，我没别的意思。你千万要回来，你要是不回，咱这‘御河曹雪芹研究会’的损失可就无法估量了。”

斋主忙说：“玩笑，玩笑。影妹，不管是真是假，你就走一趟吧。有了结论后，我们好做下一步的安排。你要抓紧时间，快去快回。”

月之光仍开玩笑说：“曹雪芹可是爱吃人嘴唇上的胭脂，你涂得那么红，可要当心哟！”

影之歌也笑道：“斋主你还不管，这还没影的事呢，他就吃曹雪芹的醋了。”

斋主哈哈大笑：“我倒希望他能吃上醋，果真那样，可就美梦成真了。”

农历六月十八的晚上，影之歌依照高僧嘱托，按时来到东岳泰山百丈崖。是时，繁星满天，夜景十分美丽，而百丈崖却非常阴森，一片漆黑。影之歌独自一人被黑夜包围着，还真有些害怕胆虚。想到身负大任，她竭力为自己壮胆，面向东方，看着巍峨的玉皇顶，只盼月光尽快从山顶出现。

她盼啊盼啊，终于将月亮盼出。她无限欢喜，且十分紧张，急忙念起咒语。连念三遍后，她向四下张望，等待奇迹出现。可四周仍是一片漆黑，并无人影出现。她心想，我是不是太愚蠢了，这种天方夜谭也相信。高僧与我开玩笑，我却当了真。

正在这时，突然有笑声传来。笑声很响，在山谷中回荡，令人毛骨悚然。

影之歌四处张望，仍无人影，她便大着胆子试问：“是如释仙人吗？”

果然有回答：“是的，年轻女子，我正是如释仙人。”

影之歌一阵惊喜，心头突突猛跳，真不敢相信这是真的。她深吸一口气定定神，急忙说：“打扰仙人练功，非常抱歉。我叫影之歌，是‘御河曹雪芹研究会’的成员，我有一事相求……”

仍不见如释仙人面，只听他说：“我知道，你要去探访神瑛侍者曹雪芹。此事甚好，意义重大。泱泱中华古国，历时五千余载，多少诗文圣手呕心沥血为后人留下智慧结晶，才有了中华文化灿烂文明。其中，曹雪芹功勋巨大，他为国人留下一部《红楼梦》，那是千古绝唱！然而，曹雪芹也为后人留下一个又一个千古之谜，至今无法破解，人世间因此闹得沸沸扬扬，似永无终止之日。影之歌，你们三人斋有胆魄，敢想别人不敢想，敢做别人不敢做的事。我将尽全力成全你们。”

影之歌很激动，赶紧说：“太好了，太好了！”她想看看如释仙人什么样，可就是看不到。

如释仙人笑道：“哈哈，姑娘，你不要再东张西望，你看不到我。若论我的功法，足可胜任把你送上天宫。只是，助你一次，便要损我五十年真功。不过，练功是为什么？当年曹雪芹写《红楼梦》又是为什么？今日你来求我，实是成全我，能助你完成此事，是曹雪芹在天有幸，你们三人斋有幸，于我也是大幸！影之歌，你仔细留神，我这就为你送行。”

太突然了，影之歌想说再等一会儿，她给斋主打个电话，但为时已晚，只听一声巨响，暗影里突然飘来一朵祥云，直奔影之歌脚下，居然把她腾空托起。

百丈崖崖壁上又传来声音，如释仙人声如洪钟：“祥云，祥云，向灵河前进。神瑛侍者来接待，赤霞宫前认此人。”

影之歌还想说句感谢的话，竟有一阵劲风吹来，将祥云裹上了天空。

二章　相期邈云汉

祥云载着影之歌穿云破雾，直奔西方极乐世界而去。飞过无数山川河流，越过十万亿佛土，西方极乐世界才逐渐显现。但见一条大河横卧沃野，河上彩虹为桥，美丽壮观。一条金鳞耀眼赤须龙在桥上玩耍，时而桥间盘旋，时而河面戏水。两只五彩丹顶凤从附近山上飞来，盘旋于灵河之上，似在观赏金龙漫舞。凤凰的五色翎羽飘摇飞动，在河面上画出彩色云光，一直绵延至山边的沃野草地上。万花似锦，仙草散香。异鸟似鹤非鹤天上飞，奇兽如猿非猿草间行。时有白鹿隐现，又见金狮出没。

影之歌看得呆了，不知不觉放慢了行速，只顾欣赏仙界奇景，一时竟忘记赶路程。

前面一座宫殿进入视野，影之歌才从陶醉中醒来。展目一望，前方河边宫殿林立，隔不远就有一座，分布在河岸两侧。影之歌知道灵河已到，心想：这可好了，我就沿灵河寻去，必能找到赤霞宫。

这仙界的交通真是方便，到处毫无遮拦。出行就是一朵祥云，踩上便走，可高可低，前进后退，拐弯侧行，一切随心所欲，运用自如。影之歌看着远远近近驾祥云的行者，庆幸自己也成为仙界中一员，心中的那份惬意，真是无法形容。

影之歌开始向宫殿靠拢。但见第一座宫殿，门额上书“重光宫”，第二座上书“灵虚宫”，第三座是“万佛宫”，紧跟而来的是“天王宫”“极乐宫”“彩云宫”。影之歌猜想，下一个大约该是赤霞宫了。及至近前一看，果然不错，宫殿门额上书“赤霞宫”三个大字。影之歌一阵惊喜，心不由得怦怦跳。就要见到亿万人仰慕的文学巨星，此乃人所不敢想之想，也是人所不敢为之事，这种空前绝后的荣耀为我一人独占，是何等幸运啊！

祥云绕赤霞宫转了一周，在一块空地上稳稳落下。影之歌按捺住满心难以控制的喜悦和激动，向赤霞宫走去。

原来，这赤霞宫的第一道大门是高大的玉石牌坊，四根玉柱上各盘一条活巨龙。巨龙二目圆瞪，张牙舞爪，形象凶狠，动作却极缓慢，因缓慢而显得温柔。玉柱两侧各有麒麟一只，见影之歌走近，不停地摇动着尖部有一撮毛的细尾。

影之歌初见四龙二兽，十分胆怯害怕。再看它们并无恶意，才要冒出的冷汗也就渐退，这才腾出精神来细看眼前景色。但见玉石牌坊上写道：西方极乐世界阿弥陀佛安乐道场。影之歌觉得很奇怪，这景这字好像在哪儿见过。她那一抹轻烟眉微微一皱，便想起来了，啊！这不是北京香山碧云寺中的一景吗？那寺中的金刚宝座牌坊与此一模一样，上面的字也完全相同。不同的是那龙那麒麟都是刻在石头上，不像这里的活灵活现能蠕动罢了。影之歌觉得她见到的第一景就是大新闻，就极有意义，兴奋得脸蛋儿都烧热了。影之歌掏出照相机，就要拍下玉石牌坊。

“呔！下界俗人，禁止拍照！”

一声断喝，吓影之歌一跳。寻声望去，见一红衣仙人已经来到面前。

没有办法，影之歌只好将相机收起，向前施礼说：“仙人息怒，我是从东方中国而来，不懂此处规矩，请原谅。”

红衣仙人说：“我知你是从东方中国来，前来探访神瑛侍者，只是你来得不巧，神瑛侍者已派往别处任职去了。”

影之歌闻听颇感遗憾，急问：“烦劳仙人告知，神瑛侍者派往何处了？”

红衣仙人说：“派到哪里去了？嗯……这个……”

仙人的举止令影之歌莫名其妙，不由得将一抹轻烟眉皱起，猜想这位仙人吞吞吐吐到底是怎么了。

“这个……我是知道的，只是……”仙人语无伦次，越发显得不可捉摸。

影之歌说：“仙人有什么难处只管说来。”

仙人性急，看那样子已是忍无可忍，两眼紧盯影之歌脖子上的珍珠项链。影之歌何等聪明，一见顿悟。她摘下珍珠项链，忽又想到，既然仙界已染贪利之风，就难免亦有好色之气。遂一挑含情脉脉眼，大有“回眸一笑百媚生”之态，随即两手捧上珍珠项链，温温柔柔地说：“仙人，我没有什么好答谢您的东西。此珍珠项链是东方中国名贵饰物，请您一定笑纳。还请仙人告诉我去哪里找神瑛侍者，您对我的帮助，我会非常感激。”

此把钥匙果然投对了锁，红衣仙人眉毛眼角倏然起立，笑嘻嘻地接过珍珠项链，忙说：“你不远数万里而来，实属不易，我就告诉你吧。神瑛侍者被派往太虚幻境任主事去了。想当初他下界以前只是三等侍者，是我的下属，重回仙界后居然超过我去。那主事一职，原是想让我去的，哪知竟被他轻而易举占了去。咳，真可气！”

影之歌很惊喜，又问："谢仙人指点。只是，这太虚幻境该如何走法呢？"

红衣仙人叹道："太虚幻境离此处可远了，在放春山那边呢。放春山是灌愁海中的一座孤岛，灌愁海又在离恨天外。你没听说过，三十三天，离恨天最高吗？那里离此九十九万九千里呢。阿弥陀佛，他再也不会妨碍我了。"说罢，得意地抛了抛珍珠项链，扭身回赤霞宫去。

影之歌大失所望，满怀希望而来，谁知竟扑了空。阿弥陀佛，但愿他不会再调离太虚幻境。

影之歌打起精神，重新踏上祥云，开始新的征程。

影之歌穿云破雾，飞过三十三天，才来到离恨天外，灌愁海边。按下云头，举目望去，但见灌愁海一片汪洋，黑浪滔天。遥远的海中，隐隐有一座山的轮廓。影之歌猜想，那一定是放春山了。正想找个仙人打听清楚，但见黑浪中钻出一船，那船上下颠簸着朝自己驶来。

木船靠岸，来者向影之歌施礼说："我是太虚幻境专司渡船的侍者，奉神瑛主事之命，特来渡凡间女士过海。"

影之歌经历过红衣仙人索贿之事，便对仙界有了警惕之心，便说："木船过海不太安全，我还是驾祥云随你去吧。"

侍者连连摆手："不可！太虚幻境乃极清爽洁净之处，非但没有蚊蝇蛆虫之类，便是烟尘也一丝皆无。你风尘仆仆已行无数万里，祥云之上早已布满尘埃。神瑛主事派我来接女士，为的就是将祥云拦下，不至于污染仙境。"

影之歌见他言之有理，知道再多说已属多余，便上船随他而去。

渡船使者边划船边说："我们这位神瑛主事可是好性情，有一副好心肠。太虚幻境仙女无数，没有不夸他好的。就连我们这些侍者杂役们，也都与他合得来，从没见他恼过谁。"

影之歌说："神瑛主事的博爱之心是有了名的，在下界身为富贵公子时，每日与奴仆丫头一块儿玩耍，就不分主仆。这都是因为他全无主子意识，讲求平等博爱的缘故。”

渡船侍者连连称是，并说人间也罢，仙界也罢，都是一个理儿，与人为善是最好的。

突然一个恶浪打来，侍者急喊：“小心！抓牢！”又见侍者两腿岔开站稳，反棹相向，船头迎着黑浪冲了上去，如同一把利剑，劈开浪头。木船被举上浪尖，很快又朝下插去，飞入深谷，忽又顺急流昂首而上，重居浪尖，如是上下颠簸不住。木船在汪洋中如同一枚树叶，显得是那么渺小，柔弱，可怜。谁承想命运却不在恶浪手里，而是在能顺势利导游刃有余的渡者手里。

木船终于闯过险境，到达平静水面。

影之歌着实虚惊一场，脸色蜡黄，头发衣服尽被海水溅湿。海水流进嘴里，又苦又涩。

渡船侍者说：“这灌愁海水乃是人间的眼泪聚集而成，极为苦涩，刚过去的是灌愁海一景，名叫‘悲号峡’，人间悲苦、哀伤、忧愁、怨恨，泪洒如雨，哭号连天之情状是也。眼下这里是分界线，过去‘悲号峡’就是‘平静湾’了。”

影之歌问：“此海既是眼泪聚成，其中定有林黛玉的眼泪了？”

侍者说：“你是说灵河岸边的绛珠妹子吧，这里数她的眼泪最多。”

木船在放春山渡口靠岸，早有两位仙人在那里等待。侍者手指其中一个男人说：“那就是我们的主事。”

影之歌仰首一看，啊，果然气质不凡，风度翩翩，面若中秋之月，自有一副神佛之像；眼如平湖微波，蕴含无限博爱深情。影之歌急忙上岸，蹦跳着来到神瑛主事面前，伸出手去要与他握。忽然想起礼节不对，忙改为躬身作揖，并问道：“仙人可是写《红楼梦》的神瑛侍者曹雪芹？”

神瑛主事笑答：“正是。请问女士芳名仙乡？”

影之歌答："我名叫影之歌，家住下界中国天津杨柳青。"

"啊，是那个出年画的杨柳青吗？"

"是啊，神瑛主事知道那里？"

"岂止知道，我还在那里住过呢。"神瑛主事对身旁的警幻仙姑说，"杨柳青不只出年画，还出美女呢。'天津城西杨柳青，有个美女白俊英'，这歌谣从乾隆年间就唱。"

影之歌高兴异常："是，是，这歌谣一直唱到现在。"

"请见过警幻仙姑。"

影之歌又是一个惊喜，忙施礼说："啊，您就是警幻仙姑，东方中国人人皆知您的芳名，全是曹先生为您做的宣传。"

"都是他泄露天机，还没治他罪呢。"警幻仙姑微笑着执起影之歌的手说，"好一个标致女子，真可与仙界众仙女媲美了。神瑛主事，你看她像谁？"

神瑛主事早已看出，便笑答："极像绛珠仙子，但气质大有不同，黛玉孤高沉静些，影之歌活泼直爽些，更显得可爱。"

影之歌闻听，心中暗自高兴。

警幻仙姑点头称是，说："此女也是在美册之人。"

影之歌听说自己已在美册，不知是吉是凶，将来境况如何，便想先探知一二。哪知警幻仙姑已知她意，劝解说："不可有非分之想，不该知道的不要多问。你远道而来，一定已很劳乏，先请入宫歇息，品一品这放春山遣香洞的'千红一窟'香茶，然后再忆往叙旧不迟。"

影之歌无奈，只好不问，遂向渡船侍者道了谢，随两位仙人往山坡上走去。

影之歌提起往赤霞宫跑一趟之事。警幻仙姑说："此事怪不得神瑛主事，是我奏请将他调到这里来的。"

神瑛主事谑笑道："仙姑当初诱我入风月之港，授我云雨之事，陷我于迷情之中，后又用计落我入迷津，被海鬼夜叉吓得汗如雨下，可能觉得过于愧对了我，才将我提升为主事的。”

警幻仙姑也半真半假地笑道：“一切皆是因缘注定，强求不得，亦躲闪不得，此乃天数大造化，谁也更改不得。比如你，好好的不在仙界修行偏要下凡造历幻缘，与绛珠仙子去演绎那风月缠绵情事。你既有此经历，不来太虚幻境掌管风情月债，岂不白白浪费了你的才智？人间还讲‘物尽其用，人尽其才’呢，何况仙界？”

影之歌本来就是活泼幽默性情，最不喜畏缩拘谨，今见仙人谈笑风生，诙谐有趣，正合心意，便对神瑛主事说：“我有一个要求，不知您是否答应？”

神瑛主事一笑：“你的来意我已知晓，还有什么但讲无妨。”

影之歌说“为了交谈方便，气氛和谐，我就称呼您曹二哥，行吗？”

神瑛主事哈哈笑道：“妙极！此称呼已经很长时间没听到了，又能让我感受到人间的天伦之乐，我求之不得呢。就依你！”

警幻仙姑合掌言道：“仙界进来凡人，也就带来凡心。凡心欲望如剑，只想攻克仙心。”

神瑛主事笑道：“在下早已修成金刚不乱之身，仙姑何须多虑？”

警幻仙姑微微笑说：“一切皆是因缘注定，强求不得，亦躲闪不得。太虚幻境就到，你先领影之歌歇息用膳去吧。”说毕，便飘然而去。

影之歌见警幻仙姑去得远了，便轻轻呼唤一声“曹二哥”，然后捂嘴窃笑。

“哈哈，实在是这样最好，能很快进入角色，以往沉梦更容易唤醒。”

“下界对《红楼梦》和您本人的疑问实在太多，我简直不知从何问起了。”

“你不要着急，还是先歇一歇，养养精神。看，这就是太虚幻境了。”

影之歌刚刚绕过一丛翠竹，抬头一看，果然有一高大石牌坊，上书“太虚幻境”四字。两边对联却是：

离恨天高，虽高风月情不禁。

灌愁海深，再深相思苦亦容。

影之歌看罢心想，此联与《红楼梦》书中所写不一样啊，难道仙界也有男欢女爱情事？正待要问，见有几名仙女走来，与影之歌见礼。神瑛主事命她们去东配殿摆仙果，烹香茶。几名仙女领命嬉笑着去了，影之歌才将疑问提出。

神瑛主事笑道：“那对联不是说仙界，其实是说人间。仙界人间大有不同，人间有人类繁衍生生不息的重任，男欢女爱风月情浓天经地义。男人女人天生性情不同，相貌美丑不同，后天经历见识与祖上留下的阴德也不同，又有三纲五常父母之命媒妁之言诸多羁绊，造成无数有情人难成眷属，痴男怨女风情月债怎能不频频发生？仙界无须生儿育女传接后代，也没有俊男靓女为情去觅恨寻仇。那对联其实是指太虚幻境专司人间风情月债的职责，因我们这里干的就是这种活儿，也就只好挂这样的牌子。人间风月情事若被禁绝了，太虚幻境还有何事可做？灌愁海水也就要干涸了。”

影之歌说：“原来是这样啊。唉，真扫兴，见到您一次不容易，我以为能得到……”影之歌忸怩起来，眉眼妩媚，面色红润，窃笑着看曹雪芹。

神瑛主事在人间历练过，岂能不懂影之歌的心绪，便不好意思地说：“你的确很有林黛玉的风韵，我一见你就赏心悦目，情愫颤颤。不过，仅此而已。”

影之歌想说什么，欲言又止，用手半掩着嘴，红着脸微笑起来。

说笑之间，已到东配殿门前，早有仙女撩开缠丝玛瑙帘子。神瑛主事颇有风度，请影之歌先进，让坐于群芳藤椅上。诸仙女将仙果香茶罗列于桌上后退去。

影之歌闻茶，香味果然奇异，由鼻孔入内，徐徐直达丹田，只觉得浑身轻松，精神爽利，兴奋情绪油然而生，不禁问道：“这就是叫‘千红一窟’的香茶了？”

神瑛主事说：“正是。名叫‘千红一窟’，实则‘千红一哭’，不然，灌愁海变成无源之水，岂不干枯了？你再尝尝这仙果，虽其貌不雅，却是仙界果中上品，因有酸甜苦辣香五味，故称五味果。这五味果并非五味同时兼有，而是吃到嘴里意到味到。既能充饥，又能解渴，入口酥脆滑腻，感觉奇妙异常。仙界待客多用此物，你一尝便知。”

影之歌闻听，便忍不住接过品尝。一经入口，方知全然不错，真是仙物，便笑说：“就冲这五味果，我真想留在仙界不回了。”

神瑛主事也调侃道：“你想在仙界上演一出无可奈何的风月悲剧吗？哈哈，玩笑，玩笑。影之歌，仙界才一日，人间已千年，咱还是紧着言归正传吧。”

随后，影之歌首先问及《红楼梦》是不是自传，曹雪芹说：“我知道早有人为此争论不休。其实，聪明的红学家已经有准确论证。贾宝玉既是我，也是我兄我叔，更有其他人的影子，且有虚构成分，贾宝玉是一个多人的综合体。脂砚斋在批书时已将很多事实透露出去，有心人细细推敲是可以看清楚的。”影之歌忙问：“那脂砚斋又是何人？”

神瑛主事笑道：“我先问你，你是看过《红楼梦》的，你猜是谁？”

影之歌笑道：“从脂砚斋的斋名看，‘那爱红的毛病儿’当在令兄身上。可我又觉得您对女孩儿至爱至亲，处处温存体贴，此事属您所为也顺理成章。”

神瑛主事脸红起来，用手指点着影之歌：“你真是个鬼精灵。实话实说，最早是堂兄爱吃胭脂，为这事他还挨过打呢。正因为挨打才被打出了名，先还没几人知道，后来竟传扬开去。唉！往事如烟啊，回忆起来，就如那五味果，酸甜苦辣香全着呢。”

曹雪芹打开回忆的闸门，话如瀑布一样倾泻而出。

影之歌急忙拿出纸笔……

三章　溯源应太古

“若要追根溯源，我们曹家在大明时本是明朝的兵，祖上曹世选在战场上被清军俘虏，从此成为大清皇室包衣，汉话称家奴。家奴也要随军打仗，曹家人被编入正白旗。至祖上曹振彦这一代，已在军中当了小官。后因从龙入关，在多尔衮部下屡立战功，得到接连提升。由佐领、参领升至山西吉州知州、阳和府知府、浙江盐法道等官职。到我曾祖曹玺时，已被诰授光禄大夫，并于康熙二年开始任江宁织造。曾祖母孙氏做过康熙帝的奶妈，祖父曹寅做过康熙帝的伴读。我家从此门庭光耀，兴旺发达起来。”

影之歌不解地问：“为什么您家那么幸运，康熙的伴读和奶妈都选上您家人了呢？”

曹雪芹说：“此事当属巧合。我家被编入正白旗，而大清定鼎北京后，从八旗中选正白旗、正黄旗、镶黄旗为内务府三旗。此三旗贴近皇帝、皇族、皇宫。皇家要用侍卫，宫内要用奴才，大多从这三旗人中挑选，其中重要差使又多从三旗官员中选拔，这就选上了曹家。康熙帝登基后，自然要重用他的亲信，特派我曾祖曹玺任江宁织造，并赐蟒服，加正一品。康熙帝非常看重我祖父曹寅，一直重用他，提拔他。曾祖曹玺逝世时，我祖父不仅接了织造一职，并被提升为通政使，巡视两淮盐政，诰授通政大夫。康熙帝在位六十一年，也是我们曹家风调雨顺，享受荣华富贵的六十一年。”

影之歌插言说：“据我所知，您曾祖曹玺逝世后，您祖父曹寅并没马上接任江宁织造，而是让内务府司官马桑格任了江宁织造。”

曹雪芹哈哈笑道：“此言不谬，看来你真是有备而来。我听祖母说过，大清朝有一惯例，江南各织造必须从内务府司官中选派。正是因为有这一惯例，曾祖曹玺逝世后才选派了我姥爷马桑格。但康熙帝是非常希望我祖父继任的，因为康熙帝还另有重要任务委派，那就是让我祖父笼络江南文人，消除反清情绪，及时奏报民风民情。就为这，康熙帝先命我祖父任广储司郎中，然后任苏州织造，很快又调任江宁织造。”

影之歌说：“有句话叫‘朝中有人好做官’，真不假，皇帝总想着用您家，想跑都跑不掉。”

曹雪芹点头道：“此言甚善。我家辉煌近百年，官位虽然不高，却如钦差大臣一般尊荣显贵。因为是皇帝亲信，连督抚大员都敬畏三分，织造一到任，地方大小官员都要迎跪请安。康熙帝在位六十一年，曾先后南巡六次，其中四次是由我祖父接驾，行宫就设在江宁织造府衙内。那是我家最辉煌最鼎盛的时期。我那时还没幻形入世。不过，也就从最辉煌最鼎盛时开始，我家便也埋下了衰败下去的祸根。老子有句名言，叫‘祸兮福所倚，福兮祸所伏’。世上的事，常常被此话说中。就说皇帝南巡住我家四次的事吧，听老人们讲起来真不得了，那种富贵奢华难以形容。听说从秦淮河边到织造署衙，数里路锦绣铺地，剪彩为花。一个街巷口一台戏，北腔南调，鼓乐齐鸣。织造署门前，一个含苞荷花大如小山，见皇帝驾到，只听一声巨响，荷花开放，花心中竟有数名舞女，举起一个硕大的蟠桃，桃上书一寿字。舞女边舞边转，喜得康熙帝眉开眼笑。院子里的行宫更是投以巨资，亭台楼阁尽江南独特造型，花园景物点缀其间。珍禽如孔雀仙鹤，异兽如梅鹿金猴，美如仙境，豪富至极。听老人们说，花去的银子能堆成山。”

影之歌叹道：“听您说的这种豪富气派，比大观园元春省亲又排场多了。”

曹雪芹笑说："那是当然，毕竟是康熙皇帝南巡，元春省亲不过是贵妃而已。当时文字狱事件经常发生，抄家的抄家，处死的处死，我怎敢直写南巡接驾？若直写了也就承认了贾家就是曹家，那可是犯上之罪，定要引来杀身之祸，《红楼梦》这部书也就不能问世了。万般无奈，我只能虚拟元春省亲的故事以代替皇帝南巡。"

影之歌点头称是，将一杯茶递到曹雪芹手里，自己也端起茶来喝。

曹雪芹润了润嗓子，继续说："通过四次接驾，曹家得足了体面，外人唬不清我家到底有多大威势，也唬不清我家到底有多少银子了。其实呢，'打掉门牙肚里咽，胳膊折了袖里吞'，只有自己知道亏空了多少银子，难只难我祖父一人罢了。到年底总是交不齐库银，遭内务府、户部参奏。好在圣上明察秋毫。可后来，似乎圣上也慌了神，密告我祖父要'小心，小心，小心，小心'！同时也密告我舅祖李煦要'留心，留心，留心，留心'！听祖母说，当时，祖父看罢这道上谕后，痛哭失声。他知道这是圣上也有了难处。圣上已老，且有病在身，一旦龙体不保，诸皇子必会群起而争皇位，萧墙之祸就在眼前。帝祚易位，谁还怜恤咱们？到那时，亏空朝廷库银必是大罪。再有，圣上知道，皇子们常来织造骚扰，索要银两。圣上也明白咱们难以处理，谁也不敢得罪。圣上良苦用心虽能解，可欠交库银之事怎么处？祖母说，那些日子，祖父因日夜担忧全家人的安危，竟愁出病来。次年，祖父在扬州任上病危。皇上得知，特派五百里加急快马，从京城送药到扬州抢救。遗憾的是，五百里快马还是晚了，祖父没能享受到皇上的恩赐。皇上和祖父本是主子和奴才的关系，可他们却像朋友兄弟一般亲热。"

影之歌说："您在《红楼梦》里说，'外面的架子虽未甚倒，内囊却也尽上来了'，就是指因接驾而亏空的事吧？"

"是，但也不全是。那时，王公贵族养尊处优，八旗子弟奢华荒淫，整个上层社会奢靡颓废之风日渐盛行。国力表面昌盛，实则早已露出衰败之气，便是养育八旗兵丁的月银季米也是一减再减。我那句话对此也是有所指的。不过，我家亏空了不仅仅是因为接驾，王爷们常常打发人来要银子，也是一个极大的口子。莫说我祖父在职时期，便是我嗣父任织造，家境十分难过时，还有王爷派太监来索要银子呢。那是我亲眼所见，张嘴就是两万两，话语中带着威胁，软硬兼施。嗣父也是无可奈何，每日如履薄冰。”

“您说嗣父，就是指曹頫吧？”

“正是。祖父去世后，康熙帝让我父曹颙继任了织造。不想我父命短，在任三年便突然病逝。我是遗腹子，那时尚未出生。祖父曹寅这一支，便没了继承人。为此，康熙帝又下谕旨，命祖父的四侄曹頫过继过来接任织造。这样，我出生后就只有嗣父，没有生父了。”

“刚才您说，苏州织造李煦是您舅爷？”

“噢，李煦是我祖母李老太君的兄长，当然也就是我的舅爷。《红楼梦》中贾宝玉的祖母史老太君，原型是我祖母李老太君。我祖母疼我实在胜于史太君疼爱贾宝玉。我外公马桑格曾任江宁织造，任杭州织造的孙文成也与我家有姻戚关系。所谓贾、史、王、薛四大家族，实是影射曹、李、马、孙江南织造四家族。当然，像这样官官相护的网络在大清国比比皆是，一损皆损，一荣皆荣，那是最实话实说了。”

影之歌说：“《红楼梦》中‘护官符’一笔很犀利，似一把投枪直奔封建社会的心窝。说您是伟大作家，构成伟大的原因很多，其中一条重要原因就是您对封建社会腐朽根源的揭露与批判。”

曹雪芹笑道：“其实，我就是实话实说，官场就是那样的嘛！”

“史太君既是真实的李太君，那么，是不是您的祖母也确实有个像史湘云那样的侄孙女？”

曹雪芹不禁笑道：“你的提问可真是步步深入啊。我祖母是有个侄孙女儿，叫阿芳。李煦是阿芳的祖父。李煦有两个儿子，长子李鼎，次子李鼐。阿芳是李鼐的女儿。李鼐夫妻不幸早亡，撇下阿芳一人，孤苦伶仃。我祖母特别疼怜阿芳，常命人接来，一住就是数月。此乃二百多年前的事情，当事者俱已不在人世，说来无妨。那时，我与阿芳表妹同吃同住，两小无猜。后来，我写《红楼梦》初稿时，起首便是写贾宝玉与史湘云，连写十几回。书中称湘云之叔与父为史鼎、史鼐，实是从李鼎、李鼐化来。之后，《红楼梦》主旨大动，内容扩展，不得不增添黛玉、宝钗，遂让黛玉替代了湘云的位置，将湘云移到二十回才出现。这件事使我遗憾至今。因为，我本来要大书特书的，是一直牵我心肠的阿芳。”

说起往事，曹雪芹很有些动情。影之歌深受感染，她意识到，曹雪芹与阿芳一定感情至深，有可能要超过贾宝玉与林黛玉。此一条线索不可穷追猛问，须渐次图之。影之歌暂且对阿芳一事隐而不提，又问起另一件事情：“你家本是鲜花着锦、烈火烹油的钟鸣鼎食之家，到底是什么原因衰败得如此迅速呢？”

曹雪芹长叹道：“原因很多，但最重要的还是与康熙皇帝有关。天恩浩荡，使本是皇家家奴的曹家官运亨通。哪知祸福互转，在福运亨通之时，祸也就开始在其中酝酿了。你听我慢慢叙说吧。”

康熙六十一年十一月十三日，康熙帝驾崩。这位作为我祖父同窗好友的皇帝去世，也就预示了我家富贵生活的终结。那年我七岁。

当时，消息传到金陵，祖母闻听此信立刻如丢了魂儿一样，慌慌地吩咐人传嗣父曹頫进来。我虽年幼，已能看出眉眼高低。我正与阿芳玩得有趣，也只好停手。阿芳见老太太面带愁容，颜色蜡黄，便也忙把笑脸收了。

去传嗣父的人，正在回廊碰见嗣父匆匆而来。嗣父来到房里给老太太请安。

“宫里的事你都知道了？”

“回母亲，孩儿已经知道。”

老太太悄悄地，然而却是字字掷地有声地嘱咐道：“时刻注意打听，是哪位王爷君临天下。”

“孩儿明白，深知母亲所忧何事。一旦有消息，定当速速禀告母亲。”

老太太又嘱咐道：“从今日起，你更要处处小心，时时留意。唉，倒了老靠山，咱还能指望谁？列祖列宗在天之灵，可要保佑曹家平安过关啊！”说着，长长地叹了一口气。

那天的事，对我的幼小心灵触动很大。我平时最担心害怕的，是嗣父督我读书，查我学业，打我板子。我最崇敬的是祖母，最畏惧的是嗣父，而嗣父又怕祖母，因此我以为天下祖母最厉害。哪知，竟还有让祖母害怕的人。我很惊恐，不知要出什么大事，把担心悄悄告诉了阿芳。阿芳听后受我感染，更怕，说不清老太太怕的是何种模样的妖魔鬼怪。

年后正月里，苏州传来急信，说苏州织造李煦家被抄，所有家人及衙门亲信人等俱行逮捕，家产、店铺、庄园一律没收查封。老太太闻听此言立刻昏倒过去，幸亏丫头眼疾手快，急忙扶住。众人一阵忙乱，为老太太理胸顺气，折腾半天，老太太憋住的一口气才上来。老太太号啕大哭，边哭边说：“我就知道败家灭门之灾迟早会到，万没想到会来得这么快。可怜我那兄长啊，你已七十高龄，如何挡得住牢狱之苦！”

老太太哭得如此伤心，众人都陪着落泪。

所幸的是，李家腊月来接阿芳回苏州过年，恰好阿芳正在病中，老太太没放她回去，竟躲过了这场劫难。

阿芳见老太太哭得十分伤心，想想自己已经无家可归，更是悲痛，扑进老太太怀里放声大哭。

我见阿芳如此悲哀，心中一阵阵难受，也忍不住陪着哭起来。一时间，满屋里哭声大震，如有丧事一般。

还是老太太强打起精神，命众人互相劝止住，说：“消消心中的憋闷就得了，大正月里，只是这般哭，太不吉利。李家既已遭抄没之灾，难道咱们还要把晦气引进曹家不成！”说着，就又擦掉那滚滚下落的无声的泪水。

哭声是止住了。不过，屋里人都看得出，老太太是在用刚强竭力地克服着脆弱。老人家一手紧紧搂着阿芳，一手不住地在阿芳头上摩挲。那两只手似在与这个缺爹没娘如今又无家可归的孤女说话：孩子，别怕，有我！有我！

老太太的那一举动，是如此刻骨铭心，我至今难忘。

曹雪芹说到这里，哽咽得再也说不下去。

影之歌已是泪花闪闪。她长叹一声说：“封建帝王制度实在专制得厉害，一人得道，便可鸡犬升天。同样，一人获罪，又要株连九族。最要命的是皇帝金口玉言说一不二，一不高兴便可杀人，是个明白人还好说；要是个白痴或者糊涂人可就糟了，满嘴胡言乱语，国家百姓岂不要跟着遭殃？”

曹雪芹说：“正是，历史上的昏君和老糊涂的君主还少吗？不然怎么总要天下大乱呢？”

曹雪芹深吸一口气，接着说。

老太太和阿芳这一老一少，毕竟都是李家的骨血。李家遭此大难，举家破败，听大人议论，只怕性命也难保住。阿芳算是回不去苏州了。我既为她难过，又暗暗高兴，因为从此再也没人接她走，我们从今以后能够长相厮守了。

从大人的言语中得知，新登基的雍正皇帝与曹家从无来往，而我们有来往的多半是雍正帝死敌。如此看来，时局将对曹家非常不利。所幸的是，与曹家交好的十三王爷允祥与雍正亲密。允祥被任命为总理大臣，又受封为和硕怡亲王，并总理户部三库事物，掌管着大清国的财政大权，江南三织造亦属他管辖。为此，曹家人略能放宽一下心。

听老太太说，康熙帝南巡时，十三王爷允祥曾两次护驾随往，均住我家。允祥和我祖父、嗣父都很好。允祥喜爱金陵的雨花石，嗣父便四处搜求，弄到十粒名贵上好的雨花石送给他。祖父曾送他一尊玉佛。允祥因建府邸花园，也曾在织造取银不少。正因为有此密切关系，且允祥又是个极讲义气有热心肠的人，家里才略松一口气，知道关键时刻他帮一句话便能顶大用。

当年六月，京城传来消息，说李煦案结，获罪起因是"奏请欲替王修德挖参"。此因只提一次，之后从不再提，因这事实在不好算做抄家的理由。后来，又说李煦是因亏欠库银。而事实是商人亏欠织造的银子，织造亏欠户部的银子，其实属三角债，可硬是被抄了家。抄家实与八王爷允禩有关，允禩乃皇上政敌，皇上是在借题发挥罢了。

抄家抄得精光彻底，所有财产一律估价抵偿欠银，一双袜子也要折银二分入官。男仆女婢丫头婴儿老少二百二十七口全交崇文门人市变卖，苏州二百三十六间房被皇上赏给了年羹尧，京城及房山三百五十十七间房也折入了官。舅爷李煦及阿芳的大伯父李鼎仍在大牢枷号关押。阿芳父母要是活着，此次也要跟着遭灾了。至此，李家倾家荡产，家破人亡已成定局。

一日，天阴下雨，夜色来得较早，我便赶早歇了。正如《红楼梦》中所写的那样，林黛玉是我奶娘丫头陪着，住在碧纱橱内，我就在橱外的大床上。其实，住在碧纱橱内的没有什么林黛玉，而是李阿芳。老太太仍在套间里住，只是天气渐暖，嫌暖阁里闷热，在外面窗下通风处新置一床。我躺下后，却难以入睡，心想：阿芳真可怜，自幼无父母疼爱，亦无姐妹兄弟，唯剩的亲人祖父、伯父又遭牢狱之灾，尚不知结果如何。她的命运多么悲惨，她的内心该是多么孤单啊。往后我要好好疼她让她才是，切不可再拿出主人的态度对待她。想到此，我便后悔白日里，阿芳描牡丹花样子时，我偏要抢她的纸笔画鸳鸯，争夺时竟一笔戳在牡丹花上，气得阿芳呜呜哭。幸亏老太太及时来到，数落我一顿，给她出了气，才将此事平息下去。此时，我真想生个法儿讨好阿芳，或是当面道歉也行。忽又想，当面道歉须在无人时，只能等待时机，还是想一个讨好的法儿妙。如此东拉西扯地想着，才迷迷糊糊地睡去。

正在这时，听外面有人传话，说老爷来了，找老太太有急事禀报。

老太太分明没睡着，闻听忙命丫头点灯。

老太太与嗣父说的话我全能听见，因为湘帘不能隔音。

老太太问："有什么急事，快快说来。"

老爷说："怡亲王送来一封密信，说圣上要追查曹家欠织造库银一事。我揣度圣上可能有抄咱们家的意思。"

老太太惊恐地问："啊！信上这么说了吗？"

嗣父说："母亲别急。怡亲王不能在信上说这话。他不会将皇上的机密随便泄露。这是我的猜想。怡亲王向皇上述说咱家欠银事出有因，四次接驾亏空数额巨大，每年都在设法补欠，如今已还上大半。皇上听罢沉吟良久，没有下文。我想皇上肯定还有此心，只是让怡亲王据实挡回罢了。怡亲王嘱我要感激圣上隆恩，尽力设法还清欠银，并说'任上平安，合家无事方好'。孩儿年轻，经历的事少，怕解错了怡亲王的意思，若错失良机，岂不要后悔一辈子？所以，也请母亲及时掂量掂量。"

老太太长叹道："这就叫'山雨欲来风满楼'，唉，把山靠倒了，还能靠什么？你照怡亲王的意思，下次给圣上写奏折时，多写些感激圣上的话。还有，再进京城办事，一定要去拜见怡亲王。"

老爷答应后告退而去。老太太在套间里叹息感伤不已。忽又从碧纱橱里传出嘤嘤的抽泣声。我猜一定是阿芳，阿芳敏感心细，听了老太太的话，又伤心起来了。我想去劝她，又觉得不妥，还是装出不知为好。我越发难以入睡，便将诗书文章一一想来默诵，这才渐渐睡去。

次日，我家又出一件热闹事，京城来了一位不速之客，嗣父领他来见老太太。那人给老太太请了安，老太太让我喊他大伯父，我才知来者是曹顺。

说起大伯父曹顺，又有些事要对你讲了……

曾祖曹玺有两个儿子，长子曹寅，次子曹宣。曹寅二十九岁时仅有两女，尚无子嗣，而曹宣那时却已有两个儿子，即长子曹顺，次子曹頔。

那时，祖父曹寅与堂祖父曹宣兄弟不和，原因出在织造职位上。曹玺逝世后，康熙帝钦定曹寅接任织造一职，因康熙帝与我祖父曹寅是同学，欣赏我祖父的才能，非常器重信任他。而曹宣与其生母孙氏颇有妒意。孙氏认为，自己是康熙的奶妈，又是曹玺的正妻，宣儿虽为次子，却是嫡出，寅虽为长，那是妾生，为何让他接任？心里大为不快，可皇上金口玉言所定，也无办法。老人家从此心中憋着一口气，时常联合儿子曹宣找茬与曹寅闹别扭。孙氏见曹寅二十九岁仍无子，便整日明指暗点，迫使曹寅过继他的长孙曹顺，以为将来能名正言顺地继承织造职，同时也能袭祖上的官爵。祖父曹寅以为，自己不到三十，有妻有妾，何以肯定无后？但他老人家生性厚道，待人随和，知道嫡母和弟弟一直为此事耿耿于怀，为缓解矛盾，使家内和睦，便答应下来。这样，曹顺在九岁时过继给了我祖父曹寅。

曹顺人在长房屋里，心却仍在自己父母那边。曹顺受孙氏和曹宣夫妇的影响日久，早对曹寅夫妇抱有成见，便不服管教，不听训导，尤其对嗣母李氏不尊不敬，为此常遭痛斥。但曹顺生性倔强，从不认错，不悔改。

两年以后，曹寅喜得一子，便是我生父曹颙。

又过十八年，堂祖父曹宣与其生母孙氏相继去世。祖父便让曹顺归回本支，剥夺了他继承江宁织造的权利。因为祖父知道，一旦自己不在人世，大权落入曹顺之手，妻子和儿子都会受曹顺的挟制乃至欺凌。祖父是为家庭消除隐患不得已而为之。为此，曹顺恨透了我们一家。

第二年，我父曹颙成婚，两年后生一子，举家欢腾庆贺。

堂祖父共有四子，长子曹顺，次子曹頔，三子曹颜，四子曹頫。

后来，曹顺嚷着要分家。祖父祖母也希望与他分开，便将京城大部分家产分归曹顺曹頔。曹颜和曹頫尚小，仍留在织造抚养，将来负责婚配。从此，曹顺曹頔便去了京城，在内务府当差，以后很少来往。

我的哥哥不到三岁突然夭亡，全家悲痛至极自不待言。祖母虽生性好强，却经受不了这一打击。俗语说“老人喜孩，老猫叼孩”，老太太每日手把着，心肝儿肉似的疼得无可不可，欢蹦乱跳活泼可爱的宝贝孙子，说死就死了，如何受得了。再说，这富甲一方的豪门府第，人丁却是如此不旺，岂不更让曹顺等人称快？

康熙五十一年七月，祖父在扬州任上病逝。我生父曹颙继任织造职，诰授中宪大夫。哪知我父是福薄寿短之人，只在任两年多，竟也一病不治，命归黄泉。

是时，大伯父曹顺见时机到来，便蹿前跳后，请出皇亲国戚说情，希望接任织造一职。而康熙帝素知我家内部情由，便命内务府：江宁曹家的事，不准不和者入嗣，须找一能视寅妻为生母者最好。

后经选定，命曹頫入嗣接任。为此，大伯父曹顺又空忙一场，遂又暗恨起他的四弟曹頫来。

影之歌感叹说：“原来曹家几代人的关系如此复杂，世代积怨那么深。怪不得有些红学家说，看《红楼梦》有些地方总是怪怪的，按常理看很不正常。比如，史老太君对两个儿子都很冷漠，尤其对长子贾赦，几乎是横眉冷对，哪里有一点母慈子孝的伦常感觉。史老太君对宝玉却是百般呵护，疼爱有加。我要是没说错，您写《红楼梦》时，笔下的那个贾政总离不开您嗣父曹頫的影子，大老爷贾赦可能就是围绕着曹顺去构思了。实际生活中，曹頫和曹顺都不是李老太君的亲儿子，唯有您才是她的亲孙子，亲骨肉，所以，您在写书时拧不过自己的感情，也就无法写出史老太君与贾政和贾赦的母子亲情来。”

曹雪芹笑了笑：“你很聪敏，你的感觉很对。其实，家族积怨都是为了袭织造官职。人啊，一代一代，上演了多少场为名利地位而血染萧墙的悲惨事件。为争夺皇帝宝座，父子厮杀，兄弟反目，奸臣篡位的事点数不尽，甚至蔓延到女流中，吕后、武则天、太平公主居然也都做起只有男人才做的争雄称霸的血腥事来。我们曹家的这点积怨若与那些帝王之家相比，是小巫见大巫了。”

影之歌说：“有些事真是很复杂，无法说清对错好坏。您家孙氏老太能当康熙的奶妈，您的祖父能成康熙的伴读和侍卫，这本来是天下人无法求得的天大好事，谁知竟为日后埋下了祸根。”

曹雪芹马上接言道：“要说这因果祸福关系，那可就太多太多了。你还是听我细说吧。”

我从未见过这位大伯父，但他的名字却早已如雷贯耳，均与不服管教和窥伺织造职位有关。此时正是苏州织造被抄，皇上也有查抄江宁织造之意，大伯父此时前来又为何意？

曹顺向老太太请安时，态度很不恭敬。

老太太板着面孔问：“顺儿一向可好？”

曹顺两手按膝，身子也不欠一下，仰脸答道：“托天恩祖德洪福，侄儿一直顺风顺水，很不错，如今已是个五品官。记得当年大伯父也不过官至五品吧？”

老太太见他如此说话，已知来者不善，顿时吊下脸来。

嗣父见状，急忙打圆场，说；“大嫂和侄儿们都好吧？大侄子现上什么学了？”

曹顺将脖子一梗：“四弟放心，京城家产万年永固，绝无被抄之忧。”

老太太已气得脸色蜡黄，手指哆嗦着指向曹顺，厉声喝道：“放肆的孽障，你是诚心来气我！你有屁快放，没事快滚！我曹家没有你这不肖之子！”

见老太太动了气，曹顺又笑起来，站起身说：“老太太小心气坏了身子，侄儿我只有一事，办完就走。当年大伯分家不公，将我和二弟扫地出门，只拿京城的房产打发我和二弟，这说得过去吗？我此次来，也不想如何如何，当年承办铜斤时，我曾在云南买来两尊玉鼎，将此物归我，分家之事便可从此两清。”

老太太已经气得不行，不再理会曹顺，只是大喊：“快来人，将他轰了出去！从今以后，永远不许他再进家门！”

曹顺冷笑道：“舍不得给我，难道等着被抄了去？老太太，您别忘了，您已经没了靠山。我可是知道曹家犯条律的内情，若不将玉鼎送我，可就怨不得我了！”说罢，怒冲冲而去。

老太太本是性情刚强之人，冲曹顺的背影骂不绝口，直骂到他走出二门看不见为止。

我母亲马氏胆小怕事，吓得哆哆嗦嗦，悄声问老太太：“他会不会去告发什么？”

老太太怒声道：“咱这府里没什么见不得人的事，让这孽障告去！什么金鼎玉鼎，宁可扔进秦淮河，也不给他！”

虽如此说，自曹顺走后，府里上下也着实恐慌了一阵子。说是府里没什么见不得人的事，可谁知哪件事会犯在皇上手里？更何况皇上正想找茬一直没找到，曹顺要真去告发什么，说不定大祸就会突然降临。

嗣父沉不住气了，前去劝说老太太，不妨就把那两尊玉鼎送给他，以了却心病。

老太太却斩钉截铁：“就是不给这无耻之徒！让他蹦跶去！你以为这两尊玉鼎就能满足他吗？他还想要织造署，他还想要曹府，你给不给？”

老太太硬顶着这件事，宁可被抄家，也不向曹顺屈服。满府里人虽然都敬佩老太太骨头硬，如佘老太君一样是位巾帼英雄，可同时又都暗中捏着一把汗，等待厄运的到来。结果，直等了三年，这厄运也没降临。

影之歌放下笔说：“曹‘爱’哥该歇歇啦，喝口香茶润润嗓子。”

曹雪芹笑道：“你还记得史湘云咬舌的事。也好，暂且歇息一会儿，我带你看看仙境的景致。”

影之歌说：“这么经典的情节怎能忘？‘爱’哥哥的咬舌娇憨率真，活泼可爱，读来人人喜欢。您写的史湘云就是李阿芳，李阿芳真的咬舌吗？”

曹雪芹说：“阿芳是有些咬舌。还有一个更咬舌的丫头，长相天真灵巧，说话与别人明显不同。我平时很喜欢她，在写史湘云时，便把这丫头的毛病儿一总放到史湘云身上了，有些神态性情也一并捏合了。”

影之歌哈哈大笑说：“原来您在移花接木。不过，接得好！”

他们边说边走，走出太虚幻境，从宫殿一侧沿石阶向上走去，只见到处林茂竹深，大树参天。这里没有风吹，不见沙尘，渺无人迹，周围静谧得令人心悬。

来到半山腰，突然另显一景，树林齐刷刷地止住。数步之外，直到山尖，是一片花的海洋，仙花朵大色白，无一丝杂染，浓香弥漫扑鼻，令人心神皆醉。影之歌惊喜得如孩子般欢蹦跳跃起来，在花间小径不停地奔跑，大呼小叫道：“真奇特，这样一大片洁白鲜花，居然没有一丝杂色。啊，真难得！这哪里是花山，分明是香雪海！到底是仙界，就是与凡间不同。”

曹雪芹笑道：“你别忘了这里是放春山。香雪海这称谓好，雪一样洁白，海一样宏阔，如此称呼甚妙。”

“大作家，我特兴奋，很想作一首诗，你不会笑话我班门弄斧吧？”

曹雪芹高兴地说："太好啦，哈哈，影妹性情率真，我很欣赏。你有诗句就快吟来。"

影之歌思之片刻，遂吟道：

雪海绰约香漫天，同君信步放春山。
心怡酣醉不需酒，更待曹侯放傲言。

曹雪芹听罢，击掌称好："不错嘛。影妹，原来你是一位才女呀！"

影之歌嬉笑说："比你那金陵十二钗如何？我能不能算作第十三钗，列入你那正册？"

曹雪芹连连摆手说："那可是万万使不得，金陵十二钗一个比一个结局悲惨，那些都是进入我悼红轩的人物，你是有福之人，是不能与她们为伍的。"

"那就评评我的诗。"

"哈哈，看来你是有些功底的，诗句有新奇之处。只是，你盼我大放狂傲之言，只怕你会失望的。"

"不会，大作家你本来就是狂放不羁的性格，又有十分独到的见识，与你相识相交，我肯定会有大收获。"

曹雪芹说："你来到放春山看哪里都好，这是冷眼人看新鲜景，才觉得好。长居于此，也就司空见惯。就像你的家乡杨柳青，大运河穿杨柳青而过，那景致大有北国江南风韵，很有名气。我从金陵到北京，每次乘船往返都路过杨柳青，有时就住下。那里的水乡美景，运河岸边的文昌阁，古镇内的众多庙宇，我都有极深印象。"

影之歌说："您说的水乡美景今日已不复存在，如今那里除保留石家大院、安家大院一片大院区和明清街外，其余地方都已建成高楼大厦，已成为现代化大都市的一部分。不过，从古人的诗句中还能领略到古时的水乡美景。比如，‘隔堤一望似汪洋，红有芙蕖绿有秧。门泊渔舟墙晒网，村名不愧水高庄’，这水高庄就在古镇杨柳青边儿上。还有‘青青杨柳色，十里大河边。岸岸鱼虾市，帆帆米豆船’。”

曹雪芹接言道：“‘岸岸鱼虾市，帆帆米豆船。’真奇绝，好诗句。此诗很熟，似曾见过。影妹可知是何人所作？”

影之歌想想说：“如果没记错，应该是查曦。”

“查曦！”曹雪芹很惊讶，“你说是天津水西庄查氏族人查曦？啊，这就对了。我在水西庄见过查曦，那时我将及弱冠，查老爷已近花甲。我向查老爷求教过，也拜读过他的诗集，好像是《珠凤阁诗草》，刚说的诗句就是由此而见。”

影之歌非常高兴：“啊，太好啦！文学巨匠原来早就与天津杨柳青有渊源。”

初见就有这么巨大的收获，这使影之歌兴奋异常。香雪海如此迷人，引得她心花怒放，热血沸腾。她突发奇想，要做做花仙子，卧在花下享受享受。说罢用手抚平花下一块地，便真的卧了下去，舒展四肢，尽情享受。

影之歌穿的服装原很时髦，上身明黄色齐腰短衫，下身深紫色过膝短裙，躺下后一舒展，不觉肚脐眼儿露在了光天化日之下。影之歌因舒展碰掉了洁白的花瓣，花瓣纷纷落下，飘到影之歌身上，其中一瓣翻着跟头直朝影之歌的肚脐眼儿落去。

曹雪芹其实并没注意肚脐眼儿，他是在注意那些纷纷飘落的花瓣，这一情景引起他很多回忆。谁知那翻着跟头的花瓣引着他的目光奔向肚脐眼儿。这使他的目光更加呆滞，竟呆在那儿纹丝不动了。

“曹二哥，你看那里有只呆雁。”影之歌强忍笑声喷出。

曹雪芹听说“呆雁”，立刻想到自己曾经写过。那是贾宝玉看宝钗貌美看得呆了，被黛玉比作“呆雁”取笑的事儿。他再回想刚才一幕，立刻红了脸，急忙解释说："你在花下这么一卧，花瓣儿飘飘然落向你身，使我想起过去曾经有过这一幕，竟不知不觉呆住了。"

影之歌闻听，激灵坐起，急问："那一次一定是和李阿芳吧？"

曹雪芹说："不错，是与李阿芳。唉，阿芳实在令我心疼。那件事发生在给我过生日的那一天。"

"且慢。"影之歌插话说，"关于你的生年和生日，红学家们一直有不同说法，至今难以定论。先说说你的生辰，然后再说李阿芳吧。"

"好。我是一七一五年出生，属羊。那年六月十八日，我降生于江宁织造府内。因有一兄早亡，我排行第二。其实，这些信息我在《红楼梦》书中已经透露。"

"是吗，我可是没看出，也没听说过哪位红学家发现过你透露的信息。曹二哥，可否点拨点拨？"

曹雪芹哈哈笑道："仔细读是能读出的。我在第一回幻形入世时是怎样写的？'忽听一声霹雳，只见烈日炎炎，芭蕉冉冉'，这不是在说我出生在夏季的午后吗？"

"可是不知是哪一天啊。"

"且慢，第六十二回里写宝玉过生日，生日之日不就是我出生之日吗？第二天便是老爷宾天日。这两件事都没说日期，不要紧，日期藏在后面呢。贾珍不在家，尤氏很着急，掐指算贾珍最快也要半月到家。到家的那天夜晚是初三，并决定初四灵柩进府。是几月初四？后面也说了嘛。宝玉守灵累了，回西府歇息，路遇黛玉的丫头雪雁手拿瓜果之类，便想到黛玉怕凉并不吃这些东西，必是因为七月瓜果之节，家家都上秋祭的坟，林妹妹有感于心，所以在私室自己奠祭。看，七月出来了，从初三再向前捯推半月，正是六月十八嘛！"

影之歌叹道："你怎么就不怕麻烦，把自己的生日隐藏这么深，谁能看得出？"

曹雪芹笑道："知情者是能看出的。不知情者以不知为好，那时的文字犹如洪水猛兽，不防不行啊。"

影之歌叹道："啊，总算弄清您的生日了。"

曹雪芹接着说："我的降生，给曹府合家带来无限喜悦，因为，这是不幸中之万幸，遗腹之婴是男而不是女。倘若颠倒一下，就不得了，曹寅一支便从此绝后。祖母总算有嫡孙了，后来祖母跟我说，我的出生给她带来无限喜悦，精神一好，身子骨也跟着好起来。为给我起名可是费劲不小，据说共起二十多个名字，最后选中一个'霑'字。说是古人云'既霑既足，生我百谷'，表示感谢上天以雨露生百谷而养生灵的恩泽。其意是我家虽遭曹寅断后的不幸，但圣上并未将织造易位于他人，如此天恩大德使曹氏后人得以安妥，实在无以酬谢，给我起名曹霑，以谢天恩。"

影之歌说："您姓曹名霑，字和号我就说不清了，因为红学家们也其说不一。"

"我姓曹名霑，谱名天佑，字雪芹。范成大有诗，'玉雪芹芽拔薤长'；苏辙有名句，'园父初挑雪底芹'；苏东坡有诗句，'泥芹有宿根……雪芽何时动'。取'雪芹'二字，显然是取雪底芹芽生命萌动充满勃勃生机之意。至于芹圃、芹溪、梦阮那些号，都是后来的事。"

影之歌又笑道："哦，原来如此啊。贾宝玉是行二，您呢，也行二。贾宝玉就是您了！"

"是，也不是。贾宝玉的见识属于我，行二也是我，至于那些故事，是经过见过听过多人的事凑在一起的，无中生有的事也不少。贾宝玉就是这么一个东拼西凑的假宝玉。"

他们说笑着，从原路返回。影之歌催曹雪芹说阿芳的事。

曹雪芹叹道："啊，那可是我情窦初萌，尚未开放时的趣事……"

四章　秦淮无限恨

雍正五年，我十二岁，刚好一纪。为了过好那次生日，奶奶提前数日便命人张罗，让嗣父找好戏班子，去珠宝店定做带红宝石的长命锁，命工匠将大门仪门收拾一新，厅房戏楼油漆一遍。那种忙碌收拾，真像又要接驾一样。

我娘姓马，人称马夫人。嗣父曹頫都称老爷，嗣母便是太太。

我有一位堂兄叫曹霦（灵），其父曹頔是我二堂伯父。听老太太说，二堂伯父少年时很英武，有望成为栋梁之才。我祖父曹寅的诗集中有一首诗，就是专门写曹頔的："执射吾家事，儿童慎挽强。熟娴身手妙，调服角筋良。猛类必先殪，奇才多用张。风尘求志士，抽矢正盈房。"祖父在诗中赞扬这位堂伯父身手妙，有奇才，将来能成为志士，对他抱有很大希望。后来，因为堂祖父、堂祖母相继去世，曹顺嚷着分家，老二曹頔已在北京当侍卫，便将北京房产分给了曹顺和曹頔。不幸的是曹頔和夫人都去世太早，其子曹霦尚年幼，便将他接到江宁织造署中养育。因这位堂兄仅大我五岁，志趣也相投，所以我们很合得来，关系十分亲密。有不能对人说的话，我们之间能说；有不能为人所知的事，我们便互相隐瞒着。

我娘住在中堂后面的三间大房里，每日深居简出，从不多说多道，不该管的事绝对不管，除晨昏定省礼尚往来外，只在屋里做些针线女红，用以消烦解闷。奶奶过于疼爱我，护佑我，一时不见便派人寻找，时间一长，我便吃住都在奶奶处。阿芳来后，我贪恋与她玩耍，更是很少到我娘那边去。我娘也曾几次提出让我与她同住，怎奈奶奶舍不得，也就只好作罢。时间一长，习惯竟成自然。我娘是识些字的，教导女性恪守闺范和妇德的女四书，我娘几乎全能背诵。我娘做针线女红，十分专心致志，天长日久，居然做出名声来。满府里都说她有真功夫，绣的花儿鸟儿鱼儿猫儿活灵活现，比真的还好看。阿芳自幼无母，在家时婶娘常督她做女红，如今见了我娘的女红，惊喜世上竟有这么好看的女红，爱不释手，从此常去学做。

那日，我与仆人刁柱儿从西花园的桃花源书屋回来，在穿堂遇见阿芳。我见她脸色难看，正要问是何故，她却直摆手制止我。我让刁柱儿回二门外去，随即拉她进入倒厅，她才说："刚才我去给太太送绣好的肚兜，正碰上老爷与太太吵嘴，我站在窗外全听了来。"

"为的什么事？"

阿芳悄悄说："还是因为银子的事。太太说，这个月的月例银子都过去三天了，至今凑不上数发不下去，京城那边又出事了，再闹亏空，越发没银子使。偏偏老太太非要为霑儿大办生日庆典。一个小孩子家，闹这么大花销干什么？有个长命锁了，怎么还要再配一个大的，还要镶嵌宝石，就像家里有金山银山似的。照这样过法，还能撑几天？"

我急问："京城出了什么事？"

"这个我没听说。"

"老爷说了什么？"

"老爷只是唉声叹气，说霑儿是老太太的命根子，像咱们这样大户人家，多花一点本也不算为过。只是眼下手里实在太紧。京城里的事老太太尚不知，倘若知道了，是必不会铺张的。老太太治家有方，高明得很，那是人人都知道的。后来，老爷说要去禀报京城的事，我就躲到这里来了。"

我一听，知道老爷一定去了老太太那里，便急忙奔萱瑞堂跑去。

这萱瑞堂在早是老老太君曹玺之妻孙氏的居室。当年康熙帝南巡，以我家为行宫，见到孙氏，便向随从官员说，"此乃我家老人也。"众官员立即跪拜，向孙氏行君臣大礼。皇上见园内萱花盛开，色彩艳丽，忽想起古人以萱喻母，遂亲书"萱瑞堂"三字赐给孙氏。从此，这一匾额被高高挂起，成为我家门庭最为光耀的象征，赫赫扬扬炫耀数十年。

在东路织造署衙的正厅上，另有一匾，也是康熙帝所题，词为“治隆唐宋”。意思是，明朝朱元璋的功绩越过唐宋。清帝为何赞颂明帝？实与当时时局有关。清初，江南知识界人士“抗清复明”意识强烈，康熙为消除民族隔阂，缓解满汉民族矛盾，特意为之。

此一厅一堂两匾，为曹家带来无尚荣耀，也是曹家最为鼎盛期的真实写照。人人都对它们怀有深厚的敬仰之情。

来到萱瑞堂，果然老爷在这里，正与老太太诉说京城之事。我不敢走近，便故意让老太太看见。老太太招呼我过去，我坐在老太太身边，边摆弄着老太太手指上的映红宝石大戒指，边听老爷讲。

老爷说：“京城来人说，此次运送的缎匹又出岔儿了。”

老太太急问：“又是哪里出了岔子？”

“我进京述职刚回来，皇上就让内务府查缎匹有无毛病。结果查出咱们的石青缎匹俱皆落色。皇上震怒，当即宣旨罚咱们一年俸禄，并让立即织赔。”

老太太听罢，阴沉着脸，半晌才说：“果真是俱皆落色吗？”

老爷有些惶恐：“我在京缎匹入库时内务府司官并没说什么，为何我刚回来就出事儿呢？”

老太太愤愤地说：“织造在咱们手上已有六十多年，何曾出过大错？为何只在这二年接连不断地出事？去年罚俸一年，织赔两次，今年又被罚俸织赔，这么着罚赔下去，还能撑几年？年前去京城大姐家，你姐丈那话是怎么说来着？”

所说京城大姐是我的亲大姑——平郡王纳尔苏王妃。

“王爷叮嘱我要多加小心，说皇上已命两淮盐政葛尔泰监视咱们。葛尔泰报称‘曹頫年少无才，遇事畏缩，人亦平常’。皇上却说，‘岂止平常而已，原不成器’！”

老太太哼了一声：“这就对了，人既已不成器，那缎匹如何能成器？可知，这是醉翁之意不在酒。唉，看来，以后的日子是要不好过了。有些事你们不知道，内务府那帮子官老爷们早就看织造是块肥肉，几次想从咱们曹家手里抢过去都没成。要不是康熙爷护着，这江宁织造早就不姓曹了。”

老爷说：“其中内情我也听说过，织造隶属内务府管辖，每逢织造易主，内务府总管都要奏请皇上补放新官员，一直都有简派惯例。”

老太太抢过话头：“毛病就出在这里，太祖、太爷和颙儿过世时，内务府司官们哪一回不是争抢着走门路送大礼，都想得到这一肥差。织造没弄到手，礼也白送了，大堆的银子都打了水漂，他们能不憋屈？这一回他们有了机会，还不想尽一切办法挤兑咱们？”

老爷愁容满面，说：“老太太，我年轻，没见过多少世面，真不知道该怎样应酬眼下的局面。新皇上不喜欢咱们曹家，更不喜欢我，在我的奏折上居然说咱们向来混账风俗惯了，又不让我跑门路，说怡亲王疼怜咱们，只让我有事找怡亲王。”

老太太说：“幸亏还有个怡亲王给咱们撑腰，要不然，只怕咱们的家早就被抄完了。”

老太太说话的语气酸酸的，抚摸着我的头，长叹道：“霑儿啊，康熙爷在位六十一年，咱们曹家也荣华富贵了六十一年。一朝天子一朝臣，织造也是一个样。咱们家那一厅一堂两块匾要没有用了，这个织造只怕也指望不得了。从你高祖算起，咱们曹家靠军功世袭了四代的官职，只怕到你这一代就要靠自己了。你可要长志气，好好读书，不再靠什么天恩祖德，你要去考功名。明白吗？”

我懂老太太的意思，郑重地点点头。那天的事，给我印象很深，永远无法忘记。那天，我好像一下懂了许多事情，开始品尝到大人才该品尝的艰难。我对老太太说，我的生日不要太铺张，越简单越好。我不要长命锁，已有一个，多了岂不累赘？不要再唱戏，唱来唱去，还不就是那几出？至于酒，用自家产的西园灵芝酒就最好，干吗非要用苏杭的酒？

我的话还没说完，老太太的眼泪早已滚落下来，紧紧搂着我，说："我的好孙子，这么一丁点儿，就知道心疼奶奶了。可怜见的，你没赶上咱家大富大贵的时候，真真委屈你了！"

老爷走后，阿芳从插屏后走出，两腮泪痕，眼也被揉红了。我看她一眼，便觉得十分心疼。阿芳自幼失去父母，婶娘又不疼爱，因此毫无娇惯之气，遇事敏感，且人小心大。如今养在我家，看她总有寄人篱下的自卑之心。自去年织造屡屡出事，亏空越来越大，府里为减少开销，辞去不少男仆女婢，戏班子也解散了。阿芳心中有数，便处处留心，能省处便省，四季添做新衣服时，阿芳总是说自己衣服太多，不要再添。正月十五灯节前几天，她教我玩扎灯游戏，说是在家里跟人学的。结果扎出来，用粉纸糊好，上面描画上小猫钓鱼、幼童戏蝶的画儿，正月十五一打出，竟别具一格，新奇有趣。老太太高兴得赞不绝口，说我这一对孙子、外孙女实在太可人了，真是心又灵手又巧。她老人家还不知道阿芳的心事，阿芳为的是少花府里的钱，哪怕只省一文，她也高兴。

运气不好时，倒霉的事就接踵而至。又有坏消息传来，舅爷李煦的案子忽又严重起来。新查出李煦曾为雍正死敌八王爷允禩买过五名苏州女子，结果被定为允禩"奸党"。李煦辩解，说并非自己为结党附托有意所为，实是允禩派太监前来索要，后又催逼，是不得已而为之。但凭他如何解说，终无一用，李煦被判秋后处斩，其子李鼎充军发往打牲乌拉。

为此，老太太抱着阿芳好一场痛哭。那悲痛中大概也有担心曹家风雨飘摇吉凶难测的成分。

最可怜的是阿芳，她父母早已去世，仅剩的亲人祖父和伯父又遭此大难，对她一个弱女子来说真是灭顶之灾啊。

为哄阿芳高兴，我亲自跑到后街买来一个风车。我思谋着，先让阿芳玩，玩腻了再拆开仿做，比谁做得好，这样或许能让她专心致志，从而忘掉伤心的事情。

我拿着风车跑进府来，四处寻找阿芳却找不着，萱瑞堂里没有，后抱厦母亲处也没有，正厅那边太太处还是没有。我既着急，又慌神，阿芳到哪里去了呢？也许是去了堂兄霛（灵）哥那里？想到此，我急奔霛哥住所而去。

霛哥处唯有嫂夫人在，并无阿芳的影子。我万分着急，又匆匆到别处去找。

在穿堂门里，我遇见了不该遇见的事情，霛哥正搂抱着爱咬舌的那个丫头，在吃她嘴唇上的胭脂。我因走得太急太快，发现时已来到面前，再也无法回避。

霛哥大惊，放开怀中的丫头。那丫头如鹰爪下脱逃的野兔，转瞬间便没了踪影。我心想，霛哥胆子真够大，因吃丫头唇上的胭脂挨过老爷打，却还敢吃。

我不好意思地说："霛哥，我，是去找阿芳，我……"

霛哥惊慌地左右看看，见无人，忙从腰间解下一块玉佩，递到我手里："好兄弟，你可是什么也没看见，对吗？"

我会意地笑笑："对，霛哥，我冲天发誓，什么也没看见。"

我和霛哥分手后，最终在花园里找到了阿芳。我哄阿芳玩风车，拆了做，做了拆，然而，阿芳怎么也高兴不起来。我没有办法，便呆呆地看她，看她紧蹙的柳叶眉，看她流光的丹凤眼，又看她那薄厚匀称"万绿丛中红一点"的双唇。我的双眼一下被吸牢，再也离不开阿芳那漂亮得无与伦比的双唇。我如同得了魔症一般，非常想凑过去，像霛哥抱住咬舌丫头那样去抱住阿芳，吃她迷人嘴唇上的胭脂。我因不言不语盯得时间太长，引起阿芳的警觉。

阿芳诧异地问："你怎么了？"

我突然醒悟，脸上发烧，支支吾吾地搪塞过去。

从那以后，霛哥吃丫头嘴上胭脂那一幕总在我眼前出现，说什么也挥之不去。我也渐渐有了呆愣愣专盯女孩子嘴唇的毛病。

我身边有一个丫头叫翠环。翠环大我一岁，长相俊俏，心灵手巧，好察言观色，揣摩人心，最能讨人喜欢。我的呆愣愣早被翠环看透。有一天，翠环将双唇涂得很红，找一个无人的机会悄悄问我：“二爷，你看我这唇上的胭脂漂亮么？”

我看了很惊喜，称赞道：“啊，真艳丽，真迷人。”

翠环娇柔着说：“二爷，你是不是想吃我这唇上的胭脂？要想吃，趁这早晚没人，就快吃。”翠环闭上眼睛，将脸略微扬起，笑眯眯地等待着。

我浑身发抖。想是想，要迈出第一步，还真需要勇气呢。翠环朝我贴得更近，我壮起胆，终于捧起翠环的脸……

事后，翠环说：“二爷，我孝敬了你，你可不能嫌我贱，瞧不起我。我盯你也不是三天五天了，每每见你呆愣愣地看女孩子们的嘴唇，我就知道你是中了霸大爷那种爱红的毛病了。我知道二爷的性情倔强，要干的事非干成不可，但怕你饥不择食，拣个呆傻丫头去吃，闹将出去，岂不是要挨老爷的打？到那时，又丢脸面又惹主子生气，可就是我们做下人的没尽到心了。因此呢，二爷以后要吃胭脂时，只管吃我嘴上的，最稳妥，神不知鬼不觉，就不会惹是非了。”

我听了翠环这一番话，十分感动。说句心里话，从那以后，我真的把她当作知己和亲人了。从那以后，我受霸哥的传染，便也有了爱红的毛病，一日不吃都不行。可满府里人太多，嬷嬷多，丫头多，杂使的婆子们也多，到哪儿哪儿有人，真得处处小心啊。好在翠环机灵得很，从未让别人发现过。

一日清晨，翠环刚上完妆，我见房中再无别人，便将翠环揽在怀里，手捧着她的脸儿吃起来。恰在这时，阿芳一步迈入，看个满眼，立刻气得脸色蜡黄，跑了出去。我大惊，真像挨了一闷棍，推开翠环，疯了一样去追阿芳。

阿芳虽气得难忍，但不愿将此丑事张扬出去，只想找一个无人的地方去哭一场，以解胸中怨气。她一口气跑到花园竹林的后面，闷声闷气地哭起来。

我随后赶到解劝："阿芳，我错了，我不是人，你只管打我出气。"我拿起阿芳的手去打脸。

阿芳使劲抽出手，哽咽着说："你是这儿的爷，我凭什么打你？我最见不得口是心非的人。'你放心，我只和你一个人好'，这话可是你说的？"

我无言以对，沉思半晌才想出说辞："其实，我心里只有你，你怎么就不明白呢？我发誓，从今以后再不吃胭脂，若再犯这毛病，就遭雷劈，让水鬼拿了当替身去……"

我发如此毒誓，阿芳又不忍心听。我觉得她此心可用，便不住嘴地"死无葬身之地"，"下油锅挨炸"，只是一味地说下去，直说得阿芳扑上前来堵我的嘴。

阿芳心情平和了许多，说："跟你真是没有办法。你只发誓死了活了地要改，依我看，只要翠环那个小妖精在，你就改不了。真有心改，你就把翠环撵了去，让她赶快离开你，也算你说话有诚意。"

阿芳狠狠地将我一军，把我置于两难境地。撵走翠环，我实在舍不得，便是没有吃胭脂的事，也舍不得翠环离开我。翠环是何等样人，满府里丫头上百，哪一个能像她那样眼一份手一份心一份？可是，不撵走翠环，又如何向阿芳交代？

正在无计可施时，居然救星来了，霦哥慌慌张张地说："二弟，快去换衣服，老爷叫咱们去正厅迎接贵客！"

我一听，喜得心花怒放，赶快向阿芳拱拱手，老鼠避猫般窜了出去。我匆匆忙忙去换衣服，却被霦哥一把拉住，悄悄说："你还当真了？我是故意为你解围的，哪里来贵客了！"

我恍然大悟，喜得上前去掐霦哥臂上的肉，忙不迭声地说："好哥哥，算你救了我。"

数日来，阿芳的心情依然很沉重，笑颜一直未上她的芙蓉面。我知道，她主要是为身世遭际忧虑，当然，我没能痛快答应撵走翠环也是令她不快的原因之一。用什么办法能去除她的心病呢？我想，尽量多陪她也许会好些。于是，我信步向阿芳住处走去。

阿芳正在独自伏案作画。我以为她又在画花样儿，便蹑手蹑脚来到背后，这才看见她不是在作画，而是在作诗，纸上有斑斑泪痕。但见上面写道：

行行复行行，虎丘又江宁。
去去兮去去，两地皆牵情。
红楼女心高，悲哉命相薄。
转瞬家败亡，萍漂悲断肠。
长寄人篱下，自矜怀暗伤。
可怜奴顾影，想煞我亲娘。
娘亲归天早，辛酸我尽尝。
前路犹渺渺，我心更茫茫。

读罢此诗，我心头阵阵作痛，忍不住抽泣起来。哭声惊动了阿芳，她回头一看是我，唰地将纸揉搓成团，趴在桌上哭起来。

我怕惊动老太太，赶紧收住抽泣，悄声劝慰阿芳。

我恨自己无能，笨嘴笨舌劝不了阿芳。回到自己房里，苦想此事到底应该怎么处。突然想起她的那些诗句，心窍豁然打开，她所悲是她的不幸命运，所愁是她的将来归宿，最伤心的是没有贴心知己去与她分担悲伤忧愁。我不如告诉她，我愿做她的知己，要与她共担忧愁，岂不是好？此念一生，我顿时心潮热浪滚过，汹涌澎湃起来，遂有诗句如鲠在喉，伏案疾书：

说甚苦自尝，泪湿我襟裳。
说甚路茫茫，伴卿我自当。
卿是孤飞雁，徘徊鸣且哀。
吾亦变孤鹜，相随也徘徊。
卿是一枝梅，冰寒独自开。

吾当跃其上，并蒂斗寒霾。
树倒猢狲散，祸福轮回转。
山花烂漫时，把酒邀杜鹃。

这首劝阿芳的诗写出后，又想着如何给她。若直接给，她毕竟是一位受礼法约束的大家闺秀，脸面一时搁不住，反而会弄巧成拙。我只好托付她的丫头云儿，让她将诗稿悄悄放在阿芳的枕上，然后留意观察，看她怎么处。云儿是认得字的，看了诗稿，连连点头，长叹道："阿弥陀佛，实在是太好了，说的都是小姐的心病。我家小姐真的非常指望二爷关照。老太太虽也疼，可她老人家毕竟年事已高。我真不知怎么替小姐感谢你才是。"

我对云儿的话十分感动，说："难得你对阿芳如此尽心。从今以后，我们都细心想着阿芳就是。"

第二天，云儿对我说，阿芳发现诗稿后，很快藏起来，是在花园里偷偷看的，之后悄悄回来，将诗稿藏于木匣底层，放进大木箱中了。我听后心情又高兴又沉重，因为我知道，她已经把她的那颗纯净的心也一同藏匿进木匣中去了。

我们的心已经相通，再无须过多的话语去表白心迹，只需互相对看一眼，心中就会产生亲热之情。我们的眼神中早已蕴含了千言万语，在互相传递着心声。我们更亲近，更加相互体贴了。

六月十八那天早上，老太太让丫头搀着，说要到正厅那边去走走，亲眼看看我的生日庆典布置得怎么样。我也急忙上前去扶，却被阿芳喊住。老太太说："去吧，去看你阿芳妹子为你做了什么。"

阿芳在碧纱橱里，命她的丫头云儿帮着把老太太送到正厅去。我明白这是阿芳故意支走云儿，心中暗喜，便也钻进碧纱橱。

阿芳拿出两个香荷包，举起来问我："'爱'哥哥，好看吗？"

我最爱听阿芳这样喊我。我见那香荷包上一个用金线绣着寿星老，一个用彩线绣着两只翠鸟儿，便十分喜爱，问："这全是你绣的？”

“瞧你，给你送的生日礼物，我还让别人绣不成？”

荷包里透出的香味很诱人，我闻了又闻，那是茉莉花粉的芳香。

阿芳神秘地笑道：“你闭上眼睛。”

我知道她还有故事儿，便老老实实地闭上眼。我感觉阿芳在搂我的脖子，像是在挂什么东西。她的微微喘息使我面颊温热潮润，我的心不由得一阵紧跳，心里痒痒的。我再也按捺不住，一下紧紧抱住阿芳，睁眼一看，那两片漂亮的薄唇就在自己嘴边。我什么也顾不得了，伸嘴就去吻她。

“这算什么，这算什么，你欺负人！”阿芳一把将我推开，呜呜地哭起来。

听到“欺负人”三个字，我就像挨了一闷棍。我最怕她把自己摆在弱者的位置上，更怕她视自己为寄人篱下的弱者。她那哭声像一只巨手，在一下又一下地揪扯我的心肝，我感觉十分痛楚。我又什么都顾不得了，跪在那里兔子捣春般给她作揖，嘴里不停地说：“小姐得罪了，小姐赔礼了，小姐得罪了，小姐赔礼了。”

阿芳终于破涕为笑，说：“是谁得罪了谁？到底是你给我赔礼，还是我给你赔礼。快快起来，别让人看了去，惹老太太生气。”

我见她原谅了我，真是无限感激，这才想起脖子上的东西，低头一瞧，啊！长命金锁！上面还嵌着一颗绿宝石。我惊呆了，明明跟老太太说好的，不做了嘛，这又是从何而来？

阿芳说：“这是我把我的手镯、项链等所有饰物打扫净箱子底儿，请霸哥帮我从珠宝店换来的。只是折价不够，这颗绿宝石寒酸了些，是最次的。怎么样，喜欢吗？”

看着阿芳那灿烂的笑容，我心里又一阵激动，张开双臂去拥抱她，中途突然定在那里。啊，我不敢再“欺负”她了。

阿芳偷偷嗤笑，把我的两臂推开。

我心疼地埋怨说：“这不值得呀，毁了你的所有饰物，我却多了一个累赘。”

阿芳却说：“快别瞎说！你是尊贵之人，头一纪的生日，也算重要了。再说了，我的饰物，全带在你身上，你不愿意呀？”

闻听此言，我猛然醒悟，妙啊！我怎么就没想到这一层呢？可见我迂腐，这颗心远不如阿芳感情细腻。我如醍醐灌顶，立刻心花怒放，满口谢意说：“我一定好好收藏。等到洞房花烛夜之时，我一定设法给你一个惊喜。”

阿芳的脸一下涨红起来，半娇羞半生气地指责我又混说。

我的话，老太太只准了一半，金锁没做，外酒没买，可戏班子还是找了来。老太太说，酒戏，酒戏，两者缺一不可，缺了就不热闹。

鸡鸣寺和香林寺的和尚，早早就送来了礼品，紧跟着，水月庵的尼姑也送了礼品来。别的礼品我均不在意，只喜欢尼姑的供尖儿，又好看又好吃。那是用油炸过的小面条条儿，拌上蜜，再堆成塔，前后高低的间隔如尺子量的一般均匀，一层层地向上攒去，真如金玉雕成的宝塔，让人看不够。生日过后还能吃，香甜酥脆，又让人吃不够。

江宁织造府的建造格局分东中西三路。署衙居东路，内有六进院落之深。中路是住宅，从正门进去，向里有仪门、内仪门、正厅，后院、后群房、后门。中路大院里还分有东小院，西小院。我娘住的是后院，大厦房后面有后楼，内存各种物品。后楼两侧有小围墙，东西各有小门可通墙外。墙外又有一小院，沿高墙下的群房是奴仆居所。高墙中间是后门，后门出去便是大街，街北是两江总督衙门。

老太太住的萱瑞堂在西小院。从萱瑞堂的穿堂过去，走过后院，又有一个布局精巧，设计漂亮的小院，那是堂兄曹霶的居室。

织造府的西路是花园，面积最大，为东中路的总和。从大门进去，东为戏楼，西为射圃。射圃后是楝亭、西轩和桃花源书屋，戏楼后为西堂，是文酒宴会之所。西堂旁的围墙有门可通萱瑞堂大院。西堂再往后便是一大片花园，园中有山有树，有池有泉，亭台楼阁，轩峻壮丽。此园因四次接驾，多次扩建，集江南园林之胜，建得如仙境一般。因园居织造府西侧，故称西园。

生日宴会就是在西园举行。戏楼上锣鼓喧天，十分热闹。戏目点的是南曲《太平乐事》，此剧为我祖父曹寅所作。上面唱着亡夫写的戏，下面过着孙子的生日，这是老太太独具匠心的安排。老太太显得格外高兴，带着家人听罢戏，便命酒宴开始。还让仆人丫头们都上桌，并乐呵呵地大声说："今日是霑儿的大喜日子，咱们都随意吃喝，不必拘礼，只管痛痛快快地乐！"

因家境已不如前，遣散辞退了不少家丁仆人，不像先时那么热闹了。先时逢喜庆宴会，整个西堂全摆满桌子还不够，还要往西轩那边摆。今日酒宴，西堂还空闲近半。

众人都举杯祝贺我的生日，我便先干为敬。然后我先敬老太太。老太太很高兴，说："我的心肝宝贝，虽说是为你过生日，你也原该先敬我的，这才不失礼。倘若我先敬你，那可不好！"

老太太曾说过别人，小孩子受了老人的礼，要折寿的。这话她老人家很避讳，不用在我身上。

我敬过所有的长辈后，才回到桌上去。阿芳见我脸已微红，怕我醉酒，便夹了一块鹅肉给我。我正要接来吃，不想旁边有一鱼丸抢先到了嘴里。我扭脸一看，竟是翠环，不觉脸就红了。幸好正在饮酒之中，可以遮掩些个。再看阿芳颇有妒意，脸色已不大好看，那走在半路的鹅肉退也不是，进也不是，只好送进自己嘴里。我想鹅肉在阿芳嘴里一定不是滋味。

算阿芳的运气好，前几日正赶上府里为紧缩开销而裁人。我的两个丫头只能留一个，老太太让我挑。说心里话，我非常喜欢翠环，没吃胭脂前就喜欢。她精明能干，善解人意，常常是我这厢心思一动，她就知道要怎么样。她善于为人处世，而且说话得体，长相又漂亮。我真舍不得她。可是，此时若挑了她，阿芳肯定会生气不理我，又说我不守信用心里没有她。这一回，我算是品尝到难的滋味了。万般无奈，我最终还是舍弃了翠环。老太太很纳闷，但她老人家并不追根问底，又舍不得将翠环卖出去，便命留在太太身边。

翠环心里清楚，阿芳再怎么说也是主子。她呢，是老太太买来的奴才，她只有退让的份儿。从那以后，她主动退缩，见我就毕恭毕敬，不再眉来眼去。谁知，今儿生日宴上，她居然如此大胆地抢了阿芳的风头。

翠环是何等样人，岂能看不出阿芳的举止心思。翠环却装作不知，又大声说："今儿是二爷的喜庆日子，奴婢我本应备些礼物祝一祝的，可竟没能。我就借着酒宴的机会借花献佛吧。刚献给二爷一颗珠宝，再敬二爷一杯仙酒。"说着，把杯送到我的嘴边。

我只好称谢，说："翠环姐的美意我领了。"接过酒杯，一口喝干。

趁别人乱哄哄向我敬酒时，翠环走过去坐在阿芳身边，笑眯眯地向她说着什么。阿芳起初还是不悦的面容，一会儿工夫，两人竟说笑起来。我只顾忙着应酬，终未能听见她们在说什么。

老太太在那边喊："阿芳，拘着你二哥哥些，别让他醉了酒。"

有这一句话，阿芳便得了理，她夺下我的杯子，一饮而尽。再有来敬的，她只借老太太的令，索性都代我喝了。

我是已经有些醉意，心口突突上撞。周围大呼小叫三七四六的划拳声灌满园子，甚是热闹，只是我已经没有余量再去与他们混闹。

阿芳多喝几杯后就面如胭脂，甚是好看。她起身走了，我以为是去方便，心知马上便可回来，我与她再对饮一杯，说笑说笑。哪知等了半天也没见回，我便去后面的园子里找她。明明看着她走过去的，却怎么也找不着。问丫头，丫头说茅房里没有。我便发急，命丫头也帮着找。后来，在假山下的一块青石板上找到了她。这儿是我们常来玩的地方。太阳已经偏西，青石板在花丛的阴影下，倒也凉爽。鲜艳的花瓣儿时而飘落，点点片片已撒遍她身。那脸蛋上安卧着一瓣儿花，似要与她媲美争艳，岂知竟争不过，花瓣的边缘羞羞答答地蜷缩着，在那粉嘟嘟滑润润的脸蛋儿上很难为情。我真的看呆了。

阿芳睡得香甜，全然不知我在细细观赏她。她因吃酒过多太热，解开上衣上面的扣子，露出葱绿抹胸，抹胸之上的地方和脖颈十分白嫩。如此光景，我以前也见过，却远不如今日艳丽动人。我惊叹，庆幸竟有如此眼福。她穿一条石榴红绫裙子，越发映衬得她美艳惊人。为了散发浑身的燥热，她竟把绣花红鞋脱了，一双小脚白白的，俏俏的，一个个脚趾肚儿圆圆的，如同红宝石，又红又光亮。我只知道啧啧称羡，感谢天地竟有如此造化，生出这般美人儿来，却不知身后有人在欣赏我的呆态。

“爱哥哥。”影之歌喊罢哈哈大笑，“我这舌咬得够水平吗？比阿芳不会差吧？”

曹雪芹笑说：“今日听来，你的娇音又胜过阿芳了。你刚才卧在花下，使我猛然想起阿芳。我永远忘不了偷偷欣赏阿芳的那一幕。真感谢天地日月造化出如此惊我魂魄的艳丽来。也许，只是那天酒后花下才能造化出如此惊人的一幕吧。”

“您写‘湘云醉卧’时，记得有睡语说酒令，什么‘泉香而酒洌’，什么‘玉碗盛来琥珀光’，可是真的？”

“我那是借古人诗句一用，为烘托湘云的娇憨之态，并非阿芳曾经说过。”

影之歌玩笑道：“我白躺在花下了，只起个勾您回忆的作用，却一点没能引起你这多情公子的注意。”

“哈哈，影之歌啊，凭你的高雅端庄，美丽容貌，还愁引不起美男的注意吗？”

“不是夸嘴，我平时躲闪不过来呢，到仙界却遭受冷遇了。”

“仙界怎能跟人间相比？影妹，我还是说阿芳吧。”

那年我十三，阿芳小我几个月，也是十三岁，都属羊。年龄虽都不大，可在男女婚配之事上，是已经懂得了的。阿芳通晓诗词歌赋，杂书艳曲也看过，早已知道了男女间情事的那点意思。我更是看过禁书的，再有刁柱儿等男仆的教唆，已是早熟。只因有理法约束，头上高悬着道德利剑，不敢逾越雷池罢了。

可喜的是我喜诗爱画，阿芳竟也颇善其能。我们在爱情的发展上十分隐蔽，不敢声张，可在诗画上却能任意交流，无人非议。

阿芳的绘画多是花鸟鱼虫，小桥流水，追求形似逼真，是为彩绣准备的花样子。她的诗词，总体格调低沉，情绪愁苦凄凉。这与她的身世遭遇有关。从小缺少母疼父爱，婶娘对她很少笑脸，又兼家破人亡，使她无处可归，此种遭遇慢说是一弱女子，便是刚强男儿，心情也不会舒畅乐观。你该知道《红楼梦》中《秋窗风雨夕》那首诗吧，其实那是阿芳所作，后经我删改，用到《红楼梦》中，拟为黛玉所作。因黛玉人生经历与阿芳不同，原诗必须改动到符合黛玉所作。阿芳的诗原题是《秋怨》，诗云：

秋花惨淡秋草黄，耿耿秋灯秋夜长。
秋雨秋窗秋不尽，更有秋风助凄凉。
助秋风雨来何速，惊破秋窗秋自入。
秋意扰人难成眠，移烛秋屏泪潸然。
泪烛摇出我家院，如形似影却难见。
我家秋院秋依旧，不见主人秋生怨。
主人遭难蒙奇冤，秋自哀鸣秋自叹。
秋风秋雨起秋情，主人与秋两遗憾。

此诗书写流畅，可见是一气呵成。原诗稿上仅有几字删改，足见阿芳诗才满腹。当然，这与她经历有关，也是有感而发。她思念的是家乡，写的是苏州织造李家，抒发李家的冤屈，只能借秋风秋雨说话。

又过了一阵子，老太太突然让阿芳搬家，搬到我生母马夫人房里去。说是一能解马夫人寂寞，二也便于阿芳跟马夫人学刺绣。我担心是老太太知道了我与阿芳的秘密，故意隔开。可仔细观察几天，却无丝毫迹象。

后来，云儿悄悄告诉我说："二爷，你知道为什么让我家小姐搬出萱瑞堂吗？那天，老太太和马夫人说，'如今霑儿和阿芳都大了，居室该隔远一些才是，让阿芳搬出去与你做个伴儿吧。阿芳有你带着，我也放心。'马夫人连连点头，说着就要回去收拾房间。老太太又说，'你且慢，有几句话我迟早是要说给你的，不如这工夫一块儿说了吧。要说霑儿和阿芳这两个孩子，从小在一起长大，都那么聪明伶俐，又脾气相投，平时互谦互让的，多爱人。若论阿芳的品性相貌，都没得挑，也足能配上霑儿了。'马夫人抢言道，'若说阿芳这姑娘，实在太对我的心气儿了，我还要请老太太示下，认她做干女儿呢。老太太既有这个打算，自然是更好了。只是眼下提这事早了些，再过两年，到阿芳及笄之时再提，也为时不晚。'"

我一听这话惊喜得心突突跳，急忙追问云儿："老太太答应了吗？"

云儿长叹道："老太太说，'你岂知我的深思远虑，霑儿和阿芳虽是天生的一对，却断不能匹配成婚。两个孩子都属羊。常言说，十羊九不全呀。不论此话是真是假，咱也要假话真听。此非儿戏，就是塌下天来，也断不可拿咱家的孩子去试那谶语。霑儿是咱门上的独根苗，定要确保万无一失方可。如今孩子们人大心大，又都是读书识字能写会画的，早已通晓男女间的情事过节儿，咱们做长辈的该多个心眼，只可引他们以兄妹相待，切不可演化成情啊爱的。倘若不然，到那时既害了孩子，结局也难收拾，岂不糟糕？'马夫人听后很佩服，说，'我的天，我怎么就没想到这一层呀？这事非同小可，幸亏老太太心细，想得周全，要不然，岂不埋下了祸根？如此说来，这事提得不但不早，还正是时候。我记住老太太的吩咐，从此防着些就是了。'"

听罢云儿一席话，我的心里凉如冰水，愣怔半天，方问："此话你跟阿芳说过吗？”

“没有，我怕她伤心。”

我一挥拳：“好云儿，你真有心计，真会做事。千万不要让她知道，她流的眼泪已经够多了。”

老太太的这一打算如晴天霹雳，几乎把我击昏过去。我想，老太太是一府之主，连嗣父都怕她，她认定的事，如何动摇得了？谁又能改变得了？这无疑是对我和阿芳的事判了死刑。天啊，这可如何是好？我该怎么办？跟阿芳说明吗？思来想去不能，阿芳受的打击够多了，我不能再看着她掉眼泪，更怕阿芳一时想不开寻短见。跟她继续好下去吗？可是悲惨的结局就在前面等着呢。

我心乱如麻，再也不敢和阿芳眉来眼去，更害怕和阿芳单独在一起，恨不得处处都有人才好。

看得出，阿芳已经是满心狐疑了。

初冬的一天早上，我正在练字，翠环风风火火地跑进来，说：“啊，二爷可是长进了，不用人管，自己就较上劲儿了。这要是让老爷看见，该给你好脸了。”

我说：“才不是呢。这些日子老爷不知怎么的，对我的学业问得很紧，说我字无长进，命我一天必写百字，定不可少。我这也是被逼到悬崖，再无退路，才不得不应景儿的。”我又小声说：“翠环姐，你若是朝中大臣，也必是个忠臣，服侍谁，就一心只对谁，再无二意。”

“此话怎讲？”

“你在我这里时，便一心只对我好，从不东走西串，耍滑贪懒，如今去了太太处，又一心只在太太身上，总也不见你出来逛逛。像你这样作为，不算忠臣岂不冤枉？”

翠环却小声说：“不是不愿出来逛，是不敢。其实，天天都想见你呢。”

“不敢？你怕谁？”

翠环朝窗外看看，见无人，才小声说："是怕那个醋坛子。不过，听说老太太已有了主意，往后又可以不怕了。"

我听后大惊，知道翠环已听见风声，便急急地说："翠环姐，有一事相求，你答应吗？"

"二爷快别这样，你是主子，我是奴婢，奴婢只有听主子吩咐的份儿，怎敢担当一个'求'字。二爷有话尽管吩咐。"

我说："我何时拿自己当过主子？古人云，'在上而不凌乎下，处卑而不犯乎贵'，我是赞成这一主张的。你说老太太已有了主意，我也不问是何主意，我只求你，不论老太太有了什么主意，你都当不知，从此不再外传，如何？"

翠环眼珠转了转，已解其意，深情地说："二爷从来心里只有别人，只替别人着想。就冲这，我也该立个誓，二爷尽管放心，若再听我说这句话，我在二爷面前就不是人。"

我赶紧离座施礼，慌得翠环忙不迭地托住我的手臂，大嚷："使不得，使不得，我可要遭罪了。"

恰在这时，阿芳走进厅来，一眼看见此等光景，脸顿时气得通红，冷笑道："还没放定过礼呢，就急着演练对拜了。"

翠环猛吃一惊，急忙放开搀扶我的手，回头看一眼阿芳，脸腾地红了起来。我十分尴尬，一时无法说清刚才的情景，只觉脸上火辣辣的。

到底是翠环老成些，是她打破的僵局。她强笑道："阿芳小姐可曾看见老太太？天要冷了，太太要给老太太做一件银鼠比肩褂，但不知老太太喜欢石青色的面料，还是喜欢玫瑰紫的面料，让我来请老太太的示下。哪知老太太竟不在这里。阿芳小姐既没看见，我就到后面找找去。"说罢，一扭身，便一阵风似的刮进插屏后面去了。

厅里只剩阿芳和我，空气骤然紧张起来。我如何为"演练对拜"开脱？心中越慌乱越没主意。我瞅一眼阿芳，见阿芳正用利剑般的目光盯着我，似在对我逼问拷打。面对如此被动的局面，我很快把心情平静下来。没做对不住阿芳的事，干吗心虚神乱？我稳住阵脚，安详地注视着阿芳，想先听她如何发难。

“你对翠环非礼了？”

啊，原来她想到那里去了。我手指窗外，理直气壮地说：“皇天在上，红日可以作证，我刚才若对翠环非礼，愿死于日落之前！”

阿芳见我表情严肃，言语铿锵，略舒一口气，但仍有疑心：“既没非礼，没惹恼她，又为何怕她到作揖赔礼的地步？你是个主子，什么事能有向丫头赔礼的必要？”

阿芳所问极是，我无法回答。实话实说，岂不泄露了老太太的“主意”。不说，此关可怎么过啊。唉，不变通是不行了。我灵机一动，说：“翠环姐刚刚提到你挪去和我娘一处的事，说是实因你我年龄渐大，再住一个院已不适宜，老太太为此才让你搬走的。”

“就这？”

我点头。

“这就值得你作揖赔礼？可见你的礼也太不值钱了。”

我一时无言以对。

阿芳眼泪汪汪地说：“我看你的忘性忒大。‘卿是孤雁飞，徘徊鸣声哀。吾当变孤鹜，相随共徘徊。卿是一枝梅，冰寒独自开。吾当跃其上，并蒂斗寒霾’，此话可是你说的？才几日，就被你扔到九霄云外去了，可知你是何等的重情重义。你也不必再费心去编瞎话，也不必再像小偷一样见我就躲躲闪闪。莫愁此花已看厌，天涯何处无芳草，从今以后咱们丢开手，你另寻红颜知己去吧！”说罢，将我送的手帕投进我怀里，转身就走。我喊她，求她，让她听解释，她不回头，不停步，追上去拉她，被她无情地推开。

我急得几乎哭出声来，说：“阿芳，你错怪我了，我冤枉啊！”可她就是不听，竟跑了起来。

我无可奈何，唯有等待奇迹出现，希望阿芳能尽快忘掉这次误会。

嗣父因公务已进京月余，眼看天气渐渐寒冷，仍不见归来。为此，老太太及家人都焦灼不安，不知发生了什么事。一日，突有仆人从京城匆忙赶回，我领他去见老太太。仆人向老太太禀告说，老爷已被吏部扣押，说是些枝节小事，无甚大碍，核对清了便可回家，让老太太不必担忧，多多保重。

老太太慌乱之时，倒也清醒，问仆人："到底是什么枝节小事，快细说来。"

仆人说："其实还是五月里的事。老爷奉命督运缎匹龙衣进京述职，因缎匹落色，已遭皇上训斥罚赔。已经完了的事，哪知隔数月，这都快过年了，山东巡抚塞楞额又奏老爷一本，说是老爷在五月里督运织造缎匹时，骚扰驿站，苛索夫马银两。您说这事怪不怪？要是老爷真有大错，干吗早不趁热参奏？这么多年了，每次押运缎匹都有我。此回和以往并无两样，怎么就骚扰驿站了？老太太，照我看，没事，老爷过几天准回来。"

老太太说："无事便好，你辛苦这么多天，快回家歇息去吧，看看孩子可还认得你。"

仆人走后，堂兄曹霑说："此事并不那么简单，已经隔了半年多，怎么又跳出个驿站案？我总觉得有一块阴云，一直罩在老爷头上。"

老太太愤愤地说："不如说，这块阴云一直罩在江宁织造府上。我也在想，按常例，督运缎匹是江南三织造轮流去的。咱们家去年已督运过，今年该苏州织造高斌督运才对，可皇上偏偏仍让咱家督运。霑儿，你可曾往这后面想一想？"

"唉，常在河边走，怎能不湿鞋啊。"

"霑儿说得好，皇上就等你四叔湿鞋呢。等不及了，不湿，就给他泼湿！"

"啊，老太太，您是说……"

"欲加之罪，何患无辞！到了该作准备的时候了。有备就比无备强，免得日后只落下个后悔！”

我听得毛骨悚然，十分担心地问：“老太太，是不是要出事了？”

老太太抚摸着我的头，安慰道：“霑儿不怕，可怜见的，这么一丁点儿就跟着担惊受怕。没事，你是这府里的小爷，只管好好读书，大人的事不要你操心。快去睡觉吧。”

老太太把我支走，霶哥却没走，这说明老太太与霶哥有事密商。

五章　大厦倒倾间

第二天，府里开始出现异常现象，先是拉出一车细软值钱之物，后又去桃花源书屋拉书。

我觉得，大祸快要降临了。此时，我最想见的是阿芳。四处不见阿芳的影子，我猜她一定是去了西园，便匆匆跑进园子，到处寻找。

深秋时节，百草枯黄，万木萧条，西园里一派肃杀气象。我在假山后，凉亭上，曲径通幽的墨绿竹林深处，荷池旁边的小游船上，都没寻见阿芳。我很着急，也很担心，想见阿芳的愿望更加迫切。穿过分香桥，前面是百花山。此山是西园的最高处，山尖上建有望江亭，站在亭上，可以望见滚滚东流的长江。我举目望去，突见亭上站着一人，上粉下绿的斗篷随风飘摆，亭亭玉立如下凡天仙，面向北方久久凝视。看那斗篷和形象气质，不是阿芳是谁？我一阵惊喜，高喊着阿芳的名字，向山顶冲去。

我拼命跑到山头的亭子上，气喘吁吁地喊阿芳，阿芳却无动于衷，玉石般站在那里，表情冰冷，两眼泪汪汪，只是望着长江发呆。阿芳这种样子使我心冷，令我害怕。我不知阿芳在想什么，一时手足无措。阿芳是在生我的气，可那气是误会啊。我时时处处回避阿芳，还有向翠环作揖，实在都是为阿芳好。现在看来，那样做也不行，误会越来越深，几乎把阿芳逼上了绝路。我不得不重新考虑是隐瞒回避为上策，还是说明真相共同面对为上策了。我觉得再坚持前者，阿芳会被击垮，乃至出现更坏的结局。因为阿芳已确认我是在背叛她。阿芳觉得再无一个知己，已孤独到不愿再活下去的地步。我想，我只有坚定地告诉她，我会坚贞不渝地爱她，保护她，永不变心，以死抗争，宁可惹老太太生气，也要去争取与她的幸福！只有这样，才能让她重新看到希望，也才能回心转意振作起来。

我主意拿定，正要开口向阿芳诉说，她却先开尊口，说出的却是凄凄惨惨的诗句：

长江尚且有家归，孔雀东南几自飞。
位显荣华成昔梦，家亡破败剩空悲。
平生最恨食言友，此世难容负心贼。
前路苍凉多险恶，不如冷面入尼闱。

阿芳吟完此诗，虽然面如死灰，却是出奇的冷静，两眼并无泪水。可见，她站在这望江亭上已多时，望着滚滚长江水，忆着自己不幸的遭遇，已万念俱灰，决心出家为尼了。

我听罢阿芳的诗痛心不已，决心立刻重新唤醒阿芳对生活的热爱，重新将阿芳已冰冷的心温暖。阿芳从我身边走过，要下山时，被我一把拉住。阿芳拼命挣扎，意欲摆脱，我却死死拖住，就是不放。阿芳索性将斗篷解下，轻蔑地嘲笑道：“曹二爷，放尊重些，别以为你是富家子弟，便可为所欲为。”

我满心委屈，情急之下又不知如何说。一急，眼泪先流了出来，生气地说：“阿芳，我冤枉！你今日无论如何要听我说清。我说清后，随你怎样我再不阻拦。倘若你一意孤行，就是不听我说，我马上从那悬崖上跳下去，做个冤死鬼，死在你的冤枉之下！”

我的话开始起作用，阿芳的手臂不再拼命挣扎，渐渐软了下来。我将斗篷拾起，重新给阿芳披上，扶她坐下，才将老太太“十羊九不全”的担忧，以及求翠环保密的话，一一说与她。为了让阿芳彻底相信，我把云儿也全盘端出。并向她说明，所有隐瞒此事的人，都是出自同一种考虑，不愿意让她伤心流泪。

听到这里，阿芳痛哭失声：“你这种考虑，是置我于孤独之境。你还嫌我孤独得不够吗？你突然千方百计躲着我，不理我，那分明是在说嫌弃我了嘛！”

“我那是做给老太太看的呀。那‘十羊九不全’的话，全是妈妈论儿，无依无据无出处，如同说‘初一的娘娘十五的官’一样，哪里就应验了？哪位娘娘是初一生的？哪位初一生的女子又当上了娘娘？不过是俗人弄些俗语来再把俗人哄乐罢了。我想，老太太那儿须慢慢解说，迟早会通的。在没说通之前，我与你暂时远离些个，以免老太太担心生气，急而生变。可知我是老太太的命根子，这事虽说是老太太说了算，其实不如说是我说了算，到时候我说非你不娶，不准便拔剑放脖子上，谁还敢再说‘不’字。”

阿芳听到此，脸一下红涨起来，抱怨说：“你呀你，只顾自己心里清楚，却不管人家死活。你再这样哑巴吃饺子一直吃下去，可就真的再也见不到我了。”

阿芳边说边用拳捶我。望着她那赛过桃花的面容，品着这难得的再次心心相印的感觉，一时忘情，我冲动起来，一把揽过那苗条而美妙的躯体，抱在怀里，只觉满怀馨香，幸福之流在全身荡漾。我正要将嘴唇贴近那迷人的地方，却被推开。阿芳含情脉脉地说：“我们还是自重些好。别忘了这是在园子的最高处，极容易让人看见的。还是快下去吧。”

走在路上，阿芳又唉声叹气起来，说担心老太太主意难改，她毕竟是一府之尊，岂容孙子压过她去。我劝她尽管放心，老太太不准，我便不娶，直等到老太太升天后再说。阿芳大惊，去捂我的嘴。我趁势捏住她的手腕，将那只手帕塞进她的掌心。她的脸又如晚霞一样绯红了。我最见不得这鲜艳的颜色，一见心便发痒难挨。阿芳见我看她又看得呆了，手戳在我脑门上，说："又犯痴痴呆呆的毛病儿。快走吧，兴许老太太正找你呢。"

一进腊月，就该张罗着过年，可老爷还没回来，只差人回报说，驿站案没结，吏部不放人。

老爷终于没能回家过年。不过，霈哥打通关节去牢里看了他。老爷说自己已经想明白，曹家是康熙帝的亲信，不是雍正帝的亲信。新帝登基那天，曹家就该把织造位子让出来，让给雍正的亲信。你不主动让，惹新帝着急，可不就要设法寻你的错儿，找个说辞让你下去？

影之歌听到此哈哈大笑，说："您嗣父曹頫还挺逗，不说官场险恶，大官拿小官的身家性命当儿戏，还说是因为自己没眼力见儿，惹新皇帝着急了。真幽默。"

曹雪芹说："其实，嗣父是一位挺严肃古板的人。他说那话，是精神紧张心惊肉跳被扣押数月后才悟出来的，是实实在在的道理。"

影之歌说："这道理很浅显，只是被官场上的表面文章埋得太深，竟不容易发现了。"

"嗣父被扣押在刑部大牢，让霈哥捎话来说，雍正帝最恨的是他的政敌和党羽，只要不是那个圈子里的人，就不会有生命危险。说我舅爷李煦若不是后来被发现为八阿哥允禩买五个苏女，也不会被判斩刑。"

影之歌说："这一点我倒清楚，雍正登上皇帝宝座后，为巩固皇权，打压觊觎皇位的死敌。亲自写文章《朋党论》，下发给王公大臣和重要官员，通令严禁结党，违者严加惩处。如有婚嫁宴请，必须先上报参加人员清单，严加监管。雍正帝为巩固皇权，用有力的手段铲除异己，剪除兄弟中的敌对势力，先是剥夺了一母所生的弟弟十四阿哥大将军王权位，并将他圈禁，又置八弟、九弟于死地。"

曹雪芹笑道："看来你是读了不少书，知道得很多嘛。"

影之歌说："要研究您这位文学巨匠和您的大作《红楼梦》，不研究透彻清史怎么行，神瑛主事先生，我不再打搅，您还是继续说吧。"

正月初十刚过，阿芳就又操持着扎花灯。去年上元节，我和她扎的灯大受赞赏，老太太也夸奖不已。那只是我们自己手提的小灯。今年，阿芳说小灯要多扎，再学着扎几个大花灯，若能讨老太太喜欢，便挂到正厅和萱瑞堂门上去。阿芳让我写一些吉祥联语，准备用在大灯上，并让我帮她画数十张画帖儿，以备小灯上用。我们配合默契，甚是高兴。虽然老太太派两个人来，明说是帮助，实是大有监督之意，我们也非常快乐。

我趁两个帮工在厅外劈竹篾的机会，提笔蘸清水在桌上写道：有缘千里一线牵，情天情海情无边。风月情浓情不尽，与卿共度昼夜欢。写完招呼阿芳看。阿芳看罢，脸倏地红起来。

我特爱欣赏她那张红嘟嘟的脸蛋儿，怎么看也看不够，眼珠一搭上，便不愿意离开。云儿好奇，也跑了过来。阿芳见云儿磕磕绊绊地念起来，急忙去擦，嗔怪道："净混说混写的，若传到老太太那儿，不把你装笼子里隔离才怪呢！"

我嘻嘻笑道："云儿是你的心腹，不会说的，难道你还会自己说去不成？老太太要是把我关进笼子，我就哭鼻子让把你也关进去，那样可就更近了，日夜厮守了。"

阿芳被逗得扑哧笑出声："真拿你没办法，尽想好事。天下的好事都等着你呢！"

正说着，忽听正厅那边大喊大叫起来，像是有很多人在打架一样。这是从没有过的声音。紧跟着，垂花门那边也闹闹嚷嚷，吆喝声不断。我们急出厅房看究竟，只见一伙穿靴戴帽持刀拿枪的军兵快速跑过来，不容分说，便推搡呵斥着命所有男性都到正厅那边去。

我大吃一惊，知道大祸已经到来，可能是要被抄家。我担心阿芳，回头大声喊她。阿芳见我不顾军兵的拉扯向她呼喊，便也拼命地叫着“爱哥哥”，想冲过来，竟被军兵用力一推，摔倒在地。我几乎要疯了，不顾一切地想挣扎过去，被军兵打倒，然后顺地拖走。

正厅这边，霑哥、管家和男仆们俱已聚齐，在旁边恭恭敬敬地站立着，一个个像筛糠一样发抖。我也被军兵推过来，靠霑哥旁边站住。

一个身挎腰刀军头模样的人突然大声喊道：“罪臣江宁织造曹頫家人听旨！”

霑哥惊异地四处看看，很快明白，立刻匍匐在地，我和家人也随着跪下。

军头宣读谕旨：

> 江宁织造曹頫，行为不端，织造款项屡屡亏空。不设法偿还所欠款项，反而将家中财物暗移他处，企图隐藏，甚属可恶！着江南总督范时绎，将曹頫家中财物，固封看守，并将重要家人，立即严拿。不得怠忽！钦此。

军头宣读完圣旨，当即命军兵把我们锁起，命军兵衙役把前门、后门、二门、仪门，各穿堂门、垂花门、偏门、便门统统把守住，不准任何人出入。又命其他人开始各室抄检，将财物人员造册登记，并细察是否有违碍之物。

我看一眼沮丧的霑哥，虽然早有被抄家的预感，但这灭顶之灾突然降临，仍然感到很难承受，如同要天塌地陷一般。我悄悄问霑哥：“老太太和那些女眷怎么办？”

霑哥痛苦地哽咽道：“还能怎么办，听天由命吧！”

军头呵斥不要乱说话，再说就给戴上“串供”的罪名。我只好将嘴闭紧。这时才觉得腿上被打处火燎一般痛，想用手去摸一摸，才记起已经被锁住。我想到后街上被逼迫耍戏的猴儿，也是被锁住的。心想，完了，还不如个猴儿，猴儿的两只手还是自由的呢。

这时，我听到正厅后面传来尖利的哭喊声，那正是母亲的声音。我像被揪住心肝一样难受，跳起来，如狮吼一般大喊：“娘啊！”

军头呵斥阻拦我，命衙役速将我们押入督府大牢。

我不知母亲出了什么事，不知她为何尖叫哭喊。走到仪门口，我再也走不动，哀求军兵说：“军爷，求求你，让我去看一眼母亲再走。”

军兵说：“不行，不行。你没见军头已经发火？快走！”

“我给你下跪行不行？我给你磕头行不行？我娘在后面尖声大叫，我得看一眼啊！”我真的跪下给他磕头。

看来，军兵并非都是冷血之人，他见我泪流满面，头已磕青，便叹气道：“你的孝心可嘉，只是圣命在此，后面又有军头督阵，这事不是我能说了算的。”

果然，大堂台阶上传来军头的高声呐喊：“嗨！还不快走？再延误下去，定让你吃军棍！”

霦哥泪盈盈地说：“霑儿，走吧，已经由不得咱们了。”

我们被关押三个月才放出来。回到家，已经物是人非，新任官员绥赫德已经接手一切。我们的家，我们的西园，已经不再姓曹。

我们的新家被安置在秦淮河边的一个小院里。男仆女婢仅给留6人，其余114人全由皇上转给了绥赫德。

经过这场大难，老太太一下老了许多，脸颊也不像先时那么光亮润泽，皱纹明显多起来。见到我们归来，老太太一把将我搂在怀里，失声痛哭不已，引得众女眷丫头随着大哭。往时遇到伤心事都是老太太先止住哭劝别人，今日老太太竟哭个没完。是霦哥最后劝住了她们。

我急问母亲和阿芳在哪里，却无人回答。我急了，只觉心窝发冷，两眼发烧，乱问道：“我母亲呢？阿芳呢？我母亲呢？阿芳呢？”问谁谁不抬头，只是哭。我情知不妙，立刻慌了神，头发几乎要竖立起来，瞪大的眼睛已不能再大。我抓住老太太的手，哭着说："老太太，您老人家最疼我，她们都不告诉我，您可得告诉我呀！我母亲去了哪里？阿芳去了哪里？"

老太太老泪纵横，两手不住地拍着我的后背，嘶哑着声音哭诉道："我的心肝宝贝好孙子呀，你从此再没有亲娘了，你亲娘寻你亲老子去了啊！你阿芳妹妹她，她……"

老太太突然昏厥过去。屋里人都慌了手脚，急忙设法抢救。

影之歌已忍耐不住，抽泣起来，眼泪低湿了稿纸，无法再记下去。

曹雪芹擦掉泪水，笑笑说："有句话是，'天将降大任于斯人也，必先苦其心志，劳其筋骨，饿其体肤，空乏其身'。看起来，人要想成就一件事，不在苦里难里滚几遭，是万不能成的。"

"此话最是至理名言，不千锤百炼，怎能成为好钢？您本人就是个很好的例证，曹家要是不被抄，还天恩祖德那么承袭下去，您一辈子都在鲜花着锦、荣华富贵中度过，那部《红楼梦》还怎么产生？也许您这个富贵闲人以后能写出书，但一定是闲风闲月女怨男痴那一类无聊庸俗之作，绝写不出旷世名著《红楼梦》来。"

"所以，你说我的遭遇是幸呢还是不幸？"

影之歌答："这问题很简单，对大众来说，这是非常之大幸，因为《红楼梦》会名垂千古，永远不朽；但对您个人来说，就很不幸了，让您吃了那么多苦头，忍受那么多委屈，折腾得您英年早逝。"

曹雪芹笑笑说："过程很艰辛，回头再一看，倒也没什么。"

"真该感谢上苍，用富贵和贫穷的大起大落造就出一个曹雪芹，又派生出一部《红楼梦》。"

曹雪芹笑道："这的确都是天意。"

后来我听说，抄家的军兵胡作非为，到我母亲屋里翻箱倒柜，摔砸东西，把找出的金银首饰往怀里掖藏。我母亲平时足不出户，本来就非常胆小，没见过什么世面，突然面对强盗般的军兵，早已吓得灵魂出窍，浑身发抖。军兵抄检完还不作罢，又去抢夺母亲身上的饰物，还以搜身为名，对我母亲进行侮辱。母亲是被活活吓死的。

母亲去世后，阿芳哭得死去活来。阿芳与我母亲感情极好，如母女一般。丧葬之日，我还被押在牢里，连个打幡抱罐的人都没有。老太太正无奈之时，阿芳说早就认母亲为干娘，愿承当此任。虽是女孩子，也顾不得了，毕竟比没有人做要好。这才了结老太太一番心事，使丧礼能够顺利进行。

后来，阿芳突然失踪。老太太安排人四处打听寻找，终无音讯。那些天，老太太连急带悲，几乎哭瞎双眼。

一天，家中突然来了一位旧仆刘嬷嬷。刘嬷嬷见了老太太，先是请安，随后哭天抹泪说："这么大个家业，说完就完了。别说主子们伤心，就是我们这些在里边伺候过主子的人，说起来也止不住心酸掉泪。我们做过下人的，总也忘不了主子的好处。现如今帮不上什么忙，前来和主子说说话，给主子宽宽心也是好的。"

老太太忙说："忒感谢咱们那些旧相识了。这些天，来看望问候的不断，可知人情这物儿比别的东西都好。只是原先在府里时，难免有得罪和不周到处，还望旧相识们能宽谅些个才好。"

刘嬷嬷两手摇摆着说："老太太快别说宽谅不宽谅的话。我们做下人的，得永远感谢主子才是。老太太您听好，我还有一件事禀告，听说阿芳姑娘失了踪影，这事儿我很纳闷，就赶紧跑过来了，四五天前我还看见过阿芳姑娘呢。"

老太太欠起身，将头探到不能再探，急问："你见过阿芳？在哪里，你快说！"

"是那天，我从女儿家回来，刚路过鸡鸣寺不远，就遇见刁柱儿领着阿芳姑娘从对面走来。"

"是哪个刁柱儿？"

"就是咱们府上原先的仆人，跟随霑二爷的那一个。那次府上裁用人，我们是一块儿下去的。当时我问阿芳姑娘去哪里，刁柱儿抢着说，是他打通关节，去牢里看霑二爷。二爷很想见阿芳姑娘，有重要事要说，让他务必把阿芳带去见他一面。刁柱儿还说，咱们人虽离开了曹府，可不能人一走就忘了本呀。如今主子遭了难，咱能帮多大忙就帮多大忙才对。我的天，我被他几句话说得心里热乎乎。老太太您想，这个刁柱儿还真是个有心的。可是，怎么阿芳姑娘就没影儿了呢？是不是回家时走丢了？”

老太太听罢，掐指算算，阿芳已失踪五天，正合此数，一下就瘫在那里。刘嬷嬷急问怎么了，老太太强打精神抱拳谢道：“亏老妹子送信来，让我知道一些踪迹，我再谢谢老妹子。”

刘嬷嬷见老太太向她施礼，慌得鸡鸽米似的连连还礼，又说：“要说这刁柱儿真是个好奴才，他不光对霑二爷尽心效力，与府里别的主子也不错。年前夏天里，我见曹顺大老爷在秦淮河花船上请刁柱儿吃酒，要不是他效力效得好，大老爷为什么请他？”

刘嬷嬷走后，老太太立即安排人去找刁柱儿。结果，刁柱儿的家人说，他已经几天没回家了，并说这是家常便饭，平时常有十天半月不回家的时候。要问去了哪里，在干什么，除了鬼知道，就是天知道。

老太太听罢，已经感到不妙，立刻又命人设法去牢里走动，问我可曾见到阿芳。结果，让狱卒挡了回去，说上峰有令，任何人不许见，也从没来过人要见。老太太一听，便号哭起来，骂老天爷为何如此心狠，对李家这般赶尽杀绝，连一个姑娘也不给好生留下。至此，众人才弄清，阿芳是被刁柱儿拐去了，现如今已不知被卖向何方。

事后，老太太又想起曹顺请刁柱儿花船吃酒的话来，细思其中必有奥妙。曹顺在京城内务府做官，相隔两千多里，有何事能用得上刁柱儿？老太太毕竟是精明透顶之人，略加思索，便理出了眉目，心想刁柱儿可能是曹顺留的眼线。皇上为什么震怒，下谕旨抄家？圣旨里说了，说我们“转移家产，甚属可恶”。老太太说，刁柱儿肯定是曹顺的眼线。曹顺这个可恨的孽障，他去皇上那儿告发咱们，咱们的家被抄，他成了皇上的红人，在北京肯定升官了。

这事被老太太料得很准。若干年后，刁柱儿向我坦白了这一切。曹顺也正是那一年被提拔为内务府郎中兼骁骑参领，从正五品一跃而升为正三品。

此次大难没了我母亲，丢了阿芳妹，老太太痛心不已。我和霶哥回家后，此事又被提及，使老太太过度悲伤，导致昏厥。家人相约谁也不要再提伤心事，因为老太太不能再受任何打击，必须静养。

霶哥与我也需静养。在牢里审讯时常用夹刑，留下多处伤痕，再加上不得吃睡，折磨得身体极度虚弱。

皇上到底从我家抄走多少东西，后来发现内务府查抄清单，上面写着：

> 查得曹頫江宁家产：房屋共计四百八十三间，折银一万七千三百六十两；地八处，共十九顷零六十七亩，折银一千九百六十七两；家人男女大小共一百十四口，折银一千一百四十两；赤金首饰八十三件，大珍珠十六把，金盘四件，金碗八只，金匙四十把，大银碗八十个，大银盘八十个，象牙筷子八双，金壶四把，银盂四个，银碟三十六个，银酒杯三十六个，玉马一对，玉鼎两尊……（一应金银珠宝玉器，大多是祖父接驾时所制）共折银六万四千二百两。另有龙缎五匹，折银一百二十五两；蟒缎四匹，折银一百两；明补绸缎八十匹，折银一千二百八十两，金线蝴蝶缎五十匹，雀金呢十卷，八丝纱十匹……共折银三千八百两。红宝石顶貂帽两顶，灰鼠貂皮朝衣一件，银狐皮里龙缎袄一件，灰鼠短大襟袄四件，青狐十八张，灰狐三十六张，貂皮五十张，猞猁皮二十张……旧棉裤五条，折银一两一钱，短褂一件，折银六钱，缎鞋一双，折银一钱五分，毡袜两双，折银一钱四分……另有质票两千余两，外有所欠曹頫银三万两千两，欠户均对质明白，皆承应偿还。至此，以上共折银三十万四千六百六十两四钱二分。

桌椅板凳，锅碗瓢盆，大到柜橱，小到鸟食罐，没有不登抄检册子的。就连我的笔筒砚台也都归皇家所有了。抄检册子厚厚一沓，如同一本书。

到此，我家在江南营造六十多年的大宅彻底归皇上所有。我家确实是被扫地出门的，人人都是两手空空。老太太端坐萱瑞堂发号施令曾经是何等威风，我和阿芳满院满园任意玩耍嬉笑是何等惬意。可是，今日想走进那个门口一步却是再也不能了。多么残酷而又可怕的事实！我深深领教了皇帝淫威的分量。人的生杀大权并非掌握在阎王手里，阎王殿是虚拟的，真正的阎王其实就是皇帝，他让谁死谁就不能再活。皇帝的权力是儒家学说给的，“三纲五常”第一纲便是“君为臣纲”，君至高无上。君让臣死臣不敢不死，君抄臣家，岂不更是小事一桩？还要迎接圣旨并匍匐在地，还要叩谢被抄家的“隆恩”。

在秦淮河小住月余，便接到内务府的通知，让我们全家在限期内启程，返京回旗。

听到消息后，我速备一些祭品，到母亲坟上痛痛快快大哭一场。

其实，我和我的父辈们均生于斯，长于斯，秦淮河边就是我们的家乡。可我家的档案在正白旗，属京城内务府正白旗人，因做外官而离京，如今外官既被免，就理应归旗。

听说要回京城，我急得如烧着了尾巴的猴儿，此一去何时再能回来已很难说。我不是留恋曹府与西园，对身外之物我已经有了初步认识，对祸福互转已有了初步领教，我心里时刻惦念的是阿芳。

一提到阿芳，老太太就伤心，止不住地掉泪说：“傻孙子，你要留下找阿芳，那不成。咱们已经没了自由，不是你想留下就能留下的。再说，那刁柱儿哪能把拐去的活人放在家门口？如今不知走多少百里以外去了呢。”

尽管老太太说得有理，我仍不死心，坚持要去找。老太太无奈，便委派仆人良子跟着我，并说只这一天工夫，早去早回，明儿是必得坐官船走的。

我们沿秦淮河下行，过莫愁湖，穿石头城一路找去，直走得满头大汗，两腿发酸，哪里有个踪影。那时正值伏天将至，赤日炎炎，阳光灼人，越近午时，路上行人越稀少。我们几乎转遍了江宁的大街小巷，自然是仍无结果。良子出主意说，不如放下眼线，暗中等刁柱儿回家后，立即告官缉拿，再一动刑，不怕他不说出实情。良子说得有理，我也只好答应作罢。

第二天，我们全家和几个仆人从水西门外的秦淮河边登上官船，身无常物，悄然北上。因为没传出要走的消息，所以无人知晓，也就无人相送，场面极冷落，极凄凉，登船者无不眼含热泪。

我们就这样离开了这一块热土，离开了曾经是江宁第一富户的织造府第。祖上两手空空而来，我们又两手空空而去，唯一不同的，是头上多了一顶罪人的帽子。

历史就是这样滑稽有趣，这样富有戏剧性。

船过旱西门，出秦淮，入长江。一路上，我都在寻找我惦记的人。寻寻又寻寻，觅觅再觅觅，看穿秦淮楼，望断长江水，眼珠疼了再揉，泪水擦完又滴，只恨不见丽人面，人走心在彼。船桨在拨水，似在拨搅我心窝，拨水的“哔波”声，像是阿芳在呼喊救命。我再也忍耐不住，向着秦淮江宁，向着长江天空，声嘶力竭地呼喊：“阿芳！阿芳！你在哪里呀！”我痛哭失声，几乎要跳入滚滚长江去了。

老太太怕我出事，命人把我拉进船舱，紧紧搂着我，再也不撒手。

我在行船中一直郁郁寡欢，茶饭不思。别人离别是面对面，思念尚有个依托的地方，我和阿芳这算什么？阿芳啊，你从小就品尝够了命运的苦水，为什么上苍还要折磨你？阿芳啊，我的手帕你可曾收好？那《并蒂斗寒来》的诗稿可曾从箱中取出？我们扎的花灯如今还在不在？阿芳啊，我永远不会忘记假山石后，望江亭上，碧纱橱中，穿堂门里，以及咱们常在一起读书的桃花源书屋。阿芳啊，我更不会忘记你醉卧花下，使我丢魂失魄的惊艳一幕。阿芳啊，你从今以后就要孤身一人闯荡江湖了，让我怎能放得下心，又让我怎能不心疼啊！

第二部　京师醒梦

六章　官学逆心愿

京杭大运河上，飘动着两只船。蓝天无语船无言，缓缓前行着，向北。向北，向皇帝居住的地方行进。

也许是怡亲王从中相助的原因，皇上抄家后渐有浩荡天恩降至，谕令给曹家“少留房屋，以资养赡”。接任江宁织造的绥赫德因此拨给我家原产业，是北京崇文门外蒜市口的一套四合院，有房十七间半。另外，准给男女仆人共六个。老太太特别提出留下翠环和云儿。翠环不用说，是老太太的大红人；云儿呢，是阿芳从苏州带来的，也许老太太想，一旦阿芳回来，见不到云儿心里该是多么难受，因此留下她。老太太还留了吴云汉夫妇和良子夫妇，他们都是在曹府尽力多年的，且人品极好。我们一家的目的地，就是北京崇文门外蒜市口。

我和老太太都乘坐在头条船上。一路上，我昏昏沉沉，一直无法入睡，常常是刚睡着，噩梦就随之而来。路程还没过半，我就病了，高烧不止，胡话连篇。

老太太见我越病越重，便命翠环精心照顾我。翠环对我本就十分尽心，此时见我病得如此厉害，汤米难进，便十分心疼，对我加倍关爱。那时正值炎热天气，人易烦躁且易出汗，全是她日夜守着我，为我喂汤喂水，擦身洗脸。在翠环的精心呵护下，我的烧渐渐退下。老太太和众人都高兴，翠环更是欢喜，从此更尽心了，终日扇不离手，为我扇风赶虫儿。那种细微周到劲儿，真比慈母还要胜三分。为此我非常感激翠环。

老太太夸道：“多亏翠环，服侍人再没有错的，又细心，又机灵。翠环最合我心意。”

翠环听到夸奖，不知心里作何想法，只见她脸面绯红，羞答答地低下头去，边叠衣服边柔声细语地说：“我们做奴才的，本就应该细心服侍主子，把主子服侍好了，才是我们的本分。”

终于来到帝王所在的北京城。这里曾经是我非常神往的地方，霡哥常来，每次回到江宁我都缠住他问这问那。霡哥给我讲皇宫如何宏伟，诸多王爷府有多么气派。最令我渴望一见的是那些皇家园林，听霡哥讲来真比我家西园不知要强多少倍。可是，那都是以前的念想，今日踏上北京的土地，已没有了先前的心绪，因为，我们是顶着罪臣的帽子进入北京的，从此就是平民了。

曹雪芹笑着问：“影妹，你是不是已经听得很烦，快要睡着了吧？”

影之歌咬着嘴唇，以鼻孔叹口气道：“心里酸酸的，眼泪快要被您赚下来了。”

曹雪芹说：“崇文门外蒜市口那所宅子本来就是我们曹家置办的产业，如今却成皇上恩赐之物，你不觉得很奇怪吗？”

影之歌说：“这点历史知识我还懂得，您祖上本是明朝的兵，被清兵俘虏后从此成为人家的奴隶。虽然您祖上屡立战功被赏赐官职，但您曹家祖祖辈辈永远是清朝皇室家奴的身份。既是奴才，在主子面前还谈什么尊严，一切都由主子安排，包括生命。所以，您家的产业说到底其实是皇家的。”

曹雪芹连连点头：“是啊，是啊，我们曹家隶属内务府管辖的正白旗，户口就在旗籍里。官员放外差才离开旗籍，犯罪后就要回到本旗接受旗籍管理。正白旗的根据地在北京西山，崇文门外也有正白旗的地盘，都是一些官员在那里置办的房产。我家在那里仅有一个四合院，不像有些高官，都是府第。”

影之歌叹道：“可怜您这公子哥，平时男仆女婢一大群伺候您，突然变成罪臣之子，落魄为平民，您该怎么承受啊！”

曹雪芹哈哈一笑：“民间有句话说得好，叫‘只有享不了的福，没有受不了的罪’。别说我这个皇室家奴的家生子，便是八王爷九王爷，被雍正帝圈禁后，骂他们是‘阿其那’‘塞思黑’，也就是猪狗，其实活得就像猪狗一样，不也照旧能忍受吗？”

影之歌说：“是啊，人的潜力就是大，承受能力很强，朱门酒肉臭是活，吃草根啃树皮也能活。曹二哥，说说您落魄后怎么过清贫日子吧。”

我们全家人住进蒜市口那所四合院以后，老太太便让霑哥带我去吏部大牢看望老爷。老爷这才知道被抄家，及种种变故，不由痛哭流涕。知道家境已是一落千丈，从巅峰跌入低谷了，便嘱霑哥和我从此精打细算，要学会过穷日子。并说进大牢需花银子打通关节，今后不必再去看他。官也免了，家也抄了，相信他的事会很快完结。

谁知事情并不那么简单。没出十天，又有大难降临。皇上收到一份奏折，云：

> 江宁织造郎中奴才绥赫德跪奏：奴才查得江宁织造衙门左侧万寿庵内藏有镀金狮子一对，本身连座共高五尺六寸。奴才细查原因，系塞思黑于康熙五十五年遣护卫常德到江宁铸就。后因铸得不好，交与曹頫，寄顿庙中。今奴才查出，不知原铸何意，并不敢隐匿，谨具折奏闻。或送京呈览，或就地销毁，均乞圣裁。奴才不胜惶悚仰切之至。
>
> 谨奏

此事一出，皇上立即命令将老爷枷号严审。形势立刻严峻起来。

奏折中所提“塞思黑”是雍正皇帝的九弟，因与八阿哥联手反对他，争夺皇位，成为他的死敌。后二人败北，雍正将其分别收押定罪，先后处死。

奏折上说镀金狮子是康熙五十五年所铸，那时我嗣父刚接任织造不久，年轻无知，正碰上九王爷的金狮子要寄顿庙中。寄顿下以后，也就忘了这事。在此时翻腾出来，就非同小可了。谁不知当年的李煦，因被逼为八阿哥买苏女而硬是被定为奸党判了斩刑。金狮案与苏女案大同小异，皇上若说嗣父是塞思黑的奸党，嗣父便是，便可斩立决。皇帝爷此时就是阎王爷。

我家再次大祸临头，全家人真如被霜打过的荞麦，哭都没有精气神儿了。如何应对这新的灾祸？老太太说，有什么法子，还得求人啊。

我家在京城还是有几门阔亲戚的，可一个个都帮不了这个忙。任兵部侍郎、刑部尚书的傅鼐，是嗣父的姑丈，此时正在边疆带兵。我的姑丈平郡王纳尔苏，因获罪爵位被削，正在家圈禁，虽说表哥福彭袭了平郡王爵，但因阅历浅，人微言轻，不中用。大伯父曹顺不用说，正偷着乐呢。其余的亲戚，官位更低。求谁呢？说来说去，还是得求怡亲王。

老太太让霖哥去怡王府走一趟，带回来的消息非常好。霖哥说，怡亲王已经向圣上面奏，用尽婉辞，极力开脱，金狮案相信不会再有波澜。怡亲王只是遗憾没能阻止圣上抄家，说：“因有人密告你家转移家产，我也是毫无办法了。”

老爷虽逃过这次大劫，可在狱中仍很受罪，六十斤的木枷昼夜打在肩上，那种滋味，肯定是度日如年。我探视归来后，心中常想，人对人为何这般残酷无情？倘若是恶人，以恶的办法去惩恶，倒还罢了。嗣父这算什么？又想到舅爷李煦，他可是苏州有名的大善人，抚养过很多孤儿，多次赈济过灾民。他结的什么党？八王爷让做的事不做行吗？两头受皇家人的烧，后来还要问成死罪，天理何在！

经过桩桩事件后，我开始明白，很多桌面上的文章不可信，桌下的东西才是实情，而实情又总是不可告人的。比如圣上为稳固皇权，需清除异己，但他不能说“我为了稳固皇权，要清除你们这些异己”。这话是藏在桌下的，而摆在桌面上的只能是某某异己的多少条罪状，须名正言顺方可行治罪之事。再比如圣上要把江南三织造康熙的亲信换成自己的亲信，这话也须藏在桌下，而桌面上只能是李煦亏空帑银，与阿其那结党；曹頫骚扰驿站，孙文成年已老迈等语。而这些受冤的官员，实际是成了皇室争斗中的牺牲品。

由此，我想到魏晋时期的逸士高人。陶潜、阮籍也罢，嵇康、刘伶也罢，他们本都是官场之人，却一个个放着官不做，都要去崇尚自然，当逸士高人。这是为何？细观古书才知道，当官者视伴君如伴虎。他们明白，常在虎之侧，早晚被虎吃。臣为何那样怕君，匍匐在地，诚惶诚恐？就是怕被虎吃嘛！皇上一瞪眼，臣子便可吓出一身冷汗，胆量小的被吓尿裤者大有人在。逸士高人不愿享那种提心吊胆的福，他们要远离猛虎，清除担惊受怕的紧张情绪，去享受清净恬淡安逸自然。他们傲视权贵，痛恨虚伪，痛恨残暴的统治和压迫，他们不愿意与其为伍。他们“惹不起，但躲得起”。

我想到，逸士高人的可贵之处在于，宁可清贫淡泊，也不为虎作伥。我还想到，假如官场不那么黑暗，而是真正的明镜高悬；假如官吏不那么贪得无厌，人人都清正廉洁，逸士也就称不得高人，只能称不愿为民做事的懒虫了。

由此，我体会出那些每日拼命苦读圣贤书，做梦都想科举成名进士及第的儒生们，多数都是想当国贼禄鬼者。当官只是为了发财，“一任清知府，十万雪花银”嘛！那些打算靠科举成名者，以读书为晋身之阶，目的不过是为了挤入官场，去享受那不义之福。也有素怀雄心大志，意在治国平天下者，但此种人因不入时流，大多前路坎坷，受人攻讦。由此可见，官场实在不是好地方。

影之歌听到这里哈哈大笑：“大作家啊，大作家，您刚刚从荣华富贵的官场上落魄下来，就这样大骂官场上人，太不仗义了吧？”

曹雪芹说：“不落魄如何大彻大悟？有所悟后才有这些看法的。若不是我家遭遇那么多变故，我还蒙在鼓里呢，也就无法感觉到官场的黑暗。”

影之歌说：“其实，您说得有道理，在旧社会，官场上就是充斥着险恶。不过，雍正皇帝也没错。他要维护皇权，那么多弟兄都想当皇帝，争夺起来势必要动干戈，天下不是大乱了？不是要死更多的人么？不论怎样，还是稳定重要，百姓安居乐业重要，国富民强重要。曹二哥，不知我这想法是不是会受您攻击？”

曹雪芹说：“一朝天子一朝臣，这道理我还是懂得的。只是怎么就让我赶上了？赫赫扬扬百年兴旺发达的曹家，我只赶上十三年富贵尾巴，带着清高富贵病又有滋有味地享受了三十五年清贫，我能没有满腹怨愤吗？”

影之歌笑说：“没有这种大起大落，怎么会写出《红楼梦》？”

我嗣父把那顶六十斤重的大木枷一直扛到雍正七年十一月，才有幸卸下。

那年深秋，雍正得了一场大病，险些丧命。有文臣建议圣上做些大的善事，以善德冲病魔，龙体即可康复。圣上思之再三，还是性命重要，便准奏，决定宽释功臣及子孙中的犯法者，宽免无力偿还的欠银。

嗣父有幸在宽释之列，卸掉大枷，获得了自由。他拖着极其虚弱的病体回家，将息静养了半年才恢复如初。

就在嗣父得自由的当月，又有好消息传来。皇上命内务府办咸安宫官学，但名额有限，须经考核，优秀者方可入学。此事可能是皇上办的另一件善事。按规定，我属于内务府在册官员后代，有资格参加考核。

有这么一点小小的机会，乐坏了老太太和老爷。吃饭时，老爷怂恿说：“老太太，咱们家一直靠天恩祖德，辈辈都是承袭祖上的官职和织造职位。那样的好事以后不会再有了。霑儿正年少，聪明又有灵性，内务府办咸安宫官学正让咱们赶上，霑儿应该去。这或许就是咱们曹家重新振兴的机会呢！”

老太太高兴地说：“我早已听明白，你是想让霑儿去上官学，以后走科考之路。这主意好，我一百个赞成。霑儿还能指望什么？什么都没了。霑儿啊，你只能靠科举考试去拼一拼了，若能考上个举人进士的，咱们曹家也好再通显通显。”

这真要命，我正满腔愤怒恨官场，两眼怒火看考场，在这种时候，怎能答应去上官学，准备考取功名！

当时，我的脸色肯定很不好看，因为老爷突然严厉起来，厉声问我：“霑儿，你在想什么？能进官学，那是人人求之不得的天大好事，你不高兴吗？”

我忍不住了，连珠炮似的把自己的想法倾吐而出：“老爷，您的官还没做够吗？您本来没有什么错，却要遭受接二连三的迫害，理从何来？其中内情我不是不知道。九王爷铸的金狮子因为不好没运进北京，就近寄存在咱们家庙中，这有什么？老爷您居然成为奸党成员。皇上的弟兄之间争皇位与咱们有什么相干？老爷您为他们白担了干系，差点丢掉性命……”

“住口！”老爷突然发起火来，手指着我，凶神恶煞般怒吼道，“你这孽障，竟敢信口胡言！你还嫌家败得不够彻底吗？怎么这样的话也敢说！我打死你以谢圣上！”

老爷真的抄起了棍子。老太太一看不好，扑上来搂着我，呵斥老爷说：“住手！你还要动真的。你是老爷，教训他原是应该的，但岂能动棍棒！咱们家有几个儿子让你这么打，一棍子下去真有什么好歹，怎么处啊？”

说到这儿，老太太忍不住哭起来。她紧紧搂着我，好像一放松就会失去我似的。老爷的亲儿子棠村悄悄溜过来，拉住老太太的手，嘴越撇越大，终于也哭出声。我受他们感染，更想起死去的母亲和丢失的阿芳，不由地也动起感情。

老爷在哭声中逐渐消了气，将手中木棍放到原处。

老太太止住哭声后，为我和棠村擦掉眼泪，深情地对我说：“别怨老爷着急要打你，你岂能说那些犯上的话？这是在家里，要是在外头，被人报了官那还了得，那罪过比抄家厉害多了。千万记住，以后不能想说什么就说什么。还有，官学一定是要去考的，我和你老子总不能看着你渐渐长大成为废人，像你这么聪明灵巧的，不去读书求功名岂不白活了？霑儿，你一定要答应我。”

望着老太太那期盼的眼神，想想老太太那一片苦心，我的那些慷慨陈词全没了踪影。我无法不答应最疼爱我的祖母，只好向老太太点了头。

还行，我没让老太太和老爷失望，通过作诗文，写字帖，面试，我居然以优异成绩考入咸安宫官学。

皇上的这一次善德之举，给我家带来了好兆头。不说别的，自从我进入咸安宫官学后，老太太突然像变了一个人，精神头儿大增，总是说：“车到山前必有路，柳暗花明又一村。霑儿和棠村，我看都是有出息的。”老太太的好情绪带动起了全家人，四合院虽然不大，人口也不多，却是满院春光，如莺歌燕舞一般活跃有生气。

我却在心中连连叫苦，看得出，老太太是把宝押在我身上了，非常希望我能通过科举重振祖业，光耀门庭。

影之歌感叹道：“曹爱哥，您的心情我能理解。您有您的见识，长辈有长辈的见识。也许，长辈的见识要比您的见识更深刻，看得更远。”

曹雪芹说：“你说得很对，尤其现在想来，我是太任性了。我家一次又一次地宦海沉浮，使我认清官场是个既险恶又腐败的地方，因此我痛恨。这样的感受难道嗣父没有吗？老太太没有吗？他们一定会比我的感受深，因为他们经历的更多。然而，他们却能过往不记，让后代继续走那条路。我明白，他们是在为子孙后代考虑。”

影之歌说：“是啊，没有哪个家长不是望子成龙的。在清朝那个皇权时代，聪明伶俐的年轻人不去参加科举考试，哪里还有别的出路？不像现今社会，三百六十行，行行出状元。”

曹雪芹说："所以，我不能不听老太太的。老太太那么疼我，是我最亲的亲人。我要孝敬她老人家，最好的孝敬办法就是不惹她生气，让她高兴。"

"也就是说，您没再坚持自己的主见，去上咸安宫官学了？"

"是的。因为我家是正白旗旗籍，我就是八旗子弟。朝廷有规定，八旗子弟是不准务农和经商的，每月发放月银季米养着，长大后便成养育兵，有本事的就去参加文科和武科的考试，通过科考去求取功名。细想来，我若不走仕途之路，就得一辈子吃朝廷发放的那点月银季米，一生贫困潦倒，一事无成，也就成废人了。"

影之歌叹道："啊，原来是这样。看来，老太太逼迫您去上官学，不光是为了那个家，也是为了您好。老太太害怕您成为穷困潦倒一事无成的废人。您还是听老太太和嗣父的话为是，不管官场多么险恶与腐败，您都不该回避，应该知难而上。'明知山有虎，偏向虎山行'嘛！"

曹雪芹听后哈哈大笑。

七章　情切恋翠环

我家的生活来源只有旗里发放的月银季米。当然，我们的数额要比西山正白旗兵营里养育兵和兵丁高得多。月银季米也是分等级官位的。老爷和霈哥的官职还保留着，只是没任用而已。

月银季米维持生活勉强温饱，吃鱼肉穿新衣在我家已算奢侈之举，只有逢年过节才可以改善。一旦遇上看病吃药，便要拉饥荒。好在老太太想得开，她总是乐呵呵地说："人活着就这么回事，绫罗绸缎咱都穿腻了，如今换换补丁衣裳穿，岂不更新鲜？你没见官服前后都带大补丁？咱们也补。"她老人家说补就真的带头补起来。吴云汉家的已是几十年的老仆人，听着老太太的话，看着老太太那慈祥的面容，一边笑着，一边闪烁着心酸的泪花。

我在学堂内外常与同伴玩耍，衣服比谁破得都快。缝补浆洗的活儿本应吴云汉家的去做，可翠环总是抢着洗补我的衣服，然后将干净衣服折叠整齐，放在我的炕头。

一次，老太太拿起翠环刚叠好的衣服仔细看，十分满意地笑道："翠环这丫头真是干什么像什么。瞧这活儿做的，针线密密实实，要不仔细看，哪能看出是补的？简直就是织布机织出来的！哎呀，谁要是娶上这样的姑娘做媳妇，就算是前世修来的福了。"

翠环不好意思地说："老太太，看您说的都是什么呀。"

老太太说："瞧这脸蛋儿红的，越发爱人了。羞什么羞？男大当婚女大当嫁，这是常理儿嘛！你越是干得好，我越不该误了你的终身大事才对。你已是十七岁的大姑娘了，再过一阵子，给你挑个体面的女婿嫁了去，绝不能亏待你！"

翠环的脸越发红涨，急急地说："我不走，我不走。我就是不离开老太太。"

老太太笑道："我已是七老八十的朽物，不知哪一天就咽气。我可是摽不过你呀。"

翠环说话时，总是偷眼看我。

我的双眼早就盯在翠环红红的脸蛋儿上了，看得心里痒痒的。那两片漂亮的嘴唇吧儿吧儿不停地说，越发使我看得痴呆。以前，我曾在那上面品尝过多少次胭脂，自抄家以后，已有很长时间没发生过那种事，我想，那味道肯定大变了。我越想越痴，一时竟如迷住心窍一般，恨不得马上能捧住她的脸去吃。

"二爷，二爷。"

似有人在呼喊我，听来声音是那样遥远。这声音终于把我从痴梦中唤醒。我很快明白过来，是翠环的声音。我看她时，她在用眼睛和我说话，示意我注意身侧。我扭身一看，惊得险些跌坐在地上。老爷铁青着脸，正对着我怒目而视。我自知刚才丑态毕露，羞得无地自容，喊一声“老爷”，便将头深深低下去。

老爷把我叫进他的居室，声音低沉，却是极为严厉地问：“最近学业如何？”

我立刻惊慌起来。自进官学这一年多时间，嗣父和老太太一直对我的学业十分关心。嗣父赋闲在家，无事可做，只有等朝廷起用这一条出路。而朝廷似乎是官多位少，一直没有起用的音信。嗣父越是一筹莫展，把宝押在我身上的愿望就越强烈。嗣父希望我能尽快中举，赶快进士及第，使曹家能够重新跻身上层。嗣父近乎绝望的心情我能理解，但我并不愿意做官，视官场和考场为追名逐利腐败阴暗之地，应该远离它才好。我心里也明白，老太太和老爷希望我走仕途是对的，身为皇家的包衣奴，不走这条路实在没有别的选择余地。我是在这种矛盾中读四书五经，学八股文的，最怕问学业如何。今日之问，又不同往常，往常是心平气和地问，今日分明是嗣父满胸怒气，问学业是假，要惩治我是真。我心下明白，岂能不慌？

我忐忑不安地回答：“老爷，官学里如今已开讲《大学》，先生只是讲，还没让背诵呢。”

“你且说说先生都讲了些什么。”

我只觉得浑身已开始冒汗，吞吞吐吐地说：“先生一直在讲，《大学》扼要在诚意，诚意扼要在……”

“在什么？”

嗣父一声吼，使我再也站立不住，扑通双膝跪下，说：“孩儿记不得了。”

嗣父飞起一脚，把我踢翻在地，厉声骂道：“不肖的孽障！只在女孩儿身上下功夫。你把那用心的劲头拿出三分来放在学业上，也不至于说记不得了。好男儿应胸怀天下，志在四方，功成名就以后，何患无妻？到那时还要讲个门当户对，郎才女貌，一个女婢，怎就值得你如此用心？”

这时，救星老太太闻声赶了进来，见我歪躺在地上，手摸屁股，一脸哭相，便知是挨了打，急问："好好的，又是怎么了？犯的什么错？可是逃学了？"

老太太一个劲儿追问，老爷只是愤怒地看着我，无法解说，被追问急了便说："他没逃学，与逃学有什么两样？问他先生讲了什么，他竟记不得了！家里学里总是傻呆呆的，像这样不成器，还有何指望？"

"原来是这样，没犯什么大错，只凭傻呆呆就动手打他，越打岂不越呆？霑儿已是十六岁的人，有道理讲给他听，不要动手就打。也该给他留点自尊才是。"

老太太又冲我说："你老子也是为的你好。俗话说，'少年不努力，老大徒伤悲'。你可得下苦工读书，昨儿听讲的，今儿就一问三不知怎么行？能进官学机会难得啊，那里准是飞腾宝地，将来少出不了栋梁之才，你要好好珍惜才是。道理给你讲清，你若再出不着调的事，可就别怪你老子捶你了！"

老太太说得句句在理，我急忙表示："老太太、老爷的话，孩儿都记住了，从今以后一定好好读书，努力争先。"

老太太笑道："这就好，霑儿就是乖，知道心疼我，不惹我生气了。"

老爷冷笑说："这话我已听过不知多少遍，看你下一回怎么说！"

当天晚上，翠环伺候我睡下，又去伺候老太太。待老太太睡下后，又悄悄来到我面前，俯下身来低声说："我知道，你今日挨老爷的打全是因为我。二爷，我知道你为何痴呆，你准是回味在江南吃胭脂的事呢。"

好一个鬼精灵，她钻我心里去了！真是知我者莫若翠环啊！我的心简直就是她的心，我的心一动，哪怕是眼珠一瞥，她就能猜出我要说什么，要做什么。我真的很喜欢她，除阿芳外，心里真的就只有她了。如今阿芳不知去向，让我空想思念，空自流泪。幸亏有翠环，她每每见我伤心时，便不离左右，或递上一块擦泪的手帕，或端上一杯暖心的热茶，或在适当时拿过来一本书、一本画，引我转移伤感之情。我非常感激翠环，有时候，真想喊她一声“亲姐姐”。

月在上弦之时，虽不算明亮，因为离得近，我也能看清翠环的双唇。我一时激动，便悄悄喊一声：“翠环，我的亲姐姐。”声音虽轻，却满含多种情感。

两滴水落在我的面颊上，紧跟着又是一串儿。翠环哭了。她强压住情绪，从嗓子眼里挤出一句话：“这会子你想吃吗？”

我再也控制不住，热血上涌，双手一下抱住翠环的头，朝她的双唇狂吻起来。她也抱住了我的头，并将舌头伸进我嘴里……

正当我们的舌头热烈地绞在一起时，老太太在屋里喊翠环。翠环急忙离开。

老太太问：“黑灯瞎火的，你还在外面做什么？”

翠环到底机灵，回答说：“二爷白天让我找那本红皮儿的书，我没找到。刚才突然想起是在被阁儿里边抽屉的下面呢。我怕二爷惦记白天的事睡不着觉，就去告诉二爷来着。”

翠环巧舌一绕，老太太就信了。如此，我与翠环的初次偷欢大获成功。

我这才感觉到，男欢女爱的滋味竟是这般妙不可言。它能让人眩晕，让人浑身酥麻，与过去的吃胭脂大相径庭。我浑身燥热，心想，若能与翠环成亲多好，那样就能长相厮守。我又觉得好笑，怎么可能呢？自己还是官学的学生呢。

那一夜，我没睡好。

第二天早晨，翠环伺候我洗漱时，脸儿绯红，不好意思抬头看我。我趁老太太不注意，在翠环腿上拧了一把，悄悄说：“愿意当二奶奶吗？”

翠环先是一惊，左右看看无人，竟大胆地说：“这话二爷该同老太太说去。”

厅堂里传来严厉的咳嗽声。我知是老爷，忙低头洗脸。翠环也匆匆离开。

影之歌长吁一口气说：“真精彩。我能感觉到，您说的这些事才是真事呢。你怎么没把这一情节写进《红楼梦》？”

“哈哈，你是知道的，我写的书首先是由自家人看，棠村看，霺哥看，后来嗣父、怡亲王和不少诗友都看，我怎好意思照搬生活？”

“您说过，脂砚斋就是霺哥，畸笏叟就是您嗣父曹頫。按他们的批语，可是常指出某人、某事、某语都是真的呢！”

曹雪芹说：“很对，我搬用了大量真实的生活细节，却很少搬用家人皆知的故事情节。如果大事小事都照实录下，那还得了？我如何面对那些活着的人。这个分寸是不能不顾的。”

“与宝玉最好的丫头袭人，是不是就是翠环的化身？”

“袭人身上有翠环的影子，但不全是翠环。论谋略和胆识，袭人远逊于翠环。”

影之歌又问：“畸笏叟有一段评语说，钗黛二人，实为一身，是这样吗？黛玉不是李阿芳吗？”

曹雪芹哈哈笑道：“写《红楼梦》时常有这样的事，比如甄宝玉、贾宝玉，甄家、贾家，都是真真假假一分为二的。宝钗和黛玉二人合起来的兼美，确实是我心目中最理想最完美的女性，然而世上哪里去找？从品质上说，一个是具备传统美德的淑女，一个是如我一样有反叛意识又具浪漫气质的女性；从容貌体型上说，一个有杨贵妃般的丰腴之美，一个有赵飞燕一样的轻盈风韵。这便是‘兼美’之说。”

影之歌笑说：“好一个曹雪芹，野心真大，您是要占尽天下环肥燕瘦之美。您这兼美的安排早就露了馅，在第五回游太虚幻境时，警幻仙姑之妹就叫兼美，表字可卿，其鲜艳妩媚，有似宝钗；风流袅娜，又如黛玉。其实，您哪是在合二而一，您是在合三而一，把秦可卿之美也集在兼美身上了。”

曹雪芹求饶道：“影妹嘴下留情，不要把我说得太不堪。其实，红颜多薄命，在男人统治一切的社会里，女性越是美得出色，其命运往往越悲惨。”

影之歌问：“大作家，翠环姑娘长得漂亮吗？”

曹雪芹说：“要说翠环姐，的确是我心仪的一位女子。她比阿芳丰腴些，比晴雯还机灵，但不像晴雯那样锋芒毕露。她非常善解人意，伺候人没得挑。她不是受功利之心驱使去那样做，实在是出于一种天性独有的母爱之心去做的。这后一点最让我钦佩。”

影之歌又问：“她没像宝钗那样劝您在仕途经济上用心吗？”

曹雪芹笑答：“怎么没劝过？经常劝呢。一是怕我挨老爷的打，二是真真的也为以后想，不考取功名，活在世上还能做什么呢？”

“宝钗因为劝宝玉走仕途经济，宝玉翻了脸不愿再理她。您呢，您没因为这个恼翠环姑娘吗？”

曹雪芹急忙说：“千万别把我与贾宝玉等同起来看。贾宝玉是虚拟的，写他怎样他就怎样。贾宝玉的见识是我的，我心头所想又无法做成的事，都委托他替我实现了。”

影之歌笑道：“您没写一个真实的翠环，却在贾宝玉周围众多女子身上都留下了翠环的影子。我能隐约感觉到，晴雯、袭人、宝钗身上都有翠环的痕迹。”

曹雪芹说：“你说得不错，我在写那些闺阁女子时，是经常想起翠环的音容笑貌，也就难免渗透到那些人物身上。”

由于老爷的严密监视，我从那时起，与翠环就不敢表现得太亲密。但越是这样，我们的心越靠得近，只不过感情的表达更加秘密而已。

一日，我回家时正碰见吴云汉去挑水，向他打声招呼便走进屋去。东间里，老太太和吴云汉家的在那里说话，却不见翠环的影子。我要立刻找到她，把捎来的茧绸让她看看对不对。我想，翠环定在西屋云儿那里，便进西屋去找她。

云儿正在折叠洗净晾干的衣服，见我进来，噘着嘴一语不发。

我问云儿："是谁惹你生气了？翠环呢？"

云儿向西厢房一指："去那里找。"

我来不及问云儿究竟为什么生气，便蹦跳着奔西厢房而去。刚要进西厢房门，翠环突然从里面蹿出，几乎与我撞个满怀。我很吃惊，一晃间，发现翠环神情紧张，面色铁青，手里拿着一个棉布缝制的东西，匆匆向正房屋里跑去。

我紧跟其后追进去，见翠环抹泪，便问："你在哭，你怎么了？"

老太太见状，也询问何故。

这时，老爷走进屋来，紧绷着脸，像要与谁动干戈似的。

翠环见是老爷来了，惊慌得有些发抖，很快又镇静下来，笑着对我说："天要冷，老太太让我找出暖壶套。我在存物间扒扯半天才找到，刚刚拿起，突然从套里跳出个大老鼠，差点儿吓掉了我的魂。老太太，这会子没事了。"

老太太笑道："我说呢，一个大老鼠把翠环吓成这样。也真是的，离远看着不怕，抓到手里就不一样。那东西要是在我眼前突然跳出，非把我吓趴下不可！"

众人都大笑起来。老爷仍一脸严肃。

吴云汉家的说："翠环姑娘还算是有胆的，要是我，早把壶套扔了。"

老爷脸上的肌肉开始放松，但仍是倒背着手，悠然走出屋去。

我总觉得有不对劲的地方，向西房门口看去，眼睛定在了那里。

大门处有说话声，是太太和良子家的买菜回来了。

我的目光再一次回到西房门口。

晚上，翠环为我铺被褥时，我又问她："白天到底发生了什么事？"

翠环的脸上闪过一丝悲哀，很快又微笑着说："不就是一个老鼠吗，还能发生什么事？二爷，你说的那个话，怎么到如今还没有下文？你快跟老太太说呀！"

我长叹道："那事我想过，如今还在学里，说了也白说，总得再等一年。老太太是何等聪明，凡事瞒不过她老人家的眼去。品品老太太平时的言行，她是早就有了那个主意的。只是没到时候，暂且不说而已。"

翠环又说："眼下说只是为了先挑明，也不是马上就得……怎样怎样，只是为了让人知道，翠环已是二爷的人也就罢了。"

翠环的声音有些变化，语调略有伤心成分，这更引起我的警觉。我一把拉住翠环的手，追问道："你有事瞒着我，翠环，你不应该瞒着我。"

翠环冲我笑。看得出，那笑一不甜蜜，二不自然，十分勉强。翠环说："你干吗一惊一乍的？快别胡思乱想了，歇息吧。我该走了，别再等老太太催。"说着，掰开我的手，匆匆走进里屋。

我决心弄明白这个疑团。次日，寻找机会问云儿。云儿见了我，又噘起嘴来。我突然想起，云儿昨日就生气来着，因找翠环心切，没同她说话，便道歉说："姑娘别再生气了，若有对不起姑娘的地方，就请原谅些吧。"

云儿说："我敢生谁的气？只是白替我家小姐生气罢了！"

我听得出云儿的弦外之音，便叹道："你说我能怎么样呢！你家小姐但凡有一点蛛丝马迹，我曹雪芹也会不惜一切代价去找她。这四五年一直没有半点音信，我就是哭，也不知朝哪个方向哭呀！"

云儿说："我不是埋怨二爷不去找，大清国这样大，毫无音信怎么找？我也不是埋怨二爷不去哭，二爷哭也哭过，病也病过，算得上是个有情有义的痴情公子了。只是，这一年多来，二爷竟把小姐忘得一丝儿不剩，心里只装着那个她。捧在手心怕化了，掉在地上怕摔了，也忒过分些了吧？假如明儿小姐突然找上门来，又该怎么样呢？”

“啊，原来云儿姑娘是在替阿芳吃醋。真是一片真心可对天，实在令我感动。我敢向姑娘发誓，阿芳若是明日到，后日我就和她成亲。可我有那个福分吗？”

云儿脸上有了笑模样，说：“二爷没把我家小姐忘掉就好。我日里梦里总想着，小姐不知哪天就回来了呢！”

我见云儿高兴起来，便问她：“昨日你让我去西厢房找翠环，那里还有谁？”

云儿闻听，马上把脸撂下，闷迟半天才说：“老太太让翠环去找暖壶套，我是听见了的。翠环刚进西厢房，老爷倒背着手也走了去。”

听到这里，我全明白了。翠环虽然很机灵，应变能力很强，可她的情绪不好掩饰，总会露出一些痕迹。不相关的人不会发觉，而相关的人，心和心是相印的，有丝毫不对劲都感觉得出。

云儿可能是看我生了气，便有些害怕，说：“二爷，你可不能发火。老爷他是家中的老爷，你是他的儿子，千万火不得的！”

我很气愤，浑身有些发颤，问云儿：“你对我说实话，以前还看见过什么？”

云儿恳切地说：“没有，真的没有别的什么事。”

我的心稍微放松一点，但这件事对我来说，仍不是小事。从种种迹象看，翠环昨日决不是因老鼠所吓才从西厢房蹿出，而是另有原因。此事牵扯到嗣父，父与子和一个丫头的故事儿可是极为不妙。从那天起，我便多了个心眼，时时注意着，并委托云儿代为观察着。云儿因妒翠环，自然十分乐意。

八章　气斗识鄂比

咸安宫官学的学生虽说都是来自内务府上三旗的子弟，但来历却是大相径庭，有的是左领参领的子弟，有的是内务府十大司官员的子弟，也有被罢免官职在家赋闲之人的子弟。这其中，有的人家富埒王侯，门第之大一如相府，也有的人比我家还穷，住房仅三间，男仆女婢无一个。富家子弟们多染顽劣之风，或斗鸡走狗、跑马架鹰；或养蛐蛐、宠蝈蝈，嗜赌如命。年龄稍大者，常往青楼妓馆寻欢作乐的也大有人在。

与我同桌的学生名叫鄂比，满人，属镶黄旗。鄂比大我三岁，其父是内务府广储司管银库的司官，家境极富。其宅离我家不远，在羊市口附近，观之豪富如王侯。

听大人们议论，在内务府当差胆大妄为者，皆可成巨富。贪污手段多是浮销，无事做时便也没有贪敛的机会，一旦有事，财源便会滚滚而来。比如，皇宫庆寿、过年等须张灯结彩，实用一千金，敢报一万金；再比如，宫殿城垣须修缮，实用一万金，敢报五万金。审批稽核大权虽握在总管之手，但上下勾结，心领神会，只需一伸手指头，交易便成，大笔一挥，银子便从国库中流出。小部分干事，大部分私吞。这管银库的官儿最不能得罪，因他最清楚哪项差使支走多少银两。他若得了银子，便可睁一眼闭一眼将事放过。他若不得好处，为大清国负起责来，一本奏到皇上那里，弄不好可就要掉脑袋。为此，谁也不敢少给他银子。这就不得了，谁得差领银都送他一份，怎能不富如王侯？

鄂比与我四年前一样，富家子弟，锦衣玉食，毫无忧愁而言。我每天上学是来回步行，无人陪伴；鄂比每天上学是车接车送，两个书童伺候着，为他拿书包，铺纸研墨。我衣裤上有补丁，鄂比绫罗绸缎，华丽鲜艳，衣上一旦溅了墨，他便脱掉一扔，换上书童为他备好的新衣。

鄂比粗通些文墨，时而写几句诗，填一首词。也会画画，画的竹子、葡萄、鸡狗之类颇有功力。

鄂比孤高自傲，总是盛气凌人，欺硬怕软，充当好汉。学里谁最难缠，谁最身高力大，他越和谁作对，哪怕打出血来，也毫不屈服。谁越和他动硬的，他越不怕，一旦遇上软弱可怜的人，他便也绵软起来。

一个学生与人争夺一把木刻的腰刀，不小心碰翻了教习的桌子，砚台被摔碎。此人父亲不久前刚刚过世，因其父为官清廉，家中很穷，母亲又得重病。他平时就很老实，少言寡语，如今屡遭不幸，更显得可怜。此事一出，将要面对教习的严厉斥责，很可能要挨板子。他十分害怕。教习来到果然大怒，抄起戒尺大喝："是谁干的？"那个学生还没开口，鄂比突然站起，响亮地回答："是我！"结果，鄂比替他挨了扳子。教习边打边问："知错吗？"鄂比就是不吭声。教习越打越气，直到累出汗方罢。鄂比手掌被打肿，屁股被打青，十来天手不能写字。那学生感激地哭着向他道谢。他眼一瞪："哭哭咧咧做什么？快滚！"

鄂比兴趣广泛。琴棋书画，跑马射箭，他都爱好，但是都不精到。因为他总是移性，兴趣常变。后来，他又喜欢上了养蝈蝈。我知道，他这是跟八旗纨绔子弟学来的。

来到学堂，趁教习还没到，鄂比从怀中取出一个精美的小葫芦，边把玩边冲我炫耀说："雪芹，瞧我这个小玩意多精致！真是天然成趣，就怕再巧的工匠也造不出。"

我接过一看，的确漂亮，长不过五寸，圆肚细腰，葫芦口是象牙镶嵌，光滑白净。肚上有图案，一座凉亭，亭中一对男女，昂首欣赏高山流水，意韵悠闲恬淡，正与葫芦蝈蝈相映成趣。我不禁脱口称赞："好物！真是好物！"

鄂比听我夸奖，高兴地笑道：“哈哈，曹雪芹能说好实在不易。这说明我没看走眼，还是有鉴赏水平的。知道吗？这是元朝的物儿，是我花十两银子在鸟市上买的。”

听说是元朝的物儿，我不禁又细看一遍，画下落款模模糊糊，似是“至顺元年”字样。推算起来，已有四百年的光景。我不相信，便说：“一个小葫芦能在世上流传这么久？是赝品吧？”

这一句话惹恼了鄂比。他生气地说：“曹雪芹，不要以为你才华横溢。你懂个屁！”他一把从我手中夺过葫芦，又举到我面前，傲慢地说，“看清了吗？这上面有一层光彩，这是被手掌把玩四百年才磨出来的。多高的制赝能手能造出这个？哼！”

这时，已有不少学生围过来看热闹。鄂比将葫芦再次塞进我手中，说：“你再欣赏欣赏里面的蝈蝈，它通体发红且放光，看看是因为什么？再看看是不是赝品！”

围观的学生有几个笑起来，显然是在帮鄂比嘲笑我。我被激怒，可一时又无好办法还击，便将葫芦盖打开，扭过身子，故意放出蝈蝈。鄂比见状慌了神，急忙去捕捉蝈蝈。有几人手忙脚乱地帮起忙来，学堂里顿时乱作一团。

正当鄂比捉住蝈蝈之时，教习一步走进门来，看个正着。教习顿时气如斗牛，几步来到鄂比面前，夺过蝈蝈狠摔在地，又踏上一只脚。教习朝鄂比怒吼时，又瞥见书桌上的葫芦，一把抓过去，也踏得粉碎。

“玩物丧志！玩物丧志！你懂吗？此乃纨绔子弟不学无术不求上进者之恶习，是颓废腐败之风气！圣上英明，不惜动用国库帑银办官学，意在为大清培养栋梁之材，岂能容尔等将颓废风气带入学堂？来来来，今日正好借你以儆效尤。不打断这戒尺决不罢休！”

这一顿痛打，直看得众学生心惊肉跳。戒尺每落一次，学生们便咧嘴一次。鄂比真能忍耐，每挨一次打，便疼得梗一次脖子，但他一直牙关紧咬，二目圆睁。

放学后，有几个学生叽叽咕咕。我猜他们可能是想看热闹，鄂比这狗脾气肯定不会作罢。他是个专门爱碰硬的主儿，再加财大气粗，有恃无恐，怎么会把我这个抄家落魄的穷小子放在眼里。以他的脾气，是非把我治服不可的。

然而，出学堂后，鄂比仅仅轻蔑地看了我一眼，便坐上前来接他的车扬鞭而去。想看热闹的人扫兴四散，我的心情却沉重起来。从鄂比上车前的眼光里，我已经看明白，鄂比没拿我当回事。这并不是说此事已完，而是他在显示他必胜的傲慢姿态。说来也是，我有何力量能与他抗衡？凭势力，凭财力，凭个人的气力，都敌不过他。我想，他肯定是先走一步，在半路上等我去了。啊，我该如何应付这个强敌？

此时，我真羡慕那些天下无敌的游侠剑客。若有那本事，还怕谁？我揣度一场恶战将不可避免，鄂比指使两个书童就能把我打败。绕路走吧，躲开他们。不行，今日躲了，明日又当如何？干脆，勇敢面对，别无选择！我在路边拣了两块尖利的石头，藏在身上，心情才略有些平静。

静下心后，我又想到，错了，不该逞匹夫之勇，更不该以弱势硬去拼强敌，那只能自取灭亡。应智取或暂避锋芒才是上策。

可是，晚了，我已经走入鄂比布好的埋伏圈。就在一个街口拐弯处，我猛然发现鄂比就在前边车上朝我冷笑。我知道事情不妙，猛回头，两个书童已从后面扑来。我急忙去掏石头，可为时已晚，已被书童捉住手，拳脚雨点般朝身上击来。我初时还能防中有攻，很快便力不从心，只有挨打的份儿了。

这时，突然听到一声断喝，两个书童吓得跌跌撞撞跑向鄂比。书童要赶车快跑，鄂比说：“怕什么！不就是几个兵吗？我不信他们会偏向这个穷小子！”说罢，竟下车朝这边走来。

我从地上爬起，回头一看，果然是几个身穿盔甲的军兵，其中一个用鞭子指着鄂比：“嗨！光天化日，天子脚下，为何聚众欺人？”

我见军兵中有一个穿将军服的，定睛看时，啊！这不是表哥福彭吗？此时，表哥也认出我来，急忙翻身下马，扑向前将我搂住。

那几个军兵一看这情景，不容分说，立即将鄂比和书童抓来，举鞭就打，边打边骂。毕竟是军旅行伍之人，一下手便是狠的，几鞭下去，两个书童就哭爹叫娘跪地求饶。鄂比脸上被鞭梢扫出一条血痕，此时他也不硬气了，两眼露出乞求哀怜之意。

我见打得重了，忙上前先拉住打鄂比的军兵，又劝住另外两个。

一个军兵请示："都统大人，要不要把这三个歹人押走？"

我忙阻拦说："表哥，不必不必，这一个是我的同窗，那两个是他的书童。今日只为一件小事，就此撒手也就罢了。"

福彭说："表弟习性未改，仍是仁爱至上，宽大为怀，心中只想着他人。你竟忘了刚刚还被他们按在地上打呢！"

我说："我原也有错，是因为我毁了他的宝贝葫芦和蝈蝈。"

鄂比此时竟冤得哭起来，呜呜着说："你知道我费多少心血饲养那虫儿？每日除萝卜、葱叶外，还要喂朱砂，才喂得它通体发红放光，精神十足。我正要带它去宣武门参赛，争夺'大将军'宝座，谁知竟毁在你的手里！"

鄂比是有名的硬汉，挨多重的打从没哭过。可今天他竟为一个死去的虫儿哭泣，可见他对蝈蝈宠爱至深。他虽比我大三岁，仍满是天真憨直。为此，我竟同情起他来。

福彭问清情由，将脸一绷："身为官学生员，不好好读书，准备报效国家，竟痴迷于不良嗜好，这是有背皇恩！倘若被圣上知道，必治你父教子不善之罪，除掉你官学学籍！今日看在我表弟曹霑的分儿上，暂且饶你。日后再胡作非为，看我怎么治你！"

福彭告诉我，他已从边关回京述职，改日便去看望姥姥和舅舅，又让鄂比用车送我回家，这才率兵一阵旋风似的刮去。

经过此次风波，鄂比突然对我好起来。他说我够朋友，讲义气，不仗势欺人，且以德报怨。他说是我救了他，按那天的情形，我若是心胸狭窄，小人得志便猖狂，向外推他一推，说不定他就会大祸临头。他说我居然拉他一拉，使他免去一场灾难。他认定我这样的人最可交。从此，他每天上学都去接我，放学又送我回家，让他的书童为我研墨，干这干那。

鄂比对我的友好，使众同窗大惑不解。他们本要看鄂比如何惩治我的，结果反而鄂比与我情同手足起来。事后弄清原委，大家都对我刮目相看。我在学里的威信一下提高很多。我因在诗画方面功底略深一些，鄂比一有空闲就邀我吟诗作画。或在酒肆，或在他家。

家中生活越来越吃紧，常常捉襟见肘，抄家前私藏的一些东西这几年都贴补用尽。霧哥被小怡亲王聘去当西宾，霧嫂也跟了去。老怡亲王不幸病逝，雍正皇帝认为弘昌、弘皎和弘晓三个侄子中，老三弘晓是可造之才，遂将王位赐给了弘晓。霧哥和霧嫂走后，四间东房便空了出来。

那天吃饭时，老爷向老太太建议："这崇文门外是京城的咽喉繁华之地，平时客店里常客满，再遇大比之年，四方考生云集，需要住房的人更多。不如将良子夫妇和厨房都挪进东房，南房可腾出四间出租，收些租金以补家用岂不更好？"

老太太十分赞同，说："这主意倒使得。如今也顾不得体面不体面了，还是银钱管用，既能吃，又能穿，还能应酬事儿。就依你，出租。"

老爷又说："我想把寄存在昌龄表兄家的书也取回来，送到琉璃厂，能换回不少银子的。"

老太太沉了沉说："这件事可要好好思量，那些都是你父的藏书，上面全盖有曹楝亭的印章。咱们是被抄过家的罪人，突然又拿出那么多被抄前的书，不会是好事吧？别再因为这个引火烧身。"

一提起祖父的书，我就高兴起来，试探着问："可否取回一些来，不卖，让我读？"

老太太说："这个倒使得。顺便也探探他的口气。这个昌龄，可比不得怡亲王和平郡王厚道。你们去一趟看看吧。”

昌龄的父亲傅鼐是我祖父的妹夫，他该是我的表叔。昌龄是雍正元年进士，现任大学士一职。

来到昌龄家，各自见过礼，老爷提起寄存藏书一事。昌龄突然紧张起来，矢口否认是寄存，说已经付了银子，是买下的。并匆忙拿出几本书来让老爷看，说上面早有他的印章。

我起身一看，啊，多么熟悉的书啊，每本上都有“曹楝亭印”四字。令我不舒服的是，旁边都多一个“富查氏昌龄”的图章。这能说明什么？书在你这里，你不是随便加盖什么章都行吗？这怎能证明书就是你的了？

老爷对此说法不是持怀疑态度，而是根本不信。我也是这样认为。是霈哥把书送到昌龄这里的，霈哥做事一向诚实忠厚，决不会匿下这笔钱财。但昌龄一口咬定，如之奈何？

老爷终于禁不住问：“可有凭据吗？”

昌龄显得很尴尬，一看便知是做贼心虚，他吞吞吐吐地说：“凭据？笑话，真是笑话，难道我还信不过表侄吗？给他银子还让他签字画押？你们该明白，你们是被抄家的罪人，我为罪人私藏家财该当何罪，你们也清楚。我堂堂大学士，乃大清重臣，岂可知法犯法有背皇恩？我付了银子算买下的，就不属于替罪臣窝藏家财了。告诉你们一个好消息，圣谕已经下来，我父就要从边关回京，接任兵部尚书一职。感谢万岁隆恩，这是我富查家的荣耀，你曹家也该高兴才是。我父回来，少不了关照你家。此时，切不可再提那私藏书籍的犯忌之事。否则，弄假成真，便可招来大祸。你们来个再遭查办，我们也要被殃及，何苦来？”

老爷闻听此言，知道再说无益，便陡然站起，拱手道：“告辞了！”

我急忙说：“表叔，我特别想读爷爷的书，可否让我带回几本？”

昌龄嘻嘻笑道："要说借，是借。"随后，给我找两本，又说，"这上面有我的印章，不要忘记，这是借我的书。"

老爷很生气，要夺下书给他扔回去。我急忙向老爷投去恳求的目光，这样，我才得以拿回两本书。

回到家，老太太闻言十分生气，不住口地骂，恨当初看错了人，骂昌龄是"鬼难拿""小人精"，从小就看他不好弄，谁知到如今竟让他坑一头儿。这还是个哑巴亏，说不得，闹不得。哼！他这叫乘人之危！他这叫落井下石！他是无耻小人！曹家怎么会摊上这么个无赖亲戚。

老太太骂够了，又嘱咐此事定要瞒着霑哥。霑哥显然被扣个私匿书银的帽子。他正年轻气盛，如何受得，必要找昌龄去对证。到那时，一经官，旧案就会死灰复燃，岂不坏事？家人都知这事关系重大，连连点头，答应一定瞒住。

次日，表哥福彭看望他的姥姥来了。

老太太一看是福彭，喜得合不拢嘴，连声说："果然是小王爷来了。哎呀我的好外孙子，姥姥夜里做梦都想着你呢。"说着，便颤巍巍地站起来，要给福彭施大礼。福彭赶紧接住，连说："姥姥，快请起，免了免了。"扶姥姥坐在原座位上。

老爷和太太闻讯出来，见是福彭，忙跪地施礼："给小王爷请安。不知小王爷来到，有失远迎。"

福彭上前扶起，说："舅舅舅母免礼。在自己家里，何必拘束。这样反倒不自在了。"

我也向前施礼。福彭笑道："你还凑热闹？快过来坐吧。"

这时，护卫抬上一个大礼盒。

老太太说："人来了就好，我是想人，又不想东西，破费这些做什么。"

福彭说："姥姥，舅舅，舅妈，我这趟外差一去就是两年。这么长时间没能来尽孝心，实在心中有愧。”

老太太说：“小王爷到底是有大出息的，二十出头的年纪，就当上了都统。唉，可怜你娘，没有那份福气，倘若今日还活着，眼见自己的儿子这么威武英俊，统帅大军，心里该是多么受用！”说着，不觉伤心起来。

老爷劝道：“死生有命，富贵在天，谁也没法改变，老太太想开些吧。好在小王爷有德有能，不光袭了王位，又被提升为都统，将来还不知要升到哪一步呢。先姐在天之灵会知道的，也会高兴的。”

老太太说：“是这话，理儿也不差。只是一见了小王爷，就不由得想起他的娘。唉，不提这个了。老王爷一向可好？”

福彭答：“父王身子骨还结实，只是圈禁在家，不得自由，脾气比以往更加暴躁。”

老太太说：“有的人享福就享在好脾气上，你父王倒霉就在他那个脾气上。因脾气不好被降职，圣上给他面子让他管上驷院，他却埋怨圣上让他像孙猴儿一样当弼马温。他把圣上气着了，圣上还不削他王爵，圈禁他不许出门？小王爷袭了你父的王位，又随了你娘温和沉稳的好脾气，这可真该谢天谢地！你可知道，你表弟霑儿跟你一样，你俩的一举一动有时很像你姥爷呢！”

福彭笑道：“我娘在世时，也说过这样的话。”

听说表哥有些地方像爷爷曹寅，我立刻对表哥产生敬慕之情。

随后，老爷与福彭闲聊，诸如边关战事，军营生活之类，后来又问起我的学业。

福彭说：“若论表弟的天资和家学渊源，咸安宫官学里没有几人能比。只是听说表弟颇有蔑视官场、淡泊名利的意思，这可万万使不得。你正年轻有为，须努力去读举业之书，唯科举之路才是你的正当人生途径，切不可受那种消极避世、清静无为思想的影响。”

老爷高兴起来，赶紧说：“小王爷说得极是。亲戚就是亲戚，别人谁来教导？小王爷，霑儿可是你的亲表弟，往后希望你能多留心他。有你管，我就放心多了。”

又聊了足有一个时辰，福彭才告辞。临走时留下二十两银子，让补贴家用。又让我们有空多去他家走走，说老王爷也很想与我们说说话儿。

时隔不久，福彭又沐皇恩，被提升为宗人府右宗正。

那天，老爷带我去平郡王府，老王爷一见我们的面就大发雷霆：“皇上看不上我，你们也看不上我了是吧？嫌我是个废人，被圈禁起来像个牲口一样了是吧？”老王爷说着，竟呜呜地痛哭起来。

老爷急忙劝慰：“老王爷息怒，老王爷息怒，奴才绝没有那个意思，奴才怎敢看不上老王爷，是因拿不出好东西孝敬您，不好意思前来搅扰。”

老王爷急道：“我何时稀罕过你们的东西？便是你江宁织造最风光的时候，我也没稀罕过你们的东西。我如今还是有碗粥喝的。不要以为你大姐已经去世，这儿就没有你们的亲人了。我还是你的姐丈，霑儿，我还是你的姑丈，你们敢不认么？”

我急忙接茬儿说：“老王爷，大姑丈，小奴才内侄曹霑这厢有礼了！”说着，就下跪磕头。

老王爷果然高兴起来，上前扶起我，又命家人快备茶，转眼喜笑颜开，就像换了一个人一样。

老王爷说：“我知道你们的日子不好过，那是明摆着的事。皇上抄家狠着呢，是不会给你们留下什么的。唉，如今把我圈在这个院子里，不许我出这个大门，我也没法儿帮你们。嘿！皇上的话比孙猴儿的金箍棒还管用。孙猴儿的金箍棒这么一划，妖怪就进不去那个圈，皇上的圣旨这么一下，嗨！我就出不了这个门。”

闻听这么大胆有趣的言语，我高兴得笑出声来。嗣父却有惊慌之色，悄声说：“老王爷，说话可要小心，切不可引火烧身。”

“怕什么！这是我家，不是金銮殿。难道你们还会奏我一本邀功么？”

嗣父笑道："到底还是加些小心为妙。只为一时说话痛快，招灾惹祸，何苦来？"

老王爷说："你以为我傻？要是皇上的亲信坐在这儿，我才不说这样的话呢！"

我非常喜欢老王爷这种性格。天真憨直得像小孩一样，性情爽快，容易接近。身为王爷，却没有王爷架子。

我问："大姑丈老王爷，您每日在家，是不是很寂寞？"

老王爷把头一摇："不寂寞，烦了就唱嘛。嘿！大侄子，唱是真好，痛快，有多少烦恼，张口一唱，就都出去了。前几天，又有人送我两只鸡，嘀！这两只鸡，腿高脖长，威武雄壮，浑身乌黑发亮，斗起架来，一个比一个勇猛。有了它们，我还能寂寞？待会儿，我带你们爷儿俩去看看。"

我说："回头我给大姑丈送一对蛐蛐一对蝈蝈来，留着您开心取乐。"

嗣父猛然将脸转过来，严肃而又满带疑问地看着我。我急忙向老王爷解释说："官学里有一位同窗，他嗜好摆弄这些虫儿，家里养着很多。他一直要送我，我都没要。这一次拿来孝敬您吧。"

老王爷眯缝着眼哈哈笑道："内侄儿孝敬我是头一回。哈哈哈哈！"

嗣父问："听说绥赫德被削了官？"

"不错。这个狗东西，拍马屁没拍好，反被马蹄子踢了。他接下你的江宁织造，凭空捞去多少好处？这一次惹恼了皇上，皇上看在旧情分上，只削了他的官，丝毫没动他的家产。其实，他的家产不都是你曹家的家产吗？皇上一句话，全赏给了他。前日，他还找我来着，给我送两件古玩。我猜，这老狐狸没安好心。我是被削爵圈禁的罪人，他讨好我干吗？他肯定是看好福彭了。福彭与四皇子宝亲王弘历关系密切，弘历刊印《乐善堂》诗集，请福彭为他作序。近日福彭又晋升官职，他是看出门道来了。也好，等他再来时，我得算计算计他，不能让他白得你家的东西！”

嗣父连忙阻止说：“老王爷，这可使不得，过去的事就让他过去吧，千万别再节外生枝。您该在家静心安养才是。”

老王爷说：“我是该静心安养，可有时候是我这脾气说了算，你压迫它，它就在里边尥蹶子，不放出它来就受不了哇！”

老王爷逗得我哈哈大笑。我想，老王爷敢在金銮殿上与皇上顶嘴，嘲弄皇上，虽被削了王爵，也值。因为，他曾经是那样地痛快过一回，潇洒过一回。比起那些诚惶诚恐，唯唯诺诺的庸官，可是活得洒脱多了。

时隔不久，老平郡王派六阿哥福靖和太监往我家送三包袱银子，共三千两。福靖大我一岁，也是我的表哥。

福靖说：“这银子是绥赫德孝敬的。绥赫德向我父王说，他已将原来曹家在扬州的房产变卖，得银五千两。虽说皇上早已将此房赏给了他，可他总觉得于心不忍。现如今曹家挺艰难，这五千银子他已用了一千二百两，剩余的说要贴补曹家。父王很高兴，向绥赫德说，暂且就算借他的，也没写文约，我看不过是个托词。这三千八百两银子，父王说他留八百两用，剩下三千让我送了来，请姥姥和舅舅收下。”

老爷一听便眉头紧皱，跟老太太说：“这可使不得，不知哪天犯了事，丝丝缕缕地捯将出来，就是一大罪过。我看还是让小阿哥将银子带回吧。”

老太太说：“那就使得么？老王爷的脾气你又不是不知道，你这样硬邦邦地退回，是成心让他发火。暂且将银子收下，你再与老王爷慢说细摆去，看这事怎么处为好。”

果然被老爷说中，到初冬时节，绥赫德案发。本是与古董商沈四间的平常交易，严刑审讯之后，绥赫德又说出借给老平郡王纳尔苏银子的事。因无借据为凭，绥赫德落个行贿钻营罪。内务府奏折并称：

原平郡王纳尔苏，已被革去王爵，圈禁在家，不许出门，今竟暗里与罪臣绥赫德往来行走，借取银物，殊干法纪。今一并请旨均乞圣裁。

谨奏

皇上很快批复了这一奏折。结论是，绥赫德着发往北路军台效力赎罪。如不肯实心效力，即行请旨，于该处正法。

多么严厉残酷。此罪并非死罪，而实际上是判了死刑。因为，绥赫德已是七十余岁的老人，只是发往边关就能把他折腾死，别说还非要让他实心效力，不实心效力就正法。其实，此批折也就是两个字：正法！绥赫德此去必死无疑。这就是雍正的亲信、红人，一朝得罪，就成了眼中钉，必致死地而后快。曾是雍正红人的绥赫德，落下这样一个悲惨结局，真让在生之人心寒不已。唉，官场啊！

值得庆幸的是，经小平郡王福彭周旋，老平郡王在此次风波中未伤毫发。老王爷回来后高兴得又唱又跳，说："难得难得，我总算又出了一趟门。"

那天，我去平郡王府看望老平郡王，老王爷正在炕上有滋有味地斗蛐蛐呢。我向老王爷请安，老王爷却打手势不让出声。我知道不能大声说话，否则惊了盆，蛐蛐就再无斗志，人也就玩不上劲儿了。

少顷，老王爷才勉强停下，边向我打招呼，边将青豆和米饭合成的食物喂了蛐蛐，盖上宣德盆盖，才一本正经地说："你那位同窗知己够朋友。我问行家了，这一对蛐蛐好！"老王爷将拇指举上了头顶，又说："你知道这一对蛐蛐的名称吗？这叫梅花方翅，是难得的上品。说是只有易州那块风水宝地才出这一等的上品。有人要花五十两银子买呢。我不卖，银子算个什么东西，银子天下到处都有，这梅花方翅是天下到处都有的吗？"

一听老王爷说话，我就心情舒畅。

影之歌被逗得哈哈大笑，说："您这位大姑丈真可爱，简直就是个老顽童。这么坦诚率真胸无半点阴谋隐藏的老王爷，雍正都容不下，说明雍正的心胸的确不够宽宏。曹二哥，您家本是皇室家奴的身份，您大姑怎么就能嫁给王爷呢？”

曹雪芹说：“我们曹家虽是皇室家奴，却也是‘呼吸通帝座’的亲信近臣。听老太太说，祖父在世时，除织造任上的事情外，家中生儿育女婚丧嫁娶所有事务都及时向康熙帝禀报。因此，康熙帝也非常关注曹家。我大姑嫁给纳尔苏王爷，小姑嫁给蒙古王子，我父接任织造，父亲去世后哪位伯父入嗣等事，都是由康熙帝亲自决定的。就连我的姑奶奶嫁给傅鼐，也是康熙帝指定的。”

影之歌说：“你们曹家的事情真是特殊，本来是皇室家奴的，居然一跃在朝廷中地位如此显赫，别说封疆大吏一品官员比不了你们曹家，王公大臣也未必能与您祖父曹寅相比，他们只怕难以得到康熙帝如此的信任和重用。”

曹雪芹说：“是这样，我祖父曹寅不光是康熙帝的伴读，后来又当康熙帝的近身侍卫，陪伴左右若干年。我想主要还是康熙帝对我祖父有好感的缘故，这才是最重要的。”

九章　阴谋夺子爱

日月如行云流水，一往无前。转瞬已到年关。

京师过年到底与别处不同。除夕夜新旧岁交替之时，整个京城忽然如电闪雷鸣，烟花爆竹竞相燃放，震耳欲聋。是时，文武百官匆匆忙忙上朝贺岁，灯笼火把比比皆是，文官乘轿，武官骑马，出街离巷，使路口拥塞。

给神位上供磕头以后，我拿出早已备好的花炮，喊翠环陪我去放。翠环喜之不尽，但刚走两步，忽又退回，喊：“老太太，二爷放花炮了，快来乐一乐。”

老太太果然有兴致，真的走了过来。翠环忽又想起：“老太太，外面冷，小心别凉着，还是得多穿戴些。”

我喊云儿，让她带棠村和小妹出来看花炮。我拿出一个叫“千丈菊”的大锦盒，放在院子中央，点燃后，果然名不虚传，从锦盒中喷出的，如千朵万朵菊花一样，五彩缤纷，直蹿出一丈多高，照得满院通亮。老老少少都高兴得呼喊起来，引得屋里人都出来观看。

我又拿出一个新兴的玩意，点燃后急忙躲开。那小东西滋着花儿追我，吓得翠环大喊：“二爷快跑！”随后，那花儿又自转起来，突突地喷着火舌，转几圈就熄灭了。

老太太好奇地问：“这又是什么？”

我说：“这是新兴的，叫‘地老鼠’，只在地上乱窜，飞不起来。”

老太太说：“它可是直追你呢，把翠环吓着了。”

听老太太这话，我心里咯噔一震，一股热流闪过全身。

良子媳妇跑过去哄老太太乐。老太太又笑着说：“人怎么这么有能耐呀，竟将花炮弄得像老鼠一样，滴溜溜乱钻。我没白活这一岁，又长了一回见识。我孙子疼我，买花炮也照我没见过的买。可知人活着是真好。到明年今日，还不知要见识多少更新鲜的事儿呢！”

良子媳妇笑着说：“老太太福大寿高，往后有的是福享。我们做下人的，也能跟着沾沾光。”

那个除夕夜，一家人其乐融融，幸福的韵味十分浓厚。

过年时，咸安宫官学放一个月的年学。鄂比常来接我出去玩耍，有时去琉璃厂看书画古玩，有时去逛庙会，有时骑马郊游，去看西山冬季的风景。

初八那天从法源寺回来，家人早已吃罢午饭。我在门口遇见太太和良子家的出来，说是要去东岳庙上香。良子家的要回去给我做饭，太太说不能再耽误，怕天晚回不来，让我喊翠环去做。我满口答应着走进院子，却没去找翠环。

我直奔东厢房的厨房，找出一个馒头，捏着咸菜条吃起来。几口下去便觉噎得慌，到良子屋里去找水喝，才知良子也不在家。我斟上一碗水，慢慢吃着，方觉院子里格外宁静。我猜西厢房吴云汉家的准又去了北房老太太那里，她们是一对很好的伴儿，总有说不完的话。

我家住房的布局是这样的，正房五间，南房四间半，东厢和西厢房各四间，一共十七间半。西南角上是茅房。正房自然要由主人来住，进门是正厅，东为上，东边两间由老太太和我居住，老太太和翠环住里屋，我住外屋。西边两间由老爷、太太、棠村、小妹和云儿居住。东厢房两间是厨房，里边两间由良子夫妇住。西厢房有两间是存物室，另两间是吴云汉夫妇住。

我边吃馒头边无意识地听院子里的动静。突然，正房门响了一声。我很想知道端的，便急忙用手指捅破窗纸，发现是翠环向这边走来，手里拿着一块小木板。我一阵惊喜，心想，今日来个恶作剧，吓一吓翠环。

我听翠环走进厨房，有摆弄炉火的声音，接着便鸦雀无声了。

我正要悄悄开门溜出去，突听正房门又有响声，急忙过去观望。啊，是老爷出现了。老爷东张西望了一回，便直奔东厢房而来。

良子夫妇的住房与厨房之间有门窗隔扇相隔。我急忙用手指捅破隔扇上的白纸。这样，厨房里的事便可一览无余。我的心咚咚跳，密切监视着老爷的举动。

老爷进入厨房后，泰然自若。翠环却显得十分慌张，低下头去叫了一声："老爷。"

老爷问："你在干什么？"

"我在烧红铁筷子，想把这木板烫个眼儿，有用处。"

"像这种活儿，让吴云汉和良子做便可，你不必费这种力气。"

"这活儿本也不难，有找他们去说的工夫，我也就干完了。"

老爷向翠环靠近，说："我看你天天有意躲着我。你怕什么？你又长一岁，越来越水灵俊俏了。你该知道，花最艳时也便离凋谢不远。你正是人生的好时候，万不可白白浪费了青春。我已经决定，过了上元节就向老太太说，娶你做二房。”

翠环惊慌地摇头说：“老爷，这不行啊。”

“怎么不行？”

“这……老太太……需要我服侍。”

老爷冷笑道：“这有何难，让云儿过去服侍老太太不也挺好吗？”

“那，二爷……他……他……”

“这个你就更不用费心了。霑儿已经十八岁，今年便可参加科考。他前途远大，有官可做，将来娶个门当户对的阔家小姐，不就连陪送丫头也带来了？”

翠环面色通红，呼吸急促：“不，不是，二爷他……他……”

“他什么？你就别再胡思乱想了，那是绝对不可能的！”老爷竟上前突然抱住翠环。

“老爷呀，使不得！真的使不得！让人看了去，我就没法活了！”

“你放心，太太和良子家的上香去了，吴云汉和良子被我支走办事去了，霑儿又被鄂比请了去。你还怕什么？”说着，将翠环抱得更紧，嘴唇在翠环脸上乱动。

我浑身冒火，怒不可遏，恨不得找一把刀冲出去。我猛地推开门，正要怒吼，正在挣扎的翠环突然发现了我。到底是翠环机灵，反应快，急切地朝我摆手，大喊一声：“不行！不行！”随后，拼命反抗，终于挣脱，跑了出去。

翠环的一声大喊，使我从失控中退了回来。理智恢复，这才想到，再向前迈一步将是何等危险！于是，趁老爷还背对我时，便急忙退回，悄悄关上了门。

影之歌紧张得透不过气来，长长呼一口气才说：“哎呀我的妈，气都没法喘了。曹二哥啊曹二哥，您这位嗣父怎么还能做出这样的事？说到这里让我想起，这也是您心中的一块郁结吧，《红楼梦》中贾赦要讨丫头鸳鸯做妾，贾珍与儿媳秦可卿的不清不白，看来都不是空穴来风，全是您胸中块垒化成墨然后流淌在纸上的。”

曹雪芹说：“我不能不承认，写《红楼梦》时有这一心结在发挥作用。秦淮旧梦也罢，京师噩梦也罢，萦绕于心头久久不散的那些事，或真或假或改造加工都被揉进书里去了。”

影之歌说：“怪不得呢，批书人脂砚斋和畸笏叟总在批语中透露这里是真事，那个是真人，动不动还伤心流泪。据说畸笏叟就是您嗣父曹頫，我倒要问问你，像您嗣父曹頫做的这种事您该怎样去写？”

“我当然不能照实写。有碍朝廷处不能照实写，有碍亲朋好友也是不行的。没有办法，我只好用隐笔、虚笔，要让所有的活人都无法对号入座。说我这支笔如何如何狡猾，如何如何有新意，如何如何有才气，其实都是被逼出来的。”

影之歌说：“这话我能理解，这样也造就出了含蓄之美，使您的作品更有神秘韵味。您还接着实话实说吧。”

从那天以后，翠环无法面对我，眼睛总是哭得红红的，只要看见我便将头低下，泪水随之而出。我心疼她，为她难过。回想近十年来她对我的好处，更是对她有无限感激之情。可是，一想起嗣父紧紧抱住她的那一幕，心头便隐隐作痛，感到恶心。

老太太追问翠环，为何总是伤心流泪。翠环怎么回答？支支吾吾没法说。追问得急了，倒追得翠环有了词儿。她说：“突然十分想念爹娘，很想孝敬孝敬双亲，却又不能够。”说罢，竟趁机痛痛快快地大哭一场。

老太太劝道：“当初是在丹阳买的你。你爹娘虽说是乡下的种田人，却穷得无田可种，是我主张多给你爹娘五两银子，让他们回去买地种。用你换回几亩薄田，能养你双亲温饱，也就算你尽过孝心了。

倘若如今咱们还在江宁居住，成全你的孝心也不难。可是眼下相隔几千里，这就难了。”

翠环哭道：“老太太总是有大慈大悲的菩萨心肠。买下的丫头便是主子的奴才，一生一世只有服侍主子的份儿，岂可乱提非份的想头？奴才不过说说而已，老太太千万别当真。”

翠环的机敏灵巧，暂时把那件事遮掩过去，使家中气氛表面上平静下来。

正月十五上元节过后，老爷果真行动起来，向老太太提出要收翠环做二房。

此时，老太太正在我的炕上坐着。老爷进屋后，把我和翠环支走。我们出来时，把东屋门带了一把，却故意留个大缝儿。进入西屋，也将门虚掩着，站在门边侧耳偷听。

东屋里起初声音很小，听不清什么。一会儿，传出老太太的声音，说：“依我说，你快打消了这主意。我混到如今，只剩翠环这一个丫头服侍我，已是寒酸到底了，你还要给我挖了去？你是腻歪我了，恨不得我立马咽气是吧？”

老爷也提高了嗓音：“我刚才不是说了，让云儿过来服侍您老人家吗？”

老太太也动了气：“云儿怎比得了翠环？别说云儿，在南京时，丫头上百，哪一个比得了翠环？云儿睡觉太实，喊她三声两声都不醒。翠环在我身边，我只要一动她就醒。我吃了什么饭，她就能断出我何时该喝茶。我的起居习惯她都了如指掌，从没因为懈怠让我生气着急过。云儿怎么比？有时翠环提醒我该怎样怎样了，竟是我心中所想还没说出的事。这么一个又勤快又有灵性的丫头，天下再难找第二个啊！还算我老不死的有福气，竟让我得着了。你不说替我高兴，反倒要算计着抢夺了去，你这是安的什么心？”

老爷解释说：“母亲冤枉我了，我岂能有害母亲的心思。我是另有一层想法。不知老太太可曾看出，翠环太有心计，勾引得霑儿神魂颠倒，对霑儿学业早有影响。他每日丢魂失魄的，心思不在学业上，今秋顺天府乡试，如何考得好？再者说，若让翠环满足心愿，占了霑儿嫡妻的位子，倘若霑儿将来能平步青云，官运亨通，到那时，可是有诸多不便。老太太不可不虑。”

老太太说：“你不要生着法儿挤兑我。霑儿和翠环的那点心思岂能瞒过我去？我虽是七十多的人，耳还没聋，眼也没花，头脑也没糊涂，就是前几天翠环那一场哭，也甭想瞒过我去。霑儿娶翠环有何不可？好处多着呢，不给她正妻的名分不就得了。正妻的位子先空着，以后再说。将来翠环该扶正时便扶正，不扶正再另选佳人。今日你既提出此事，正好告诉你我的打算。我是想等秋考以后，便与霑儿和翠环完婚的。一来不让翠环白干了这些年，让她有个满意的归宿；二来我也着实舍不得翠环落在别人家里。咱们这穷日子，正该这样穷凑合。倘若娶外面的媳妇，还真有些承受不起呢。如此一举两得的事，可是求之不得？你先去吧，静下心慢慢想，看我说得有理没有理。”

老爷提高声音说：“我无意惹您老人家生气，但还是要劝您一句，先别做刚才那种打算。您应该多想想霑儿的学业和将来的前途，不该由着小孩子的性子来。”老爷走出东屋时，一脸沮丧。

那些日子，我真是有家难回。我本没有理由憎恨老爷，因为做老爷的，家蓄三妻四妾是正常现象，但我却无法接受老爷与我争夺翠环，而且用卑鄙手段强迫猥亵翠环。我无法再用笑脸面对老爷，除了必要的礼节外，再也不愿与老爷多说一句话。

翠环是个受害者，她再也高兴不起来。我对她曾有过的热烈奔放的激情，那种火辣辣撩人心痒的感觉已荡然无存。我很同情她，也想高高兴兴地面对她，可无论如何也不能从懊丧中解脱出来。

那天傍晚，我正在对着汉隶字帖揣摩草书，翠环端来一杯热茶，悄悄放在桌上。我抬头看她一眼，勉强一笑。笑还没在脸上挂住，便倏然消失。我也恨自己，你就多笑一笑嘛，何必这么吝啬？

翠环声如细雨，却充满悲哀，凄凉地问：“二爷，你是不是嫌弃我了？”

“不，不，翠环姐，你千万不要多想。我清楚，不怨你。”

我因心情不好，除了吃饭睡觉，尽量不在家里待着。鄂比有钱，朋友也多，比我神通广大，每日带我东走西逛，京师景观竟也走遍了。鄂比觉得没趣，便要领我去赌场见识见识。我坚决反对，说：“那可是个虎狼嗜好，一旦成瘾，便不能自拔，纵使你有万贯家财，早晚也会被吞噬干净。实在是于己无益，于家无益，有百害而无一益。人生在世，嗜赌应为第一大耻辱，万万染指不得。”

鄂比笑道：“我只是想带你去散散心，让你忘掉烦恼。”

我的确心中烦乱至极，很想刺激刺激自己，便建议说：“找一个清净酒肆，我们去坐一坐。”

“好哇，跟我走！”

鄂比驱车把我带到什刹海附近的听松楼，将我引至二楼的一个单间。这里果然幽雅清净，如置身深山古刹中一样。站在窗前向外张望，前面就是什刹海游览胜地，东边是鼓楼繁华街市，又如同身居闹市一般。

“老弟，此处如何？如意么？”

“妙极，妙极！于大热闹处居然能有如此清雅之所，难得，难得！”

“只要能解兄弟忧烦，做哥哥的我就高兴。”

入座以后，鄂比说：“兄弟，你这心中的烦闷今日一定要除掉。再如此闷下去，非闷出病来不可。兄弟既然难以开口，不如我替你说了，你这烦闷可是因你家丫头翠环而起？”

堂倌上来躬身问：“二位爷，想用些什么？”

鄂比恨不得他快退下，便说：“飞的，走的，游的，清淡的，一样一盘，一壶好酒。”

堂倌应声退去。

鄂比又说：“兄弟，我早就看出你有一个毛病，在女人的事上太拘谨，过于讲什么情爱。其实，女人嘛，就是为男人所设，如同花市上的鲜花，你爱看，就买回家去看，看腻了，再照爱看的去买也就罢了。女人和花一样，又何必要为她动情、伤心、烦恼？跟你说，我十六岁时就有通房丫头，到我以后大婚时，给那丫头找个主儿卖掉，不亏待她也就是了。我可不会为她伤什么心，烦什么恼。你已是十八岁的男子汉，你那丫头翠环长得也很标致，我平时去你家冷眼观看，你俩也是有些意思的。莫不是她不依？或是她依从于你，却因你家不方便而烦恼？若是后者，你只管直说，我有办法成全你。”

鄂比的良苦用心使我感动，但那话说得越来越不堪，与我对女人的看法相去甚远。我又不能将实情诉说清楚，心里一时很烦乱。酒楼墙壁上有人留下题诗，上面“浮名浮利，虚苦劳神”八个字引起我的兴趣。这本也是我一直烦闷在心的一个话题，只是今日被翠环一事冲淡了。此时，鄂比极力想为我解脱，再沉默下去太不近情理，我便趁机隐过翠环，搬上这个话题。

三杯酒下肚后，我开始说：“我心中实为我父烦恼。他每日督促我用功，用功，举业，举业，只想每日都让我‘子曰诗云’。你去我家也是看到的，若没有老太太讲情，岂有我出来半步的自由？既是这样，我回去后还要追问去了哪里，都做了什么，真如审贼一样。倘若我喜欢那劳什子，一心一意蟾宫折桂金榜题名，只怕他打我出来我都不出。可是，我最讨厌此道，简直是恨透了，却是越恨越要学。你说，我能不烦吗？”

鄂比笑道：“雪芹呀，你真是有些古怪，谁家的大人不是盼望子女成龙成凤？哪个老子不希望儿子做上高官，光宗耀祖？此事无可非议，理所当然，你该理解你父的良苦用心才是。”

“你既如此深明大义，为何不苦读圣贤书，去争取进士及第？”

“我？哈哈哈哈，我何须费那等牛劲？我父早为我捐下五品官衔，早拿银子买好了。再说，我有自知之明，才智有限，与你等才华横溢者相比，我就是累吐血也考不过你去，拼命也白拼呀。不如落个逍遥自在，敷衍一下了事。”

“你为的是敷衍混日，我却是讨厌此道。倒不是故意要去做有辱门庭的不肖子孙，实在是看官场太黑暗，科举制度太可怕，八股文太令人生厌，才不愿走仕途之路的。”

鄂比吃惊地看着我说：“兄弟，你竟有如此大胆的议论，我可是初次听到呀。”

我说：“今日虽在皇城脚下，紫禁城边，此处倒也是个清净之所，我与仁兄不妨阔论一番，也使久积心头的郁闷一吐为快。我说官场黑暗，是说小官的命运总是被攥在大官的手里。君让臣富，臣便可大富大贵；君让臣死，臣就不得活。臣是君手里的玩物，随便把玩，这也是宦海沉浮的原因之一。以我家为例，还有我舅爷家，还有那个绥赫德，这些你都是知道的，哪一个不是被皇上把玩在股掌之上，任意揉搓？再往远看，朝代的更迭，官场的替换，形形色色的争斗拼杀，你能说这腥风血雨的官场可爱吗？再加上官与官之间的明争暗斗，结党拉帮，互相拆台，暗中使刀，贪赃枉法，抢掠民膏，这样的地方还不够黑暗吗？”

鄂比连连点头，啧啧称是：“啊呀，兄弟，你说得极是。这些实情，平时都听过见过，可就是没像你一样细想过。”

“通过我家的大起大落，这个世道我是看明白了，官场是最黑暗的地方。还有，何以科举制度太可怕？你只要看清官场是黑暗的，便知科举取士是可怕的。因为，如此黑暗的地方，却有那么多苦学之人趋之若鹜。为何？因为，当上官以后便可骑马坐轿，便可发财享受大富大贵。你可曾想过，这大富大贵从何而来？皇上给的俸禄是有限的，金银不够用怎么办？只有通过喝民血一条途径去满足。就是说，科举要取的士，多数都是张着大口准备喝民血的人，你说科举取士可怕不可怕？当然，读书人中有胸怀大志者，有决心治国平天下者，可一经做上官，就由不得他了，清正刚直者斗不过攀龙附凤者，一身正气者斗不过结党营私者。历史上这样的例子还少吗？因此，这科举取士取的多是贪得无厌期盼富贵之人。仁兄试想，科举取士可怕不可怕？至于那八股文体，必得由破题、承题、起股、中股地一路‘股’下去，死板乏味至极，谁能喜欢这样束缚人灵性的作文形式？”

鄂比听得叹起气来：“唉，听君一席话，使我如梦初醒。我家的财富，远远大出我父的俸禄。以往只知享受，从没细想过。兄弟刚才所言，使我萌生不安之心。你我既是知己，我也不再防你。我突然担心父亲终有一天会‘马失前蹄’。你曹家走过的路，只怕我家早晚也要走，或许更惨也未可知。”

我说：“官场黑暗，宦海沉浮，这是实情。你心有所想，就该心有所备，总比突遭不测要好。也许你家福大命大，总能化险为夷。这种三朝元老的福将福相也不少见。”

“唉，不说这个了，一切听天由命。还是东坡先生的诗好，‘酒斟时，须满十分’。来，喝酒！”

我们又连干数杯，直喝得心头突跳，面红耳赤。我的心情痛快了许多，一时兴起，便大声喊：“堂倌，拿笔墨来！”

堂倌应了一声，很快送来。

我接过笔，饱蘸香墨，选一处宽敞墙壁，龙飞凤舞般写道：

蟾宫折桂悖吾心，富贵不贪笑对贫。
万事得失终做伴，岂如野鹤驾闲云。

写毕，又吟诵一遍，只觉心胸大畅。

鄂比看毕，说：“这诗一不歌功颂德，二不劝学举业，却与朝廷反其道而言之。这种有碍文字，在公众往来之处出现已有危险，你再写清自己的名号，倘若遇上一个喜爱抢功的无耻小人，将你奏报上去，岂不白担了干系？还是涂去名号为好。”

我点头道：“也罢，就让过往之人去猜是谁的手笔吧。”

影之歌拦住曹雪芹的话头说：“曹二哥哥，那年您刚十八岁，就有这种消极避世思想了，既不愿意做官，也不愿意发财，只想过野鹤闲云的逍遥生活。按说，这种避世想法年轻人是不该有的。”

曹雪芹说：“我年龄不大，但经历的事可不少啊。我家本是鲜花着锦、烈火烹油的江宁第一富户，一瞬间就变成一无所有的平民，本来是呼吸能通帝座的显赫官员，突然就变成阶下囚，这种巨大的变化和打击都让我经历了，我能不思考能不有所悟吗？”

“您该吸取教训总结经验发愤图强啊，您该凭自己的智慧和才能去开拓新的属于自己的领地啊，您却沉沦了，宁学‘野鹤驾闲云’。”

“哈哈哈哈，好一个影妹，你比老太太和老爷还厉害，你不是故意逗我吧？在那个‘天下之大，莫非王土’的时代，一切都是帝王的，哪里有任我性情自由驰骋的领地？刚才已经说过，我厌恶官场是因为官场太黑暗，太险恶，太肮脏，厌恶科举取士是因为走仕途之路的人大多数都是为了当官发财，去喝民脂民血。我不愿意与他们同流合污，最好的办法就是远离。”

影之歌说：“唉，也难怪，您成熟得太早，还没入世呢就已经出世了。这也是不幸中的大幸，您能过早地看透世事，才能提前争取时间去写《红楼梦》，否则，您只写到四十回就到了生命尽头，中国可就没有《红楼梦》了，那该是多么大的损失啊！”

曹雪芹笑道：“我当时没你这样的想头，当时只是胸中充满积怨，痛恨世事对曹家太不公，对女性摧残得太残忍，胸中块垒每日堵得难受，不倾吐出来无法活下去，这才以写书而自救的。”

影之歌说：“司马迁曾经说过，从古以来人遭厄运后最易有成就，因人心有了郁结，不得通其道，便要寻突破口而通之，动力强大，得以发挥潜力，攻破难关便成可能了。看来，您的实例也被司马迁说中，您的经历就是这样。”

曹雪芹听了点头，沉思片刻说：“时间紧迫，你还是听我说吧。”

十章　结交杨叫天

我心中烦乱气闷，实为两件事所扰。今日能痛快淋漓地吐出一件，真是从心底感到无比快活。余兴未尽，但见墙上挂着琵琶，便取下，转动琴轴，调正音节，试奏一曲。

鄂比惊诧道："原来你还善此道？哎呀呀，你到底还有多少种才能，都一一跟我说了吧！"

"哈哈，这都是小玩意儿，算什么才能。"

"若早知你通音律，咱们去那热闹处，有多少烦恼也早就散尽了。你是何时学会这风雅技艺的？"

"七八岁时就会。在南京时，府上有戏班子，我常去那里玩耍。戏班的姐姐们都比我大，争抢着教我。这玩意，便是一个叫雪官的姐姐教我的。"

"你也能登台唱戏？"

"我只是熟悉而已。与她们厮混过四五年，有些唱段会唱，却从没登过台。"

"你可知戏中角色之分？"

"这有何不知？生、旦、净、末、丑、贴、副、外、杂九种。生又有小生、老生之分；旦角最多，有老旦、正旦、小旦、粉旦、青衣旦、刀马旦之别。"

"啊呀，罢了！罢了！与兄弟比，我真是白活了二十一年。但凡你经历过的，我也多经历过，你竟全知全能，我却一问三不知。惭愧！惭愧！"

我笑说："人各有所能，亦有所不能。若论斗蛐蛐，你是状元，我可就要名落孙山了。"

"啊哈哈哈，羞煞我也！你偏要单提那个。喂，天色尚早，你若还有兴致，我带你去一个你从没去过的地方，你一定喜欢。先说，去是不去？”

我想，这个地方可能是妓院，便问：“你先说，是去哪里？不说明我可不敢去。”

“景山观德殿旁有一个苏州巷，去吗？”

“苏州巷有什么？”

“哈哈，你果然不知。那里有个叫德庆班的戏班子，班主与我交往甚密。班主叫杨小云，人送外号‘杨叫天’。这杨叫天唱功最好，扮相也漂亮。我引你与他相识，怎么样？你们一定谈得来，说不定还会一见如故。”

听说是去戏班子，我顿时精神大增：“果然是好去处。这个杨叫天，我也曾听说几次，只是自从落魄以来，总是自惭形秽，无钱听戏，也无心交友。今日如能得你引见，最好不过。”

鄂比大笑，立刻引我下楼。

从听松楼到苏州巷本不远，鄂比因一路介绍杨小云，只顾说话，车行极慢。

鄂比说：“杨小云在京师堪称伶圣。他能身兼数人之长。唱生戏时，音调极高，每到关键处，便慷慨激昂，充满雄豪之气，必使观者狂叫动天，喝好声不绝。后来，人称杨叫天，叫天之名就被传扬开去。走红之后，叫天开始有脾气，他不喜欢观众狂叫喝好，说是观众都大呼小叫，谁来听我？满园静无声，我才能独叫天嘛。从那以后，再遇呼喊场面，他就退场，等安静后再上。观众知道因由后，从此举座肃然，他唱时，不敢再喝好。圣上听说他的传闻后，招戏班入内廷去唱，他竟也敢面奏圣上不要喝彩，喝彩便停。圣上居然大笑答应。从此，叫天之名更响。”

我赞叹说：“这杨叫天虽为优伶，却不媚俗，倒也有些骨气。”

鄂比说：“他不但有骨气，艺技也非常精湛。生戏唱得好，武戏也出类拔萃。演西游猴戏，不但扮相绝佳，那台步、身段、打把、舞棍都很精到，把孙猴儿演得活灵活现。不论时间长短，从不吁喘，不汗冲面彩。你说他功力该有多深！”

我笑道：“经你一说，真是相见恨晚了。你为何不早告诉我？”

鄂比说：“我不知道你喜欢戏曲嘛，今日你若不拨弄琴弦，我还是无法见你这庐山真面目的。”

来到苏州巷杨叫天处，戏班正在排练剧目。从一个高大宽敞的厅房里，传出悠扬悦耳的丝竹声和咿咿呀呀的吟唱声。鄂比引我直入厅房，果然这里的戏子大都认识他，同他打招呼。早有一位高俊男子迎上前来躬身施礼，连说：“原来是鄂爷到了，抱歉，抱歉，有失远迎。”

鄂比还礼说：“杨班主，今日给你引见一位新朋友，江宁织造二公子曹雪芹。”

杨叫天为人倒还谦和，急忙向我施礼：“是曹二爷光临敝处，有幸！有幸！”

我更正说：“我早已不是什么公子，不过是罪臣的逆子而已。落魄之人，姓曹名霑，字雪芹，已入贫民之列。今后我们就以兄弟论最好。”

杨小云说：“好！你也是一位痛快爽直的人，这一点与鄂兄相似，就依你！其实，我自幼便贫苦，不然，怎会操此贱业？”

我说：“那不过是世俗偏见。此业并非常人所能为，既需才能，又需辛苦，是用智慧和汗水来维持生计的，何以为贱？比起那些贪赃枉法的国贼禄鬼，要体面荣耀得多！杨兄，以后咱们就以兄弟相称，你是兄长，我是小弟，这样才融洽。”

杨小云听罢很激动，伸出长臂，紧紧握住我的手：“多谢！多谢！唉，世俗观念可是厉害得很呀，就像漆黑的深夜，我们身处下九流的戏子永远无法见到光明。雪芹弟，像你这样能与我们平等相待的人不多。”

鄂比急了，埋怨道：“哎哎，叫天兄，还有我呢，别认识曹雪芹就把我忘了。”

杨小云笑道：“你时刻怕人把你忘了，咱们早就是铁杆兄弟，还用表白吗？”

我们被引进内厅。这内厅就像戏院的后台，挂满各类角色的戏装帽靴及诸多舞台用品，十八般兵器墙边排列，数个妆台一面摆开。我看后啧啧称羡，说：“到底是京师大戏班，比当年我家戏班气派大得多。”

鄂比说：“我这位同窗知己曹雪芹，可是家学渊源，才华横溢，不仅诗好画好，还能弹擅唱，对戏曲也是很通的。”

杨叫天很惊讶：“是吗？哎呀呀，若如此说，鄂兄你可该罚，这样一位好友，为何不早早引见来？”

“他通音乐戏曲的事，我今日才知道，若不然还想不到把他领到这儿来。今日既来了，不能不让他露一手。”

鄂比真的拿过琵琶，硬塞给我。

我真有些难为情，红着脸说：“初次见面，怎好就班门弄斧，也太不知天高地厚了。”实在推托不过，只好演唱一曲。

我唱毕，鄂比开玩笑说：“要乐也要乐个正经。你给评判评判，雪芹这唱功做派可否上得花榜？”

我笑道：“说正经，却又不正经。我这不过小儿游戏而已，怎值评判二字。”

杨叫天诚恳地说：“雪芹弟过谦了。你这唱功可真是有些根基，一字一句释词达意准确到位，比那些客串老手还显得老到。只是有些生硬，这是长期疏于此道所致。可见，你以前曾认真学过戏曲。”

我立即说：“啊，到底是行家里手，一眼便能看透我是学过的。当年，我家戏班在江南也是小有名气。这主要得益于我祖父曹寅十分爱好戏曲。他老人家不仅经常粉墨登场，扮演角色，还亲自写剧本，带领戏班人马排练，置朝廷重臣声名于不顾，而陶醉于戏曲之中。那年秋，他广招南北名流，在家举办规模宏大的戏曲会演。那气派，那人流，竟如皇帝南巡时我家接圣驾一样热闹。祖父还邀来名家洪昇，广泛交流，取长补短。我从小喜爱诗画戏曲，又近水楼台，虽没专心学练，每日耳濡目染，也早该学会了。只是我笨拙，学的不多。”

杨小云惊叹道：“原来你是江南文人领袖曹寅之后。哎呀，怪不得鄂兄满口怨言，说你比他小，却总像你比他大，凡事总要问你。你出生在书香豪门，又如此聪慧灵秀，岂能不满腹学问，见地独到？鄂兄虽长你几岁，每日只知生法儿寻欢作乐，将灵秀气顺阴沟全放跑了，当然一遇学问的事就犯傻，就得听你的了。”

虽是玩笑话，鄂比也被说红了脸。

影之歌笑道：“令祖父曹寅名声可是大得很，红学家们考证说，他创作的戏曲剧本不少，最有名的是《太平乐事》《续琵琶》和《红拂记》。”

曹雪芹连连点头：“这个我也知道。我十二岁那年过生日，老太太特意让戏班子唱祖父写的《太平乐事》。我常听江南文人提起祖父的事，也常听街市里巷有人哼唱祖父写的戏曲段子。”

“令祖父曹寅一生在诗文戏曲上成就显赫，有《楝亭诗抄》八卷，别集四卷，《楝亭词抄》一卷，别集一卷，还有《楝亭文集》一卷。曹寅的舅舅顾景星在明朝末年就是江南著名文人，顾景星称赞曹寅诗句‘清深老成，锋颖芒角，篇必有法，语必有源’，但曹寅的自评却是‘曲第一，词次之，诗又次之’。看来，他老先生对自己的作品最满意的还是戏曲，诗是放在第三位的。”

“哈哈，你果然对我家的事有很多研究。听老太太说，我祖父偏爱戏曲，不光是写，还经常粉墨登场，扮相和唱腔也是一流的。我家每年都采买俊俏灵巧的女孩子，充实到戏班里，有时祖父亲自调教。”

影之歌说：“所以您也会唱了。您家有多少书您知道吗？”

曹雪芹摇摇头：“我家西园有书屋，书屋里有很多大书架，架上的书满满的，有多少我可说不清。”

影之歌笑道：“这件事红学家们倒是为您解决了，您家藏书万卷，经史子集，36大类，3287种，藏书规模真如同一个图书馆。”

曹雪芹兴致陡来，说：“我在西园书屋见过祖父写的字，很钦佩，很喜欢，祖父的行书笔法潇洒秀润，骨力遒劲。我一直在学。”

影之歌长叹一声说：“唉！怎么说呢，记得您有一句诗，‘万事得失终做伴’。您家是世代书香门第，有积世家学，文化氛围非常浓厚，这使您自幼耳濡目染，同时也遍览杂书，学来了您祖父迷恋戏曲的嗜好。您后来的才华横溢与离经叛道，可都与那个曹府有关啊！这正是您说的那个难分难解的得与失。”

曹雪芹点头道：“没错，你说得对，我继承了祖父的优点，也将那些不利于立足社会的特点继承下来了。”

十一章　追求美香玉

一月的年假很快过去，官学生活重又开始。

咸安宫官学在西华门内，武英殿旁。我家住崇文门外蒜市口，每日去上学，须走六里路。步行时，便抄近路，顺菜市西行绕过正阳门，顺绒线胡同东口一直向北，便可到西华门。

那日放学归来，快到绒线胡同东口时，我发现前面有一女子，看后影很像表妹李阿芳。在她拐入绒线胡同时，我看到她的侧脸，啊，面容也像！我的心怦怦直跳，惊喜不已，急忙跑步去追。

那女子瞥一眼后面，似乎已发觉有人跟踪，突然加快脚步。那动作，那脖颈，实在太像阿芳了。我紧随其后，离她越来越近。正要轻轻喊时，她突然很敏捷地拐入一个门口去。我急了，边喊阿芳，边向门口跑。可是，迎面而来的竟是两扇红漆大门，“咣当”一声将我与她隔离开来，紧跟着是门闩的响动。我不死心，扒着门缝朝里张望，居然看见那女子也正朝外张望。我很吃一惊，心口突突跳得厉害，多年的思念、哀伤一下涌上心头。我用哀怜渴盼的音调又喊了一声阿芳。

“我不是阿芳，你认错人了。”门里传出一串银铃般清脆的声音，口音纯京调。

我傻了，听声音的确不是。一种空荡荡的感觉朝我袭来，让我觉得眼前一切都暗淡无光，红门一下变成了黑门。我几乎要支持不住，双臂不由自主地扶在门上。

“香玉，你干吗呢？”

“我什么也没干，这不是站这儿玩了吗？”那个清脆的声音在回答。看来，她叫香玉。

“大白天插门干什么？我好像听你在跟谁说话？”

“哎呀妈，又疑神疑鬼了。哪儿有人呀！”

我听见脚步声朝门口逼来，心知不妙，轻脚快步急忙离开。

鄂比让我乘他的车，我一连数日没乘。他十分纳闷，不知何处得罪了我，非让我说清。我向他反复解释，说并无半点不妥，只是想自己走走，他哪里肯信。

我不乘车而步行，不为别的，只为那无比清脆悦耳的声音。那女子虽被确定不是阿芳，可她那像阿芳的身姿却时时在我眼前晃动，且配上了那清脆悦耳的京韵声音。几天来，我几乎回忆遍了与阿芳在一起的每一件事，人是阿芳，声音却总是串到香玉那儿去。我身不由己，两条腿不知不觉就走进了绒线胡同。上学去要走到那个红漆大门口，不见伊人才作罢，放学后依然要去，在红漆大门口徘徊又徘徊。有时见大门开了，走出的却不是伊人。如此接连数日，我也没能一睹香玉芳姿，越是看不见越是想见。

虽说已进二月天，泡子河里的冰还有老厚一层，但春潮业已涌动，远远望去，河边上干枯的柳枝已悄悄泛出黄绿来。阳光开始变亮，天气开始变暖，身上的棉衣已穿不住。春要来了。

那天天气很好，阳光明媚，无一丝风。我要换下棉袍，翠环给我拿来夹衣和棉坎肩。我穿戴整齐后，翠环又拿过一件毛毡上衣，非让我带上，说是怕学里冷，怕天气变。我执意不带，反驳说："万里无云的，哪就变天了？来回抱着多累赘！"

老太太说："饱带干粮暖带衣，这可是在辙的，不听，就少不了吃亏。翠环一心为你好，你竟越来越像个丧梆子，说话也没个好气儿了。"

我说："老太太的话有理。若怕冷着饿着，饱带干粮暖带衣是万没有错的。可我若每天背个大棉猴，背一个月也用不上，反倒白白地一天累出一身汗，可是值呢？"

老太太生气道："你这学问越来越大，我们都说不过你了。你可得盯着点儿，考个举人进士什么的，那才是正事，只别学着越来越难缠。"

我朝老太太做个鬼脸，向翠环吐了吐舌头，终没拿毛毡上衣，出门而去。

老天似乎故意要给我难堪，到太阳偏西时骤然变阴，西北风溜溜刮起，阴冷之气很快侵入肌肤。

放学时，鄂比强拉我乘他的车。我正好冷得发抖，便坐了上去。车过绒线胡同，我的心像被绒线牵住，在车上再也坐不住，趁鄂比不注意，突然跳下车去，高喊道："你先走，我有点儿事。"喊罢，朝胡同里跑去。

我连跑带颠地来到红漆大门口，多么希望奇迹出现啊，哪怕不让我听那悦耳的声音，只让我见一见芳容也可啊。我来来去去不知已有多少次，怎么就再无见上一面的缘分呢！是她和我只有隔门缝看一眼的缘分，还是月老仍要继续折磨我，然后再为我们牵上红线？我一颗痴心只认定，一定是后者。拜佛求神者曰：心诚则灵。我以为，万事归一都是一个理：心诚则成。然而，这次看来又白跑了一趟。

寒冷的北风阵阵刮来，我随之一阵阵地发抖，胸口也已凉透。虽如此，我仍不死心，又走了一圈。啊，奇迹出现了，那位有银铃般嗓音的姑娘拉开了一扇门。只见她亭亭玉立，美如天仙，两道细眉微微上挑，两只眼珠黑圆晶亮，里面似在燃烧着一团火，箭一般直向我射来。

面对期盼已久的玉人，我一时竟不知所措，嘴张了几张，也没能说出一个字来。

许是我的窘态和单薄衣着引起了香玉的同情，她左右看看无人，忙拉我钻进一个小巷，急急地说："你不要再干这呆傻的事了。今日若不是看你穿得单薄，冻成这样，我才不会出来见你呢。"

我一阵惊喜："这么说，我每日到这里来，你都是知道的？阿弥陀佛！我一片真心，总算没白费！"

"你不是在找阿芳吗？我不是阿芳，你以后不要再来。"

"可你很像阿芳，背影最像。我知道，你叫香玉。"

"奇怪，谁告诉你的？"

"你母亲。"

"啊？"

没等我解释，香玉已经用表情显示明白了因由。可见，她很聪明。

我颤着音儿说："自从那天从门缝里见过你一面，听过你的声音，我就魂不附体了，每日耳朵里都萦绕着你的声音，驱之不走，挥之不去。"

"你这位爷原来是个多情种子。"香玉冷笑说，"惦记着阿芳，又忘不掉香玉，可还有几个阿鸡阿鸭阿草阿花的让你分心么？"

"小姐冤枉我了。看来，须与你说清才是。阿芳是我表妹，无父无母，从小与我一起长大。十三岁那年，家中被抄，阿芳被仆人拐走，从此不知音信，已有五年了。那日我见你背影很像阿芳，也是寻人心切，便冒昧跟踪了你。还请小姐多多原谅。"

香玉吃惊道："原来如此，你家也是被抄了的，真是话不说不明啊。这个阿芳不知流落到何方去了，也是怪可怜的。”

“你家也被抄过？”

“唉，一言难尽。你这位爷以后不要再来，让我父母知道可是不好。”

“恕我冒昧，我要是请媒人前来提亲呢？”

“那更使不得！”香玉连连摆手，“我是待选入宫的秀女，再过几天就到选期。我父官职被免，常与母亲商量，还要将宝押在我身上呢。你瞧，你一直在哆嗦。天气冷，你快回吧！”

就这样分手，我实在舍不得，便问：“咱们还能再见面吗？”

“见有何益？不如不见的好。”

我却不甘心，说：“三天以后，我还来找你。”

正在这时，翠环突然出现在小巷口处。香玉略有些慌神。我说：“不怕，这是我家的丫头。”

翠环东张西望，终于发现了我，边朝这边跑边说：“二爷，你让我好找呀！你非冻着不可，快穿上这件毡衣。”

香玉趁机走开了。

翠环问：“她是谁？”

我说：“你看她的背影像谁？”

翠环盯着看了一眼，大吃一惊：“啊，是阿芳姑娘！”

我穿上毛毡衣，很快暖和起来。翠环的回答使我高兴。我说：“可惜呀，她不是阿芳。你怎么知道我在这儿？”

“我看天变了脸，就出来给你送毡衣。半路上遇见鄂爷，他说你在这条胡同的。”

“多亏翠环姐姐了，要不然，我非冻出病来不可。”

一路上，我的心里很乱，像飘飞的柳絮，无着无落，没个寄托的地方。想当年，阿芳与我是那样心心相印，情深义重。谁承想会突遭大难，被歹人拐骗。一想到她如今不知在受何种折磨，心便沉痛不已。眼前这个翠环，其实更可人疼爱，聪敏、机灵、忠诚又有心计。

因为出身卑贱，阿芳在时她不得不让着阿芳，没了阿芳这一对手，却又出个老爷从中作梗。我永远都不能接受父亲与儿子争夺丫头这样一个事实，我认为这是人生的一大耻辱，决不能让它发生。鉴于此，自从看见老爷猥亵翠环那一刻起，我就再也不敢爱翠环了。尽管翠环仍在疯狂地爱我，常常为此落泪，我也无法再接受。翠环是受害者，很不幸，可是我毫无办法。

还有香玉，我对她可以说是一见钟情。这感觉来得既快又奇，就好像阿芳不过是引线。把我牢牢吸引住的，是她那清脆悦耳的美妙嗓音和漂亮的大眼睛。我对她的爱近乎疯狂，哪知道这爱如清晨花露，见不得阳光。可是我很拧，不轻言失败，只希望宫中选美时香玉落选。

翠环喃喃地说："二爷，你就这样走下去，一句话也不说？"

"哦，我在想学里的事呢。"

翠环说："我知道你在想心事，只怕不是学里的事，而是在想刚才那位小姐吧？倒像你的魂儿被她带走了呢！"

"翠环姐，我知道你很委屈。你能原谅我吗？我牛性得厉害，一旦认定的事，就不好改。"

"二爷既认定了，不改也罢。既这么着，我也只好认定，我只伺候老太太和二爷。老太太早晚有升天的那一天，二爷要是不留我，我就削发为尼，或是跟了老太太去。"翠环的语气越来越悲伤。

"翠环姐，你实在太受委屈了。"我禁不住落下泪来。

我对翠环产生怜悯之意，要是在无人处，非去拥抱她亲吻她不可。但这是在大街上，我只好将沸腾的激情冷却下去。

回到家，我开始鼻涕喷嚏不断，晚上又发起烧来。老太太埋怨我不听话，太太过来追问是何原因。我怕翠环说漏，却听她连珠炮似的说："都怪二爷太要强，不好意思总坐鄂老爷的车。我拿大衣去迎时，二爷已经冻着了。"

翠环为我掩盖了挨冻的真相，没让我在家人面前出丑，我十分感激。她又端来姜糖水，服侍我一气儿喝下一大碗，躺在炕上，用热手巾敷上头，将被子掖了又掖，坐在旁边等我出汗。老太太一百个不放心，也在旁边守着，直到我通身大汗退了烧，才安下心来。

老太太问：“你发烧时，又喊阿芳又喊香玉的，香玉是谁？”

我知道是在梦中泄露了秘密，十分难堪，红着脸搪塞说：“那是书本里的人名儿。”

老太太担心地说：“可别再看那些闲书，小心学坏了。正经读学里的书，那才有用。翠环，跟老爷太太说一声，二爷不烧了，让他们安心歇着，回头咱们也该歇着去了。”

次日清晨醒来，我感觉浑身乏力，骨头节儿疼，便让鄂比替我告了学假。待在家里一天，真是难受，香玉的影子总在眼前晃动。

八旗秀女，每隔三年一选。女子年满十五以上，二十以下，必要参选。户部登记造册，有隐而不报者，逃亡者，均由刑部问罪。被选中宫女后，再从中挑选皇妃。入围者，送内务府，由大臣复选，再送入宫中，最后是太后、皇上亲自甄别选拔。宫女在宫内须当差十年，方可放出嫁人。

香玉待选宫女一事，搅得我心里乱糟糟的，一时不得安宁。

次日上学，我缠着鄂比聊天，话题总是围绕宫女转，引起鄂比的警觉。他说：“我若没猜错，绒线胡同里定有狐狸精，已让你走火入魔。这个狐狸精可能是一位漂亮的待选宫女。”

天啊，他猜的竟是那么准。我不由得红了脸，但矢口否认。鄂比真够朋友，尽管我死不承认，他还是把他知道的一切全向我说清。

转天放学时，我躲开鄂比，从石碑胡同绕个圈儿，又来到绒线胡同那个红漆门口。走过一趟没见香玉，百步开外重回头，再走一趟仍不见，心中便开始敲小鼓，暗想：是不是她不愿意再见我？可是，那天她并没拒绝……啊！香玉出现了，是迎面走来的。我的心一阵猛跳，若没有嗓子眼儿挡住非蹦出来不可。我冲她笑，要说话，她摆手阻止了我。走到面前时，只听她悄悄说：“跟我走。”

香玉把我带进一个死胡同。胡同尽头是一所废宅，破烂不堪，看来已久无人住。香玉回头看看无人，便把我拉进院中。

她面色微红，胸脯一起一伏，喘息十分局促："你说三天以后来，就真的来了！"

"做人以诚信为本，岂可说了不算？"

"你还真是个痴情的人。"香玉扭捏着低下头，脸比先时又红了些。

"何止痴情，是近乎呆傻了！这么大人，竟把魂儿弄丢了。这不，我是找魂儿来了。"

香玉忍不住笑："你的魂儿不是在阿芳那里吗？"

"那是五年前的事，如今哪还敢再想。我看月下老人是在为我们牵线呢，你这么像阿芳，我们才有了相识的缘分，没想到竟是一见钟情。你那美丽的容貌和悦耳的声音使我倾倒，一下子便把我的魂儿牵在你身上。你知道吗？我日里梦里都在想你。那天夜里发高烧，我竟呼出你的名字来。老太太问我香玉是谁，把我问个大红脸。"

香玉有些激动，低下头用鞋摆弄着石子儿，脸蛋儿更红了。

"初次见面，我就喜欢上了门缝外边那个人。可我是待选秀女，怎敢有非分之想？谁知你竟从此一天两次在门外徘徊。嘻嘻，我就喜欢这性格。一到那个时辰，我便在暗处偷偷看你着急的样子。"

"你真够狠！罚我这么多天，硬是不给一回面儿见，真比三顾茅庐还难。"

"我以为是久考不中的疯秀才，哪知是痴心公子凤求凰？只是怕你白费了心，选秀日期已经来到。"

一提这事，我就不由得急火攻心，说："香玉，你可知那是个什么地方？外人看皇妃冠冕堂皇，每日享尽天下荣华富贵，实则与坐冷宫区别不大。没有出入大内的自由，多年难见亲人一面，每日只和几个宫女相守，一直到老。那样的日子，你如何忍受啊？一旦落选皇妃，当上宫女，能被分派到宫里当差还好，熬到二十五岁可以放出。倘若被置于待用的宫女大院，那就苦了。院中屋漏墙破，十人居一室，一日三餐，大木桶送饭，常吃宫中的残羹剩菜。终日不许出大院一步，如坐监牢。常年难见皇上一面，便是见了，也很难侥幸被皇上喜欢。大院由太监监管，家人送去东西，若没有二十两银子的好处，便不给传进去。宫女要代为购物，也须多花数倍的银子。宫女因人数众多，活动空间狭小，心中长期郁闷压抑，便会生很多嫌隙，鸡争狗斗之事经常发生，文静老实的人，难免受气。因此，宫女们的姿色大都消减很快，而越无姿色也就越无出头之日。到二十五岁放出时，宫女大多已成半老徐娘。香玉，我真为你担心，一旦中选，你就要去过那漫长的孤苦岁月。这结果，你不觉得可怕？”

香玉眉头紧皱，愁容爬上脸来：“这些事，我听说过一些。说心里话，谁愿意上那地方去图那虚名？只是不敢违犯旗规，怕上边问罪，不得已罢了。如今又有父母一心盼我被选中皇妃，指望我重振家业。这些日子，二老往各庙去烧香磕头，心气儿正旺着呢。其实我不以为然，即使选上皇妃，我父亲被重新起用，官儿就准能坐稳了？我看也未必，不知哪天又被抄家削职，或者更倒霉些也说不准呢！不如不做官，永远也犯不了抄家的罪。”

香玉所言，甚合我意。我说：“参选不能不去，不能拿鸡蛋碰石头。只是选中选不中，也不是全由皇上决定，自己也能把握几分。”

香玉惊讶地看着我，两眼充满疑问。

“你想啊，情愿与不情愿，自然大不相同。若喜笑颜开，人就增色三分，被选中的可能性就会增加；倘能‘回头一笑百媚生’，勾住皇上的魂儿，那是想溜也溜不掉了；而悲愁凄苦，一脸沮丧，多鲜艳的花儿也没了看头，皇上一嫌弃，可不就被弃出名外了？”

香玉听得直笑，居然用拳头捶我：“你真坏，你的坏主意真多！”

我笑道：“为了能得到心上人，我一急，就急出了法子。”

香玉的脸顿时涨得通红，两只眼睛放着迷人的光彩，瞪着我，似要把我看进眼中。我的心一阵突跳，浑身有如万马奔腾，再也不能自持，一把将香玉揽在怀中，紧紧拥抱起来，用发烫的脸颊抵在她发烫的面颊上，说："我心与卿心，二心并一心。"

香玉紧紧拥着我，闭上两眼，颤着音儿应道："奴意同君意，两意融一意。"

香玉居然能对。我兴致陡来，又说："愿做鸳鸯水上戏，愿为连理枝连枝。"

香玉离开我身，两手扶住我的腰，仰起娇媚万分的脸蛋儿说："愿做文君思相如，愿为红拂逐李归。"

我听后激动不已，说："你也知道红拂？看来你也是个读过杂书的。"

香玉羞红着脸说："才不是呢，我是看过一出戏，叫《红拂记》。"

我惊喜道："《红拂记》戏曲的剧本就是我祖父写的，看来咱们真是有缘了。红拂慧眼识英雄，认准李靖将来能成大事，便果断夜奔投身李靖。你愿学红拂投身于我，我可成不了大事呀。"

香玉说："成与不成，谁能知道？我是看你人好，成与不成又有什么相干？"

听罢香玉银铃般清脆悦耳的表白，看着那一对令人迷醉的炽热的双眼，我更加冲动，再一次与她紧紧拥抱，恨不得和她融化在一起。那种发自内心的，冲撞到全身乃至头发梢的幸福感觉，泉涌般畅流不息。

"你敢像卓文君和司马相如一样与我私奔？"

"敢！"

我泪花闪闪。

香玉珠泪涟涟。

我用舌舔净她的泪珠，叹道："非常感谢你对我的信赖。可是，咱们不能那样做。私奔，是为了幸福，可结果是会很不幸的。你我两家都是被抄的罪臣之家，你又是在册的待选秀女，临选脱逃，而且是与罪臣之子私奔，这是有辱圣上的大不敬罪，肯定要株连家人。到那时，岂不弄巧成拙了？”

“啊，那该如何是好？”

“为保全家人，我们只能冒险一试了。若连宫女也没选中，便百事大吉，我们就有希望尽快结为连理。只是你相貌如此俊俏，又是个读书识字的才女，很有可能被选中啊！”

香玉眼里闪动着泪花，半天才说：“即便被选上皇妃，我也要想办法出来，和你在一起。办法总会有的。”

我叹道：“只是难为你了。一个人进去，凡事要三思而行。比如一脸忧愁，只是为隐藏几分姿色，倘若过度，引起皇上的注意，反倒更糟。”

香玉默默地点头赞成。而后，从腰间解下一物，递到我手中。那是一个新绣的荷包，散发着很浓的兰花香味，绣有“心”样的图案，另一面则是“勿忘”二字。啊，好一个香玉，原来她是早有准备了。

我却没想到这一层，我怎敢设想会发展得如此之快？以何物回赠？在南京时，身上总是有几件稀罕物的。如今一贫如洗，已没了那个兴致。情急之下，突然想起鄂比曾送我一个碧玉佩，说我身上无一物，让我带上避避邪，当时还笑说，可别转送哪家小姐。没想到竟被说中，今日只好转送了。

我将碧玉佩从贴身处掏出，按在香玉手心里，说：“这块碧玉带着我的体温，让它替我温暖你，保护你吧！记住，这是曹雪芹送你的。”香玉深深地点点头，默念着“曹雪芹”，把碧玉套在脖子上，顺脖领放进贴身处。

几天后的一个黎明时分，各家待选秀女由家人护送着奔景山后的八旗领米房而去。

那天天不亮，我就起身往香玉家门口跑，然后尾随而去。快到景山时，天已微明。我向香玉的车靠近，见香玉正探出头来，焦灼不安地前后张望。她终于发现了我，才安静下来。

香玉的举动引起了家人的注意，一个男人回头看。我立刻后退一点，装作是后一辆车的人。

领米房的官房门口挂有各旗的招牌。姑娘们先入本旗选秀处，由参领左领和宫中派来的太监共同初选。一听到官房中哭声大作，便是进去的姑娘被选中了。那哭声就是亲人离别时的哀鸣，因为此一别祸福难测，日后能否再见面都很难说。哪个姑娘此时不是泪水涟涟？

香玉进入镶黄旗的门口，在进门的一刹那回头看我一眼，我向她点点头。她面容凄然，无可奈何地进入了官房。

香玉的父亲出来时笑眯眯，母亲却是哭着的，这说明香玉已被选中。我没能再见香玉，当时心里冷极了，一阵悲哀涌上心头，流下两滴苦泪。

初次入选的宫女，当天便要送到内务府，由内务府大臣和主事太监共同商议嫔妃人选。入选者送进宫中再选，剩余者便是宫女。

香玉二选能否选中？我心里非常担心。倘若再次选中，送入宫中又被太后、皇上看中，那无疑就是皇妃了。如何才能得到香玉二选的结果呢？我曾有心找表哥福彭。福彭是宗人府右宗正，打听这点消息很容易。可是，我又不敢让福彭知道，他毕竟是个郡王，要维护皇室的面子，一定会横加阻拦。我又想到鄂比，鄂父是内务府司官，也是能打听这一消息的。只是，鄂父未必敢做。

午后，鄂比见我心事重重，就追问我有何难事。我觉得鄂比也无法解决，就不愿意告诉。哪知鄂比急了，翻脸说：“我知道你心高孤傲，瞧不起我，有事总想瞒着我。罢罢罢！从此你走你的阳关道，我走我的独木桥，咱们谁也不用为谁操心！”说罢起身就走。

我一把抓住他，说：“我不是不把你当作知己，而是担心你一知道就着急，那不是给你出难题吗？”

“这么说，你就这样在心里窝着？让我急得团团转，你才开心？

你认为难办的事，放在我身上也许易如反掌呢！”

事已至此，我只好吐出实情。鄂比哈哈笑道：“我就说绒线胡同出了狐狸精嘛。我这样聪明的人，你都瞧不起，可见你狂妄到何等地步！喂，兄弟，你不光是狂妄，还胆大包天，竟敢在皇上面前打主意。这样的事你怎么也做呀？”

我悄悄说：“这叫千里姻缘一线牵，我心里只有她，她心里只有我。别看她已被选进宫去，她的心里还是只有我。”

“得得得，你这是从皇上嘴里抢食吃，和拔老虎嘴上的毛有什么两样？我最不爱听和女人讲什么情呀爱的，一讲那个就有麻烦。虽如此说，你的事我还得去办。”

鄂比果然有神通。他去找内务府的太监，送上几两银子，说是亲戚家要打听香玉的结果。太监说，这个叫香玉的在内务府被选中，坐车进宫时出了车祸，脸上有了伤。这一破相，皇上就不高兴了，认为不吉利，因此落选。太监直为香玉惋惜，说离当皇妃就差那么一丁点儿。

鄂比得此消息，如同立了头功的将军一般高兴。不过，他劝我说：“你还是死了那份心为是。她虽未被选中皇妃，可她还是宫女，皇上还会见到她。你说她天生丽质，风韵绝佳，不知哪一时皇上看对了眼，她就是满心装着你，也不敢违抗圣命呀！一旦怀上龙种，便板上钉钉永远是皇家的人了。即使不为皇上所幸，也要到二十五岁才能放出，你何苦傻等呢！”

我说：“你还不能理解我。人之所以为人，就是因为一个情字。有了这个情字，情有所寄，情有所托，活着才有趣味，有意义。比如你，为何一见我痛苦忧愁，你就着急？我痛苦忧愁与你何干？这便是友情在作怪。你又花银子又花力气为我排忧解难，事办成了你高兴，办不成你便沮丧，这又是为何？你是在受友情的支使，为友情而付出，那种感觉用金钱能买到吗？你最不爱听和女人讲情讲爱，我能理解。恕我直言，那是因为你常去妓院买笑。那些女人今日卖给张三，明日又卖给李四，苟合一时，只怕连对方姓名都不知道，自然讲不得情爱。其实，男女间的真情挚爱可是最珍贵呢！那种爱能让人刻骨铭心，能让人死去活来，能让人幸福得发狂，能让人快乐得痛哭。”

鄂比说：“我知道你说得有理，是真知灼见。可不管如何说，我也觉得香玉是一块烫手的山芋，不管你多有理，也该快把这山芋扔掉，别再挨烫才对。”

“只此一条路可走吗？香玉定是为我而冒险摔伤的。她对我的真心日月可鉴，无丝毫掺假。此时此刻，我更思念她，一想起她就幸福得不得了，只想着如何去报答她对我的真情，无论如何也生不出扔掉她的念头啊！我的鄂比大哥，你让我扔掉的哪里是烫手的山芋，那是人生最难得的无价之宝啊！”

鄂比叹道：“你这牛劲又上来了，真没治！我倒要看看，这块热山芋你怎么处！”

从此，我日月便在期盼与思念中度过。香玉在皇宫大内，我虽在紫禁城内的咸安宫，距内宫不远，可那道高墙犹如层峦叠嶂的群山，可望而不可越，只能望墙兴叹，默默等待。

“曹雪芹呀曹雪芹，别说您的朋友鄂比替您担心，我都替您担心了。虽然不是那个时代的人，我也明白，宫女都是皇帝的女人，不然进宫的男性为什么都要阉割成太监呢？可是，您却打皇帝女人的主意，这危险实在太大，您怎么就不想一想后果呢？”

曹雪芹怒声道：“皇帝在女人的事情上根本没有人性！皇帝只想占尽天下美女，却不管女人的死活！后宫佳丽三千，别说宠幸，就是看他能看得过来吗？进入皇宫大内如同进入牢笼，皇帝只知自己寻欢作乐，却并不把宫女们当人看。这种做法，天理何在？”

影之歌说：“我懂了，您说《红楼梦》是在为‘闺阁昭传’，您又说于‘悼红轩中批阅十载，增删五次’，看来这些都是您在为女性呐喊。《红楼梦》其实就是‘千红一哭’‘万艳同悲’，是天下女性集体对封建社会的控诉书，您其实就是闺阁代言人。”

曹雪芹笑道：“你确实是懂了，这便是我写《红楼梦》的目的之一。其实，在封建社会里岂止皇宫大内，普天之下女人都是可以作为奴隶买卖的，尤其被抄的罪臣之家，尊贵的小姐也要被弄到人市上去卖。有多少男人拿女人当人待？因此我说，‘何我堂堂须眉，诚不若彼裙钗哉？实愧则有余，悔又无益之大无可奈何之日也’！我就是要反叛这个千年老例儿，故意在书中抬高女性，说男人都是泥做的，都是浊物；女人都是水做的，一看就清爽。”

“哈哈哈哈，谢谢您，让我也跟着沾光了。不过，追根问底，您这样的见识从何处来，又如何能凝聚成如此之大的力量让您去写充满叛逆倾向的《红楼梦》？这可真值得研究啊！鄂比说您打皇帝女人的主意，您是不是在想皇帝妨碍了您的幸福生活？您为此十分愤怒？”

曹雪芹连连摆手：“不是愤怒，是大无可奈何。‘幽微灵秀地，无可奈何天’嘛，这才是我的真实心理，我不过是呐喊一声罢了，皇帝的权威我岂能奈何得了？重男轻女的制度从孔子时代就已经开始，根深蒂固得很哟，凭我一本书也是撼不动的。”

影之歌说：“您写《红楼梦》是为泄积愤，舒胸中块垒，如果说块垒有三的话，女性的话题肯定是占其一了，而且分量很重。这块垒肯定是来自阿芳、翠环和香玉。”

曹雪芹说：“还有其他众多女性。你说块垒有三，确然有三。为女性申冤昭雪是其一，痛斥官场腐败黑暗是其二，反对科举制度是其三。哈哈，我是给你兜老底儿了。”

十二章　因逆遭毒打

光阴荏苒，夏去秋来。

我肄业于咸安宫官学之际，正迎来顺天府壬子科乡试在京城的举行。那天吃罢早饭，嗣父带我去琉璃厂。我以为是去为我买笔墨纸砚，或是书籍之类，谁知竟把我领进吕祖堂。嗣父说："这里的卦签最灵，应试的考生们都到这里求签。快向吕祖磕个头，祈祷祈祷，抽个签看是如何。"

我勉强在吕洞宾像前祈祷磕头，然后抽了一签，签上有字云：承前裕后，光大门庭。堂中人解说，此签为上上签，此人可承继祖德，富裕后世，门庭显赫，光宗耀祖，若应试必可中举。老爷听后，满脸阴气皆散，欢欢喜喜地给了谢礼。

我回家后，老太太得知这一喜讯，自是非常高兴。我却不以为然，泼冷水说："我就不信那些巫婆神汉算命问卦的，若真能如此测天知命，为何自己的事就不能先知先觉了？"

我的话惹恼了老爷，他勃然大怒："你以为长大成人就可不服管教吗？你枉读诗书若许年，便是皇帝也还承认父为子纲呢，你羽毛尚未丰满就敢跟老子反抗了？京城人人都信吕祖，偏你不信！你一直想当不肖的逆子，我偏不让你当成！从今日起，不许你出去疯野半步！只在家给我苦读诗书，以备应试之用。若能中举，才算你有本事；倘若再一味地只想叛逆，小心你这条命！"

老爷从来没像今天这样气恼过，那咆哮的语气也是从没这样凶狠过，这哪像在审儿子，简直是像对仇人。我有了这一感觉，便觉得嗣父不再是恨铁不成钢的嗣父，其中没有了半点疼爱的因素。我觉得自己是在受辱，竟生出胆量来，面对嗣父的威严，第一次正面反驳道："您不就是想让我做官光耀门庭吗？做官好在哪里？终日机关算尽，蝇营狗苟，天下无耻小人多在官场之中，有几个是按‘治国平天下’的道理去做官的？为政清廉，高风亮节者几乎是凤毛麟角，国贼禄鬼横行肆虐……”

“住口！你这大逆不道的孽障，竟敢如此大放狂言！你要置全家人于死地吗？来来，我今日非打死你不可！也免得全家人都陪你去赴法场！”

老爷是气坏了，他面色蜡黄，浑身发抖，跑到院里抄起挑水扁担，返身进屋，不论头上臂上，只是尽力抡下来。

翠环见状，奋不顾身地扑上来，用身体保护我。老爷的叫骂声和扁担的下落声依然继续，我的身体却不疼，可知老爷是故意打在翠环身上。多少天的怨愤，他借此机会得以发泄了。

老太太哭喊着扑上来，说：“有你这么管教的吗？把我也打死吧，我们都碍你的事了。一块儿打死了干净！”

突然，扁担钩子抡到我的额上，我只觉一阵麻木冰凉，很快便有鲜血流出，顺脸颊往下淌。

这时，良子和吴云汉闻声赶来，一个抱住老爷，一个去夺扁担。太太和云儿也闯进屋，见我脸上有很多血，惊呼不已。还是翠环反应快，她不顾身上疼痛，快速拿来一块干净的白布，用嘴咬着撕开豁口，麻利地扯下一条，赶紧为我包扎伤口。

老太太瘫坐在地上，抱着我，鲜血沾满她那抚摩我的手。老人家痛哭失声，断断续续地说：“你怎么就……下得了……这般狠心，难道你……就忘了他是独……”说到这里，老太太不再往下说。我知道，老太太一定想说我是祖父曹寅这一枝的独苗，话到嘴边终未吐出，只是呜呜哭个不停。

老爷胸中怒气尚未出净，仍在呼呼气喘，说：“老太太，这孽障的话您老人家也听到了。他心里竟装着如此犯上的言论，这可是大逆不道的死罪啊！毋宁被皇上问斩，不如我来亲手结果他，也免得让他断了曹家人的生路！他是您从小娇生惯养惯了的，我一直没得严教于他。子不教，父之过啊！他若犯了死罪，我就有不教之罪！老太太，今日可容不得您再娇惯了。他敢如此诽谤朝廷，辱骂官场，便不能再将他放出去惹祸，必须锁进空房，闭门思过。倘若有人阻拦，或偷偷放出，我必亲自将他押送刑部问罪！”说罢，将我拉扯出去，投入西厢空房，“啪”的一声把门锁起。

这时，我才感觉伤口疼痛。

太太命良子买来疗伤药膏，翠环为我擦洗干净，重新敷药包扎。我见她衣袖处露出青紫伤痕，心疼地问：“你身上一共伤了几处？一定很疼吧？”

我皱着眉头替翠环痛苦的样子，使翠环大受感动，她说：“我毕竟还没被打出血来，你伤得那么重，却只管问我疼不疼。我正要问你呢！”

“你替我挨了那么多打，我心里愧得慌，不安得很。倒不如全落在自己身上好受点。”

“那是我情愿的，能替你分担一半，我心里高兴，只怕会高兴一辈子呢！我情愿我高兴是我自己的事，与你有什么相干？你何必难受？”

我本是性情中人，易动感情，翠环越是那样说，我越觉得欠她太多。如果我还能深深地爱她，她为我付出的越多我会越高兴，可事实上却不能。老爷一直没放弃收翠环做小的念想，一直监视着我和翠环的一举一动。老爷无须多言，只是即时出现，晃晃身子，瞪瞪眼睛，就足够令翠环担惊、让我收心的了。比如此时，我们正在说话，就见老爷在窗口探探头，我们的对话就再也无法进行了。我见翠环眼含热泪，忍不住一把抓住她的手，轻轻抚摩那青紫的伤痕，真想抱着她痛哭一场。但我强忍住了，怕给翠环招来更大的麻烦。

翠环没敢久留，轻轻推开我的手，擦干眼泪，起身而去。

三天以后，曹霑突然来到。原来是老太太派良子送的信，她说服不了老爷，这才搬来救兵。

我没能因霹哥的到来而得到大赦，霹哥与我的交谈只好在“监号”进行。霹哥劝我说：“二弟，世俗太强大，咱们不顺应一下怎么行？你就要走入官场，该仔细考虑今后如何生存，如何才能生存得好些，切不可再说疯话。官场再黑暗，岂是你能反得了的？历朝历代历来如此，人们世世代代不仍是这样活着吗？要想能在社会上混，须先学会睁一眼闭一眼，先将家的责任负起来，‘修身齐家’然后才‘治国平天下’嘛。官还是要争取做的，能做清官更好，正好替天行道，实现抱负。清官难做时，便以仕代耕，求个衣食温饱也行，反正不与无道的国贼禄鬼同流合污就是了。你不可白白荒废了这许多年的学业，这次乡试你去试一试，倘若能中举，明春大比就有希望。”

我说：“霹哥所言极是。其实，我没一口咬定不去应试，只是与老爷话不投机，顶撞他几句，他就火冒三丈了。”

“你答应去应试就好。”

我长叹一声说：“应试非我所愿，我痛恨此道，可又无可奈何。我不能伤疼我护我的老太太，不能让老太太失望。可是，我心里烦，越来越厌恶那些东西。四书上说得多好啊，倡导至仁至爱，讲仁政，己所不欲，勿施于人。若真如此做了，岂有不政通人和的？可实际又是如何？从君到臣，上上下下，有几个不是‘己所不欲，偏施于人’？那‘仁政’二字不过是贴在脸上的标签而已。”

“你又来了！”霹哥止住我的话，朝外张望后说，“你说的这些话足够杀头的罪，知道吗？”

“霹哥放心，外人面前我再不说的。四书上所言与社会上所行完全不一样，比如孟子提倡‘民贵君轻’，可事实是谁贵谁轻？孟子说‘失天下也，失其民也。失其民者，失其心也’。怪不得每隔数百年就要朝代更替，那是民心失到尽头所致。如今，贪官污吏遍布各地，‘一任清知府，十万雪花银’，人们都拿这话当歌唱。当官发财之说妇孺皆知，当官是为了发财，为了发财才去苦读圣贤书。考上官就捞钱，捞足钱再买大官，官场上这样的人可不是少数啊！读书人若把读书视为饵名钓禄之阶，将来必定是个国贼禄鬼，这种人官当得越大对国民的危害便会越重。霹哥，我恨透了这些人，恨透了人间的虚伪和蒙骗欺诈。我觉得我一定写不好歌功颂德的文章，一定考不中。”

“唉，你这性情到底像谁呀？若不认真改一改，将来肯定吃大亏。二弟，记住我一句话吧，人生在世，得学会容忍，把容纳忍耐这一功夫练到家，才会游刃有余，少许多气恼忧烦。”

影之歌说：“初生牛犊不怕虎，您简直就是个牛犊子，不顾风险横冲直撞。别怪您嗣父打您，在封建王朝的统治下，您的那些言行的确很危险，若有人举报到皇帝那里，还真能要您的命。”

曹雪芹说：“这个我心里清楚，我不会到大街上去喊。重要的是我已经觉醒，已经看明白世事。可恨的是嗣父不让我看明白，定要让我按照他的思路去行事，这是矛盾焦点。”

影之歌说：“其实，您嗣父早就看明白那个社会了，他在大牢里不是还说，‘不快把织造位子让出来，惹新登基的皇上着急，皇上还不抄你的家呀’。明白归明白，但不能说，在心里怎么想都不犯上，说出来就不一样。您假如真落个忤逆罪，被杀了头，中国哪里还有《红楼梦》？所以，我们都要谢谢您嗣父，为我们保护了您这位大作家。”

“哈哈，你也与我嗣父同流合污。为了那本书，你不惜让我忍受毒打。”

影之歌辩解道：“识时务者为俊杰，这话应该没有错吧。哎哟，我的大作家，不高兴了？好了，我当然清楚，您嗣父伪善，您太刚直，这就无法避免冲突。曹二哥，您还是快往下说吧，说吧说吧。”

曹雪芹无奈地冲影之歌笑笑，又说下去。

霹哥临走时说，小怡亲王弘晓待他很好，将他尊为上宾，常常吟诗论画，切磋互学，双方都有长进。弘晓还邀我闲暇时去怡王府走走，一来聊解思念之情，二来畅论诗酒书画。诗画能宣泄心中郁积，每每让人灵性生发，飘然欲仙，及至将灵感倾倒纸上时，那份快乐无法形容。霶哥所言扫净我心头烦恼。我让霶哥为我求情，却碰了钉子，老爷说必须按三纲八目各做一篇好文章后再说。

就这样，我继续被囚禁。老太太十分心疼，每天吃不好睡不着，又密令良子去找平郡王福彭，让他来替我解禁。

福彭来到后，亲自打开门锁，将我引至正房，当着所有家人的面把我痛责一顿，骂道："你本不混不傻，为何干出又混又傻的事来？你以为你已经明事理，其实你最不明事理，一个十足的书呆子！这世间是充满友善的，同时也是充满血腥的。常常是你不危害他人，他人却要危害你。人生在世，首先要学会保护自己，然后才谈得上为家为国尽责。你这样不知深浅，皇朝岂能容你！你父把你打得轻了，依我说还应重责，彻底给你洗洗脑筋才是！"

福彭的话吓坏了老太太。老人家颤抖着说："霑儿，小王爷说得极是，你快说改了吧！我还等着享你的福呢，你若不考个一官半职的，让奶奶上哪儿享你的福去？"

福彭语气平和下来，说："乡试在即，你要用心去考。倘能中举，我便好安排你了。若明春大比再能进士及第，就更好提携了。我近日有紧急外差，皇上恩典，授我定边大将军一职，就要随军起程，等不到你的张榜之日了。我给你找一个笔贴式的差使，你先干着，省得在家赋闲生事。等我下次回京时再作打算。"

老爷说："还不快谢王爷？"

老太太也急忙说："快谢小王爷。唉，到底是自家人，事事都想得周到。"

我起身施礼："谢谢表哥关照我。"

老爷又火了："大胆！无礼！别忘了你是皇室包衣奴的家生子，为何不称王爷？"

福彭摆手道："在自己家里不必拘礼。平时我们就是表兄表弟地称呼着，表弟也习惯了，这样倒显得人情味儿浓些。”

听说福彭又被提升为定边大将军，我们全家人都向他祝贺。

老太太最高兴了，喋喋不休地夸奖福彭，又嘱他此行千万小心，一定平安归来。

还是福彭说话管用，老爷不再锁我了。

笔贴式是六部各衙门及内务府各司最下层的当差人，专做日行文书、档案抄写、翻译计算之类的杂事。干这样的差使我愿意，比当官要好，能远离贪官污吏，又无须太多的应酬。

鄂比也有事做了。他原是捐了五品官的，他父亲到底有些神通，为他谋得外差，放了山西一个知州的官位。

鄂比找我辞行，恳请老爷放我出去一会儿。老爷说：“鄂比能得此肥缺，可喜可贺。你与霑儿既是同窗，又是好友，理当让他为你饯行。去吧，去吧。只是霑儿要谨慎些个，不可再胡言乱语，招惹是非。”

我内心欢喜雀跃，表面却不敢暴露，只是点头连连称是。

走出门后，我高兴得直跳，称自己终于冲破了黎明前的黑暗，见到霞光万丈的太阳，如鸟儿出笼，似鲤鱼得水，心中那种兴奋情绪是前所未有的。

鄂比说：“我已和杨叫天约好，咱们还去听松楼，痛痛快快地乐一回。”

鄂比驱车前往。我看看左右，总觉路线不对，便问到底是去哪里。鄂比说：“我还有一个知己，今日让你认识认识。”

半路上，鄂比又叫了一辆红轿车，同到宣武门外一张清净院落停下。鄂比说了声稍等，人已跳跃着飞进院去。片刻，鄂比出来，身后两个丫头拥着一位娇艳女子。那女子衣着华丽，红绿丝绸映衬着一张白嫩的面容。鄂比把她带到我面前，引见说：“这位是我的同窗知己曹雪芹，这位是我的红颜知己万人迷。今生我有你们二位知己足矣。”

我瞥一眼万人迷，但见她有似羞非羞之态，似笑非笑之容，天生一副诱人的俊美面容，更有一双令人迷醉的风流眼，看人时流光闪动，两只黑眸似会说话。万人迷向我道个万福，我急忙下车还礼。

鄂比哈哈笑道：“万人迷，可知你是娇艳惊人了，雪芹只顾看你，竟忘了下车。我可是头一回见雪芹这样看女人。哈哈，你迷倒过一万人，雪芹该是一万零一个吧？”

我被鄂比说红了脸。鄂比更取笑道：“你瞧他那张脸红的，哈，一看便知是个雏。”

路上，我埋怨鄂比太放肆，满嘴乱说。鄂比却笑道：“得了，我的正人君子，咱们已经不是官学的学生。从今往后，你不是做官就是当差，再无别的出路。到世面上去混，你的这一套绝对吃不开，不步步绊脚才怪呢。我就是要让你见识见识。跟你说，这万人迷是我相识的众多女子中最称心的一个，才被我定为红颜知己的。知道么？宝亲王弘历包养过她。”

“哦？有这事？”

“怎么没有，很多人都传说呢。我也问过万人迷，她笑而不答，不是跟默认一样么？”

我想起了阿芳，心情便沉重起来，问：“不知这万人迷是怎样一个来历，何时流落风尘的。”

鄂比说：“万人迷本是江南女子，天生的风情万种。初为某相府奴婢，因与仆人私通，被逐出，后流落风尘。因其天生丽质，相貌出众，令见者个个眼热，昵者一一心醉，致使很多人神魂颠倒，为其倾家荡产，这才名震京城。”

我笑道：“你也真是胆大包天了，竟敢狎昵‘王妃’，还把她带到酒楼来张狂。”

说时，前面已到听松楼。

原来，杨小云已先行到来，占的仍是二楼那个雅间。大家互相拜见了，依次入座。堂倌麻利地张罗着，为我们斟茶倒水。

杨小云手指墙壁说："我见这壁上字迹很面熟，尤其这诗句内涵，该是出自雪芹弟之手吧。"

鄂比夸道："兄弟好眼力，正是雪芹所作。"

万人迷抿了一口茶，微笑道："这位曹爷原来能写善画，是个大才子呀？"

我看一眼万人迷，见她两眼果然厉害，温情脉脉，亮光闪闪，勾人魂灵，摄人心魄，正在十分放肆地盯着我。我心里说，这真是一个尤物，表面上却打趣道："嫂夫人过奖了，小弟不过'涂抹诗书如老鸦'，尚须多多努力呢。"

万人迷手捂樱桃小口，惊叫道："天爷，你刚叫我什么？"

鄂比很少红脸，此时竟通红起来，嘻嘻地傻笑。

我不愿意再说这令人尴尬的话题，便道："不可再喧宾夺主，话题应回到为鄂兄饯行上来。"

杨小云立刻连声赞成。

此时，堂倌送上酒菜。杨小云拿起酒壶就要斟，被我夺下，说："我最小，该由我斟。"

万人迷又盯上来，笑问："曹爷贵庚？"

我一下愣在那里，实在不愿回答，看看鄂比，意在求援。哪知鄂比却嚷道："你就说嘛，说了还能把你咬掉一块不成？"

无奈，我只好答道："愚弟虚度二九，如何？这酒还是该我斟吧。不论你芳龄多少，你既是嫂夫人，就比我大。"说完，就要斟酒。

"慢！"万人迷虽还是笑脸，却略有愠色，"鄂爷有言在先，你曹爷是他的同窗知己，我是他的红颜知己，杨爷也是莫逆之交。我们在座的都是朋友。曹爷，这'嫂夫人'的称呼，我承受不起，切不可再做笑谈。"

鄂比说："就是。失言之过，罚酒三杯！"

杨小云说："我来讲情，就罚一杯吧。"

其实，我称嫂夫人因何而起，在座者也许有所观察。万人迷向我频频暗送秋波，这样的尤物不太顾及情面，她既是鄂比的红颜知己，在我心中就是嫂夫人的位置，嫂子岂能再与兄弟眉目传情？我怕她越来越无顾忌，才这样称呼，为的是给她一些约束。

鄂比问万人迷："你说，罚他多少？"

万人迷说："杨爷既讲情了，我不能不给面子。就罚曹爷一杯，我陪着。"

鄂比和杨小云都说好，夸万人迷爽快。

见我与她干了一杯，万人迷很得意，笑嘻嘻地说："曹爷，你贵庚二九，我二八有零。这酒，还是我来斟吧。"

无奈，我只好让万人迷斟酒。

酒过三巡以后，我取下墙上的琵琶，请杨小云弹奏一曲。杨小云谦让再三。我向鄂比和万人迷使眼色，他们齐来请求，杨小云才说："也罢。今日是大喜的日子，为鄂兄山西赴任饯行，我就弹奏一曲《将军令》，以志壮行。"

杨小云接过琵琶，拨弄调和，然后指在弦上微微颤动，便有极妙的音律徐徐传出，似千军万马从很远处奔来。只见小云加强指上颤动的力度，继而上滑，忽又下滑，正在音韵妙不可言之际，突又手指朝右上方急撞，弦声铿锵有力，及至注、走、飞、推，指法晃得人眼花缭乱时，音律更显雄浑壮美，如有千军万马奔到眼前。结尾处，用挑轮指法模拟鼓声，我闭目感受，犹如三军排阵操练一般……

琴弦刚刚收住，万人迷就不住地拍手叫好。杨小云将琵琶递给我，我又递给万人迷，坚请她弹奏一曲。万人迷推辞再三。

鄂比说："她不善此道。若让她唱曲儿，倒还会些个。"

闻听此言，我和杨小云又一致让她唱曲儿。万人迷没处再推，只好清一清嗓子，唱道：

一杯别酒阑，三唱阳关罢，万里云山两下相牵挂。念奴半点情与伊家，吩咐些儿莫记差。不如收拾闲风月，再休惹朱雀桥边野草花。无人把，萋萋芳草随君到天涯。准备着夜雨梧桐，和泪点常飘洒。

杨小云笑说：“瞧，鄂兄动了真情，听曲儿听出泪花来了。只是你可要记住姑娘的嘱托，再休惹野草闲花才是。”

我叹道：“这曲儿真真是好，韵律悲戚婉转，字句情真意切。鄂兄听到‘万里云山两下相牵挂’时，已经牵动情肠，再听至‘芳草随君到天涯’和‘泪点常飘洒’，鄂兄便闪出泪花来了。”

鄂比狡辩道：“你们都是混说，我哪里出泪花了。那是……是汗。”

我拍案叫绝：“哈哈哈哈！鄂兄果然不同凡人，眼中竟流出汗来了。”

万人迷笑出了眼泪。杨小云也笑得前仰后合。

我说：“鄂兄，你一直自诩从不对女人动情，今日可是谎言自破了。你们既如此相好，何不让‘萋萋芳草随君到天涯’，也省得‘万里云山两下相牵挂’了。”

万人迷嬉笑着拦住我的话说：“不过是唱个曲儿罢了，就让你这个才子揪住了小辫儿，只管没完地咬文嚼字。你是想打马虎眼，故意拖延不唱吧？咱还得说清，人人都唱。不唱也可，罚酒三杯。”

杨小云说：“姑娘说得极是。这曲儿得唱，还得唱出与送别有关的曲儿才成。”

万人迷拍掌笑道：“我一百个赞成。与送别无关的曲儿唱了也白唱。”

杨小云拿过琵琶，自弹自唱道：

想人生最苦离别，三个字细细分开，凄凄凉凉无了无歇。别字儿半晌痴呆，离字儿一时拆散，苦字儿两下里堆叠。他那里鞍儿马儿身子儿劣怯，我这里眉儿眼儿脸脑儿乜斜。侧着头叫一声行者，阁着泪说一句听者：得官时先报期程，丢丢抹抹远远的迎接。

我听罢叹道："这哪里是曲儿，分明是一幅送别画卷，将离别双方的心情身态描写得逼真。你想那劣怯的身影，乜斜的眉眼，侧头的动作，含泪的神情，岂不既像诗又像画？"

鄂比说："凡事到你嘴里眼里，没味也能挤出味儿来。说这么好，看你一会儿怎么唱。"

万人迷抢言道："也真是的，听曲儿时没听出什么好来，听曹爷这么一评说，就觉得好得不得了，心里热乎乎的。"

鄂比笑说："让他唱一曲，唱不好就罚！"

万人迷和杨小云都笑等着我。

我接过琵琶，沉思良久，娓娓唱道：

送离了青山绿水那答，君来到竹篱茅舍人家。野花路畔开，村酒槽头榨。直吃的欠欠答答，上醉了山童不劝咱，任白发上黄花乱插。

我刚唱罢，万人迷就嚷道："不妥，不妥，这哪里是送别的曲子，分明是山翁喝醉了酒，往白发上乱插黄花，耍酒疯哩。快！罚酒三杯！"

鄂比阻挠道："且慢。你只记住了山翁醉酒，没记住头一句，他一起唱就把送离说出了。"

万人迷不依不饶，说："你还向着他呢，有这么送行的吗？不说思念，也不流泪，只是醉酒，这不是一对酒鬼吗？杨爷你可说话呀，也给评评这个理。"

杨小云笑得捂着肚子："雪芹在耍花招呢。他一反常规，不唱送别的哀伤，离去的悲凉，偏要用耍酒疯的形式送别。这叫新颖别致。

另外，你们还没听出，雪芹还有高明的安排。”

鄂比惊奇地问：“还有什么？”

“每一句的字头连起来，是‘送君野村直上任’，这听松楼权当野村吧。你们说他这曲儿妥与不妥？”

鄂比听罢直拍脑门：“啊呀呀，我怎么就没想到这一层呢。罢了，就不罚雪芹三杯了，罚两杯吧。”

我笑道：“不公，不公，你没想到这一层，该罚你才是。”

万人迷站起说：“既这么着，咱们就共同干了这一杯，祝鄂爷一帆风顺，官运亨通。”

我下楼去方便，鄂比随后跟来。鄂比问：“你看万人迷怎么样？”

我答：“老兄是风月场上的老手，老兄看上并引为知己的，自然是上上品。”

“你且评价评价如何？”

“若说真话，此人确实风情万种，单那两只眼，便可令某些男人倾倒。自古说，贤妻美妾，此类人是天生尤物，做不得人的贤妻，便是做妾也很危险，只当野花去采尚可。”

“唉，老弟你说到我心坎里去了。这真是一朵十分难得的野花啊，我实在舍不得离开她。”

“你带她同去赴任不就得了。”

“岂敢！倘若她的相好真是宝亲王，别说我这官印保不住，便是性命也该不属于我了。”

“那就撒手闭眼吧，从无中来到无中去吧。”

“你还不理解我的心。我是想让你……”

“得！得！兴你让，可兴我不受呢。她本是你所爱，我当终生视其为嫂，再无法改变的。”

“唉，雪芹呀雪芹，你太认死理。这么好的女子，你竟拒之不受。我实在不忍心让她落在别人手里啊。唉，你心里在想谁？你还敢想那个宫女香玉吗？”

“老兄，别再说这个。咱们快回席吧。”

杨小云说他明日就要忙起来，赶着排练几出戏。说是有一位年轻的都统被提升为定边大将军，过几日宫内要设宴唱戏，为这位大将军饯行。

闻听此言，我十分惊喜，说：“这位定边大将军是我表哥，平郡王福彭。他昨日还去我家呢。”

“啊？你表哥升为大将军了。”

万人迷说：“这真是件大喜事，今日必要借这杯酒贺一贺了。来，恭喜曹爷的表哥荣升大将军。”

鄂比和小云同声祝贺。

酒干以后，我突然萌生一个大胆的设想，对杨小云说：“杨兄，有一事相求，不知可否。”

“贤弟这话岂不远了？咱们三人虽未对天盟誓，也已经如同亲兄弟一般了。有话你尽管说。”

我说：“紫禁城内可是神秘的地方，天下人无不向往。杨兄你总能进进出出，可否给我提供一次机会，随戏班进去见识见识。”

“这……”

“杨兄放心，我不当闲人，扮个角色跟进去。”

鄂比冲我挤眉弄眼，恨不得制止我，竟急得脑门渗出汗来：“你别再混闹了，那地方岂是好玩的。你不能去冒那个风险！”

万人迷笑道：“这能有多大的事，瞧把鄂爷急的，那脸上可是又流出泪来了。”

几人想起刚才眼中流汗的话，都大笑不止。

为解除鄂比的顾虑，我说：“我明日就去戏班，选一个角色好好排练，能胜任再去。进到宫里，只是长见识，决不多说多道。鄂兄，你尽管放心吧！”

鄂比仍是摇头叹气：“唉，你这牛性情，是我最怵的。我知道，你主意已定，便无法再劝。我明日便起程上任，离开京师，你可定要好自为之啊！等我回来时，我可要看到一个平安完好的曹雪芹！”

我大受感动，举起酒杯，眼含热泪说：“鄂兄的话我一定牢记在心。”

杨小云似有觉察，却不多问，说：“鄂兄尽管放心，一切由我安排。”

十三章　被迫中举人

回家的路上，鄂比冲我发火道：“你吃了熊心豹子胆啦，竟敢到宫里去找香玉。物极必反知道么？你是不在南墙上撞得头破血流不罢休呀！”

我叹气道：“老兄骂得很是。可我觉得，有一线希望就要使出百倍努力。倘真能进宫，见到香玉，不用说话，只四目一望便有了，一切尽在不言中。只怕没有那么幸运。老兄你尽管放心，我这鸡蛋是不会去碰石头的。”

福彭大将军此次出兵是去新疆阿尔泰，讨伐以葛尔丹策零为首的叛军。

我很早就起床，只说要去忙大将军出征盛典的事，全家人闻听都很高兴。尤其老太太喜得合不拢嘴，直念叨：“我的外孙子当上大将军了，我的宝贝孙子也要有出息了。我还算有福，总算等到了这一天。”

翠环附和着说：“老太太好好的，享福的日子还在后头呢！老太太福大寿高，我也能跟着沾沾光。”

我随戏班进入皇宫时，多少遇上些麻烦，内务府掌仪司司官见我眼生，便将我拉住询问。杨小云急忙过来说：“生角许小官生病，这位是邀来相助的。”

司官警惕性很高，仍不放过，盘问我姓氏根基。当他知道福彭大将军是我的表哥时，忙赔笑脸，解释说今日非比寻常，皇上亲自前来饯行，不得不严防。

进入皇宫后，我无心欣赏那些金碧辉煌的庞大宫殿，只是往有人的地方看，寻找宫女。只有看见宫女，才有希望见到香玉。哪知进入午门后，摄入眼帘的仍是大大小小的太监。及至进入太和殿，到达保和殿，才有宫女出现，但全不是香玉。我稳住神，暗劝自己不可急躁，一定要把戏唱好，否则，一旦出错，被注意到了，就要前功尽弃了。

巳时刚到，便锣鼓喧天，弦乐齐鸣。王公大臣徐徐从太和殿进入，在正大光明殿叩拜皇上，掌仪官宣读授命福彭为定边大将军的圣旨。各项仪式完毕，皇上携福彭之手在先，王公大臣在后，鱼贯进入戏楼看戏。

戏目多是武戏，有《孙行者大闹天宫》《姜太公斩将封神》，故事奇幻，人物众多，场面非常热闹，适合为出兵征战的将军饯行。尤其适合展现杨小云的高超技艺。杨小云演猴戏名冠京城，今日更是精神倍增，浑身向外冒灵气。他那闪转腾挪的纯熟动作，如猿似鹤的精确台步，加上金鼓节拍的配合准确无误，使他的表演达到精美绝伦之境。全场君臣看得目瞪口呆，却无人敢喝好，都知道杨叫天的脾气。

戏开场后，台下的宫女越来越多，斟茶倒水，摆干鲜果品，往返穿梭不断。我看得呆了，一个一个仔细瞧，一直没有香玉的影子。杨小云发现我痴痴呆呆心事重重，两眼只在宫女身上搜寻，便委婉劝道："皇宫大内宫女数千，各司其职，这里来的仅几十个。你的戏就要上场，千万别走了神唱出错来。"

我一惊，知道杨小云已经识破我的秘密，觉得非常难堪。他真心助我，我却瞒着他。我脸颊发烧，低下头，连连答应着。

我参演的戏目是《黄伯扬大摆迷魂阵》。剧情是说春秋战国时，燕国乐毅带兵攻打齐国，去请师父黄伯扬下山，大摆迷魂阵，将孙膑困在阵中。齐国惊慌，急请孙膑的师父鬼谷子下山，大破迷魂阵，救出孙膑。

我上场以后，真的全神贯注，不敢走神。由于精神高度集中，紧张情绪松弛下来，遂一点点渐入佳境，发挥得越来越好，居然有人喊起好来。这时，我猛然悟到下面一句唱词不妥。那句是“瓦罐不离井口破，大将不离阵前亡”。此时，瓦罐二字已唱出，我立即停在那里。别说冲皇上社稷不能唱这词，便是冲大将军表哥也不能唱这词！我灵机一动，改唱道：“瓦罐不在井口破，将军此去必称王！”

“好哇！好！”

台下一声大喝。我寻声望去，正是当今圣上。

“改得好！快重重赏他！哈哈哈哈！”看来，雍正皇帝是发自内心的高兴。

王公大臣们也都连声喝好，交头接耳，议论纷纷。

我下场后，杨小云迎上来，显得很激动，双手紧紧握着我的手说：“万幸，万幸。排练时我忽略了，是你救了戏班呀！”

戏曲散场入宴后，有人来报，大将军要见刚才那个角儿，可能是又有重赏。我一听，连连叫苦。既已如此，也没办法，只好硬着头皮出去。

果然，福彭一见我，脸就黑得吓人：“你这是怎么说？”看那样子，若不是在宫里，很有打我的可能。

我有些害怕，低下头回道：“我与班主杨叫天不错，平时偶尔去那里一次。今日正赶上一个角儿生病，我就客串来了，也是为给你送行嘛！”

“去户部报到了么？”

“去了。我这是请了假的，只是为你送行。”

“混账！刚当差就请假。如此不务正业，何时才能有出息！”

“我记住表哥的话就是了。其实，只是偶尔乐一乐，我爷爷和老平郡王爷不都是这样的吗？”

“他们是什么岁数？你正年轻有为之时，须好好在正业上努力，待功成名就以后，自有福乐可享。记住了吗？我此去千里遥远，不知何日能回。我最牵挂的就是你，你言行举止太不让人放心。你是我姥爷这一枝的独苗，责任重大啊！凭你的聪明才智，很有希望。可看你的言行举止，又常常不对路。你以后行事一定要仔细斟酌，切不可引火烧身丧失前程！”

我连连点头：“记住了。我知道表哥一心只为我好。表哥此去可要处处小心，多多保重！”

我不由得流下泪来，再也不敢抬头看表哥。一只大手按在我的肩上，使劲捏了两把，又松开了。我抬起头时，看到的是表哥的背影，那威武雄壮的大将军的背影。

戏班开始打点行装，要打道回府了。我不甘心就这样回去，见不到香玉，能打听到也好啊。外面忙于酒宴的宫女来去匆匆。我想一想，便悄悄溜出后台。

我见一个空手从宴席上走来的宫女，便远远地向她打招呼：“这位姑娘，我是戏班的，向你打听一个人，使得么？”

“谁？”

“香玉。”

“一对眼睛大大的，脸上有个疤的香玉？”

“对！是她！”我惊喜得心怦怦跳。

“你是……”宫女警觉起来，“你是皇上刚刚奖赏的那一位？”

“是的。我是香玉的表兄，姓曹。劳烦姑娘转告她，就说家里人都好，让他放心。”

“是了，一定转告。我得快走了，赵公公看见会发火的。”

宫女匆匆而去。我心花怒放，乐不可支。高兴之余，又有些遗憾，没能问问香玉在何处当差，身体状况怎样。我在设想，每日苦苦思念我的香玉，突然知道我设法进宫找她，她将会多么激动，夜里睡觉将会怎样辗转反侧难以成眠？我又想到，她同样也会急于出宫回家。进宫时，她曾冒风险向车轮摔去，使脸上留下永久的伤疤，以后想出宫，又能否平安出宫？我非常担心，害怕香玉再出意外。

杨小云善解人意，不窥人隐私，直到送我离开戏班，他也没再提“宫女”二字。

福彭率兵走后，距顺天府乡试大比还有十几天的光景，老爷把我管得越发严格起来。

考试分五级。第一级是县试，考中者为童生；第二级是院试，在府里考，考中者为秀才；第三级是乡试，考一省的秀才，中者为举人；第四级是会试，考全国的举人，中者为贡士；第五级是殿试，考全国的贡士，天子亲策于廷，中者为进士，分一、二、三甲。一甲三人，分状元、榜眼、探花，赐进士及第；二甲若干人，赐进士出身；三甲若干人，赐同进士出身。取得进士资格，便是取得了做官的资格，只等分派补缺了。等第优异者多留京重用，成为京官。次者选派外省，外省又有等级肥瘦之分。因此，行贿请托之风一直在暗中鏖战。

孔子的一句“学而优则仕”，几乎集结了天下所有读书人，一齐奔向仕途之路。儒家子弟训说：要发扬美德于天下者，先治其国；欲治其国者，先齐其家；欲齐其家者，先修其身；欲修其身者，先正其心；欲正其心者，先诚其意；欲诚其意者，先致其知。那么，欲致其知者，自然要先读其书——皇帝指定的四本书，即《论语》《孟子》《中庸》《大学》。而文士要取功名，自然只有读书一途。

初始，皇帝通过科举招贤纳士，倒也得到不少俊才。久而久之，科举取士的内涵变了样，上面高悬的是高官厚禄，下面追逐的是功名富贵，民间也普遍认同读书是为了做官，做官是为了发财这样一种逻辑。天下文士千千万，状元三年只一人。这功名富贵如高悬空中之饵，可望而不可即。成千上万的读书人为此拼命，从少年时就考，直考到白了头也考不中，望着那高空的诱饵，无法死心。做官既是为了发财，经数年煎熬，一旦考中，自然就会变本加厉，横贪暴敛。官场早已变成名利场，不是最初的造福庶民，精忠报国的所在了。

我官学毕业那年，正是京城壬子科乡试。

老爷翻出我的窗课。窗课里都是我在官学时写的文章，他以前都看过，在这临考之时又翻出，以主考官的眼光逐一指出，哪里可取，哪里须改至如何方妥。那时，我才深深体会到天下父母之心真是可怜，不惜耗尽所有精力。老太太虽帮不上忙，但她老人家的心是时刻放在我身上的。她像监学官一样在旁边监管着，老爷一要发火，她就及时泼上一盆水。我们父子不论熬到什么时辰，她老人家都奉陪到底。我曾暗下决心：便是冲着老太太，也要考个举人回来。她老人家为我操了十八年的心，不让老太太失望才算我有孝心。

我是官学的毕业生，有资格直接参加乡试。八月初九那天，翠环早早就把需用之物打点停当。老太太和太太千叮咛万嘱咐，我一一点头应承，然后随嗣父奔贡院而去。

我家距贡院倒也不远，进入崇文门，向东穿过方巾巷，便是贡院了，不到二里的路程。

这贡院我是来过的，平时冷冷清清，今日却热闹起来。顺天府的生员真不少，小到不及弱冠，大到七十老翁，足有数百。再有家人相送，车马驴骡，喧哗拥挤，十分热闹。

贡院门前有三座牌坊，上面各有题额，什么“明经取士”，什么“为国求贤”。我看后暗忖，果真能为国求得贤才就好了，只怕又求去一帮国贼禄鬼。

老爷引我进入贡院头门，来到龙门口时，又叮嘱说：“千万记住，写文时切不可恣肆妄为，臧否时政，须精心阐发圣贤道理。龙门进去就是号房，你要好自为之。”

我没说什么，只是向嗣父点了点头。

时辰一到，生员鱼贯而入，先进大堂，向主考官领了试卷，这才各自归入号房，去做那诓功名混饭吃的八股文章。

人都说我牛性，我却很难体会牛性为何物。大概是不听人劝，固执己见之意吧。倘若那是牛性，其实我并不牛性，有时人说得合意了，我是听的，且改得极快。倘若人说得不对，我听着都别扭，如何再照说的去做？也只好坚持己见。比如这试卷，头一场的题目便是《仰不愧于天，俯不怍于人》。我一看就乐了，这篇文章好作，我有太多的话要说。只是，在老爷看来，大概是我又要犯牛性，因为我无法不针砭时弊。

孟子说，君子有三乐，“仰不愧于天，俯不怍于人”是第二乐。我想，若真能成仁取义，俯仰无愧，不仅可以成为“富贵不能淫，贫贱不能移，威武不能屈”的大丈夫，亦可成为人伦之至的圣贤。只是，目下官场此种人太少，而追求功名富贵的人又太多。八股文做得好不见得就能做俯仰无愧之人，当上官不见得就去做俯仰无愧之事。国家应想办法拔取德才兼备，真正能俯仰无愧的俊才，这才是至关重要的。

我将此意以八股文形式写出。先“破题”，开头说破题义；“承题”，承接阐发题义；“起讲”，开始议论；“入手”，向纵深阐发议论。分为起股、中股、后股、末股四段。共计八股。这八股文又叫四书文。一代又一代都这样做文章，死板硬套，乏味无趣。

我潇潇洒洒一挥而就，只把意思表达清楚，也没细查对仗工整不工整，便信步走出考号，将卷子交给监考，重回号房坐下。

少顷，监考传话，说主考官董大人要见。我急忙起身前往。

我并没诚惶诚恐，而是心态坦然地来到主考官面前：“生员曹霑请考官大人安。”

董大人倒很和气，说：“起来说话吧。你考过几回了？”

“回董大人，是头一回。”

“想做官吗？”

“这……只怕不能适应。”

“哦，不能适应什么？”

我想了想，还真不敢说。董大人是朝廷命官，外面有兵役巡视。

我若惹火了他，他一声喊，我便马上会成阶下囚。

董大人见我左右张望，知道我不敢说，便招手让我靠近他，悄悄说："小声点，只管说来。"

我悄悄说："弄虚作假，蒙骗欺诈，钻营请托，暗中送礼，我都不会。说真话，我不想当官。"

"哈哈哈！"董大人以手捂嘴，笑声难止，"从你领试卷时我就看出与众不同，二目充满浩然正气，心境坦然，毫无压力。不像有些生员，诚惶诚恐，一眼就能看出未进考场就开始担心不能考中了。我来问你，既不愿意当官，又为何来考？"

"为了长辈。尤其祖母，我不能让她老人家失望。倘能考中，祖母也就没白盼这许多年。"

"为何只为祖母不为母亲？"

"回董大人，母亲早已不在人世。"

董大人听到此，显得很激动，突然从座位上站起，走到我面前，拍着我的肩说："你的文风真如你的人风，坦荡洒脱，不拘不束，只是锋芒太露了些。还好，尚无大碍。你文中说，'官场上俯仰无愧之人太少，考场里追求名利之辈太多'，此言实在是妙，本官亦有此看法。此事关系朝廷吏治的大事，你能有此真知灼见，且敢于写入应试文章中，实在难得。"

这时，又有考生交卷。董大人说："你先出去。记住不可得意，你的卷子本官还要细看，里边毛病还是不少的。"

三场考完，总算过了这一关。我想，中与不中，我也算是考过的了，算是个猎取过功名仕途的儒家子弟了。

乡试完毕，我心胸大畅。老爷只焦急地等待出榜之日到来，再也不在我耳边唠叨"读书举业"。我除了去户部当差，闲暇时也敢看看杂书，吟诗作画了。

出榜之日终于等到。老爷那天起得很早，看得出他心急如焚，一个劲儿在院子里溜达。翠环冲我朝院里努嘴，悄声说："瞧老爷，都急成那样了，你倒像没事人似的。”

我说：“我去考过也就完了，管它中与不中，我才不稀罕当什么官呢！”说罢，偷偷拿出《牡丹亭》看了起来。

老太太招呼翠环，让她提前静室焚香，老太太要祈祷。

突然，老爷在院中高叫一声：“中了！霑儿中了！”吓得我急忙将书藏起。

“中了！霑儿中了？”老太太闻声，不再只顾烧香磕头，让翠环扶起。

大门口已响起喇叭声、锣鼓声，有人喊道：“快请曹霑曹老爷出来，恭喜高中了！”

老爷急忙把报录人接进院子。翠环将我推出门去，我与来人见了礼，接过报单，请几位屋里坐定，老爷忙将赏钱递上。报录人这才将红绸报贴高高挂起，但见上书：捷报贵府老爷曹讳霑高中顺天府乡试第二名。

送走报录人，老太太回望大红报贴，激动得大声说：“多谢祖宗保佑，让霑儿中了举人。霑儿啊，你祖父要是知道这一喜讯，该会多么高兴！曹家又有希望了，不是靠承袭天恩祖德，是靠霑儿自己的才学！”说着，居然激动得流下热泪，并呜呜地哭出声来。

看老太太乐极生悲，我心头不禁一阵难过。我只是一味地痛恨仕途路，痛恨科举取士，没真正把老太太的念想放在心上。我庆幸自己考中了举人，终于圆了老太太多年的梦想，否则老太太该是多么失望啊！

影之歌打出暂停的手势，说：“举人老爷您先歇一歇，您考中举人对老太太是一个很好的交代。可是，对现今众多红学迷来说却是非常不妥的。”

曹雪芹不解地问：“噢？此话怎讲？”

影之歌解释道：“看过《红楼梦》的人都有一个深刻印象，您笔下的宝玉最恨科举取士。薛宝钗因为劝宝玉走仕途经济，一下子被宝玉鄙视，从此在感情上疏远她。您自己刚才也在说，‘官场上俯仰无愧之人太少，考场里追求名利之辈太多’。您痛骂官场上人是国贼禄蠹，您唾弃尊荣，咒骂科举，是反科举制度的勇士，到头来却又中了举人，这让人怎么接受？”

“哈哈哈，影妹急不可耐的样子很可爱。说实话，在江宁织造被抄之前我没有反科举的想法，一个乳臭未干的幼稚小儿怎会有那种想头？反科举是后来的事。我首先看清官场是个黑暗腐败的地方，这才引发对考场的思考。官场如此肮脏，而考场却还是那么趋之若鹜，普天下读书人都在为猎取功名而拼命，什么原因？后来，我把这想头写进书里，让宝玉成为我的代言人。”

“如果您说的是真事，您反对科举可是够激烈的，因为这个挨了打，而且被锁进空房。可是您还是参加了科考并中了举人，您的这一经历只怕有些红学家还是不能接受。”

曹雪芹叹道：“影妹啊，宝玉是宝玉，我是我，天下本来没有宝玉，是我笔下虚拟的，怎能把我与宝玉等同看？我长大成人后反科举取士是真的，那是我所想所悟；我考中举人也是真的，那是我违背自己心愿不得不去做，也是一个无可奈何。我在生活中必须违背心愿去考举人，不考逃不过家庭关、亲朋关。在《红楼梦》书里，我就可以自作主张了，让宝玉彻底反叛。”

影之歌问：“现在能看见的只是您的前八十回，如果您继续写后四十回，中举的事您该怎么处理？”

“我是有后三十回原稿的。后三十回写得痛快淋漓，让贾宝玉反叛到底，不光没听老爷贾政的话，就连史老太君也不顾了，宁死不去应试。我借贾宝玉之口痛骂官场，说官场上最肮脏、最黑暗，人世间最卑鄙、最可恶、最无能、最贪婪、最虚伪的人都在官场。正因为此，后三十回书稿屡遭劫难，人们都畏之如虎，最终导致失踪。”

影之歌叹道：“啊，原来是这样。曹二哥，有红学家考证说，乾隆初年编修的《八旗满洲氏族通谱》记载着曹頫之子曹天祐，‘现任州同’。曹家的《五庆堂谱》中也有相同的记载，有人说曹天佑就是您，这些事可是真的？”

曹雪芹笑道：“每一件事都要说得清清楚楚吗？影妹，不必了吧，留下点悬疑也不错，让红学家们继续探索吧。”

霶哥和大嫂也同来道贺，高兴得脸上挂着笑。霶哥捎来怡亲王弘晓五十两贺喜银子，并捎话说希望我去他府上走走。

老太太对小王爷千恩万谢，让霶哥一定要转达她老人家的感激之情，并说老少怡亲王对我们曹家恩重如山，曹家世代人都要记住怡亲王的好处。

霶哥说：“久旱逢甘雨，他乡遇故知，洞房花烛夜，金榜题名时，这是人间四喜。霑儿已金榜题名，我看该双喜临门才好，再让他占上个‘洞房花烛夜’。霑儿眼看就要十九岁，如今榜也中了，差也当了，应该给他聘个门当户对、德貌兼备的小姐了。”

老爷正要张嘴，却又闭上，看一眼老太太。老太太此时正看着老爷，不悦顿时挂上脸去。

翠环在摆栗子、瓜子、云片糕之类，听霶哥说出这话，手下一慌，一把栗子没放进果盘，撒了一地。翠环红着脸，急忙蹲身去拾。

老太太将翠环举动看个正着，便说：“翠环慌什么，这里没有外人，都不会怪罪你的。”

这场面十分尴尬，在座的人心中都知道是怎么回事，可又都无法开口。我想岔开话题，便说：“我才十八岁，哪里就算大了。这事过几年提最好。”

老太太马上说：“那哪儿成？你不急，我还急着抱重孙子，要四世同堂呢。我原有打算，是要将翠环配给霑儿的。你别看这丫头是买来的，她可是百里挑一呢，真真难得。我可是拿她当亲人看待的，从江宁到北京，十年了，我一直没舍得撒手。要说门当户对，翠环丫头是不配，可从古至今，不门当户对的先例也有的是。翠环虽说出身贫贱，若论德貌兼备，可是再难找到第二个呢！”

太太停下正磕着的瓜子，附和老太太说：“就是一时门当户对，也不见得总是门当户对。比如我，原是世家小姐，谁知一次罢官，竟成了平民百姓，这怎么说呢！”

老爷恶狠狠地看太太一眼：“你那是什么见识，岂知官场上姻戚关系的重要！但凡官宦世家，因联姻一串，姻戚关系便可串半朝，那样做起事来何等得心应手！找个贫贱之人，容易可是容易了，不过是引来一串没有用的穷亲戚而已。”

老爷这话是在训斥太太，其实也是在训斥老太太。老太太岂能听不出来，马上恼怒，手指老爷说：“我看你是越发放肆了！难道我不敢骂你不成？谁不知道你的鬼算计！你若再敢说噎人的话，我这拐棍就飞过去！”

老爷挨了老太太的骂，脸上很是搁不住，一阵红一阵白的，但他终没敢再反驳。

霁哥见因他话题引出祸来，后悔不迭，赶紧坐到老太太身边劝说。

老太太很生气，骂了老爷，见老爷低头不语，也就没再坚持自己的打算。此事最终不了了之。

十四章　太监传情信

提亲风波过后，老太太总惦记着这件事，想办法试探我。我明确表示，的确不愿意成亲，等几年再说。

老太太不高兴地说：“真是按下葫芦起来瓢，你爹不说什么了，你反倒头摇得像拨浪鼓，这到底是犯了什么邪！”

如何向老太太说明呢？我愁得吃不下饭，睡不好觉。

我已向香玉发出信息，香玉此时不知在想什么法儿折磨自己呢。要想自由合法地出宫，谈何容易！这时我也不能提亲，无论如何不能失信于香玉，必须等她。可是，又不能将此事说明，我只好一口咬定，不过弱冠之年誓死不娶！老太太为此十分气恼，说是白疼了我，越大越跟老人怄气。我只好从别处弥补，一有空儿就围着老太太转，逗她说笑。

只是老爷听我放出“不过弱冠誓死不娶”的话，一时捉摸不透我是为什么，便力挺要在外面给我提一个，也遭到我的强烈反对。老爷觉得我过于伤害他为父的尊严，对我大加训斥，怒讲三纲五常。

翠环却知端的。她清晨给我端来洗脸水，悄悄说：“二爷，嘻嘻，中了举，该喊你小二老爷才是。我问你，你宁死不让提亲，可是与绒线胡同那位像阿芳的小姐有关？或是你们有什么誓约？这话我也憋了这几日，不说出来心里总是有个疙瘩。你那样顶撞老太太和老爷，终归会落下不孝的名声。可知婚姻大事，‘父母之命，媒妁之言’是不可违的。我想，二爷若与那位小姐已有誓约，就该找一个可靠的牵线人做月老，两头说合着，你再从中拿些硬，老太太、老爷见名正言顺，一顺水推舟，岂不皆大欢喜了！”

我洗罢脸，长叹一声。怎么向这位好人儿说呢？与宫女的事是绝不可向任何人泄露的！便说：“那位小姐此时不在京城，我只能等。”说着，我从腰间取下那个荷包：“翠环姐，我们确实有过誓约，你看。”

翠环接过仔细瞧了瞧：“我早知你有这荷包，经常自己偷偷地看。不瞒你说，那天见你睡得香甜，我也偷看过一回。唉，那位小姐也够痴情的，把自己的心绣在荷包上了。只是这两个字我不能认得。”

“那两个字念‘勿忘’。”

“我的天，怪不得你总是拿出来看呢，原来是她不让你忘。”

翠环递给我荷包时，正被外屋的老爷看见。老爷像发现猎物的雄狮，立刻警觉起来，迅速撩起纱帘，两步跨到我面前，一把夺过荷包，放在怒睁的眼前反正看看，立刻怒不可遏，抡起巴掌朝翠环打去，破口骂道："你这个狐狸精，小贱人，怪不得霑儿一味推托不让提亲，原来是你作祟。我打死你！"

我见老爷越打越凶，奋勇向前一把将他拉开。他挣扎，我索性将他两只胳膊一齐抱住。这时我才发现，自己真的长大了，力量竟能控制住老爷。我一边紧紧抱住老爷，一边喊："老爷，您误会了，这个不是翠环的！"

随我怎么说，老爷仍是辱骂翠环。

老太太闻讯赶来，连声嚷："好好的又怎么了？有话好好说嘛！"

翠环委屈地抱住老太太，痛哭不已。

我知道有老太太在，老爷不会再打翠环，这才放开手。

老爷怒气难消，吼道："这可是要反了！这个孽障，怪不得总是不让给他提亲，原来是被这狐狸精迷住了心。老太太看这荷包，都是绣的什么？又是心，又是勿忘。这还了得么？净学那离经叛道之事，只以杂书为榜样，全不把老太太和长辈放在眼里！"

我急忙跪下，只求速把翠环开脱出来。我说："这荷包不是翠环的，是另一位女子送我的。我刚刚是拿给翠环看，竟被老爷误会了。"

老爷很惊讶："另一位女子？你说是哪个女子？说不出，便是编造！"

"是有一女子。唉，干脆我实说了吧。这女子很像阿芳，勾起我对阿芳的思念，就很想见到她。后来相识，见过几面，便定了情。这荷包就是她送的。"

"她家住何处，姓什名谁？说不出，就是你在说谎！"

"老太太、老爷在上，这个是孩儿断不能说的。倘若老爷一气之下，按我所说找上门去，岂不又害了一个人？"

“原来有这事。霑儿啊，你怎么不早说，也好让我给你做个主。但不知这是一个什么样的人家。”老太太冲老爷说，“你也不问清楚就乱发火，这不是冤枉翠环了？唉，可怜见的，翠环，你受委屈了。老爷也是一时火气上来，才误会了你的。”

翠环说：“老太太，我受点委屈不要紧，只要老爷把这事弄清就好。我可不是什么狐狸精，迷住了二爷的心。”说着又哭。老太太劝几句，她才止住。

老太太又说：“既然霑儿有了心上人，这事就急不得了，慢慢议吧。霑儿识文断字，通情达理，他看中了，就不会错的。只是霑儿要跟我和老爷说清，家里也好有些准备，还要有个媒妁之言才是。”

我说：“这女子如今不在京城，总得一两年后才能回来，所以我说不过弱冠不提亲嘛。”

老太太说：“是了，原来如此，你总算揭开谜底了。唉，这天下还没变呢，怎么就儿大不由娘了？可是我没那福分早日见重孙儿吧！”老太太竟抹起眼泪来。

看着老太太那伤心的样子，我心里很不是滋味。可是，又能怎么样呢？

一场风波总算平息，提亲一事暂告停止。一切于我有利，只是翠环又白遭一回打，使我着实过意不去。

次日，我正在户部抄写公文，杨小云突然找来，递给我一张纸条。我急忙将纸条打开，但见上面有一首小诗：

每日思君不见君，惟得玉佩带余温。
君知勇送忠诚胆，侬定报还赤色心。
体态纤纤柔似柳，心神悴悴弱如云。
堪忧未见春花落，再会情郎是土坟。

看罢此诗，我“啊呀”一声，心如刀扎般疼痛，只觉眼前突然昏天黑地，一切都摇晃起来。杨小云急忙上来扶住，引我到花园石凳上坐下，劝慰道："雪芹，不可过于伤痛，这样于事无补。还须安定下来，寻找对策为是。"

我擦掉溢出的泪珠："杨兄，说来惭愧，这件事我一直瞒着你。"

"不能这样说，谁没有不愿让人知道的隐私？我也有别人不知的事。"

我从腰间解下荷包，递给杨小云看，又将那首诗让他看一遍。

杨小云细读了诗，又将荷包仔细看过，叹道："好一个痴情女子啊，为你把自己弄成'体态纤纤柔似柳，心神悴悴弱如云'。若不见这荷包上的'勿忘'二字和心的图案，还真不好理解诗意。其实，你在冒险随戏班进宫之时，我已觉出你大概是与宫女有瓜葛了。只是这种事更加危险，不能多问，知道的人越少越好。"

事已至此，我不必再隐瞒，便将与香玉的故事讲给他听。杨小云听罢很感动："你们这一对才子佳人，痴心男女，可是正在上演一出千古绝唱呢！"

想起香玉，我又心疼起来，手掐额头，只觉青筋暴跳。我哽咽着说："杨兄，你没见后两句诗吗？那可不是好兆头啊，恐怕她如今已不行了。天哪，我竟不能守候她，服侍她，哪怕看她一眼也好啊！"

杨小云也动了情，说："这封书信是赵公公交给我的，他说，很想和你见见面。看来，有关香玉的事，他与你还有话说。"

我十分惊喜，擦擦眼说："请杨兄尽快安排我与他见面。若有此人捎信传书，可是天大的幸事！"

"好，我就去办。你做一下准备，要随叫随到。"

送走杨小云，我激动得发抖，在花园里来回踱步。我想写封书信，求赵公公捎给香玉。该写什么呢？香玉"每日思君不见君"，我也是同样在想她啊！想听她银铃般悦耳的声音，想看她迷人的一双大眼，更想吻她那红润的樱桃小口。我禁不住掏出勿忘荷包，放在鼻前闻了又闻，又忘情地放在唇上吻，思念得心疼，不由滚下两颗泪来。

哪知因情突生灵感，大声嚷道："有了！"

同室的笔贴式巴兰泰正要出去，冲我笑道："哈哈，大诗人曹雪芹又要作诗，已经有了，回头我可要拜读。"

我没理巴兰泰，急回屋提笔铺纸，一气儿写道：

滴不尽，相思血泪抛红豆；闻不完，勿忘荷包香悠悠；睡不稳，纱窗风雨夜深后；断不了，旧愁后面添新愁；咽不下，美味佳肴噎满喉；理不顺，情思缕缕缠人瘦。展不开的眉头，忘不了的情由。呀！更有那遮不住的高墙赫赫，斩不断的情水长流。

巴兰泰回来后，果真要看我写的诗文，我想看也无妨，便给了他。他爱不释手，连连赞叹道："都说雪芹绘画好，诗文好，今日一见，果然叫绝。真好啊，这'滴不尽、闻不完、睡不稳'地一路'不'去，是多么回肠荡气呀！我看此曲定可成为名篇，若传抄出去，京城非'洛阳纸贵'不可！喂，大诗人，你这曲子得有个名目，叫《回肠荡气曲》该是多么好！"

我说："巴兄如此错爱，就依你。"

巴兰泰高兴得手舞足蹈，说："好啊，我能为你起题，也要随你出名啦！"说着，他急不可耐地提笔去写。

我工工整整地又抄写一份，只等杨小云到来。约莫申时，杨小云乘轿而来，让我速去见赵公公。路上，小云说："赵公公替宫女传递书信，是冒着极大风险的。皇上赏你的十两黄金我已取出，就作为谢礼送赵公公吧！"

我何时把钱放在眼里过？自然满口答应。我们在杨小云住室前下轿后，赵公公掀帘出来，没等杨小云引见，便说："是了，正是因改戏词而得到皇上厚赏的那一位，新科举人曹雪芹曹老爷。那日我便认识你了。"

我急忙拱手施礼："赵公公过奖了，学生不过是一时侥幸，徒得虚名，还须赵公公多多点拨。”

杨小云摆好椅子，让赵公公正位坐下，我们陪在一侧。

赵公公说：“人生难得一知己，尤其难得一位真正的红颜知己。雪芹你三生有幸，已经得到了。香玉姑娘为了你，可是舍得性命的。”

赵公公的一番话，说得我红了眼圈。

赵公公又说：“香玉花容月貌，仪态大方，本来大有希望选上皇妃，谁知竟一跤摔破了相。我当时十分为她惋惜，怎么命运如此不好呢！最初养伤时还好，可后来渐渐精神委靡，饭食日渐减少，整日没个笑模样，身体越来越瘦。见她那样，我很心疼。谁不是人生父母养的？她的爹娘要是看见，还不心疼杀了。我以为她是在怨恨自己命运不佳，没能顺利入选皇妃，便开导她，总得结结实实地活着回去，才对得起生己养己的爹娘啊。她只是哭，我很担心，怕她不知哪时想不开寻了短见，便常去看她。昨日我去时，她见屋里没有别人，突然下床跪下给我磕头，头撞砖地咚咚响。我忙阻止她，劝她不要如此，有话只管说。她声泪俱下，拉着我的衣袖说：‘赵公公，我看您心慈面善，是个好人，您若能助我一助，便是我的再生父母。’我一听这话，高兴得不知如何是好。我已是废人，却还能被人如此称呼，尤其是香玉这样的好姑娘，我岂能不高兴？可我又很难过，是多大的事把香玉折腾到这种地步呢？”

赵公公说着，止不住热泪盈眶。我已是悲痛难耐，泪珠下滴了。

少顷，赵公公又说：“你道香玉求我做什么？原来就是要把那封书信送出皇宫，只说是给姓曹的，那天唱戏受皇上奖赏的那一位。我想此事虽说担风险，可并不难，便立刻答应了她。唉，这香玉又咚咚地给我磕头。”

我万分感激：“赵公公，您救了香玉一命，我真不知如何感谢您才好。请受孩儿一拜！”说罢起身离座，跪下就给赵公公磕头。

“哎哎免礼免礼。”赵公公忙去拦我，险些摔倒，幸亏杨小云眼疾手快扶住。

“哎呀，你是新科举人，又是福彭大将军的表弟，我岂能受你如此大礼。快坐，快坐吧！”

“赵公公，您为香玉和我冒这样大的风险，我真不知该如何感谢您才是。这里有十两黄金，请您一定笑纳，倘若推辞，我就更过意不去了。”

杨小云忙将早准备好的黄金递上，赵公公连连摆手：“不！不！我可不是为了这个，我不能收！”

“您不收，孩儿我就不再起来。”我又跪了下去，将黄金双手举起。

杨小云说：“赵公公听我一句话，您既已经帮了香玉，干脆就帮到底。香玉如今病情很重，身体极度虚弱，已有生命危险。您何不乘机设法讨个圣谕，把香玉放回治病，不是救人一命吗？”

赵公公一愣，倒吸一口气，眼珠一转，说：“倒也可一试。我只说香玉命运不佳，因竞选皇妃手忙脚乱摔伤破相，现忧郁成病危在旦夕，可否放回家医治病体。皇上、皇后一时仁慈之心大发，说不定就会准放，或者还有既成全了病者又给宫里减少麻烦的其他恩典也说不定。”

“对！赵公公还须找人帮衬游说，免不了开销，您定要将这个收下。”杨小云说着，把黄金硬是塞进赵公公的怀里。

我也站起，劝赵公公不可再推辞，并掏出书信，求他转给香玉。

赵公公摇头叹息道：“其实，不给这个我也是定要帮香玉的，我不会眼看着她在宫里死去。”

十五章　胁迫入青楼

京中各部署衙均有按期点卯之制。那日，巴兰泰悄悄告诉我："明晨点卯，我若不到，你替我应一声，如何？"这有何难，我答应下来。

次日，户部大堂点卯唱名之时，巴兰泰果然没到，我为他敷衍过去。从此，巴兰泰与我更加亲密，达到无话不说的程度。

一日，新任两江总督魏廷珍来到部里，要调阅一批文档，以便赴任后应急之用。简校官说："紧急调阅可以，魏大人可就要破费一些了。"魏大人倒也痛快，当即命随从拿出一百两银来。哪知，简校官不屑一顾："魏大人就用这一点打发我们呀？那文牍档案堆积如山，我们这几位弟兄何时能为您寻找出来？非花银子去请退了卯的老先生不可，只怕还要加时，挑灯夜战。您说能干到半夜再让先生们回家吃饭么？免不了要去酒肆打打牙祭……"

魏廷珍没听完就生起气来，吼道："大胆！你想乘机敲诈索贿吗？明日我来取，不备齐全，看我怎么参奏你！"言毕，气哼哼甩手而去。

我为简校官捏一把汗，简校官却笑嘻嘻地追着魏廷珍说："魏大人，两江总督可是个肥缺，您何必白辛苦我们弟兄几个呢！"

转天，魏廷珍没来，只派一个侍从官要文档。简校官慢条斯理地说："我们总得一点一点地查阅吧。魏大人便是奏到皇上那里，我们也还是得查阅呀！"

侍从官说："魏大人问你，到底要多少银子。"

"好，痛快。五百两，拿来后保证给你一天备齐。可有一宗，我们不是敲诈，更不是索贿，是请诸多老先生所用的工钱、酒钱、辛苦钱。"

侍从扭身而去，不多时，又送四百两银子来。简校官和几个笔贴式偷偷笑个不住。原来，事情并没有那么复杂，侍从走后，几位老手用半天时间就完成了。

简校官倒也不偏不倚，每人正好各分一百两。

面对银子，我觉得脸红心跳：魏大人说得对呀，这不是敲诈索贿是什么？本来就是份内活儿嘛，每月俸银仅有六两，这一次所得就超过一年的俸禄。无功怎能受禄？我推辞不要。简校官竟绷起脸来：“怎么着，你要当个清正廉洁的小七品，那我们弟兄几个算什么？你是不是想有朝一日踩着我们往上爬？”

巴兰泰嬉笑着替我解围：“雪芹他刚出官学门槛，满身还是书生气呢！他何曾一下见过这么多银子，怕是吓着了吧？哈哈哈！”

巴兰泰拿过银子塞进我怀里，又朝我使眼色：“哈哈哈，雪芹别怕，日后这种事多着呢！”

“走，去胭脂胡同乐乐去。”

“好哇，走！”

那几位说笑着走了。巴兰泰拉我一把：“走，跟我喝几盅去。”

我们来到一家酒肆，店主张罗着为我们斟茶倒水，巴兰泰点了酒菜，随后我们便聊起天来。

“小弟初出学堂，新来乍到，还不知官场衙门里这些猫儿腻。有时候，好人是做不得的。”

巴兰泰伸过脖子：“众人皆醉，岂能容你一人独醒？就说刚才那银子，你收下，大家都安心；你不收，那是不行的。除非你走人，别再干这差使。”

“多谢老兄指点。”我给巴兰泰斟上茶，“只是我不明白，这天子脚下，魏廷珍又是朝廷重臣，简校官怎么就敢如此明目张胆开口索贿呢？”

“魏大人急等赴任呀！他就怕拖延，倘若因拖延获罪丢官，岂不可惜？魏大人是知道需要打点的，只是舍不得多掏银子。咳，两江总督的肥差，一百两银子岂能过关？”

“天哪！你们真是太大胆了。如此下去，就不怕早晚有一天会翻船？”

“哈哈哈，你果然还像书生，这么一点小事就大惊小怪。我要说出另一件事，只怕会吓破你的胆喽！”

“哦？你们还能闹出多大的事来？”

“咳，你听着。那年策凌大将军率兵征西，平定叛乱凯旋，到部里报销军需费用，堂官唆使简校官索贿，简校官便嬉笑着向策凌贺喜求赏。策凌将军大怒，瞠目道，‘小小书吏，敢向大将军索贿？’简校官并不惊慌，回道，‘不敢向大将军索贿。只是将军军需费用实在太多，达上千万两，所登册籍不计其数，必须多添写手日夜兼程快速办完才好。圣上一喜，不但准批，必定还有赏赐。倘若分案提达，非三年不能了事。今日所奏是西军报销，明日所奏又是西军报销，日久圣上必烦，且难免怀疑其中有虚报浮销，岂不弄巧成拙？说不定还会酿祸兴狱。此实为大将军所想，并非为我等小吏着想。还请大将军三思。’简校官一通巧舌，居然令策凌心服口服。后经协商，你猜弄出多少银子来？”

我大胆地说：“一万两。”

“哈哈，还是书生气，中间还要加个百字。”

“怎么，一百万两？”

“你不相信吗？”

“啊呀，大清国库怎能不空！”我长吁短叹，“我早就听说过一句谚语，叫‘东富西贵’。”

巴兰泰笑道：“何谓东富西贵，你能说清吗？”

“听说是正阳门以西多居住王公贵族，谓之西贵；正阳门以东至崇文门以外多居住富翁豪门，谓之东富。据说这东富之中多半是在六部和内务府当差之人。老兄你不也在东富之列吗？还有我的同窗好友鄂比，他的父亲是在内务府当官，也是家财无计。可见东富西贵的谚语不错。”

“这东富之中还有皇宫大内管事的太监，也有一些京外官员发大财后在此购置豪宅的。”

我叹道：“那些富豪估计干净的少，靠俸禄谁能置起那样的豪宅？”

“雪芹你知道这个就好。好好干！不出三年，你那个小宅院就能变成大宅门。”

“我？哈哈哈！”我大笑不止。心里说：一帮国贼硕鼠，我岂能与你等同流合污！

那天酒足饭饱后，巴兰泰要带我去一个快乐场所。他滔滔不绝极有兴致地说：“对酒当歌，人生几何？要及时行乐，需趁好年华。以愚兄之见，你我这种差使，给个总督都不换。每日隐在天子脚下，做事不多，得银不少，山珍海味吃着，大宅门住着，妻妾陪着，还有上等的江南名妓专门跑到京城让咱们昵着。雪芹，告诉你吧，上次点卯我没到，你猜我在做什么？那时，我正搂着京城名妓睡觉呢！”

我吃一惊，瞪眼看着他。

巴兰泰又得意地说：“你知道是谁吗？她叫万人迷。听听这名字，就够令人心动了。”

我一听，不是心动，只觉胸口憋闷得难受。天哪！这叫什么？刚刚离开打得火热的鄂比，转身又投入巴兰泰的怀抱，真不知同时还有多少个郎君呢！我转而又笑自己太愚，她叫什么？她就是妓女嘛！逢场作戏让男人泄欲的工具。

巴兰泰见我愣在那里，就说：“愣什么，你认识她？”

我说：“我是在想万人迷这名字在哪里听过。”

巴兰泰得意地说：“那是自然，京城谁人不知万人迷。她被宝亲王包养过，如今他们已分手，不然我也尝不到这个鲜儿。啊呀，要说万人迷，那真叫风情万种，是任何女子都无法比拟的。我真被她弄得神魂颠倒了。那几日，一刻也舍不得离开她。老弟，走吧，这个见识你也得长啊！”

巴兰泰的盛情相邀，被我婉言谢绝。出酒肆后，我们就各奔东西了。

正如巴兰泰所说，在户部当书吏的确是个肥差。他们经常花天酒地，嫖妓嗜赌，开销很大，家中却仍很富有。干得时间长了，我才渐渐明白，不论京中文官武官，凡补缺上任、调离升迁者，必须请命于户部，查文档，办手续。每到此时，书吏们捞取外快的机会也就随之而来。若不能满足心愿，他们就寻找借口推托，直拖得人火冒三丈，掏出钱来才了事。

一日，天津总督派员前来查档，查明朝末年天津卫的户口田亩细数及其他档案。因所用甚急，每人赏银五十两，并称活儿干完后另有宴请。来者大方，书吏们干得也痛快。别看档案堆积如山，他们几个都是熟手，检索极快，到黄昏时已全干完。津官十分高兴，雇来几辆轿车，拉我们去吃酒。

津官原来已同简校官说妥，车子直奔正阳门外胭脂胡同。这里我常听人说，但从未来过。今日初见，果然与别处不同，天尚未黑，各班门前高悬的纱灯即已点亮，道上车马络绎不绝，游客如云。令我惊奇的是，竟有不少身穿官服者出入妓班，迎来送往呼酒唤客之声此起彼伏。这些官场士大夫出入此处，如同上朝退朝一样光大自如，毫无避讳。可见早已相习成风，恬不知怪。

车在一个富丽堂皇的大门前停下，我发现门额上题着“胭脂楼”三个大字，心想：这不是万人迷搭住的那个妓班吗？便问巴兰泰：“不是说酒宴吗，怎么跑到这里来了？”

巴兰泰哈哈笑道：“这里不光有酒宴，还有美艳，二者合一，浑然趣成，不是更好吗？你就客随主便吧！”

进入胭脂楼，早有百顺班班主笑盈盈地迎上。简校官和巴兰泰等人都与班主熟悉，调笑打趣不止。被称作“大了”的高喊一声“见客”，楼上楼下的姑娘便蜂拥而出。

津官看来是个寻花问柳的老手，他在众姑娘中看看这个，相相那个，挑剔了半天才选中一个。另几人也已拥着选中的女子向里面走去。巴兰泰见我还在愣神，便推我一把：“看哪位姐姐好，就挑一个吧，别再傻站着了！”

有几个姑娘上来拉扯，大有抢夺之势，弄得我十分尴尬，脑门很快渗出汗来。我生气地喊道："住手，你们干什么？"

这时，一阵清脆的笑声从楼上传来。我抬头望去，是万人迷。只见她容光焕发，衣衫华丽，边下楼边说："姐妹们，这位可是有名的大诗人，还没见过咱这样的世面，你们可别吓着他呀！"

巴兰泰小声问我："她认识你，你怎么说不认识她？"

我急忙悄声答道："我和朋友只是同她在一起吃过一回酒。"

"呀！在说悄悄话呢。曹大诗人，你最近写的诗文《回肠荡气曲》我可是拜读了，姐妹们都喜欢得了不得，都要和你相识呢！"万人迷撒娇地抱着巴兰泰的臂膀，"曹爷还得谢巴爷才是，是巴爷把曹爷的诗文传到这里来的。"

"嫂夫人。"我居然又脱口而出，但今日兄长已非鄂比，我忙指向巴兰泰，"多谢嫂夫人，我们只见过一面，还能记着愚人。"

万人迷向巴兰泰说："你瞧，我成嫂夫人了。"

巴兰泰哈哈笑道："我倒真想万人迷只迷我一个呢！班主，我为她赎身，你可舍得么？"

班主也打趣道："只要她同意，巴爷舍得花银子，这有何不可？"

巴兰泰笑说："那好，就这么定。改日再议。"

我真不习惯这种地方，浑身不自在，要告辞回去，却被巴兰泰和万人迷一人一只胳膊强拉到酒宴上去。

酒宴开始以后，先是互相敬让，倒也斯文。酒过三巡，简校官便嫌太冷清，出个招儿，让每人说个小笑话，不拘长短，但须把人逗笑，不笑便罚酒三杯。众人都说使得，随后抓阄儿，不想竟被津官抓去个头名。跟着他的姐儿笑说："这要是春闱大比可好了，你就是状元郎了。"众人都笑起来。

津官清清嗓子，说："天津卫有一高僧，为求正果，刻苦修身，已坚持数年。有一妓得知后，与人打赌，说能用女色征服他。人多不信。结果，妓女打扮妖艳，常往骚扰，几经周折，终无果。高僧打坐，坚如磐石。妓女近乎绝望，打算再去一次，如不能，就认输作罢。妓女向高僧说，师傅如此志坚，我当断绝妄想。只是，我不信师傅的佛力能完全绝色。师傅若能放我近身，坐怀不乱，到那时，我便真服你，从此决不再扰。高僧正色道，昔日凡人柳下惠尚可坐怀不乱，何况我身持佛力乎？妓女得以坐在高僧腿上，依偎僧人怀里，到处抚摩，百般柔情。僧如入无人之境，心铁志刚，未见丝毫动摇。妓女又施招数，双臂攀住高僧的脖子，两片薄唇在高僧唇上不断亲吻，僧唇如两片凉铁，始终未被打动凡心。”

万人迷惊叹道：“啊呀！我的天，天下真有这种男人？”

我笑道：“看来，嫂夫人是有些不服气呀！”

万人迷说：“你等着，待会儿非找一个厉害的治治你这个童子鸡！”

简校官连连摆手：“哎呀，急死我也，快听听这高僧到底如何了嘛！”

津官站了起来，伸长脖子，神秘地说：“你道那女子又使出什么招数？她索性解开衣襟，用两个大奶子去摩擦高僧的胸脯，又用手去抓高僧下身的阳物。这一下高僧可糟了，哆哆嗦嗦浑身发抖，紧跟着便像欢喜佛一样……”

津官说到这里，模仿高僧去抱身边的姐儿。众人笑得前仰后合。万人迷笑得流出了眼泪。

书吏大张说：“这位高僧修炼成欢喜佛了，倒也不错！”

简校官说：“这笑话有笑头，自然不罚了。来，咱们为欢喜佛干了这一杯！”

接着该大张了，他说：“我说的可是真人真事。先不说此人是谁。哈哈哈哈！”

没入正文，大张就先笑得捂起了肚子。众人受他传染，根本不知所以然，也都随着笑了起来。

简校官嚷道：“这算什么？让他说！”

大张擦掉眼泪，尚未开口说，又止不住大笑起来。

万人迷笑道：“这可该罚了。笑是笑了，没听到笑话可不算数！”

“我说，我说，是这么回事。有个年轻寡妇，相貌俊俏，性情憨直。我家附近有个贝勒爷与她相好，因过于贪恋，清晨不起，屡屡误差。那天点卯他又没到，有一件事还非他办不可。上司急不可耐，派人去家里找他。贝勒爷的妻子对这事已有耳闻，一猜便知是在寡妇那里。于是乎，带领差官去了寡妇家。二人来到窗下侧耳细听，那女人正在哼哼唧唧呢。贝勒爷的妻子一听就火冒三丈，正要发作，被差官拦住，小声说，‘不可莽撞，须落实再说’。差官便隔窗问，‘贝勒爷在这儿吗？’里面的贝勒爷让寡妇说不在。寡妇说，‘就说贝，贝，贝勒爷，哼哼，没，没在，在……”

这一次可把众人笑苦了，一个个都笑得失了态，拍掌的，捂肚子的，抹眼泪的，趴人肩上的，靠人身上的。万人迷笑得浑身没了劲儿，差点钻桌子底下去。

此后几人说的笑话，笑是把人都逗笑了，只是难以入耳，一个比一个不堪，与我以往经历过的文宴大相径庭。我无法再忍受下去，假托身体不适，要先告退。

同事大张笑道：“雪芹准是下身不适了吧？”

众人又狂笑不止。

我被激怒，拍案而起，欲与大张理论。

简校官一把抓住我，说：“开句玩笑，何必认真，你先坐下。你处处事事总想躲避我们怎么行？以后非入乡随俗不可。”

巴兰泰和万人迷急忙起身劝说，硬是将我按在座位上。

酒宴继续进行，笑话仍在轮流说，欢声笑语一浪高过一浪。

万人迷找了个姑娘来陪我。我虽烦，也不好冲姑娘发火，只好忍着。轮到我说笑话时，我宁愿认罚，一言不发，端起酒连干三杯。

嬉笑哄闹够了，几人都由姑娘陪着进了房间。万人迷见我已醉，便帮陪我的姑娘搀扶我。我推开她们，连说不用。

这时，走廊里传来呼喊阿芳的声音。我一惊，几乎酒醒了一半：“阿芳？阿芳在这里？阿芳——！”

万人迷以为我认识阿芳，立刻把阿芳找来。原来阿芳正要去接一位生客，万人迷便让陪我的姑娘替代去了。

朦胧中我听万人迷对阿芳说：“这位就是写《回肠荡气曲》的曹爷，犟着呢！说什么也不让姑娘陪。他可能还是个情窦未开的童子，便宜你了，你可得好好调教调教他！”

我头涨得厉害，喉咙干得似要裂开，只觉得被她们架着走，走到一个布满清香的地方便重重地摔倒下去。不远处有叮咚的泉水滴落声，我惊喜地向那儿爬去。果然有一泓清泉，我捧饮一口，清凉湿润的美好感觉顺嗓子向下延伸。又有一口进来，似是汤匙撞击了牙齿。我乐不可支，喉咙舒服得要吟诗，要歌唱。当第三口徐徐进入后，我终于吟唱起来：

兰陵美酒郁金香，玉碗盛来琥珀光。
但使主人能醉客，不知何处是他乡。

我觉得两眼涩极了，眼皮紧紧地往里收缩，很快幸福地进入梦乡。

一觉醒来时，窗外天已微明。环顾四周，壁上挂有《仕女图》，又有笛箫琵琶之类乐器。近看，印有梅花的白绫帐罩在周围。我一惊，这不是富贵人家的闺房吗？刚要起身，才觉得胳膊麻木，侧目一看，原来一位姑娘趴在我胳膊上睡着了。我一动，把姑娘惊醒，才想起这是在百顺班，此女是叫阿芳的那一个。

阿芳揉了揉惺忪睡眼，将凌乱的头发向后理了理，娇滴滴地说：“曹爷睡得好香甜哟！到底是文士才子，与粗野汉子大不相同，醉酒睡觉不但不作践人，反倒为我吟诗一首。曹爷真是文雅得很呀！”

我惊奇地问：“你是苏州人？”

“我在苏州住过。”

“你姓什么？”

“姓卫。”

我说了两句不太标准的苏州话。

“啊，曹爷也是苏州人？”

“不。我是江宁人，在那里出生，在那里长大。我有个表妹是苏州人，常住我家。我也去过苏州。”

“哦，曹爷的表妹肯定也叫阿芳了。你在梦中呼喊呢，一会儿阿芳，一会儿香玉。‘滴不尽相思血泪抛红豆’，那支曲词写得如此哀婉缠绵，情深义重，我若没猜错，肯定是写给阿芳的。只此便足见曹爷是位十分重情的人。我若是那一个阿芳，能得到这么一首饱含血泪思念于我的诗文，便是马上化为灰烬也心满意足了。”

我见阿芳言谈举止温文尔雅，极像很有教养的大家闺秀，比万人迷等人略显可爱一些，不免产生怜香惜玉之感，问道：“姐姐肯定是读过书的，不是出自官宦之家也是出自富豪门第，何以就流落到这种地步了呢？”

阿芳未答我所问，却说：“我先伺候曹爷洗漱吧。”说着，步履轻盈如一阵软风，去了又回。

阿芳见我洗漱完毕，又柔声细语说：“曹爷，天尚未大亮，让贱身服侍你再歇息一会儿吧。”

我忙摆手：“多谢姐姐的美意。说心里话，我见姐姐仪态大方，风度文雅，是别的女子不能比的。倒更愿意陪姐姐说说话。”

阿芳垂下头，不觉流出泪来，说：“自从流落风尘，打也挨过，骂也受过。像曹爷这样的好人，我可是头一回遇见。我的身世遭遇，是从未对人说过的。今日得见曹爷，倍感亲切，如遇知音，我不妨就对你说了吧！我不姓卫，实姓查。我父查嗣庭本是康熙年间进士，官至礼部侍郎。雍正四年，我父领江西正考官之差前往主考，所出试题是《维民所止》，居然被无才无能只知钻营而又急于升迁的鼠辈陷害。他们绞尽脑汁使用拆字法，居然说‘维’、‘止’是取‘雍正’二字去其首，皇上竟信其谗言，勃然大怒。真是平地一声惊雷啊！我父还在江西尽职尽责，皇上这里已将逮捕抄家的手谕传了下去。可怜我父为大清国忠心耿耿，却落个被戮杀以后又砍头示众的下场。我的哥哥年仅十八，竟也被问了斩刑……”

阿芳说到这里痛哭失声，哽咽得说不下去。

听了查阿芳的哭诉，我非常吃惊，原来在我面前的，竟是人人皆知的文字狱大案首犯查嗣庭之女！我的心里很疼痛，嗓子眼梗得难受。我禁不住走向前去，一边抚摩她的头发，一边用手帕去为她擦泪。阿芳突然如洪水暴发般号啕大哭起来，紧紧抱着我，将头深埋在我胸前。

此时此刻，面对这可怜的人儿我还能说什么呢？查阿芳的亲人失去得太悲惨，太冤枉。查阿芳本是大家闺秀，命运却让她流落风尘，今日见到我如同见到了亲人，好歹可以发泄发泄了。她是那样尽情地哭，尽力拥抱着我。同是天涯沦落人，我们的命运有很多相似处，只是查阿芳比我更惨。

她又断断续续地说，她叔叔和叔伯哥哥都被流放三千里，永世不许回来，她与家中女眷全被以奴隶身份卖给他人。她被辗转卖来卖去，最后被卖到妓院。可怜一位官宦家小姐，地位一落千丈，再也无人疼，无人爱，每日忍受如狼似虎的粗野男人的百般蹂躏。

我想到表妹李阿芳与她的命运相差无几，说不定现在也是流落在风尘之中，伤痛之情不禁奔涌而来，陪查阿芳哭了一回。

我与查阿芳相拥，抚摩着她的头发和后背。我恨不得每一次抚摩都能抹去一点她心头的伤痛，每一次抚摩都能变成无限的爱意，滋润她久已干渴的心田。

我俯首在她耳边，向她简略述说了身世，当然也提到了李阿芳。

共同的遭遇，使我们的心靠得更近，查阿芳将我越抱越紧，箍得我喘息都很困难。她仍在流泪，我相信，现在的泪已不是悲痛伤心之泪，而是温暖幸福之泪了。查阿芳似突然遇见久已离别的至亲至爱，我也隐隐约约像在感受找到表妹李阿芳的快乐。

“你在江南，如何又到北京来了？”

查阿芳抬起头，看着我：“我已不把你当外人，就把藏在心底的最后一点秘密也跟你说了吧。”她推开我，走到妆台前，从抽屉最里头拿出用丝绸卷着的一样东西，一层层打开后，原来是把刀。“我是被卖到京城来的，我活着的目的是要寻找仇人，替父兄报仇！我盼望那个狗官能到百顺班来，来到之日，必是他丧命之时。我在此等了一年多，各方打听等待，终未能等来他。好在老天有眼，让他长了毒疮，几个月前已经死去。”

我十分高兴，说：“阿芳姐看上去袅娜如细柳扶风，却原来性情如此刚烈。”

查阿芳说：“还不是命逼的？我本来没有缚鸡之力，是深仇大恨促我生出的胆量。”

正说着，巴兰泰在外面喊我，说时辰已到，该走了。我看看窗外，可不是？嫣红的阳光已透过纱窗射了进来。

见我要走，阿芳扑上来紧紧抱住我，泪眼汪汪地巴望着说：“你一要走，我心里便慌乱如麻，真恨不得跟了你去。你哪天再来看我？”

我顿时僵在那里，无法回答，可又不忍伤查阿芳那颗伤痕累累的心。我说：“这种地方，我是从不涉足的，今日来此的原因你也知道。至于你，我们既已互相了解，且很投缘，我会抽暇来看望你的。”

“你这一走，只怕要把我的心也带走了。只求郎君能早日来看我！”

我们在恋恋不舍中分手，互相都留下了很深的牵挂。

事后，巴兰泰和大张他们与我逗起来没完，说我初见庐山真面目，就被庐山美景迷住了心，太阳晒到屁股了还与阿芳难分难舍。巴兰泰对大张说：“得，咱们带出来的只怕是一位高徒，很快就会超过咱们去。”

我说只是与查阿芳谈心，话很投机，并没怎么样。他们哪里相信，只是一味地打趣。大张还说：“瞧着吧，他该避着咱们偷偷摸摸独自去找查阿芳了。”

到底去不去找查阿芳，我一直难下决心。为了正在宫中忍受折磨的香玉，我是绝对不该去的。可查阿芳的悲惨遭遇，那种凄苦哀怜的眼神，对爱的无比渴望，又时时牵动着我的心。我无法不承认，我的心又被另一个女子占去了一部分。

但是，我终于没去百顺班。

一日，巴兰泰突然对我说：“今日我领你去见一位朋友。”

我问：“谁？”

巴兰泰狡猾地笑道：“提前说了没意思，到时候再见，保证你惊喜。”

黄昏时，巴兰泰带我乘车又进了胭脂胡同。我问巴兰泰到底要搞什么鬼。巴兰泰说他也不清楚，是万人迷让他定要把我请来的。我知道此事必与查阿芳有关，心中多少有些窃喜。

万人迷风风火火地跑出来，一见我就是一通抱怨：“你这狠心的曹爷，怎么一去就不回头了呢？可知天下到处都有无情郎的。”

楼上楼下的妓女们交头接耳，议论纷纷，都说：查阿芳等的就是他呀，可也真值呢。

万人迷将我们带进她的房间，继续数落我：“你这个文人墨客果然厉害，蔫萝卜心里却是辣得很。查阿芳不过见你一面，就被你迷了心窍。你走以后，她再也不接客，声言只等你一个人，每日只摆弄琵琶，哼哼叽叽只练唱你写的《回肠荡气曲》。这几日，连饭都懒得吃了。她那单薄身子，可经不住折腾啊！曹爷你好歹疼怜她些个，把她的心病去一去，能回归正常才好。”

巴兰泰手指我说：“你呀！你呀！越来越摸不透你的心思了。”

万人迷的玉指更是戳到我的脑门上：“恨死我了！快放下你那个清纯高洁的招牌吧，扛着多累。不要忘记，救人一命胜造七级浮屠。快跟我走吧！”说着，拉起我的衣袖来到查阿芳门前，一把将我推进门去。

查阿芳见我进来，眼睛突然一亮。她明显地瘦了，精神也有些萎靡不振。见她这样，我非常内疚。我曾经答应会来看她，她一直在苦苦等待，从那天起再也不见别的男人，而我却食言了，逃避了。的确如万人迷所说，为了维护清纯高洁的名声，我欺骗了阿芳。

“阿芳，你还好吗？”我像个罪人一样，十分心虚地站在查阿芳面前。

“你能来看我，我还会不好吗？”

“可是，隔了这么多天……”

“要不是巴爷，你还不会来，是吗？你越是如此行事，越让我尊重你。看来，你是一位极重情义的正人君子，与那些终日在勾栏妓馆游荡、荒淫无度的纨绔子弟截然不同。我真感谢命运，居然还能再关照我一回，让我与你相识。你可知道，自上次一别，我一直沉浸在幸福与思念之中，真是相见恨晚啊！”

查阿芳的话使我很感动。原来，她的情感如此丰富细腻，对爱的追求竟是这般执着，居然敢对抗班主，不再接客，闹得满城风雨。这哪里是淫荡卖笑的风尘女子所为，分明是官宦富贵之家的小姐坠入情网嘛！可是，我却不敢引领她向爱河深处走去。我不能再伤害这个可怜的女子。正因为此，我一时不知说什么好，只是呆呆地看着她。

查阿芳却不在意我的一言不发，兀自拿起琵琶轻轻拨弄，悠扬悦耳之声随之从弦上飞出。她深情地看着我，两只大眼如汪在水中，荧荧闪亮，又似平湖微澜。她开始轻展歌喉，曼声吟唱，听来如莺燕啁啾，甜美醉人。

“滴不尽相思血泪抛红豆，闻不完‘勿忘’荷包香悠悠……”

我十分惊讶，原来查阿芳唱的是我写的那首曲词。她唱得那样伤感动情，字字饱含血泪，凄婉忧伤的韵味不知要胜过曲词本身多少倍！

“咽不下美味佳肴噎满喉，理不顺情思缕缕缠人瘦……”

阿芳越唱越动情，那两汪平湖渐起波涛，泪珠儿成串向下滚落。我又无法自制了，由不得走上前去，为她拭泪。

阿芳一曲唱完，声弦并收，将琵琶放下，微微含笑道：“让曹爷见笑了。这《回肠荡气曲》写得实在是好，我知道曹爷是为心上人所作，我唱此曲也是为心上人所唱。我明白自己是局外人，是在自作多情，可我仍然要这么做。”

“姐姐不要过于伤感，更不可自卑。有道是，‘天涯何处无芳草’？好男儿也遍地都是。姐姐正值青春年少，人生才算刚刚开始，迟早会遇上相亲相爱的如意郎君的。”

查阿芳苦笑道：“我已身陷勾栏，名节俱损，妓女二字将一生一世罩在头上，不能消除，岂敢再生追求幸福的奢望？幸福之于我，今生已无缘。我在男人眼里，不过玩物而已，便是遇上郎君你这样的正人君子，也只能怜爱惋惜一番，终究是不会接纳的。不是吗？你刚刚所言，已经将我拒之千里了。”

我闻言，顿时羞出汗来，急忙解释说：“其实，依姐姐的相貌才学，仪态风度，在女子中实属上乘，只是我们的确相见晚矣，我的心早已被别的女子占去。我不能做朝三暮四之事，更不可花心轻狂喜新厌旧。姐姐还要多多体谅。”

查阿芳深情地说：“郎君所言极是。你如此做人，才称得上顶天立地的男子汉。我深居闺阁之时，曾焚香默默祈祷，渴望将来能配一位如你一样德才兼备的如意郎君。寻寻觅觅若许年，今日总算夙愿得偿。虽然只是相识，我也感谢苍天赏赐的知遇之恩了。”

查阿芳说着，伤心的泪又滚落下来。在我为她拭泪时，她扭身把我紧紧抱住，头深深地埋在我的胸前，不住地摩擦着。

“郎君，你有两个阿芳，不觉得幸福吗？郎君如愿意，我愿陪郎君去找李阿芳。我有不少积蓄，即使走遍天南地北，银子也花不完。倘能找到她，你们拜天地，我甘当妾奴，如何？”

阿芳抬起头，两眼直盯着我。

我一时心慌意乱，无法回答。一急，脑门便渗出汗来。

查阿芳轻声笑着，用手帕为我拭去汗水：“快别当真啦！我是与你开玩笑呢，瞧把你急成这样！唉，那不过是我的梦想而已，梦想岂有成真的？要说爱，我实在是爱得无可自拔，但越是爱，我越不能难为你才是。”

“姐姐深明大义，实在不愧是有教养的名门闺秀。”

“可我还是要求你一件事。”

“姐姐尽管说来。”

“你先回答我，你嫌我脏吗？”

“姐姐温文尔雅，仪态端庄，是一般俗女子不能比的。”

“你只说嫌不嫌我身子脏。”

我已知其意，脸腾地红了起来，火烧火燎。阿芳两只大眼已不是水汪汪，而是变成火焰山了。阿芳的身子本来就是脏，可我如何能说？我绝不能在这时伤害她。我又不愿意说不脏，因为那是假话。面对阿芳那热烈的渴盼，我俯下头去吻她的双唇，以示抚慰。这一下惹起了火山爆发，阿芳双手捧住我的头，疯狂地亲吻。她那忘乎一切的热烈程度，她那超乎体能的无限力量，都使我大为惊奇。我尽力迎合她，满足她，直到嘴唇发木发麻。

查阿芳的脸色本来是黄的，现在却红润照人，如三月桃花。

查阿芳又说话了，声音甜而不腻：“郎君，你为何不问我所求何事？”

“啊，姐姐尽管说来。”

查阿芳突然又眼泪汪汪，悲叹道：“以往我全是被逼的，今日是从内心深处为男人燃烧起爱火。郎君如能满足我这唯一一次发自内心的床帏之欢，也算我没白做一回女人，便是明日死去也心甘情愿。”

我再无退路，无处躲避，下意识地点了点头。

阿芳开始脱衣。她脱一件，也为我脱一件，如此一件件地脱去，她把上身脱光，紧跟着又把我的上身脱光。看一眼她的一对令人陶醉的奶子，我就不敢再看，浑身发抖。她全身已脱得精光，又来脱我的内裤。我紧紧抓住，不敢松手，后退一步，展目一看，立刻被惊呆了。阿芳的玉体竟如此美丽，虽瘦而不露骨，丰腴且又苗条，曲线如行云流水，匀称赛天然造化，肌肤似凝脂般滑润，通体像白玉样雕成。我被阿芳的美丽震撼，欲望之火如烈焰般怦然烧起，再也无法扼制，扑上去将阿芳抱起。

我向床边走去……

阿芳两眼闪动着泪花……

阿芳的疯狂超过了我，她那瘦弱苗条的体内居然有如此持久巨大的力量……

我尽力迎合她，满足她，直到她发出惊惶失措般痛苦的呻吟……

两行热泪从阿芳的眼角处向耳根流淌。不过，她是在微笑，无限甜蜜幸福地微笑着。

一觉醒来，查阿芳搂着我的脖子，温柔地说：“陪我做一回拜天地入洞房的游戏好吗？”

我惊讶地看着阿芳。

阿芳笑道：“郎君不必紧张，不过游戏而已。命运既然安排我沦为妓女后与你相识，就注定我们绝不能成为夫妻。今生今世我再也无权享受做新娘拜天地的福气，这个命，我不认不行。今日既然能遇上我的至爱，你就成全我，让我体验一下这个吧！”

阿芳的话使我很心酸。这可怜的女子因为自己不幸的遭遇，竟把人的尊严降低到如此地步，真是令人无法不生怜悯之心！

阿芳见我点头答应，长舒一口气，脸上露出微笑。随后，我真的陪她拜起天地来。

拜完天地，阿芳又跪在香前，合掌言道："父母兄长在天之灵听真，女儿、小妹查阿芳在这北国京城寓所焚香祈祷，为父母兄长昭示冤魂。"一语未了，痛哭失声。

我上前劝说阿芳不要过于悲痛，以免伤身。阿芳趁机抓住我的手，说："父母兄长听真，女儿、小妹查阿芳告诉你们一件大喜事，我今日已经成婚，郎君姓曹字雪芹，本是江宁织造曹寅之后，德才兼备，人品极佳，又是顺天府新科举人。父母兄长从此即可放心，在天之灵安息吧！"

阿芳对我感激不尽，站起身紧紧拥抱我，亲吻我。随后又说："郎君，我再求你最后一件事，你同意吗？"

"但请讲来。只要我能做到，一定照办。"

阿芳从妆台抽屉中取出一把折扇："郎君诗文很美，可否在此扇上为我作一首情诗？"

"哦，这个不难。"

我接过折扇展开，但见扇上画有霏微细雨，雨中临水草亭，亭边垂柳婆娑，湿花半残，景致倒也雅静，只是略显凄凉了些。我沉思片刻，却不能得，辗转徘徊之后，灵感突至，遂填《临江仙》一首，赠查阿芳：

> 生自豪门惜艳梦，谁知如此薄命。不如意事常八九。春残花溅落，草木也知愁。　只恨相逢时已晚，燕巢已被彼占。奈何无计倍伤神，但愿有来世，定不负佳人。

阿芳看罢唏嘘不已，口内直说："罢了，罢了，我愿足矣！郎君可知，我身为富家小姐时就渴望能得到一首情诗，一直盼到今日才如愿以偿啊！我求郎君三件事，郎君都能使我满足，便是立刻就死，我也能瞑目了。"

我劝查阿芳说："姐姐还要想开些，不必如此自卑，以免伤身。”

此时，巴兰泰来催行。

阿芳泪流满腮。我为了给她足够的慰藉，为她抹掉脸上的泪珠，又把她抱起。

我放下阿芳，扭身要走。阿芳又将我拉住，一脸悲痛欲绝的样子。

巴兰泰又在高声催促。

我亲了亲阿芳，说：“好姐姐，我还会来看你的。”

阿芳说：“郎君，不要食言，‘但愿有来世，定不负佳人’。”

阿芳终于忍不住，哭出声来。

我在她额上吻了一下，转身出屋。

事隔三天，我在部里抄录公文，心里着实想念阿芳，思谋着晚间去百顺班看望她。这时，巴兰泰找来，向我耳语说：“阿芳已经不在人世了。”

真是晴天霹雳，我无法相信，生气地说：“巴兰泰你不要混说，开玩笑怎能这样开！”

巴兰泰攥住我的手，痛心地说：“好兄弟，不是混说。我刚参加完她的葬礼。唉，这世上怎么还有如此重情的人呢？”

这是真的了？我心头如同刀扎一样疼。

巴兰泰说：“是昨日清晨发现查阿芳悬梁自尽的。万人迷见她手里紧紧攥着一把折扇，打开一看上面有你的题词。联想到前一天她把《回肠荡气曲》不知唱了多少遍，便知她是为你而殉情。万人迷主张把你喊去再与阿芳见上最后一面，被班主拦住。班主怕惹麻烦，赶紧报官验明尸身，今晨便草草殓葬了。”

“那把折扇呢？”

“入殓时放在阿芳身边了。我们都没敢声张啊！”

我痛心不已，面向苍天呼唤道：“查阿芳啊查阿芳，你为何非走这一条路！你是能够好好活着的啊！”

我请求巴兰泰带我去查阿芳坟上祭奠，巴兰泰立刻答应。

数日之后，京城传开一条新闻，说胭脂楼的名妓查阿芳与笔贴式曹雪芹苦苦相恋。曹雪芹诗文名冠京师，特为查阿芳写了一篇曲词，名叫《回肠荡气曲》。查阿芳得此文后，大加赞赏，十分感动，从此不再见客，只等曹雪芹一人，每日只在房中自弹琵琶演唱《回肠荡气曲》。查阿芳与曹雪芹相亲相爱，难舍难离，正所谓郎才女貌。但名妓查阿芳愿以终身相许，曹雪芹却畏首畏尾，不敢应允，最终导致查阿芳悲观绝望，殉情悬梁。

这一新闻在妓院、酒肆、茶馆、戏楼广泛传播，我成了无情负义人，众矢之的。我在悲伤之余，不免又有些气愤，谣言真如妖言，真是能伤人啊！

《回肠荡气曲》很快传播开去，京城各班妓女以能唱此曲为荣，宴楼酒肆也广有此音。曹雪芹的名号也随之被更多的人知道。

我陷入尴尬境地，心中十分烦恼。要找人倾诉，这才想起多日不曾见杨小云了。于是，便匆匆前往。

没等我开口，杨小云便说：“贤弟只顾每日风流，早把兄长忘啦！外面可是盛传你与名妓查阿芳如何如何呢！”

我叹道：“杨兄，我冤枉啊，那都是世俗小人捕风捉影，以讹传讹。只说《回肠荡气曲》吧，别人不知，你还不知吗？我那是写给香玉的呀！唉，真是一言难尽！”

我把与查阿芳交往的经过向杨小云细说一遍后，又说：“你道查阿芳是何样出身？”

杨小云瞪大眼睛，等待下文。

“你还记得查嗣庭吗？”

“记得，是那个被戮尸的主考官吧，他的儿子也被同时斩首。”

“阿芳就是查嗣庭的女儿呀！”

“啊？天哪！这是真的？”

“是她亲口所说，岂能有假？查家家破人亡后，她被卖到妓院。”

“啊呀，雪芹呀雪芹，你为何净碰上有碍当今圣上的险事！”

“阿芳身为妓女也已数年，阅人不少，何以只对我说？看来是有缘分。她极爱《回肠荡气曲》，说我是个重情之人。我们的心是这样一步步走近的。”

“啊，这就是你那被传得沸沸扬扬的风流韵事？”

我解释说：“要说风流，那一晚也实在够风流。事后我才弄明白，那是她早已计划好的，做一回真正的女人后就不再活下去。依我所见，她的死并非殉情，实际是因愤世而死，以死去向不公正的人世抗争。一个柔弱无助的孤女，不走这一条路，就要走另一条沉沦之路。她还能怎么样呢？她忍受妓女的污名，其实是为报杀父之仇，她曾在无数个日日夜夜耐心等待仇人前往胭脂楼，直到仇人暴病身亡才罢休。可见，自父母兄长冤死以后，她便不愿再苟且偷生。她能在妓院忍受蹂躏，完全是报仇的精神支柱在支撑着她。她本是大家闺秀，通晓诗文，偶然遇见我这个舞文弄墨的，便觉亲切。更有那支曲词牵线，使她一时对我爱到疯狂的地步。可是，她又不止一遍地说，妓女二字将永远罩在她头上，她已没有了追求幸福的权利。她是对生活心灰意冷，彻底失望了。”

杨小云越听越激动，对我说：“你何不将阿芳的事写成戏曲，搬上戏台？那样既能为这刚烈女子树碑立传，又能为你与阿芳的一段情缘作个了结，岂不是好？”

我沉思良久，默默地点了点头。

十六章　痛悲丧二命

入冬以来，老太太一直身体欠佳，除了食欲不振，便是咳嗽高烧，着实虚弱苍老了许多。

老太太这一病，可忙坏了翠环。翠环黑天白日不离老太太左右，那情景真像慈母呵护婴儿一样无微不至，令我感动。我常想，老太太买到一个翠环，真是大造化。翠环就像上天派给老太太的保护神，没有再比她对主子忠心的，便是亲生儿女也比不了她。

老太太也感激翠环，舍不得翠环离开她，恨不得为我收在房里作妾。老太太也知道老爷对翠环没死心，我不在时，他常对翠环恩威并施，只是当着老太太不敢再提纳妾一事。老太太、我和翠环都明白，他是在等待，老太太一旦去世，他是定要强纳翠环的。

我接受了杨小云的建议，开始抽时间写剧本。经商定，戏曲名称叫《鸳鸯楼》。那一晚，我正全神贯注思索之时，忽听门响。我以为是翠环，就没在意，及至闻到一股酒气，才知不对。猛转头，吓我一跳，老爷已到身后，满脸乌云密布，两只发红的眼睛正盯着桌上的文稿。我心里一惊，暗想，要糟。可是，我一不能慌乱，二不能急忙去收拾文稿，免得老爷起疑心。

“写的又是什么？可是《回肠荡气曲》的下篇么？”

我一听，心中连连叫苦，忙搪塞说：“闲来无事，写着玩的。”

老爷横眉立目，上前一把抓起文稿，在灯下速阅。还没阅完，十指就如秃鹰抓鸡一样凶狠地将文稿撕了又撕，边撕边怒吼道：“你这不成器的混账东西！有辱祖宗的孽障！外面风传你与胭脂楼婊子阿芳的风流臭事，我还半信半疑，要与你对个实证呢。如今不用对了！你还要给那婊子树碑立传吗？还要写成戏文？罢！罢！罢！留你何用！我再也不指望你光宗耀祖，但也不准你羞宗辱祖！”

老爷把撕碎的文稿向我砸来，随即冲到外屋，拿起顶门杠，扭身返回，喝道：“我非打死你不可！”

我见老爷来势凶猛，且带几分醉意，便担心顶门杠会真的夺去我的性命。当那粗杠子呼啸而来时，我忙侧身躲闪，哪知没全躲过，左胳膊被击中，立刻钻心般疼痛。我大喊：“胳膊被打折了！”

翠环听我叫喊，便急忙跑来，也不顾棍子会砸到她，如狼口夺婴的母亲一般“啊呀啊呀”叫喊着扑了上来。

翠环的尖叫和举动吓傻了老爷，顶门杠被定在空中。翠环扑通跪在老爷面前，声嘶力竭地哭求：“老爷呀，千万手下留情啊！这样打会打死二爷的。二爷的胳膊已经被打折了啊！请老爷饶命吧！”

老爷怒声道：“贱人！又是你上来遮挡。快滚开！再不滚这棍就落在你身上！”

喊叫声惊动了西屋的人。她们都跑了过来。太太见我手捂左臂，呻吟不止，便知伤得不轻，急忙跪下为我求情。云儿和棠村、小妹也都跪在了老爷的面前。

老太太拖着虚弱的身体也挣扎了出来，气得浑身哆嗦着说：“可是真要打死人么？我跟你说句见底的话，就是天大的错也不能任由你要他的命！”

老爷不敢再坚持，不得不将棍子放下，但仍然十分气恼。

翠环动作快，闪电一般来到老太太面前，扶住老太太。

老太太见我额头滚汗，手捂左臂，更加生气：“我还没死呢，你就下这般狠手，啊？我知道你早就嫌弃我们。是了，我们明日就找房子，搬出去住，省得遭人厌烦！”

老爷争辩说：“母亲，您为何不问问这逆子都做了什么胆大妄为的事？我今日不是埋怨您老人家，若不是您一直溺爱护短，他岂能如此胡作非为？岂会如此不成器！”

老太太哪里受过这等质问，一时气得只是手指老爷说不出话来。结果，一口气憋住，突然昏厥过去。翠环急忙去扶，却没能扶住，老太太重重地摔倒在地。众人上去架时，老太太已嘴歪眼斜，口角流涎，半边身子失去了知觉。

全家人都慌了神，把老太太抱到床上，立刻着人请大夫。及至老大夫匆匆赶来诊视，发现脉搏已停，再撩看眼珠，摇头叹道：“老太太已寿终福满，升天去了。”

只这一句，满屋里立刻哭成一片。

翠环哭得最凶。她是发自内心的大悲大痛，跪在那里紧紧握住老太太的手，边大声号啕边用头去撞床帮。翠环虽身为奴隶，可一直是老太太眼中最得力的人，他们虽是主子和奴才的关系，但实际上如同母女一般。如今，靠山突然倒塌，她就要面对岌岌可危的处境。她虽有心于我，因老爷的干扰，已是指望不上。若违心去做老爷的小妾，肯定又觉得无法面对我。老太太这一走，她在这个家庭已无法再生存下去。想嫁给别人？老爷又岂能答应？她曾说过要出家当尼姑的话，只怕也不能得到老爷的应允。如今，她的幸福希望已随着老太太的去世而消失，她已经成为老爷手中的奴隶了。她怎能不撕心裂肺地痛哭？

影之歌已是泪光闪闪，从包里掏出手帕擦泪。她见曹雪芹也是泪涟涟，便上前为他擦，并动情地说："曹二哥，我能感觉到您与李老太君血浓于水的那种亲情。李老太君仙逝，对您的打击一定也很大。"

曹雪芹悲痛地说："我自幼无父，十三岁丧母，是老太太把我浇灌培养长大。我却没能好好孝敬她老人家，尤其没能满足老人家抱重孙子的愿望，没能让她享受到四世同堂的天伦之乐。一想到这里，我就万分内疚。再说，老太太猝死虽与老爷有关，可诱因仍在我身上。这懊丧的心绪一直搅扰着我，让我生活在痛苦中。"

影之歌说："若按您的品性，如此痛恨科举取士，是决不会再去应试的，可您还是去了，还不是为了不让老太太失望？从这一点说，您已经做出牺牲，尽孝心了，也就不要再过度悲伤。"

曹雪芹点头道："应试中举曾经让老太太非常高兴，那也是我唯一一次向老太太尽的孝心。如果能让老太太享受几天四世同堂的天伦之乐，我更能问心无愧了。唉，这一点阴差阳错没做到，成为终生遗憾。"

影之歌劝道："唉，人生在世，不如意事常八九嘛！这是你说的。"

我被良子和吴云汉架了出去。

原来，太太没放老大夫走，让他在吴云汉房里等着给我医治棍伤呢。经诊治方知，臂骨无大碍，是肌肉受创过重，一片红肿，用些跌打损伤的外用药即可。太太长舒一口气，放下心来，千恩万谢辞别了老大夫，才又继续操办丧事。

老太太殡天没能赶上府里的辉煌时代，一切只好因陋就简。好在平郡王府和怡亲王府各送银千两，是故老太太的丧事虽赶不上当年老太爷的体面，比京城百姓还是强很多。

老爷知道我的胳膊没被打折，就又对我凶狠起来，说话时横眉立目，厉声厉气。我猜想，老爷并没因老太太猝死把那事了结，等办完丧事，一定还要严厉处治我。再也没有老太太的呵护，我不免忐忑不安。想到亲生父母都不在人世，又没有亲兄弟姐妹做伴，心中倍感凄凉，泪珠便又豆粒般直滚下来。

翠环一直在帮忙赶做孝衣。此时，她将孝衣孝帽送来，让我试穿。她见我独坐在老太太灵柩前无声地落泪，也立刻勾起她的悲肠。她边哭边说："老太太这一去着实闪得二爷不轻，二爷往后可要学会自己关照自己，自己疼爱自己了。奴才本来常想，若能伺候老太太和二爷一辈子，该有多好！可人活着哪有多少事是能遂心愿的？常言说，'天下没有不散的宴席'，咱们这场宴席也到各自散开的时候了……"翠环哽咽难耐，已无法再说下去。

我心里想，翠环所言极是。老太太奔极乐世界去了，翠环姐的归宿尚不知在哪里。不论在哪里，也是定要离开我。这不是到各自散开的时候了吗？一想到翠环，不知落到何处，我的心就一扎一扎地疼。我后悔莫及，非常痛恨自己当初的固执。眼看着就要失去翠环，这路已走到尽头，才明白自己要失去的是什么。我多么希望老太太能再活转来啊，再利用一次她老人家的威望，把翠环许配给我。可是，如今大权已落入老爷手中，翠环的命运将由老爷任意摆布。想到这儿，我心中充满悲哀，与翠环四只泪眼偶然对望一次，心中更加难受。

我拿起孝裤随便比划着，以挡人耳目，小声试问翠环："翠环姐，把老太太送走后，你作何打算？"

"我是你家买来的奴隶，到死都是你家的人，哪里有自己打算的权利？"

"可你说过，你要如何如何的。"

"我也对老爷说过，老太太归天后，我削发为尼。可老爷让我死掉那个心。老爷说时是咬牙切齿的。你说他能让吗？"

"要不然，就做老爷的妾吧。"

"让我当你的姨娘？你能喊得出？我一头撞死也就罢了。"

"翠环姐，你千万要好好活着。我会想法救你的。实在无法，咱就私奔，回南京去。"

"二爷呀！万不可再出乱子。老爷和你的老账还没算完呢。"

"在老爷眼里，我横竖是不肖子孙了，干脆就不肖到底！"

翠环突然紧张起来，冲我使眼色。我猜可能是老爷来了，也不回头，装作没事一样试穿孝衣。

果然是老爷来到，也不说话，慢慢蹲到我的身边，阴森森的。翠环起身要走，被老爷一把拉住，示意她坐下。

"在商量什么呢？"老爷语声虽低，语气里却充满狠毒。

我和翠环都低着头，没回答。

"你要明白，你是曹家买来的奴隶！再有非分之想，小心你这条命！"老爷这话是面朝翠环说的，说罢起身就走。

翠环立刻面色黄白，浑身战栗。

我怒不可遏，可又没有办法，只能望着嗣父的背影眼喷怒火。翠环不再说话，帮我穿好孝衣，眼巴巴地看看我，手在我肩头胸前抚了几抚，才转身离去。

次日晚，亲朋好友街坊邻居吊丧完毕，家人便准备辞灵。家中女眷本没有几人，大家哭了一阵，独翠环哭得邪乎，浑身瘫软，昏晕过去。几人又将她扶起说劝，为她理胸顺气。看着她那可怜的样子，我实在心疼。

而老爷总是在暗暗监视我和翠环，弄得我如芒刺在背，十分别扭。

辞灵开始，先是老爷上去，然后是霱哥、我与棠村弟。这时，我见翠环急匆匆向茅房走去。等到男女仆人都辞完灵，还没见翠环回来，我觉得事情不妙，急命云儿前去探望。云儿向茅房走去，我的心随着她的脚步咚咚猛跳。云儿在茅房门口一声惊叫，如一个炸雷在我脑海里炸开，我顿觉天昏地暗，瘫坐在地上。

我醒来时，发现屋里院里一片哭声。老爷瓮声瓮气，哭得像刚被打过的孩子那么冤。

翠环在茅房里上了吊，脚下蹬倒的是早已准备好的几块砖头。翠环就这样结束了她年轻的生命。啊！这世上又少了一个清净洁白的好女子。

太太见我双眼直勾勾，害怕又一个出事的，急忙找人说劝。霱哥拍着我的嘴巴说："二弟，二弟，你要哭就哭，别憋气。别吓着我们。"

我死命地使劲，长出一口气，才哭出声来。

老爷首先称颂翠环，说翠环有志气，对老太太忠心不二，竟做出殉葬的举动来。奴才对主子如此尽孝，实在难能可贵。也是老太太有福气，活着得翠环精心服侍，如今驾鹤归西，还能得翠环的服侍。他命人赶紧去选棺盛殓，不可作丫头论，要随老太太灵柩一起安葬。

不管老爷说得如何天花乱坠，我心中自知翠环是看不到一丝幸福的希望，又怕连累我，因老爷威逼绝望而死。我想，这死因太太和云儿肯定也清楚。

给老太太出大殡那天，还是很风光的。在不远一段路程中，便有两处显赫路祭。平郡王府的祭棚供品已够奢华，怡亲王府的则更加炫目，而且怡亲王弘晓居然命不少官员陪伴祭奠。面对这一场面，老爷千恩万谢，感激不尽，向众官员和怡亲王磕了孝子头。我也随之尽贤孙之礼。

路祭时，我听到有官员议论，说后一个棺材便是殉葬的丫头，好一个有情有义的烈女子，死得其所啊！

老太太和翠环的灵柩被暂寄在成寿寺，少不了请高僧诵经，做安灵道场。灵柩要在成寿寺放七七四十九天，到断七时，该是年后正月里了。要等春暖花开运河解冻后，再将灵柩起运回南京，与祖父曹寅合葬。

接连几日，老爷对我的态度都很平和。哪知，头七祭奠完毕，太太刚回到家，老爷就把我喊进西屋。我立刻头皮发紧，心知不妙，两条腿如灌了铅一样迈步吃力。我硬着头皮走进西房，老爷不由分说便将我推进存杂物的房中。

吴云汉夫妇见状在外屋求情："老爷，这可使不得呀！天寒地冻的，那屋里从来没人住过，又没有炉火，只怕一宿就把二爷冻坏了。老爷，看在刚去世的老太太分儿上，您就饶了二爷这一回吧！"

老爷怒道："我意已决，不必再劝！我就是要冻他一冻，让他清醒清醒！"

全家人可能都已知道这件事，院子里一片央求声。

我听小弟棠村说："老爷，您不能把二哥哥锁起来，我还要跟二哥哥学做诗呢。"

"跟他学做诗？从此不学也罢！满纸风花雪月，回肠荡气之曲，祖宗都让他玷辱了，你还跟他学什么！"

"老爷呀，霑儿身上棒伤未愈，红肿未消，得给他治伤啊！"这是太太在哭求，"家中连丧二命，已经够乱了，怎么能经得起再折腾？老爷，我替霑儿给你下跪求情，就饶霑儿这一回吧！要不然，这一宿真的会把霑儿冻死的。"

院子里所有的人都跪下了。

霶哥说："四叔，霑儿有错，您自有严教的责任。只是，外界谣传多有夸大不实之词，万不可轻信，以免冤枉了霑儿。"

老爷吼道："这个孽障肆意妄为，天大的窟窿他都敢捅。只有我不知道的事，岂有冤枉他的事！那胭脂楼的妓女和《回肠荡气曲》已被他写进剧本，就要当戏唱了。这是何等的胆大包天！不知廉耻！祖宗的脸面就要被他丢尽，我岂能容他？以往若没有老太太和你们的护佑，他也不至于到这份儿上。从今以后，我要尽严父之责，无须再劝！"说罢，甩手进屋。

霶哥冲老爷的背后喊道："霑儿此时不可被锁入空房！四叔要慎行！霑儿热孝在身，往后烧七祭奠，他地位独特，不可缺席；霑儿棒伤未愈，急需治疗，不可不管；霑儿被锁空房，天寒地冻，倘若因冻而出意外，四叔您不好交代！"

霶哥几句严厉的话起了作用，院子里一阵寂静后，听老爷吩咐说："给空房里加炉火！"看来，霶哥的话只起这么一点作用。

我守着火炉度过漫长而又寒冷的冬夜，才得以保住性命。我恨老爷，觉得老爷将我锁起是在借题发挥。翠环死时老爷哭得很悲伤，很心疼，说明老爷很在乎翠环。老爷一定怨恨我，只是说不出而已。若是有爱子之心的生父，真正为了调教儿子，肯定会弄清事情真相，问明来龙去脉，然后再举棍体罚也不迟。我本来从不涉足妓院，如今却被认为是常逛妓院者；我与查阿芳只谋面两次，因重情而生的风波，如今我却被认为是荒淫无度的纨绔子弟。我在空房里睡无处睡，坐不得坐，忍受着寒冷，忍受着寂寞，还要忍受着被误解的痛苦和折磨！我想啊想，越在此时，越思念老太太和翠环。也只有在此时，我才更深刻地体会到老太太和翠环才是我最亲的亲人。我以泪洗面，呼唤着她们，多么希望她们能再给我哪怕一丝的关怀。然而，时光不倒退，人死不复生，一切都已成为过去。

那把大铁锁锁住了我的人，却没能锁住我的心，我仍在构思着

《鸳鸯楼》的剧本。我认为这没有错，不是在诲淫诲盗，而是在颂扬人间真情，痛斥贪官奸臣！

棠村很机灵，总是等老爷出门后才来看我，每次都捎些好吃的小食品。我对小弟说："我更想看到书。你把唐诗宋词的抄本拿来，还有祖父的戏曲集子。"

小弟问："不要笔墨纸砚吗？我看你是离不开那些的。"

我小声说："当然要。只是要小心，不能让老爷知道。"

有了这些东西陪伴，我便不再寂寞。无人打扰，正好专心写作剧本。老爷来查时，只看见大锁，就放心而去，从不开锁进屋。真没想到，我在被锁空房之时，竟还会有此乐趣。

然而，乐趣没能长久，霶哥搬来了救兵，怡亲王弘晓亲自来为我说情。弘晓是王爷，王爷的话，老爷不敢不听。

霶哥拿着钥匙前来开门。他说："老太太这一去，你今后与老爷会越来越难处。我把此事与王爷说了，王爷十分疼怜你，想把你从困境中解脱出来。王爷在皇上面前保举你，以你的举人身份谋个从六品的外差。我想，去做一回外差也好，一是缓解你与老爷之间无法调和的矛盾，二是出去见见世面，磨炼一下，日后也会大有好处。"

我说："服孝期满尚需一些时日，如何能离开？"

霶哥说："小王爷想到这一层了。小王爷说你还是尽早离开家为好，到明年春暖花开时，你再陪老太太灵柩回南京下葬就是了。"

如此安排，我自然满口赞成。

我不在乎什么官不官，最在乎的是能离开老爷独立生存。我急忙随霶哥进北屋去见王爷，一遍又一遍地说着感谢的话。

我就要离京赴任，任所在沧州，官职是州同。知州是六品官，州同是副职，为从六品。

临行前，我去部里辞行。巴兰泰恋恋不舍，劝我说，若无意当大官，在户部当书吏的差使是最好不过的，又能发财致富，又逍遥自在，何必离开繁华的京城，跑到穷乡僻壤去。我的难处一时无法与他说清，只说是下去见见世面，以后还回来。几位同人订了一桌酒宴为我饯行。巴兰泰少不了又将万人迷招来作陪。

席间，万人迷感慨万千，说阿芳之死她有责任，若不是她将阿芳引见给我，后面这么多的事都不会发生。

简校官劝说："人各有命，全是因缘注定，想躲躲不开，想找找不到，一切随缘最好，何必伤感？比如巴兰泰和你，不是能活活气死唐明皇与杨贵妃吗？"一句话，逗出满桌笑声。

我又去杨小云处辞行。一是给他看重新写的《鸳鸯楼》剧本，二是托付他求赵公公关照宫里的香玉，一旦有事立即告诉我。杨小云满口答应，让我尽管放心，香玉的事包在他身上。并说希望早日看到完整的剧本。

我要去坟茔向查阿芳告别，万人迷得知消息激动不已，坚决要随同前往。巴兰泰劝不住，只好同行。

在查阿芳坟前，我跪在冰冷的地上，点燃纸钱，说："阿芳姐，你睁开眼看看吧，你昔日的友人看望你来了。阿芳姐，你的游戏郎君曹氏雪芹就要离京赴外任了。在这冰天雪地之日，在这分手离别之时，我的游戏之妻查氏阿芳你地下听真，你我虽只有两次谋面的缘分，这两次却是如此刻骨铭心。不瞒妻说，初次谋面，妻在我心中只占十分有二的位置。二次谋面以后，我被妻的良苦用心、精心安排和那炽热的至爱深情深深打动。不过，也只是占到十分有三吧。因为，我跟你说过，只恨相见已晚，我是早就另有所爱的。阿芳姐啊，我的游戏之妻，你后来的举动竟是那样石破天惊，用你年轻的生命化作万钧雷霆，在天空中奔腾呐喊！你要控诉什么？你要呐喊什么？你的游戏郎君心知肚明。你放心，曹氏雪芹一定要当你的代言人，一定会把你心中的苦水全倒出来，立言著书，传于后世，让你死得其所。阿芳姐，你这石破天惊的举动，几乎要把我的心震碎，要撕裂了。知道吗？我常常想你想得心疼。可是，红消香断，后悔已晚。倘若真有来世，我定与你再续情缘，比翼双飞。"

万人迷站在我身后，早已哭出声来。她抽泣着说：“阿芳，咱们做女人的，活在世上图个什么？能有一个好男子痴情于咱，也就值了。你能让曹爷如此倾情于你，实在不容易呀！你这一世没白活，我实在太羡慕你了。”

巴兰泰也被她说得面露凄楚之色。

这是天寒地冻的冬至季节，阴风中飞着小雪，实在不能久停。我们祭奠完毕，匆匆回城。

临别时，我一步一回头。看着那在寒风中蜷缩着的坟头，看着那掩埋着查阿芳的一堆土，我心冷如冰。

十七章　智斗皇庄主

临上任前，霭哥千叮咛万嘱咐，让我学着顺时逐流，不可再一意孤行，滋生是非。既已步入仕途，就不能再厌恶峨冠礼服贺吊往还等必须的应酬。比如此次上任，是必要备上一份厚礼送给知州大人额尔图的。我不好当面反驳，只是点头应允。

霭哥又说，这个额尔图是满人，祖上就与皇家有姻戚关系。其祖父因参与争帝位败北，从而被削去官职，险些丧掉性命。子孙后代都成为旗籍闲散人员。额尔图自从娶了履亲王的丑女为妻以后，才被起用，后来官至天津总督署衙按察使。按察使主天津地方一州六县的刑事诉讼和司狱，手里握着一方的生杀大权。额尔图依仗自己是履亲王女婿，便飞扬跋扈，从不把上下官员看在眼里，喜财好色，广收狂贪，胡乱判案，常兴冤狱。雍正十年，李卫接任天津总督，与额尔图斗法数回，终于将额参倒，使其连降三级，降至沧州知州。霭哥说，额尔图所犯罪行若放在汉人官员头上，说处死就处死。一番详说后，霭哥劝我到任后谨慎行事，莫要迎风顶浪，但求明哲保身。因为，曹家再也经不起折腾了。

我没听霈哥的话，去沧州上任非但没给额尔图准备厚礼，连一份薄礼也无。我并非吝啬，实在是恶其俗行，做不来。我想，宁可吃些亏，也不违心去入那恶俗之流，倒要看看这个州官怎样待我。

额尔图查验了部里开具的文书，笑嘻嘻地离坐向前拉我的手说："久仰！久仰！本官上月进京，数次听人谈论曹雪芹，你的大名早已如雷贯耳。你写的曲子本官也听过了，实在是好！"

我不由得面红耳热。唉，这算什么？我初次出名竟是因为与妓女的瓜葛，而且以误传误，越传越邪。即便浑身是嘴，也说不清了。

"额老爷不要听信传言，那里可是有很多不实之词的。"

"哈哈哈哈！瞧你那脸红的，到底还是没脱书呆子气。"

额尔图让我在他下首坐下，接着说："才子佳人，古语没有错的。佳人生来有什么用？就是配才子的嘛！虽说我是满人，汉人的事我也知道不少。自古以来，唐伯虎、苏轼、陈后主，哪个风流才子身边没有俏丽佳人？才子佳人搭配才能演绎出美好故事嘛！便是唐明皇与儿媳杨贵妃的痴情事，后人不也是以羡慕他们的情爱为主吗？你和阿芳处得这么好，阿芳作为娼妓却能为你殉情，你真是个有艳福的人。你该为这个高兴，干吗脸红？唉，可怜呀，我想遇上一个能为我殉情的人，却没有。不怕你笑话，我惧内得很。我那夫人妒心特别重，最怕我碰别的女人。她依仗老子的权势，总是辖制着我。唉，只怕我这辈子享受不到你这样的艳福了！"

我不愿与他再论此话题，便说："在下年少无知，学识浮浅，在老爷手下当差，还请老爷多多点拨教诲。"

额尔图哈哈笑道："你不要客气，你的底细我知道，是有来头的。怡亲王给你撑着腰，又有个身为定边大将军的表哥，这还了得么？要是换个别人，没有一份重重的礼盒抬来，只凭一纸文书，谁敢来见我？哈哈哈哈！不过，你也别想轻松过关。我知道你的字画在京城有些名气，你得给我多画些，装点装点我的厅房，也让我风雅风雅，就算是你送的礼了。"

初识额尔图，我觉得此人倒也不坏，性格直爽，不狡诈阴险，即便过去曾作恶多端，估计也是全做在明处。我想，他之所以敢如此，也不全是性格使然，当是那个特权心理在作祟。这种人只怕日后不会有好下场。

那年冬季，北方干旱缺雪。我请求额尔图，想带巡检去南皮县看看，体察民情。额尔图大笑不止，说一介儒生居然如此勤政，有朝一日他若当宰相，非举荐我个总督干干不可。并夸我的画儿画得好，一抖脸又说画得太少了，命我接着画。

沧州知州下辖四个县，南皮是其中之一。因路途远一些，自上任以来我还没去过。我坐在四人抬蓝呢子轿中，悠悠荡荡的，倒也十分惬意。前面鸣锣开道，打着知州的招牌，巡检官带十几个巡捕前呼后拥，在这乡间土道上显得十分威风。天下之大，莫非王土；一州之大，莫非州官。这知州的招牌一打，铜锣一敲，我坐在轿里才感觉到什么叫官老爷，也才真切体会到天下寒儒为什么去拼命奔仕途路。一旦科举成名当上官老爷，真的就如一步登天一样高高在上了。

一路上，我左顾右盼，但见荒天野地，衰草枯杨，到处是一片凄凉景象。茫茫大地，偶尔有一座村庄出现，也很少看见砖房瓦舍，一律是灰色的泥墙泥盖。蓝呢轿穿村而过，引来众多儿童追逐着看热闹。大人都躲避起来，或从门缝，或在树后，或在胡同深处，或在柴垛后面扒头探望。有年岁大的老汉，只管继续在南墙根晒太阳，捉虱虮，一副见多识广宠辱不惊的样子。

我想，这就是魏征所说的“能载舟亦能覆舟”之水吗？此处百姓虽不能代表全部，大致也就如此吧。只要有口饭吃，哪怕有半口饭吃；只要有条活路，哪怕有半条活路，这载舟之水也会平心静气，协力托撑着那沉重的巨舟。不到万不得已，水是不会覆舟的。这时，我才深深感觉到官与民之间的微妙关系。官靠民养活，没有民，官吃什么？穿什么？所以，官在喝民血的时候，一定不能贪婪，不能喝尽，不能把民喝死。要让民活着，官为民造血，民才能继续为官供血，为官造福。由此我想，官大体可分三类。一类是能助民造血的官，兴修水利，使民多收；轻徭薄赋，给民多留；铲除匪盗，令民安宁，血供官喝后尚可大大有余，此类官便可称为好官了。一类是无能力助民造血的官，却能体谅民生之苦，不强征暴敛，不摊派苦役，能给民留条活路，此类官虽然平庸，却是清官，也是庸官。另一类是不顾百姓死活，只管变着法儿搜刮民财，除供自己享受外，便是向上买通，意在当更大的官。此类官便是万民共恨的贪官、赃官、奸官、贼官、狗官。我暗嘱自己，在其位就要谋其政，不可做庸官，更不可做狗官。

我们一行人赶到南皮县衙，天色已近黄昏。

次日早饭毕，我正要带两个人下去微服私访，却听到县衙门口有人击鼓喊冤。我只好重新换上官服，匆匆奔大堂而去。

县衙大堂上，我居正座，县官在侧。知州的牌子醒目地立在那儿，差役也全换上了我带来的巡捕，县衙临时成了州衙。

告状人连声喊冤，双手高举状纸跪在堂下。

"告状之人，你有何冤情？"

"州官老爷在上，小的是做绸缎生意的。只因八月节小的之妻去东光铁菩萨庙上香，竟被皇庄庄头叫邢桂发的抢去。小的不得已锁上店铺，带伙计找上门去说理，竟被邢桂发纠集一伙打手，把我的伙计活活打死。我跑得快，才拣了这条命。求老爷伸张正义，为小民做主。"

此时，差役已将状纸呈上。

我接过状纸，向案上一拍，怒声道："真是胆大妄为，青天白日敢抢民女，又活活打死人，难道王法管不着他不成！既是八月的案情，你为何今日才告？"

"小的当时就告了。只是县官老爷不知为何总是一拖再拖，至今未能将被告缉来审理。今晨听说新来个州官老爷清正廉明，我这才又击鼓喊冤。"

我一直觉得告状人的声音耳熟，说话口音南腔北调，其中夹杂的是江宁口音。我很纳闷，再看状纸落款，告状人是刁长勇。我立刻警觉起来，再细看告状人，虽是低头跪着，那身形也大略可知。我惊得心突突跳，向前探身说："刁长勇，你抬起头来。"

刁长勇似乎也有所察觉，抬头时神色已十分惊慌。

我定睛一看，啊，果然是他！不由大怒，喝道："刁柱儿，还认得我吗？"

刁柱儿惊得歪坐在地上，突又爬起，僧敲木鱼般连连磕头："二爷，二爷啊！我总算找到您了。您永远是我的主子，我永远是您的奴才。二爷，还让我伺候您去吧！"

"住口！你这个丧尽天良，拐骗良家妇女的恶人！六年了，你这只秃鹰终于撞进我的网里。你且说，我表妹李阿芳被你拐卖到哪里去了？"

"二爷，州官老爷，没有哇，我冤枉啊！"

"有刘嬷嬷作证，你岂能抵赖得过去！"

此时，元知县暗中拉我的衣襟，悄悄说："请曹老爷暂且退堂，下官有要事禀告。"

不知元知县有何要事，其中有何隐情，我只好一拍惊堂木，喝道："左右，先给我拿下！等我慢慢审理这案中之案！"

锁链脚镣稀里哗啦一阵，外逃六年之久的恶棍刁柱儿终于被捉，被押进大牢里去。

来到后堂，元知县说："这个刁姓刁民实在太刁，原来他不叫刁长勇，是叫刁柱儿，还曾拐骗过老爷的表妹。真是老天有眼，让老爷在敝县将他捉住，最妙的是他自投罗网。"

"你让我退堂，就是为的说这个？"

"当然不是。曹老爷初到沧州地面，不知可曾认识刁柱儿告的那个皇庄庄头？"

"不认识。你快说来！"

"这个皇庄庄头邢桂发，家居本县大运河岸边，手下管理着和硕庄亲王的三十八个皇庄，占地三十余万亩，人丁家口一万八千余人。庄头虽说是王爷的奴才，可又是管理下面奴才的官。邢桂发依仗庄亲王是辅政大臣，借他的威势在下面没少干坏事，瞒上欺下，敲诈勒索，横行霸道。他从没把我这个小知县放在眼里，借皇庄土地不纳粮不交租银的便利条件，广置田产，冒充皇庄土地，逃避朝廷的征收。他对佃户十分心狠，增租夺佃，盘剥无度。奴才们虽苦不堪言，却无人敢告。也曾有人告过，结果是没扳倒邢桂发，却受到更残酷的报复。庄园的奴才们别无选择，只有忍气吞声。”

“这么说，你也怕他，也只好忍气吞声了？”

“卑职虽是庸碌无能之辈，可‘当官要为民做主’这句话还是不敢忘的。刁柱儿之妻被抢一案事发后，邢桂发派人送来五百两银子，态度强硬地命我将案子压下。我当然不能听这个皇庄庄头的，遂将状纸讼词和贿银一并送到州里交给额大人。至今已有三个月，仍不见音信。刁柱儿常来县衙询问，可此案一筹莫展，直拖到今日。”

“噢，原来如此。看来，邢桂发定有更多的贿银送到额尔图那里去了。”

“卑职不敢妄加猜测。额大人喜怒无常，又手眼通天，下官丝毫不敢唐突。见曹老爷为人正直，重德好善，让人信得过，下官才敢说这些实情的。”

我问：“案子的来龙去脉证人证词可都弄清了？”

“证人证词原是有的，后来又都改口翻供。派本县巡捕前往皇庄要人，哪里进得去门？那邢桂发把自家经营成豪门大户，打手成群，比我这县衙还威风，卑职实在无能为力呀！”

此事如何处置才算妥当，使我颇费脑筋。我想，若认真折腾起来，就一定要把草菅人命的贪官额尔图牵连进去。额尔图是王爷的女婿，一动他就要牵动王爷，到那时，我一个小小从六品州同怎能斗过他们？可倘若拿着朝廷的俸禄，却不为百姓做事，我不也成国贼禄鬼了？思之再三，突然恍然大悟，如开天目一般，自嘲道：你只闷在屋里苦想，什么都不知道，又凭什么去下结论？

当下便在巡捕中选一个机灵鬼儿跟随，我们扮成教书先生和书童，直奔邢桂发的庄园而去。

邢桂发的庄园规模颇大，高高的青砖青瓦建筑群耸立在低矮的土坯泥墙中间，显得十分抢眼。这个庄亲王的奴才进了京城便是个满脸奴隶相的奴才，一进他的庄园便成为不可一世的庄园主，对手下佃户任意盘剥，任意宰割。

在村边路口处，有一个简陋的茶棚。我走得累了，正好与随从进去歇脚喝茶。

茶棚内空无一人，看来生意十分萧条。茶棚主人虽破衣烂衫，倒也十分干净，见我们进来便笑脸相迎，非常客气。

我边喝茶边向茶棚主人打探："前面庄子里好一个富豪大户，只怕方圆百里人家捆在一块儿也敌不过这家的财富。"

茶棚主人说："听口音先生不是此地人，要是此地人也就不会大惊小怪了。俺们这一带庄子都是皇庄佃户村，那个大院的主人姓邢，是管这三十八个佃户村的庄头，俺们都叫他邢庄主。其实，真正的庄主在北京呢，是位王爷，一人之下，万人之上的大官。您看邢庄主的庭院大，听说还不如北京王爷府中花园的一半大呢。嗨呀，王爷府可是大得很，听说都是琉璃瓦的，金碧辉煌，那才叫气派呢！"

"掌柜的也是皇庄的佃户吧？"

"我本来不是皇庄的佃户，是东边那个村的人。那年我儿子得一种怪病，无钱医治。我不能眼看着儿子病死啊，只好到邢庄主那里去讨借。邢庄主还算善良，方圆百里的穷庄户人家，遇上大灾小难过不去的，向他伸手他都给，只是要拿土地抵押，到期还不上，土地就归邢庄主了。可邢庄主不让人断绝生路，土地归他后，他还让你租种，你也就成了他的佃户。这些年旱涝灾害不断，生老病死的事也不少，就有不少人跟我一样先借贷后卖地，最后都成了邢庄主的佃户。前年我又得了一种四肢无力的怪病，再也种不了地，只好干这营生糊口。

夏天人来人往，还有些生意，一到冬天就冷清了，连喝粥的钱都挣不上。”

“这茶棚不用交租吧？”

“哪有那种好事？这是邢庄主的地面，茶棚也姓邢，不交租怎么行？这还得感谢邢庄主呢！是他给了我一条生路。”

说话时，茶棚对面官道上来了两个推独轮车的人。茶棚主人喜形于色，急忙出门迎上去，说：“瞧这俩老鬼，推这么多好东西，是要娶媳妇还是聘闺女？”

推车人将车停在门口，拍拍身上的土：“先别耍贫嘴，俺走渴了，快给来碗茶喝。”

“我这里正有一壶猫尿，等你老哥儿俩喝呢！”

三人打趣着走进茶棚。

高个儿的说：“茶棚李，这年头有俩玩意儿见长，你猜是哪俩玩意儿？”

“谜底在你心里装着，俺费那瞎劲儿干吗？俺要说是狗，你偏说是鸡，俺不是也没治么！”

“呵，你还真猜对了。这年头就是小孩的鸡巴见长。”高个儿又压低声音说，“再有就是邢庄主的舌头见长。”

茶棚李悄声说：“可别乱说！因为嘴惹出祸，那可不值。这两位是过路人，没事，要是邢庄主的人，该怎么好？”

矮个儿的竟毫不畏惧地吼起来：“怕他嘛？横竖活着也是活受罪，我看死活是一个价，不累死早晚也要被逼死。再不落个嘴痛快，岂不要当冤死鬼！”

茶棚李问：“老哥俩车上装的是年贡吧？”

“可不是？康熙末年时，一亩地只交两斗粮，合一钱白银，年贡不过是几只鸡鸭，一浅子鸡蛋。这几年可好，庄主的舌头真是越长越长了，年贡长到送整猪整羊不说，多旱多涝的年景也不减税银。稍有风调雨顺，各种名目的款项都钻出来。今日给王爷祝寿，明日给王妃过生日，几格格生孩子，几格格出嫁，每亩地都要挤出一点血来。今年可倒好，又出新花样，皇庄治安费，车马人夫费，还多出一个灯油费！”

“操他奶奶的！”矮个儿的说着说着竟骂起街来，“皇上才三宫六院七十二妃，一个狗屁庄主，占的女人比皇上还多。夜晚搂着女人睡觉，点灯熬油，灯油费倒得咱们拿！这冤枉上哪儿诉说去！”

我忍不住插言道：“我家住北京城东，我们那儿遇上灾荒年头，上头是给减免租银的。老伯刚说此地灾年不减，佃户交不出，不减又当如何？”

“庄主有的是办法，记账呗！这年交不上下年交，让你永远欠他的，祖祖辈辈欠他的。这位先生不信就打听打听，这些佃户村的佃户哪一家不欠他的账？整年累死累活也还不清！”

茶棚李说：“嘘！小心，侯管家来了。”

我顺着茶棚李的手指向外张望，但见一匹洁白的骏马驮着一个人，旋风般朝这里奔驰而来，一串烟尘跟在马后飞腾翻卷。那马本已绕过茶棚拐向县城方向，突然又被骑马人勒住，兜了回来，那人在两辆独轮车前看了又看，翻身下马。

“老哥俩嘴头可得有把门的了，咱不能使性子吃这眼前亏。”

茶棚李话刚说完，侯管家已推门进来，嚷道：“我一猜就是你们俩，吗事都这么磨磨蹭蹭。明日庄主就要进京给王爷送年贡，你们的年贡到这时还没交齐，还有闲工夫在这儿喝茶！”

茶棚李忙曲身向前说：“侯爷别生气，怨我！怨我！是我把他们喊进来歇脚喝茶的。”又转向推车人，“对不起啦，耽误老二位的正事儿啦！老哥俩先去交年贡，回头再说话。”

矮个儿的横眉立目：“光出汗，不喝水，是骡子是马到渴时还得饮饮呢！”

“好你个赵大欠，就你刁钻，不服管！”

“我倒是个大欠，就是不知到底谁欠谁，只有老天说得清！”

侯管家火了，举起马鞭就要打。

我立即帮茶棚李劝阻，高个儿的推车人机敏些，拥着矮个儿的速速走出门。

“管家息怒，管家息怒。孔子曰，‘礼之用，和为贵’。又道是，‘和气能生财’。管家就别再跟小民计较了。”

侯管家满脸余怒，瞪着我：“是谁在这儿多嘴多舌？”

没等我回答，小随从抢前一步，说：“这是我们学馆的教书先生。今日路过此地，还请这位爷多多关照！”

侯管家冷笑道：“我说呢，满嘴之乎者也，一听便知是个穷酸教书匠。”

小随从面露怒色，待要与他计较，被我用眼色止住。

到底是开茶馆的有些见识，趁机忙将话题岔开：“侯管家消消气，喝一碗热茶吧！您一骑上这匹白骏马，我就知道您十有八九又是进州上县。唉，您也够操心，够辛苦的了！”

侯管家脸上紧绷的肉皮开始放松，他说：“只要心里痛快，办事顺手，操心算个啥？邢庄主神通广大，手眼通天，我给他管事这些年，还没遇上过不去的岗子，哪一个不是服服帖帖的？就是这个赵大欠，我看他是欠揍了！且记上这笔账，早晚让他知道我！”

茶棚李给侯管家斟上茶，又劝道：“老赵就是那么个倔脾气，您大人别记小人过，跟他生气可不值了。侯管家，您几时回来？我备几个小菜，一壶酒，回来时到我这儿喝几盅。”

“不必了。我去县衙会一个州官，说不定要在那里宴请呢。他妈的，这个新州官刚到县里，就有人告邢庄主的状。哼！真是瞎了狗眼，有钱没处使了，敢跟邢庄主较劲！”

姓侯的说完，便出门策马而去。

我付了茶钱，也急忙告辞。

茶棚主人将我们送出：“哎，二位走错了，往这边才是北去的路哇。”

我谢道："县上还有事要办。多谢了！"

我暗自庆幸，此次私访时间虽短，所得却是如此丰富。邢桂发盘剥田庄佃户实在太狠毒，除皇庄土地外，周边百姓的土地居然被他吃掉那么多，这些人祖祖辈辈都要欠他的账，为他做奴隶。这个人上骗王爷，下欺百姓，太可恶了！我决心要扳倒这个危害一方、罪恶累累的邢桂发。目前已有六成胜算。回到县衙，还有两件大事要做，做得顺手，便有八成胜算。到那时，须火速回沧州，若能将额尔图摆顺，便有九成在握了。我被自己的大胆设想鼓舞着，只觉得浑身热血沸腾，迈开箭步行走如飞。

回到县衙后，元知县等我已等得十分焦急，说邢庄主派管家来，一定要见我一面。我佯装不知，吩咐知县一定要拖住皇庄管家，不能放他回去。而后，我开始秘密安排，查清邢桂发广置田产冒充皇庄土地的亩数，找到邢桂发迫害告状人的实据。

是晚，在一间灯光昏暗的屋子里，我召见了侯管家。

侯管家拉开架势气力十足地自我介绍说："辅政大臣、和硕庄亲王庄园的管家侯静，奉庄园邢庄主之命前来拜见州同曹老爷。恭请曹老爷金安！"

我看着侯静直想笑，心想：先拿庄亲王威胁我，这个侯静还算有心计。

我调侃说："你还没报全，庄亲王不光是辅政大臣，还是内务府总管，军机处行走呢！"

侯管家一愣，赶紧说："小的无知，让曹爷笑话了。小的没别的意思，只是想让老爷知道，小的是在为庄亲王做事。"

"行啦！行啦！你不用再提醒。别再跪着，起来说话吧！"

侯静称谢后，爬起来左右看看无人，又见灯光昏暗，不由面露喜色，很快从怀中掏出一张银票，双手奉上说："这一千两银票，是邢庄主孝敬曹老爷的，本县衙西侧钱庄可取现银。邢庄主说了，往后会常想着曹老爷。邢庄主还说，他是为皇家做事，曹老爷您也是为皇家做事，本是一条路上的人，希望以后能互相关照。”

我推辞说：“哎呀，如此重礼，我怎敢接受！常言说‘无功不受禄’，我与邢庄主尚未谋过面，怎好意思受此大礼？不可！不可！”

“哎哎曹老爷且慢推辞，您听我说。那个姓刁的告状之人，其实是个无赖。他拐骗了别人家的妻子，据为己有，之后又与店伙计之妻有染。他的妻子恨他，有心于我家庄主。所以并非强抢，实是姓刁的胡搅蛮缠。我家庄主并不怕与他对簿公堂，只是一来事务繁忙没工夫，二来与他争执有失体面。不如曹老爷做主，我家庄主给他一些银子，让他另买一个女子做老婆也就罢了。”

“他说你们打死他一个伙计，可是实情？”

“这是无中生有的事。姓刁的为了诬告，自己打死自己的伙计，为的是霸占伙计的妻子，却嫁祸于我家庄主。”

侯静急不可耐，居然向我迈进一步。他自知失态，又赶紧缩了回去。

“来人！”我一声断喝，内室立即闪出一伙人来，点亮数盏大灯，把屋子照得如同白昼一般。

“侯大管家，还认得我吗？”

这时，侯静才看出我的面目，细细端详，似曾相识，却又不敢认。

小巡捕过来说：“侯管家好健忘，白天还看不起的穷教书匠，刚过两个时辰就不认识了！”

侯静大吃一惊，急忙跪下磕头谢罪。

为了起到震慑作用，我怒气十足地喝道：“把这个可恶的庄头帮凶，给我拿下！”

巡捕们很有威势地齐声答应着，拥上前便将侯静锁了起来。

“侯静，你知罪吗？”

侯静已如筛糠般抖了起来。但他仍硬撑着，可能觉得上有王爷撑腰，不会有事，便说：“小的只是给皇庄管事，一切听庄主安排。小的一向安分守法，哪里有什么罪！”

我心想，不点到要害处治不服他；不把他治服，计划就难以向下进行；假如计划落空，后果将不堪设想，邢庄主会联合额尔图反治于我。到那时，我不仅仅是出师不利，还有可能丢掉这个官，无颜面回京城。

满屋子的人，却静得可怕。我心中暗喜，觉得这气氛可以利用，只要攻破他的防线，便可轻易取胜。我备好说辞，调整好心态，故意半天不说话。侯静被锁着跪在那里，面对耀眼的灯光和拄着棍子围住他的巡捕，越来越心虚，惊慌得额头直冒汗。

我突然狂笑一阵，站起来走到侯静面前说：“你一定还想着庄亲王会护佑你们，是吧？你却不知，此次我来南皮县，就是庄亲王授命，让我弄清邢桂发罪状的！王爷有意革退庄头，重新换人。此次我来，却发现邢庄头竟是如此大胆，胡作非为！皇庄庄头只能替王爷代管皇庄土地，替王爷收缴年贡税银，而邢桂发居然私置田产一万二千余亩，打着皇庄的旗号不向朝廷纳粮。仅这一条欺君之罪，私吞朝廷税银之罪，便可斩立决！你身为管家，能脱掉干系吗？”

“这，这事，都是邢庄主他一人……”

我继续厉声威胁说：“王爷最恨的是你等弄虚作假，瞒上欺下，年年谎报有灾，不是旱灾就是涝灾，不是风灾就是雹灾，年年乞求减免租银。可事实如何？灾年你们照旧横征暴敛，饱肥私囊，反倒将坏名声推到王爷头上去，你们该当何罪！”

“啊，这……小的有罪。小的只是按邢庄主的吩咐去做，也是不听不行啊！”

我恼怒起来，猛一拍桌子：“你们年年让王爷减免，那你们给穷苦佃户减免分文了吗？不论灾情多重，佃户的租银竟是分文不少，交不起就转下年，致使所有佃户长年累月累死累活也还不清你们的债。数万百姓骂的是王爷，而侵吞这些血汗钱的却是你们！王爷尚被蒙在鼓里。待我回去禀报了，王爷定会把你们千刀万剐！”

侯静真的害怕了，跪地磕头不止，只求开恩救他一命。

我继续正色道：“邢桂发的案情十分重大。他强抢民女数人，逼死人命数条，早已是死罪！严重的是他竟敢欺君罔上，耍弄王爷，这可是个抄家灭门之罪！你虽是同犯，但要看你表现如何。你若尽快立功赎罪，我会在王爷面前尽力为你开脱罪责。否则，你就是个胁从作恶的要犯！我劝你当机立断，自己的命自己去救，家人的命也要由你去救。速将邢桂发的罪恶一一供出，这是你唯一的求生之路！”

侯静被吓得浑身发抖，结结巴巴地说：“曹老爷您若不指点，小人还……还糊里糊涂着呢！请老爷问，凡是小人知道的，都说。”

我松了一口气，侯静果真被震慑住了。事实上，邢桂发的案情确实重大，侯静的选择是非常明智的。

侯静所供甚多，逐条看去，邢桂发足够凌迟处死的罪过了。

我率众巡捕火速赶回沧州，一路上已想好如何向额尔图汇报。

果然，额尔图按我给他设计好的思路去审视此案，认为这是天赐良机，立功升迁的机会来了。他当即决定带着侯静的口供，亲自进京去见庄亲王。

第二天，邢桂发追至沧州来找他的管家，说是给王爷的贡品已经备齐，专等管家回去陪他一同进京。我说额老爷有话，让你在此等他回来，你也不要回庄园了。邢桂发感觉不妙，脸色顿时变了样。

邢桂发被软禁在州衙内。

额尔图很快便风尘仆仆地回到沧州。与他同来的有王爷特派的一个太监，是专门来处理庄园事件的。

邢桂发被带来跪见，太监取出王爷手谕，念道：“南皮县皇庄庄头邢桂发作恶多端，罪行累累，立即革去庄头之职，所有家产查封没收，家人拘留看守。着沧州知州立即缉拿邢桂发归案，严加审讯。”

太监宣读王爷手谕的声音刚落，额尔图便一声断喝：“来人！将邢桂发拿下，押进大牢！”

胥役们一阵忙活，将已经瘫软的邢庄头拖了出去。

邢桂发本来就是个奴才，依仗王爷的提携才发迹起来。如今没了靠山，方知大势已去，无可挽回，有多少财产和女人都真真是身外之物，全不属于自己了。为求活命，他变得十分老实，积极配合办案，想以此换取对他的宽恕。

邢桂发供出，王爷每年都派太监下皇庄巡视，太监收了他的贿银，都成了他的代言人。王爷所得的信息均不真实。因此，每年送年贡时，他所说的情况王爷都信以为真。

邢桂发没敢说额尔图受贿的事。因为，额尔图就是主审官。

刁柱儿一案开始提上日程。在审讯有关人犯时，邢桂发供称："刁氏之妻灵芝并非我强抢去的。中秋节前我去东光县铁菩萨庙，发现一女子相貌甚美，且左顾右盼，专门跟踪英俊的男人。我一看便知此人是个不守本分的轻浮女子，当时便心痒起来，有意将她弄到手。后来，她发现了我，上下不住地打量。也许是我独一无二的华丽服饰吸引了她，我们四目相视，再也不愿离开。这时，她身边的一个女子拉她走。她不情愿地向大殿走去，几步一回头。不怕老爷们笑话，她这一回头，似笑非笑，似哭非哭的样子，真是美得无可不可。我哪里还有魂儿？直跟了她去。我心里说，莫不是这就是人们传说的狐狸精，专为采补来勾引我的？"

邢桂发可能是怕自己说走了板儿，抬起头来看看几个审官，似在征求意见。

额尔图已听得目瞪口呆，催促道："说下去！说下去！"

"我当时被迷住了心窍，心想，管她是人还是狐，迷人就好，就是被她采补死了也心甘情愿！当下，我便紧紧跟随她去。当转到菩萨像的后面时，刁氏乘人不备，突然对我说：你何不将我抢了去？啊，这真是出乎意外，天上突然掉下个美人来，我惊喜得心突突跳，忙说：去门口！我立即布置随从，备好马车，在门口等候。等刁氏和那女子走近时，我一挥手，随从们便将刁氏架起，拖进车内。那女子大喊'抢人啦'，被我一把推倒在地，随后我上车扬长而去。"

我问道："刁氏灵芝可曾说过她的出身家世？"

"回曹老爷，小的问过，她只说娘家住济南府乡下，被卖到济南府富户人家做妾，后被刁掌柜拐骗至此地。"

额尔图怒道："这个刁柱儿真够可恶，原来那女子是被他拐骗来的。"

后来逐渐审明，刁妻原是妓女，后被一富人赎身为妾。刁柱儿在济南开绸缎庄，见其貌美，拐骗而去。刁柱儿一不敢回南去，二不敢进北京，便只好逃至南皮县度日。刁柱儿在南皮县仍开绸缎庄，雇佣一个小伙计。天长日久，与小伙计之妻有染，被刁妻发现，闹了一场。刁妻本也是轻浮女子，又是被拐骗而来，哪愿意忍受这般委屈？在东光铁菩萨庙偶遇邢桂发，见他衣着华丽，便断定富有，又见他风流多情，遂生相许之意。

刁柱儿带伙计去邢桂发处要人，挨打是真，伙计受重伤，但并未被打死。半路上，刁柱儿心生歹念，将伙计击毙。为的是一箭双雕，既能霸占伙计之妻，又能状告邢桂发打死人，捞一笔钱财。

真是冤家路窄，刁柱儿竟遇上了我。不但如意算盘没打好，害死伙计的事实被揭穿，而且不得不供出拐卖李阿芳的实情。刁柱儿最终被判了死刑。

这一案中案办得又快又漂亮，庄亲王十分高兴，奏上一本，保举额尔图为大名府知府。

额尔图自是喜之不尽，设酒宴以示庆贺。酒席间，夸我有才智，能干，是他第一得用之人，许诺保举我为从五品同知，跟他一块儿往上升。额尔图赏我纹银百两，我把银子全分给了巡捕们。众胥役自是一片欢腾，个个都声称不愿意离开我。

灵芝原本出身花籍，从良后屡次不守本分，先与刁柱儿私奔，后又让邢桂发抢她，此时刁、邢二人均已被判死刑，灵芝按理本应受到官卖的处置。可额尔图怎能舍得？他竟将灵芝藏于衙内，与己朝夕相伴。

世上哪有不透风的墙？额尔图那个妒妇母大虫见夫君接连数日夜不归宿，起初听说夜审案犯，信以为真，后来渐渐起了疑心，私下派人打探，果然发现猫儿腻。那妒妇火冒三丈，带领心腹家丁婢女手拿棍棒打进衙来。衙内胥役哪个敢拦？都吓得躲在一旁，一个胆大的飞跑着前去报信。

额尔图刚要与灵芝同枕而眠，忽听传报太太已带人打将进来，立刻惊慌不已，急令灵芝抱衣服快从后门逃走，自己慌忙穿衣。这位额老爷越急越穿不好，两腿穿进一条裤腿里去了。正在手忙脚乱之时，额太太已扑进门来，见床上放着两套枕被，顿时气顶天灵。这位王府格格平时是骄横惯了的，哪还管什么州官不州官，知府不知府，抡起棍子就打。可怜身大力猛的额尔图，本可夺路而逃的，只因两腿伸进一条裤腿里，如同作茧自缚，只好干挨夫人的棍棒。

额太太喝令家丁婢女也打，他们都是奴才，哪个敢真动手？

胥役们把巡检官和我找来时，一看额尔图那狼狈样，都差点笑出声来。额尔图跪在地上，两手紧紧抓住棍子，正向夫人苦苦哀求。额太太使劲夺棍子，却夺不下。

经一番好说歹劝，额太太总算暂且饶过，声言回家再算账。额尔图穿好衣服，十分难堪地摇头叹道："唉，这不是怕老婆，是省事就得……"

十八章　寻找李阿芳

雍正十三年，运河解冻后，我向额尔图告了假，陪同老爷开始起运老太太和翠环的灵柩去南京安葬。

路上，我向老爷说起表妹李阿芳已有下落的事。老爷十分惊喜，说船到淮安时，一定停下来去找阿芳。阿芳再也看不见活着的姑奶奶，看看棺材也是好的了。

船沿着大运河南行，过天津卫、杨柳青、临清，驶过运河屋脊济宁段后，便顺流南下，直奔淮安。一路上，两岸初春的景色十分优美，但我无意欣赏，总是在想象着见到表妹李阿芳该是怎样一个情景，回忆着在江宁织造时与阿芳的一幕又一幕。船行二十多天后，终于抵达淮安城下。我们将船停靠妥当，便急急忙忙上岸去找李阿芳。

按照刁柱儿的口供找去，多方询问打听，均无人知道有一个姓吴的家境殷实富足的人。后来我想起刁柱儿曾说他官运亨通，便又到衙门口去打听，哪知仍无下落。我和老爷都一筹莫展，怀疑是上了刁柱儿的当。我们走得疲惫口渴，进入一家茶楼歇脚喝茶。

老爷到底老练些，他说茶楼是市井传闻聚集之地，不妨向茶楼掌柜的打听打听。哪知这一问果真问到了正根儿上。茶楼掌柜的说："你们要找的人准是吴文泰，是我远房侄子。那年妓院新买进一个江南女子，当天就被我那个不争气的侄子看中了，硬是四处借债，花高出三倍的银子为那女子赎身。客官说得对，我那侄子原本吃喝嫖赌，是个破落户，为这，他找我借银子时我打了折扣，只给他一半。谁承想自从得到那女子，他居然开始步步顺，财气旺，官运也好，如今已过得像一个富家豪门了。后来听说他得到的那女子是一位大家闺秀，是康熙爷时苏州织造李大官人的孙女，名叫李阿芳。因李织造被问罪抄家，阿芳落难至此，被拐子拐骗卖给妓院的。"

闻听此言，我再也坐不住，噌地站起，向前施礼说："大伯，李阿芳是我表妹，您侄子吴文泰便是我妹夫了。请大伯速领我们前往一见。"

吴掌柜笑道："这位小官人莫急，人家既已找到，还怕他跑了不成？二位客官慢慢饮茶，等老妇从街上回来，让她看着店门，我再领二位前往。"

吴掌柜饶有兴趣地讲起吴文泰的传奇故事来。

吴文泰原来不在淮安府县衙当差，而是在南河总督署衙，初时不过是个杂役。

那年吴文泰去扬州出差，船靠码头时，忽觉有一股异味，很是刺鼻，便东嗅嗅西嗅嗅，一直嗅向附近的另一条大船。大船上的人见他一身官差打扮，很是惊慌，忙取出一包黄金送给他。吴文泰起初莫名其妙，手捧黄金愣神，但很快便意识到这送金的因由必与“嗅”有关。他这才猛然醒悟，那刺鼻的异味是硫黄，而硫黄是朝廷禁运的东西。他乐了，按捺住心花怒放，朝大船上的人会意地点点头，手捧黄金扭身而去。

吴文泰得到一笔意外之财，还清债后又将家居修葺置办得光光亮亮，结果还剩下一笔银子。若在以前，他必拿去寻欢作乐，大宴狐朋狗友。如今他听从阿芳的规劝，不再去胡作非为。这吴文泰也是有心计的人，他要改变自己的地位，往上攀附。他攀附的目标不是河总，而是选中了河总的母亲。因为，他知道河总是一个极讲孝道的孝子。吴文泰费尽心机，投河总之母所好，接连三次购珍奇珠宝奉赠老太太，将所剩银两全部花光，终于讨得老太太的欢心。他很快便由杂役提升到副主管，从此颇受河总的重用。

吴掌柜说，还有一件更奇的事情呢。那年，河总的京官靠山过五十大寿，河总备下厚礼命吴文泰负责押送进京贺寿。

吴文泰带人沿运河北上，直抵通州下船，见天色已晚，便在客栈住下。离家数日的吴文泰，见客栈旁便是妓馆，又心痒起来，旧病复发，一头便钻了进去。结果，因过于贪欢，误了贺寿期限。待他清醒过来时，惊出一身冷汗，急命随从火速向京里赶。

常言说，运气不好时，放屁都打脚后跟。可运气好时就不一样了，前赶后赶，总能赶上好事。吴文泰一行急匆匆赶入京城，到达那位京官官邸时，忽然听见两位官差打扮的人手指他们议论：

“瞧，这一帮不知从哪里来的倒霉蛋儿，还风风火火地往倒霉圈里钻呢！”

“这叫晕头转向。你看那一个个垂头丧气的样子，像奔丧似的，准是因误期怕吃罪。哈哈！世上的事真有意思，真不知怎样才叫好，怎样才叫不好。”

吴文泰听后纳闷：这二人分明是话里有话，难道事情有变？他毕竟是个聪明人，当即决定随从停下，不再进京官大门，找个客栈暂住，打听清楚再说。

果然是京官犯了事。昨日举行的五十大寿庆典，今晨早朝时便有人在皇上面前奏他一本。说他借五十大寿庆典之机，拉拢朝臣，笼络外官，结党营私，以乱朝纲。皇上对他早有嫌隙，正好借此机会将他查办。

吴文泰一听惊喜不已，心想，这真是上天有眼，愣将好运拴个绳子往我身上套！他一高兴，晚上大宴随从，次日便扬帆起程回了淮安。

吴文泰当然没向主子照实说他是如何误期的，只说到京城后闻得风声不对，朝中大臣争斗激烈，那京官恐有不测，因此未将礼品立即送上，果然京官很快就被查办了。河总惊出一身冷汗，将吴文泰着实夸奖一番，说他有心计，会办事，并赏他白银五十两。

数日后，京中有邸报传来，那京官结党营私案已被审实，人被斩首，家被查抄。查寿庆礼单上人名，凡送礼者均被算作党羽遭到株连，重者抄家充军，轻者罢官免职。河总与其母直念阿弥陀佛，吴文泰一时之念，竟救了河总全家。主母二人对吴文泰感激不尽，立即将他提为主管，并投巨资为他买豪宅。此事一时轰动淮安，人人钦羡不已，都说他是托了妻子的福。

茶楼吴掌柜又说："这件事外边都这么传说，我问侄子是真是假，他只笑不答。看来真有其事，他毕竟是住上了大宅门院落。”

吴掌柜终于等来了老妇，随即带领我们父子往清江浦。南河总督署衙设在那里，吴文泰的宅子离署衙不远。

就要见到日思夜想的李阿芳了，我只觉得面颊发烧，心头突跳，想像已成少妇的阿芳该是个什么样子。

我们在一所大宅门前停下脚步。这里果然有些气派，宽大的门楼，门前有两尊石狮子，俨然如官宦之家，比我家在京城的住所阔气多了。

通报后，我们被领进院子。原来这是个有三进院的宅子。已经有人迎了出来，我一眼便看见一个细高男人身后走的就是表妹阿芳。

“爱哥哥！”

阿芳依然咬舌，仍把“二”念成“爱”。

只这一声喊叫，便瞬间启开我忆旧的闸门，诸多往事曾给予我的快乐、忧伤、喜悦、悲戚，闪电般在脑海里再次显现。一时间，我像钻进了五味瓶。

阿芳喜极生悲，快速跑向前来，拉住我和老爷的手腕，痛哭失声。

我和老爷相伴着她流泪。

“好孩子，别再伤心难过了。这不是已经闯过难关，活过来了吗？”老爷虽如此说，却也禁不住老泪纵横。

吴掌柜劝道：“久别重逢，亲人相见，是大喜事，就别再哭了吧！文泰，快劝劝你家媳妇，叫她把二位亲戚引见引见。嘿嘿，这也算是她娘家的人了。”

吴文泰上前劝慰阿芳，哪里劝得住。老爷劝时，阿芳哭着说：“我想你……们……常想得……心疼，我的眼泪……都要……哭干了！”只说这一句，便又号啕大哭起来。

我听得出，她说“我想你们”，其实是不得已而说之，实应将“们”字去掉的。我想，她是要告诉我，她想我常想得心疼。因为我已经清楚地觉察到，阿芳抓我手腕的那只手，用力很大，攥得我很有些胀疼感。而抓老爷的那只手，却稀松得很。

我心里说，我何尝不是常想你也想得心疼啊！只恨今非昔比，再也不能互诉衷肠，心曲只能委婉道出了。

老爷见劝不住阿芳，便主动自报家门：“我是阿芳的表叔，他是阿芳的表哥。他们从小在一起长大，直到十几岁上。”

吴文泰也自报家门，并向我们父子行见面礼。我不得不抽手还礼。

经我劝慰，阿芳不再哭。认过表妹夫，进屋各自坐定后，我才将巧遇刁柱儿，并已将他正法的事儿说出。不提刁柱儿还罢，这一提，又勾起阿芳许多辛酸往事，不由得又落下悲愤之泪。

老爷骂道："这个人面兽心的刁柱儿，当初在织造府时，只看他能说会道，心眼灵巧，却不曾想竟是一只狼！"

吴文泰说："此人真不是好东西。他后来听说我发达了，竟跑进门来敲诈，被我轰了出去。那天我正告他，如若再来，便对他不客气。从此，他果然不敢再登门。"

我问阿芳："你可知道我们在京城居住？表妹夫常出差在外，可曾打听寻找过我们？唉，若早些时联络上，我们这颗悬着的心也能早些时撂下。"

阿芳听此言，不觉颤抖一下，又泪涟涟地说："分手之时，你和表叔都在狱中，我又没了自由，终日唯有以泪洗面，夜间噩梦不断。我真无法想象老太太和你们都会怎样。刁柱儿说你们都已不在人世，我虽不信他的话，可终究无法知道你们的下落。"

吴文泰说："我也留心打听过，只是没有结果。谁承想表哥已是入了仕途的人，这么年轻就中了举人，当了州同，可见日后定会前途无量。表哥腾达之时，可别忘了还有我这个表妹夫。"

我说："官场险恶，宦海沉浮，如同天气一样阴晴不定，不可在这上面投太大的心思。比如你，因'嗅'而得金，因'误'而致富，可是，这样的巧宗儿岂会经常碰上？不是我说晦气话，厄运这把利剑时刻悬在每个人的头上，不知何时就会降落下来。因此，我忠告你，也是为了我表妹不再遭受挫折，在你兴旺发达之时，便要做好厄运降临后的安排。切莫只打着日后更加荣华富贵的如意算盘。"

我说完此话，斜瞥了老爷一眼，见他并无驳斥的意思才放心。

吴掌柜一拍腿，称赞道："到底是读书人有见识。虽说年轻，这话却十分老成。文泰，你们这位表哥的话可是大有用处，你一定要记住！"

吴文泰说："我都记下了，以后一定照表哥说的话去做。其实，阿芳早就这样提醒我，话虽不同其意相同。阿芳说的是'月满则亏，水满则溢'，还有什么'荣辱自古周而复始'，'否极泰来'。我很敬佩阿芳，虽是女流，却很有见识。"

说话间，时辰已晚。我在犹豫，老太太的灵柩就在码头的船上，这件事是否告诉阿芳。倘若告诉，阿芳必有一场更加悲哀的痛哭。老太太在世时，比阿芳的亲娘还疼阿芳。若不告诉，于情理上又说不过去。我看一眼老爷，似乎老爷也正在犹豫。

就在这时，阿芳说："掐指算来，老太太今年该是七十四岁高寿了。现如今老太太还硬朗吧？吃饭睡觉时，是不是还找我？"

我闻言，心猛然一抖，双手捂脸，呜咽起来。

阿芳惊呆了："老太太……老太太……"

老爷哭着说："老太太已于年前仙逝，灵柩就在河边码头的船上。孩子啊！你快准备准备，去送送疼你爱你，总把你看成掌上明珠的姑奶奶吧！"

阿芳立刻大放悲声，哭得惊天动地。

吴文泰派人火速去置办祭奠用品。我听到他命令家人：不要心疼银子，要办得越体面越好。我心想，阿芳在这个家里果真是有地位的，吴文泰很看重她。我该为阿芳有这样一个好归宿而高兴才是。可是，我却高兴不起来，心里总是空落落的。我总觉得，阿芳的泪水有不少是为我而流。换句话说，肯定是为我们的不能结合而流的。

祭奠果然办得很排场，船头上彩棚高搭，彩棚内设席摆宴。吴文泰又请来僧人奏乐念经，为老太太超度亡魂。阿芳和文泰皆孝服加身。阿芳在灵前哭得死去活来，她那发自内心的悲哀感动了在场的所有人。

然而，阿芳如此悲哀，却是悲从何来？深知内情者，非我莫属。

阿芳虽出生在富贵豪门，命运却是十分不幸。自幼父母双亡，又得不到婶娘的怜悯，总是受到白眼。唯一疼她的，只有老太太。她不得不离乡背井，住进曹家，与我相伴。我们虽青梅竹马，十分要好，可她心里总有一个结，认为自己是寄人篱下，既自卑，又敏感。她虽身为富贵小姐，却常常不如丫头洒脱快活。我们相亲相爱，却最终不能结合，老太太以“十羊九不全”的谶语把我们隔离开。最令她痛心的，是刁柱儿将她卖进妓院。这一污名，她今生今世也无法洗刷干净，却不能言，唯有流泪。我相信，吴文泰对她虽好，但绝不是她心中所爱。她无以言说，无可奈何，只能以泪代言。她的悲哀，是多重的，是发自内心深处的。

正当人们因她的悲痛而无不动容时，她却突然止住哭声，面对老太太灵柩，拈香下拜。拜毕，从袖中抖出一条雪白长绢，原来上面已写满文字。我猜必是悼文，可知是阿芳昨夜之功，亦可见她与老太太的情分是多么深厚！阿芳于悲戚之中深情地念道：

雍正十三己卯之年，三月十五暮春之月，苦命之女李阿芳在这运河之畔，载仙舟头，以血泪祭奠姑奶奶的亡灵。

回首当年，阿芳幼年丧父，继而失母之时，直如花蕾被抛弃野外，惨遭疾风骤雨；更像雏鸟被掀翻巢穴，面对闪电雷鸣。我伸出无助之手，叫天天不应，喊地地不灵。

姑奶奶啊，是您伸出温暖之手，拯救我幼小的生命，是您给予我慈祥母爱，滋润我枯萎的心灵。我身虽受之父母，但却主要是靠您养育呵护。

若说我还懂些为人的道理，那也是您的教诲与叮咛。

您的养育之恩，青天难以比其高；您的培育之德，泰山不可比其重。常言道：受滴水之恩，当涌泉相报。我早就暗下决心，长大以后定要加倍对您孝敬。孰料风云突变，大难铺天盖地而来；狼奔豕突，家园突遭血雨腥风。我们于无可奈何中不辞而别，从此沦落天涯，各自西东。我不但未能孝敬，反而又给您增添新忧情，您一定为我做过很多噩梦。这让我于心何忍？更加无法安宁！

您在世时没能让我尽上一份孝心，今日在去西天的路上，请接受我的一点心意！

阿芳擦一把脸上的涕泪，从仆人手里接过彩扎的楼阁和纸人女仆，在老太太灵前点燃，然后咬破手指，将血滴入酒碗中，洒在灵柩前方，继续悲切地念道：

这楼阁是姑奶奶安歇之地，从此姑奶奶可在此遮雨蔽风。这两个女仆请您收下，让她们帮助翠环姐服侍您，就算是我尽孝的心情。此时正值数九寒天，又是一直在水面航行，进入长江更会水寒风冷。姑奶奶啊，请喝下这碗酒，酒中有阿芳的热血，愿保您一路避寒凉，早日到达您的香塚。

咱们就这样永别了么？这世上，我的亲人果真又少了一个么？卿是孤雁飞，徘徊鸣声哀。吾当变孤鸷，相随共徘徊。卿是一枝梅，冰寒独自开。吾当跃其上，并蒂斗寒来。啊！命苦枉自嗟呀，惟有情肠在……

我被震撼了。阿芳最后突然插入的诗句，局外人谁能知其所以然？唯有我自己，只觉得字字都如尖针一样，直扎向我的心头！

十九章　雪芹初完婚

雍正十三年八月二十三日，京城发生了惊天血案，雍正帝突然暴亡。人们纷纷传说是被仇杀。

雍正于惊涛骇浪中当了十三年皇帝，其中的功过是非，真是难以评说。不过，他树敌太多，这一点倒是举国公认的。

国不可一日无君。雍正帝暴亡的下月，其四子和硕宝亲王弘历便登基继了皇位，年号乾隆。

乾隆时年二十四岁，亲眼目睹了父亲在位十三年的全过程，深知父亲树敌太多，搞得举国上下精神都很紧张。因此，乾隆继位后，首要的便是缓和政治上的紧张气氛，选择以施仁政为主，广泛笼络人心。他为此实施了一连串举措，如追封大清立国以来的功臣；大赦一批罪臣及其家族后人；起用一批因种种原因而被革职的旧臣。便是他父的死党，十四王叔允禵，也被他从囚禁中放出，并封为奉恩辅国公。乾隆还作出另一重大举措：不顾国库银少，力免十几年来所有未征上来的民欠。虽然朝廷暂时少得了一些税银，但换来的却是民心安定朝野称颂的大好局面，还是很值得的。

曹家于大赦中得到了好处。我的祖上曹振彦被乾隆追封为资政大夫。老爷亦被起用，官复内务府员外郎。霈哥也被录用为宁寿宫茶上人，专司宁寿宫茶膳房，授三等侍卫。我家的居住环境也大有改善，由崇文门外搬入内城什刹海旁的静园，一个有花园石舫的大宅中。

影之歌说："关于这件事，红学家们也是争论不休，有的说您家在乾隆初年曾家道中兴；有的反对，说没有这回事。不过，在《红楼梦》第三十八回有脂砚斋的评语，说'伤哉！作者犹记矮幽舫前以合欢花酿酒乎？屈指二十年矣'。脂砚斋批书是在已卯年（1759），二十年前应是乾隆四年（1739）前，可见那时您家已不在崇文门外蒜市口的四合院居住，已是有花园有矮幽舫的阔家了。可见，您家在乾隆初年曾经家道中兴的说法是对的。"

曹雪芹说："这没有错。不过，这次家道中兴仍是因袭了天恩祖德，若乾隆皇帝不大赦天下，我家不会中兴；若没有高祖的军功，大赦便没有我家的份儿，那静园也是住不进去的。"

我们全家搬进静园不久，大伯父曹顺突然来访。

曹顺已五十七岁，任内务府郎中兼骁骑参领，官阶正三品。曹家获罪进京七年有余，这位大伯父从未登过一次门。在那些艰难的日子里，我和老爷也从未找过他。此次大伯前来叙旧，口口声声说以往的过节全出在长辈人身上，如今俩老人都已去世，希望他弟兄几个及后代以后走得亲近些，相互间也好有个照应。说话中常带出长兄为父的口气。

老爷没给这位大哥曹顺好脸色。老爷说："江宁织造本不应该是那种悲惨下场。当年我犯的驿站案实无大碍，若非家有内乱，被刁柱儿诬传转移家产，也不至于引来抄家革职之祸。"

曹顺闻听此言，脸色立刻变得蜡黄。

那天，结果是不欢而散。

为此，我心中真是十分难受。亲兄弟闹到如此地步，终究都是为的什么？几代恩怨延续下来，至今也没个了结，又是为的什么？不过都是为的江宁织造。织造就是权势，就是荣华富贵，因此织造是争夺的焦点，是产生矛盾、明争暗斗的起因。从这一层面上说，织造酝酿祸端是必然的，发生只在早晚。我由此而明白，过去的荣华富贵不值得留恋。因富贵才生怨恨，有怨恨才会窝里斗，有了内乱再勾外乱，败家灭族之灾还不是早晚的事？

一日，我看京中邸报，意外发现竟有赦查嗣庭兄弟族人，允许从边关回原籍的诰命。我吃惊地瞪大眼睛，哀叹惋惜，倘若查阿芳还活着，她不是也能重见天日了吗？哎呀呀，哎呀！查阿芳是没有了啊！我一时百感交集，顿足捶胸，真恨不得灵魂出窍，去到阴间找查阿芳，告诉她这个特大喜讯。

新帝皇恩浩荡，允准久病的宫女提前出宫，以利调养。香玉也被放出宫，只是身体极度虚弱，气息奄奄。

我接到杨小云送来的加急书信，看后万分惊喜，又很担心。

杨小云见到我也不寒暄，劈头就说："香玉从宫中放出，已经气息奄奄，你要设法尽快见她一面，越快越好啊！你们双方都已付出很大代价，切不可功亏一篑！"

闻听此言，我也没想一想，扭头就走。

“站住！你发什么蒙？干什么去？”

“去绒线胡同。”

“就这么直走了去？别说见香玉了，你进得去那个大门吗？”

我真的蒙了，眼前只有香玉生命垂危的形象，和她那两只充满期盼的大眼。我没想别的，只想闯进那个大门。只要能让香玉尽快知道我去找了她，便是挨一顿打也心甘情愿。

杨小云把我拉回，说：“我已为你谋划好一计，你且听听。香玉是赵公公亲自送出宫门，又送到她家的。香玉的父亲已官复原职，见奉先殿首领太监亲自将女儿送来，感激不尽，特敬上谢银。赵公公与香玉父已算是有了交情。香玉的父亲为给香玉看病，四处投医。可是，哪个大夫能医心病？倘若你能化装成名医，由赵公公举荐了去，这不是个两全其美的事吗？”

“我没当过大夫，如何诊治？又如何两全其美？我笨拙，不明白。”

“你是当事者迷了。十文九医，你岂能不懂些医道？香玉最要紧的是心病。她只要能看见你，或者能听见你的声音，那心病立刻就会大好了。这第一步不需懂医道，你到就行。第二步也好办。香玉身体极度虚弱，气血两亏，脾胃不和，全是因心病长期折磨所至。心病是祸根，心病既已释然，其他症状你只管适当温补调养，过些时日，香玉姑娘必是要枯木逢春的。雪芹，这计策可行吧？”

听罢这话，我高兴起来，忙向杨小云施礼，称谢不已。

“先把谢礼暂收着，等日后喝喜酒时，一块儿再谢不迟。你且安心歇息，我这就去找赵公公。”杨小云说罢，起身匆匆而去。

赵公公果然有一副热心肠，只说一句：“救人就救到底吧！”

我略作装扮，成为医师模样，随赵公公直闯香玉家门。香玉的父母听说是赵公公到了，忙不迭地远接高迎。我这位被举荐来的“名医”也受到很高的礼遇。香玉的父亲陪赵公公在客厅叙话，香玉的母亲及女婢们引我至后院闺房之中。

闺房布置得非常华丽，我却无心欣赏，满耳只是萦绕着香玉那清脆悦耳的声音，眼前晃动着那一对扑闪闪美丽的大眼睛。只是这美好的一切不知现在变成什么样子了。

女婢搬来圆凳，我在香玉床头坐下，隔着帷幔，香玉在我眼中一片朦胧。她侧身朝里躺着，只见轮廓不见面容。香玉的母亲将帷幔撩开一条缝，把头伸进去，轻声说："赵公公为你找来一位名医，想必这位高人能除掉你身上的病魔。我儿定是从此就要好起来了。把手伸出去，让这位大夫给细细诊诊吧！"

一只玉手从里面慢慢伸出。这是一只什么样的手啊，纤细而又瘦黄，软绵绵无一丝力气。我以前从未注意过香玉的手，今日似是初见，印象极为深刻。那不是因辛苦劳累而变得关节硬大青筋凸跳的手，而是被忧愁、郁闷、思念的心病炸干油脂，肌肉枯萎而干瘪的手。

我将手指按在香玉玉腕的脉搏上，只感到自己的心头在突突猛跳，脸上开始发烧。我急忙告诫自己，你是名医，是大夫，万不可弄巧成拙，坏了大事。我渐渐镇静下来，开始真的诊脉，这才感觉到香玉的脉息十分微弱。这个可怜的玉人儿，把自己弄到如此地步，全是为了我啊！我要尽心竭力把她从死神面前拉回来，只有做到这一步，才对得起香玉为我所做的一切。我开始思谋，如何让香玉知道坐在床前的是我，而又不被别人察觉。

大概是因诊脉时间过长之故，香母略有不安之意，身子动了又动。香母的情绪影响到我，我尚未考虑周全，也只好开始说："清脆悦耳美妙音，引走蒜市一缕魂。'勿忘'草香'心'尚在，回肠荡气一曲新。"

香玉闻言，臂腕突然一动，脸也朝我扭了过来。

香母诧异，急作反应，手一边朝香玉摆动，一边问道："医师说的是什么？我只听什么音儿魂的。医师把话说明白点，我女儿的病情到底如何呀？”

“夫人莫急，听在下细说。病人脉搏呈弦迟之象，左寸脉显现无力，左关脉显现洪大，这说明心气虚衰，肝邪过旺。可见病人情志不畅已久，郁结之症较重。平时定是噩梦常做，不思饮食，日久气血两亏，心虚惊悸，短气乏力。唉！说什‘体态纤纤柔似柳，心神悴悴弱如云。担心未见春花落，再会情郎是土……’”

香玉突然一阵猛咳，边咳边摇头。我知其意，因念她写给我的诗，她已经知道坐在床头的是谁。她摇头制止，定是不愿听那“再会情郎是土坟”的不祥诗句。

香母更显得莫名其妙，看来她是个一字不识的女人。她安顿好女儿，便急问我：“医师说得很对，只是我这女儿的病可有个好方儿医治么？”

我劝道：“夫人放心，贵小姐这病遇见我，是她的大造化，快则一月，慢则俩月，定让她病除体康，起身行走。”

香母闻听此言，马上喜上眉梢，双手合十，不住地说：“阿弥陀佛！阿弥陀佛！果真到那一天，我一定重重地谢医师！”

此时，香玉突然挣扎着欠起身子，从腰间摸出一物举着，有气无力地说：“这是一块碧玉佩，是我最心爱之物。医师若能治好我的病，我定以此物相谢。”

看着那块曾带有我的体温的碧玉，我心里一阵激动。香玉啊香玉，你的一片痴心真是可对天啊！你一直在生死关头徘徊，却时刻不丢不忘那定情之物。此时此刻，你又及时将它举起明示于我。我知道，你让我看的不是碧玉，而是你那颗滚烫的心。

香母急忙阻拦女儿：“这算什么呀！使不得！使不得！家中自有谢银，医师要你这劳什子做什么！”

我忙起身施礼，谢道：“多谢小姐美意。只是小姐要听我一言，尽可将心放宽，一切均不曾有变。医理中说，‘食谷者生’，小姐首先要注意膳食，先以稀软养之，渐次增加各种养膳为要。我再用人参升阳养荣之剂给你调补。此方具有升提阳气、补养荣血之功能，尽管服用，保你药到病除，康复在即。”

香玉直看着我，连连点头。虽有帷幔相隔，我们已能互相看得真切了。

此行十分成功，回来后我高兴得手舞足蹈，设盛宴感谢赵公公和杨小云相助。

香玉果然身体一天好似一天，觉也睡得香甜了，饭也吃得多了。尤其精神比先前几乎判若两人，两眼开始出现光彩，语音也不再如蚊蝇般细小而断断续续，已经有些底气了。

赵公公夸奖我说：“雪芹虽说年轻，倒是多才多艺，几乎无事不通，当起大夫也像那么回事。香玉的父母夸你呢，说你好脉息。香玉是躺在床板上抬回家的，她父母都不敢有指望了，死马全当活马医。哈哈！哪知你竟真有两手，只诊治了两回，香玉就能下地行走了。”

我笑说：“在南京织造时，祖父藏书很多，有些就是医书，我常翻看。家中有人得病时，请来的大夫也有精通的，也有二把刀的，我在旁听他们诊治后，便翻医书对证，看他们说的是否有理，用药是否精到。时日久了，倒也略知一些。那日，我又翻看医书，针对香玉的症状病因反复琢磨，我是有备而去的。看来，那个人参升阳养荣的方子是选对了，正合香玉的症状。”

随着春天的到来，天气日渐暖和，对香玉的康复十分有利。渐渐地，香玉便能去花园散步了。

未等香玉完全康复，杨小云就暗中谋划起来。有赵公公做媒，香玉父母得知我是顺天府新科举人，官至州同，又有平郡王福彭这样的显贵亲戚，自然满口答应。他们还提出尽快将婚事办了为好，借喜事一冲，香玉的病会好得更快。就这样，我们这一对痴情恋人，历尽艰辛，终获圆满结局。

婚礼是在什刹海新居举行的。那是一个有三进院子另有花园水池石舫的大宅。老爷居后院，霈哥居中院，我居前院。男女仆人又增加了几个。因香玉仍然体弱，专派了一个精明伶俐的丫头伺候她。那时，我家的日子虽远不如江宁织造时排场，但比在蒜市口已算是翻天覆地的大变化了。

二十章　万恶终有报

新婚蜜月未过，我突然收到额尔图于知府任上送来的快马传书，催我速回。我知道必有紧急公务，不得不即刻起程。别时与香玉难分难舍，反复叮嘱香玉要注意调养，又一一告别亲朋，才直奔任上而去。

来到大名府，方知这里发生了人命案。元凶不是别人，竟是额尔图的大少爷巴吉达。额尔图先告知提升我为从五品同知的事已十有八九，话锋一转便直言让我施巧计为巴吉达开脱罪责。

我一听便有些气恼，这分明是以官位引诱，让我徇私舞弊嘛！不管怎样，须先弄清事实再说。

经过几天明察暗访，我得知，巴吉达虽从沧州搬来大名府时日不多，坏事却已干得不少。巴吉达依仗姥爷是履亲王，从不把王法放在眼里，横行霸道，为所欲为。常带几个随从，去闹市滋生是非，动辄非打即骂。市人视之为一大害，敢怒却不敢言。此次人命案，便是在看地方花会时惹下的祸端。

闹花会的那天晚上，巴吉达在打道回府的路上，发现自家府第街口处站着一位妙龄女子，看上去不过十六七岁，相貌俊美，衣装华丽，极显娇嫩艳丽。巴吉达一看便心痒难熬，由不得上前搭讪，问女子家住哪里。女子只顾向远处张望，似在等人，并不理睬他。巴吉达自然不肯轻易罢休，厚着脸皮又问是不是走迷了路，找不到家人。那女子仍不答言。话头无法继续，就这样走开岂能甘心？横行惯了的巴吉达哪还管什么王法不王法，将手狠命一挥，两个随从便饿狼般扑向少女，拖起就走。少女只喊叫几声，已被拖进大门里去。

是时，巴吉达的母亲与家中女眷正在饮酒取乐，见巴吉达又杀猪般挟一少女入室，便知是强抢而来。巴吉达的妻子心有怨气，却不敢阻拦。额夫人觉得实在不像话，那边出人命般喊叫，这边的酒宴还有何兴趣。遂起身过去将儿子喊出，训导道："你不知道强扭的瓜不甜？就不懂蔼声和气把她哄顺了再做打算？快走开，我先领她吃几杯酒去！"

额夫人果真手执少女入席，各类干果菜肴任她吃，女眷们轮番向她敬酒。

少女大概是饥饿的缘故，也许是从未见过这么多好吃的东西，两只眼在宴席上打转，狼吞虎咽地吃起来。如此美貌少女居然是如此吃相，倒也逗得女眷们十分开心，一个个都想与少女干一杯。少女初还尴尬拘束，后来逐渐嬉笑起来，频频举杯，与府里女眷们推杯换盏，竟像熟人一般，时而还有轻薄之语说出。

巴吉达在一旁看着，心中窃喜，感谢母亲帮了他的大忙。

酒宴散时，巴吉达的妹子春燕已与少女十分相熟，有些难分难舍了，便要求母亲答应她带少女回自己房间说话儿。额夫人也已喜欢上这位朴实大方爱说爱笑的少女，便高兴地答应下来。

春燕房中，那少女和春燕独处时，却又有些扭捏不自在。春燕难得遇上这么个说话有趣的伴儿，便亲昵地去牵少女双手，让少女坐在自己床头。少女顿时脸蛋通红，比饮酒时更加艳丽。春燕看得呆了。

"你酒吃得过量了？"

"啊，不，不是。"

"你家住哪里？"

"乡下。随秧歌队进城闹花会来的。"

"哇，你在乡下住啊。可好啦，乡下准有不少新奇古怪的事儿，你快讲给我听。"

少女果真就讲，什么狐女媚男人，如何采补；什么雷劈庙里的神像，因为神像干了坏事；水泊梁山又有人占山为王，等等。少女讲得眉飞色舞，春燕听得津津有味。

“我家房前的邻居，每到夜晚就闹鬼。红头发，蓝眼睛，爬到房顶上呜呜地哭。”

“是真的？你亲眼看见了吗？”

“是我亲眼看见的。鬼骑在房脊上，一边哭叫，一边向下抛掷瓦块。”

春燕吓得把头扎进少女怀里，紧紧搂着她。

少女顺势站起，也紧紧拥抱着春燕，哄劝道：“别怕！别怕！我不说了。”

春燕抬起头，仍心有余悸地说：“今夜你得陪我做伴，我害怕。”

少女呆呆地看着怀里的春燕，突然贪婪地向她脸上唇上狂吻起来。

此时，巴吉达早已等得不耐烦，跑来听妹妹的窗户根。后来耐不住，索性舔破窗户纸，向里张望。他见少女竟狂吻妹妹，被惊呆了。这是怎么回事？难道她是公狐仙扮了女装？无论如何，先制止了再说吧！巴吉达大喝一声，闯进屋去。

少女一见来人是巴吉达，立刻惊慌失措，两腮很快由红变成了白，扑通跪倒在地，连连求饶。

巴吉达拔出腰刀，锋刃直指少女，厉声喝道：“你是哪方的公狐狸，竟敢羞辱我的妹妹！快说实话！”

少女连连叩头，说：“这位爷，我不是公狐狸，俺叫铁柱，家住胡家村，是秧歌队中人，男扮女装。俺迷了路，被你抢进府来。”

巴吉达闻言，气得暴跳如雷：“啊？你、你原来是个男人，气死我了！你竟敢捉弄我，欺辱我小妹，我岂能饶你！”

巴吉达从来都是欺人，何时受过人欺！他一声断喝，打手们闻声而至，将少男从春燕屋里揪出，暴打起来。少男连喊饶命。小姐虽有被蒙骗受羞辱的感觉，可她又觉得这少男人还不错，遂求哥哥饶命。

巴吉达此时仍是满胸怒火，冲妹妹吼道：“不知羞耻，你该亲手打他才是，怎么倒为他求起情来？”

春燕知道再说无益，便飞跑着去找母亲速来救人。哪知为时已晚，额夫人赶来时，少男已被打得浑身是血，气息全无。

胡家村秧歌队的人清点人数时，发现不见了拉花的铁柱，急忙四处寻找。后来听人说，知府的大少爷巴吉达抢去一名少女，而铁柱正是少女装束，他们认定被抢者定是铁柱，便蜂拥找上门来。

此时，巴吉达已命人用苇席把铁柱裹好，要扔到荒郊野外去。刚把死尸抬到门口，正遇秧歌队一伙人找来。一个欢蹦乱跳活泼可爱的铁柱，转眼间竟成了僵尸，村人们哪受得了？有的搂抱着铁柱号啕大哭，火气壮胆子大的便上前拉扯巴吉达评理要人。

巴吉达气焰十分嚣张，冲着人们高声大喊：“你们谁敢动手？我姥爷是履亲王！我爹是大名知府！”家丁们也都个个手持棍棒，准备动手，一时剑拔弩张，空气顿时紧张起来。

就在一场大拼斗要发生之际，额尔图从府衙归来。

村人们一窝蜂地迎上去，跪在轿前齐声喊冤。

巴吉达见机悄悄溜走。

额夫人突然出现，冲村人们嚷道：“冤什么冤！那个小村野痞子竟敢男扮女装，夜闯我家府第，占女眷们的便宜。我看该死！便是把你们都打死，又能怎样！十条命也补不上我家受的羞辱！识相的快把这小死痞子抬走，不然，我一句话便会打得你们屁滚尿流！”

“你仗势欺人！”“你这是要逼人造反！再逼就烧掉你这鸟窝！”

额夫人恼羞地蹦跳起来，怒声道：“真要反了！真要反了！快来人，把那喊话的拉出来打死！”

家丁们蜂拥而上。

额尔图立即下轿喝退家丁："本官在此，谁再敢妄动！还要不要王法啦！"

额尔图压住阵脚后，向管家简单问询几句，便当机立断，大声叫嚷着"本官立即升堂"，命人抬着死尸奔府衙而去。原告自是村人一行。因巴吉达已溜号，额夫人命管家先充当被告走一遭，并面授机宜如何推脱。

额尔图连夜升堂，不是为了立即破案，而是为了把死人调离家门口，安置在官府之中，以解府第之围。故而只略问一问，便推说无从对证，待明日查明，定当秉公执法，决不姑息放纵罪犯。然后退堂了事。

就这样，额尔图火速将我招来，商讨对策。

此案前因后果，我基本弄清。但有些重要关节，都是暗访得来，目睹者愿意跟我说，却不敢出来作证。他们都说，即便将巴吉达抓住，也治不了他的罪。更何况他扬鞭策马而去，此时只怕已在他的姥爷家——履亲王府里了。他们要作证，除非得先打好不要脑袋的主意。

如何是好？我真是遭遇到极大难题，深感自己位卑人轻，无法胜任此案。即便能说服证人，他们愿意走出来伸张正义，也是无法捉拿到巴吉达的。要想去履亲王府抓人，没有皇上的圣旨绝对不可以。此时此刻，我才深知权力是多么重要。说什么清正廉明，秉公执法，在魔高一丈时，道高仅五尺，谈何容易！

那些天，我觉得对不住受害者，良心大受责备，寝食不安，常作怪梦。我梦见自己被封为钦差大臣，手握尚方宝剑，终于将巴吉达缉拿归案。但押赴刑场，就要行刑之时，一匹快马飞至，大喊圣旨到。我跪在那里接旨，突然被摘去顶戴花翎，收回尚方宝剑。巴吉达却再获自由，在旁仰天大笑。我被惊醒，唯有手捶床铺，唉声叹气。

我既是以同知官衔主副知府之事分管此案，原告方当然要频频找我，并送礼来。我坚决拒收礼品，但也没法向村人交代。我委婉暗示村人上告，村人有的表示理解，有的大骂天下无好官，官官相护，只为自家办事。我只好听着，面红耳热，没有话说。

额尔图得知村人上告，对我非常不满。说他为我升同知一事费心颇多，而我却与他三心二意，不将此案就地化解，反怂恿原告跑到上面浑告，于他十分不利。从此便冷淡我。

额夫人更是骄横至极，指着我鼻子大骂："你不过是个小小的州同，就敢兴风作浪，不把我们放在眼里。你吃里爬外，偏向村野痞子，居然让他们上告。告去吧，告到刑部去！天下是我爱新觉罗氏的天下，看你能告出个大天去！"

面对如此狂傲的泼妇，我真想朝她脸上狠击两掌，替她醒醒脑。

胡家村人将案子上告到直隶总督署衙，按察使尚未开始审理，额尔图的大礼和京师的密信便一一送到。按察使得知被告是履亲王的亲外孙，倒吸一口凉气，怎还敢认真办理下去？

次日升堂时，按察使当着原告的面装腔作势，下令捕快速往大名府抓捕巴吉达归案。

当然，捕快是白走一趟，空手而回。原告提醒说："大人在上，听说案发当晚巴吉达就骑快马跑进京城，只怕眼下在履亲王府匿着呢。"

"大胆！王爷岂能藏匿罪犯！再胡言乱语，小心掌嘴！"按察使遂令僚属："疑犯既已在逃，速下海捕文书，通令各州县严加缉拿。不可有误！"又命原告："尔等可回家等候消息，疑犯一经抓到，本官定当即日审理。"

按察使就这样把事情搪塞下去，可谓狡猾至极。皂役们一声"退堂"的呼喊，直不知退到何年何月才是个头。

巴吉达的人命案一直拖到六月也没能再升堂。胡家村的原告都是庄稼人。俗话说，人误地一时，地误人一年。从春耕大忙一开始，地里的活儿就不断，谁还有工夫去打官司？再者说，也没有那么多银子一回又一回地上下打点。一来二去，人们也就疲沓下来。

巴吉达在京城躲藏三个月后，便大摇大摆地回到家来。面对四处张贴的海捕文书，他嗤之以鼻，视大清王法一钱不值。莫说百姓们，便是府衙上下的所有人，都为之愤愤不平。巡检官酒后吐真言，声称不愿再当这个丢人的鸟官。

虽然如此，额尔图却官运亨通，至六月时连升两级，由知府一下升至二品河道总督，并加以兵部侍郎都御使衔，更加神气起来。

额尔图官职提升得这么快，额夫人既高兴又担忧。她主要担心丈夫官职一大便不好约束，因此更加警惕，处处留心。尤其对身边女婢，她总像防贼一样地严加防范，明令禁止额尔图与女婢交谈。

天下事其实很怪，额尔图原本并没十分留意身边女婢，经妻子这样一强调，他居然留心起来。仔细品时，发现一个叫翠柳的女婢十分美艳，最令他心荡神摇的是那一对眸子，忽闪忽闪地飘动着亮光。额尔图心痒难熬了，便伺机挑逗翠柳，翠柳却不敢言。

这天，额尔图见妻子出门去，便又挑逗翠柳，手托翠柳的下巴，要与她亲嘴。翠柳紧张得浑身发抖，正在擦桌子的手不小心将茶碗碰掉，摔个粉碎。

额夫人其实没走，在门侧盯着呢。此时，她扭身闪进屋，大骂额尔图："你就是一条狗，永远改不了吃屎的毛病！你以为官大就可以为所欲为？要把你褫籍为民，还不是我一句话的事！"

额尔图没敢吭声，灰溜溜地逃了出去。

额夫人两眼瞪着翠柳。翠柳吓得急忙跪地磕头，轻声哭泣。

"干你的事去吧。要记住规矩！"

翠柳谢恩后起身离去。

额夫人满胸醋意未尽，有意将翠柳赶出府第了事，可又觉得不妥。那个色鬼既盯上了她，便会设法将她弄到手的，赶出去岂不正好成全了他？若继续留在身边，又得多操多少心，处处防他多累呀。再说，老虎还有打盹的时候呢，倘若有个闪失，岂不更糟？额夫人想来想去，一股恶念直向翠柳的双眼谋划去。

你不就是喜欢她那两只眸子吗？好！我给你挖下来，让你看个够！

额夫人真的付诸行动，喊来凶残的打手，赏他百两白银，又唤来翠柳姑娘。这位天真漂亮的少女，在一阵凄惨万分的哀号声中，永远失去了光明……

啊！人间的罪恶莫过于此了。

“善有善报，恶有恶报”，只是来得有早有迟而已。翠柳的父亲，那位一直默默无闻只知闷头养马的郭老汉，那位只把事看在眼里从不多说的郭老汉，那位老实得有时让人觉得你随便骂他一声踢他一脚，他最多回头看你一眼的郭老汉，竟能干出惊天动地的大事。在一个赤日炎炎的午后，众人午休，到处静谧无声，唯烤人的阳光有嗞嗞的燃烧声。郭老汉悠闲地进入二门，穿过垂花门，跨过流着涎水打瞌睡的当班女仆，直奔正厅。来到额夫人面前，他从腰间拔出尖刀，想着往哪儿戳合适。想了半天，觉得还是该取那两只眼。尖刀举起，离眼还有一寸多远时，又停住了。善良的他觉得这样不好，额夫人会疼得大喊大叫，把别人吵醒，弄得众人都愣愣怔怔睡不好，多烦人，干脆来个没声儿的吧。他主意拿定，尖刀便对准了她的心窝……然后才对准眼窝……之后，他又悠闲地按原路走回。

这位天下第一妒妇，这位张口闭口“我是爱新觉罗氏，天下都是我家的，我怕谁”的狂妇，活着时还真没想过自己竟被低低在下的养马奴才给一刀戳了。

额尔图万没想到家中连连出现血腥之灾。不过，监控自己数十年的妒妇丑妻，其实他早就厌烦乃至厌恶。额夫人婚前在王府里是履亲王的宝贝，只因她性情暴烈又很丑陋，婚嫁颇费周折，后来不得已才屈嫁额尔图。这也是履亲王更加溺爱她，千方百计补偿额尔图，并惯纵她的缘故。这一次，额尔图暗喜之余也非常担心，怕履亲王以后不再关照他。

北河总督署衙设在山东济宁，负责辖区内各河道水利修缮疏通等事项。因上方催逼上任甚急，额尔图草草料理一下家事，反复叮嘱巴吉达一番，便匆匆奔任上去。

此次额尔图没让我跟随他去，也最终没保举我为从五品同知。他已经恨上了我。

二十一章　清官实难做

大名府知府额尔图升迁后，知府一职空缺时间不长，便有新官补上来。听说新知府叫鄂比时，我惊喜不已，心想，又和老同窗老朋友凑到一块儿了。高兴之余又觉得未必是真，天下人同名同姓可是常见的事。

知府到任那天，正是三伏酷暑季节，太阳铮亮，万里无云，一丝风没有。府衙内及各州县大小官员齐聚府衙门前，准备迎接新知府的到来。

众官员一个个官服顶子齐整，在刺目烤人的阳光下不住地溜达。有耐不住热的，便去远处的树下和房檐下纳凉。

此鄂比是否便是彼鄂比？这一问号总在我眼前转悠，思念旧友的心情也越来越重。此时此刻，我迫切希望马上见到鄂比，与他以酒叙旧，让他滔滔不绝地笑谈分手后的趣事。我当然要告诉他我与香玉的幸与不幸。我着急地等待着，在烈日下来回踱步，一会儿便要抹掉一次脸上的汗珠。

鸣锣开道之声从远处传来，这说明新任知府即刻就到。远处纳凉的官员都小跑着朝衙门口聚来。我认定来者必是好友鄂比，便急不可耐想首先见到他。我离开众官员，跑步迎上前去。我的失态令众官员议论纷纷，一时间说什么的都有。

我只想先见到鄂比，给他来个惊喜，别的无暇顾及。倘若不是，也就罢了。官轿将至，我迎上前去，将写有“州同曹霑叩见”的手本递给官差，求他禀告。哪知，官差将手本递进轿子，很快就传出话说“不见”。

面对擦身而过的轿子，我顿时心灰意冷，真是空欢喜一场，此鄂比果然不是彼鄂比。本来嘛，哪有那么巧的事，鄂比能与我同地为官？又转念一想，不对，也许鄂比已变，不念旧情，讲起官阶等级来。我心乱如麻，恨不得立刻弄个明白。

知府进入衙内，外面大小官员开始依次进见。差官按表上顺序念名，我当数第一，可差官却没念我。我忍不住上前提示差官，差官却闻若未闻，毫不理睬。我顿时暴躁起来，再加天热难耐，大汗淋漓，后背很快湿透。

大小官员进见完毕，只剩我一人时，差官才恭敬地说："曹老爷，请吧！"

我愤愤地看他一眼，用手指抹下脸上的汗珠，使劲一甩，然后略整衣冠，手捧履历，疾步如飞，奔入大堂。

"哈哈哈哈！好一个曹雪芹，你那以往的狂劲哪里去了？如今怎么变得这样庸俗不堪，竟如此毕恭毕敬地见我。来人！把曹二爷的狗皮扒掉，快在后院凉爽处摆酒！我今日遇见贵人了，要喝个痛快！"

我抬头向大堂上望去，哈哈！果然是鄂比，大脑门，厚嘴唇。他一边快速脱袍，一边甩靴，三下五除二，便只剩裤头衩衣。

差人来扒我的"狗皮"，我岂用他们，这有何难，脱官服的动作比鄂比还潇洒。我高兴地跑上前，将鄂比抱起，放下；鄂比又将我抱起，放下。

府衙后院有一排高大的葡萄架，是夏天乘凉的极好去处，在这里把酒话旧，更是妙不可言。我与鄂比乐不可支，双双合不拢嘴。

我说："老兄，你可是把我整苦了，让我无故多出那么多汗。"

鄂比说："老弟，你可是把我想疯了。在京城找你没能见，后来听说你居然在我的府衙当差，把我乐得当时就蹦了起来。一路上，我早想好给你这个见面礼。"

"你去京城了？"

"啧，不进京城活动，如何从知州升为知府？"

酒菜端上后，差役拿酒壶斟酒。鄂比一把夺过："你退下吃酒去吧，我来！”

鄂比亲自把盏。我们先干了一海碗。

“说来是个笑话，我当知府纯属无奈。不是我无奈，是庄亲王允禄无奈。”

“哦？有点意思，庄亲王为何无奈？”

“你听我说。为升迁一事，我父早就暗中活动。这次进京，我父带我去拜见庄亲王，为的是让庄亲王加深印象。我父在行叩拜礼时，王爷也回礼。此时不巧得很，我父官帽上的顶珠突然挂住王爷脖子上的朝珠。我父不知，起身时过猛，竟将王爷的朝珠线拉断，顿时珠撒满地。王爷平时忌讳颇多，怀疑此是不祥之兆，十分气恼。我和父亲急忙跪地磕头谢罪，方算罢了。”

“后来又是如何？”

“后来，我和父亲都认为，出如此败兴之事，依靠庄亲王升迁再也没有希望。哪知，三天以后，我竟被告知圣上已恩准我为大名知府。我们父子都十分纳罕。后来听知情人说，次日早朝时，皇上问庄亲王，正值汛期，北河不可一日无总督，那个额尔图可曾到任？庄亲王回答已经到任。皇上又问，如此大名府缺出，须尽快选能员补上。你以为何人能胜任？庄亲王因朝珠一事还在生气，一时竟将诸多请托行贿之人全忘，良久不语。皇上见状，颇有怒意。庄亲王越急，越想不出别人的名字，只记得毁他朝珠者之子鄂比。因怕皇上怪罪，无奈之下，这位王爷便举荐了我这个可恨的鄂比。”

“哈哈哈哈！鄂兄真是大造化，竟能因祸得福。”

鄂比却说：“别闹了，这样当上的官，还当得长？不知哪天，说不定就祸从天降。来！且不管它，诗酒趁年华，再干这一碗！”

众官员一个个官服顶子齐整，在另一处吃酒。他们闻听我与新任知府原来是旧交加同窗，这才明白我独自远迎之意，也都表示庆贺。

影之歌说：“您这位好友鄂比靠花钱买的官，居然能买到知府的位子。按知府与现今的官位比，应该是市委书记了。”

曹雪芹解释道：“那时朝廷卖官最高只能卖到知府一级，如果卖得更高，鄂比之父肯定还能向高处买，因为他有的是银子。权重位高者私下卖官现象也有，比如四川知府程如丝花白银6万两、黄金900两贿赂四川巡抚，买得四川按察使一衔。这就是私下交易了，卖官的钱没进国库，而是进入了高官私囊。”

“按察使是什么职务？”

“就是管理一省的刑事诉讼。”

“哦，那就是现今的省级法院院长了。”

曹雪芹说：“其实，中国历史上从秦汉开始就有卖官鬻爵，到清代仍然有。不过，大多都是朝廷在卖，为的是弥补国库亏空。那不叫卖官鬻爵，叫捐纳，鄂比就是他父亲给他捐的官。我的父辈们几乎都捐过官职。不过，也有像四川巡抚那样胆大妄为的贪官私卖官职，将银子装进自己的私囊。据我所知，明朝的大奸臣严嵩就很疯狂。他不是靠科举取士得到的升迁，也是买的官，得势后便狂贪聚敛。官无大小，皆有定价，文官、州判300两，郎中、主事3000两，后又猛增至13000两。他在职数年，不知卖了多少官位。获罪后，竟从他家抄出3万多两黄金，200多万两白银，其他珍宝、字画、房产都多得惊人。”

影之歌说：“卖官的事绝对不是好事，不管是朝廷卖官还是奸臣贪官卖官都不可取，因为买官卖官之风猖獗后，就使一些只有财富却没有管理才能和公德的人充斥官场，结果必然会带来一片混乱。若被贪赃枉法者、平庸糊涂者和酒囊饭袋们掌握了各级政府的权力，那可真要国将不国了。”

曹雪芹叹道：“你说得对，若把买官视作牟利手段，权到手后自然想的是如何大发财源，疯狂聚敛，买官的人谁能去想‘治国平天下’为百姓谋福利的事？好在那个时代已经过去，卖官鬻爵的事估计现今已经绝种。”

是晚，我们彻夜长谈。鄂比干脆留我同床共眠，问长问短，问阿芳，问香玉，当然也忘不了问万人迷。万人迷与巴兰泰亲近的事我当然不能说。鄂比听说我与香玉已结为夫妻，高兴得击掌喝彩，忽又咬耳用我听着都费劲的声音说："香玉本该是皇上的人，你小子竟敢夺皇上的爱妃，该当何罪呀！"

我笑道："这个账可算不清，应该说是圣上要夺我之爱吧。"

"不对，是你夺他之爱。"鄂比又悄声说，"别忘了，香玉是待选在先，你可是插手在后。"

我点头大笑。

鄂比叹道："香玉实在是万幸。若真成嫔妃，皇上这一驾崩，你说她这一辈子算什么！"

鄂比说他的家眷过几日便从山西迁来，他让我把香玉也接到大名，两人的家眷在一块儿，多好啊。我说："我早就有将香玉接来之意。原知府额尔图也是同意了的，后来他嫌我不为他卖力，便把我冷淡起来，一直没办。"

鄂比骂道："这种狗官！我一听就有气，狗仗人势欺人，再怎么威风也还是狗！这种人，迟早要得报应。雪芹，你明日就进京去接香玉。"

次日辰时，我正准备进京去接香玉，突然有人击鼓喊冤。我是分管缉捕审案的官员，鼓声便是令，我急忙奔大堂而去。哪知，鄂比比我的行动还快，早已走在前头，两手还在不停地整理衣帽。

升堂以后，喊冤人被传进。我一看，却是巴吉达命案的胡家村原告。这个案子我昨晚已向鄂比说清，此时又悄悄点给了鄂比。

"喊冤之人姓什名谁？家住哪里？状告何人？有何冤情快细细说来！"

告状人喊了一声"青天大老爷在上"，一一回禀清楚，又将状纸呈上，然后哭诉自己的告状历程。因告状弄得倾家荡产不说，独生子铁柱被巴吉达打死，还要落个断子绝孙。告状人最后说："大清还是有王法的，我就不信天下一个清官也没有，要是真的没有，还要这王法做什么？"

鄂比闻言二眉倒立，将惊堂木一拍，厉声道："大胆！不可胡言乱语，污蔑天朝官员。贪赃枉法的狗官能有几个？为民做主的清官还是多的。我不管你以前曾经告到哪里，今日你既到我府衙喊冤，我就为你做主，从头审理。不管他是谁，本官定会秉公执法，非审个水落石出不可！"

大堂外挤满了人，都想看新官如何审案。众人闻听此言，齐声喝彩叫好。

鄂比更加正言厉色，当场便命巡检官，带领捕快将巴吉达抓来。

退堂以后，我埋怨鄂比说："你这倔头，是新官上任三把火吧？你在百姓面前夸下海口，日后若不能兑现，那还有何面目坐这把交椅？"

鄂比把手一挥，不以为然："我都想了。你昨晚不是说巴吉达每日仍在大名府大摇大摆招摇过市吗？我这是用的突击之法，趁他麻痹大意，将他抓捕归案，然后快速取证，白纸黑字，铁板钉钉后，将他关进大牢，随后将案卷呈送总督署衙。你说，到那时，上方还有何话说？便是履亲王也不能明摆着对抗大清律法吧？"

我听罢鄂比的周密安排，只是莞尔一笑，顺口说："这种争斗既需要权，又需要钱，常常又是不在明里，只在暗中操作。在你毫不知情的时候，事情就已经变了。鄂兄，你这精神可嘉，只怕很难会有圆满结局。"

"你给我泼冷水？"

"不是泼冷水，我是要帮你把这事考虑周全，把意想不到的尽量想到。"

"想得那么多，看得那么远，你就不嫌自己婆婆妈妈？我可受不了！让我当这个鸟官，我就这么干，不让我当，卷铺盖卷儿回家。我可不愿受这份窝囊罪！”

我听罢哈哈大笑：“鄂兄呀鄂兄，你我都不是当官的材料，没有当官的本事，只怕都干不长久。”

鄂比冲我瞪起眼睛：“当官该有什么本事？你说！”

“哈哈，你一生气便仪表堂堂，堪称天下第一美男。你先别急，听我说。当官首先要会阿谀奉承，逢迎拍马，你会吗？”

“官场上此种人是不少，但也并不是都如此。”

“当官要学会向上送礼，要随时看上方的脸色行事，你会吗？”

“怎么不会，庄亲王那儿我不是去过吗？这事理所当然，人人皆知，大家都干，无人怪罪。”

“非也，鄙人就不干。当官还要有一种本事，便是心里想的什么，嘴上不说什么。”

“嗨！那是阳奉阴违，口是心非，岂不要活活别扭杀人！还是那句话，我宁可不干这个鸟官，也不受那份窝囊气！”

这时，有捕快气喘吁吁地跑回禀告，说巴吉达已经乘快马出东门而去。巡检官率众捕快备马追赶去了。

鄂比闻言，气得呀呀怪叫，问是何人为巴吉达通的风，报的信。

我说：“他的闲散随从很多。只怕你刚才下令抓捕他的声音没落，他在大堂外旁听的眼线就已经跑回报信去了。”

鄂比问我往下如何是好。我分析说：“巴吉达不出北门而出东门，估计他是往山东济宁投奔他爹额尔图去了。主犯在逃，此案只能搁置，哪有什么良策。你所能做到的，也只是以大名知府的名义再下一份海捕文书而已。”

鄂比愤愤地说：“这个狡猾的东西，逃得真快！唉，为时已晚，只怕巡检官追不上他了。”

捕快们追了上百里，追至山东境内，无果，只好怏怏返回。

几天以后，北河总督额尔图差人求见鄂比，送上密信一封，白银千两。

鄂比看罢信冷笑道："哼！额尔图又是恐吓又是收买，软硬兼施，真无耻！唉，可惜，太可惜！居然让这个达吉巴溜了号。"

我笑道："你喊他什么？"

"达吉巴。"

我哈哈大笑不止。

鄂比恍然大悟，也狂笑起来。

面对额尔图的密信和千两白银，鄂比征求我的意见，下一步该怎么办。我略想一下，说："既已打草惊蛇，使巴吉达逃脱，再想抓他已不可能。抓得急了，他再进京躲进履亲王府，便更加难办。这案子若放在会做官的人手里，正好顺水推舟，说疑犯在逃，无法审理，用一个'拖'字拖下去，既得银子，又落人情，百姓那里也无话可说，还省得操心费力。只是你我都不会做这样的官，就难办了。"

鄂比瞪眼说："再无别的好办法？你这个饱才多学之人关键时刻怎就变得又呆又傻呢？三个臭皮匠，还顶一个诸葛亮呢，你我两个咸安宫官学才子，又是朝廷命官，难道就斗不过一个达吉巴？"

我忍不住笑道："要想斗过他，也容易，只是要舍得付出代价才行。"

"你说，什么样的代价。"

"你须先受一些委屈。"

"哦？如何受法？"

"这个，先不能泄露。你只听我安排，让你怎么做，你就怎么做。不出一个月，保你逮住巴吉达。"

鄂比手摸下巴："你是不是要捉弄我？"

"此是大事，岂能儿戏？别忘了你对大名百姓的承诺。"

"我也是一府之主，你总该让我知道如何做法吧！"

我略一思索，说："好吧，就告诉你四个字。"随即在他掌上写出。

鄂比茫然，却点了一下头。

按照我的安排，鄂比传来原告，升堂问案。大堂之上，却没有被告。

鄂比当堂宣称："胡家村铁柱人命一案，经本官查问取证，实是铁柱有错在先，男扮女装擅入知府内宅，因调戏巴吉达之妹而发生斗殴，在斗殴中误伤致死。此是实情。本官因虑及铁柱儿已亡，给家中带来巨大损失，特命巴吉达赔银五百两，原告拿回家去做补偿之资吧！此案既结，以后不准原告再告。"

鄂比话音刚落，大堂之外的观者便哄声四起，议论纷纷。

我偷眼看鄂比，只见他满面通红，汗水下流，像偷汉子的女人被人抓住一样。

之后，我又派人四处散播谣言，说巴吉达送给鄂比贿银千两，鄂比只给原告五百两，剩下的全被他独吞。一时间，鄂比成为众矢之的，大名城内外到处骂声不绝，说什么"官官相护"，说什么"这是要官逼民反"。有人将听来的话报告鄂比，鄂比气得暴跳如雷，说他从未受过这种屈辱。

我抿嘴一笑，提醒他："不要忘记那四个字。要知道，能持者才能取胜。"

又过一段时间，我放出的密探回报说，巴吉达已经回到大名，并得意地向家中人炫耀，说当官者没有不爱银子的，说没有他摆不平的事情。

巴吉达此次来是要把家眷搬到济宁去，那边一切已安置好。

巴吉达又出现在街市上，那摇摇晃晃的得意样，是对大名百姓的侮辱，是对大清王法的嘲弄，更是骄横傲慢的狂叫！

我开始下达出击令：一定要在大街闹市处抓捕巴吉达，一定要让巴吉达在大庭广众面前威风扫地！

这时，掐指算来还不满一个月。

鄂比长出一口气说："你这'引蛇出洞'的计策果然不错。你怎么就知道他会出来？"

我笑说："孙子兵法曰，'知彼知己，百战不殆'。我深知巴吉达，他依仗权势目空一切骄横惯了，不会把你这知府小官放在眼里。他认为你被吓住被收买是必然的，因此信以为真，也是应了'骄兵必败'的古语。"

巴吉达是在大街上招摇过市时被抓的。巡捕扑上去时，他仍不服，及至镣铐上身，还在狂妄叫喊："我姥爷是履亲王！我姥爷是履亲王！"

巡捕们哄笑着说："新任知府不知道你跟履亲王的关系，到大堂上去跟知府老爷说去吧！"

因额尔图调离大名，巴吉达又被逮捕，人们的顾虑大大减少，因此，取证进展顺利。只可惜目睹巴吉达喝令家丁打人致死的郭老汉已不在人世，我又费些周折，从女婢处得到证实。

女婢荷花与翠柳感情甚好。翠柳的双眼被额夫人命人挖出后，荷花恨透了额夫人，黑夜里不知为翠柳哭过多少回。那天午时郭老汉去杀额夫人，荷花说她是看见了的，但她假装瞌睡，没吱声，让郭老汉顺利地为女儿报了仇。

证人证词都整得明确无误，重新审理的时机已经成熟，鄂比令传唤原告及所有证人到衙，升堂审理。

那天，大堂外观望的人黑压压一大片，谁不想亲眼看看如何处置巴吉达？

鄂比雄赳赳气昂昂地走进大堂，命衙役将被告巴吉达押上堂来。

巴吉达被押上来时，挺胸昂首，毫不服气。

鄂比慢条斯理戏谑地问："下面的嫌犯可是达吉巴？"

"你才是大……"

两班衙役手握大棒，齐喊堂威，吓得巴吉达不敢再往下说。

大堂之外一片哄笑声。

鄂比一拍惊堂木："你既是疑犯巴吉达，见到本官为何不跪！"

"履亲王是我姥爷！我是皇亲国戚，你是什么东西？不说给我下跪，还让我给你下跪？”

鄂比气得二眉倒竖，两眼瞪到最大最圆，把手中惊堂木拍得更响：“来人！把这个目无王法的无赖之徒按倒，先打二十大板再说话！”

两旁衙役慌得像抢财宝似的，蜂拥而上，将巴吉达按倒在地，大板便以雷霆万钧之势，一下比一下落得实在。衙役们早就恨透了巴吉达，今日难得有此机会，再加观者有不少人喊“使劲打”，那大板越发意气风发，一板比平时的两板不逊色，直打得巴吉达哭爹喊娘。巴吉达再也不敢抗硬，再也不喊履亲王是他姥爷。

这二十板使巴吉达威风扫地，往下的事便得以顺利进行。因有人在旁佐证，巴吉达不得不将强抢少女打扮的铁柱直至打死的事承认下来，并在录供上画押。

鄂比在大堂上得意忘形，说：“杀人偿命欠债还钱，这是永恒不变至高无上的真理，岂是你姥爷叫履亲王便能免了的！”当即下令押入大牢，将审理案宗据实速报上峰，呈请秋后问斩。

大堂内外立刻爆发一片欢呼声。

哪知事情并不如愿。总督府突然下来批文，命立即将巴吉达押送总督府衙，由按察使复审。

一看这个批文，我痛惜地叹道：“完了，果然不出我所料。你我不惧丢官，可有人惧怕。巴吉达这一提走，便会把死罪化为乌有，重新放出。此事还不算完，咱们与他结下冤仇，日后只怕要有麻烦。”

鄂比怒气难消，跺着脚骂道：“这是逼咱们当混饭吃的庸官！不做事，或者只为他们做事，昧着良心欺压百姓，才能升官发财！老百姓骂得好哇，贪赃枉法的官都是狗官，该骂！唉，咱们一心一意不当狗官，可是，你看成吗？我真恨不得立刻脱掉这身狗皮，省得脸烧心跳，寝食不安！”

我笑道：“先别急，当一天和尚只管去撞你的钟，还是等着别人来脱这身狗皮吧！”

额尔图前来大名搬迁家眷。曾经出面作证的女婢荷花和两个家丁害怕报复，不敢随往。家丁逃之夭夭，荷花却跑进知府衙门寻求保命。额尔图派管家前来要人，性情刚烈的荷花却以死相拼，头向墙上猛力撞去，头破血流。

鄂比性急起来，冲管家说："你非要她去，为的是什么？你心里清楚。荷花宁可死在外面，也不愿死在额家，你也是看见了的。我这里还有你府上送来的五百两银子，你拿回去，权作为荷花赎身之费，从此两清，不要再来讨人。"

然而，从此却是两不清。额尔图一纸状子告上去，轻而易举地扒掉了鄂比的"狗皮"。无疑我也受到牵连，说我行为不端，常诋毁时政，在新任知府面前煽风点火，出坏主意。为此，我也丢了官。

回到京城后，我与鄂比才听说，是履亲王和直隶总督联合参奏，齐说庄亲王举荐的大名新任知府鄂比为收买人心，严刑逼供，强加罪名，制造冤狱，并以审案为由强占他人女婢。辅佐官员曹霑心术不正，狡计常出。二人常针砭时弊，出言不逊，实在有负皇上恩典。为此，庄亲王也遭到斥责，皇上怪罪他失察，有误荐之过。庄亲王又气又恨，受此冤气，却无话可说。

哈，清官真是难做啊！

无官一身轻，倒也十分惬意。我终于有了足够的时间陪伴香玉，更有暇聚会旧友，谈诗论画了。

香玉的病虽说已经大好，但咳嗽依旧，似已形成老病根，十分顽固。任凭怎样服药静养，这老根儿也拔不掉，七情六欲全禁不住，生一点儿气着一点儿急就咳嗽，便是高兴起来哈哈笑几声，也要咳嗽上一阵子。为此，我加着十分的小心。为防止有时忘情，将外面的喜怒情绪带进家门，我特写"静斋"二字贴在迎面的墙上，以示警醒。

我对香玉无微不至的关爱，使她感到特别幸福。她常常依偎在我的怀里，用我的辫子在她脖子上缠一圈，然后再去摆弄辫梢，在她手指上绕来绕去。她常从拇指开绕，一个一个地绕下去，绕尽十指，又一个一个地绕回来。

一个月圆如镜的夜晚，我们坐在花园石舫的椅子上，香玉又依偎在我怀里。我双手紧紧搂着香玉，边哼小曲边赏月。

“你知道吗？在宫里时，也是这样一个圆圆的月亮之夜，我隔窗望着遥远的夜空，多么希望月神能当我们的传话人。我明白，那是妄想。就在那一瞬间，我想起了赵公公，决定求他为咱们传话。也就在那时候，那首诗便喷涌而出了。”

有水滴落在我手上。我知道，那是香玉的幸福之泪。我轻轻地，充满深情地念道：“每日思君不见君，唯有玉佩带余温。君知勇送忠诚胆，侬定报还赤色心……怎么样，我没记错吧？我的娇妻真是一个才女！”

香玉未答，突然转过身来，两手抱住我的脖子，在我脸上使劲吻了一下，然后将脸贴在我胸前，轻轻地说：“你是情郎，我是痴女，这世上再没有比咱们更幸福的了。幸福全凭感觉，越是来之不易，其味道才会越浓烈。”

我紧紧抱住娇妻，将脸贴在她的脸颊上，只觉得她的脸颊滚烫灼人。我耐不住去亲吻她，火辣辣的浓情蜜意能将海水烧沸。香玉扛不住长时间的胶着，又咳嗽起来。我不得不如贪婪的蜜蜂一样，暂离了抖动的花蕊。

香玉甜甜地咳着，微笑着，温柔地说：“雪芹，你知道我此时在想什么吗？”

“我能看透你的心，岂能不知你在想什么？自然是在想最美好的。因为，苦难已经过去，那两个字已经不再属于咱。”

香玉拿过我的手，将我俩的手心相合，手指交叉，甜蜜地说：“我敢断言，宫内的皇后嫔妃成群结队，宫女更是多如星云，将她们的幸福都聚在一块儿，也不如我香玉一人的幸福多。看似荣华富贵，其实，她们很可怜，枉为了一回女人。”

“我们能有今日，多亏赵公公那些好友相助呢。”

“我们该谢谢他们才是，哪怕只备一杯薄酒，也算不忘相助之恩了。”

“我妻所言甚善。好，我就来筹划。”

二十二章　奢狂总督署

我赋闲在家时日不多，便由表哥福彭举荐，去工部当差。初时任内阁中书，负责抄写文告之类文案事务，无权无势，薪俸微薄，时人称此官为“冷官”。我干冷官约半年，才热起来。

那日，我因公务去见尚书大人。这是我初次有机会与工部尚书谋面。你猜他是谁？原来正是五年前我科举应试时遇到的那位主考官董大人。

董大人初见我时一愣，凝神观察片刻，突然想起，说：“你是壬子科顺天府举人曹雪芹？”

我急忙跪下请安：“董大人真是好记性，在下正是壬子科举人，姓曹名霑字雪芹。蒙董大人错爱，那次应试竟能中举，在下当终生感谢知遇之恩。”

董大人摆手说：“与我不必客气。那是你才能所至，理应所得。哈哈，至今我还记得你考卷中的那句话，真是字字珠玑呀：‘官场上俯仰无愧之人太少，考场里追求名利之辈太多。’这种实而又实之话，确而又确之言，人人皆知之事，却从来没人敢说过。就冲这句话，我早就认定你必是栋梁之才！”

自那次谋面后不久，我就被提拔重用，一步步直升到堂主事。我有预感，只要尽心尽力地在工部干下去，只要这位赏识我的董大人不调离，我在工部一定会有所作为。

那一年是乾隆二年。平郡王福彭也是官运亨通，福星高照之年。受乾隆帝重用，不仅提升为议政大臣，还兼管满洲火器营、正白旗满洲都统，并赏奉国将军世袭职。这一世职本应由福彭之子承袭，然而福彭为照顾弟弟福靖，奏请皇上愿将世职让给福靖。皇上准奏，福靖便在无半点功劳的情况下白得了一个奉国将军的世职，而且可以世代传袭下去。

我与香玉常去岳父家走走，为的是让香玉散心、高兴。成婚已有两年，香玉一直未孕，可见她的身体还是很虚弱。我希望她尽快健壮起来，生个胖娃娃，那样会使家庭更加温馨。岳父一家对我很好，每次去都是热情迎送。他们认为我有出息，给他们家带来了体面。

一日，霭哥领来一人，说是专程前来访我的。我一看，这不是老怡亲王之子贝勒爷弘昌吗？急忙向前施礼请安。弘昌直着腰板，只说句“免了”，便自己坐了上座。

皇家宗室的爵位分十个等级，依次为：亲王、郡王、贝勒、贝子、镇国公、辅国公、镇国将军一品、辅国将军二品等。其余不够级别的闲散宗室，也均有四品官衔，允束黄腰带，以示身份，俗称黄带子。一看此腰束，便知是宗室人员。

凡有爵位的宗室人员，不光位高权大，且俸银禄米也分享极多。亲王年奉一万两白银，郡王五千两，往下依次减半，至辅国公只有六百三十两。而不是皇家宗室的高官，如大学士及六部尚书，均为一品官阶，年俸银仅一百八十三两。我这个六品小官，年俸更少，是七十二两。禄米是按俸银配给，每一两银给五斗米。亲王禄米便是五千石，而一品官员仅九十余石。

皇家宗室的优厚待遇和优越特权，久而久之，使宗室子弟大多变得懒惰笨拙，庸懦无能，唯知花天酒地，恣意横行。有的甚至素性暴戾，横行不法。

弘昌便属后者。

早在雍正帝即位后不久，弘昌的父亲——老怡亲王允祥就上奏皇上，称长子弘昌性蠢，自小不服管教，恳请皇上允准他将弘昌圈禁在家以避祸。允祥逝世后，雍正帝命其小儿子弘晓袭封怡亲王爵位，又封次子弘皎为宁郡王，将弘昌解除圈禁，封为贝子。

贝子的年俸是一千二百五十两银，而弘昌眼见二弟拿五千两，三弟拿一万两，便总是怒气难消，经常出言不逊。乾隆登基后，大赦天下，弘昌也跟着沾了光，位升一级，成为贝勒，俸银禄米都增一倍。但弘昌仍愤愤不平。他认为，他是长子，亲王的爵位应由他承袭。

霁哥在怡亲王府当西宾时，对弘昌是敬而远之的，一直不敢跟他来往，唯恐招惹是非。不知今日为何凑到一块儿了。

弘昌与我客套几句后，便直言来意：“前日庄亲王去我府上，无意间看见壁上挂的画儿，看来看去，竟被你画的那张《骏马奔腾》图吸引住。王爷边看边称赞不已，说此人笔法奇特，造诣豪放大胆，把马画得通身是力，极有神韵，真有山川河流广袤大地容它不下，非如龙行空不可的架势。王爷连声说，好，真好。经王爷这一番评说，我倒也越看越好了。王爷既如此喜欢，我当时就要取下来奉送。王爷却说，若能让这个叫曹雪芹的另画一张最好，题款再加上几个字。我忙应承下来，说咱们两家有通家之谊，常来常往，此事不难办。雪芹，你给庄亲王画一张吧！”

霁哥问：“不知王爷还要添哪几个字。”

弘昌这才想起，从靴掖儿里掏出一张纸条，递给霁哥。霁哥看毕，眉宇间不觉皱了一下。我一看，见上写“壬戌之马，生翼飞天”，顿觉这八个字好，既生机勃勃，又气势宏大，配上那画，实在妙极。我很高兴，马上便答应下来。

弘昌噌地站起，手拍我的肩说：“好！雪芹为我办事这么爽快，我不会忘记你这个才子的。”

送走弘昌后，我发现霁哥仍是锁着眉，便问：“霁哥，有什么不妥？”

霁哥说：“你一向心细，怎么今日在关键大事上又粗起来了？那‘壬戌之马’，所指何人，你可曾想过？尤其‘生翼飞天’，所指为何？”

我恍然大悟，不觉倒吸一口凉气，暗自思忖，自语道：“难道贝勒爷要把这幅画赠给皇上？”

霧哥说：“我也想到了这一层。可细算了算，皇上生于己卯年，并非壬戌呀。”

我吃惊道：“那，壬戌之马，生翼飞天，谁当得起？这可是有大碍的事，若不弄清，这字如何写得！”

“若去问弘昌，壬戌所指是谁？那不是找骂去吗？再说，他是个糊涂人，肯定也不知道。去问王爷，那是更问不得的。”

“可是，我若照实将这八个字写上去，将来因它而起什么祸端就难料定了。”

霧哥叹口气：“不画不写也不行。弘昌那是个犯起脾气来六亲不认的主儿，咱得罪不起。庄亲王是顾命大臣，又主管内务府，咱们家都在他手底下吃这碗饭，更是不能得罪。若依我说，这壬戌之马爱是谁是谁，你只管画你的，那《骏马奔腾》图是没有错的。你照旧把那八个字写上，将这纸条暗藏起来，也许以后有用得着的时候。”

我点头说：“好，就听霧哥的，我再尽力模仿这笔体写上去。过一关说一关吧。”

自从画完那幅画以后，我心中就添了一块病，总觉得难以踏实下来。

到转年五月间，我这个小官竟被派上大用场，随二品官员左侍郎前往山东巡查运河总督署。临行前，霧哥跟我说：“庄亲王的生日眼看就到，我想送他一份厚礼，可一直苦无来路。听说凡河督大员都贪墨最甚，古玩最多。你若得方便，给我弄个奇物回来。”

我点头答应，心里却说，霧哥也学起钻营请托了。

巡查官员左侍郎率我们一行乘船沿运河南下，数日后便来到山东济宁。运河总督额尔图早就做好准备，率督府众官员前往运河岸边迎接。

我们乘坐的官船即将靠近码头时，衙役们便将“工部侍郎”的官衔牌高高举起。顿时，岸边迎接队伍中鼓乐齐鸣，迎宾曲欢畅地响起。

船刚靠岸，木板搭成的桥很快接上船来。额尔图率几个重要官员登上官船。这时，左侍郎才走出中仓，迎上前去。

“左大人一路辛苦！本官在此恭候多时了。”额尔图抢步向前施礼。

其他官员也都一一行礼道辛苦。

左大人边说“不敢当，不敢当”，边谦虚地向众官员一一还礼。

额尔图向左大人伸手一让：“请。”

左大人也回了一声请，正要与额尔图执手同行，额尔图却突然愣在那里。

“噫，这不是曹雪芹吗？”

我面带微笑，拱手请安：“下官曹雪芹拜见额大人。”

左大人惊讶地问：“原来你们认识？”

我看看额尔图，意思是让他回答。

额尔图果然不提任知州的事，只含糊地答道：“我们是老相识，老相识。雪芹，我们回头再叙话。”

左大人说：“雪芹现在部里任虞衡司堂主事。他可是尚书大人看重的红人，聪明干练，又才气横溢，前途无量啊！”

额尔图不自然地笑笑，扶左大人上了木板桥。

京杭大运河上最初只有一个督府衙门管理河政，后来因河运过于繁忙，水患的治理越来越繁重，朝廷不得不设南北两个督府衙门来分管大运河南北段的河政。这北河总督府衙十分气派，与南河督府有异曲同工之妙。门楼又高又大，仅石狮就有八尺多高，造型粗犷豪放，生动逼真。进门后有六进大院，一座座殿堂气势恢宏，真像秦汉时代的皇宫一般。东西两路各有偏房小院，房间之多不知凡几。若无紫禁城，这里当清宫也可胜任。

我心想，到底是“朝中有人好做官”，额尔图真是属孙猴儿的，一个跟斗云便从知州翻到了这儿。这小子会不会仍记前嫌？会不会寻机报复我？不管怎样，小心无大错，须处处防着他才是。

影之歌说：“额尔图犯那么多错，居然官越做越大，的确是因为有个履亲王岳父的缘故。中国讲究人情、亲情，如果只在互助、奉献层面上发挥作用，那该多么温馨美好，很容易给国人带来幸福感觉。然而，却总是走样，总是被私欲拉到邪路上去，结果‘任人唯亲’‘情大于法’的现象就泛滥成灾。”

曹雪芹说：“皇朝时代为何官员一见皇上就诚惶诚恐？因为皇权太厉害，说抄谁的家就抄谁的家，说要谁的命就能要谁的命，甚至可以满门抄斩，诛灭九族。皇上掌握着官员和百姓的生杀大权，这就是震慑力。”

影之歌说：“震慑力，这三个字厉害！现今社会好像就缺欠震慑力，犯罪成本低，使不法分子屡屡铤而走险。如能提高震慑力，让形形色色的贪官和犯罪分子想一想犯不起罪，不划算，他就自动打退堂鼓了。”

曹雪芹笑道：“说来说去，怎么又说到‘监管力度’了？可见这是问题的根本。影妹啊，我去北河总督额尔图那里，其实干的就是监管的活儿。你听听我是怎样监管额尔图的吧。”

中午，额尔图举行盛大欢迎宴会。他几乎把大小官员全聚了来，以示对左大人的盛情迎接。入座时，额尔图与左大人进入大厅中央摆放的贵宾坐席，其余官员全在厅外。额尔图又特命我与他同坐。我想，他是不是怕我向别人说出他的过去？或者，怕我打听他的现在？

午宴的奢侈程度令我吃惊，我岂止从未见过，便是在江宁织造时也从未听过。席间上一肉脯，额尔图让我们品尝，只觉味道极其鲜美，却难以说出是何肉。

额尔图哈哈笑道：“其实就是猪肉。只不过此猪肉非彼猪肉，咱们吃的猪肉，是一猪之精华皆聚于此盘也。”

左大人诧异地问：“哦？这是什么道理，如何能将一猪精华聚于此盘？”

额尔图兴奋起来：“其实不难。将活猪禁闭一室，令数人执棍驱赶，让猪奔突不停，直至累倒。这时，猪的全身精华全集中在背上，立即用刀割取背上肉条。然后趁鲜烹制，味道岂能不鲜美？”

左大人惊叹道：“真看不出，原来额大人对美食这么有研究！”

“哈哈哈！哪里，哪里。我不过受皇上隆恩，坐在了这享受的位子上。左大人，你说，若不及时享受，岂不枉费了大好时光！跟你说，左大人，精美奇特的佳肴还在后头呢！”

果然，又有新鲜菜端上。这一次左大人先不动筷了，非让额尔图说明其中的好处不可。

额尔图说：“这两个菜也是取其精华的。这红烧鹅掌，在鹅活着时把鹅装入铁笼悬起，下放火炭炙烤。鹅掌被烤疼，不得不飞跑碰撞，又一时不能停，至倒下时，全鹅精华正集于掌上，速取下两掌即可，而鹅肉就食之无味了。那一道菜是驼峰。选健壮骆驼，把它结结实实捆在柱子上，用沸水浇其背，骆驼疼痛难忍，驼峰抖动不已，瞬间死去。此时骆驼全身精华正集于驼峰，要快速割下，让名厨快速料理，就是这盘中之物了。来，快快品尝，趁热食用最鲜美。”

额尔图殷勤地为左大人劝酒布菜，并不时地关照我一回。

少顷，又一道菜上来。额尔图异常得意地说：“快快品尝，谁能说出这盘中之物到底是豆腐还是肉？”

左大人尝后说：“这分明是肉。只是这肉如此鲜嫩松软，入口直如豆腐一样，不知是何肉？额大人就别卖关子了，快说说这是物本自美，还是厨师之功吧！”

额尔图笑道：“其实，这是鸭肉，只是与别的鸭子在喂养上不同罢了。我这里有专门的喂鸭人，把绍兴酒坛去底，再把鸭子放入坛中，上口用泥封上，只留鸭脖伸出坛外，用油脂饭团填鸭，六七天鸭子就变得肥大起来，肉就鲜嫩的像豆腐一样了。”

左侍郎笑道：“好你个额大人，孔老夫子的话多着呢，你单把‘食不厌精，脍不厌细’记住了，且发挥得如此淋漓尽致。我该怎么评判你呀？”

额尔图打趣道：“民以食为天嘛，不吃好喝好，如何为朝廷效力？”

两位二品大员对笑起来。

正在劝让热闹时，杂役又搬来一个方桌，中间有圆孔。后面有人手执锁链，牵来一只猴子。那猴子被穿上绣花衣，人模猴样的也很入时。猴子两手紧紧抓住锁链，两只惊恐的圆眼不住地观望每一个人，浑身颤抖着好像很冷。

左大人一看，急问：“是不是要吃猴脑？”

额尔图笑道：“看来，左大人曾经吃过，一看就明白了。”

左大人急忙摇头摆手：“额大人，这道菜就免了吧！本官实在消受不起。就是让我看，都不忍心看下去。快退下，快退下！”

额尔图哈哈大笑：“原来左大人还是个心慈手软的活菩萨。哈哈！这猴子若是懂事的，该过来给你行谢礼才是。”

我好奇地问：“二位大人，小官见识太少，不知这猴脑是怎么个吃法，可否说与我听听？”

左大人说：“只怕我一说，你这一辈子也不敢想再吃它。你没见那方桌上有个圆孔？将猴头卡进圆孔，随后用刀剃净猴毛，活剥头皮，猴哀号声极惨。单听那声音，不光猴脑没法吃，便是别的菜，味道再美也咽不下去了。就在猴子哀号时，又以沸水浇其头顶，用铁锥锥破头骨，锥出小洞，用银勺进去探挖。你想，这样的吃法，如何吃得？太残忍，发明吃猴脑的人，不是魔鬼，也是魔鬼的子孙！”

额尔图取笑左大人说：“你这心肠，正该入佛门才对，最起码你当不了武官，领不得兵，打不得仗。”

左大人显然已没了食欲，手中的筷子业已放下。

“哎哎！左大人，别撂筷呀，一共四十道菜，这才刚上十几道。”

不知是真是假，左大人打起饱嗝儿来。

额尔图笑道：“既然如此，就请内室用茶吧。雪芹，你也过来。”

进入内室坐定，女仆摆上香茶，额尔图说：“左大人，我有一物，甚爱，可又不好独享。今先献出一看，若左大人喜欢，我愿忍痛割爱。”

“哦？是何宝物，我得一睹便可，怎能夺额大人所爱？”

额尔图将手一拍，墙上忽有一个暗门启动，内里姗姗走出一个美貌裸女，竟是一丝不挂。走几步停在那里，微微含笑。

左大人惊得坐直身子，手指额尔图结巴起来：“额大人，你……你你……”

我也被弄得面红耳赤，心跳口干，再不敢正视裸女。

额尔图哈哈笑道：“何必如此，男人嘛，就是需要这个。其实，你们都没看真，这是个假人，木头的，真正一个玩意儿，只是太精细罢了。”

额尔图将裸女扭过身子，原来后背设有机关，只要搬动机关，裸女就向前走。

额尔图说：“知道三国诸葛亮的木牛流马吗？我就是找能工巧匠，仿木牛流马做成的。”

左大人叹道：“你呀！你呀！为何只将心思放在这上头。”

额尔图满不在乎：“左大人嘴下留情，我拿着朝廷的俸禄，岂能不为朝廷做事？这是公务之余做的小玩意，也是为了让你开心，‘行乐须及春’嘛！雪芹，这是哪位诗人的诗句？我听你说过的。”

我微笑道：“额大人好记性，还记得这句诗。这是唐朝诗仙李白的诗句。李白在月光下独自饮酒，突发奇想，邀月亮和身影同饮同乐，因此有‘暂伴月将影，行乐须及春’的诗句。额大人竟在这里用上了。”

额尔图笑道：“都是及时行乐嘛！不怕左大人笑话，雪芹是知道的，我那原配夫人何等刁钻厉害，把我管束得严之又严，与别的女子说一句话，甚至看一眼，她都要暴跳如雷。哼！堪称天下第一妒妇。她因妒而丧命，我还不像开了锁的猴子一样，好不容易自由了，好好乐呵乐呵？我趁宝刀未老的有生之年，要把耽误的时光抢回来，也就不算虚度此生了。咳！话题已经扯远。左大人，这裸女虽是我心爱之物，只要左大人说一声要，我额尔图一定在所不惜！”

左侍郎只是微微含笑，未置可否。

额尔图喊一声：“来人！将这女子用木箱打点好。”

杂役答应着，将木裸女搬了出去。

左大人这才阻拦说：“万万不可！开个玩笑尚可，这物儿我岂能真要！额大人，你我都是朝廷命官，公务大于一切，可不能只在吃喝玩乐上下功夫。”

“左大人言重了。你我都是二品官员，岂有不知‘国家社稷’四字的？劳逸要结合，松紧要有度嘛！便是皇帝早朝，也有退朝时嘛！你们鞍马劳顿已经乏了，今日好好养精蓄锐，明日正经议事，也是理所当然的嘛！”

左大人笑道：“额大人既然已有安排，就悉听尊便吧！”

额尔图又说：“我还有心爱之物，想请左大人赐教。左大人肯赏光么？”

左侍郎一拱手：“赐教不敢，我倒愿意长长见识。”

额尔图击掌两声，内室门开启，从里面走出两个美女，各自手捧一只锦盒，锦盒用黄缎遮盖着。美女来到左大人面前，双双跪地，将锦盒举起。

额尔图殷勤地说：“左大人，请！”

左侍郎用手掀起黄缎。

我也凑上去观看，原来玻璃罩内，各有关东貂鼠一只。那貂鼠极小，因小而显得特别可爱，小精灵正向左大人拱手施礼呢。我不由得连连称奇。

左侍郎高兴得哈哈大笑道："真是有钱能使鬼推磨，这小玩意竟也被你弄得可随意指使。额大人，我真要夺你之爱了。"

"左大人，何以说如此见外之话。拿去，尽管拿去！能让左大人多些乐趣，我也高兴。"

我想起霑哥的嘱托，心想，这小玩意要是能归霑哥，他定会十分满意。

额尔图又有新节目，让美女跳起舞来。乐班不知何时已经进来。不知是舞随了乐曲，还是乐曲随了舞，只觉得曲柔舞更柔，音美人更美。在这特定的靡靡气氛中，舞女却显得十分神圣。此时我才看清，舞女穿的是价格昂贵的轻烟罗裙和蝉翼纱披袖，通体透明，行如裸露。那上上下下该高该低的形体曲线，展现无余。随着柔美舞姿的变化，舞女时而如游龙，时而如飞凤，那随意自然的洒脱，使我觉得她们体内似没有骨架的约束一般。舞女一会儿像嫦娥奔月，一会儿像女娲补天，一会儿又如天空中信马由缰的彩云。总而言之，我已把她看成神，不愿意她再是人，再是那没有自由的舞女，额尔图手中的玩物。

然而，事与愿违，额尔图让两个舞女去陪左侍郎。额尔图夸耀道："这两个女子堪称绝色佳人了，论容貌，论身段，论舞姿，论歌喉，在我府内众多女子中算是魁首。我这府内有戏班，每年都从苏州买进十名美女。哈哈，也是为巡查大吏过往官员方便嘛！"

左侍郎开始打哈欠，显示出乏倦之意。

额尔图会意，便命两舞女："去陪左大人歇息。一定要小心伺候。"

两美女答应着，搀扶左侍郎朝内室而去。望着女子的背影，我心中一片茫然。额尔图与我说话，我也不知道，只是自言自语：

恸悼花残悲两枝，红消香断迫人痴。

流红暗叹秋风劲，败在署衙有谁知。

额尔图推我一把："雪芹，又发什么痴呆！哈哈，那两个美女把你迷住了，是不是有了醋意？跟你说，我这里别的没有，就是银子多，美女多。我也给你备着呢，准让你一看就满意。要干就动真格的，净弄那些诗呀词呀花呀爱的有何用？只要你高兴，我一夜给你换一个新娘，怎么样？"

我冷笑道："额大人，人并非都如你想象的那样。我吟诵诗句，只是想一舒胸中闷气。这气既不是气你额大人，也不是气左大人，只是一股无名怒气。造物主既造出那么灵秀美妙的人儿来，为何不给她们自由幸福，却非让她们落难为娼妓优伶不可？非让她们饱受摧残不得欢颜？"

"你为舞女鸣不平？哈哈哈！说你痴你就越发痴起来了。天下娼优遍地都是，你管得过来吗？别再傻啦！走吧，跟我去西厅戏班转转，选你中意的小妞。看上哪一个，用手指一下便可。"

我谢绝了额尔图的美意。我知道，额尔图如此安排无非是在收买，先让巡查官员与他同流合污，在随后的巡查过程中再与他一个鼻孔出气，最终达到逃避真查的目的。

很显然，我的谢绝使额尔图放心不下。额尔图说："你还是那么犟筋。古语真不错，山河易改，本性难移。自恃清高，除了给自己找麻烦，难道还有别的好处吗？你既拒绝美色，我就带你到另一处所去走走。"

额尔图拉我，我只好跟随。心中在嘀咕，这会是一个什么处所？

在中路第三进院子穿堂的东侧，额尔图命管家打开储藏室的门，引我进去观赏。原来，这里珍藏着很多奇宝古玩，数量之多，是我从未见过的。当年曹家织造府内也有这么个珍宝室，其中所藏比这里差远了。这里数十个红漆大木架上，无一处空闲。只觉满眼是宝，令人目不暇接。

架上陈列的宝物倒也有序，两株珊瑚树粉红鲜艳，直对进门处。左侧陈列数种宝石，其中一块色黑如墨，悬于雕花楠木架上，看上去并不稀奇。

额尔图看出我心意，便说："你别看它其貌不扬，这可是上等灵璧石，非常难得。据说这块宝石最初是在一个庄稼人手里，后来被一名高僧买去，花高价聘巧工匠雕制成磬。此磬不仅雕工精致美观，最难得的是敲击出的声音悦耳悠扬，能传很远。"

额尔图拿起磬锤，连敲两下，其声果然好听。额尔图又说："这是天下独一无二的灵璧石磬，被我有幸得到了。"

旁边又有一石，色粉红，艳如桃花。额尔图说，那是韶州产的名贵桃花石，是收藏的珍品。

辰州石最怪，大如鹅卵，晶莹透彻，内有赤纹，纹如男女交媾状。额尔图嬉笑道："雪芹，你看这块欢喜石，这是湖南辰州溪水中得到的。辰州石虽多，有这种纹状的，世上就这一枚。这可是我镇府之宝。"

我看了一眼，笑道："这不堪入目的纹状，难得造物主是如何造出的，只怕是一失神一打盹，就出了这么一块料，被你额大人得到了。"

额尔图引我离开宝石橱窗，又来到宝砚橱窗，指着一方名砚说："雪芹，你是舞文弄墨的，看这砚台，可是来自江宁之物，是江宁的一个副都统送我的。他说这是原江宁织造、江南文人领袖曹寅的心爱之物。我想曹寅定是你的先辈。"

我惊喜万分，忙说："曹寅是我祖父。我祖父的宝砚流落到这里了？"

额尔图笑道："雪芹，那个副都统说这叫龙蛇砚，天要下雨时，砚边就出薄雾，砚上的龙蛇就蠕动，大有腾起之势。后来，每遇阴雨我就注意，并没发现薄雾和龙蛇要动。"

我说："额大人，据我所知，此砚不是我祖父所用。我祖父曹寅之母是江南大族顾家之女，顾炎武侄女，顾景星亲妹。祖父的舅舅顾景星也是江南名人，为促祖父勤学上进，顾景星将自己心爱的砚台赠我祖父。那砚上只刻有'志夺天下士，攻破万卷书'，没有什么龙蛇腾起。"

"啊，这么说，我上那狗官的当了。我可是送给他二百两银子的。这骗子，我定不会饶他！"

珠宝玉器架上倒都是珍品。有些在锦盒和雕花箱里放着，肯定更是价值昂贵。一只精心雕刻的白玉帆船引起我的兴趣，玉帆船长尺许，高七八寸，上面刻有"一帆风顺"四字。此时我又想起霁哥的嘱托，此物可是又名贵又吉祥，作为生日礼物送给庄亲王再合适不过了。但是，我从来没做过索贿的事，实在无法张口，尤其是向额尔图这样的人开口。

额尔图见我左右审视玉帆船，便识趣道："雪芹若爱此物，就拿走。"

我猛醒，心想：不可！切莫钻进他的圈套。额尔图是何等样人，岂能让我白得了他的东西！我一边摆手断然拒绝，一边快速退出门去。

"咳！别走哇！你这犟筋，又跟我犟了起来。"

二十三章　扳倒额尔图

是晚，我一人独自悄悄走出府衙，出去逛街。这济宁地方因有水旱码头，更兼北河总督署衙这个大钱库设在这里，因此十分热闹。从署衙两侧，直到运河边上，店铺林立，商贾云集，百业兴旺。各种酒楼饭庄，饮食小吃，商号客栈，当铺药房，五行八作，应有尽有。青楼妓馆中，迎来送往，淫声浪语，此起彼伏。梨园戏台上，花烛通明，唱做念打，戏说古人。街市之上，车马人流，摩肩接踵。虽是夜晚，仍显十分繁华。

我正观光浏览，似听身后有人问：“是曹二爷吗？”止住脚步，回头一看，有一位中年男子在身后，我却不认识。

“是曹二爷吧？”那男子又说了一遍。

“你是……”

“啊，说来话长，贵府中曹霑曹老爷是我的表姑丈。你家在江宁织造时，我去过曹府。那时你还小，我见过，你还冲我笑呢，只怕二爷不记得了。你们搬进北京后，我又去过一趟，在崇文门外找到了你们。听说你在咸安宫上学，表姑丈在怡亲王府当差，我谢过老太太，便去了怡亲王府。可惜那一回咱们没能见面。要不然，今日你就不会眼生了。”

“这么说，论辈分您该是我的表侄。”

表侄忙施礼，又悄悄说：“这儿不是说话的地方，前面有一个茶馆，咱们去那里。”

我正是独自寂寞时，却突然“他乡遇故知”，岂有不高兴的？立刻随他而去。

到茶馆坐定，表侄自报家门：“鄙人姓吴，名雨，号塞翁。我这吴可不是我表姑那个武呀。”

我笑说：“这吴武二姓我还分得清。”

吴雨说：“原来听说你是被免了职的，如今却很快做到部里的司官，又能随大吏下来巡查。你此时的地位已经十分显赫，便是督署额大人也不敢慢待你了。”

我谦虚道：“哪里！哪里！我不过是一个堂主事，司副职而已。不知你如今怎样？”

“咳，一言难尽。我虽是个从五品的通判，可一直无空缺，在督署当差候补。快两年了，也补不上。”

“哦，是不是额大人故意刁难你？”

“这很难说。我对拍马逢迎送礼请托来得不爽快，也许额大人不喜欢我，故意让我坐冷板凳。不过，说心里话，”吴雨回头看看四周，压低声音说，“这里可是黑得很，迟早要出祸端。为平安计，应该走为上策。我早想离开这肮脏之地，只是一直苦无门路。”

“啊，这里会如此危险？”

“可不是？历来官场都是最黑暗最肮脏的地方，贪赃舞弊横行，横征暴敛永不知足。这河总督府此风更加严重，贪墨最大胆，奢侈最惊人，简直视银子如泥土，毫无心疼的意思，好像那根本不是国库拨来的治河专用银，而是天上白白掉下来的。这额大人来了后，胆子更大，更疯狂。人人都知他是履亲王的女婿，既是皇亲国戚，连天下都是他们家的，何况河总乎？更无人敢说敢问了。”

我一听更觉新奇，便提壶给吴雨续上茶，问：“这国库银子拨来，再一笔一笔地开销下去，都是有账目的，他能如何胆大妄为？”

“咳！那个账还不是听他的？国库每年拨下四百五十万两专项用银，而采购竹、石、柴、木、麻、铁之物，及修河用工在内，不过用去一百五十万两，其余三百万两，便供督府大人和下面官员挥霍了。这位额大人十分好色，据说他前妻活着时对他管束极严，一直无后房之宠。如今他可是如猛虎归山，似蛟龙入海，得以施展了。他仿紫禁城后宫模样，藏有金钗十二，各居一室，供他巡幸。这些女子都是从江南买来的，年轻漂亮，多为妓女。他还明令济宁闹市里的青楼妓馆，一经招来名妓，须先让他过目，遇美艳者便花重金买进府，为己独有。妓馆的鸨儿们都知这位大人有此嗜好，便四处寻找美女，转手高价而卖，鸨儿们为此可是赚了不少银子。额尔图很会享乐，他本不通音律，不善歌舞，而江南来的娼妓多善此道，天长日久，他竟上了瘾，格外关心调教戏班，演练舞女。每日必有此乐，前面诸婢演戏歌舞，后面爱妾理弄丝竹。有时竟自己登场，身穿短绿怪装，头戴红缨便帽，下场与舞女狂扭同乐。有时竟恬不知羞，召下官陪坐观看。这也是我亲眼所见。

“额尔图有一爱极的美妾，苏女，名叫水莲。他宠水莲几乎宠到无以复加的地步。水莲要什么，他都给办。水莲也是被宠昏了头，居然要凤冠霞帔，要皇后穿的黄缎袍，用孔雀毛织成凤凰图的那种。水莲常在内室扮成皇后，身穿凤凰衣，头上珠宝满鬓，头饰耳环晶莹闪亮，项下披肩形似渔网，用三千粒珍珠穿缀而成。手带珠玉镯，指套金护指，另加镶嵌宝石的戒指。鞋上也镶嵌宝石，绣上凤凰。真是浑身珠光宝气，享尽人间富贵。

“额尔图为寻求刺激，居然灵性突至，发明一种鸳鸯裤。此裤也是黄缎做成，上绣‘鸳鸯裤’三字，并有一对鸳鸯戏水的图案。此裤肥大，又称四腿裤。额尔图常与水莲共入其裤，寻欢取乐。”

我笑说：“表侄也许不知，我与额尔图早就共过事，早就知道他十分好色贪婪。只是我不明白，仅需一百五十万两的河总经费，为何就拨给四百五十万两呢？”

“虚报浮销呗。这在河工早已习以为常。原来是年拨三百五十万两，自额大人接任后，有师爷给出主意，告诉他如此如此，这般这般。额大人按师爷的授意写一份奏折，后来果然又补加一百万两。师爷管过多年河总的账目，深知其中奥秘，更重要的是他号准了履亲王这根脉，所以能一举成功。我估计，增加的这一百万，最少得有三十万两回谢了履亲王。

“至于剩下的那二百七十万两，就是把额大人累死，他也花不完呀。因此，他就大把大把地送人，凡过往官员登门拜访的，他都馈赠金银。此风一开，过往官员岂能不越来越多？下面的人早就养成浮销冒领之风，自额大人上任，此风更甚。筑堤则削帮增顶，挑河则垫崖贴腮，买料则虚堆假垛，丈量则以十说百。便是府内的日用百货，报单上的价就比市面上的高几倍。就连宴席上用的柳木牙签，一文钱可买十支，一到账上，就变成十文钱只买一支了。”

“那奏折到底如何写，才能骗得皇上的信任，追加一百万两呢？”

“这还不简单，无非是贬低前任功绩，虚报该维修的河段工程量，再有履亲王等人从旁言说河水泛滥，百姓流离失所，所带来的严重后果，一把皇上引入此事关系社稷安危的思路上去，这事不就成了？”

我深深地长叹一声：“我身为工部虞衡司堂主事，竟不知这河总督署衙门内有如此严重的贪墨行为。这些贪官污吏竟如此大胆地将国库之银窃为己有，过着花天酒地骄奢淫逸的生活。吸尽民脂民膏，却不为百姓办事。有这些败类蠹虫当道，天下百姓安得不贫苦？”

吴雨叹道：“所以我说，这种地方不可久留。出事只在早晚，获罪便不是小罪，不是主犯也是从犯。即便一时不获罪，这良心上也过不去呀，夜里睡觉都不踏实。再说，你得听我劝，你也不用置那气，我管不了，你也管不了。不论哪个大胆的英雄豪杰出来管，都白费。因为，上边有履亲王挡着呢！履亲王是当今圣上的叔叔，难道这大清的刑法还往他自家人的身上伺候不成？那把刀更不会砍向他自家人的脖子。嘿嘿，除非窝里斗。”

我端起酒杯，一饮而尽，这才想起是在喝茶。我怒目凝视着小茶碗，在手里转动着，说：“表侄，咱们换个地方，我想喝酒。”

吴雨自责道：“坏了，我说多了。二爷，千万不要有管闲事的心，闲事可不是好管的，尤其这种事，弄不好就会丢掉脖子上吃饭的家伙。咱当咱的小官，做咱的小事，自己问心无愧就得。我跟你说这么多，并不是在忧国忧民，而是想尽快离开这危险肮脏之地。求你跟我姑丈说，在京城给我找个吃饭的地方。不论肥瘦，我都不嫌，只求问心无愧，心里踏实。中午酒宴上，我就认出你来，可是不得说话。直等到晚上，我才尾随你出来。”

我们出去方便时，发现有个人影惊慌地从窗下逃离。我和吴雨都警觉起来。吴雨与茶馆掌柜的熟悉，问他可是有人偷听。掌柜的支支吾吾，最终也没敢证实，不证实其实就等于更证实了。这说明掌柜的也是不敢管闲事。

我心想，额尔图一定是在派人暗中监视我。这狗东西见珍宝美色都没能拢住我，肯定是不放心了。他本是粗中有细的人，干这事完全可能。

我将此意说与吴雨，吴雨劝我大可放心，说他敢将皇上派来的巡查官怎么样。

我们回到茶座上，吴雨从怀中掏出一个盒，又从盒中拿出一物，递给我说："你看看，这可是一块稀世珍宝？"

我将绸布一层一层地打开，见里面是一块微黑的石头，大如小拳，并无稀奇之处，便觉茫然。

吴雨说："这是黑天，烛光不亮，看上去它似黑石一般。若在日光下，它就焕发红光，闪烁耀眼。这是红宝石，出自滇南宝井，非常难得呀！滇南宝井在腾越州，地处云南的最南端，荒山野岭，绝无人烟。采宝者携带干粮，手持兵刃，结伴而行。那里虎蛇野兽经常出没，瘴气疫病随时发生，有去无回者大有人在，空手而返也不新鲜。宝井在万山丛中，须攀援至山顶，见宝井，再以长绳系身，下数十丈，操锥跳跃着在井壁上搜寻，得到宝石就立刻返回。说来，这可是九死一生才得到的宝物。"

我惊叹道："若如此说，这块宝石可就珍贵得很了。"

吴雨说："济宁珠宝店里所售的红宝石，最大块如拇指般大小，内里且有瑕疵，尚索价二百金呢。这块宝石是一个商人赠我的，为的是推销货物到河工上来，说价值三千五百金。"

我开玩笑道："你也干了假公济私的事。"

"咳，你想找清正廉洁干干净净的，在这儿一个也找不到，便是那扫院子的，帮厨师买一趟鸡蛋还虚报了半两碎银呢。这块宝石，我是想托你捎给表姑丈，到时候多替我美言几句，想办法在京里给我谋个差使，我也好尽快离开这肮脏之地。"

"啊呀，如此珍贵的东西，你就轻易出手，值得吗？"

吴雨爽朗一笑："身外之物，如同穿肠酒肉，一过而已。若能换来心安神定，简直是太值得了！"

"既如此，我就替你转交，将你所求之事也转告到。"

"那就多谢二爷了。我这里还有个小玩物，不成敬意，请二爷笑纳。"

吴雨从怀中又掏出一物递给我，我急忙推辞。吴雨绷下脸来："此物不值什么，我只是实心谢你。你若坚辞不收，瞧不起我，那个也拿来吧。一切算我白说。"

见此光景，我只好收下。打开一看，原来也是一块石头，却是螃蟹形状，双螯八腿完备无缺，似是雕刻却又不是，纯粹天然自成。

吴雨说："这石蟹是崖州山水中得来，放置水中，俨然如真蟹，大可乱真。此物虽不值什么，倒也十分难得，世所罕见。送给二爷，权作一笑而已。"

次日晨起，突然听说夜里发生了惊天血案，候补通判吴雨惨遭毒手，身首异处。我一下被惊呆了。很显然，这是额尔图干的。他害怕自己的丑行被抖落到朝廷那里去，狗急跳墙，杀一儆百，用此种卑劣手段去封人家的嘴。同时，他显然也是在恫吓我。

负责办案的巡捕传问我，说有人看见昨晚吴通判与我在一起。我说我们是远房亲戚，在此巧遇，不过是品茶叙旧而已。我回驿站后便歇息了，其余的事一概不知。

我恨透了额尔图，他为使自己不露馅，能继续安享荣华富贵，竟忍心使用这种手段！从那一刻起，我便暗下决心，非扳倒这个害国害民的大蠹虫不可！

左侍郎在私下满怀好意地说："雪芹，若论才华我不如你，可若论处世经验你就不如我了。为人处世，三思慎行是极重要的，不该问的事不要多问，不该管的事不要多管，这样才能免灾去病，稳保安然。我见你眼神中总是满含着对额大人的厌恶，心存这种念头可是不妙啊！这里有些事我也看不惯，可河总这个地方，从康熙朝就逐渐如此，早已习惯成自然，便是钦差大臣前来巡视，也不过如此。何况我们还不是钦差大臣，面对的又是如此有根基的人，你心中可要有个数啊！”

左侍郎向来是个随波逐流明哲保身的庸官，我跟他有什么好说的，白了他一眼，表面却笑道：“下官知道左大人全是为下官好。如何去做我心中有数。”

在巡查时，额尔图对我倍加殷勤，总是主动与我搭讪，提一些美好的旧事。很显然，额尔图表面上的种种友好姿态，其实是为了掩盖他内心的鬼胎。

巡查是按额尔图的指定地点进行的。有几处去年开口子遭水灾的地方，洪水冲刷的痕迹犹存，而如今宽厚高大的新堤已巍然挺立在那里。有的地方，民工正在热火朝天地大干。存料场里，一大垛一大垛的防洪物资码放整齐。若不知内情者，巡查以后会热血沸腾，会为河道的安澜能保一方太平而激动不已。果真都是如此该多好啊，那将百姓幸甚！天下幸甚！

由于左大人有言在先，我便不能再多问多管，切实履行了只是随员的职责，有话也是在心里自己对自己说。

巡查圆满结束，左大人、额大人皆大欢喜。

临回京时，我终于憋不住，白了送行的额尔图一眼，说：“额大人，吴雨的命案可不能就此了结啊！吴雨的冤魂可是一定要昭雪的！”

额尔图一愣，随即急忙答道：“本官正在加紧缉拿，决不会让罪犯逍遥法外。雪芹你放心，即便不是你的亲戚，我也是要一办到底的！”

我回到家后，老爷和霶哥搬出一只木箱，说是河总额大人送来的。我一听，脑袋一下就大了，心知不妙，急忙开箱去看，里面装的竟是白玉帆船。我啊呀一声，说：“这狗官，居然干出如此偷偷摸摸的事来！”

老爷和霹哥齐问何故，我便将额尔图疯狂挥霍国帑，大胆穷奢极欲，以财色收买巡查官员，送我白玉帆船遭拒之事，略说一遍。二人唏嘘不已。

老爷说：“额尔图胆子真大，疯狂到如此地步。他这个玩法里可是有欺君之罪，大不敬罪，贪赃枉法罪，哪一条都能够上死罪的。”

霹哥说：“他的根基很深，谁敢动？”

我愤愤道：“我就有心治他一治，把他拉下马！”

老爷急忙阻拦：“那可使不得！你人微言轻，切不可轻举妄动！石头的毛病再多，哪怕就要松散粉碎了，那也是石头，鸡蛋也是碰不过的。”

霹哥也帮劝：“履亲王是圣上的叔叔，圣上平时极为关照，谁能动他？额尔图是履亲王的女婿，谁想扳他，王爷这一关也是过不去的。满朝文武大臣都无人说话，你一个小官又能如何？”

我怒声怒气道：“既如此，就把这赃物给他退回去！免得给我抹上一道黑。”

老爷连连摆手：“那更使不得呀！自古送礼都是下官给上官送，谁见过总督给小小主事送的？这足以说明额尔图心怀鬼胎，恨不得将你这小官的嘴封严实。既如此，就更不能退回。倘若退回，必招嫉恨，说不定就要设法加害于你。退回的事可万万不能做！”

我说：“我收了这赃物，从此可就有与额尔图说不清的瓜葛了。”

霹哥说：“这倒好办，干脆咱们将它转送出去，家中不存此赃物也就罢了。庄亲王的生日眼看就到，不如就以此作为庆贺礼品，以曹家的名义赠送过去，这不是一举两得的事么？”

老爷表示赞成：“这样很好！即便日后查起此事，一来是额大人自己送上门的，二来又送给了王爷，并没自留自享，也就无大碍了。”

就这样，白玉帆船作为霶哥的贺礼，送进了庄王府。

事后，我又将吴雨所托及送宝石当夜被害一事对霶哥细说一遍。我再一次声称要为吴雨报仇，为民除害，设法挖掉额尔图这个国贼大蠹。霶哥这一次没说阻拦的话，他对吴雨被害感到非常悲哀，问我扳倒额尔图有几成胜算，将如何去做。听罢我的设想后，他说：“霑儿果然比以前成熟多了。你这设想还算可行，若果能成功，也算为国为民除了一大害。你深知自己实力小，须借助外力，这很好。只是，你借的外力可靠不可靠，这一点要把握准，切莫弄巧成拙，反断送了自己。”

我答：“霶哥的话十分有用，我一定牢记住。”

白玉帆船没白送，还有吴雨的那块红宝石，都成了霶哥的晋身之阶。很快，霶哥被提升为茶房总领，由宁寿宫迁至中和殿东侧的御茶房，成为那里的主管。同时，皇上还赐给他官房九间，位置在绒线胡同，以表彰他对皇室忠心耿耿、任劳任怨的功绩。

要扳倒额尔图，我准备借的外力其实就是工部尚书董大人。

我与董大人志趣相投，很说得来，在他面前总觉得无拘无束，有话敢于倾吐。有时候，我心里真把他当成了朋友，险些忘记他是个一品大员。自第一次见面始，我就认定他是个好官，心里想的是国家社稷、平民百姓，与额尔图之流截然不同。我总觉得，这是个十分信得过的人。不过，为慎重起见，我还是没将所有的事都告诉董大人。不是我谨慎听了霶哥的话，而是严酷的现实逼迫我必须慎重，要保全自己。

我与董大人的谈话是秘密进行的。我详述了这次巡查的所见所闻，说到很多令我都再次感到震惊的事件时，董大人却依然平静地听。当说到朝廷年拨帑银四百五十万两，而治河仅用三分之一，那三百万两竟被他们用以花天酒地寻欢作乐时，我气得从椅子上站了起来，董大人却还是那么安详地听。我真奇了，难道自己判断有误？难道董大人也怕惹事，只顾明哲保身？难道他心底另有所想？

董大人不动声色地听我说完后，微微点了几下头，起身在屋里来回踱步。少顷，他走到我面前，近似耳语说："此事干系重大，从即日起，你不要再对任何人说，包括你夫人。除公事外，我不传你，你不要到这里来。"

我按董大人吩咐，从此再也没向任何人提及巡查的事。一连月余，也没见过董大人一面。我暗想，莫非是董大人左右掂量，怕斗不过他们，不敢轻举妄动？或者是证据不足空口无凭，害怕弄巧成拙？那些日子，我的心被这事苦苦折磨着，终日眉头不展，才体会到"势力"这二字何等了得！有了势力，似乎就有了一切。我也才真正明白，额尔图为何敢如此明目张胆胡作非为。他有履亲王为他袒护撑腰，假如圣上再为履亲王袒护撑腰，这理哪还有地方说去？若果然如此，不光扳不倒额尔图，只怕董大人的身家性命都难保。想到这一层，我不禁惊出一身冷汗。若果然是这结局，不就是我害了董大人吗？我坐立不安，恨不得立刻见到董大人，劝他就此罢手算了。

在去找董大人的路上，我忽又觉得不妥，自问：你何以知道董大人正在弹劾额尔图？或许董大人本来就有自知之明，根本未动此念，你冒冒失失地去劝人家罢手，不是在闹笑话吗？想到此，我摇着头，又按原路退了回来。

香玉见我总是愁眉不展，郁闷寡欢，问我我又吞吞吐吐，似有难言之隐，便猜我可能在外另有新欢。香玉苦闷了几天后，终于心平气和地说："雪芹，我至今不孕，只怕以后也没有指望了。趁你年轻，外面有中意的女子，你就纳个妾吧。一来为早生贵子，接续香火，二来我也有个伴儿。"

我真是无可奈何，只好耐着性子解说，并无那个意思。但若不把真相全盘端出，便是编得天花乱坠，也只能是越描越黑。

那些日子对我来说真如暗无天日一般。看来我这人不光牛性，犟，而且心眼儿不活，认准一件事便放心不下，总要受那件事的折磨。

又过两个月，突然乌云洞开，阳光从天而泻。董大人紧急召见我。

我进入工部尚书议事厅，迎接我的是一长串笑声。董大人上前执住我的手，说："雪芹呀，你还真能沉住气，数月来一直没找我。哈哈哈！"

没等我回答，董大人又接上了："告诉你一件大喜事，今晨我奏额尔图一本，圣上得知下面竟有这样一个狂妄之徒，十分震怒，当即传旨速拿额尔图归案，交刑部审讯。现在快马带着圣旨正朝山东飞驰呢！"

闻听这一消息，我惊喜得几乎要蹦跳起来，自言自语说："董大人果然满腹韬略，表面不动声色，却早在暗中运筹帷幄了，竟能一举成功。实属不易呀，真大人也！"

董大人说："若论明争明斗，虽据于理，我也是斗不过额尔图的，因为他后面还有王爷。因此不能泄露消息，打草惊蛇。此事须神不知鬼不觉地进行。我先派人去济宁暗中取证，待证据确凿后，又联络朝中几位敢于秉笔直言的大臣，为我出左右辅助之力。在履亲王一点不知，毫无准备的时候，我突然参奏，再有几位大臣从旁相助，晓以额尔图危害之重，圣上岂有不怒之理？履亲王当时脑袋都渗出了汗。这件事，他担干系一定不小。对了，听说议政大臣福彭是你表哥，他也为我说了不少很有力的话。你等着，该你说话的时候就要到来。左侍郎和你都会受刑部的讯问。到时候，把你所见所闻照实说出即可。"

这一回，我心中如释重负，可算舒畅开了。当晚，我便将这好消息告诉了霸哥和大嫂。当然，也及时告诉了香玉，与她讲明数日来心中不快的原因。我高兴地饮酒吟诗，并对着月亮，遥祭远在济宁的冤魂吴雨，备酒两杯，拟吴雨与自己对坐，饮酒叙旧，畅抒胸襟。我当晚喝得酩酊大醉，以至误了次日早晨的点卯。

额尔图的罪状很快被落实。圣上最恨的，是额尔图为爱妾水莲仿制皇后所穿凤冠霞帔，此条定为忤逆罪。只此一条，便可斩立决。鸳鸯裤和蓄妾婢优伶上百，定为宣淫罪。额尔图承认了吴雨是他指使人所杀，自然是谋杀罪。另有贪赃枉法，挥霍浪费，玩忽职守，以至河水泛滥，造成生命财产的无数损失等等，早已超过十恶不赦了。结果，被判斩立决。这个疯狂的国贼大蠹，就这样结束了他那可耻的一生。

在没判以前，我是十分担心的。若判斩监候，就十分危险。斩监候不立刻斩，多半是秋后问斩。在这一过程中，只要履亲王略一活动，在皇上面前掉几滴眼泪，额尔图可能就死不了啦，也许一句话就会官复原职。果然那样，可就放虎归山了，他定会疯狂地加以报复。这斩立决好，立即执行，绝无后患之忧。

履亲王果然也担了干系，其罪名是私受贿银，袒护纵容额尔图，致使其更加疯狂，导致国帑损失惨重。因此，被降为郡王，并退出议政大臣班。

为此，乾隆帝感慨万端，说："昔我皇祖临御六十余年，政崇宽大，而内外臣工奉行不善，怠玩成风，遂致办事暗藏弊端，国帑率多亏空。实皆因无所顾忌，不复知有法网，以致由小而大，由寡而多，日甚一日。本身即获重罪，子孙亦被殃及，其害有不可胜言者矣……"

乾隆说贪墨怠玩之风是从他爷爷康熙朝以来逐渐形成的，此话不假。他下令斩了额尔图，对遏制此风的蔓延起到极大的震慑作用。

二十四章　誓死不当差

乾隆四年，是己未羊年。

我家在这一年又重遭巨变，元气大伤，比上一次被抄家还惨。

那年秋季，乾隆为整治武备，决定恢复秋猎之制。正待准备出发时，忽有人告密，说弘皙、弘普等人要谋反。细问方知，其中还有庄亲王允禄，老怡亲王之子弘昌、弘晈。乾隆听罢哈哈大笑，说："一批废物蠢材，无德无能，有何惧哉！便是庄亲王，也是一庸碌无能之人，不会在此事上有作为。"遂下令由平郡王福彭、镇国公纳亲审查办理，自己仍率部秋猎去了。

还是在前朝时，康熙曾立第二子为皇太子，后因故又将其废掉。康熙的十几个儿子便明争暗斗，欲夺太子位。康熙一气之下，明言再不立太子。可将来皇位由谁继承？一帮虎狼之子谁肯甘心，嗣位之争便愈演愈烈。最后终于被雍正夺取，兄弟间诚服者便封王，不服者便成死党，一个个结局大相径庭。

乾隆称帝后，皇族中兄弟叔伯辈不服者仍大有人在。有的忍耐着过平静的日子，安享富贵也就罢了；有的权欲太强，不甘寂寞，偏要锋芒毕露，跳出来争一回；有的是卑劣粗傻，跟着瞎起哄。

弘皙属权欲太强者。弘皙是废太子允礽的长子。弘皙自以为是旧日东宫的嫡子，常在暗里口出狂言说，我父若不是受奸臣教唆遭废太子位，今日帝位哪有弘历的份儿。那帝位理当归我！

弘昌是老怡亲王允祥的长子，允祥在世时，曾奏请皇上将他圈禁在家，以免在外惹是生非。乾隆即位后，将他宽赦放出，并提封为贝勒。他不但不感恩，反而胡攀乱比，嫌封的位低。他常说，二弟封了郡王，三弟倒袭了亲王的世职。这不合理，亲王应由我这长子来袭！

弘晈是个毫无知识的粗野人，属于瞎起哄一类。整日依附弘皙和庄亲王，不过是图个饮食喜乐而已。

弘普乃庄亲王允禄次子，本来是闲散宗室人员。乾隆登基之初，提封他为贝子。他跟着谋反，可能也是嫌位低之故。

最糊涂的是庄亲王，自己本是一人之下，万人之上，万岁下面的九千岁，且拿着亲王双俸，又是议政大臣，理藩院尚书，内务府总管，他参与谋反，所欲者何？想当皇上？皇位弘皙盯着呢。当官？官位已到顶级。想来，他唯一的欲望，便是想让乾隆下台。也许他早已察觉到，这个乾隆皇帝瞧不起他。说他糊涂，是指他不自量力，无自知之明。

就这么几个人，哪一个是有雄才大略的？谁又具备韬光养晦之能？谋反这种事，暗中操作，慎而又慎尚难避免出差，更何况敲着锣鼓吆喝呢！怪不得乾隆对此早已看透，只是嗤之以鼻。

十月十六日，乾隆在看罢福彭和纳亲的奏折后，当即下谕旨：仍留允禄亲王爵，继续管内务府事，但革去亲王双俸及议政大臣、理藩院尚书等职。弘皙革去理密亲王，圈禁在家不许出门。弘昌革去贝勒。弘普革去贝子及銮仪卫职事。弘皎从宽仍留王号，但终身停俸。

那些日子，霑哥与我十分惊慌，几乎不约而同地想起那幅《骏马奔腾》图。霑哥弄清了几个谋反人的生辰年月，吃惊地发现弘皙正是生于壬戌年。霑哥跟我说这话时，四肢无力，瘫坐在椅子上，一副大难临头的样子。

幸亏此事很快结案，并没暴露出《骏马奔腾》图的事，几个人处理得也不算严厉，我和霑哥才松了一口气。

谋反案到此似乎已经终结。然而，未及两月，却又掀起更大的风波。

一日，平郡王福彭突然传我，而且传得甚急。

我情知不妙，一路上，心里直敲小鼓。到福彭的议事房，一眼看见霑哥已在那里，垂头丧气地坐着。福彭气哼哼地来回踱步。

我蹲身请安，福彭不耐烦地说："免了，免了。少给我惹麻烦比什么都强！"

福彭打开一幅画，更加生气地说："这《骏马奔腾》图是你的大作？这上面可是有曹雪芹的大名呢！这张画上居然有'生翼飞天'四个字，谁当得起？只有当今圣上才能担当得起呀，你怎能乱写！听说是庄亲王命弘昌传话让你写的。虽然如此，你也难逃干系！"

虽是冷天，我的脑门也已渗出汗珠。我明白，这是庄亲王借我的画给理密亲王弘皙的觐见之礼，鼓励他定能飞天，当皇上做天子。可那上面没有庄亲王的名字，却是曹雪芹的名字。咳！这让我是多么懊恼！

福彭又搬来一个木箱，我一看面熟，便立刻想起那只白玉帆船来。福彭搬出玉船说："这个也是从弘皙家搜出的。因上面有'一帆风顺'四字，便不能不问。弘皙说是庄亲王所送，追问庄亲王，说是曹家所送。可是实情？"

霶哥叹道："是庄亲王生日庆典时，我送去的。"

"要是庄亲王自己留下，事情就简单了些，可庄亲王偏偏又将此物送给弘皙。这送的哪里是玉帆船？分明是送'一帆风顺'四字！此罪就大不一样了。这些事为何单单都与你们扯上瓜葛呢？"

我和霶哥面面相觑，深感大祸就要到来。

"这玉帆船是从哪里得来？"

我将来路详述一遍，未敢有半点谎言。

"也罢，要说都是有来龙去脉的，从根本上说并不怨你们。唉，这案子要是我一人承办还好说些，偏偏还有一个镇国公纳亲，我是很难处置的。"

霶哥问："这个案子圣上不是有谕旨，已经结了吗？"

福彭长叹道："又有人告密。这一回非同小可，又要有人头落地了。详情不便告知，待日后自会明了。切记，刑部或宗人府要讯问，你们只管照实说，方可避免吃大亏。"

霶哥和我连连点头称是。

几日后，街巷到处传说，是福宁告弘皙听信安泰邪术，捏称祖师降灵，愚弄弘皙。弘皙十分看重安泰的胡说，求问他一些重要问题，诸如"皇上寿算如何？""西北叛军能否到京？""我何时才能升腾飞天"等语。

安泰为弘皙出坏主意，弘皙便信以为真，在王府仿照国制，密设都虞司、掌仪司、会计司等内务府七司之制，为夺权篡位作准备。

街巷还传说理密王府遭到抄检，从中查出很多谋反罪证。平郡王福彭为庇护亲戚担了干系，早朝时已被免职在家思过。

听到这一消息，我如五雷轰顶，眼前一片眩晕漆黑。千不该万不该啊，不该让表哥担了干系！我拖着沉重的双腿朝工部走去，半路上有捕快迎面走来，问清我是曹雪芹后，锁了就走。

宗人府刑讯房里，霈哥早已被带来。而后，老爷也被锁了来。再而后，我们被隔离开，一个一个地审。

大堂上，仍然坐着镇国公纳亲，另有军机大臣鄂尔泰，大学士张廷玉，却没了福彭。看来，外面的传说准确无误。

经审理，我曹家父子三人均未参与谋反一事，也就不能定谋反罪。但是，在不知情的情况下，所送物品为谋反起到推波助澜的作用，影响十分恶劣。最终被订为协同罪。且行贿附托，结党营私罪名也成立。为此，我家再次被抄，父子三人全被革去官职，永不起用。霈哥罪重，被发配新疆迪化受苦力，我与老爷被降为平民。

上次抄家皇上隆恩还给崇文门外十七间房居住，此次抄家竟落个扫地出门，一无所有。

乾隆这一次是真的发怒了。他对首犯惩处得十分严厉。弘皙被判绞立决，即是立即用绞刑处死。安泰也被判了绞刑，等秋后执行。乾隆在朝上对庄亲王大加斥责，吓得庄亲王匍匐在地，浑身如筛糠一般，连连叩头请罪。庄亲王被削尽官职，又无分文俸禄，从此只是个空架子王，再也不敢出门，不敢问政。福彭因受曹家牵连，被罚闭门思过，三年后才起用。

至此，我家自祖上从龙入关，至乾隆五年止，历经五世九十六年。这个曾赫赫扬扬近百年的名门望族，被乾隆“永不起用”四字一下置于永远没落之地了。

在革职后的那些日子，老爷整日蒙头痛哭。什刹海的花园住宅被收回，赏给霈哥的房子也重归官有。好在太太还有些积蓄，在城外买了三间破旧房屋，一家四口居住两间，另一间给了大嫂。原来的男仆女婢一个没剩，全被充公变卖。我与香玉无插足之地，只好流浪，到岳丈门上去乞求。大正月里就住进了岳丈家。

老爷痛哭是因为绝望。他总是念叨自己的命运太悲惨、太坎坷。自接任江宁织造以后就没过上一天悠闲日子，最终却落个地无一垅、房无一间的可怜下场。他哭，说明他还没明白一个道理：自古兴衰富贫都是周而复始，循环往复的，岂能永久不变？即使江宁织造在红极一时的鼎盛时期，其实就已经开始转向衰微，走下坡路了。那是人力所不能及的，外因加内因，崩溃是必然下场。便是当初让曹顺来经营织造，他也改不了衰败局面。因为根源不在于谁去承袭，而是在曹寅最红之时，就已经由康熙和曹寅埋下了隐患，只等帝位一更变，隐患就会像病毒一样发作起来。面对这种大趋势，谁能有回天之力？只能无可奈何，哭有何益？

太太和大嫂更加悲伤，眼泡哭得像铃铛一样。

我与香玉去投靠她父母，岳丈已没了往日的热情，那张像葵花一样的脸变成了青石板，又硬又凉。我的最大缺陷便是不会低三下四，强作笑颜。按说人在矮檐下，就该低低头，我不行，反倒昂得更高。你不想看我，我更不想看你；你不愿意理我，正好，我跟你更没话说。吃饭、喝茶、读书、散步，岳丈在跟前我视而不见，旁若无人。岳丈总是在背后骂我，说我常给他白眼，是反客为主了，应该他给我白眼才对。

香玉开始埋怨我不会做人，戴罪落难的人，正是要处处求助别人的时候，本应好言好语强作笑脸随和一些，我反倒比平时更强硬。天下哪有这样的事，越着火越往上泼油？香玉说得不无道理，可我做不来。假如岳丈好言劝慰，盛情款待，问寒问暖的，我会十分过意不去，坐卧不安，觉得非常愧对老人，反倒会为他老人家捶背、倒夜壶的。

在这一点上，香玉无法改变我，便只能生气。我明知按香玉的话去做是好，可我就是做不来。岳丈好对付，一个白眼斜过去，随他便。香玉可难缠，她一哭哭啼啼，我就心烦意乱，怒火攻心，忍无可忍就离家出走。

我离家出走也不是走得很远，而是去找朋友吃酒，发泄苦闷。

那时，鄂比因获罪被罢官，正闲居京城。

鄂比一看见我，就哈哈大笑："瞧你那狼狈样，像打败的鹌鹑斗败的鸡，一点精气神儿都没啦！走！我给你补补去！"

不知鄂比要给我补什么，其实，我什么都需要补，缺酒缺肉也缺精神支柱。

鄂比把杨小云拉上，我们又去了常去的地方——听松楼。

我一进二楼雅间，便开始观察墙壁。我曾经在这里题的诗，依然如故，只是旁边又多了别人的题句。

杨小云凑上前来念道："蟾宫折桂违我心，富贵不贪笑对贫。万事得失终做伴，宁学野鹤驾闲云。啊，雪芹弟，你七年前就有此高见，实在难能可贵。此话并非虚夸，我实在也有同感。官场确实险恶，为官的，必须有一套为官的本领，敢弄虚作假，会左右逢源，该阿谀时要阿谀，需奉承时就奉承。有时即便这样做了也难遭厄运，何况你这性格，过于刚直，宁折不弯，满身豪放不羁的文人气，毫无唯唯诺诺的官场气，这哪里适合戴顶戴花翎？"

鄂比哈哈笑道："班主所言甚是。不过，当官不能当窝囊官，要当窝囊官，不如不干！把那顶戴花翎扔臭沟里去！"

杨小云又说："这诗的后两句尤其好。你去想吧，天下万事归一，无不是得失结伴而行的。"

酒菜已摆上。我嚷道："来呀！来呀！我馋酒了。"边嚷边抓起酒壶斟起来，"来！二位兄长知道这头一杯为何事而干吗？"

鄂比抢言道："为何事？为这鸟官被免掉！"

我举起杯，很有些慷慨激昂地说："为皇上那'永不起用'干杯！"

杨小云也一饮而尽，亮亮杯底，说："皇上那四个字说得痛快，咱们这酒干得也痛快。"

我兴致陡增，说："从此我与官场彻底断了道，一心无二挂了。"

我只觉浑身热血沸腾，呼酒家笔墨伺候，在原诗的后面续写道：

无材可去补苍天，枉入红尘若许年。
大梦初觉方始悟，诚学魏晋乐悠然。

写毕，又在续诗后面加上落款：曹子雪芹题。

鄂比读罢击掌叫好，嚷道："雪芹果真一心无二挂，洒脱起来了。我和杨兄正为你捏一把汗，害怕你撑不住呢，哪知你竟如同得了狗头金一样高兴，又是为'永不起用'干杯，又是大呼小叫'诚学魏晋乐悠然'。你是要超凡脱俗了吧？"

我说："那种闲云野鹤般的生活方式，我早就羡慕。我十分欣赏阮籍、陶渊明那些魏晋名家，他们是大智慧者，懂得万物始于无而又归于无的道理。他们知道兴将衰、强将弱、生将死的必然规律，因此才得以彻底解脱，不会再为俗事烦恼。二位仁兄，你们说我该不该向魏晋寻坦然？我越来越觉得杨兄做的事最好。每日登台演唱，嬉笑怒骂。今日是帝王将相，明日又是才子佳人，有什么郁闷不快，上台后尽管借题宣泄。台下不能说的话，台上照旧振振有词。那样活人，活得多洒脱，多惬意。我羡慕！"

鄂比笑道："这好办呀，就随杨兄登台唱戏，杨兄不会不要你的。"

杨小云说："我这里好办，你来去自由。只是你与岳父相处不睦，此时登台唱戏，不是正给他把柄么？"

"那就搬出去住，远远地离开他！雪芹，我给你弄房子，只这几天，你就搬出，不要再与那种势利小人白眼相向。"

杨小云又问："香玉呢？她能心平气和地任你所为吗？她体弱多

病，一直没能健壮起来，你最好不要再让她生气。”

提起香玉，烦恼之丝又缠起我来。我再也不愿意说话，只是一个劲儿地喝酒。

鄂比真是说到做到，果然很快在东岳庙附近给我买了两间房。香玉深知我的秉性，是决不会向她父亲媚颜屈膝的。整日乌眼鸡似的住在一起，真不如搬出去不见面的好，也就同意了。

我那时虽无官职，仍有生活来路，还算正白旗人。大清的规矩是，旗人当官犯法治罪成为白丁后，要回本旗佐领处登记，然后按季按级别发放钱粮。我家虽遭“永不起用”的惩处，但官位级别还是有的，只是不再起用而已。按我的级别，每季有四两银两石米。若会省吃俭用，生活费也够了。那时在外省的教书先生，学馆里每年只给十二两银子的薪俸，如此比来也该知足了。江宁时锦衣玉食金山银海般的日子，早已一去不返，如今从旗里发来的这点银子，可真成了稀罕物，只买油盐酱醋柴，就一点一点地被拿光。我要喝酒，从来都是想喝就喝的，如今却不成，没有那狗东西竟换不来酒了。有时酒瘾发作，居然被折腾得十分难受。

我与香玉在外面单独生活，真是清净得过了头。每日无所事事，便找些戏曲本子来，阅读演练。我有此举，香玉极为不悦。晚上睡觉时，香玉辗转反侧，唉声叹气。

我逗她说：“啊，娘子，你又为何事发愁啊？”

我用的是戏曲道白语气，很有些油腔滑调。香玉生起气来，忽地坐起：“你每日只知饭来张口，衣来伸手，只想过神仙般的日子，超尘出世，能行吗？你要是已到老迈之年，也就罢了，可你刚二十多岁，事业未成，继嗣未立，怎能就看破红尘，像老道长一样去过闲云野鹤般的生活呢？你不替我想，不替你自己想，也该替曹氏先人想吧，要留下能传宗接代的儿子来才行呀！在早让你纳妾你不听，如今再纳又纳不起。你该收下那份野心，重新振作起来。皇上只说你的官职永不起用，没说不许你应试呀！凭你的才智，再树雄心，苦读三年两载的，若果能高中进士，这家道岂不又会因你而中兴起来？说不定比最显赫的祖宗还显赫呢！到那时，该有的不是都有了？”

香玉一席话，听来句句在理，字字中肯。人生在世，本来就该这么个活法，不管将来如何，眼下的志向就该这样的嘛。可我早已玩够了官场上的污浊游戏。我像一只鼠，帝像一只猫，鼠被猫掌扒来扒去，一次再次地被惊吓，早已失魂落魄，不敢再玩下去。我这鼠此次没被猫吃，已是万分庆幸，怀着满心窃喜，正该藏起来偷着乐，怎敢再中进士金榜题名，往皇上这只猫跟前凑呢？

此言在我心中滚滚雷动，终未能炸响而出。香玉体弱多病，经不住生气。再说，银子太少，一旦气病香玉，将银子拿去吃药，别说我这酒甭想再喝，便是炸酱面也吃不成了。衡量再三，我变攻为守，拿出须眉该拿的温存，起身搂住香玉的脖子，将她放倒在被窝里，另一只手紧紧搂住她的腰，亲了又亲，吻了又吻，然后在她耳畔柔声说：“这样搂着说多温暖，干吗非要坐起？瞧把你冻的，浑身凉如白玉了。”

香玉显然对我的回答不满意：“你羡慕的那种生活，自有它的许多好处。不过，《晋书》我也是看过的，那尊崇老庄的竹林七贤，哪一个不是当官富有以后才讲逍遥恬淡，崇尚自然的？”

“啊？我妻也知道竹林七贤？”

“你真把裙钗辈看扁了。难道只有你们男子才能博览群书不成？那竹林七贤之中，阮籍是当过步兵校尉、散骑侍郎，后又被封为关内侯的；嵇康则是官至中散大夫；山涛为吏部尚书；那个叫王戎的，最为富有，官至中书令。人到此时，已是功成名就，家业富足。这时再退官归隐，去崇尚自然，以求悠闲适性，颐养天年，才是时候啊！上无片瓦遮雨，下无立足之地，锅是无米之炊，灶是无柴之洞，如何去享受悠闲呀？夫君，此事你还要细细思量才是。”

听着香玉富有韵味的朗朗美声，看着她那真诚妩媚的动人神态，我真不愿意再反驳她，不由自主地将她拥得更紧，抖着声音说：“我刚刚发现，娇妻这香唇原来有如此才辩，出口成章，且入情入理，不容我这浊物不听。好，我就依妻所言，此事必三思而后行。不过，你这香唇已诱得我失魂落魄，今晚非让我品个够才行！”说着，便翻身而上……

虽说香玉言之有理，却也没能扭转我的心机。我意已决，官是说什么也不去考了。为不使香玉生气，戏班我也没去。有如此闲工夫，我正好将未完成的《鸳鸯楼》剧本拿出，精心续写起来。

一日，大伯父曹顺突然找上门。他已是两鬓白霜，比先前明显苍老了许多。

曹顺说：“霑儿，大伯我对你照顾得很少，总觉得对不住你。回想当年，曹家不论是在南京还是在北京，那是何等的显赫。康熙大帝当年下江南六次，独咱们家就接驾了四次。那可是我亲眼所见，有些事就是我直接操办的。唉！没想到，曹家竟一败涂地至此。”

曹顺提这事，使我想起他上门索要玉鼎的事，那专横劲儿和老太太气得发抖的样子至今历历在目，他安插刁柱儿作为眼线密报曹家转移家产导致被抄家的事也浮上脑海。我对这个大伯立刻产生了憎恶感。看在他年事已高又是亲自登门叙旧的长辈的分儿上，我控制着自己没发作，只是冷冷地说：“曹家一败涂地自有内因，也有外因，据我所知，内讧大于外因，若细算起来，这笔账可是很不容易算清呢！不过，一败涂地并不足惜。‘君子之泽，五世而斩’，时日一久，必危机四伏。如高楼大厦，根基渐朽，朽到一定程度，大厦必然倾倒，谁能有回天之力？曹家亦如此，早已渐渐埋下了祸根，岂有日后不结出恶果来的？”

曹顺听得目瞪口呆，直看着我，半晌才说话：“霑儿果然名不虚传，是有学问，有见识了。依我看，你的才能将来一定超过你爷爷。好哇！有你在，曹家还是大有中兴希望的。”

我笑道：“大伯还指望我做什么？”

曹顺来了兴致，两眼发亮，说：“我已六十有二，眼看就不中用了。趁我有生之年，还有些权力在手，你跟我当差去吧，我正好提拔你，给你铺一条通显之路。你本是举人身份，又有才学，别人是不好与你比的。你或许就能从我给你铺的这条路青云直上呢！”

我听后拱手谢道：“多谢大伯为我费心谋划，只是我早已厌恶仕途，决心宁可穷死也不当差。我意已决，不可更改，望大伯不要再提此事。”

曹顺立刻将脸绷起，说：“你就甘心当闲人，靠那点季米月银过活？假如有一天将你褫籍为民，赶出旗去，连那点季米月银也断了，你又当如何？”

我哈哈笑道：“若果真把我赶出旗去，我也就有了种田做生意的权力，那还会愁吃穿？我有的是致富的办法。”

曹顺恼怒起来，霍地站起：“你的才学比你爷爷要高出一筹，你的倔脾气也比你爷爷高出一筹！哼！小小年纪，竟是如此不可救药！”说罢，大步走出屋。

香玉急忙送出，追着说几句抱歉的客套话。

香玉回屋埋怨我不近人情，说他毕竟是个长辈，又是好心好意而来，就是不愿意跟他去当差也该委婉谢绝才是，不该如此唐突。

我说：“这是个人面兽心的大伯。他对嗣母极其不孝，对曹家坏事做绝，如今又假惺惺地出来要拯救曹家。他连亲兄弟的手足情都不顾，必欲置之死地而后快，何况我乎？”

香玉再无话可说，只是唉声叹气。

我写的戏曲本子《鸳鸯楼》，被香玉细看了去。我心里直犯嘀咕，查阿芳的事若被他知道，那是必有一场大气要生的，真担心香玉会病上加病。我更担心一旦真相败露，便绝不能再写下去，这个本子必定夭折。好在香玉看罢并没发现破绽，以为写的真是明朝宦官魏忠贤结党专权，残害忠良的事。

香玉自出宫以后，一直在病中，足不出户，因此孤陋寡闻。倘若她听说过我与阿芳的事，一看剧本便知。谢天谢地啊！

但是，香玉忧心忡忡。她说："历来文字案从不间断，大清朝文字狱更是接连发生，刀光血影全家遭屠的事也有过。你不会不知道吕留良和查嗣庭两起大案吧？那可是血流成河，家破人亡啊！为的还不都是文字上的罪过？我看你这剧本锋芒太露，说是写的魏忠贤残害忠良，若有人指责你借古讽今，为查嗣庭鸣冤叫屈，污蔑前朝雍正帝可怎么办呀？我看你还是快住手吧！不要再给这个家埋祸根了。"

香玉说罢又咳，由于太猛，憋得脸通红，额头也潮湿了。

香玉的话使我吃惊不小，那查嗣庭的名字被她反复提说，如惊雷一般在我心中来回作响。我猛然觉得，先前是自作聪明了，香玉是知道一切的，知道查嗣庭，也知道阿芳，更知道胭脂楼上演的悲喜剧。但她佯装不知，不动声色，全在她那病体中暗藏着，不悦和痛苦只在暗中消化着，忍受着。我惊呆了，浑身直冒虚汗。

香玉还在咳。我急忙斟上一杯热水，将佝偻着腰的香玉扶住，在床边坐下，让她喝水。香玉嘴角流出血来，像一条蚯蚓一样慢慢向前爬行。

"啊！你咳出血来了？"

我用手帕给香玉擦血，手在发抖。

香玉脸色蜡黄，有气无力。

我明白眼下最该干的是什么。我毫不犹豫地把剧本收起，打开木箱，将衣服一层层拿出，把剧本放在最底层，再把衣服一层层压上。做完这些，重回香玉身边，让她依偎着自己，喂她水喝。

香玉显然对我的举动十分满意，眼角爬出微笑。她不再说什么，只是依偎在我身上，紧紧攥住我的手。

自从香玉连提几次查嗣庭后，我这心怀鬼胎之人便十分敏感，从此再不提续写《鸳鸯楼》。我将此意告诉杨小云，杨小云说还是照顾香玉病体要紧。既然香玉可能已知查阿芳而不说破，也是给你留面子，如此就不应该再伤她的心才是。

只是，杨小云从此不再到我家去。他也是极细心极敏感的人物，知道香玉不愿意让我学唱戏粉墨登场，便主动避嫌。

一日，旗里佐领处派人来告知，说近日要在本旗闲散人员中选十名三十岁以下者，到各王府充当侍卫。可先去佐领处报名候选。

侍卫这差使分等级，有职称，薪俸较高，可算是美差了。香玉遇事不急，总要先看我有何打算，她再从旁参议。

我自然是不去。为几两臭银子，我怎能甘受旁人驱使？若分在有德之人手下还好受些，若分到贪官污吏国贼禄鬼手里，竟成了帮凶，岂不要羞煞人！

我的果断决定，使香玉不好再说什么。我猜，香玉一定是希望我去的。每月能多进几两银子，对香玉来说，生活就好安排多了。

整个三月，我因写剧本，几乎没出家门。如今收笔不写了，这才想起鄂比已有多日没来。我心下一惊，感觉不妙，立刻前往找他。我匆匆赶到鄂府门前，大吃一惊，门上贴着内务府大印的封条，上面署着“乾隆五年三月六日”。天哪！我拍打着脑门：已封了二十多天，我竟不知道！

我四处打探消息，方知鄂比父子已被枷号押入大牢，家中人口早已在人市上变卖充公。

知情者说，是鄂比的父亲犯了事。

鄂父在内务府广储司做官。广储司管银库、缎库、衣库、茶库、皮库、瓷器六库。鄂父是银库堂主事。虽说堂主事比司官郎中、员外郎低一级，可堂主事管银库现场，有实权，缺儿肥，他资格也老。郎中、员外郎走马灯似的经常换，鄂父却是十几年没动。

今年正月十五上元节，皇宫大内要热闹热闹，想把灯节办得火爆一些，拟将所有宫殿大门的明角灯统统换成新的，再有花灯彩绸等项，这笔开销可就非常大了。

前面说过，鄂比家之所以特富，是因鄂父贪敛国库帑银所至。而贪敛的手段便是别人冒领浮销，给他的回扣好处。这次承揽灯节者共领银二万八千两，据说实用仅一万二千两，仅鄂父一人就得了一千两的好处。因掌仪司分赃不均，起了内讧，这桩浮销案才浮出水面。初时对鄂父只是以罚没处理，后来有人告密，说他家富如王侯，按这些年的薪俸看，所得难占家产的百分之一，剩下的九十九当全来自国库。刑部对这一密告不敢扣留，立即呈送圣上。圣上大怒，当即下令将其抄家下狱，严加审讯，逼他说出以往的实情。据说鄂父的招供使乾隆大吃一惊，可又十分难处，若按此线索查去，京中官员书吏多半都要被抄家下狱，有很多线索还牵扯到王公贵族。乾隆没有办法，只好暂且按兵不动，待日后慢慢图之。

我打听清楚鄂比的下落后，立即去找杨小云。没想到杨小云很平静，他说："这件事我早已知道。其实，发生这事是你早就预料到的。还记得吗？你在听松楼就说过。若依我说，这事早就该发生，延至今日，是鄂兄有福了。你以为不是吗？"

我点头称是。

"只是，鄂兄他如今在大牢里，那滋味可不好受啊！"

杨小云微微笑道："说你彻悟了，原来是假彻悟。人生如梦，祸福互转，生将死，强将弱，兴将衰，这些话可都是你说的。此乃正常规律，无须大惊小怪嘛！鄂比没受过罪，让他尝尝这滋味是大有好处的。这机会可是十分难得呀！"

"我想去大牢看看他。"

"我何曾不想？我也想去告诉你，可总觉得再等等才好。"

杨小云说罢，拿出二百两银子："你拿着它，去大牢里打点打点，再给他买些吃用的东西。可别丢了鄂兄的那条命。"

我十分激动，眼里含满了泪花。

我又办了一件送礼请托的事。经上下打点，得以见到鄂比。

鄂比肩扛木枷，蓬头垢面，胡须满腮。看到他，我滴下热泪，难过地说："鄂兄，我来晚了。我去你家找你，看到封条，才知道的。让你受苦多日了。"

鄂比二目圆瞪，怒声道："进这牢门，需不少银子，你从哪里弄来？莫说你卖了住房？你若办那傻事，我非打你不可！”

我忙说：“是杨兄给了二百两。他太忙，让我代他问候你。”

鄂比一听，开怀大笑道：“如此最好，花他一些不妨事。你带酒来了，还愣着干吗？快快斟来吧！”

我真没想到，鄂比竟能如此洒脱地对待这一次大变故。他饮酒吃肉，显得是那样香甜，不住嘴地唠叨：“这酒肉原来在牢里吃味道最好。哈哈！能享这福也实属不易。天下事真他妈的，这福中有祸，祸中有福的话真他妈的。你就说这酒肉，为何在听松楼就吃不出这味儿来呢？”

我知道，他是在故作若无其事的姿态，想用谈笑风生来遮盖伤感。我却笑不起来，无法配合他。他扛着六十斤重的木枷，吃喝都很艰难，被压得总是要动一动身子才行。我请求狱卒给他打开枷，狱卒还要银子。无奈，银子已花光，他只能扛着木枷吃。

“你干吗那样悲戚戚的，多扫兴！你不是也坐过牢吗？世上既然有牢，人这一辈子要不坐上一回，也太遗憾，太不完美了。那个家，那个富如王侯的家被抄，是早在预料之中的。那家来自国库，又归回国库，也是合情合理的。让我白享了这么多年的荣华富贵，还有什么不知足的？”

鄂父一伙人的浮销冒领侵吞国帑案，因牵扯面太广，乾隆处理起来十分棘手，最后不得不从轻发落。鄂父被发配边疆打牲乌拉受苦力，永远不准回京。鄂比回旗入籍，即日离开京城。我和杨小云前去送行，竟没容我们坐一坐。鄂比站那儿干饮三杯酒，军牢们就催着上路。

鄂比说：“镶黄旗营子在西山脚下，离京城三十里，想我时，你们就去。这京城我是来不了啦，戴罪之身，离开营子一天都要告假，没有重要的理由是不准我乱跑的。”

这一次，鄂比流下了眼泪，任他怎么坚强控制，太阳穴暴出青筋，也没能阻挡住泪水外溢。

鄂妻相貌俊美，但不善言辞，很少说话。

我说："嫂夫人多多保重，到了营子里照顾好鄂兄，过些日子我们去看望你们。"

鄂妻眼圈一红，以袖掩面呜呜地哭了起来。

军牢又催促上路，杨小云掏出一块银子递过去，才算罢了。

我又斟满一杯酒，双手擎起，泪盈盈地说："劝君更进一杯酒，西出阳关无故人。"

鄂比眼含热泪，接过一饮而尽，又斟一杯递给杨小云，说："来！咱们各自再干一杯，兄弟同消万古愁！"

把最后一杯酒喝干，鄂比与妻儿才上路。我们追送到西直门外。

这正是桃花飘落的季节。春季最好的时光已经消逝。望着这辽阔的京师郊外，桃花败落，红雨纷纷，我不由得叹道："这正是红消香断，花神退位之时。自然界有如此巨大的神力，尚无法挽救花谢花飞，无法掌握生将死，开将落的命运，何况区区人类乎！"

杨小云赞道："雪芹又彻悟了。命运本来就是不好把握的，人生确实如戏呀！你不要忘记你自己的那句名言，'乱哄哄，你方唱罢我登场'。其实，'我'下场后，还会有人接着唱的。如今新换了管银库的官，他就能保证往后不贪了？"

夏秋之交，我与杨小云骑马前往香山脚下镶黄旗去看望鄂比。鄂比的生活自然是一落千丈，再无男仆女婢供他呼来唤去，一切都是他们夫妻二人自己动手。鄂比闲来无事，每日只是饮酒作画，因画已经交了几个朋友。鄂比特为我们的到来去找参领告假，带我们游览了香山。

已是多日没见父母兄妹和大嫂了。一个秋高气爽舒适宜人的日子，我和香玉特备一些薄礼，前去看望。

老爷的精神已远不如前，思维迟钝，行动也缓慢了许多。太太说他整日不出门，不见人，只在家指导棠村读书。说老爷已彻底心灰意冷，再不指望自己会怎么样，只把希望寄托在棠村身上，盼他日后能考个一官半职，有个安身立命之处便可。

老爷只简单地问我和香玉几句话，就以书遮面，不再理会我们。

我们的到来使棠村和小妹非常高兴，一直在合不拢嘴地笑。香玉把买的桂花糖分给他们吃，小妹就一口一个二嫂地喊着，依偎在香玉怀里问这问那。

可喜的是棠村很聪明，记忆力极强，几乎可以过目成诵。我问他四书五经上的事，他都能回答上来。又问他一些诗词杂学方面的事，他却如入云里雾里一般。我这才知道，老爷对他把持很严，除四书五经八股文以外，棠村没看过任何别的书。我为小弟惋惜，如此聪明的小弟，只怕会让老爷压制成呆子。

太太说大嫂在病中，我们急忙去西屋看望大嫂。

大嫂在炕上躺着，脸色蜡黄，见我们去了，便挣扎着要起来。我和香玉急忙去扶。

大嫂靠在香玉的身旁，气息微弱地说："我听到你们来了，本想起身过去的，又怕打搅你们。弟妹们很少见人，今日见到哥嫂了，就该让他们多乐一会儿。"

香玉红着脸说："我们平时来得勤一些就好了，一家老少在一起说说话儿，也省得寂寞。"

大嫂拉住香玉的手："快别这么说。如今的日子不比从前，吃饭的事都不宽裕，谁有那个富余到处走动？唉！可是亏了弟媳你了，这最穷的日子让你赶个正着。若在江南享受几年锦衣玉食、荣华富贵，今日再受这份苦也值，可你……唉！"

太太也叹道："正是呢，香玉受的委屈最大。唉，慢慢熬着吧，十年河东转河西，这倒霉运气不会总停在咱们曹家的。"

香玉苦笑道："还有什么指望时来运转哟！"说这话时，斜瞥了我一眼。

我担心香玉会告我的状，说我不求进取，消极避世，只想过超尘出世的悠闲生活。还好，香玉贤惠，总算给我留了面子。

香玉又说："唉！官也不是那么好当的。宦海沉浮，毫无定数，有几个官是从头做到尾的？不是被罢免降职，就是被发配充军；不是被抄家下狱，就是被满门抄斩。有时候，你还在乐滋滋感觉良好的时候，大祸却突然降临。唉！要说也是，纱帽越大，越是活得战战兢兢。官场上人，无不人人自危，如履薄冰。这官既然当不得，地也种不得，商也不让经，还能干什么？时来运转哪还有指望啊？"

听香玉如此说，我真暗自窃喜。她原来快要跟我想到一块儿去了，怪不得这些天不再唠叨科举仕途了呢。

太太说："那就让霑儿去当差吧。年轻力壮的，又能写又能画，比哪个差人不强百倍？找一个俸禄高的活儿干，多挣些银子，不比闲待着受穷强？"

香玉听了，掩面偷笑。

我这才知香玉的用意。原来她画个圈儿，是在借别人之力劝我。

大嫂也帮腔说："二弟，太太说得很是。你就拉下脸面来，去当差吧！人在矮檐下，没法不低头。你不要比别人，就比你霧哥吧，他在西北还不知在受什么罪呢！在京城当差比你霧哥不是强百倍呀？"

大嫂说着，又开始伤心落泪。我敷衍说："我是想找个差使干呢，只是到如今也没有合适的。"

临回时，香玉给大嫂留一吊钱，又给小弟小妹一吊钱。百般安慰大嫂好好调养，这才恋恋不舍地告别。

回到家，我一下把香玉抱起，仰望着她赞道："我妻原来有大将风范，很会谋略呀！你用欲擒故纵之法，先顺着我的'官场险恶论'说去，引我高兴，随后又借他人之力，引太太和大嫂替你攻击我'穷死不当差'的决定。好哇！我的心肝，你果真成为我的心肝了！"

我把香玉放下，托住她的脸蛋，颤着声儿说："我把你这张巧嘴儿，非亲吻木了不可！"

香玉被堵得透不过气来，拼命挣扎开，说："你以为我是在借他人来劝你吗？你又自作聪明了。其实，我也承认官场险恶。前些天，我是希望你迎险而上，再去搏一搏的。这几日，我也想开了，死生有命，富贵在天，只怕搏也白搏，说不定下场会更惨呢！一甲子的荣华富贵已被你家享尽，便是按君子之泽五世而斩的说法，你家已安荣五世，也该受受贫了。为此，我改变了念头，不考也罢！只是这差你也不愿意当，使我心中不快。我想，你从小男仆女婢随从书童地驱使惯了，如今不是主子了，反受别人驱使，可能从心里无法接受这种现实。要是非逼你去挣那几两银子，生活是富裕了些，可你每日总觉得尊严丧失，郁闷不快，我又于心何忍呢？”

香玉的话，使我激动不已，心里更加爱敬她了。

二十五章　香消玉亦殒

我和香玉的日子过得平静闲适，但却拮据清贫。值得庆幸的是香玉总能善解人意，我也总是退让一步，因此幸福之花总能并蒂开放。我常想，能在贫寒中相亲相爱的生活真是幸福，实在甜蜜得很呀！

乾隆六年的初冬时节，京城突发伤寒病，瘟神肆虐，夺走无数人的生命。几乎是街街飘白幡，巷巷闻哭声。

我十分担心，香玉体弱，怕有万一。我们整日关门闭户，自己不出去，也不让人进来。

我仍觉不妥，与香玉说：“咱们还是躲一躲吧，离开京城。”

香玉问：“躲到哪里去？哪里有咱们投奔的地方？”

“西山，找鄂比去。”

“他那里就保险了？说不定瘟疫已经到了西山呢。”

还去哪里？去淮安投奔李阿芳？香玉还不知有个李阿芳呢。再说，哪里去弄盘费呀！无奈，只好在这瘟疫堆中耗着。

忍耐半月有余，果然安然无恙。我暗自庆幸，这不出门的办法还真有效。

一日，西北风突起，天空乌云密布，京城立刻被笼罩在昏暗中，给人一种不冷自寒的感觉。我自语道：“糟糕！怎么突然冷起来了，取暖的东西还没备齐呢。”

我要出去置办，香玉惊恐地抱住我说：“哪就一下子甚冷了？等这次天气一过，再置办也不晚。这样的阴冷天气，我可不敢让你出去。”

望着窗外呼啸的寒风和街上匆匆一跑而过的行人，我想，这一出去也许就中了伤寒呢。那就等一等，明天再说。

是晚，果然很冷。我怕冻着香玉，睡觉时搂着她，为她暖身子。可是，终有乏累时，互相扭身离开，各自歇息。黎明时分，香玉肚子疼痛，呻吟不止。我被惊醒，情知不妙，急忙使用急救法，将手心搓热，捂在她的肚脐儿上。又为她掖好被子，上面压上自己的衣服。如此急救片刻，果然有效，香玉不再呻吟，渐渐入睡。

我真担心，在心里默默地念叨，瘟神瘟神我服你，请你快快离开吧！千万不要在此降临。我的爱妻已经受够人间最难受的罪，她不该再有不幸了。

香玉佝偻着身子进入梦乡。我却不敢入睡，精心呵护着她。少顷，她的肚里咕噜噜乱响，很快又疼痛起来，疼得紧皱眉头，倒吸凉气。突然，香玉撩开被子，纵身下炕。我知道她是内急，急忙抢先为她拿马桶。天啊，厄运又要降临了，香玉的症状正是流行伤寒！

好容易挨到天亮。我首先速办取暖之物，温暖了屋子后，又去请大夫，抓药，煎药。一通忙乎，直到午时，才把药给香玉服下。

连吃三天药仍不见好，香玉已经拉得脓中带血。我问大夫：“此病就没有更好的药医治么？”

大夫说：“这句话已有很多人问过。唉，瘟神岂是药力能制服的？不过，瘟神也是欺软怕硬的，体壮身强者，它不得近身，即便近身，也很难斗过。体壮身强者再有药力相助，必胜。”

听罢这话，我才稳定方寸，觉得能够有的放矢了。我对香玉大讲精神力量辅佐药力的巨大作用，同时多方打听，到底哪位大夫的方子医治伤寒最好。我已不再顾及是否会被传染上，除照顾香玉外，便是东奔西走。

然而，新的难题又浮出水面，银子已经全部用光。为了不至于给香玉断药，我只好放下尊严，去岳丈门上求借。

不幸的是，岳丈门上竟贴着白纸。我吃惊不小：这是谁去世了？为什么不给我信儿？最起码该给香玉信儿吧！这是真的瞧不起我，要彻底与我断绝往来了。我越想越气，扭头就走。

这时，有人喊住我。原来是管家从门内走出。我这才知道，是香玉的母亲因伤寒病去世。管家说只因香玉体弱多病，怕被传上，才没去报丧的。我想，既如此，先不能使性子，还是救香玉要紧，便将来意与管家说了。管家闻言，让我稍等，急去里面禀报。少顷，管家出来说，老爷尚记着上次你们不辞而别的错呢，须你进去磕头认错后再议别的事。我一听，立刻气冲霄汉，朝门里喊道："他连他的女儿也不愿意救么？他再不配当我的岳丈！"

我转身就走，昂首阔步，义无反顾。

可是，去哪里弄银子呢？

倘若鄂比在京，我早就找他去了。我想去找杨小云，又总觉得不能去。他带着一个戏班，一定很怕染上伤寒，非常忌讳别人去。我放弃了找他的念头。

万般无奈下，我想到了典当住房。

这真是个好主意，我与当铺写了文契，将住房折银五十两，当期两个月，到期不交清本金，便以房抵债。

有了银子，我又去寻找更有名望的大夫。哪知，拖延几日，香玉不但没有好转，反而病情有所加重，开始发起烧来。我忧心如焚，坐卧不得安宁。求问大夫，大夫说："贵夫人脉息沉细，不思饮食，喝口水都要变成脓血而下痢，分明是阴气过重所至。此病已重，便很棘手，非大羌活汤不可。你按我开的方剂快去抓药，切记，汤药定要温服，今日服两剂，明日服两剂，汗必出，病人一见汗，便要大好了。若四剂后汗仍不出，对不起，你再另请高明。”

这真是喜忧参半。大夫所言甚有道理，不能不信。我赶紧又去抓药。药铺掌柜的已跟我熟起来，一看方子，就说：“又换大夫了。”

我眉头紧锁，抓耳挠腮：“唉，真是愁煞人也！不论怎么治，就是不见好转。掌柜的，您每日见那么多方子，可知哪个方子治这病好些？”

掌柜的说：“虽说都是伤寒，可百人百样，大夫下药又各有差异，难说呀！要叫我看，你这个大羌活汤的方剂就算够猛，一般大夫是不敢用的。此方镇痛、发汗、利尿，汗一出，尿一通，也就万事大吉了。”

闻听此言，我又有了主心骨，拿药急回。

香玉服下前两剂药后，毫无动静，还是发烧，还是拉脓血。她那本来就瘦弱的身体，经这些天摧枯拉朽般的折腾，已蜷缩于炕上，不能下地。被褥遭污的事经常发生，我从未干过的活儿今日都会了。

我开始怨天尤人，痛恨江河日下，末日到来。医学之道竟不如古人，怎么就没有驱除瘟神的药方呢？怎么就没有华佗、张仲景那样的神医呢？多少无辜生命眼睁睁被夺走，这爱得无以复加的爱妻也将危在旦夕。我只觉心痛难耐，泪水模糊了双眼。如果真有神灵的话，我愿去烧八百炷香火，磕破头颅。如果能挽救爱妻的话，我愿割肉谢恩，决不食言！

然而，我知道，神灵是指望不上的。我突发奇想，多有名的神医不也是学来的吗？我也学！我又信心百倍，精神抖擞了。我几乎是一口气跑到琉璃厂，转遍这阁那斋，最后终于在书摊上买到一本书。那是汉代张仲景写的《伤寒论》，且有晋代、宋代人补充的新内容。我如获至宝，收在怀里，如同抓住了救命草一般，急速赶回家去。

我明蜡秉烛，连夜攻读，依照书中医理，对照香玉症状，寻找适应的方剂。这一介入方知，一部《伤寒论》竟如此深奥，虽聚精会神反复细读，仍有很多不解其意之处。若是别的书，一知半解倒也无妨，看此书是为香玉医病，不弄个明明白白水落石出，如何使得？

《伤寒论》中说：

> ……蜷卧足冷，鼻中涕出，舌上苔滑，知阴犹在也。方阴阳未分之时，不可妄治，以偏阴阳之气。到七日已来，其人微发热，手足温者，为阴气已绝，阳气得复，是为欲解。若过七日不解，到八日已上，反发大热者，为阴极变热，邪气胜正，故云难治……

读到此处，我立即屈指而数，香玉病正满七日，是大关键时。我急忙放下书，去握她的手足。啊！全是凉的！我倒吸一口冷气，心下想，明天便是八日，若发大热，便是阴极变热，邪气更胜。怪不得大夫说，明日再吃两剂，若出汗，便可大好；若不出汗，就另请高明。这分明是在说，若不出汗，就无法再治了嘛！看来，明日可能是最后一搏了。想到此，我不禁流下泪来，香玉若有个好歹，谁还是我的亲人！

我继续翻阅《伤寒论》，希望奇迹出现，渴望找到更有力的论证和药方。面对复杂多变的医药理论，面对阴阳、五行、虚实、正邪、四时的变化和人体自身关系的学说，我才知道这正经是一套大学问，花数十年的心血只怕也难吃透。我不得不因繁就简，翻过理论，直奔药方而去。

查阅诸多药方，最终选定小柴胡汤。此方为和解表里之剂，若发病之初就用，只怕此时已大好了。我觉得比大羌活汤要好。

我将此意说与香玉，香玉轻轻摆了两下手，有气无力地说："你只看一夜药书，就强过行医多年的大夫了？明日……将那两剂吃下……再……看吧。"

明日是决战之日，是我有生以来最提心吊胆之日。

午时过后，香玉病情发生变化，竟真的发起大热来，浑身滚烫，却冷得直打哆嗦。这可如何是好？我手足无措，急得在地上团团转，突然抱住香玉，失声痛哭，说："香玉啊！你别急，你会挺过去的。你等着，我这就去喊大夫。我跑着去！"

香玉拉住我的手，那手突然变得出奇的有力："夫君，我，别……离开……我。我怕是……不行了，我……没给你……生儿子，愧对你了……"

我难忍悲痛，泪水滚落下来："贤妻啊！此时何以说这话。你等着，我快去请大夫！"

我掰开香玉的手，真的是飞跑着去找的大夫。那位大夫问清病情，叹息道："病者身体太弱，邪盛正虚，邪堵正气下脱。此种情状，多下痢而亡。此死症，我实在无能为力呀！"

大夫的话使我陷入绝望之中。忽想起小柴胡汤，那里尚有一线希望啊！我向药铺飞奔而去。

我手提药包回到家时，香玉已是浑身抽搐，口吐白沫了。我扑到香玉身上，边为她擦脸擦嘴，边呼喊她的名字。

香玉于痛苦中慢慢睁开双眼，紧锁的眉渐渐展开，嘴角处出现一丝微笑，气息微弱地说："夫君，抱着我。"

我默默地将香玉一只手臂放在脖子上，慢慢把她抱起，紧贴在自己胸前，又俯下头去，将脸贴在她的脸上。她的脸还在滚烫。

这曾经是一张什么样的脸呀，面如桃花，俊美可人，一对双眼闪亮炙热，令人迷醉。那樱桃小口中发出的声音，总是那么清脆悦耳，如同银铃。

"夫君，六年了吧？"

"是的，回首望，咱们就像是昨日成的亲。"

"只怕……缘分要尽了！"香玉眼角流出泪来。

"不！别急！你这病能治。那小柴胡汤我已买来，这就熬。若发病初期就吃此药，如今一定病除了。"

“不好，又疼……”香玉两手紧抱肚子，蜷缩成一团。

我急忙把她放在炕上，看着她痛苦翻滚的样子，是多么希望能代替她忍受啊！然而，我浑身是力，却一丝儿忙也帮不上。

香玉肚子里又咕噜噜滚雷般响。我知道这又是拉脓血的前兆，便急忙为她准备。哪知，香玉突然一声哀鸣，竟气绝身亡，身下一片湿，散发着异味。

我万分悲恸，泪如雨下，摇晃着，呼喊着，祈盼她醒来。

我赶紧熬小柴胡汤，盼望这是灵丹妙药，有起死回生之效。我按《伤寒论》中所示，以一斗二升水熬至六升，去渣再熬至三升，分三次一日服完。为救香玉，我是将三升分为二，加大药量，以求显效。

哪知，香玉却是不听话，紧闭双唇，如铁嘴一般，一滴药液也不能进了！

这才是无可奈何啊！几天前还卿卿我我，活蹦乱跳，几天后竟是这样走了？这一走就永远消失了？天哪！你果真忍心撇下我一个么？在这寒冬即将来临时，你就不怕我一个人冷清么？

香玉啊！我的娇妻，你还记得那支《回肠荡气曲》么？从前虽受别离的煎熬，可那有个盼头，我知道你在皇宫大内，你知道我在皇城以外，诗来曲往，夫唱妇随。那时虽苦，却苦得潇洒浪漫，极富诗意。

我的娇妻，香玉啊！今日你要远行，却是永远别离了！夫妻恩爱，仅仅六载。若说无缘分，你一个背影，偏偏就把我的魂儿牵走了；要说有缘分，这也真真太短了啊！你这一走，我可要“滴不尽相思血泪抛红豆”了，你更会“每日思君不见君”啊！唉，人生苦短，活着有什么意思呢？不如随你而去，在冥冥之中也做个伴儿吧！

我止住哭声，备热水为香玉洗净身子，给她穿上她平时最爱穿的漂亮衣服，又以脂粉扑面化妆，点上红唇，这冷美人居然比先前还俊美可人。我不看则已，这一看又痛不欲生了，切肤之痛难以抑制。我边挥泪边自言自语：“香玉啊！我的娇妻，你是谁家之女如此漂亮！

你的小口真真像樱桃一样，你的鼻子小巧润滑似温润凝玉，你的双眼转动像能吟会唱。你有酒窝的笑脸总是荡漾着幸福，你的牙齿整齐洁白而又含香。你楚楚纤腰啊，赛过飞燕；你莲步移动啊，似仙鹤翩跹；你小鸟依人啊，让我心醉；你声如银铃啊，我百听不厌；你能诗善对啊，是稀世才女；你气质高雅啊，最令我称羡。你的素雅像什么？似春梅在冰雪中开放；你的纯洁像什么？如秋菊蒙上白霜；你的文静像什么？像青松生长于幽谷；你的艳丽像什么？赛芙蓉绽放于池塘；你的文采像什么？势如龙凤任意飞舞；你的神韵像什么？可比南海观世音娘娘。你比西施么？西施应该惭愧；你比貂蝉么？貂蝉脸也无光。你是生于何处？来自何方？你竟人间不二，天下无双！你是谁？竟然如此之美啊！噫嘻哉！你叫香玉，是曹霑之爱妻，是雪芹之娇娘！”

我哭得昏天黑地，不能自已时，突然感到门口传来哭泣声。我很惊讶，急回头，才发现是杨小云，他不知何时已经到来。

“杨兄啊！”我哭着爬起迎接。

杨小云哭道：“我，来晚了！竟没能和香玉见上最后一面。”

杨小云跪在香玉脚下行礼磕头。我去拉他起来，被他推开，说：“先死为大，我虽是兄长，也该磕的！”

小云又对香玉说：“人生苦短，你是苦短更甚啊！你一片真心只对雪芹，以死相拼等待雪芹，你总算如愿以偿，虽说走得早些，也值了！弟妹，你走好，从此自己多保重吧！”

闻听小云之语，我更加失声痛哭。

影之歌被真情感染，发出哭泣声。曹雪芹抹一把婆娑泪眼，见影之歌已成泪人儿，由不得上前为她擦泪，很抱歉地说：“对不起！我太动情，太投入了。影妹，你不要再为我掉无谓之泪。”

影之歌深情地说：“雪芹先生何必说这话，我这泪可不是无谓的泪，但到底是什么泪？还真说不清呢。是幸福泪，有那一层意思，因为我听到了您真实的刻骨铭心的爱情故事，为您惋惜遗憾。您的命运如此诡谲，如此多难！初恋李阿芳被拐卖，动真情的翠环又悬梁，好不容易与香玉同达幸福港湾，却又是那么短暂！也是嫉妒泪，香玉能得到您如此之爱，她是个多么有福气的女人啊！可怜我直到如今，还没遇上如您对香玉那样对我动情的，哪怕能像您一半我也知足啊！”

曹雪芹说：“怎么会呢，你很漂亮，性情开朗又随和，很善解人意，是一位难得的女子嘛。可能是你的期望值太高，很难有男士被你看上吧？”

影之歌叹道：“现今男士，都浮躁得很，很难找到潜下心来做学问的，目光短浅到只看下个月或下一年，被金钱地位房子车子折腾得团团转。这种没有大出息的人，我不愿意接近，要找像您这样的才子又没处找。”

曹雪芹笑道：“这便是因由所在嘛！要不然，我再向警幻仙姑请一次长假，让那一僧一道携带我到现今红尘中重游，享受现代的富贵繁华，与你演绎一场深情大爱的新《红楼梦》，你意如何？”

影之歌笑说：“我有那福气吗？要真能如此这般，我天天给警幻仙姑烧高香，念阿弥陀佛都行。唉，香玉撇下您这一走，您单身的日子可是更不好过了。”

曹雪芹长叹一声说：“是的，我一生中最艰难最落魄的日子就在失去香玉以后。”

二十六章　落魄宿废寺

因当房的银子还有剩余，又有杨小云大力协助，香玉的丧事得以体面举行，不仅棺木好，还请来高僧做道场，为香玉超度亡魂。

丧事办完后，我只剩光棍一人。杨小云让我搬进他的戏班居住，我说什么也不答应，因为伤寒恶魔还在京城肆虐，香玉又是因为伤寒而亡，我绝对不能把伤寒病魔带进他的戏班。

一个人的日子真是不好过，回想昔日丫头婆子列队伺候的情景，我慨叹不已。此一时彼一时啊！如今不得不自己做饭吃了。然而，衣来伸手饭来张口惯了，我哪会锅灶上的手艺？看看瓦盆里的米已经不多，棒子面还有几碗，便学香玉活着时做汆汆汤的样子，我也攥起汆汆来。汆汆汤做熟后，才知道这最简单的饭要想做好也不简单，成型的汆汆已经不多，没散的汆汆放到嘴里也不如香玉做得好吃。面对一锅糨糊糊，这才明白，我失去的不光是娇美之妻，还失去了生活依靠，失去了不可缺少的生存伴侣！

啊！那一顿糨糊糊，我是伴着眼泪吃下的。

难熬的日子一天天过。虽然难熬却嫌它过得太快，只害怕到两个月后，而两个月的大限终于还是逼来。房屋抵押的五十两银子快花光时，也就预示着这房屋不再属于我。旗里每月给我的月银仅四两，一年不吃不喝也存不到五十两，我去哪里弄这笔银子赎房屋？找杨小云吗？绝对不能再让他破费。富亲戚有不少，但我已经落魄到这种地步，谁还瞧得起我？富家门是不好去敲的。思前想后，最终决定还是自己扛。

我从此成为无家可归的流浪者，背起一个铺盖卷，寄宿在一座废寺中。

多日不曾喝酒，真想啊！摸摸囊中还有几个铜子儿，来到东小市旁的小酒馆，徘徊又徘徊，终没能耐住酒瘾，钻了进去。

端起酒杯又想起香玉，我默默向香玉祭了祭，这才开始自饮。啊！真香！酒是好物。在江宁时，西园产的灵芝酒，绍兴的南酒，在北京静园居住时，自己酿的合欢花酒……到此落魄地步，无家可归无灶可炊之时，酒也没有了。曹雪芹呀曹雪芹，你怎么就混到如此地步！

两壶酒下肚，我已有些头昏脑涨。朦胧中，看见门口有一个十几岁的乞丐，穿得很单薄，在风中直发抖。我向他招手，他惊喜地直奔我来，来到后看看盘中菜，又看看我，样子很饥饿。店家前来赶他出去，被我摆手制止。我给乞丐斟一杯酒，乞丐一饮而尽，没等我让，就抓起盘中菜大吞。如此，酒和菜很快被他一扫而光。

我笑着看他，问："你有家吗？"

乞丐摇摇头。

"跟我住去吧，两个人挤着还暖和些。"

乞丐点点头。

我又问："官府不是一到冬季就有赈灾的棉衣吗？你没去领？"

乞丐不好意思地说："领了，我在东小市卖了。"

我吃惊地看着他："你怎么能这样？没有棉衣会冻死的！"

"我饿，冻死总比饿死好。"

我长叹道："唉！你比我命还苦。都说京师没有隔年丐，救济的棉衣你又卖掉，这个严冬你怎么过得去！"

我拉少年乞丐去废寺就寝，虽说废寺里没有炉火，寒风顺破窗随便出入，但毕竟是在有四壁和房顶的屋里，又有棉被盖着，少年乞丐满脸幸福，说真是太好了，太幸福了。

我想，这幸福的价钱真是不一样，想当初我像少年乞丐那样大时，与老太太睡在江宁织造府萱瑞堂的碧纱橱里，绸缎蚕丝被裹身，多少人伺候着，何曾有过少年乞丐眼下这样的幸福感觉？由此我才懂得，人的苦辣酸甜经历是何等珍贵，若一味地只在蜜罐中泡着，真无法知道蜜罐里就是甜。

我与少年乞丐相拥着，那一晚，真的睡得非常香甜。

天亮后，少年乞丐笑容灿烂，甜甜地对着我喊大哥。我知道他还想吃，可一摸口袋，所剩无几。到初八才领月银呢，我已经接不上了，便打开窗户说亮话："我这个大哥可没有吃的给你，不穷到这个份儿上，我怎么会住到这里？这样吧，白天咱们各行其是，到晚上你还来这里睡，好不好？"

少年乞丐很失望，但他很快笑了笑，痛快地扬长而去。

又过几天后，我身上已经一无分文，这可是真到山穷水尽之地了。距领月银还有两天，这两天怎么过？难道也要像乞丐那样去行乞？我连连摇头，就是饿死也做不来那样的事。去嗣父家吧，到那儿混吃两天。细想想，也不能去，嗣父的日子本来就紧巴，月底的日子肯定也是在青黄不接，我一个大男人不能再去添乱。再说，面对棠村弟和小妹，我这个做哥哥的不能捎点吃的给他们，反倒要去争嘴，这个脸面丢不起。我想要卖那床棉被，可又一想也使不得，没有了被子，这一冬若被冻死就不值得了，京城街头冻死乞丐的事可是不少啊。一切想法都行不通后，我只有漫无目的如幽灵般在大街小巷徘徊。

初冬的泡子河已结冰，我沿河岸深一脚浅一脚地向前走。饥饿感一波又一波袭来，使我浑身无力，眼前一阵阵发黑，脚下似乎踩的是棉花，总要摔倒。

突然，我发现前边有位老妇向泡子河边倾倒一簸箕垃圾，那里像是有可吃的东西。我紧走几步瞪大眼睛看去，果然其中有几个细小的胡萝卜，便立即弯腰拾起，向嘴里塞去。

已经走了的老妇回头看我，又拐回来悄声问："看你很像个先生模样，怎么就会饿到这般地步？"

我立刻红了脸，回答道："大妈，我是落魄之人，当房葬妻，如今妻子没了，房也没了，已经两天没吃东西了。"

老妇皱眉说："你妻子是伤寒闹的吧？唉！真不走运。你等着。"

老妇很快从屋里出来，递给我两个窝窝头，叹道："唉！我也没有太多的给你。"

我哪里好意思接，想推辞，又舍不得。老妇看透我的心思，便硬是塞到我手里，转身走回。我连声道谢，直谢到大妈走远。

得到两个窝窝头，真像得到了命，我大口地吞嚼，感觉无比好吃。

两个窝头下肚，我的心不再慌，眼前也不再发黑，脚下也有些力气了。我当机立断，要趁这点劲头赶紧回废寺。我甚至在想，那被子应该卖，就像少年乞丐说的，冻死要比饿死强。

然而，不幸的事情发生了。我出去时是把废寺的破房门用绳子拴上的，回来时发现绳子被人解开。我知道不好，急进门一看，果然棉被不见了。糟糕！这一夜怎么过？这一冬怎么过？我又气又急，马上想到是少年乞丐偷去的，赈济给他的棉衣都卖，何况我的被子！我怒气冲冲地去找少年乞丐。

恰在这时，少年乞丐抱着膀子慌慌张张地跑来。他一边哆嗦着喊大哥，一边说冻死我了。我冷不防一把抓住他的前襟，抡起拳头就要打。少年乞丐惊慌地大喊："大哥，你别打！为啥打我？"

我怒声道："你做的好事，还装！你把棉被偷哪里去了？"

少年乞丐吃惊地说："啊，是棉被被人偷了？大哥，不是我干的，你别冤枉好人。要是我偷的，我还敢到你这儿来？"

这话有道理，我收起拳头。但仍质疑："这废寺没人来，只有你知我知。你说，不是你是谁干的，难道是我不成？"

少年乞丐一摸脑门，后悔地说："坏了！坏了！准是那几个小子。晌午遇见几个伙伴，我向他们炫耀呢，说睡了个美滋滋的觉，盖了你的被。"

我懊丧地左拳打在右掌上："哎呀！你！你！你带我去找他们！"

少年乞丐恳求道："大哥，找也没用，没人会承认。东西肯定已经卖掉，这工夫也许正吃喝呢！"

这真是又一个无可奈何，天哪！我竟一贫如洗到这种地步。我后悔莫及，蹲在那里生气。

少年乞丐央求说："大哥，别生气了，今晚我带你去一个地界儿睡觉。有一家养车户的马棚，草屋里装满了草，扎进草屋去睡，不至于冻死。"

有什么办法？只好如此。我问："主家能答应？"

少年乞丐说："当然不答应，我总是偷偷地翻墙头进去。"

"哦，是这样，被主家看见怎么办？"

"咱们一不偷吃他家的草，二不偷他家的马，看见也没事，不就是扎草堆里睡一觉吗？"

我长叹一声："好，你带路。"

趁着月黑头，少年乞丐领我左转右转，来到一户土院墙前。他很矫捷，一纵身便上了墙头，翻进马棚的院子便向我招手。我毕竟高大些，也顺利地翻进去。少年乞丐引领我进入一个只有栅栏门的草屋，我们果然神不知鬼不觉地就住进了天堂般的卧室。

少年乞丐压低声音嘿嘿笑，边笑边快速扒开一个草窝，然后往里一躺，又将两边的草朝身上盖，快活地说："大哥，快铺褥子快盖被！能睡在金黄的麦草上，这样的福气谁能享受到？"

少年乞丐的话使我很感动，我便也潇洒地扒开一个草窝，躺进去后，也学少年乞丐的样子将两边的草都盖在身上。我悄声说："啊，果然不错，金床银床，岂能比我柔软的麦草床！"

一时兴起，灵感陡来，遂欢快地低声吟道：

铺盖金黄胜玉皇，逍遥入梦睡龙床。
诚邀舜禹诸朝帝，草铺与君乐共享。

少年乞丐不解，问："大哥，你说的是啥？我听龙床龙床的，玉皇大帝就睡这个吗？"

我悄声笑道："小兄弟，咱俩今晚就当一回玉皇大帝。"

少年乞丐哈哈大笑，我急忙向他摆手制止。

少年乞丐又悄声说："大哥，你身上长过虱子吗？睡这玩意可是长虱子，长得飞快！"

一听这话，我浑身就痒。但是我笑着说："还没有长虱子的福气。这一回可是该长了，也不错，就把这草棚当作'扪虱庵'。"

少年乞丐又不懂，问我啥叫扪虱庵。我没做解释，把话岔开去。

少年乞丐雷声大作时，我还是睡不着。毕竟有生以来第一回睡在这样的草窝中，总觉得浑身刺痒，不得安宁。我又想了很多，到初八领出那四两月银，该如何安排今后的生活，说什么也不能从此流浪下去。想来想去，还是不愿舍脸面去求富亲戚，我想去西山找鄂比。

不知是什么时候睡着的，却知道是什么时候醒的。我被一脚踢醒时，只觉得屁股很疼。马棚主人下半夜起来给马添夜草，一收草露出我来。少年乞丐突然从他身侧跳起，更是吓了他一跳。马棚主人怒了，打少年一个脖儿掴，并厉声质问我们是怎么进来的，要去告官。

我央求说："这位兄长请原谅，我当房葬妻，没处住了，暂时栖息在废寺里。不幸铺盖卷儿昨儿个被人偷走，没有办法，才借贵宝地暂避这一夜严寒的。打搅了，很对不起！"

马棚主人收起凶恶面孔，改了口气说："原来是这样。看你文绉绉的，说话也得体，不像坏人，我且信你。天也快亮了，你们走吧！若是再翻墙头进来，我定要告官。"

马棚主人开大门把我们送出，我和少年乞丐在黎明前的严寒中瑟瑟发抖。我们小跑着又回到废寺，虽说没有被子，废寺里也比外面暖和。我与少年乞丐商量，天亮后去拾柴，弄些柔软的草来，弄得多了，也是可以御寒的。

那一天，我们除了找吃的，就是找柔软柴草。到夕阳西下时，居然在废寺里弄了一个不错的草窝子，两个人挤在一起互借体温，就能够将就过夜了。

我与少年躺在草窝子里小憩时，西北风突然刮起，很快变成呼啸之势。不幸得很，已经露天的房盖处一根椽子断裂，泥土瓦片哗啦啦倾泻下来，砸在我身上和头上。一阵凉麻后，我觉得有血流出，用手一摸，果然是鲜红的血。少年也狂叫起来，赶紧过来帮我包扎。伤口处开始疼痛，我立即感到不妙，天马上就要黑了，身上分文没有，这可如何是好？不求人是不行了，我马上告诉少年乞丐："小兄弟，得烦劳你跑一趟了，去景山后的苏州街杨叫天的戏班子，让他快用车来接我。就说我姓曹，记住了吗？曹操的曹。”

少年乞丐大吃一惊：“啊，大哥，你跟曹操是一家啊，曹操可是个大官。”

“别耽误事，你说一遍我听。”

“曹操是你祖宗，我去找杨叫天，他在戏班子，苏州街的戏班子，是景山后那地方。”

我痛苦地笑笑，摆手让他快去。

少年乞丐高兴地说：“哦，这一回我能吃一顿饱饭喽！”

杨小云赶来时天已经大黑，看到我这个样子心疼得直哎呀。他赶紧把我搀扶上轿子车，命车夫快拉走。我却不急，向他要一些碎银子，递给少年说：“先给你这些，等以后有过不去的时候，就去戏班子找我。”

少年得了碎银，高兴得不得了，连声说：“我就知道你是贵人。我没看错。”

影之歌感叹说：“曹二哥真有这样一段生活啊，您可是尝尽了人世间的酸甜苦辣咸。著名国画大师齐白石，听说您曹雪芹落魄后曾经住在崇文门东的废寺里，对此十分感兴趣。他曾邀请好友张次溪一起前去凭吊。但因城市扩张，民居崛起，早已无迹可寻，不得已无功而返。事后，齐白石先生心中放不下这件事，专门作画一幅，题名为《红楼梦断图》，并赋诗：风枝露叶向疏栏，梦断红楼月半残。举火称奇居冷巷，寺门萧瑟短檠寒。”

曹雪芹惊诧道：“竟有此事？啊！我当引这位齐先生为知己。被称作国画大师，看来这位齐先生造诣很深，只恨不能相识相见。”

“是的，在书画界，齐白石名声可是大得很。老人家大器晚成，六十岁后才红起来。还有呢，著名红学家周汝昌先生也曾说，您曹雪芹落魄后在京城住过水屋子，住过马厩、废寺和看街堆子。看来，都是有些依据的。”

曹雪芹笑道：“真该谢那些京城百姓，居然还有人向后代传说我的事。”

二十七章　神秘美少妇

在杨小云戏班养息一些日子，伤口逐渐愈合。从此，我就住在杨小云那里，开始新的生活。过了一段时间，心情渐渐平静下来，我又续写起剧本《鸳鸯楼》。这一次没有任何牵扯和阻碍，我得以痛快淋漓地去按自己的心愿写。

一日，我正聚精会神写剧本，杨小云悄悄推开门说：“今日可是要耽搁了，杲亲王非要见见你。”

“杲亲王？就是你说的那个戏迷王爷？”

“正是。他今日兴致大发，非要与众优伶客串一回。在客室饮茶时，抬头看见你画的那幅画，赞赏不已，非要见见你不可。”

我说：“不见！不见！什么亲王郡王，从此一概远离他们。那年庄亲王欣赏我的画，结果欣赏掉了我的饭碗子。好不容易隔离开，我再也不跟他们凑合。”

杨小云笑道：“这个王爷可不同别的王爷，杲亲王平易近人得很，不光是没有王爷架子，跟别的王爷见识也不一样。只说一点你便知，杲亲王比你祖父还喜好戏曲，常粉墨登场呢！”

听如此说，我来了兴致，还有如祖父一样的王爷？这可是必要见见的。

杲亲王倒挺和蔼可亲，真的没有架子，我要跪拜请安，被他抢上前一把拉住，笑着说：“你就叫曹雪芹？哈哈哈！大名早已久仰，今日才有幸见面。雪芹呀，我知道，你冤枉，你画的《骏马奔腾》图被庄亲王利用，是在无意中被搅进谋逆大案的。你等着，我找适当时机，把你的事跟皇上细说说。你是有大才的人，正该为江山社稷效力，岂能总在外面飘着？”

我急忙说：“谢王爷夸奖。其实，我笨拙痴顽得很，最不会当官，头上要是有个乌纱帽，就会不自在，只喜诗酒戏曲，涂抹写画。”

王爷高兴得大笑：“哈哈哈！雪芹好性情。本王亦如此，一上朝议事，脑袋就大，可说是一问三不知。只喜欢画个画儿，唱个戏曲。为此，从雍正帝到乾隆帝都疏远我。这才好，永世不找我才好呢！嘿嘿，毕竟人生都是戏。比如庄亲王，他唱一出谋反戏，唱罢一下场，半边歇着去了。我唱的都是闲杂戏，不动真格的，无大碍。哈哈！”

“王爷也喜欢画画？”

“嗨！我那是雕虫小技，身上无才，勉强为之，纯属消遣。比不得你，才气横溢。瞧你这幅《钓贪》图，哈，真是妙不可言！一仙风道骨老翁，钓上这么一条大鱼，居然甩向天空，那鱼儿可是要飞得高跌得重了。此画夸张而又幽默，老者鹤发童颜，充满稚趣，面部情态，快乐中微露狡黠。这一笔最难得，也是最难想得出。何以狡黠？看图名便知，《钓贪》！哈哈！雪芹，高手啊！证据确凿，你还想抵赖么？”

我忙起身以礼谢之：“王爷过奖了。鄙人只是随意一画，并无过多的想头。若按王爷所说，那些贪官岂不都要恨我了？”

“雪芹，皇上可是恨透了贪官污吏的。此画若呈送皇上御览，定可大得皇上欢心，说不定就会起用你，也许会连升三级呢！”

我看王爷一眼，他那眼神竟是那样充满睿智，如他所说《钓贪》图上老者狡黠的眼神一样。我心中咯噔一下，暗想，此王爷并非大大咧咧之人，是庄亲王不能比的。此王爷绝对有韬略，大大咧咧是装出来的。不喜政事，被人称为“戏迷王爷”，正是确保王位，永享安富尊容的上策。起用之说，肯定是在试探。

于是我说：“王爷，雪芹谢您了。我真的不会当官，这后脑勺上有反骨，一言一行总是不合时宜，在官场上自己别扭，别人也别扭。王爷您说，那样活着多累，于人于己都不利。还是诗酒写画，粉墨登场，三五知己，常聚常欢，这样活着痛快。愿意当官时，就上戏台去做个大官，一场发号施令，也能过过官瘾。”

“噢？妙哇，哈哈哈哈！此言甚妙！看来，雪芹已经看破红尘，视功名如粪土了。只是你还年轻些，按说还不该如此。也罢！本王愿加入你这三五知己，使得么？”

“啊？您，您是王爷，是天皇贵胄……”

杨小云笑道：“王爷既有此意，你还吞吐什么？话说到此，你也该知道王爷的性情了。往后你记着，在大庭广众面前，礼数是绝不能差的，没有外人时，可不拘礼节，越随便越好。王爷，是这意思吧？”

“没错！没错！比如咱们三五知己吃酒，以知己对知己才能吃出趣儿来；比如咱们聊天，以平民对平民想说什么就说什么，那才能说出乐儿来。倘若我往上一坐，端起王爷架子，得！上下都成了木雕泥塑，便失去了真性情。那个，要多讨厌有多讨厌。我不要王爷的称呼，我要真性情。”

王爷又压低声儿说：“对外还得是王爷，要不，上哪儿吃这碗饭去？”

我和杨小云都大笑不止。

此王爷真是个好王爷，为人和善，心地宽厚。听说，他很少生气，从不发火，遇见不高兴的事，多是装看不见，不计较，不追究。他对人和气，越是下等人，越和气。我常为此感叹，世上竟有如此达观的王爷，真如弥勒佛下凡了一般。天下之大，确是无奇不有啊！回想额尔图父子之流，没有那个特权，却要冒险去享尽那个特权，用民间的话说，直如鬼催的一般，死期将至，紧作祸。其实，那样的人不少，前有古人，后有来者。可叹的是，像杲亲王这样的人少了些。

辞去辛酉，迎来壬戌。那年我刚进二十八岁。

又是一年春光好，只是再无惜春人。到清明时节，格外思念香玉。为去新坟添土祭扫，我为香玉准备了一件特殊礼品。在镜园居住时，香玉最爱园中荷花。我画一幅画，将园中荷花和石舫全描绘上去，打算在祭扫时把这画连同纸钱一起为香玉焚烧。

画完时，正巧杲亲王和杨小云进来。杲亲王一见十分称赏，说：“看来，我不张口向你索要，你是不会主动给我的。”

我大惊，急忙抢先说：“王爷有心要画，请出题目，我另给画来。此幅已有主了。”

“噢，请问主顾是谁？”

“这……”

杨小云见状，知我有难言之隐，便凑过来仔细看了画，试探着问：“雪芹，你这是给香玉画的？”

我惊问：“你如何知道？”

“值此清明祭扫之时，我见你已备好祭奠用品，别的不干，只来赶作这幅画，画的又是你们原来的居所，你说，这幅画不给香玉给谁？”

杨小云的细致敏感，真是让我佩服至极。

杲亲王听说我是在为亡妻作画，叹息不已，说：“雪芹果真重情，以前只听传闻，今日可是亲眼看见了。雪芹，我听过一个曲子，叫《回肠荡气曲》，据说是你所作，是写给一个叫阿芳的名妓的。你不要在意，并非结识妓女就不是好人。那脂粉队里，也未必都是低级下贱的女子，重情重义者自古有之。你今日此举，用这种方式祭奠亡妻，真可谓情重如山啊！罢了，我能与你相识，十分难得，实在是三生有幸！”

我解释说：“那《回肠荡气曲》其实是写给亡妻香玉的，被人抄传出去，误传为给阿芳。此事真相杨兄最清楚。”

杨小云连连点头：“这是实情。雪芹，王爷很想一睹《鸳鸯楼》

剧本。王爷还想扮演剧中角色呢！”

杲亲王哈哈笑道：“我很想唱雪芹写的戏，也很想借新戏开唱之际，粉墨登场，面对观者，实实在在地乐上一把！”

这真出我所料，杲亲王不是在自己府里唱，而是要随戏班登台卖唱。这个王爷也太超凡脱俗了，我对这个王爷更加刮目相看。

三天以后，杲亲王请我们进府，去商讨剧本如何改动。我陪杨小云第一次进入杲亲王王府，杲亲王用迎接贵客的规格招待了我们。

商讨剧本时，杲亲王说：“这出戏有三大关碍，很容易授人以柄，拿捏我们。”

杨小云急问：“王爷请明示。毕竟王爷站得高，看得远，也能知道圣上的喜怒好恶。请王爷说出哪里不妥。”

杲亲王说：“看上去是在写明朝奸臣魏忠贤残害忠良，可实际情形写的是雍正朝呀！这戏中案情与查嗣庭案过于相似，我是经过之人，一看便知。这是一大关碍。另一关碍是与雪芹、阿芳有关，故事感人有戏自不待说，只是太明。人们还都记忆犹新，你用那件事，又用阿芳的原名，这不是故意让人一看就明白吗？这分明是在为查家鸣冤叫屈嘛！查家屈了，雍正先帝不就错了？这可使不得！万不能就这样搬上戏台。否则，必有大祸降临。”

我问：“依王爷之见，该如何改动方妥？”

王爷说：“这也不难，把地名人名都换掉，别借用查嗣庭的案例，便可万事大吉。”

我说：“王爷明鉴。若不是王爷指点，只怕我这个正白旗旗籍也保不住了。”

我们是在王府花园中的阁楼上饮酒叙话的。时值阳春三月，暖意融融，阁楼的窗扇早已打开。园中红花绿叶的景致已十分喜人。

我在高谈阔论中，无意间发现园中小径上走过一位女子。那女子听到阁楼上有说笑声，侧脸向这边张望，正与我四目相对。看得出，那女子凝神一震，便匆匆离去了。我虽若无其事地继续谈笑，脑子里却已经留下那女子的形象。她较丰满，面若银盆，身穿白衣，似是孝服，怀里抱着一只黑猫。因黑白反差极大，十分显眼。此人是谁？为何穿孝？虽勾起我的好奇心，我也不能造次问王爷。

回家的路上，我试探着问杨小云："杨兄，我见园子里有一位穿孝的女子，怀中抱着黑猫，她是何人？"

"这个人我也见过，总是一身素装，怀抱黑猫，只是不知道底细。我与王爷除说戏以外，别的是不说的。"

我无法再问，只好将疑团闷在心里。又搭讪道："剧本这件事，若按王爷的意思改，可就要改掉咱们的初衷了。"

杨小云叹道："我也正要说这事呢。当初阿芳以命殉情，因事迹感人，才轰动京城的。我建议你写剧本，也是念她是一位奇女子，有可歌可泣之处。为她树碑立传，也不枉了她与你一段情缘。如今看来，这些想法都不能保留了。"

我说："我写此剧本有两个目的，一是怀念查阿芳，为她立传正名；二是痛斥奸臣当道，陷害忠良。当初查阿芳的事发生后，京城传得沸沸扬扬，多有污蔑不实之词。我在写剧本时，目的就是要让人们知道此戏唱的就是查阿芳。只有这样才能正本清源，澄清事实。若按王爷的意思去改，让人看不出是查阿芳，我还写它做什么？"

杨小云为难地说："后果也不能不想呀，若按原剧本搬上舞台，刚一登场就惹出祸来，为查阿芳立传的目的没达到，人也被搭了进去，那可就不值得了。此事暂放一放吧，多想想，也许能找到两全其美的办法。"

两全其美的办法还没找到，王爷就又追上门来。王爷说，他很想演唱这出戏，不是因为这出戏香艳，是因为这出戏能唱出人间真情来。而这一点，是世上最可宝贵的。他催我快把剧本改出来。无奈，我只好大刀阔斧地删改。

杲亲王看了改后的剧本，说："此次删改去掉一大心病，阿芳之父受奸臣陷害一句话带过，再也没有查嗣庭的半点痕迹，这一改实在妙极。只是雪芹和阿芳的旧事比原来还突显，阿芬听起来很像阿芳，那富家公子姚学芹，也实在太像曹雪芹了。不知你们是在作何设想？”

我笑答：“王爷目光真是锐利得很，我这支笔在王爷面前无法有藏掖。说来，初写剧本时，我与杨兄意思相同，是为颂扬人间真情，为阿芳树碑立传。也是为正本清源，澄清污蔑不实之词，有心让观者知道戏中所写就是阿芳和我。基于此，才定了姚学芹和阿芬的名字。这样写说是又是，说不是又不是，便是到了衙门，也无法定论。我觉得，只能这样改了。”

杲亲王说：“既如此，也只能如此。你们二人的一片苦心，也别枉费了。阿芳在天之灵，也会感谢你们的。”

杲亲王挺身站起时，发现戏台后门处有一副对联，先是自看了一遍，不禁咂舌，又念了一遍：

凡事莫当前　看戏何如唱戏好
为人须顾后　上台终有下台时
横批：入梦出梦

杲亲王念毕，举起大拇指：“妙！真是绝了！说得对，还是唱戏好哇！每日入梦出梦，天天做梦，醉生梦死，人生就是一场梦嘛！哈哈哈！我猜，这准是曹雪芹的杰作。是不是？”

杨小云笑说：“王爷慧眼，岂能猜错？过年时雪芹写的。”

王爷一本正经道：“我其实不是猜的，我是看的。瞧这笔迹，既遒劲有力，又运用自如，与你厅上那幅画的‘钓贪’二字一样，证据确凿，证据确凿嘛！哈哈哈哈！”

这真是个风趣幽默，性情开朗的王爷。天皇贵胄们，哪个不是骄横气盛，目空一切的？等级观念在他们那里极为重要，因为，那正是显示他们身份特殊并享受特权的重要基础。而杲亲王总是与平民平起平坐，说话自由随便，有时让人就忘了他是王爷。

杨小云说：果亲王嗜戏如命。一次，他客串《潘金莲》里的西门庆，在与潘金莲调情时，恰被卖烧饼的武大郎回家撞见。西门庆与武大动起手脚，不慎将武大真的踢倒。扮武大的怒声说：你便是王爷，也是不该调戏良家妇女的！台下观者闻听这戏外台词，都大吃一惊，议论说，这个扮演武大的是要倒霉了。哪知，戏散后，王爷非但没怪罪，反倒问他：我不小心踢着你了，你在台上就报复呀？哈哈哈哈！还疼吗？

我说："这个王爷可是天下难寻的好王爷啊！"

果亲王要演《鸳鸯楼》中的姚学芹，并说要让府里戏班中一个最大的女孩子扮阿芬。那女孩是江南女子，唱念做的功夫都好。其余人马，全用小云的班底。小云担心女子上戏台被人知道，因为戏院中的优伶全是男性，禁止女子上场，只有家中小戏班里才有女性。王爷说，尽管放心，咱们不说，谁能知道。

杨小云只好答应。

平郡王福彭又被起用，任宗人府右宗正。上任以后，他就派人找我，打听我的下落。我觉得很对不起表哥。不论谁对谁错，毕竟是因曹家的事使表哥受牵连，失去皇上对他的信任。这一打击对表哥来说该是致命的。表哥原来在朝中官位显赫，几乎要与庄亲王并驾齐驱，如今可是一落千丈了。

我站在表哥面前，一副负荆请罪的样子，一再向表哥表示歉意。

福彭说："别再站着了，你就把那儿站成井，又能如何？过去的事就让它过去吧！为了你们，我是没有什么舍不得的。母亲在世时常说一句话，'姑舅亲，辈辈亲，打断骨头连着筋'。我那时虽小，却印象极深，像烙在心上一样，至今没忘。平时，我最惦记的就是你，你是我母亲唯一的亲侄子嘛！"

我居然还能听到这种充满亲情的话，十分激动，心里一酸，泪花便盈满眼眶。我与老爷感情不太融洽，与霈哥很合得来，可他又远在边关，至今不知是死是活。谁还是我的亲人？细想来，福彭的确如亲骨肉一般，一直在惦记着我，关照着我，总是在我人生最关键的时刻出现。如今刚刚开禁任职，就立刻寻找我，可见福彭心里实在是时刻都在想着我，这才是真正的亲情啊！回想这些年走过的艰难历程，再想一想福彭表哥一次再次对我的关照，我竟一时没能把握住，泪水夺眶而出。

屋里很静，福彭也半天没再言语。我偷眼一瞥，只见表哥头低着，两手掐着脑袋。我想，表哥可能是看见我哭，也心酸了。只是，男儿有泪不轻弹，大将军有泪更不能见人。

少顷，福彭抬起头来，两眼发红，说："听说你当房葬妻，如今已无家可归，到戏班搭住去了？"

我点头称是。

"往后作何打算？"

"我觉得就在戏班里也不错。"

"放肆！"福彭很生气，将两眼瞪圆，"人往高处走才是正理，岂有自寻下贱的？你今年不过二十八岁，尚未至而立，便想萎靡丧志，你对得起谁？"

我辩道："我能干什么呢？官场风气令人厌恶，很多事我做不来，也看不惯。正好皇上又有'永不起用'的谕旨，这当官一途，今生已与我无缘。不当官，就只有当差，可我又不愿忍受那些贪官污吏庸俗无能者的驱使。经商种地又不准，我也就只好当闲人了。"

"唉！我知道，你是受姥爷的影响太甚，恃才清高，崇尚闲适。可你们无法相比呀！我姥爷当初是康熙大帝的红人，坐镇江宁织造，又是江南文人领袖，要权势有权势，要金钱有金钱，他那个清高是富贵下的清高。你如今房无一间，家奴无一个，光棍一条，穷得叮当响，你清高什么呀？"

我想笑，表哥怎么与香玉的看法如此相似呢。难道只有富贵以后才能清高吗？他们分明是把清高看成是享清福了。看来，表哥不懂这些。我不愿与他争论，免得惹他发火。

“你要尽快收下游戏人生的念头，明日就去当差。我已经给你办妥，还从笔贴式干起，边干边等待机会。谁知哪一天皇上因哪件事起，突然大赦天下，收回谕旨？即便不说起用当官，只从后继有人讲，你娶妻生子的责任尚未完成，怎能容你去游戏人生？便是你祖父我姥爷在天之灵，也决不答应你让曹家无后的。我已为你备好房屋，快回去收拾一下，马上搬出戏班，明晨内务府点卯，千万别误了时辰。来人！”

原来，福彭把我的一切又都安排好，即刻喊来两个人，几乎是强行挟持我去做这一切。表哥对我恩重如山，眼下所做其实也是为我好，我只好顺其自然。

从此，我又干上了笔贴式。

那年秋季，改后的《鸳鸯楼》剧目终于被搬上戏台。海报贴出，观者趋之若鹜。那天，王爷特派车去接我。

万没想到的是，王爷把此剧演得十分感人。不仅扮相绝佳，台步、身段修炼得也十分精到。随着剧情的推进，二人情感逐渐加深，悲伤哭泣时真能落泪，使台下人竟忘了是在演戏，也常跟着抽泣。看来，王爷实在是下真功夫了。

还有一件万没想到的事，我偶然发现，楼上雅座有不少女流在看戏。杨小云说，那其中就有王爷家的眷属。其实，我已经知道，因为看见了那位身穿孝服、怀抱黑猫的女子。我出于好奇，总是忍不住飞眼向那女子看去。那女子的二目也总是向我瞟来。

我终于又忍不住问杨小云：“那穿白衣的女子是王爷家的什么人？”

杨小云微笑着看看我，根本不抬头看楼上，说：“王爷刚才这个动作太大，差点摔倒，可真不是玩的！”

杨小云的暗示使我脸上发烧，我只好克制自己不再向楼上看。然而，那女子的形象却总是在我眼前晃动，致使我只见白衣与黑猫却看不见台上的王爷了。

戏曲大获成功，很快在京城传播开去，无人不以先观此戏为快。随之而来的，便是各种议论猜测纷纷出笼。京城纨绔子弟文人墨客比比皆是，独具慧眼者也不少，戏曲故事所写何人何事很快便被他们弄得一清二楚。那个扮姚学芹的是戏迷王爷也被他们识破，王府中的女戏子扮阿芬自然也没能逃过。一时间，戏内戏外的新闻被越传越广，戏院内每日拥挤得无立足之地。

此事被人告到皇上那里。皇上十分生气，斥责杲亲王有失王爷体面，居然身杂优伶之中，罚他自行圈禁半年，闭门思过。认为《鸳鸯楼》一戏过于宣扬淫情，从此禁演。回想起来，我和杨小云都有些害怕，若不是把查嗣庭的内容删掉，这次不知要惨到什么程度呢！

《鸳鸯楼》虽被禁演，但获得很大成功。这说明，我还不算是个无能之辈。

京师文人圈中已经有人议论，说原江宁织造曹寅文声很盛，诗词歌赋文章戏曲都有很高造诣，在世时被推为江南文人领袖。看来，这个曹雪芹也了不得，秉几代积世家学，有深厚功底，在诗词绘画戏曲方面都已经崭露头角。

我受各方舆论的刺激，写作兴趣大发，突然萌生写一部大书的念想。我以前是看过一些大部头书的，像三国、水浒、西游、三言二拍，还有《金瓶梅》。至于那些英雄美女，才子佳人，闲风闲月的适趣闲文，是不被我看重的。我想作一部大书，一部既能警世、醒世，又能供人茶余饭后玩味的大书。若果能成功，曹氏雪芹虽在官场上未能任意驰骋，却能借笔一抒胸臆，倒也是人生一大快事。自从有了这一想法，我就昼夜兴奋不已，脑子没有闲暇的时候，便是做梦，也在构思的人物故事当中。

那时，我的弟弟曹棠村已十七岁。

棠村很聪明，记忆力强，悟性高，嗣父的那点学问，很快就被他掏光。后来，棠村进景山官学深造，每至春秋拔试，必名列前矛。我独自生活那些日子，棠村常去我那里，知道我在写书以后，便缠着要看。我因内里有男女情乱之事，不愿意让他看，哪知竟拗不过他。万没想到的是，他看后不但没受其害，反而提出很多精到的见解，且能为书稿题诗作序，显示出的才能令人咂舌。

棠村十八岁那年，正值官学五年大比，成绩亦斐然，被授以七品官衔，去内务府当笔贴式。嗣父嗣母都十分高兴，认为吉星高照，棠村说不定会前途无量。嗣父又燃起新的希望之火，让棠村继续苦读，以备明年甲子科乡试夺魁中举。

棠村对我写书一事十分有兴趣，经常光顾我的小屋。为能高水平地给书稿题诗写评作序文，他可费了心思，几乎翻阅了所有有关这方面的书籍。金圣叹评过的《水浒传》《西厢记》，他看过一遍后仍经常翻阅。《尚书》和《诗经》的写评方法十分特殊，是在每篇之前作一小序，他也十分欣赏。由于嗣父督促他读圣贤书以备考，他不敢明目张胆地看杂书，总是先看圣贤书，父母睡后，再看勾他心魂的杂书。我每写完一回，他必拿去圈阅点评，那自然也是夜深人静时干的活儿。

有一回，棠村来告诉我，说平郡王福彭去了他家，催嗣父为我提亲。嗣父发愁，说霑儿的事不好管，已经给他提过两次，都不成。棠村说福彭要亲自来找我。

棠村纳闷地问："二哥，你为何不愿意成亲呢？"

我笑笑说："我要是给你娶了嫂子，这书还怎么写呀！"

"平郡王要是来提这事呢？"

"喔。他来我自有办法。小弟，写书的事可千万不能让他知道。"

棠村答："这个我懂。"

一日，杨小云突然来访。

杨小云说："多日不见了，猫在屋里做什么呢？白日有公务在身，难道晚上也总是不得脱身？看来，你表哥的话你是不敢违抗的。”

我无言以对，想说是在家里写书，又难以启口，只好以傻笑应付。

“戏迷王爷有请呢！王爷的生日就要到了，又是被刚刚解除圈禁，想在府里唱戏祝寿，好好乐一乐。王爷还要唱《鸳鸯楼》，说在府里唱没有事，被我拦下。天下哪有不透风的墙，若真的被皇上知道，认为是同他较劲，岂不糟了！我建议唱《长生殿》，既是过生日，这名字吉祥。王爷已经答应，非让我把你请去，说咱三人轮流唱，一出对一出的。不是为比试，是为热闹。王爷还让你给他备一份厚礼——画一幅画，他说这礼一定压倒群芳。”

我一听，乐不可支。这些天写书写得累了，正好借此机会消遣消遣，也真难得。我立刻应道：“好哇！我这嗓子正痒，这回可有出火的机会了。快与王爷定准，谁唱哪几出，我也得去戏班习练习练呢。”

“别忘了寿礼。”

“那画？好说！”

自那日起，我停下笔，又开始奔忙于杨小云的戏班，去演练戏曲。

王爷生日那天，我、杨小云和戏班的几个人早早就进了王府。

王爷嘻嘻哈哈，眉开眼笑，真像一个鲜活的弥勒佛。他让人接过杨小云的寿礼，便催着要看我的寿礼。

一见王爷，我就高兴，看他绷着脸像讨债一样伸手要礼品，我更是乐得合不拢嘴，从细布袋中徐徐掏出一轴画，然后又冲着他徐徐打开。

王爷故意瞪大眼睛张着嘴，待我把画轴全部放开时，他那形象竟定在那里，不能动弹。少顷，才挑脸问：“雪芹，你为何不画寿桃一类的吉祥物，却画来这个？”

杨小云探过身来，边看边若有所思，说："雪芹一向不俗，眼光心路与一般人不一样，不知他这里又藏着什么深意了。"

"来！来！客厅里说话。咱们边品茶边说。"

进入客厅，王爷命人将画挂起，分宾主坐定，又说："我今日遇见高人了。雪芹，你快说，这画一片雾蒙蒙，雾中之物似鹤非鹤，似竹非竹，似月非月的，到底是何意？"

我笑道："此画涂抹得是过于朦胧了些。其实，相信王爷是早已看出了的。这仙鹤身白，颈与腿细长，在雾中自然就朦胧了，但有黑尾红顶和头的轮廓，形态还是分明的。再看那几枝疏竹，似竹非竹可又的确是竹，竹叶挺拔刚劲，如出鞘之刀，片片生机勃勃，竹节有雾难挡，突显明快。还有那月，在雾中似显非显，细瞅能看出十分圆满。再看那题诗，其意也就更明朗了。"

为使画面的朦胧气韵统一，题诗用的是篆体字。杨小云看了半天，认不出几个。倒是王爷还通些古体，看两遍，便摇头晃脑地念道：

乍看朦胧雾，心平细品玩。
机谋蕴风骨，最易养天年。

杨小云听罢王爷念的诗，突然眼睛一亮，抢言道："雪芹，这不是在说王爷吗？啊，我明白了，这仙鹤头上的丹顶，如寿星老额上的肉头一样，预示着寿满福多；这竹叶挺拔表现出的刚劲风骨，更有深意。"

我笑道："杨兄果然慧眼，被你识破了。"

王爷高兴得合不拢嘴，说："我这仙鹤只有个脑袋留着吃饭，再有个尾巴留着遮丑，也就足矣！只是这似有非有的一轮圆月，你是何意，我看不出。"

我说："这要从入梦出梦说起。人一出生，便如同进入这朦胧画中一样，谓之入梦，若能像王爷您一样，看破红尘，达观出世，交三五知己，以坦荡胸襟对待人生，只昂首鸣唱，自寻其乐，不搜肠刮肚，巧夺名利，到出梦之时，必如那月一样，自得圆满。”

“哦，好！”王爷叹道，“到底是文人墨客中的高手，心里有道道。我也爱画画，只求画得像，追求让人看懂，却是一览无余，不像你这个，有那么多的意境神韵在里面。比如你那幅《钓贪》图，我看罢至今难忘，有时躺在被窝里睡觉还想起它呢！我曾与一些官吏说，不要过贪，小心被渔钩钓着。雪芹呀，我看你小子天生聪慧，这一方面无人能比。”

我被夸红了脸，抱拳谢道：“王爷过奖！我这其实都是些无用的小聪明。”

杨小云说：“这画还没有名字吧？”

王爷一看：“是呀，雪芹，出师无名怎么行？快！起个名！”

我早有准备，说：“就叫《美梦图》，可否？”

“善！”王爷一声喊，急令太监拿笔墨来。

王爷得意地问杨小云：“我说雪芹的寿礼能压倒群芳。怎么样？”

杨小云附和说：“善画者有，但能画出雪芹这种别出心裁的画作者，我看难寻。”

这时，太监报某某官到。看来，时辰已经不早。王爷去前边迎客，我和杨小云便去化妆准备上台了。

《长生殿》是说唐明皇与杨贵妃的爱情故事。戏迷王爷先唱头一出。今日是高兴的日子，又有这么多友人在场，王爷尽兴发挥，时而添加些笑料，引得台上台下笑声不断，气氛十分活跃。王爷唱道：

今古情场，问谁个真心到底——

王爷唱完头一出，临下场时，来了一段戏外道白，说：“诸位看官在下，我唐明皇就要告退，待会儿再上来的大唐天子，可就不是我了。今日有三个唐明皇，轮流做皇上，这一回，可就要难坏杨贵妃了！”说罢，做个鬼脸，才下台去。

顿时，台上台下一片笑声。

开场之初，我就偷偷朝台下观望，寻找那位奇女子。果然，在女眷坐席中又看见了她。她仍是一身素服，怀抱黑猫，神情忧郁，朝台上左看右看，似在寻找什么。

我心中一阵突突急跳，猜想她一定是在找我。该我上场时，我暗嘱自己一定要稳住神，把戏唱好，千万别在这女子面前演砸了。上场后我唱道：

论男儿壮怀须自吐，闻鸡鸣起身独夜舞……

我偷眼看那女子，她本来是在悠闲地嗑着瓜子，时而把瓜子皮从猫身上拿掉。此时，她竟一切都停止了，呆若木鸡般直勾勾地看着我。我心头一震，有些慌张。在唱《絮阁》一折时，出了错：

一夜无眠乱愁搅啊搅，重把定情心事表啊表。

多唱了“啊搅”和“啊表”。我恨自己出错，一时懊恼性急，脑门冒出汗来。

下台以后，王爷拉住我说：“雪芹，唱戏可不能走神，走神就出错。不过，你错得挺好，更显情真意切。”

我被说红了脸，向王爷请罪。我尤其担心王爷看破我的心思，所以显得很扭捏。然而，我仍没死心，开始与那女子眉来眼去，四目相对时，便有一种火辣辣的感觉。那女子眼神很厉害，似有一束光芒从她眼中喷出，直扑过来。我觉得一阵阵发冷，又觉得浑身燥热，恨不得下台去与她说话，去打开她的心扉。

戏曲进入高潮，渐渐接近尾声。又该我上场了，此出唱的是安禄山叛军突飞猛进，唐明皇率部携杨贵妃仓皇出逃：

恰正好呕呕哑哑《霓裳》歌舞，不提防噗噗突突渔阳战鼓。又只见密密匝匝的兵，恶恶狠狠的语，闹闹吵吵，哄哄嚷嚷四下咋呼，生逼散恩恩爱爱疼疼热热帝王夫妇……

唱到此处，我又偷瞟那女子一眼，只见她两手突然比成一个心的图形，很快又放在心房的位置。我猛然被感动，两只眼紧紧盯着她不离开。为此，我忘了唱词，愣在台上。

杨小云在幕后急了，大声提醒说："霎时间画就了……霎时间画就了……"

我猛醒，接唱道：

霎时间画就了这一幅惨惨凄凄绝代佳人绝命图。

也是怒己不争之故，这一句我运足气力，拿出平生本事，竟将它唱个满堂彩。台下鼓掌声叫好声不绝。

我禁不住又偷眼瞟了那女子，见她正笑容灿烂，拍那娇嫩的手掌呢！

酒宴过后离开王府，我已是灵魂出窍了。回路上，我再也忍耐不住，皱着眉头瞪着眼睛问杨小云，志在必知。

"杨兄，王府里那位衣着素服怀抱黑猫的女子到底是谁？今天你非说清楚不可。"

"唉！你呀，我知道你又着了魔。刚才忘了戏词，就是因为这事吧？你牛劲上来，我是不说不行了。她是王爷的儿媳，你可不要胡思乱想，万不能做让王爷难堪的事。"

"这么说，她穿孝，是因娘家父母大人去世了？"

"你还不死心呀！非要把她的事情都弄清？"

"咳，杨兄，我只是好奇。这么一位俊美女子，总是一身素服，怀抱黑猫，倘若你也不知，难道就不好奇吗？"

"干脆，我把知道的都告诉你，满足你的好奇心。王爷的儿子自幼傻呆，若一般人家，这样的儿子也就无法娶妻。可王爷家就不同了，自愿送上门的女子大有人在。山西按察使为攀这一高枝，宁愿将女儿许配给王爷的傻儿子。成亲以后笑话百出。不久，那傻子在花园水池中溺水身亡。那女子从此守寡，一身孝服便是为夫君而穿。可令人纳闷的是她满孝以后仍穿白衣，四季不变。可知，这是一个个性很强的女子。”

“那黑猫……”

“哈，我知道你会打破砂锅问到底的。她为何总是抱着黑猫，我也不知，大概就是消遣吧。就像有的人寸步不离鼻烟壶一样。雪芹，那女子的事我已全部告诉你，不知道的自然就罢了。我还要叮嘱你一次，你人品极好，但性格过于倔强、固执，常做出令人不可思议的事来。比如，你竟敢向宫女求爱。如今，我见你又对王爷的这位寡妇儿媳很费心思。我怕你又钻进去，一旦钻进去，可又是九头牛也拉不回来了。咱们兄弟一场，你听我一言忠告，此事想不得，一定要悬崖勒马，万不可干既伤害王爷又伤害自己的事。你既不愿在官场上混，那就快找一个平民家的女子，娶妻生子为正事。”

我还想问很多事，杨小云既已如此说，也就无法再问。

我总算知道了大概，这一女子是受害者，她那混蛋老子为升高官，不顾女儿死活，硬是把女儿当了交换物。如今这女子却要在妙龄时就开始守寡，与黑猫一起白头到老，了却一生。

杨小云的忠告充满善意，为平安度日不惹是非计，实为上上策。可我无法忘记那不幸女子的手势和眼神，不能忘记她是受父亲所害且要痛苦终生。这件事搅得我坐卧不宁，杨小云所说的我固执的毛病又要复发了。

我心绪不宁，无法写作。棠村问是何故，这如何说得？我只好胡乱搪塞。

影之歌忍不住地笑说：“曹氏雪芹，你真是个情种，要看上谁，就非追到手不可。要是在现今社会还算罢了，有充分自由，那可是在大清朝的皇权时代呀！你从雍正皇帝那里夺占宫女还不算，如今又瞄上杲亲王的儿媳妇了。喂，杲亲王的儿媳妇应该是小福晋吧？”

曹雪芹答：“你说得对，正是小福晋。不过，我这样做也是事出有因嘛，是向腐朽的男权制度挑战！聪明灵秀的女子总是受害者，像香玉和小福晋，她们的父母都拿她们当作晋身之阶，希望女儿攀上高枝，他们的官能做得更大，却不管女儿能不能过上幸福生活。”

影之歌说：“也是呢，那个小福晋是够悲惨凄凉的，嫁给那样一个疯癫小王爷，一朵鲜花还没开就守了寡，从此只和猫为伴，那样的日子，就是每天被金银财宝绫罗绸缎围起来又有什么用？曹二哥，您确实应该去解放她。您先告诉我，您解放她了吗？”

曹雪芹哈哈大笑：“这个影妹，真性急，我偏不告诉你！”

影之歌笑说：“不告诉我也能猜到，凭您大作家的性格，是一定要得到小福晋不可的。只是我更想知道您是怎样得到的，很想知道那个过程，一定很浪漫、很艺术。唉！只恨我生不逢时。”

曹雪芹看一眼影之歌，狡黠地故意问：“影妹为何叹息？”

影之歌说：“您是故意装作不知，凭我如此漂亮，又有如此好性情，怎么就不能唤起您的爱心呢？您要是爱上我多好啊！爱上后您那倔强劲就上来了。我若能经历一番，那该是多么幸福的事啊！”

曹雪芹哈哈大笑，说：“影妹，你说的是真是假啊？我可是太虚幻境的主事，玩笑不可随便乱开！”

二十八章　宗学任教习

痛苦数日后，我逐渐恢复平静，主要是觉得实在不应冒犯杲亲王。王爷的确有雄才大略，却隐而不露；德高望重，且心地极善。王爷对我有极高的评价。对这样一位古今难寻的好王爷，真不该去伤害他。

心绪调整好以后，一切又恢复正常，每日的剩余时间，我又都投入写书上去。

那日晚，棠村弟带着批完的书稿又来到我这里。

棠村高兴地说："二哥，你不是让我起个书名吗，我拟了一个，你看。"

我很惊喜，接过书稿一看，但见头一页上书写着"风月宝鉴"四个大字。我沉思片刻问："你先说，为何要叫《风月宝鉴》？"

棠村说："其实，这四字是从书中内容来。这部书主旨分明是劝世之作，劝人不要妄动风月之情。秦可卿淫丧天香楼，王熙凤毒设相思局，尤三姐刚烈自刎，这些故事，不都是在告诫人们不要妄动风月之情吗？尤其书中贾瑞，就是因风月死于宝鉴，寓意非常明确。宝鉴有反正两面，正面有美凤姐，但是虚妄的，反面是死亡警示，一具令人惊恐的骷髅，明确指出风月背后就是败亡——这一立意非常重要，有很强的警世劝世作用。'风月宝鉴'之意，书中多次点出，已经十分明了，这本书就叫《风月宝鉴》最好。二哥，你的这部鸿篇巨制一定能传世！因为，人世间世世代代都需要警醒。"

我听罢笑道："真是小看你了，小弟原来已经很有主见了。你说得对，就依你，这书就叫《风月宝鉴》！"

棠村很高兴，又与我探讨了书中的一些细节。看来，他的心思进入书稿很深。

棠村告辞后，我在灯下独坐，望着书稿发愣。那第一页上的"风月宝鉴"书名十分醒目。我边看边想，棠村弟真是个好苗子，有才气，居然能准确无误地提炼出书稿的主旨。细细想来，那的确是我写书的初衷，虽然尚未想到用"风月宝鉴"做书名，但的确是想通过书告诉人们切勿妄动风月之情，以免招来麻烦，尤其女子，难免会有杀身之祸。所谓"红颜多薄命"，诱因都在此。

过些日子，又一个新的想法在心头萌发。我问自己，这世上妄动风月之情是最重要的事情吗？那不过是在人的行为准则层面，是讲道德自我约束，还是图一时快活自我放纵的事。人们最痛恨最鄙夷的是这件事吗？这世上最可恶最可耻的是什么？这样一想，我感到书稿《风月宝鉴》的立意太浅，需要警世劝世的内容实在太多，何止妄动风月之情者？比如那个按察使，真是这山望着那山高，因嫌纱帽小，竟忍心拿爱女一生的幸福去换大的。可悲的是，爱女失去幸福后，他的纱帽不一定能大，即使大了，也不一定戴得牢哇！还有额尔图那样的贪官污吏，甘冒死罪永不知足，金满箱银满箱，家聚百万乃至富可敌国，待到闭眼时哪一文钱是他的？一切抄检归公，还要落个千古骂名。还有人世间的不公不平，真是太多太多了！比如女子，怎么就该“无才便是德”？为什么男人可以三妻四妾，女人就要从一而终？那些为女人树的贞节牌坊，哪里是荣耀？简直就是一把把插向女人胸膛的钢刀利剑，害死天下多少善良有灵性的女子啊！

于是，我清醒地认识到，妄动风月之情应该警之劝之，妄动贪墨之心更应该警之劝之。尤其紧要的是，我要为“闺阁昭传”，为天下女子鸣不平。想到此，我觉得无比振奋，热血沸腾，立即开始琢磨，重新布局谋篇。

后来，我将此意说与棠村，棠村却坚持以原意为主，书名不动。棠村说：“戒妄动风月之情，戒妄动贪墨之心都很好，因为这样朝廷也会高兴，便是当今圣上看了也不会有碍。为‘闺阁昭传’却做不得，那‘三从四德’是传统，是祖训，已经奉行几千年，万不可针砭，否则会引来杀身之祸。”

棠村所言不无道理，我依从了他，仍将妄动风月之情为主线，将妄动贪墨之心为辅线，去展开故事。我觉得这样也不错，总算能把官场上那些令人痛恨的丑恶现象牵进书里，用我的笔去出出气了。

为此，我再次认真考虑如何增删修改书稿。那时，第一回中尚无炼石补天之说。初次修改时，我增添了“护官符”的内容。这一笔自觉甚妙，如一把利刃，直指官场黑暗腐朽的内里。官官相护，草菅人命，上下互相勾结，不顾平民死活。他们盘根错节，联络有亲，一荣皆荣，一损皆损，如同一张大网，遮罩着他们的势力范围。书上写的是贾、王、史、薛四大家族，而实际上，大清朝这样的护官符比比皆是，每一个王公大臣都有一张网，每张网都结在京城，伸向京外，省府州县，未见不入网者。额尔图自然是在履亲王的网中，庄亲王更是十分了得，把王子王孙也网去不少，便是深有雄韬大略而不愿张扬的杲亲王，虽不愿结网也硬有人往里钻呢——比如那个按察使。

《风月宝鉴》有了这样一条线，我觉得十分有力，前世百书未曾有过。我为此兴奋不已，常常写至夜半，也不觉困倦。

棠村的批语序文也日有长进，他对这部书付出的心血可是不少啊。

他在第一回回前就有大段长批，批文说：

此开卷第一回也。作者自云：因曾历过一番梦幻之后，故将真事隐去，而借“通灵”之说，撰此《石头记》一书也。故曰“甄士隐梦幻识通灵”。但书中所记何事？自又云:“今风尘碌碌，一事无成，忽念及当年所有之女子，一一细推去，觉其行止见识皆出于我之上。何我堂堂须眉，诚不若彼裙钗哉？实愧则有余，悔又无益之大无可奈何之日也！当此时，则自欲将已往所赖上赖天恩，下承祖德，锦衣纨绔之时，饫甘餍肥之日，背父母教育之恩，负师友规训之德，以致今日一事无成、半生潦倒之罪，编述一记，以告普天下人：我之罪固不免，然闺阁中本自历历有人，万不可因我之不肖，自护己短，一并使其泯灭也。虽今日之茅椽蓬牖，瓦灶绳床，其风晨月夕，阶柳庭花，亦未有伤于我之襟怀笔墨者。虽我未学，下笔无文，何妨用假语村言，敷演出一段故事来，亦可使闺阁昭传，复可悦世之目，破人愁闷，不亦宜乎？”故曰，“风尘怀闺秀”，乃是第一回题纲正义也。

开卷即云“风尘怀闺秀”，则知作者本意原为记述当日闺友闺情，并非怨世骂时之书矣。虽一时有涉于世态，然亦不得不叙者，但非其本质耳。阅者切记之。

此回中凡用“梦”用“幻”等字，是提醒阅者眼目，亦是此书立意本旨。

影之歌拦住曹雪芹说：“慢着慢着，你说《红楼梦》第一页的文字是棠村的序文？那不是你写的？”

曹雪芹笑道：“天界无戏言，那确是小弟棠村所写。”

“原来如此啊！我一直都认为那是您曹雪芹在作的文字游戏，又推又拉，读来像您的口气，又像是别人在叙说您的胸怀与见识。只是，我觉得您说的与书上不一样，书上并没有后一段‘并非伤世骂时’的辩护。”

曹雪芹说：“那是后人删改之故吧。棠村当时为书作批，确实一直在为我辩护，引领阅者向不碍朝廷政治上理解。他最担心的是文字狱。”

影之歌说：“可以理解，《红楼梦》一旦触怒朝廷，不光是您作者有罪，与书有牵连的人都会被治罪。清朝的文字狱是很残忍的，这个我知道。不过，开卷后的第一段文字我看还是您的文字，尤其‘自又云：’的后面，那简直就是您的人生悔过书，什么‘实愧则有余，悔又无益之大无可奈何之日也！当此，则自欲将已往所赖天恩祖德，锦衣纨绔之时，饫甘餍肥之日，背父兄教育之恩，负师友规谈之德，以至今日一技无成、半生潦倒之罪，编述一集，以告天下人：我之罪固不免，然闺阁中本自历历有人，万不可因我之不肖，自护己短，一并使其泯灭也。’这一段文字才是《红楼梦》的真主旨，是要写的真内容。我看也是你的悔过书。”

“哈哈哈！影妹，你真是很聪慧。这一段文字确是我写，后被棠村引用进第一回的序言中。棠村小弟的批文还有很多，一百回的《风月宝鉴》，他几乎回回都写有批语。有些是我边写他边批阅作序，有些是全书完稿后他再次批阅又加上去的。比如，二十七回的‘诸艳归源’说，便是他看完全稿后所写。再有‘红玉千里外伏线’说，那是他看罢全书结尾才悟出的。棠村的序文不少。只是随着时间的推移，书稿从内容到主旨也在不断移动，很多篇章被删除掉，自然他的序文诗作也就随着删除了。尤其棠村病逝以后，化名为脂砚斋的霶哥接着评书，书稿又多次改动，棠村的序文减少得更多了。”

影之歌说：“严格说来，要是《红楼梦》的批书者也算红学家的话，那么，红学始祖就是曹棠村。他是第一个评说那部大书的，虽然当时并不叫《红楼梦》，但内文是一样的。”

曹雪芹叹道：“棠村小弟很有才，真可惜了。事实上，《红楼梦》那部书里浸润着棠村很多心血。”

乾隆十三年，我三十三岁。那一年发生两件大事。

春季的一天，福彭突然找我，问：“有一宗好差使，你愿意去干吗？”

我听后心中暗喜。不是喜有一宗好差使，是喜这位平郡王爷表哥跟我说话竟有了商量的口气，这可是前所未有的事。表哥一直关照我，但一直是命令性的，总是把一切安排妥当后，告诉我如何如何便了事，决不许我说个“不”字。因为婚姻一事，福彭曾强迫我多次，都被我婉拒。福彭为此曾大发雷霆，我依然照旧。福彭誓言今后再也不管我的事，但毕竟是亲骨肉啊，口辣心甜。

我惊喜地问：“表哥，是什么好差？”

福彭说：“宗学里缺两名教习，几日后报名考试，择优录用。须举人身份才能参加，你正有资格。你若能考取，最好不过了。宗学里不仅书册纸墨是公费，便是饮食膏火之用也全出自宗人府。月有俸银，四季衣服也出自官中。你一个独身男子，若去了那里该省多大心啊！”

我听后十分高兴，向表哥连连称谢，那个过火劲儿，其实是补以前的歉疚。

这宗学是雍正帝在位时为教育宗室子弟而办的一件大好事，设左翼、右翼宗学两处。左翼宗学在金鱼胡同，右翼宗学在石虎胡同。宗学学生皆来自皇室宗亲。宗室子弟安富尊荣惯了，大多懒惰成性，或渐习恶行，眼看着皇室后人一代不如一代，既不能文，也不能武。为后继有人，培育后代，皇室才决定开办此学。

值得庆幸的是，我居然考中，被录用为宗学汉文教习。

我任教习仅半年时间，另一件大事突然发生。表哥福彭突发疾病而逝，享年仅四十一岁。这突如其来的变故实在使我心痛，我哭得死去活来。说真的，当年我母亲和老太太仙逝时，我都不如此次哭得悲伤。有生以来，最疼爱最关心我的有两个人，除了老太太就是福彭表哥。表哥对我的爱，真如父亲对儿子一样真诚无私。如今失去了表哥，我的这一感觉更加强烈，心里疼痛也就更甚。

我在福彭表哥灵前痛哭失声，跪伏在地不愿起身。眼泪若真能像珠子一样用线穿起，我这泪珠儿也该盛满一箩筐了。有人要搀起我来，这怎么能行，我与福彭表哥还有很多话没说呢！我说：表哥大将军，大将军表哥，你是一位能指挥千军万马的威武将军，你又是一位有慈父般爱心的表哥。只恨我性情孤傲，倔强如牛，不能随俗入世，以至半生潦倒，至今一事无成，实在有负表哥的教育之恩，规劝之德。回想过去，实是惭愧至极。今趁表哥尚未远行之际，特将以往唐突冒犯不听劝告之罪一并求表哥宽恕，愿表哥西天道上一路好走！我说罢又痛哭。

表哥去世后，我更觉形单影只，幸有那部《风月宝鉴》大书每日把玩，还有棠村小弟常来看我，说说话儿，心情才略好一些。

在宗学里任教是好，不光有住处，而且真正是饭来张口，衣来伸手，不用再为每日的衣食费心。我得以腾出更多时间，加快对书稿的第一次大修。到转年春天，一百回的书稿全部增删修改完毕。因嫌原稿涂改删划得太乱，其中又有不少棠村小弟的批文，更嫌拥挤，我便从头重抄一遍，边抄边修改润色。到全部完成时，已是又一年的春暖花开时节了。

右翼宗学是一所老式府第，原是明末大学士周延儒的丞相府。府第有三进院子，正室厅堂为宗学教学所用，东西耳房是学生居住之所。府后有大花园，特辟出一大块空地为演练习射所用。

宗学立教方略，是以远恶从善为本，学书习射，均有所定程式，使用大汉民族的三德三行六艺的古老教育内容。

若按宗学教育方略，皇室弟子进入宗学，饱学数年后定能成为皇家所需之材，纨绔子弟现象大可消除。然而，这宗学并没能扼制住败家子的涌现，也没能阻挡住大清帝国日渐衰败的局面。

宗学属宗人府管辖，学内设总管副总管各一人，满汉教习各六人，学生共六十人。

我接手的那个学堂，原来的教习是黄克显先生。黄先生是江西上高人，宋朝大诗人黄庭坚的后裔。黄先生本人的诗文也十分有名，在江南屈指可数。黄先生是由拔贡考取教习的，据说他的教风十分严谨，与弟子间相处又十分融洽，既是严师，又是朋友。他因诗文出名，学生们为此也都对诗感兴趣，他常与学生一起吟诗作赋，弟子中已有人初显诗才。黄先生是因被选为外官而离京的。这一堂弟子被他教导得个个身手不凡，我接手后不敢掉以轻心，不说超过黄先生，起码不比他差才好。

那日晚，天气十分闷热，似要下雨。屋里很闷，我放下手中的活儿，出去透气。

院子里，假山旁，正有两个学生在那儿闲聊。我心中一喜，便悄悄溜了过去。

只听那高个儿叫敦敏的吟诗道："黄梅时节家家雨。这天阴得这么重，难道说京城也要下黄梅雨？"

矮一点叫敦诚的反驳说："不尽然，我可是见过'梅子黄时日日晴’的诗句的。”

敦敏说：“这‘黄梅时节家家雨’的诗句是黄先生说的。黄先生家住江南，难道还有错？”

二人争执起来，不相上下。

我哈哈笑着走过去说：“不必再争了。二位小弟可惜忘记了一句唐诗，不然，是不会争的。”

二人一惊，回头一看是我，立刻毕恭毕敬地站在那里，齐说：“原来是曹先生到了。弟子无礼，请恕罪！”

我笑道：“不必拘礼。在公开场合不该再用这些礼法，咱们单独相处时，就以兄弟称最好，这样才好说话聊天。”

二人相视，露出高兴的神色。

敦诚说：“曹先生快说那句唐诗是什么？”

我说：“那句唐诗是，‘熟梅天气半阴晴’。所以，你兄弟二人所言都对，又都偏颇了些。春末夏初之际，是梅子黄熟的季节，长江一带地方阴雨天较多，空气潮湿，衣物是最容易发霉的。当年我居住南京时，每到这一时节，丫头女仆们都盼天晴，为的是晾晒衣物被褥。你们说，要天天下雨岂不糟了？丫头女仆们只怕也要急得发霉了！当然，也不是日日晴，黄梅雨可是有了名的。”

敦诚拍手道：“弟子知道了，熟梅时节半阴晴才没得争。”

敦敏问：“曹先生在南京居住过？”

我笑答：“岂止居住过，从曾祖父起，我家在南京居住了一甲子呢！”

“如此说，曹先生定是豪门富贵家的人了。”

“曾经是过，那种鲜花着锦、烈火烹油的生活曾经有过，男仆女婢成群结队的丫头也使唤过。但我仅过了十三年，家里就突遭巨变，金银散尽，大厦倾倒，我像是从云端里直跌进泥坑一般，一切美梦全化为乌有。从那以后，我几乎变成乞丐了。”

敦敏叹道：“原来曹先生也是家世坎坷，备受牵连啊！”

这两位学生是亲兄弟，敦敏时年二十岁，敦诚刚十五岁。后来我才知道，敦氏兄弟的来历非同小可，原来他们是英王阿济格的后人。

阿济格是努尔哈赤的第十二子，因屡立战功，被封为英亲王。大清入关后，英亲王领靖远大将军衔，率兵追剿李自成军队。

后来，阿济格在争权夺位中败北，不但自己丧失了性命，还连累了子孙后代，诸子从宗室中被除名，连宗室子弟系黄腰带的权利也被剥夺。虽在康熙年间又回归宗室，被允许再系黄带子，但阿济格的后人一直遭冷落。直到敦敏的父亲这一代，才给个地方税官做。

敦氏兄弟得知我的身世遭际后，便与我更感到亲近。我也没得说，大有同是天涯沦落人的感慨，非常愿意与他们交好。

我写书的事很快被他们知道，他们为此兴奋不已，非要先睹为快不可。我最终没敢给他们看，推诿等完稿后再说，暂且搪塞过去。

第一次较大动静的修改增删后，我逐渐又有了新的想法，觉得以“风月宝鉴”为书名不太妥当，全书的主线已经不是戒人妄动风月之情，中间和后面增加的大量内容，是以写闺阁女流为主，细说男女间的真情挚爱，以写家族兴衰为辅，而劝诫人不要妄动风月之情已经退到第三位了。

既然“风月宝鉴”不妥，那么，换什么名称最好呢？为此事，我反复推敲数回。那日晚，因心中烦闷，胡乱翻书看，偶然看到元代诗人萨都剌的诗“记得小红楼畔梦，杏花春雨早寒时”。我如梦初醒，灵感突发，好哇！何不就叫《红楼梦》？在写宝玉神游太虚幻境时，本来就是因梦而游，梦中又有曲，名字就叫《红楼梦》十二支曲嘛！十二支曲所暗示的十二个女子，又都是富贵家女子，红楼则可泛指富家女所住的华丽楼宇。还有那“梦”字更是再好不过了，不论爱情多么真挚，不论家境多么富贵，到头来都是一场梦，一切终归化为乌有。这正是本书的结局呀！我为自己的发现手舞足蹈，禁不住唱起戏曲来：

沛公，大风，也得文章用。却叫猛士叹良弓，多了云游梦。驾驭英雄，能擒能纵，无人出彀中。后宫，外宗，险把炎刘并。

我这一唱，不想引来东厢房的几个学生，扒在窗外偷听。我唱罢，竟有人喊好，这才知道自己忘乎所以了。拉开门，只见几个学生慌忙跑回。我喊道："慢一点，小心摔跤。快回去睡觉，小心明日打瞌睡挨板子。"

敦敏、敦诚却没跑。

敦诚笑眯了眼："曹先生，原来您还是个唱家呀，唱得真好嗳，快赶上杨叫天啦！"

"你们听过杨叫天的戏？"

二兄弟抢着说听过。

敦敏说："听过不止一次呢！曹先生，您唱的味儿真正，很地道。原来您竟是如此多才多艺呀！"

我笑着摇摇头："这是被人瞧不起的不入流的玩意儿，不算什么。"

敦诚说："不尽然，杲亲王还唱呢！再说，皇上不是也爱听吗？男女老幼哪个不爱？既爱，又瞧不起，这算什么！"

我一听这话，急忙将二敦招进屋，关上房门，小声说："有些话不能乱说，是需要关上门窗的。比如这会子，咱们就可以随便说了。"

我连说带比划，动作可能是幽默滑稽了些，惹得二敦捂嘴乐。

敦敏说："世上有不少事都很怪。比如优伶唱戏，人人都爱听爱看，可就是瞧不起戏子。这是一怪。还有一怪，那圣贤说的'己所不欲，勿施于人'，当今哪个官吏没念过没写过？可是，一旦当上官，大多数人就把那句话变了。"

敦诚脑筋好使，比较聪敏，抢言道："若如此说，怪事就不是这两宗了。这样可好？咱们轮流说，每人说一怪。"

我连忙阻拦："这可使不得。你在这儿说怪，是在说谁呢？这可是往皇上脸上抹黑的话呀！便是说世俗的不好，那也是大清国里的世俗啊！我看，咱们从今以后，还是以不提怪事为妙。尤其你们弟兄要小心，犯忌的话要少说，以免被人抓住把柄。"

敦敏连连点头："曹先生所言有理。这黄带子好不容易给了咱，别再因为几句话又收回去。"

敦诚说："那好啊，咱们就约法三章，往后不再谈怪。"

我高兴地说："这才一章。"

敦敏说："不谈朝廷政治，也就不会惹是非了。"

"好！这算第二章。那第三呢？"

敦诚抓耳挠腮，一时想不起来。

我笑道："我说一章如何？"

"你说，你说。"敦氏兄弟连连催促。

"你们知道魏晋时的竹林七贤？他们经常相约清谈，却从不违反'口不臧否人物'的诺言。咱们不妨也把'不谈人物短长'算作一章，你们看如何？"

二敦齐声赞成。

那日，棠村来送批阅完的书稿，告诉我一件大事，说霦（灵）哥已从边疆回来。我立即随棠村去看望霦哥。

霦哥被折磨得眼窝塌陷，瘦骨嶙峋。我一见，禁不住流下热泪，握住他干柴似的手，说："霦哥，您总算回来了。我们可算又见面了！"

霦哥有气无力地说："二弟，别哭，男儿有泪不轻弹嘛。我们一行七人，有五个被抛尸野外，若比起他们，我不是该谢天谢地吗？"

我也劝道："霦哥大难不死，往后会好起来的。"

霦哥淡淡一笑："但求不再有波澜，不敢奢望那个好字。"

"霦哥，香玉去了，老平郡王和表哥福彭也去了。"我说罢，止不住伤心抽泣。

这一次，霶哥终也忍不住，呜呜地痛哭起来。

大嫂被勾起悲肠，不知是想起了以往的哪些事，竟大放起悲声。

哭了一回，嗣父嗣母劝住大家，说全家人难得团聚，是大喜事，就别哭了。遂命棠村去买菜买酒，吃团圆饭。

饭后，霶哥说："四叔，今日霑儿也在此，我正好说说今后的打算。我要回西山营子里去，靠那点季米月银安度余生也就得了。从今日起，其实每活一天都是赚的了。"

嗣父说："去了那里，可是从此再也没有任何机会，你就甘心彻底衰败下去吗？"

霶哥说："便是有了机会，我也不愿再回官场上去，那地方危机四伏，变化无常，让人不知如何是好。只要身在官场，每日都如踩在薄冰上一样，令人心惊胆战。我已厌倦，要找一个清静之处，哪怕一日三粥也可，能安度余生便知足。不然，若再摊上一次新疆苦役，那必是抛尸荒野无疑的。我意已决，再歇息几日就走。"

霶哥对世事的看法总算与我一致，我暗自窃喜。嗣父长吁短叹，不好再说别的。

是我和棠村送霶哥和大嫂去西山正白旗营子里的。霶哥到档房佐领处交割了文书，又安排好住处，我们才依依惜别。

来到香山脚下，我没忘记去看望老朋友鄂比，只可惜到镶黄旗营子里没能找到他。嫂夫人说他整天满山跑，各个寺庙转，要么就一头扎进邻村酒馆，不喝得酩酊大醉不算完。

我和棠村怏怏而回，不想竟有意外大收获。在路过实胜寺时，发现几个儿童围着一位道士起哄，直嚷让道士唱一个。那道士乐呵呵地，见实在走不脱，便说："我还给你们唱《好了歌》，如何？唱罢可不许再拦我的路。"儿童们齐声答应。

我和棠村好奇，便也驻足听唱。

只听道士唱道：

金元宝，银元宝，天下金银何处找？平生只恨聚无多，待到多时眼闭了。宝玉好？宝榻好？宝玉不如宝榻好。宝玉招揽灾和祸，宝榻高卧成佛了。成家好？出家好？成家神仙哪去找？佛光普照千万家，家家都说神仙好。乌纱好？袈裟好？乌纱哪有袈裟好，清白官宦古来稀，阿弥陀佛真不少。

道士唱完，儿童们嚷着“明日再唱”，便学道士“金元宝，银元宝……”地唱着跑了。

我惊喜地看一眼棠村，棠村亦是同样的表情。这说明他也觉得这歌有用。

我抢上前拦住道士，施礼说：“师傅慢走！有一事相求，请师傅万勿推辞。”

道士一愣：“哦？不必多礼，尽管说来。”

我掏出一些碎银敬上：“只有这些，不成敬意，望师傅笑纳。”

道士见是银子，忙接了去，笑道：“多谢施主，贫道的斋饭又有着落了。你到底所求何事？”

“请师傅再唱一遍《好了歌》。”

“哈哈！这个不难。你听，你听。”

我暗嘱棠村记住二、四段，我记一、三段。

道士唱罢，笑呵呵地告辞，我便与棠村在土道上写起来。细看毕，我说：“这《好了歌》不过是说功名利禄都不好，只有修炼成佛才是好。”

棠村说：“书里可否用上它？这倒是很有趣的一件事呢！”

我想想说：“照搬不行，那书也不是劝人出家的书。要改，要为我所用。”

此道士是何道号，我却忘了问。转身找时，道士快步如飞，已经走远。向旁边菜园子的农家打听，农家说，他是空空道人，因经常挨饿，肚内空空，所以自命此道号。空空道人常在西山这一片转悠，据说他飞檐走壁，很有些神功。

回到家后，空空道人的《好了歌》一直在我耳畔萦绕。我总觉得，这《好了歌》出自空空道人之口非常之好，既有沧桑感、神秘感，又有诗情画意，如能用在书中，可起到极好的画龙点睛作用。只是，现有的《好了歌》只局限在劝人出家上，必须升华，方可使用。如何升华？我苦思冥想，弄得一夜久久不能入睡。我想到，世人一个个慌慌忙忙乱乱哄哄一代一代地往下传承，都是在做什么？在拼什么？为的还不都是功名利禄荣华富贵娇妻美妾儿孙后事？疆场上拼杀的是这个，官场上争斗的是这个，考场里奔命的是这个，商界中巧夺的不也是这个吗？想到此，我悟性大开，顿时便来了辞令，赶紧铺纸挥笔，一首新的《好了歌》很快诞生。那便是：

世人都晓神仙好，惟有功名忘不了！
古今将相在何方？荒冢一堆草没了。
世人都晓神仙好，只有金银忘不了！
终朝只恨聚无多，及到多时眼闭了。
世人都晓神仙好，只有娇妻忘不了！
君生日日说恩情，君死又随人去了。
世人都晓神仙好，只有儿孙忘不了！
痴心父母古来多，孝顺儿孙谁见了。

我一口气写完《好了歌》，意犹未尽，觉得还是没把心头所想表达清楚，便又一气儿写出个注解来，作为对《好了歌》的补充：

陋室空堂，当年笏满床；衰草枯杨，曾为歌舞场。蛛丝儿结满雕梁，绿纱今又糊蓬在窗上。说什么脂正浓、粉正香，如何两鬓又成霜？昨日黄土垄头送白骨，今宵红灯帐底卧鸳鸯。金满箱，银满箱，展眼乞丐人皆谤。正叹他人命不长，哪知自己归来丧！训有方，保不定日后作强梁。择膏梁，谁承望流落在烟花巷！因嫌纱帽小，致使锁枷扛；昨怜破袄寒，今嫌紫蟒长：乱哄哄你方唱罢我登场，反认他乡是故乡。甚荒唐，到头来都是为他人做嫁衣裳！

影之歌连声赞道："您这注解又高于《好了歌》不知多少倍，如果说《好了歌》是下里巴人，注解就是阳春白雪。注解不光辞藻华丽，还用辩证法阐述了芸芸众生之间的复杂关系，展示了兴衰变幻、荣辱交替的人生必然现象，真是精彩呀！您瞧瞧，当年笏满床，家族中做官的很多，今日却是陋室空堂了；当年歌舞楼台，现在却衰草枯杨；昨日金银满箱，今日却沦为乞丐；本想择膏粱去富人家，谁知却流落到烟花巷。总而言之，您这注解哪里还是注解？分明是《红楼梦》的主题歌嘛！简直就是对书中内容和哲学思想的高度概括。"

曹雪芹笑道："好一个影妹，看来你对《红楼梦》是有深入细研，读透了本旨立意。《好了歌》也罢，注解也罢，全书内容也罢，我想要揭示的，其实就是'万事万物都是在朝相反方向走'，生将死，盛将衰，富将贫，荣将枯，这是谁都左右不了的天道规律。"

影之歌说："看来，您的叛逆言行还不是完全因为朝廷的腐败黑暗，封建社会残害妇女，肯定还有看破红尘消极无为的思想在起作用。"

曹雪芹连连点头道："是的，都在起作用。"

到月半时，宗学的学生都放假一天，去见家人。学里的总管教习也都有家，独我一人住在学里。日落黄昏时分，便觉得十分寂寞，正要出去走走，去戏班看看杨小云，却见敦敏、敦诚飞跑而来。

"曹先生，您要去哪里？"

"您一个人一定没趣了。我们陪您来了！"

我这才看出，他们是带了酒肉来的。

在我的小居室里，我们席地而坐，酒杯不够，就用大碗凑。敦敏手捧酒壶，各个斟满，然后说："实在惭愧，曹先生是京城的名人，我们竟不知。今日回家，向叔叔提起曹先生的大名，叔叔惊喜，把您一顿好夸。叔叔很少评论别人，能受叔叔夸奖的，自然是高人。"

敦诚说："曹先生的《回肠荡气曲》我叔叔就会唱，那《鸳鸯楼》的戏我们也是听过的。先生为何就一字不提呢？"

我苦笑道："那是被皇上禁演的戏，如何提得？"

敦敏说："曹先生，您写的书何时能给我们看看，也让我们饱饱眼福？我叔叔说您的诗画皆精，书中肯定有不少精美诗文，我们看书是欣赏，也是学习嘛！"

我笑说："想看我的书不难，咱们也要约法三章才行。"

敦诚大喜："先生答应借了？只要给看，约法十章都行。先生尽管说来。"

"其实，也不难。这一嘛，不可外传，二不可丢失，三不可告人。"

"就这呀？不难！不难！无非就是保护和保密。"

我起身离座，把书稿从箱中取出。敦氏兄弟一看惊讶不已，双手不断地去抚摩那高高的一大摞稿本。

敦敏叹道："先生真是才大如海，又有鸿鹄之志，弟子佩服！"

敦诚说："先生捡书中有趣的，先给我们演说演说如何？"

我笑道："我这书着重写了居住南京时的几个女子，不过是借她们的经历命运来述说人生罢了。书中也有几首歪诗熟话，可供人们适趣解闷，喷饭供酒。那几个女子虽都出身富贵豪门，却无一个结局随心适意的，有的因淫而死，有的因情殒命，有的错嫁恶狼，有的夫君早殇，最终结局无不凄凄惨惨。书中有句诗云，'三春过后诸芳尽，各自须寻各自门'。"

敦敏说："听您一说，已有一股冷意直逼而来。可您为何要把女子都写得这般悲苦呢？"

"难道不是这样的吗？男人和女人同生于世，可女人一直是受歧视遭践踏的一方。女子未嫁从父，既嫁从夫，夫死从子，女子之德也以无才为首德。这不明明是在扼杀女子的灵性吗？难道女子变成木头人，这些礼教大人才高兴吗？其实，是在欺人。便是皇上年年岁岁选美，也是尽选花容月貌有灵性的。再者，对女子最残忍的莫过于'贞节'二字了，这哪里是字，简直就是两把刀！"

敦诚举碗道："来！先生，别忘了喝酒。酒能避祸，也能消愁。"

我又是一海碗下肚，便觉腾云驾雾起来，说："不，不谈朝廷政治，不论人物短长，也……也不说怪，还，还不醉酒。对不对？"

二敦齐说对，说完又来劝酒。

敦敏说："某镇国公之子在战场上阵亡，新婚不到半年的儿媳在家独守空房，一气儿守了四十年，去年病逝。家人请求皇上为其立贞节牌坊呢！"

我把酒碗往桌上一顿："这是给女人看的，让所有的女人都效仿，认为此举才是美德，否则便不齿于人世。让女人以掏心窝的话说，哪个愿意冷清寂寞苦守空房独对月地生活一辈子？男人为何要三妻四妾地占有那么多女子？我就是要反一反这个歪理！我这书明里并不伤时骂世，可是在暗里骂呢！不怕二位兄弟笑话，我这书里说过，'女儿是水做的骨肉，男人是泥做的骨肉'，'山川日月之灵秀只钟于女儿'。虽是借书中人之口，实是我有意与礼教分庭抗礼！"

敦诚说："我原以为天下所有的一切，都是本该如此，永远不可改变，后来读书多了才明白，那些治国之道礼教风俗并非天地生就，而是圣贤哲人制定和民间约定俗成的。既是人所制定，有不当之处，就该再改过来嘛！"

敦敏说："哈哈！说不谈朝廷政治，却总离不开朝廷政治。"

我笑道："这是在谈女人，哈哈哈！"

二敦也哈哈大笑，举杯劝酒。

我说："我已有九分醉意，这酒就别再喝了。"

敦诚说："先生，难得学里清静，今日开怀畅饮，一醉方休最好。"

我笑说："我讲一个人，你们认识么？"

二敦齐瞪朦胧醉眼，让我说来。

我一本正经地说："为外官时，有一友常邀我夜饮。夜半酒将尽时，友便将醋掺入酒中，非喝到天亮不止。此友堪称酒仙，饮酒方式有多种。"

敦诚高兴得拍手道："先生有酒仙朋友，实在有趣，可否引与弟子相识？"

敦敏拦道："且听先生讲完酒仙的饮酒方式。"

"这位酒仙饮酒方式有六：披发露足，随地而坐，谓之囚饮；攀于树梢，谓之巢饮；禾秆捆身，探其头，谓之鳖饮；夜不点烛，于暗中饮，谓之鬼饮；挽歌当哭，边泣边饮，谓之了饮；饮一杯登树一次，循环往复，谓之鹤饮。此君厅后另结一庵，平时不居厅而卧于庵。庵有题额，叫'扪虱庵'。怎么样，此友可算是高人？"

敦敏咧开大嘴笑问："这位酒仙是先生的朋友？"

"是朋友。"

敦敏更是大笑不止，用脚踢敦诚："喂，还记得叔叔讲过的扪虱庵吗？"

敦诚说："我正想着呢，这扪虱庵似曾听过。哈哈哈哈，先生真会开玩笑，那扪虱庵主可是宋朝的石曼卿呢，怎就成先生的朋友了？"

我大笑不止："两位兄弟何必认真耶？交友怎能拘泥于时间空间？便是两千多年前的阮籍阮步兵，我也是引为知己的。神交亦有趣味。"

二敦听罢齐呼叫："弟子茅塞顿开，有趣，有趣！神交更有趣！喝酒，喝酒！"

酒是喝了，人却不见了。我只觉双唇麻木，眼皮难睁，从一线缝隙张望，二敦原来已经躺倒在地。

我余兴未尽，说："饮酒不可无诗，还没作诗呢。快起！快起！长者为先，我先作一首。"

房屋似有些东歪西斜，悠悠然十分适意，我快活无比，遂吟一首《饮酒快来歌》：

阮籍快携酒瓮来，刘伶快赶鹿车来，
曼卿快带醋罄来，李白快载诗酒来。
故友神交天外来，今友至交学里来。
鄂比小云亦快来，大碗畅饮从头来！

"喂，喂，敦敏，敦诚，该你们了。不作诗不成，不作诗便罚酒。"

无人回应，细听，嗨，已有鼾声传来。得，我知道也就至此了，眼皮更撩不开，索性也歪在了那里。

第三部　西山圆梦

二十九章　西山得灵感

将近年关时，我与棠村备了一些年货，去香山脚下看望霹哥和大嫂。

到正白旗霹哥家门口，我把驴子拴好，与棠村把货物从驴背上卸下。大嫂听见动静，急忙出来迎接，见是我们，乐得眼角处皱纹叠起。

大嫂明显见老，已丝毫没有当年阔太太的风采。身子骨倒很硬朗，跑前跑后，步履依然轻盈。大嫂让我们洗了脸，喝上茶，才说："你霹哥如今迷上了佛教，非要当居士。说是今日午前皈戒，一大早就出去了。"

我急忙问："大嫂知道霹哥去了哪座寺庙？"

"离此倒也不远，香山碧云寺。"

"棠村，咱们去找霹哥。"

"啊呀，那怎么行。你们已经走得乏了，好好歇息，待会儿吃罢中饭，你霹哥也就该回来了。有话到那时再说嘛！"

"不，大嫂，我要看霹哥怎样皈戒。"我说罢，向棠村一招手，便起身离开。

"若非去不可，就走近道，一直往西，过峒峪村不远，就是了。"大嫂追到院子里嘱咐着。

我们一路向碧云寺寻觅而去。路过峒峪村口关帝庙时，见庙门旁避风向阳处有一人在睡觉，四仰八叉，毡帽遮脸，看那样子让太阳晒得正舒服。

棠村要问路，上前道："劳您驾大叔，请问碧云寺怎么走？"连问两声没有回应。棠村便上前去踢碰那人的脚。

晒太阳的人突然一声吼，手揭毡帽，一个鲤鱼打挺站起身来：“吃啦！敢搅你鄂爷……”

“鄂比？”我惊喜地狂叫一声。

“啊，雪芹！”鄂比更加狂喜，身上的土也没拍打一下，就扑向前将我抱起，转起圈来。

我们的相逢如此突然，那份惊喜无法言说。棠村看着我们亲热到这等程度，那样子十分感动。

“鄂兄，真是几日不见，就得刮目相看。你如今变得越发厉害起来，险些打了棠村。”

“棠村？”鄂比这才注意到身旁的人，“哎呀呀！小弟长成男子汉啦！嘿嘿，哥哥向你道歉，刚才没把你吓着吧？”

棠村笑道：“我还真有些怕呢。不知惹着了什么……原来是鄂比大哥在此享清福。”

我说要急于看霑哥皈戒，鄂比自告奋勇：“跟我来！”

鄂比大步流星走在前面，我和棠村小跑着紧随其后。鄂比领我们走曲曲弯弯的小径，显然这是一条近道。我气喘吁吁地说：“鄂兄，你这健步与在城里时可是判若两人呀！”

鄂比很得意：“那是自然，我如今已是山野村夫，没了车马，没了小轿，每日山上山下这寺那庙到处巡游，就靠它哩！真是人怕挤，功怕练，越练越带劲。”

鄂比又手指前方说：“你们看，那依山势而上，掩映在苍松翠柏间的金碧辉煌处，就是碧云寺。”

我抬头一看，果真是一个神秘去处，青山环抱之间，万树掩映丛中，各殿蹿露头角的琉璃瓦经太阳一照，金光四射，夺人眼目。我心说，此处真如仙境一般，如果是盛夏，有绿树红花点缀，景致必然更美。在此居住真也不错呢！

碧云寺山门十分显高，站台阶下须仰视才能见山门匾额。单那横在面前的数十级台阶，就已先声夺人，显示出此寺的雄伟壮观了。及至进入山门，更知此处确是一座极大的寺院。大殿一层又一层，层层都有数十级台阶，依山势向上攀去。鄂比说，此寺刚刚扩建完，宝殿后又新建了金刚宝座，直建到山尖之上。

鄂比与寺院的僧人都熟，一路打着招呼，毫无遮拦地就来到了皈戒的殿堂。

鄂比得意地说："这里的壁画大多出自我手。从住持到沙弥，他们都很尊重我。霈哥拜的昌法大师，就是我给牵的线。"

大殿里，磬声悠悠传出。我们来到门旁探头一看，皈戒似刚开始。霈哥身穿黑色袍服，向大佛顶礼膜拜后，从昌法大师手中接过一炷香，双手合十跪在莲花垫上。法师立于旁侧，声如洪钟般说："自皈依佛，从今以后更不可皈依天魔外道。"

霈哥跟着念一遍："自皈依佛，从今以后更不可皈依天魔外道。"

法师又说："自皈依法，从今以后……"

鄂比说："正授三皈程序颇繁，得一会子。我领你兄弟看看这里的景致。"

我却对此大有兴趣，说："你们先去，我再听听，也见识见识这佛门的清规戒律。"

棠村不解地问："霈哥不是要当居士吗？怎么也像出家人一样要受戒？"

鄂比笑道："出家人受戒，居士不受戒，但要接受三皈，懂得佛门的一些规矩。比如，一定是要吃斋念佛的。"

鄂比带棠村去赏景，我却在那里偷偷观看。往下都是法师说一句，霈哥学一句。只听道：往昔所造诸恶业……一切我今皆忏悔。尽形寿，皈依佛；尽形寿，皈依法；尽形寿，皈依僧。

大殿气氛十分严肃，皈戒程序极为认真。

我见鄂比向东路台阶下走去，棠村直向我挥手，便也离开大殿，去追他们。东路有四个院落，各院落均有配殿厢房，院中有菜园，有花木。数只松鼠在嬉戏，有的在寻找食物，煞是可爱。松鼠们见有人来，动作敏捷地四散逃离，有些就快速爬到高大的松柏上去。可以想见，若到仲春时节，这里会是多么绚丽多彩。

再往北走，过两进院子，左上方便是新建的金刚宝座。岩石直如刀削般陡峭。就在那峭壁上，开凿一洞，洞口上方依托岩壁搭盖一个十分华丽的亭子，也是斗拱飞檐，琉璃彩瓦。亭子上题有“净心亭”三字。往那里一站，顷刻间便觉得世间一切烦恼忧愁全荡然无存，心里静得空落落的，真能品到万事皆空的感觉。

再往前走，居然出现假山水池，又有几只松鼠在那里欢蹦跳跃，给这清静空灵的仙境更增添了几分奇气、仙气。左上的陡壁悬崖显得更高，此山之巅便是那白玉般的金刚宝塔群，仰视如在仙境瑶池一样。

霁哥闻讯赶来。他脸色红润，身体已完全恢复健康，情绪平静，看来确实像个心静如水的居士了。霁哥说他已发心向昌法大师讨单，春节后就住到寺里来，带发修行，为寺里种种菜，养养花。

向回走路过净心亭时，霁哥说：“这里是一个最好的去处。我每日在此伫立一个时辰，清洗杂念，养性修身。据我所知，此亭天下无二，能在这如仙境般的地方修行，福分也算不浅了。”

经霁哥一说，我对净心亭更加萌生心仪之意。

离开净心亭后，霁哥对我说：“我以后居住在碧云寺，可就有的是闲暇时光了。上回棠村送来你写的书，我已看过，很好，不落古书俗套，重开新面，立新场，有胆识有魄力。你能有此作为也算没辱没祖宗，咱们曹家总算有人能干出大事来，我很欣慰。棠村的序作诗文也颇见功力，我都看过。”

鄂比惊愕地问：“雪芹，你在作书？”

我笑说：“就是为了把胸中块垒吐出，痛快痛快。你我都没有济世之才，无法融入污浊官场，倒不妨借笔墨纸砚一抒胸臆，在这方面寻找快活。”

鄂比击掌大喝：“好！雪芹弟，你不是俗人，有大见识，若写出一部能传世的书，也是大造化了，比做官强百倍。三皇五帝到于今，铁打的衙门流水的官，人们记住的能有几个？倒是司马迁、罗贯中被人们记住了！雪芹，你写，别忘了把我写上，别让我白认识了你，你传世了，我也能跟着沾沾光。”

我苦笑道：“老兄你净想好事呢，若不因这文字招灾惹祸，就阿弥陀佛了，何曾敢想扬名？我一直在偷偷摸摸写呢。非自己人，我是不敢外露的。”

霧哥见鄂比与棠村走在了前面，便故意拉我驻足，悄悄说：“二弟，我以后闲来无事，也想为你的书批阅批阅，把玩把玩，不知你是否愿意？”

我高兴地说：“太好了！有霧哥你把脉，实在是大好事！”

霧哥向我摆手道：“但是要保密，我不想让任何人知道我在做这件事。”

我立刻点头答应。心想，霧哥这是为什么？是看破红尘不愿留痕，还是害怕文字狱的牵连？

午时已到，鄂比要请我们去寺外酒肆饱饮一顿。霧哥推辞说，今日刚刚受戒，岂能就去醉酒？他要留在寺里吃斋饭。我们只好与之告辞。

鄂比把我们领到峒峪村口关帝庙旁的酒馆，入座后，便大呼小叫地上好酒好菜。

掌柜的哈着腰过来问：“鄂爷，今日是谁请客？”

鄂比一拍胸口：“当然是我请！”

“哎哟！”掌柜的眉头紧皱，“鄂爷，您这老账……”

“混蛋！还怕我……”

我已知内情，拦住鄂比笑道：“酒家，尽管上好酒好菜，待会儿连鄂爷的老账一并算清。”

鄂比涨红了脸：“这没事，庙里的画工钱还没给我……”

我拧一把鄂比的耳朵：“鄂兄，就不许我请你吃一回酒？”

午后，鄂比邀我们兄弟去观赏卧佛寺。他不住地唠叨来到香山不看卧佛寺等于白来的话。

我说：“我不信鬼神之说，更不愿做烧香许愿顶礼膜拜的事情。”

鄂比把眼一瞪：“谁让你去烧香许愿来？你可知道，那大佛身高丈六，咱三人连接起来只怕也不如佛高，佛身冶炼时用铜五十万斤呢！还有那个大铜钟，那可是老怡亲王允祥亲自率工匠冶制的。”

“是吗？啊，那可得快去看看。”

卧佛寺在峒峪村的西北方向，仅有二里的路程。我们很快来到这里，举目一看，别具洞天，特有一番奇异景象。寺门前朱栏白石，松柏林立，溪水自山中而来，破冰向下游流去，前后人迹稀少，到处不见飞尘。我一见这深幽洁净之地，就不由脱口说：“这真是好地方啊！我就在这里过一生，纵然没有家也愿意。”

鄂比笑道：“动心了？等一会儿，我再带你去另一个地方看看，也许你就不回城了呢！”

在卧佛寺铜钟面前，我手抚铜钟感慨万端。我向棠村和鄂比述说曹家与怡亲王的亲密交往，我见怡亲王时的所有情景。如今老王爷早已不在人世，没想到这铜钟竟记下了他的功绩。人生苦短，匆匆而来，又匆匆而去，肉体凡胎，不留毫发，倒不如这死物铜钟，能够万古不朽。老怡亲王借了这万古不朽之物，也能万古不朽了，可见“物为人传，人以物传”是对的。

卧佛果然不凡，作侧卧姿势，左右后三面环立十二尊泥塑佛像。据说卧佛是释迦牟尼佛，周围是他的弟子们。释迦牟尼在临终时向弟子们嘱咐后事，便是这一情景。

出了卧佛大殿，鄂比说：“雪芹，你诗才横溢，看罢这偌大的卧佛，就不想吟几句诗？”

我苦笑道：“有什么好吟的，卧佛已睡数百年，人间苦忧全不管。”

棠村惊叫道：“二哥，这就是好诗呀！再续两句，再续两句！”

我一愣，细推敲一番，上两句果然还用得，便沉思起来，去想下文。走数步，便有了，悄悄试吟道：“待到清明觉醒日，安可玉宇尽青天？”

棠村大喜，又叫道：“好诗！好诗！鄂大哥，快拿纸笔，快录下！”

鄂比慌神说：“我这里没有哇。”

我笑道：“不值一录，不值一录。”

鄂比说：“既到此一游，就不可不录。先记下，回家再录。”

我说：“此诗不能录。我刚才忽略了，佛门苦海慈航，普度众生，一直都是在管人间疾苦的，我却说全不管，佛门弟子岂能饶我？”

鄂比一拍脑门：“对呀。笨！真笨！我就没想到这一层。我还想着把这诗给寺里的青崖法师呢，幸亏你想到了。”

棠村说：“那就改一改嘛！初来卧佛寺，总该留下一首诗才好。数年以后，也能知道我们三人曾到此一游。”

我说：“这也不难。把‘全不管’句改为‘苦海航行总不闲’便可。”

棠村念道：

慈佛已睡数百年，苦海航行总不闲。
待到清明觉醒日，安可玉宇尽青天？

鄂比笑道：“这可好了，我去找青崖法师，让他录下。他一定高兴。”

游完卧佛寺，鄂比又要带我们去樱桃沟。

棠村问：“这樱桃沟是何去处？”

“呵，那里可是别有一番洞天，天然成趣。这方圆数十里的西山，樱桃沟当数寻幽探胜的最佳去处了。”

经鄂比一番引诱，棠村的兴致已按捺不住，我也是早已神往。于是，我们出卧佛寺，向右转，沿谷沟向大山深处走去。

北京西山属太行山山脉的东北部，自西南蜿蜒而来，近京列为香山诸峰。有香山、金山、马鞍山、翠微山、寿安山、凤凰山等。又有鬼见愁、憋死猫、狮子窝、耗子嘴、一片石、过街塔等险要去处。如此蔚为大观，除天成地造，谁能穿凿？那种宏大气势，似是有意来配帝王气魄的京都一样，互相帮衬烘托，极尽天上人间诸景，备显世上红尘繁华。在这些高山峰峦之间，环抱着数不尽的名刹古寺，诸如香山寺、法海寺、碧云寺、卧佛寺、五华寺、隆教寺、普济寺、宏化寺、广泉寺……西山号称三百寺，早已名声在外。这些寺庙隐藏在大山深处，掩映在松柏之间，以它特有的金黄琉璃瓦点缀着万顷滴翠的青山，使得这一带直如仙境一般。

去樱桃沟虽无大路可走，可涧谷中草丛已被人踩出路来，成一条明亮的羊肠小径了。可见平时常有人来此。

樱桃沟真是一个幽深去处，似一条不见首尾的巨龙，蜿蜒俯卧在两山之间的深涧中。举目望去，远山重峦叠嶂，到处林茂竹深，虽是冬季，氤氲之气依然很盛。苍天之上有雄鹰盘旋，偶尔传来一声凄厉的尖叫，令人不禁有些心悸。大山深处突又传来狼一般的嚎叫声，回旋之音在群山中不绝于耳，更加令人毛骨悚然。

棠村胆小：“鄂大哥，再往深处走，不会有什么危险吧？”

鄂比哈哈大笑：“我只身一人尚敢常来常往，何况三人乎？小弟莫怕，此山没有豹子，更没有虎。狼是有的，可狼也怕人，只在晚间出来活动。”

棠村道：“说是不怕，其实，我是真怕。”

又向前走了一阵，棠村开始打退堂鼓，不愿再往前行。我也走得累了，两脚冒火，直想坐下歇息。

鄂比说：“最奇特处就在前头，你这时返回，不是前功尽弃了？快走！快走！保证你们到那里会惊喜。”

鄂比满心热情，我们只好跟随。棠村因没走过远路，更没走过山路，已经累得头上热气蒸腾，真有些吃不消了。

我们终于走到樱桃沟的尽头。这里也被称做水源头，山泉水源源不断地向外喷涌，像是层层叠叠的山峦挤压出的奶水，潺潺地顺樱桃沟向山外流淌。

樱桃沟的天然杰作还有大元宝石。此石如一个院落那样大，形如元宝，浑然一体，如天外飞来之物，静静地卧在乱石滩上。

另一天然杰作更加离奇。在元宝石的上坎不远处，有一块更大的耸立着的大青石。石高近三丈，通体不长一棵草，石顶却挺立着一棵苍松。苍松根须外露，主根扎在巨石内，生生把石身撕开一条缝，根顺裂缝直穿石底，硬是把一块偌大的巨石一分为二。

棠村惊呼："天下竟有如此奇观。鄂大哥，值了！值了！这一趟果真没白跑。"

我望着巨石和苍松，不觉发起呆来，愣怔了很长时间后，自语道："你们是怎么了？你们是因恨而搏杀，还是因爱而缠绵？"

鄂比不解："喂，你说什么？棠村，瞧你二哥，在和石头说话呢！他是又要犯痴呆症了吧？"

"和石头说话，石能言么？石兄，石兄，你能言么？"

鄂比诧异："雪芹，你在做什么？是不是又有好诗句了？"

"我在问他们呢，他们不答。你说，他们是在干什么？是因恨而搏杀，还是因爱在缠绵？"

棠村"哦哦"两声，说："我明白了，二哥又在琢磨那本书呢。宝玉降生不是口里含着一块玉石么？那玉石好，这粗傻笨石有何用，也值得推敲？"

"啊！妙！妙极！石兄有大用场了。"棠村一句话，拨开了我灵感的大门，一个很好的构思瞬间形成。我高兴得手舞足蹈，在乱石上蹦来蹦去。

鄂比已经感觉到我的高兴心情，却不知细故，只是一再提醒我小心，切莫摔跤。

我坐在一块平石上，向棠村说："知道吗？你说得对，这块元宝石确是一块无用之石。当年女娲补天时，嫌此石其貌不扬，无法补天，便把它丢弃在此。哪知这石历久年深，自受日精月华，居然有了灵性，自变宝玉一枚，去世间红尘一游，就成了贾宝玉口中的宝玉了。"

鄂比笑道："可这元宝石却是纹丝没动呢！"

"你哪里知道，这蠢物去红尘中游历一番后，昨日才回来的。"

棠村被逗得哈哈大笑。

我越发来了精神，站起比划着说："你们再看那石上松，他们既是因恨在搏杀，也是因爱在缠绵。不论是恨是爱，他们都难舍难离。知道吗？那是木石前缘，是木石前盟。他们原本是仙界之物，因石对木有恩，木却知恩难报，便发誓下世为人，以泪还恩。石便是贾宝玉，木便是林黛玉。他们演绎完一场恩恩怨怨，便又双双回到这里，继续着他们之间的恩怨。"

棠村懂了，惊喜地拍掌说："鄂比大哥，我二哥的书里有贾宝玉和林黛玉爱情悲剧的故事。看来，二哥在这里找到依托了！"

鄂比似乎也明白了我为什么疯狂，笑得合不拢嘴，只是说："值了！值了！这一趟没白跑。雪芹，看来你是要把这奇特景观用到书里去了。"

"岂止是用？我要用他做统帅，始于斯，又终于斯。如此处理，这部书就又有了新的旨趣。快！拿笔来！"

鄂比说："我早在卧佛寺要来预备着呢！就知道你兴致一来，必要书写。"

鄂比、棠村将纸铺在石上，我挥毫写道：

炼石补天　顽石化玉
下世历劫　木石前盟
恩爱缠绵　以泪还恩
历遍劫数　石归山下

棠村拍手赞道："啊！二哥，若这么个弄法，实在有意思至极，此书能增添无限空灵神秘之美，看起来更有趣味。且真且假，既真又假，浑圆一体，真是妙极！只是这么一弄，离《风月宝鉴》的题目会越走越远。"

我说："这顽石若不受山川日月精华磨炼，不能通灵性。文章也一样，不经千锤百炼，不能完美，就是要反复磨砺修改。今日此行，使我又有了大修大改的冲动。好啊！鄂兄，真要感谢你。走！回酒馆，今日非把你灌醉不可！"

因受樱桃沟巨石和石上松的启发，我于无比冲动中开始对书稿进行第二次大修改，主要是开头和结尾处动得较多。并因此有了木石前盟和金玉良缘两条线索，使全书脉络更加清晰，矛盾纠葛感情摩擦更加有所依附，使全书主旨越来越明显地倾向于"为闺阁昭传"。

这一次扩写大修后，棠村又拿去批阅一番，并在第一回回前题诗一首：

浮生着甚苦奔忙，盛席华筵终散场。
悲喜千般同幻渺，古今一梦尽荒唐。
谩言红袖啼痕重，更有情痴抱恨长。
字字看来皆是血，十年辛苦不寻常。

万没想到的是，此诗竟是棠村的绝笔。转年初春，万物复生时，亦是最易发生疫病时。棠村不幸得了肺病，竟没能医好，过早地离尘世而去。嗣父、嗣母悲天嚎地，哭得死去活来。他们就一个亲生子，而且对他寄予了很大希望，这突然一走，岂不是要疼煞人！

我也是悲痛得很。就这么一个好兄弟，平时与他十分亲近，互相关心爱护，又有相同的嗜好。他这一走，可是把我闪得不轻，我更加孤单了。

棠村去世以后，霑哥开始以"脂砚斋"的署名评书稿。为纪念棠村，霸哥在第一回用朱笔眉批道：

雪芹旧有《风月宝鉴》一书，乃其弟棠村序也。今棠村已逝，余睹新怀旧，故仍因之。

我看罢这一眉批，泪流满面。小弟为《风月宝鉴》一书，费尽心血，有时比我还要上心。而他的很多序文诗作，在后来的删改中不得不随正文一起删掉。使我更加悲伤的是霸哥说“睹新怀旧”，只这四字，白纸红字落于纸上，从此只能见字不能见人了。

霸哥以“脂砚斋”名批完书后，未经我同意，便将书名定为《石头记》，而且写在了书稿上。要说此名其实也是从书中来，空空道人在大石上看到一段故事，讲石头意欲问世传奇，求空空道人帮助传播，如此叫《石头记》倒也恰当。可我总感别扭，《石头记》自然是指贾宝玉而言，叫这名无疑是以宝玉为主了。其实，我的意思是以当年南京旧家中十几个女子为主要描写对象的。与其叫《石头记》，倒不如叫《金陵十二钗》更贴切。我将此意说与霸哥，霸哥却和当年棠村一样，很是坚持己见。我知道，霸哥之所以如此，是他把自己看成贾宝玉原型了，那块石头自然也就是指他。他认为《石头记》就是为他而记。

要说，书中的确是用了大量霸哥亲身经历过的事。比如：

第八回中，贾母给秦钟一个金魁星时，脂砚斋批道：作者今尚记金魁星之事乎？抚今思昔，肠断心摧！

第十三回，秦可卿托梦凤姐时，脂砚斋批道：“树倒猢狲散”的俗语今犹在耳，屈指三十五年矣。哀哉！伤哉！宁不痛杀！

第十五回，凤姐索贿时，脂砚斋批道：批书人深知卿有是心。叹叹！

第二十二回，在写到观戏点戏名时，脂砚斋批道：凤姐点戏，脂砚执笔事，今知者寥寥，矣不悲夫！

第二十三回，写宝玉与金钏儿调情时，脂砚斋批道：有是事，有是人。

是事，是人，其实就是霑哥，那都是我亲眼所见。

类似这种批语，在脂批本中数不清有多少。我在写作过程中，具体人物细节有些是来自江宁织造曹家的真实生活，有些是纯属虚构。即便是虚构部分，有些细节霑哥也说是他曾经经历过的，那就是不期而遇的巧合了。

三十章　应聘入王府

宗学再开学时，已是上元节后。

一个多月的年假期间，敦氏兄弟居然没来过学里一次。春节过后，我每日盼望，却每日扑空，有时实在等得不耐烦，真有些愤愤然了。

开学的前一天晚上，敦氏兄弟手提酒肉，突然来到我的居室，二话没说，先跪倒磕头拜年，又请来迟之罪。

我哈哈笑道："你们毕竟是'黄带子'，爱新觉罗氏，怎么给我磕起头来？快起，快起！"

敦敏说："师徒如父子，您是先生，这个头是一定要磕的。"

我说："已经磕完，快起来吧！"

敦诚说："弟子还有罪，不能起。"

"噢？还有什么罪？就是有秋后问斩的罪，你们也给我起来说！我可不愿有人在我面前跪着。"我把敦氏兄弟拉起，让他们坐在椅子上。

敦敏说："先生，我们违约了。先生的书稿被别人看去。"

敦诚急忙补充："不是外人，是我叔叔恒仁。不是给他的，是他突然走进我们的居室，抢在手里的。"

"哈哈，就这事呀，无妨！无妨！这书迟早是要问世的嘛！眼下不想问世，是因为还没写好，还要大修大改。不愿意张扬，是怕招惹文字之祸，日后须慢慢试探传播。你叔叔也是个能文能诗的名家，他看见甚善，正好让他好好指教。”

敦敏又说：“这么说，《红楼梦》这书被人传抄也无大碍吧？”

我答：“定稿以后，友人之间自然可以传抄。”

敦敏、敦诚高兴得蹦跳起来。

敦诚说：“先生，我们可是快抄完了呢！我叔叔恒仁对这本书爱不释手，他也帮着抄。我们年前年后一天没歇息，天天赶抄，今日一看实在无法完成，这才来向先生请罪的。”

我狠拍了敦诚一巴掌：“原来如此呀！若早拿来，我也帮你们抄，四个人也许就抄完了，白让我着几天急。不过，我又扩写大修了一回，你们还须补抄上才算完整。”

二人见我无怨言，心中方才释然，遂摆酒摆肉，又拉开个一醉方休的架势。

敦敏说：“先生原来如此厉害呀！一看《红楼梦》这部书，我才真实感受到这一点，无法不佩服。就说游太虚幻境那一回的文字，试问古往今来，哪一个能写出那样的文字？”

敦诚说：“先生的学问实在渊博得很，文辞更是美妙至极。那‘群芳髓’的名字，还有‘放春山遣香洞’，‘千红一窟’，‘万艳同杯’，真是绝了！”

敦敏问：“记得先生曾说过‘悼红轩’，我当时没在意。后来看到‘千红一窟’，‘万艳同杯’，这才突然想起‘悼红轩’来。这‘悼红轩’在何处？”

我大笑道：“我哪里配有这斋那轩的。悼红轩随我而动，我就是悼红轩，悼红轩就是我。我走到哪里，悼红轩就跟到哪里。”

敦诚笑道：“先生真是潇洒风趣之人，不受世俗拘束，活得痛快！”

敦敏说：“我叔叔十分喜爱先生的文采，不仅是华丽美艳，而且文辞中隐藏着很多智慧。比如‘千红一窟’，‘万艳同杯’，若不与

‘悼红轩’连起来想，就不知先生的良苦用心。先生既是为哀悼昔日的那些红颜知己才作这部大书，那‘千红一窟’就不是‘一窟’而是‘一哭’了，那‘万艳同杯’也不是‘同杯’而是‘同悲’了。由此可知先生的《红楼梦》确实是在为悼念那些昔日女子的悲惨命运而作。由此又想到那日先生为女性鸣不平，我这才真正明白先生这部大书的深刻内涵。”

我说：“得！你别再评了，再评，我这书就不敢再见人。这还了得，我本来就没有怨世骂时的意思嘛！对不对？我只是在言情嘛！你们以后切莫看走眼。”

敦敏说：“是，先生，弟子明白了，这只是一部言情小说，并无他意。从今以后，以此为准。”

我们都大笑起来。

敦诚道：“对！不谈朝廷政治嘛。来，喝酒！”

我又说：“慢，还有一事要说清，这部书可不止《红楼梦》一个书名，最早小弟棠村起的书名是《风月宝鉴》，后来又有一名叫《石头记》，我又起个名字叫《红楼梦》。这些还都在改动中，都等待以后确定呢。”

敦敏说：“《红楼梦》书名就很好，我们叔侄都已经记住这个响亮的大名了。”

一巡酒过后，敦敏又说：“先生这言情小说可是把自己的才华展露出不少，尤其诗词方面，最令人钦佩羡慕。先不说太虚幻境的正副册判词和红楼梦曲，单就那《葬花吟》《桃花行》和《秋窗风雨夕》三篇长诗，便足以令人咂舌。我敢说，这些诗歌一经传出，定会争相抄阅。它们还会与《红楼梦》一起流芳百世，让世世代代的国人得到这一极高雅的享受。”

我笑说：“敦敏，你说得太过了吧。我还担心它会给后人带来不良影响，误人子弟呢！”

敦敏说：“这要分怎么去看，也许会仁者见仁，智者见智。”

敦诚抢言道："我叔叔说，一部《红楼梦》，里边的含义实在太多太多。比如'花谢花飞花满天，红消香断有谁怜'，叔叔说国中女子大体都是这种命运。很多女人'一朝春尽红颜老'，失去取悦男人的花容月貌后，不幸就要开始降临。那'一年三百六十日，风刀霜剑严相逼'的日子，相信会有不少女子在忍受。"

敦敏道："我叔对《葬花吟》倍加推崇，说'质本洁来还洁去，强于污淖陷渠沟'的诗句，表现得很有骨气。这种具有高贵品质的女子，令很多须眉男人汗颜。"

我笑道："文无定法，学无止境，对诗文的评判亦无定规，只凭感觉。你们认为好，我可是很不满意呢！"

敦诚说："我和阿哥都很喜欢诗，也在学写。曹先生，您给我们讲讲做诗的诀窍好吗？"

我说："你们的叔叔和前任先生黄克显，在诗界都有名气，你们该早就会此道。作诗文哪里有什么诀窍？全凭悟性。多读古人的好诗，你喜欢谁就熟读谁，然后学其形而装己魂，化其体而丰己身，到自己的胸臆、情结需要发挥时，就会灵感突至，吟出好诗来。比如《葬花吟》，初写时也颇费心思，修来改去，就是不顺。我每遇不顺畅时，就爱胡乱翻书，那日偶然发现唐代诗人刘庭芝的诗，其内有'洛阳城东桃李花，飞来飞去落谁家……古人无复洛城东，今人还对落花风。年年岁岁花相似，岁岁年年人不同'等句。如此优美流畅朗朗上口的好诗，实在少见啊！我的灵感被激发起来，情感奔腾，势如泉涌，喷薄而出，那首《葬花吟》竟一挥而就。"

敦氏兄弟听得眉飞色舞，大有跃跃欲试之态。

敦诚问："那《桃花行》和《秋窗风雨夕》也是受此诗的启发吧？"

"《桃花行》，'桃花帘外开仍旧，帘中人比桃花瘦'，读来不是与刘庭芝的诗一样朗朗上口吗？《秋窗风雨夕》是我表妹李阿芳所作，也是仿的初唐歌行体，被我略作改动用在林黛玉身上了。"

敦诚惊喜道：“先生有会做诗的表妹啊？真让人羡慕。”

敦敏笑问：“李阿芳是不是先生的初恋情人？”

我指着敦敏笑道：“看来，你也是早已领略男女情事了。你猜得没错，我与李阿芳是有那么一段情缘。”

敦诚嚷道：“先生，给我们讲讲您的风流韵事吧！”

我长叹一声：“说起来话就长了，以后慢慢给你们讲。咱们还是说作诗吧。”

敦敏问：“刘庭芝的诗既是那么好，为什么他没有诗名呢？”

提起这个，我不无惋惜，叹道：“说来实在可惜。唐代诗人宋之问是刘庭芝舅父。宋之问甚爱‘年年岁岁’两句，意欲占为己有。庭芝不从，宋一怒之下，竟命人用土袋将刘庭芝活活压死，时年未及三十岁。文人中竟有如此不堪之人，真是诗坛的一大耻辱！”

“啊！的确可惜。诗坛居然还有这种丑事，不然，我们会读到多少刘庭芝的好诗。”敦诚痛惜不已。

“唉！那可是无可奈何的事了。先生，您那《红楼梦》中常有结社吟诗填词作对的趣事，我每读到那些地方就心痒。先生，请恕我唐突，咱们师生三人可否结一诗社，每隔一段时间就诗酒聚会一次，一来先生也能带一带我们，让我们有所长进，二来也给岁月增添一些情趣光彩。不知先生能否答应？”

我还没回答敦敏的话，敦诚就先抢言道：“阿哥主意真棒！我可是一百个同意了。”

我笑说：“既然你们都有此意，我也没得说，举双手赞成。这事本来就又文雅又有趣，有何不可！”

敦敏高兴得拍手：“太好了！我早就有此想法，只是担心先生嫌我们才疏学浅，不和我们玩。先生既答应，咱们立即就作起来，怎样？”

我说：“既要结社，干脆就正经些。诗社该有个社长，群龙无首怎么行？还要订罚约，还要出题限韵呢。”

敦氏兄弟一片嚷嚷，都推举我为社长。我说：“不可。咱们既结诗社，就是兄弟诗友，若脑子里还是先生和学生，有身份界限，这诗社就办不好。”

敦诚说：“不是因为先生是先生才让先生当社长的，是因为先生诗才横溢知识渊博才推举先生的。”

“那也不可。因为今日是你们兄弟二人做东，又是敦敏发起的，该由敦敏当社长才是，咱们俩当个副社长也就足矣！”

敦诚哈哈笑道：“这可是群龙有首了，可是没了尾巴呢？”

敦敏说：“既如此，我就当一回社长。但不知罚约如何定法？”

定罚约自然是罚诗作水平差的。我便说：“罚约就免了吧！咱们就单刀直入，直奔限题限韵也就得了。”

敦敏说：“也罢，初次结社，先试他一试也好。咱就用刘庭芝的诗句作韵脚可好？”

“你说！你说！”敦诚急不可耐。

“洛阳城东桃李花，飞来飞去落谁家？咱们就用‘花’‘家’韵如何？”

我赞成。敦诚一缩脖，吐吐舌头，似有怯阵之意。

敦敏又说：“还是有些惩罚才有意思。待前两人写出后，第三人当紧随其后，若写不出，就罚酒一杯。我是社长，就独断一回！”

我看看敦诚，敦诚只是笑。

于是，各自构思。

很快，我就有了。但我没马上写。

敦敏猛然抬起头，速拿笔去写。敦诚见状，有些慌神，急得抓耳挠腮。我偷偷地笑。

但见敦敏写道：

甘霖彻夜润泥沙，纵任春风绽万花。
最是清明三月好，浓香四散到人家。

我一看，心想，敦敏真的很有灵性，他已得了刘庭芝的韵味。

此时，我也想写出，看一眼敦诚，他已没了笑模样，自己一写，他必挨罚。我便不忍心，因为他年岁小。

又等片刻，我觉得已不能再等，也提笔写道：

腊月孰芳最可夸？盆中室内水仙花。
虽无暗动心香沁，却可欢娱万众家。

敦敏看罢，连称真好。遂笑向敦诚道：“还不得？认罚吧！”

敦诚红着脸说：“有了，有了。”赶紧写道：

乳燕昨秋疾去南，今春快返为观花。
相熟已久识飞燕，

下一句却又写不出，急得直咂嘴。

敦敏说：“这怎能算有了？罚酒！罚酒！”

敦诚狡辩说：“你只说不紧随其后才罚，我是紧随了的，为何罚我？不公！不公！”

我笑道：“他只差一句，就宽恕了吧！”

敦诚却抗硬：“我让它一句都不差。已经有了！”遂续写道：

更喜鸟儿认旧家。

我赞道：“很好，很好！有趣，有趣！”

敦敏笑说：“小弟就得挤才行，若不说罚，他是想不出的。”

我与敦氏兄弟交往的事，渐渐被学里人传说开去。有那庸俗迂腐的教习便借机大做文章，说我有文无形，教弟子们邪门歪道。学里倡导礼教，我却反对礼教。并说有的学生受毒很深，矛头直指敦氏兄弟。后来，事情闹到副总管那里。我暗想，不能等着让他们开除，那样会连累敦氏兄弟，只怕他们的黄带子要保不住，不如趁尚无结论时抢先辞职，落个完整名声，敦氏兄弟也就不会有事了。

我主意拿定后，当机立断，立刻找副总管辞职，谎称某王府有意聘我去当西宾，我要辞退教习职务。此意正中副总管下怀。他大概是想多一事不如少一事，正好顺水推舟，我这一走，他也省却很多麻烦。

就这样，我离开了宗学。

因行动过于突然，敦氏兄弟丝毫不知。当我向他们说明时，他们哪受得了？依依不舍，痛哭流涕。我对他们说，我与这里的教习言行举止、思想见识常常相左，无法共事，再干下去迟早是要出事的。与其被他们戴个有罪的帽子排挤走，不如自己辞去，好在不离京城，以后还能见面。我与敦氏兄弟洒泪告别。

离开宗学去哪里呢？嗣父母那里我是不愿意去的。思之再三，还是得去找杨小云。

小云待我仍像以前那样热情，为我做了细致的安排。几天后，杲亲王听说我已辞去教习职务，现赋闲在戏班居住，便邀请我前去作客。

酒宴间，杲亲王说："雪芹，你的诗画在京城很有名气，有如此才能的人，岂能赋闲无事做？你若无事做，大清国一国人都该闲着了！哈哈哈哈！雪芹，咱们也算有缘分。我有意聘你为本府的画师墨客，这俸禄嘛！跟宗学里一样。你意如何？"

我感到十分突然，因为从没想过这件事，一时竟不知如何回答。

王爷见我发愣，又补充说："喂，喂，雪芹，你听好，是画师墨客，专门吟诗作画，可不是清客相公呀！我知道外面有对清客相公的不敬之词，什么要'一笔好字，二等才情，三斤酒量，四季衣服，五子围棋，六出昆曲，七字歪诗，八张马吊，九品头衔，十分和气'。我这府里也有几个清客，你与他们不同，你是画师墨客。"

杨小云帮着说："雪芹，王爷爱惜你的才学，也是一片好心，你还不快谢恩？"

我这才醒过味儿来，心想：如此美差，又是这么个好性情的王爷，哪里找去，岂有不应允之理？忙起身施礼谢恩。

王爷说："我差一点忘了，还有一个活儿呢——你得陪我唱戏。"

杨小云大笑道："这戏迷王爷，说什么事都忘不了戏。"

就这样，我搬进了杲亲王府，当起画师墨客来。

在王府里当画师真是个清静悠闲的差使，只要是王爷得空闲，我们就诗酒论画，或者与戏班里的女子们登台唱一出戏。王爷雅兴极高，一天到晚地乐也乐不够。论起诗画来，更是口若悬河，兴致勃勃。

王爷善画美人。那日拿出几幅得意之作，尽是仕女图。一二美女，旁伴丫环，于宫殿楼阁中或斗鹦鹉，或弄琴弦，幽雅闲适之意布满画中。

王爷说："雪芹，你品品，这画如何。要直说，不要奉承。奉承我也不给你长银子，直说我也不给你减银子。眼下我不是王爷，是平民允礼，你只管说！"

我敬佩道："王爷宽宏海量，平等待人，品德实在高尚。只是画分门类，各家有所不同，不能同等相看。那放纵类的画法，写是用笔，意在造境，笔墨追求疏简纵逸，只将要画之物的神趣意韵凸现出来即可，而那神趣意韵又是画家的心头所想。因此，这一画法多是以画家的心情而作。此为写意。"

"啊！听你一说我恍然大悟。这么说，你给我的《美梦图》和给杨小云的《钓贪》就是采用此法去画的吧？"

"正是。那全是我原本心有所想，其意已定，然后想象以何种画面去展示心中所想，不求形似，但求神似。"

"妙啊！当初你送我《美梦图》时，为何不说这话呢？你若早说，那画中的意境我也早就领略了。来！来！你还是快说说我的画吧！"

我很认真地说："王爷这画是力求形似的工笔画，大有宫廷风范。此种画法往往有一定模式，最易千孔一面。”

王爷笑道：“不错，我这美人画法就有个说头，要鼻如胆，瓜子脸，樱桃小口蚂蚱眼。嗨！这是从琉璃厂的杨柳青年画店淘来的秘诀，我一直是按这个说头画的。”

我认真地说：“王爷，恕在下直言，若人人都按此模式去画，画出的仕女岂不是都一样了？古往今来，世上的美女数不清，有几个长相是一样的？肥有肥的艳丽，瘦有瘦的娇媚，笑颜有笑颜的迷人处，冷艳有冷艳的可人点，也许是撒娇时最可爱，也许是生气时最动人，或许回头一笑时最能勾人魂魄呢！总而言之，画美女也要从生活中来，切不可照口诀去画。依我愚见，要画有灵性的美女，必须心中要先有几个活生生的美女，那美女的最美最迷人处自己十分清楚，几乎到闭眼能见呼之欲出的程度，此时再动笔去画，定可画出活灵活现的美女来！王爷，我乱说了一通，唐突得很呀！”

王爷眯缝着眼，连连点头，叹口气说：“只恨相逢太晚，你若早些时入府就好了。”

三十一章　私奔小福晋

我在王府当画师数月，才算弄清府内的建筑布局。其实，与我家在南京的织造府第大同小异，只是多了一进院子，花园是在宅院的东边。园子里也是有山有水，靠水池边建一座红色阁楼。王爷经常在楼上宴客，一来可观园中景物，二来四面窗打开十分凉爽。

我住在二进院子王爷书斋的南边。书斋与花园虽有高墙相隔，但有个便门白天是开着的。我在闲暇时，能随意到园中走走。

园子有两个，还有一个内花园，与这边的园子相连，却有一道墙隔着。内花园是王府女眷游玩之处，外人是绝对不能进的。内花园与大园子有门相通，清闲无人时，王府女眷们可通过内园门到大园子里观景闲游。

从第三进院子开始，往里都是内宅，外人不得随便入内。我自然也属外人之列，从不往那边多看一眼。

不过，王爷的儿媳——那位爱穿白衣怀抱黑猫的女子却常在我脑海中出现，只是一直没能有缘分见到她。

那日王爷进宫议事，至午未归，可见已有御膳招待。

午后，我从便门进园中小憩。花园水池边垂柳婆娑，在暖风中任意弄姿，红色阁楼旁槐花飘香，芬芳阵阵袭人而来。蝴蝶双双，若即若离。小鸟对对，又傍又依。更有那水中鸳鸯相互嬉戏，上面蜻蜓交配弓身。这真是山光水色，春意惹人。

我在大槐树下的平滑石板上坐定，举目望去，满园春色实在令人神怡，不觉暗自叹道："难得满园诸景备，只惜身旁无故人。"

此时此刻，我十分想念香玉和翠环，更想念李、查二阿芳。诸位裙钗此时若都能到此一聚，便是聚罢就死，也是人生一幸啊！

可是，空想而已，唯有哀叹。

无意间，我发现通内花园的门开了，从里边走出一个女人，边走边东张西望，像在寻找什么宝物似的。是王爷的儿媳吗？我与她的初次见面可是就在此处呢！啊，那正是她，丰满匀称，一身素装，只是没抱黑猫。她正朝我走来。

"啊，您是曹老爷吧？府里人都夸呢，曹老爷您戏唱得好，画儿也画得好。您看见乌云豹了吗？就是一只黑猫。"

我吃一惊，定睛看时，才知面前站的并非那女子，而是一老女仆。

老女仆又解释说："乌云豹不见了。小福晋为这正发脾气。我们丫头用人都慌得了不得，四处寻找就是找不见！"

知道是小福晋的女仆，我暗自高兴，忙殷勤地劝老仆不要着急，答应帮她找。我东搜西寻，树丛间、花圃下、水池边、阁楼内到处都找遍了，就是没有。老女仆见我满头是汗，很过意不去，便说："曹老爷真是好人，没有老爷架子，要是碰上那几个清客相公，别说替我找了，只怕连理也不理我呢！我家小福晋常夸老爷，说老爷的戏相扮得好，唱得也好听。小福晋不爱说话，更没听她夸过人，只有您呢！”

闻听此言，我心花怒放，便想打听一二。于是问：“老嬷嬷，有一事不解，可否劳烦问一问？”

“嗨，劳烦什么！老爷是有身份的人，何必客气，尽管问来！”

“小福晋年轻貌美，为何不配艳丽服饰，一年四季只穿素装呢？”

“老爷还不知道内情吗？自从小王爷溺水身亡，小福晋就这一身打扮，至今不改。老福晋曾劝她改穿鲜艳服装，我们拿去，她险些用剪刀剪了，生气地说：‘我穿那有何用？’全扔了出来。唉！小福晋命苦，全是她父母作的孽。”

我假装不知，问：“能当上王妃，天下女子谁不羡慕，何以说命苦？”

老女仆看看周围没人，悄声说：“您有所不知，小王爷原是个傻子。自小福晋嫁入王府，老福晋便天天问我和丫头，小两口同床没同床。我说同床来着，就是没有那事。老福晋又问了几回，见仍无结果，便进内室训斥小福晋，教她伺候男人的女人之道。哪知，当天夜晚可就出了笑话。”

我故作惊讶地问：“那能出什么笑话？”

“唉呀呀！说来叫人难堪，还是不说了吧！”

“老嬷嬷但说无妨。”

“哎！您是好人，我就说与您听，只是再不可说给别人。小福晋也是被老福晋骂得没法儿了，当晚就对小王爷动了手脚。只听一阵厮打，小王爷大吼大叫。我们进也不是，不进也不是，真是急得如热锅上的蚂蚁一般。工夫不大，小王爷冲出洞房，用袍子护着下身，边跑边喊叫：‘这妇人太坏，扒我衣裤，骑我身上。我不要！我不要！’

他就这样喊叫着往外跑，闹得满府里人人皆知。为这，小福晋一连三天没吃没喝，终日以泪洗面，从此不再说话。这几年来也没见过她有笑脸，养一群猫，每日只和猫玩耍。”

一番话语，如同惊雷一般，在我耳畔轰轰直响。啊！那女子竟有如此经历。当小王爷在外面大喊大叫那些令人难堪的话语时，作为大家闺秀的她该会是怎样的羞辱难当，心如刀绞！她能有勇气面对现实活下来已实属不易了。

老女仆见我愣在那里，便问：“曹老爷，您怎么了？怕是累了吧？您歇息去吧！啊呀天哪！我出来的时辰不短了，到这工夫还没找到，真能急死人！”

我说：“我上假山后面看看，也许在那里呢。”

我爬上假山，四处张望，果然在大石背后阴凉处发现一团黑东西。攀越过去一看，正是只黑猫，呼呼地睡着呢！我将它抱起，举给老女仆看，老女仆乐得双手合十念佛号。

这只猫很奇怪，我把它交到老女仆手中时，还在打呼噜。

“这猫怎么了，睡得这么深沉？”

“啊呀，曹老爷有所不知，它这是醉酒了。”

“醉酒？”

“是的。小福晋每日都喝酒，借酒消愁呗！逢喝必斟一杯给这只黑猫。初时只是给猫抹在嘴上，猫初舔时不惯，谁知天长日久，它竟上了瘾。一见小福晋拿酒杯，它就喵喵叫围着转，一杯酒舔来舔去就舔干了。它常常喝醉，平时喝醉不往外跑，只蜷在莲座上睡觉。今日大概是闹春闹的。”

“这是只母猫？”

“不，是公猫。当初小福晋怕它长大难于管住，便要将它阉割，说是要杀其雄气，化刚为柔。又怕它变得如同母猫一样柔和，没了意思，便阉割一半，保一半雄气，刚柔兼有。这黑猫很厉害，因满身全黑，小福晋给它起名叫乌云豹。还有三只母猫，通体黄的叫金丝妹，浑身白的叫白娘子，身上有花纹的叫花仙女。虽说公母都有，小福晋管得严着呢！每到猫闹春时，就把它关进笼子，不让发配繁育。那乌云豹说是被阉割了一半，雄性还是很大，有时候就大发脾气，上蹿下跳，冲人发威。”

我们边说边走，不觉已经来到月亮门。进去此门便是内宅，我不能再往前走，向老女仆告别说：“老嬷嬷慢走，我不能奉陪了。请老嬷嬷告诉小福晋，这乌云豹是在假山后面找到的。”

“是了，是了。定要把曹老爷的话捎到。我还得替小福晋谢曹老爷呢，为找乌云豹累出一身汗。少不了把这话也跟小福晋说的。”

闻听此言，我暗暗窃喜。

自那日以后，我又着了魔，小福晋的故事一幕幕总在我眼前晃动，使我寝食不安，坐卧不宁。小福晋的命运真是够悲惨了，难道她就这样守着乌云豹和那几只母猫永远地过下去吗？可是，她又能怎么样呢？女人是要从一而终的，是要向贞女烈妇学的，是要维护婆家和娘家的面子的。女人头上有口大锅，女人是被锅扣着活人的，那大锅谁能冲破？谁敢冲破？

我心里清楚，小福晋与我之间早有神交。初次见面时，我们四只目光就交织凝视过一回。我敢断定，那一瞬间小福晋是把我记住了的，正如我把小福晋牢记于心一样。之后的几次相见，虽说是远距离，但一瞥一看，更能互传心曲，彼此印象加深。我真恨不得能见小福晋一面，与她诉说心扉，给她宽慰疼怜，让她倒一倒苦水，舒一舒胸中闷气。我知道这样会有负于王爷，可王爷能丢掉什么？无非是一点无足轻重的面子，而小福晋被扼杀的，可是一条年轻鲜活而又充满灵性的生命啊！我思之再三，反复掂量，总觉得无论如何得见小福晋一面才好。主意拿定，我便琢磨如何能见。

侯门深似海，此话一点不假，不是说王府有多么深广的大院，而是它的戒备森严，外人轻易不得进。我虽是画师身份，也有局限要求，不许到的地方绝不能到，除非王爷领去。

思来想去，我突然想到花园里的假山。倘若老女仆回去照实说了，倘若小福晋也同样急于见我，说不定她就去假山碰运气呢！我心里豁然开朗，直如迷失于黑洞突然见到白亮的洞口一般高兴。

不过，去花园须赶王爷不在府里时才行。

那天机会来了。我不声不响穿过阁楼，来到假山下，四处张望。因午后天热，园中很静，无一人迹。便沿山石小径，向上攀缘，还没到山顶小亭，我听到有呜呜的哭声传来。顺声寻去，原来正是小福晋，白衣素服，怀抱黑猫，在内花园里悲伤地抽泣。旁边女仆丫头正在土岗子上挖土。土坑挖成后，小福晋竟将黑猫放进坑里，上面盖上绫罗，然后开始埋土。小福晋失声痛哭。

我大惊，难道是乌云豹死了？

丫头劝止住小福晋，给她拭泪。土坑已成了土堆，老女仆仍在培土。

值得庆幸的是，小福晋一抬头正看见站在假山上的我。我们四目又交织在一起，谁也不愿离开。

小福晋跟老仆、丫头在说什么。老仆、丫头先后款款而回了，小福晋却纹丝没动。老仆、丫头进入内宅门后，小福晋四处看看无人，便匆匆朝大园子这边走来。

我心中一阵狂喜，跳跃着向假山下奔去。

小福晋引我钻进密竹林，竹林深处，便是假山的背后。

这里真好啊！世外桃源也比不得。

“小姐，你受委屈了。”

只这一句，小福晋的眼泪就很快涌满眼眶。小福晋竭力控制自己的情绪，没让眼泪滚落下来，只说：“我哪里还是小姐？我已是有夫之妇了。”

“不！你的事我知道。在我眼里，你不是王妃，你还是小姐！”

小福晋泪眼蒙蒙地看着我，一眨不眨，泪水终于聚成泪珠滚落下来。

看着她那悲哀伤痛的样子，我的心在颤抖，不由得掏出手帕，递给她擦泪，以示慰藉。

小福晋伸手来接手帕，这一擦泪，却更加引起悲肠，闷声痛哭起来。

我伸手拉拉她的衣袖，悄声说："小姐忍耐些个，千万别引了人来。"

小福晋自然知道引来人的后果，马上止住声。我边为她擦泪边问："乌云豹怎么了？"

"上一回亏你给找到，我还没谢你呢！唉，这一回白娘子闹春，被我关进笼子。乌云豹发疯一样抓挠笼子，我一气之下将它打出门去。哪知，它的性情如此刚烈，跑进百鸟园咬死了孔雀。那孔雀血毒，竟把它毒死了。我真后悔，后悔得不得了，我不该禁锢白娘子啊！"

小福晋的话令我打了一个寒战，啊！为了爱，鸟兽尚且如此，何况人乎！

我安慰她道："事已至此，悔也无益。一切从头开始吧！"

"曹先生还没有妻室？"

"曾经有过，因病去世了。"

"没再续娶？"

"没呢。"

"你在等谁？先生有心上人了吧？"

"有了，远在瑶池，近在花园。"

小福晋脸刷地红起来，喃喃地说："我已经是嫁出来的人，便是死也是王府的鬼，如何能更改？"

我劝道："小姐，不要再听信三从四德，那是把杀人刀。"

"可是，我又能怎么样呢？"

我说："既然命运对你不公正，你就不要再听从命运的安排，去开始本应属于你的幸福生活。"

小福晋热烈地看着我，非常渴盼地说：“不怕曹老爷笑话，我做过一个梦，梦里跟曹老爷走了，走得很远。”

听了这话我激动不已，突然把她揽到怀里，紧紧抱住，将脸贴在她滚烫的脸上。幸福的暖流通遍全身，这美妙的感觉早已久违，今日品尝起来是那样的如醉如痴。

小福晋只享受了瞬间的幸福，便惊慌地把我推开，说：“使不得！这可使不得！若被人看了去，就没法活人了。”

“跟我走吧！离开这里，让你的梦成真。”

小福晋看着我，坚定地点了点头。

“只是，就没有这样优越的日子过了。”

“我不怕穷，能与先生相伴，讨饭都值！”

“好！那就跟我去西山，去当山野村夫。”

小福晋又点了点头。

可是，怎么走呢？侯门深似海，如何走得脱呀！

我们想了半天，小福晋终于想出办法：“每年六月十八，老福晋都率众女眷去什刹海赏荷花。我想今年也必去。到六月十八那天，你做好一应准备，只在后面远远地尾随，我抽空儿离开她们，钻进你备好的车里，不就成了？”

我一听很高兴，称这主意可行。

分手时，我笑问道：“我还不知你的芳名呢？”

“从今日起，我就叫小文君吧。”

“小文君？百家姓里没有小姓呀？”

“先生何必拘泥于姓氏。当年卓文君不惧世俗礼法，敢于追求自己的幸福自由，我钦佩她，要向她学，做卓文君第二。原来的名字，从此不再用。”

我激动地喊她一声：“小文君，我的美妻！”又将她抱起。

她两手捧住我的头，满脸荡漾着幸福甜蜜的微笑，笑得泪花闪闪。

我说：“最是中秋月色好，经年等盼志不移。”

她说：“待到芙蓉花艳时，与君密会共连理。”

我们走出密竹林，到处看看，此时骄阳似火，正是一天最热的时候，园中静悄悄，空无一人。我让小福晋先走，见她进了内宅，我才回去。

以后的日子十分难熬，我每日都心焦地盼望着六月十八快快到来。

我去西山正白旗把一切安排妥当后，又犹豫起来，心想，我们私奔到西山，难道王爷不会找到那里去吗？我们丢了他的面子，他一怒之下治我们的罪怎么办？很快，我摇头排斥了这一疑虑。就王爷平时表现出的豁达胸怀，和他不拘朝廷世俗礼法的放任自由品行来看，他不会把这事看得多大。儿子已死，留儿媳在府里一辈子终归是怎么回事？或许儿媳这一私奔正合他意呢！想到此，我心里稍微宽松了些。

影之歌长叹道：“哎哟我的天！曹二哥啊曹二哥，我都听得屏息静气了。您的胆量实在太大，小福晋是王爷家的人，您怎么就有如此胆量啊？”

曹雪芹叹道：“我当时首先想到的是小福晋很不幸，在王府里与猫相伴生活下去，那不是对她的残酷折磨么！一位官宦家的小姐，有教养有灵性的一个活人，却要忍受长期抑郁苦闷的摧残，这要比被放在文火上烧烤和钝刀子拉肉那样的刑罚还痛苦。杲亲王是一位大善人，我想，他每日看见府里有个总是抱猫的小福晋，心里肯定也不是滋味，只不过无可奈何罢了。”

影之歌说：“我知道，您之所以能做出这样的事，那是因为您心底有一股反叛力量，总是想与传统的三从四德较较劲儿。有这股精神力量支撑着，您的胆量就大了。若是一般俗人，没有这种见识的人，一见‘帝王’二字躲还来不及呢，谁敢去惹火烧身？”

曹雪芹笑说：“这倒也是，毕竟天下都是帝王的，实在得罪不起。不过还好，我没因为小福晋又遭新罪。”

六月十八那一天终于到来。早晨红日冉冉升起，天空晴朗无云。我暗暗高兴，不是雨天，小福晋必来，感谢苍天相助。

地安门外往西，是什刹海，又称后海。此处荷花最盛，每至六月，京城士女云集，观花者络绎不绝。尤其到六月十八，更是鼎盛之时，游人摩肩接踵，车马拥塞难行。观花皆在后海北岸，此处风景最佳，岸边绿柳垂丝，水中荷叶舒展，晨露凝结的珠儿晶晶亮，在大绿叶上摇摆晃动，十分爱人。荷花箭比比皆是，从绿毯般的荷叶中挺立而出，举着娇媚的或粉色或白色的荷花。更有那含苞欲放的花蕾，尖头处粉红，往下处渐淡，那样子更加诱人。

游人大多鲜衣艳装，花光人面，互相映衬，更显景致宜人。直不知此处是因人而美，还是因花而盛。更有那纨绔子弟，故意在人群中穿来穿去，吆五喝六，他们其实不是看花，只是看人。

我因在什刹海居住过，对此处十分熟悉，哪条道通到哪儿，如何走最近，都了如指掌。

我在人群中找穿白衣者，可远远近近都是红红绿绿的，竟无一个素装女子。眼看着太阳快到正午，有些游人已坐上回程的车轿，我心急如焚，恨自己来得太晚。正东张西望时，突见一个身穿白衣的女子朝我匆匆而来。我惊喜异常，心突突猛跳，似要蹦出一样。

来者正是小文君。她挥手示意，我明白是让我头前带路。我引她钻进一个小巷，出小巷是鼓楼西大街，那里有雇好的车子，我们匆匆上车而去。

小文君热汗涔涔，让我帮她脱掉白衣，露出绿色的宫绸大襟褂，下面是石榴红裙子，显得无比鲜艳娇媚。

“这白衣我算穿到头了。从此我是你妻小文君了。”她说着，竟将白衣扔出车外。

这放下布帘儿的车真好，车外是人来车往熙熙攘攘的马路，帘内便是我们的幽会处所。我悄声说："这车子就算是咱们的洞房吧！"

小文君笑说："好！来，咱们就在这儿拜天地。"

我扑哧一笑："我妻原来如此风趣幽默。好，就依你！"

小文君嬉笑着倚在我肩头。我顺势将她揽在怀里，低头仔细端详。但见她脸蛋溜圆，白里透着粉红，短袖和脖领处露出的肌肤丰腴滑润，胸脯膨胀，一对坚实饱满的奶子把绿衣顶起两座小山峰。

我越看越喜爱，搂抱着她，抚摩着她，问："我的爱妻，你认识杨贵妃吗？"

小文君抿嘴笑道："你认识？"

"当然认识。我这不是正抱着吗？"

小文君撒娇地捶我胸脯："你坏！你坏！"

"我不知杨贵妃是什么样，可我知道我妻胜过杨贵妃。天生丽质，无人能比。抿嘴一笑百媚生，天下裙钗无颜色。惊人美艳谁能比，更羡胆识与气魄。今生能得小文君，变为犬马不算过。可知上天并没负我，我愿足矣！"

小文君勾着我的脖子："我也有同感。没见你之前，我曾经想死呢。一经见你，总觉得有一线希望尚存。从那以后，我其实就是为你活着。感谢天地灵君，啊，果然成全了我们。我居然还能做一回幸福的女人，能得你的宠爱，我真是幸福得不得了。我也想过呢，下世变犬马报答你都行！"

小文君在笑，笑得洒下幸福的泪花。

车到南辛庄，我便命车夫停下，下车付了银子。

我告诉小文君，为安全起见，提前下了车，还须走几里路，才能到家。小文君会意，说这样最好，虽辛苦一点，但心里踏实。

快走到四王府时，忽听后面有马蹄声传来。我大吃一惊，莫不是王爷派来的追兵？急忙回头张望，小文君吓得抱住我的臂膀。及至几匹快马来到跟前，才看出不像。为首的汉子十分凶恶，举马鞭朝我打来，骂道："还不快快躲道，看什么看！"

我无缘无故挨了一鞭，心中非常气恼，白眼怒视那个恶人。

那人勒住缰绳，把马兜回，以鞭指我说：“你就是新到营子来的曹雪芹吧？丢了官的戴罪之人，怎么，还不服吗？告诉你，我是你的副都统赫端赫老爷，你往后就在我的管辖之内。我可是吃软不吃硬的，你这白眼往后少跟我翻！”

我见这个赫端身穿葛纱补服，上有豹子的图案，知他是个三品武官，便说：“哼！原来是个三品，要是一品，就该随便杀人了！”

赫端的随从们闻言又要举鞭打我，被赫端拦住，说：“先不跟他计较，日后再说！”遂策马扬长而去。

小文君很害怕，劝我：“这样的人，咱可惹不起呀！俗话说，‘秀才遇上兵，有理说不清’嘛。忍让过去也就算了。”

我硬声道：“不可忍让！这种狗官，越让，他越欺你！”

小文君问：“他怎么知道你的名字？”

我说：“正白旗是我的旗籍，要想住到西山正白旗营子里，我须先登记办手续才行。咱们的家我已经都安排好了。看来，这个赫端是咱们的顶头上司，以后就要跟他打交道了。”

小文君担心地说：“他毕竟是个有官位的，你以后可不能与他硬碰。为了过个安稳日子，你回头该备一份礼物给他送去。”

我由不得把眼一瞪，大声说：“让我去他面前低三下四？曹子雪芹至死做不来！这样的狗官，得志便猖狂的无知小人，只配受我的白眼！”

小文君吃惊地看着我，不再说话。我自知孟浪，马上又变笑脸说：“声音太大，吓着我妻了。”扫一眼周围无人，我突然抱住小文君，在她脸上亲出一个响声来。

三十二章　红楼书初成

正白旗位于香山脚下，西北与卧佛寺毗邻，西南与峒峪村相接，向东便是四王府和鄂比居住的镶黄旗。

正白旗分营子里和营子外两处。营子里有院墙和大门，里面住的是带家眷的兵丁。大门早卯时开，晚巳时关。营子外住的是官吏，房屋多建在北上坡，自成家院，比较自由。

正白旗有不少人在外当官，家属也就跟随在外而离开了营子。那些祖祖辈辈一直没能当官的人，生活是很贫苦的，只能住在营子里，靠那点月银季米勉强度日。而月银季米也是只给兵丁。旗中男丁须到十岁才能补上养育兵，开始有一些月银季米。十八岁可参加比试骑马射箭，合格者为正式兵丁，增加月银季米，并给房屋两间，允许娶妻成家。若比试骑马射箭永不合格，就永远是养育兵，而养育兵永远不给房屋，不准娶妻成家。一旦父母死后，房屋收回，养育兵就会无栖身之地。

在外当官的旗人一旦犯法被治罪后，有钱的可在京城闲养，有门路的也可在京城当差，无路可走的只好回归本旗。值得庆幸的是，虽被免官，回旗后仍按原品级享受待遇。比如我的月银季米和住房便是按参领的级别配给，得到营子外靠近地藏沟处一个四间房的小院。

我居住的小院和整个正白旗营子都掩映在绿树丛中，山上山下到处是枫树、柳树、柿树、松树、黄栌和野漆树。每到深秋季节，漫山遍野的绿树叶都变成黄色，远远望去，一片杏黄，十分壮观。为此，这里以前被称为“黄叶村”。大清进关定鼎北京以后，这里被辟为兵营，八旗中的正白旗在此设兵营，从此被改为正白旗营子。

小院门前有一条小溪，小溪上有一石桥，过石桥后是更房，再往前是营子。小院的北面便是山坡了。东面有住户，有箭场。箭场便是训练兵丁和比武考试的场所。

我找来霧哥、大嫂和鄂比帮助收拾院落房间。鄂比听说我已搬来西山与他为邻，差点乐得背过气去。小文君与他们一一见过礼。大嫂直夸自己好福气，竟得了这么一个好弟媳，并说从此可是有了说话的伴儿了，高兴得了不得。

最初几天，怕王爷找来，小文君不敢在家待着，便以寂寞为由，今日去鄂比家，明日去大嫂家，轮流躲避。连躲十余天，均平安无事，也就松懈了，不再为此担心。

初到西山的那些日子，我觉得人人都对我冷眼相视，就像对待一个无赖一样。我纳闷，正白旗的人都怎么了，为何如此欺生？后来听他们议论才知道，他们说我是被抄了家的罪人，一定是个坏蛋。坏蛋在外当官享尽了福，如今来到营子，却还能住营子外，享受那么高的待遇。我这才知道他们原来是嫉妒，心想，他们嫉妒得不无道理，他们无非也是想让自己的日子能过得好一点而已。

那天，我在院里栽上一棵海棠树，又在门口栽上四棵槐树。正从小溪提水浇树时，有一人过来挑衅说："喂！新来的，你这院里院外都不宜栽树。"

我诧异地看看他，这是一个矮个儿方脸伶牙俐齿的人，便问："为什么？"

"你不是当过官的吗？听说还是个文人。哼！连这个也不知？那口字里加个木，不是被'困'住了。不祥！不祥！你这树不能栽。"

我这才知此人来意，立刻对他嗤之以鼻，笑道："若如此说，你更不可进营子里住了。"

那人忙问怎么讲。

我不慌不忙道："非用我点破？哈哈！你说，口字里加人是什么。"

那人一听，脸立刻通红起来，一言不发，转身就走。

我冲他喊道："兄弟不要介意，欢迎你来喝茶！"

虽然如此，我与营子里的人关系仍很紧张。有时主动和他们打招呼，他们或不理，或敷衍一下匆匆离去。有一次，我出门，刚过石桥，就听更房里有人故意大声议论说：“他算什么玩意？官不官，兵不兵的，也不当差，白拿银粮，还比谁拿的都多！”

我听后又好笑又憋气。可笑的是他们竟如此心胸狭窄，嫉妒心太强。我白拿的是朝廷的银粮，因袭的是祖上的一点余恩，与你们何干？你们倒是生的什么气？我憋气的是，自己确实是在白吃饭，并非是靠自己的本事换来的银粮，毕竟理亏些，不得不受别人的白眼。对此，我没有丝毫反驳的意思，只当没听见，装不知也就罢了。

一日，我正在小溪边闲逛，忽听箭场那边有小孩哭声，便急忙跑过去看。原来有一小孩摔倒，被隐藏在草丛中的利石磕破了腿，膝盖下一寸多长的伤口，血流不止。我急命别的小孩去喊他父母，随即将小孩抱起，快步跑到家门前，喊小文君拿白布来包扎。

这时，小孩的父母闻讯赶到。我一看，心里乐了，原来小孩的父亲正是那个矮个儿方脸的汉子。那人红着脸，千恩万谢后要把小孩抱走。我说：“抱走有法儿治吗？若无止血药，你就别走，在这儿稍等，我去弄！”

我前日顺小溪向上游山中游玩，发现溪边有一片丰茂的野草，红茎紫花，十分鲜艳。我认识此草叫地锦草，匍匐于地面上生长，茎和叶有白色乳汁，可止血解毒。我顺手拔了一把，回来后扔在窗台儿上，哪知今日就派上了用场。

我抽身回院，急将地锦草洗净泥土，用刀切碎捣烂，去给小孩摊在伤口处，重新包扎好。

后来，隔几天换一回药，三回过后，小孩的伤口便痊愈了。小孩的父亲感激不尽，特备酒宴答谢我，并为自己的过错道歉。

此事对我大为有益，营子内外的人都开始转变态度，对我笑脸相迎了。

这样的平安日子过得不多，又突然出现一次十分惊险的事。

那天，为书稿的事，霈哥让鄂比捎信来，叫我去一趟碧云寺。吃罢中饭，顾不得歇息，我就匆匆出门。走过石桥，这才发现桥头停着一辆车，后面有两个骑马的侍卫。我大吃一惊，心想，这是戏迷王爷找来了吧？果然，车里探出头来的正是杲王爷。我只想到糟了，眼前便一阵眩晕，急忙跪在车旁："给王爷请安，小民曹雪芹……"

王爷的表情不可捉摸，说："免了！免了！怎么，还不让我屋里坐坐？"

"王爷请！"我忙起身去扶王爷。我发现，营子里和更房里都有人在探头。

王爷进屋坐定，我喊出小文君跪见。小文君见是王爷突然来到面前，吓得面如白纸，没了血色，急忙跪下哆嗦着给王爷磕头。

王爷向侍卫一挥手，侍卫向外面走去。

王爷眯缝着眼，紧绷着脸说："曹雪芹呀曹雪芹，你真有胆量！"

事已至此，怕也无益，我斗胆说："传统礼教不是都好，从一而终害女子最深。小福晋孤独寂苦，如此守下去何时是个头？在王爷府上也是个累赘。更何况大清王朝改嫁早有先例，那孝庄皇太后不是……"

王爷突然严厉起来："放肆！这也是你随便乱比的？难道你真吃熊心豹子胆啦？不说俯首认罪，好好闭门思过，还满嘴强词夺理，胡攀乱比，你是要罪加一等呀！"

"是！王爷，我听王爷的。"说着，我也跪了下去。

"好了，都起来吧！唉！怪我不能生个好儿子，没有这福气。"王爷说着，竟去抹了一下眼。

我慌乱的心里在急速猜想，不知王爷会怎么处置我们。万没想到，王爷后面的话很温和，说："两手空空就跑，手底下什么都没有，怎么过日子？我把你们两人的衣物用品装了几箱，还有一些银子，都拉了来。只是不要让外人知道内情，给我这老脸多少留点儿面子，也就行了。”

刚刚站起的小文君闻听此言，又跪倒磕头，声泪俱下地感谢王爷恕罪之恩。我也被王爷的一番话感动，万没想到王爷竟大度到如此地步。我眼含热泪，真诚地向王爷请罪，并说：“王爷，您真真是普度众生的活菩萨！”

“别说了！你想拿我当猴耍是吧？若治罪，你们两个都是死罪！唉，就是治了你们的罪，又有何用？世上白白少了一个才子曹雪芹。你们好自为之吧！雪芹，说真的，我时常想你呢。顺便时，往我府里走走，切磋切磋画艺，再唱一出戏，多好啊！”

我十分感动，泪水禁不住滚落下来，哽咽着说：“好王爷，我实在太愧对王爷您啦！只盼望上苍保佑王爷千岁千岁千千岁！”

王爷说：“以后有难处时，就去府上找我，不要端着文人的清高架子。”

我点头答应，和小文君再次感谢王爷。

王爷起身告辞。走到门楼处，回头冲我微笑着说：“你小子！真有才！也真够坏的！”

望着王爷远去的车轮，我猛然想到：今日这结局，似乎早在王爷预料之中了。啊！是不是王爷故意安排的？

这个运筹帷幄深不可测的王爷啊！

王爷走后，营子内外都传说王爷与我有交情，送来几箱绸缎珠宝，说我原来是这么有来头的人。我的身价立刻倍增，就连佐领也另眼相看了。

副都统赫端听到这一消息，亲自登门来访，甜言蜜语，虽未直接为鞭打我的事道歉，可那种态度已与那天判若两人。

我和小文君的服饰在这里很显眼。尤其小文君，都是宫廷嫔妃们穿的那种衣料，华丽得很，与这营子、房屋、山野、树林极不相称。为此，她不愿出门。一旦出门，必招惹很多人驻足观看。为此，小文君特意赶做了一身粗布衣衫，为的是与营子里的人拉近距离，融入西山荒野的氛围。

王爷既已来过，我们再也没有后顾之忧，终于可以安安稳稳地过日子了。只是日子过得有甜也有苦。我们都如久旱的禾苗一样，初遇甘露，如饥似渴，互敬互爱，相敬如宾，那份甜蜜自不待言。只是小文君自幼便是富贵家小姐，一直有女仆丫头伺候着，如今突然当了家中主妇，上炕裁衣针头线脑，下炕进厨油盐酱醋，她统统不会，不懂。好在我曾独立生活过，能把粗茶淡饭做熟，不至于挨饿。小文君倒也虚心，让我教她如何操持家务。

小文君的话也多起来，像刚会说话的娃娃，嘴不停歇。看见花儿，就会想起幼时花园的各种花儿，一一讲来，因花儿惹出的故事更是说起来没完；看见游鱼，就说起她家养过的各种鱼。总之，见物生情，情至话来，滔滔不绝，永不知倦。有时睡梦里也说上几句，甚至笑醒。

我笑道："瞧我爱妻，几年没说话了，如今可是把本儿捞上来了。"

小文君说："算你说对了，如今我一天说的话，比原先一年说的还多呢！"

更值得庆幸的是，两个月后，小文君居然有了身孕。这可是天大的喜事，我高兴地把小文君抱起，转了两圈，不敢再转，轻轻放下，抚摩着小文君的小腹说："休得莽撞，休得莽撞，别惊吓了我们的儿子！"

曹家人丁不旺。祖父曹寅这一支只有我一个了，如今爱妻怀的若是男孩，曹家又可后继有人。如此大事，岂能不喜？

我带小文君去看望霈哥，其实就是为了去传递这一好消息。霈哥和大嫂听罢自然高兴。大嫂泪眼模糊地说："你们一辈子的婚姻大事，我本该给你们一份像样的贺礼的。可是，唉！这日子过得一贫如洗，有病都不敢拿药吃，终是有那份心无那份力了。我这里还有一支银簪，是定要带在弟媳头上的。上次见面就有心给你，总觉得太寒酸，拿不出手，今日是再不能往后拖了。”

大嫂从头上拔下银簪，要给小文君带上，小文君再三推辞。

我笑道：“你就收下吧！要不然，大嫂会因这事睡不着觉的。”

大嫂边为小文君插簪，边叹道：“只可惜你没能赶上江宁织造的富贵荣华。”

小文君说：“其实，人要是郁闷忧伤担惊受怕地活在富贵之中，还不如快快乐乐悠闲适意地活在贫穷中呢。像霑哥大嫂这样身近佛门，安贫乐道，不是也很好吗！”

霑哥说：“不错！不错！世人甘为牛马鹰犬，其实是受一‘欲’字所累，若果能慧心洞开，无欲无求，别说权势，便是鬼神也不能役使了。”

我笑道：“看来霑哥比我还要大彻大悟，早已比我脱俗得厉害。”

大嫂在缝补衣服，小文君要学，便找来针线布头，真的练起来。大嫂手把手地教她，告诉她针脚要匀，下针要稳，以防扎手。小文君学得津津有味。

霑哥说：“二弟过来，让她们学针线，咱们说说书稿的事。”

我自然高兴，马上凑过去。

霑哥说：“你这一次扩写大修得非常好，从补天顽石起首，让石头幻形入世，到红尘中去享受荣华富贵，经历磨难挫折，然后石归山下，将经历刻在石上，才有此书。那书中宝玉既是石头，石头就是宝玉。我坚持此书名用《石头记》，也正是因为此。这本书的大架构有了，写法也很新颖别致，古往今来，还没有过，非常之好。只是，很多地方还得扩写修改，使其更加完美才好。我想，你首先要在立意上动一动。若以台阶作比，戒妄动风月之情算第一台阶，戒妄动功利之心算第二台阶，这第三台阶，你是增写了颂扬人间真情挚爱的部分。依我说，你还得再上一个台阶，把笔尖伸得更远更深一步。”

听到此，我大感兴趣，急切地问：“请霑哥明示，这第四台阶该是什么？我这儿两眼一抹黑，正愁无法开窍呢。”

“我意是你写出两个极端来。先写宝玉极其富有，享尽人间荣华富贵，那个豪富程度，除帝王外再无人能比。再写宝玉这一豪门一败涂地，贫穷衰败到极端，穷得行如乞丐。其实，这些你书里都已写了，只是没到极致而已。这就显得劲头不够大，显得你的手有些软。你这第四个台阶，应该通过两个极端，去展示人生的艰难坎坷和世事的诡谲多变，以及防不胜防的险恶难测。让人读罢能掩卷深思，有个嚼头，这部书就可算上乘之作了。”

我听得目瞪口呆，以往真是小看了，霈哥原来竟有如此高深见识。有霈哥的点拨和批书，这本书就一定会更好。

“只是这豪富程度……”

“噢，这个我已想过。豪富的基本表现无非就是金银嘛！金银多了，造天宫也能造得出。只可惜当年康熙大帝南巡时，咱们家接驾的盛况你没赶上，那种奢华排场就是极端了。当年我可是亲眼看见的，虽说幼小，印象却极深。开辟西园，大兴土木，广造楼台亭榭，巧集江南园林之秀于一园中，去苏州采买女孩子扩充戏班，买小尼姑进住庵中，买孔雀、仙鹤、麋鹿、熊猫等各种珍禽鸟兽点缀园林。康熙帝的雄伟行宫亦建在园中。听老太太说，那时的银子花得，真如淌海水一般，上上下下只求一个‘好’字。你那书中写大观园，我也看得出，其中就有咱家西园的景物。只是，你写大观园无非是为了给书中宝玉及众女子安置一个住处，然后在那住处发生故事。你若能将建园的盛况写出，阅者也就能感受到富贵的极致了。”

“啊！霈哥，康熙帝南巡咱家接驾的事可写不得！为避免文字狱，我躲还躲不过来呢！您没见书中我故意常用汉唐年代，便是京城也只称长安吗？”

“这个我岂能不知？咱家接驾的事是万万提不得的，决不能把辫子再递给皇上让他揪住。那文字狱之灾也是十分厉害，全家抄斩的事也有过，当然要避开那个。我是想，可以变通一下，咱姑母不是王妃吗？就写宝玉的姑母是皇妃，皇妃省亲时，那排场不是比王妃更加奢华啦？”

我恍然大悟，惊喜道：“霁哥是说，以省亲之实，写接驾之虚？”

“然。二弟就是聪明，一点就透。”

好啊，这真是好主意！我又坐不住了，马上要书稿，恨不得立刻就回去写。

霁哥又说：“先别急，我还有话要说呢！这富贵的极端写足后，切莫忘记后来贫困的极端也要写足，那样才有震撼力。”

“好，霁哥想得真周全。我就去增写。”

“还有，书中有一些需要删掉添补的地方我一并说给你吧，此次大修时也好一块儿处理。第十三回秦可卿淫丧天香楼写得太实太明，我看那些文字实在于心不忍。凡知情者一看便知所写是谁。唉，还是笔下留情，将它删去吧！若全删掉也不可能，因这一回牵连着后面很多精彩文字。秦可卿的丧事大办，既能衬出贾府的极端富贵，又能表现凤姐的善于弄权和精明干练，同时，还能展示贾府不肖子孙的轻薄不堪。此处你最好使用隐笔暗写，只将公公与儿媳乱伦，被人撞见，和可卿悬梁自缢，两处删掉，大办丧事的情节还保留，就不至于伤书稿元气了。”

霁哥又跟我说了几处需要改动增删的地方，意见都很好。我被写作冲动撞击着，恨不得立刻就拿笔去写。我催小文君匆匆告退，背着书稿作别而去。

这已经是第五次较大动静的增删了。

我对霁哥提出的建议进行推敲，力求用最好的方式去凸显新的立意。我点灯熬油不知不觉到了深夜，回头一看，爱妻不知何时已和衣躺下，微微鼾声透着香甜。我真想去抚慰妻子，可再看一眼稿子，那元春省亲的构思还没完善，今日若撂下睡去，明日还如何接得好？我叹口气，又拿起笔。

鸡叫声此起彼伏时，我眼睛发涩，头脑发热，这才放下笔，也和衣睡下，悄悄躺在妻的身边。

次日，鄂比风风火火地找来，说要带我去逛山穿野林子。没等我说话，小文君就说：“他如今又跟书拼上了。昨晚一宿没睡，两眼还红着呢！”

我说：“这书还得大修大改，昨日与霈哥合计了半天，说出很多好点子。看来，我又得跟书稿摽一些时日。”

鄂比说：“既如此，就先忙你的！你那是大事，逛林子是闲篇，你忙完再说。”

鄂比扬长而去。我的心却狂野起来，早已随他出了大门，飞向山岭古刹中去了，一时魂不守舍，只在屋里打转转。

小文君嘻嘻笑道：“鄂比把你的魂儿勾去了吧？也没个官儿什么的管你，那身子还不是你自己说了算？想去就快追去呗！”

我咂嘴道：“你哪里知道，我这一去，心就野了，不好再收住。勒性情如同熬鹰，要是现在熬，有一个时辰就能熬出来；要是撒出去几天逛山林古刹，再回来可就难熬了。坐在那里，满脑子都是山野僧人的趣事，笔下焉能写出一个字来？非熬它几日不能收住心。细想想，还是现在熬合算。”

小文君笑得更厉害，说我好不容易有了自由，倒自己给自己上起了紧箍咒，像关进笼子里的山狐，只是一个劲儿地打转转。

这一次大修改连续进行了将近一个月，每日足不出户，困了就睡，睡醒就写，昼夜兼程，最终总算比较满意地完成了。若以官职来比，头一稿《风月宝鉴》算七品的话，第二稿《红楼梦》就能算五品，第三稿《石头记》若算三品，这一稿决不愧对一品。我曾想，这本书若放进历史的书架，将会在什么位置？文章要追求完美，就得改，反复地改。尤其是一部大书，其间包罗万象，那里是人生，是社会，是五行八作，是百科全书，是喜怒哀乐之大集，是酸甜苦辣之聚会，是阳光灿烂，是风雨雷电，是人人身边常见之事，又是人人从没想过之理。这样繁复庞杂的工程，若不靠长期持久翻来覆去地修改，要想达到完美谈何容易？我想，今后还要改下去，随着时间的推移，思考的加深，见识的提高，再加上霈哥和友人的智慧，长期细细把玩，一定会成为一部人人爱看的好书。闭目想来，我一生碌碌无为，一事无成，这部书若再不能整到精致，不是白到人间走一遭了吗？

自从有了这一想法，我心大快，精神倍增，突然觉得生命有了无限价值，活在世上并非是一个只吃闲饭无用的人。在我眼里，天更蓝了，山川日月更美了，营子内外的人更可爱了，便是看见赫端，都觉得他比以前顺眼了许多。尤其小文君，在我眼里几乎成了一块无瑕美玉，前看后看左看右看上看下看怎么看怎么喜欢。小文君被我闹得红了脸，扭扭捏捏很不好意思。

我把小文君揽在怀里，然后又让她坐在自己腿上，手指小腹问："你知道这里面是谁吗？"

小文君娇羞地："傻啦？你说是谁？"

"是小雪芹，是小曹先生。哈哈！好哇！实在是好！在这山川灵秀之地受孕，比在京城要强百倍。那里虽说富贵繁华，但污垢浊臭之气太盛，在那里岂能生出好儿子来？此处好哇，我妻在这充满灵秀气的清新洁净之所受孕，将来的小曹先生一定聪明无比，睿智过人。我今日实在是太高兴了，高兴得无可不可，没有别的办法，只好念阿弥陀佛。念完阿弥陀佛还是没有办法，只好吻爱妻一百次。"

我混说一通后，便向妻的唇上、脸蛋上、眼上、额上、脖颈上轮番吻去，吻一下数一个数。

小文君只娇滴滴地说"行啦行啦"，却并不躲闪，痴迷地享受着，直到数足一百下。

黄昏时分，快该做晚饭时，小文君突感不适，肚子一阵阵疼。我给她炒热两碗土，用布袋装起，让她捂着，就去做饭。没有新鲜蔬菜，如何做法？我连跑带颠，急去四王府酱菜园买些腌黄瓜，咸萝卜条。上次鄂比请我喝酒，就是备的此菜，我竟吃上瘾了。当然，我也没忘记买酒来。晚饭是汆汆汤，这是我的拿手杰作，是千锤百炼后才做出色的。

饭盛好后，我进屋喊小文君："正宫娘娘用膳喽！"

小文君吃惊地看看窗外："别混闹！这是随便说着玩的吗？"

我压低声音说："皇后娘娘，在下今日为娘娘备了天下第一菜，请娘娘猜，是什么菜？"

"你能做什么菜？你还能弄来燕窝鱼翅呀！采些山上的野蘑菇还差不多。"

我扶小文君下炕，到外屋一看桌上，小文君扑哧就乐了，挥拳直捶我胸脯，嚷道："净弄些神神秘秘的事，我以为什么稀罕物呢，原来是两碟子咸菜！"

我笑道："夫人息怒。你别小看咸菜，这可是上至帝王下至百姓都爱吃的菜，富人因吃惯了油腻而喜欢它，穷人因吃不起油腻而离不开它。乾隆帝就爱吃四王府张记的酱菜，还赐名'天义园'。为什么？那也是治国方略的一招呀！你想，皇上都爱吃这酱菜，平民百姓更该爱吃不是？这么说吧，大清国若没有了这咸菜，那可是要国将不国了。爱妻，你说这算不算天下第一菜？"

小文君被我说得直笑，道："你这张嘴，谁能说得过？"

我谦虚道："夫人过奖了。用膳吧，哈哈！来，媳妇一碗儿子一碗，闺女一碗我一碗。"

刚刚有些喜兴事，就又来了不幸的事。大嫂突然病倒了，偏头疼加眩晕，疼得无法进食，难以入眠。霁哥一贫如洗，那点月银只够吃粗茶淡饭，哪里有钱治病？

我家倒是还有些银子，那是戏迷王爷送来的一百两银子。置办家具生活用品已经花去不少，我平时常爱饮酒，也费去一些。还剩几十两银子，小文君说，生儿子时也绰绰有余了。只是往后再没有别的进项，富余些银子也不能乱花，须渐渐添补日月所需。哪知竟又出现这种事情。我与小文君商量，不能眼看着大嫂在那里忍受折磨，先把银子拿去治病。

大嫂的病也真怪，汤药丸药不知吃了多少，那病就是不见好转。霡哥、大嫂都于心不忍，不愿再花我们的银子。他们知道，那点银子是为生孩子准备的。大嫂干脆拒绝医治，宁死也不再吃药。可怜大嫂只坚持活了一个月，便一命呜呼。

乾隆十七年（1752年），我三十七岁，小文君果然为我生了个儿子，我特别高兴。为给儿子起名，我费了一番周折。在选出的十余个字中，最后确定用“湉”字。小文君问此字何意，我说“湉”意即湉静平淡，咱俩的人生都是在惊涛骇浪中度过的，忍受了太多的摧残折磨，还不该让后代过一过平静的日子吗？姓曹名湉，小名就叫湉儿，也很好听。日后不让湉儿走仕途路，远离朝廷政治，只让他在书画诗词上用功夫，当个画师，书法家，诗词歌赋都精通，去学馆当教书先生，一生衣食不愁也就足矣！既有安身立命之能，又有高雅情趣调剂，那日子，既湉静又湉适，不比皇上过得还舒心？

小文君对我描绘的未来图样显然十分满意，亲着儿子的脸蛋说：“小曹先生，你就快快长吧！长大了去当教书先生。”

自大嫂病逝后，霡哥显得很孤独，情绪一落千丈。为此，我常去他那里坐坐，陪他说说话儿。到他逐渐从痛苦中跋涉出来后，我才将书稿拿给他，让他继续批阅。

三十三章　西山奇巧事

次年春来，西山万物复生，到处是一派生机勃勃的景象，甚是喜人。

在这春意盎然的大好时光里，心情越高兴，越想酒喝。因家中无银，生活窘迫，我已多日不曾饮酒。

鄂比找来。我说：“鄂兄，这官可以不做，酒不能不喝。我已多日没见那物，如之奈何？”

“咳！活人岂能让尿憋死。走！”

“去哪里？”

“峒峪村小酒馆呀。”

“不可！不可！已经欠人家的了，怎么好再去。”

“那，就跟我上玉皇顶拿银子去。我给玉皇庙庙壁画的墨龙，让我取银子去呢。”

闻听此言，我很高兴，总算有了喝酒的希望，立刻随鄂比而去。

登上玉皇顶，我们已经通身是汗。我看了鄂比的墨龙壁画，方知鄂比的画技已有很大长进。壁上那条墨龙，形态逼真，浓云密雨中，巨龙昂首藏尾，利爪刚劲有力，形象狰狞，令人生畏。

但银子没能拿到手。住持说给留了几日没来取，又挪作它用了，让三日后再来。

我们空手而回。到山下时，已是又饥又渴。路过小酒馆，鄂比忍无可忍，也不打招呼，一头扎进酒馆去。我只好跟随。

我们一顿饱餐狂饮，付账时，鄂比仍让店家记账。店家笑容可掬，却委婉地说前账还没清呢，小本生意，承受不住过多的拖欠。

鄂比横眉立目说：“鄂爷没落魄到一无所有，鄂爷我还是有月银季米的，月底一并给你不就得了！”

被人逼着索要酒钱，我真有些脸红耳热。也是毫无计策时被逼出的下策，我向店家要来纸笔，当场挥毫泼墨，画一怪石，又几枝风竹。鄂比看得有趣，接笔又在上面添画两只翠鸟，似在窃窃私语，甚是讨人喜爱。

鄂比说：“店家，你瞧曹老爷这画画得多好！此时正值实胜寺庙会，你明日拿庙会上去卖，保你酒钱有余。”

店家不情愿地说：“我只会经营酒馆，不会卖画。”

鄂比生气地说：“你不要，不要我把它撕了！”

我赶紧阻拦说：“店家，卖画其实不难，你不愿意守着卖，就卖给字画摊摊主。如画资不够酒钱，我下次再给你画。”

我们终于能离开酒馆了。

刚一出门，忽听有救命声传来。

原来，酒馆东侧有人跳水自杀。我们到时，跳水者已被人拉扯上岸。跳水人自称已是废人，埋怨救人者不让他死。

我和鄂比好言相劝，终于将他说通。这才知他叫于景廉，因从军在金川之战中伤了腿而被退回原籍。于景廉到家无以为生，妻子儿女悲饥号寒，他自知无能养活家人，便将妻子儿女送到岳父家，自己徒步西来，意欲进深山寺院出家为僧。一路行来，悲痛欲绝，身为男子汉大丈夫不能养活妻儿，却要躲进深山苟且偷生，还有何颜面活在世上！便是出家为僧，心里又如何安宁？咳！也罢，不如死了干净！只有死了才能无牵挂。想到此处，正遇见水，就一头扎了下去。

原来如此，此人纯是悲观绝望所至，若能解决生计问题，他绝不会弃妻儿而死。我略一思忖，便有了救他的办法。于是，先用激将法说他：“你五尺多的男人，岂能将养家责任推给岳父？你就这样死去，能瞑目吗？”

于景廉哭道：“我腿已残，是个废人，实在无法可想，无计可求了。但凡有一线希望，我也不会轻生的呀！”

我说：“天下财富俯拾即是，就看你动脑不动脑，勤快不勤快了。我愿授你一技，定可养家糊口。你愿意吗？”

于景廉闻言，立刻跪地给我磕头：“若果能得您传授生存技艺，您就是我们全家的救命恩人。”

我急忙扶起于景廉。

鄂比愕然地看着我，那眼睛分明是在问，你搞什么名堂？自己尚顾命不暇，有何能力救济别人？

我没让鄂比离开。回家后，我与鄂比上山砍来竹子，给于景廉做示范，如何劈竹，如何架火熏烤，截成长短不一的尺寸。鄂比不知何用，左问右问，生着法儿地套问。我就是不挑明，只是让他们等着看。等到把手中的物儿扎出雏形时，他们才恍然大悟。

“啊，原来你是在扎风筝！”鄂比击掌说，“哎，你别说，这手艺若在京城养一家人还真行。于老弟，快仔细学，你遇见曹雪芹，算你此生有大造化。”

于景廉千恩万谢，开始用心学扎风筝的技艺。

我说：“八字还没一撇呢，你谢什么。就是果真能以此业养家，也不用谢。你先听我说扎风筝的基本要领。首先是选材，新竹朽竹全不可用，因为风筝一遇急而强劲的风会吃不住，一定要用够年岁的老竹。下料要上硬下软，中硬外软。硬处用竹的根部，料要粗。下部软和外边软是以利泻风，使其能高飞翱翔。两个翅膀务求均衡，若不均衡，风筝一吃风必然转圈。再有就是图案和粘糊的技巧。噢，对了，凡软处用料都要细薄。这就要在熏烤上见功夫，烤对了火口，弯处不会折……今日天色已晚，待明日我再细细教你全套子的手艺。”

鄂比哈哈笑道：“跟你相处了这么多年，却不知道你还有此绝活！”

我说：“这玩意还是在江宁织造府玩风筝时学的。若果能救于老弟全家，也算造化。”

好在于景廉有些绘画功底，次日便学得快一些。我又亲自扎了两个风筝，直到绘图裱糊，一干到底，最后拿出试飞——蛮好，引得湉儿和营子里的孩子们围着欢呼雀跃。

小文君看到这一切，脸上挂满笑意。看得出，她是在为我自豪。

鄂比对于景廉说：“这一回可好了，回去好好干吧！京城里富家阔少有的是，只要玩意好，没有人不舍得花钱。这手艺一定能养家。”

于景廉乐得合不拢嘴，真不知如何表达谢意才好，只是自言自语：“哎呀，我一家人有救了，我一家人可是真的有救了！”

几天后，鄂比突然风风火火地跑来，一进院子就高声喊叫：“大喜！大喜！”

小文君急忙出去看究竟。我也跟出去问："什么事？值得如此喧嚷？"

鄂比说："酒馆的主人把那张画卖啦，卖了五两银子呢！这不，我又从他那儿拿些酒肉来。"鄂比说着，就打开纸包给湉儿肉吃。

"嗨，我以为什么呢！五两银子就值得如此惊乍。"

鄂比却认真道："哎，可不是五两的事儿。我说你聪明一世怎么就糊涂一时呢？从今以后，咱们去酒馆就不用带银子了呀，就给他画画，用卖画钱来付酒家，余者也不取走，接着喝。老弟你说，这是五两吗？画虽能挣钱，一直无人去卖，你我都拉不下这个脸面来。如今可好了，就给酒家。"

我笑道："人家是开酒馆呢，还是开卖画铺子？此事偶尔为之尚可，长此以往怎好意思？"

"把你那'怎好意思'几个字收下！此事由不得你，这事交给我办，多付他些银子，有何不可？"

秋去冬来，很快又到年关。我与小文君正在盘算着过年缺东少西，无钱去买，准备过一个窘迫之年时，于景廉牵着一头驴，一瘸一瘸而来。我一看便知驴背上驮的是年货，心想，啊！妙极，风筝果然救他一家人的命了。

于景廉穿一身体面衣服，满面笑容地进了门。他给湉儿买来了拨浪鼓和从后背一吹就响的泥娃娃，还有一大堆小食物，乐得湉儿像看见果子的猴儿似的，前蹿后跳，又想吃，又想玩。

我埋怨道："你何必如此破费？像得到多少金元宝一样。这可使不得，你叫我难堪了。从今以后不能再有第二回。"

于景廉笑道："先生的这门手艺真好使，我这无用的废人居然能养起家来。我妻早就催，让我向恩人道谢，口口声声说一辈子也无法忘记恩人。哎，人就该这样，知恩必报才对。"

我问于景廉风筝可有什么不好使的地方，于说就是一遇大风易坏。我告知上次所教是南方软翅风筝的扎法，因南方风小和缓，比较适宜，北京风大，所以易坏。我又与他一起琢磨适合北方的硬拍子风筝，并告诉他扎熟练后可以设计多种花样，鹰、燕、蝴蝶、鱼及虫皆可上天，既能增添人们的兴趣，自己也能多挣些银子。

送走于景廉后，我心中很难平静，他那一瘸一拐的样子总在眼前晃动。我想，一个兵丁，因打仗戍边，致残后便无人管。像他这样的残废人，不知有多少仍在面对绝境呢。我还会几种可以称作手艺的玩意，何不以书待言，传为人知？若果能被人学去充当谋生手段，不也是一件大好事吗？

自从有这想法，我就又开始激动起来。细想那种种玩意，诸如刻印章、雕竹器、印染、织补，包括做风筝、扎花灯等。如何传递给那些生活无望的残废人？思之再三，唯有以浅显易懂的言词，以口诀形式写出传抄，才是最佳方式。想到此，我很高兴，立刻动手去写，并为这本小书起名叫《废艺斋集稿》。

要做这么一件救人济世的善事，我自然非常高兴。说于小文君，她却抱怨说："你有那么多的办法助人，何不自己也挣些银子来？也省得手头总犯难不是？"

对小文君这话，我总是付之一笑。我自幼安富尊荣惯了，从没把钱看重过。我不厌恶别人挣钱，却厌恶自己挣钱，宁受清贫，也不愿干点什么去换银子的事。比如那风筝，我教会于景廉去卖行，自己哪怕是饿死，也不会去卖风筝。

自从立了写《废艺斋集稿》的计划，我就又忙碌起来，过年的事都顾不得了。

春节过后，鄂比听说我在写《废艺斋集稿》，跑来笑我说："你快成活菩萨了，要普度众生呢！"

转眼又入夏。一天，营子里的前锋校来送请帖，说副都统赫端老爷五十大寿，请曹老爷前去吃酒。前锋校并递给我一卷纸，说赫老爷喜欢我的画，寿宴那天务必画好捎去。

送走前锋校，我心中闷闷不乐，开口骂道："这狗眼看人低的狗官，我初见他时便挨他一鞭子，并扬言日后还要整我。后来见王爷与我交好，便又夹尾巴狗似的巴结我，如今却有脸来邀我去给他拜寿。我岂能趋附这种小人？我就不去他又能怎样！"

鄂比说："为何不去？去！这个赫端像一只饿狼，经常欺人，正好借机出口恶气！"

小文君忙阻拦："哎呀！鄂大哥，最好别惹是生非，大人尚可，千万别让孩子跟着遭罪！"

小文君的话使我感动，心想，做母亲的就是跟做父亲的不一样，处处都想着孩子。我该怎么做才不至于惹麻烦呢？眼看画纸，我心里在想该给赫端画些什么。画祝寿图吗？他不配！画吉祥如意升官发财吗？那种阿谀奉承的事岂是我干的！思来想去，我终于有了主意，不觉窃喜，附耳说与鄂比。

鄂比听后狂笑不止，说："我说曹雪芹聪明嘛，哈哈哈！我这兄弟就是无人能比。这主意就是高，高就高在一个'妙'字上，妙就妙在把对手骂个狗血喷头，对手还要为之喝彩。即便对手看出破绽，也是哑巴吃黄连，有苦说不出。"

小文君忙说："千万别到那一步。人家吃了苦，说是说不出，心里可是记着呢！没有个秋后不算账的，说话行事可千万要想着别给后代留隐患。"

小文君的爱子之心令我感动，细想来她的话十分有理。为了孩子，我对自己的设想还真犹豫不决了。我又想，赫端没有那么聪明，他不会看出来。于是，我还是决定要画。

我费了多半天时辰才完成那四幅画。小文君仔细看，却看不出什么不好来，纳闷地问："多漂亮的画，又鲜艳又有趣，有什么不好？你们在这画里捣的什么鬼，我怎么就看不出呢？"

我没敢点破，害怕小文君知道其中的奥妙会加以阻拦，或者为避祸而把画撕掉。我只好搪塞说："我说装两坛泉水作为寿酒送去，你不让，只好给他画画了。其实这画也没有什么，别听鄂比咋呼。”

小文君信以为真，便不再追问。

赫端寿诞之日，我觉得那两坛泉水不给他送去实在大违心愿，思之再三，此时不送更待何时？也让那些趋炎附势的小人看看我的礼！结果还是送了去。

是时，赫端门前张灯结彩，戏台高筑。戏台上四面大鼓，被敲得咚咚作响，震人心房，两班吹鼓手轮番奏乐，迎接着贵客嘉宾。

我雇的车子刚到门前，就有人喊：“曹雪芹曹老爷到！”

我手捧画轴，车夫为我搬两坛泉水。执事又喊：“曹老爷寿礼，美酒两坛，寿画四幅，入账！”边喊边将喜字贴在坛上。

我说：“且慢！账房先生看清，我这坛上可是有字条的，上写‘君子之交，淡若泉水’。你那账上应写泉水两坛才是。”

此时赫端已经出来，佯装笑脸说：“曹老爷就是与众不同，君子之交，淡若泉水，这样最好。这四幅画也画来啦？劳烦！劳烦！多谢！多谢！”转身向堂上喊：“请曹老爷上座！”

赫端命人将四幅画挂在中堂墙侧，手捏下巴，笑容可掬地欣赏着，自言自语，直说很好，有趣。宾客大多顺情夸赞，褒奖之词一拥而上，更使赫端飘飘然，越发显着得意。

客中有一高人看出了门道，走近我悄悄说：“此画排序有误，应为‘雄鸡’、‘芭蕉’、‘狗戏图’、‘怪石’这样排序才是，我说得对吗？”

我吃惊地看那人一眼，见他是个文士，正谦恭地笑看着我，便立即对他产生好感。我向他揖了一揖，又偷偷向他竖起大拇指。那人会意一笑，并向挂画者说：“此画排序有误，应为‘雄鸡’第一，‘芭蕉’第二，‘狗戏图’第三、‘怪石’放最后，这样挂才对。”

挂画人果然听话，又重新调整了一回。

席间，那高人故意与我坐在一处，悄悄问：“请问这位可是号芹溪居士的曹雪芹先生？”

我忙欠身回道："鄙人正是。不知先生贵姓大名，在哪里高就？"

"在下姓张，名义，字宜泉，家住山北白家疃，是个教馆的。曹先生的大名在下久已仰慕，今日能在此幸会，实在很幸运！"

我又欠身说："先生不必客气。先生与这赫都统也有过从？"

张宜泉答："哪里是什么过从？赫老爷硬是给我送了帖子去，我不好不来呀！"张宜泉已是小声了，仍不放心，看看四周，又与我近似耳语地说："我原是他府上的西宾，专教他儿子读书。此子比其父还坏，经常在外招惹是非。赫端不说他教子无方，反怨我没调教好他的儿子，虽是委婉将我辞退，却扣了应付的银子。你说可恶不可恶？先生的傲骨，在下初次见面就领教了，可见所传丝毫不谬。先生竟敢送两坛泉水来，尤其那画，实在令我心头大快。若非先生你，谁能想得出？即使想得出，谁又敢做？这赫端毕竟是个有权势的副都统老爷呀！"

我故意不解地问："那画……"

"哈哈，在下虽不才，这点悟性还是有的。雄鸡、芭蕉、群狗、怪石，一画挑出一个字，串起来可就有意思了呢。这鸡巴狗食所指为何，还用挑明吗？你在那儿骂着，赫老爷还在一旁自鸣得意，真是要笑煞人了。"

我万分惊喜："啊，先生果然是高人！今日在此遇上了知音，这一趟没白来。我家住卧佛寺旁的正白旗，先生若不嫌弃，日后请到寒舍一叙。"

"我早知你住正白旗。你是我表弟的救命恩人，我早就该登门感谢了。"

"哦？你是……"

"于景廉是我的姑表弟。那日进京我见他的日子居然红火起来，十分惊讶，一问才知是大名鼎鼎的曹雪芹先生用风筝手艺救的他。从那一天起，我就渴望能见到曹先生，只是平时多有不便，一直未能如愿。哪知今日竟成全了我。”

后来，与张宜泉的交往中得知，他也是命苦的人。十三岁丧父，十七岁丧母，又因兄嫂难容，被迫分居。因无其他生存依赖，不得已才觅馆课童。他一直坎坷穷愁，孤独愤激，常借酒消愁，以吟诗而释怀。他的生平遭遇，人生信念，好恶性情，几乎与我相同。我们可说是一见如故，谈话十分投机，每次相见都促膝长谈，乐而不疲。

三伏天里，张宜泉来访，相邀寻游西山。逐胜探奇，凭吊残踪，此种野游，是我最喜欢的，心中自然高兴。

那时，小文君已有身孕八个月。临出门时，我把缸里的水挑满，又将干柴备足，千叮咛万嘱咐让她多加小心，不要出外活动。又嘱咐湉儿要听妈妈的话，这才与张宜泉各备一根棍子作手杖，健步而去。

我们沿樱桃沟上行，虽是三伏天气，这里却格外凉爽宜人，令人心情舒畅。一路上，夫妻石、退翁亭、元宝石、石上松、广慧庵、隆教寺、五华寺、观音阁等，景观颇多。张宜泉边游览边感叹，说都言西山三百寺，果然名不虚传，只这樱桃沟一处便有如此之多。我说，再往前行，山林深处还有呢。从白鹿岩上去，爬上夹山，那里有一座唐代建造的广泉寺。张宜泉兴致大增，恨不得立刻就看到这座唐代古寺。我告诉他那里已经残破不堪，已是僧去寺废了。他更感兴趣，说就是想看这样的古刹荒寺，才别有一番意趣。

我们经荒山野岭，走了不少路，广泉废寺终于展现在面前。虽然累得汗如雨下，气喘吁吁，因为看到那一片残垣断壁，我们仍是欣喜若狂。

古寺的殿堂房屋俱已倒塌，梁柱木料早已没有踪影，唯有一个墙角还在那里如墓碑一样顽强地屹立着。应是大殿原址的后面，有不少尸骨。那是本寺僧人的骨头还是僧人所害的俗人的骨头？不管怎样，这里曾经出现过刀光剑影是定不可疑的，而为何出现就无从知晓了。

坐在青石板上歇息时，张宜泉说：“此寺名为广泉，想来当初建寺时，这里名泉一定既多又盛。你没见咱们一路行来，粗大的树根比比皆是，可知当年此处参天大树遮天蔽日，稠密如麻。因树多而名泉多，由此得寺名。估计自元至明数百年来在北京建都，广造宫殿楼宇，需用大量木材，说不定这些树就是那时被砍伐的呢。因树被大量砍伐，毁掉此处的灵秀气，名泉也一个接一个地先后干枯掉。这广泉寺既失去了灵秀之气，无树无泉，不破败何来？”

我连连点头赞成这一推论。但我又有新的发现，便说：“若按此推论，此寺受过血光之灾便大有可能。也许此庙就是官兵所毁，扒走梁柱去盖宫殿。寺内僧人奋起反抗，被围困在殿后惨遭杀害。如此推断，颇合情理。”

此时，我心潮汹涌澎湃，激动不已。张宜泉还在说什么，我已听不进去，脑海里只在想象古寺过去的场景。一首诗已在心中产生，如鲠在喉，不吐实在不快。我猛然起身，去解腰中白布包。

张宜泉一看便马上会意，知我诗已成，立即帮我从白布包中取出纸铺在大石上。

我说：“就书在那不倒的墙角上，如石碑一样，最妙不过。”我如醉如痴，忘了脚下难走，蹦跳着来到屹立的墙角处，挥笔写道：

残垣断壁自悲吟，破庙诸佛怨愤深。
官位显达宫烁烁，神牌冷寂寺阴阴。
人生坦道钱能买，世路难行我自寻！
哀痛残踪因底事？凄凉旧迹隐山林。

我一气儿写完，回头一看，张宜泉愣在那里，半天才说：“还是你高出一筹，我不能及。你常常诗句奇险惊人，不仅仅是诗才的事，这里有高深的见识，狂放的性情，宏大的气魄，超人的胆量，一般不能脱俗的人无法比。瞧你这诗句，‘人生坦道钱能买，世路难行我自寻’，谁敢如此想？谁敢如此说？还有那‘官位显达宫烁烁’，‘神牌冷寂寺阴阴’，哎呀呀！惭愧！惭愧！还是你胸怀博大，见识高深，我是要甘拜下风了。”

我笑道："宜泉兄在捧我呢！"

我说着转身要走。张宜泉拦住："别急，一定要把这诗录在纸上，万不可失传。"

我见他如此恳切，便不好再拗，铺纸于石上，写出一个《西郊信步憩广泉废寺》的名儿，将诗录下。

张宜泉也兴致陡来，说："我虽不及你，居然也来了兴致。只是，我这低吟浅唱，属风花闲笔之列，比不得你，请不要见笑。"说罢，接过笔，在下面写道：

《和曹雪芹〈西郊信步憩广泉废寺〉原韵》

君诗曾未等闲吟，破刹今游寄兴深。
碑暗定知含雨色，墙颓可见补云阴。
蝉鸣荒径遥相唤，蛩唱空厨近自寻。
寂寞西郊人到罕，有谁曳杖过烟林？

我看罢赞道："你捧完我，我再捧你吧。哈哈哈哈！你既要和我的诗，又要用我的原韵，这不是故意给自己出难题吗？只这一点就能看出你有诗才，是高手。"

张宜泉也哈哈大笑，说："咱俩要是主考官就好了，你提携我，我提携你，双双都能金榜题名了！"

影之歌连喊暂停，对曹雪芹说："说到这里我突然想起，红学家们遭遇一个难题，一直都无法破解呢！"

曹雪芹问："噢？什么难题，说来我听。"

影之歌说："就是您与张宜泉的和诗啊。红学家们在故纸堆中好不容易找到张宜泉的诗集《春柳堂诗稿》，发现里面有《和曹雪芹〈西郊信步憩广泉废寺〉原韵》八句。红学界为此欣喜若狂，但又非常遗憾，因为无法知道您的原诗到底写的是什么。张宜泉说'君诗曾未等闲吟'，说明您的原诗绝非等闲之作，一定有新意，有力度，有分量。现在好了，您的原诗出来了。哈！只这一点收获，我回去后就会制造一个爆炸性新闻。”

曹雪芹哈哈笑道：“影妹，你可是小题大做了，哪里有那么厉害？还爆炸性！”

影之歌柳叶眉一蹙，认真地说：“怎么不是爆炸性？我都记下了。大作家您这诗句就是很厉害嘛，‘官位显达宫烁烁，神牌冷寂寺阴阴’，是多么旗帜鲜明地讽刺鞭挞官场，同情广泉废寺的悲惨命运。还有后一个联句，‘人生坦道钱能买，世路难行我自寻’，揭露社会丑恶现象一针见血，并且显得是那么有骨气，为弱势群体长志气，提精神。大作家，这样的诗句谁能想得出？只有您才行！”

曹雪芹谦虚地说：“我那都是大实话，都是真实的人生体会。影妹，你还是听我说吧。”

当晚，我与张宜泉没能赶回家去，就宿在山上的疯僧洞中。张宜泉听说山上有狐狸和狼，很害怕。我告诉他狼怕火，我们拣了很多干柴，在洞口拢起火，又备很多石块堆在洞口，他才敢坐下歇息一会儿。

我们在这高山之巅，疯僧洞中，说古论今，畅谈天下大事，纵论祸福得失，那种惬意真是难得的享受。后来又论及家事，又说到狼。我说我家房后是狼道，每逢夜晚，山里的狼成群结队从房后过。张宜泉听得又紧张起来。

我躺在那里朝洞外看，只见山头卧着一轮明月，很美。细听，不远处又有泉水叮咚声，不觉就来了诗兴，随口吟道：

皓月山头卧，飞禽树上眠。
群山达万籁，耳畔响滴泉。

张宜泉笑道：“这月色美，你的诗意境更美。只是我这满脑子都是狼，总也摆脱不开。”

我被他逗得哈哈大笑，说："快作诗，一想诗句，就能忘记害怕。"

时间不长，张宜泉就有了一首，吟道：

静夜西山宿，陶然未见鬼。

双栖疯僧洞，最怕疯僧回。

我又大笑不止，说："疯僧已经飞上天，从此再也不回还了！"

次日午时，我与张宜泉回到家。小文君已为我们备好酒菜。小文君直嫌寒酸，说菜不好。我笑说："君子之交淡如酒，有酒就好。"

小文君说："你句句话不离酒，简直是个酒徒。人家'君子之交淡如水'，到你这里也要'淡如酒'。"

张宜泉笑道："芹溪兄风趣幽默得很，看来，我们今后的交往就要淡如酒了。哈哈哈！嫂子啊，有你这贤内助，芹溪兄活得多滋润！今日我该敬嫂子一杯，替芹溪兄谢谢嫂子。"

小文君红着脸连连摆手："我滴酒不沾，多谢！多谢！"

我笑说："你就破破例，别扫宜泉兄的兴。"

小文君这才端起酒杯。

送走张宜泉后，我觉得很累，躺在绳床上想睡一觉。刚有些迷瞪，忽听"哎呀"一声，是小文君的声音。我惊得挺身而起，急步跑到门口一看，糟了，小文君从台阶上摔了下去。我大吃一惊，她可是有八个多月身孕的孕妇呀！

小文君双手捂着肚子，样子十分痛苦。这可如何是好？我左右张望，见营子门口正有一个妇人，便急忙喊她前来帮忙。

小文君被抬进屋时，下身已流血不止。她忍耐不住疼痛，开始呻吟。那妇人催我快去找接生婆，我答应一声，如箭一样飞驰而去。

万没想到，接生婆来后竟束手无策，说孩子不够月，没到瓜熟蒂落的时候，胎儿虽被摔掉，可就是不往下走，如之奈何？

眼看着小文君血流不止，尖声叫喊，豆大的汗珠接连不断地往下滚落，我的心真如刀剜一样疼。我给接生婆跪下磕头，求她想办法救救小文君。接生婆急得直皱眉，说："雪芹呀，哪有见死不救的道理？我也不能伸手去掏，实在没有辙呀。"

时间一点一点地向前走，小文君的状况越来越危急。我手臂让她抓住，指甲掐进肉里，只要能为她分担一些痛苦，我愿意承受更大的疼痛。

接生婆突然一阵惊喜，说看见孩子了，直鼓励小文君使劲。小文君痛苦地牙关紧咬，头发被汗水浸湿得如水捞一般，嘴唇已被咬破。我见接生婆的眉又紧皱起来，便知不妙，赶紧问怎么样。接生婆说胎儿是横着的，一句话没说完，眼泪就涌了出来。我猜是没有了指望。

小文君终因失血太多，命归黄泉。我哭天嚎地，悲痛欲绝。

邻居把湉儿送来了，湉儿不能不看看他的亲妈。湉儿百呼不得应，可湉儿还是妈呀妈呀地叫喊。湉儿哪相信他妈妈是去了，还以为妈妈是睡着了呢！湉儿一直在摇晃妈的肩头，希望她醒来。我把湉儿揽在怀里，父子俩哭成一团。

鄂比来了，他总是在我最困难的时候出现。在他的操持下，在旗里人的协助下，我给小文君办了丧事。因为缺少银子，丧事办得很寒酸，小文君就葬在了营子附近的地藏沟里。

我觉得很对不起小文君，让她跟我过了几年清贫生活。她出生于官宦之家，后又嫁到王府，虽婚姻不幸，可一直是锦衣玉食，养尊处优，从没为衣食操过心。自从来到西山，才知道贫苦的滋味。

我唯一能聊以慰藉的，便是常去坟上看她，陪她坐一会儿，给她烧些纸钱。有时，我也带着湉儿去，难免在坟前哭一回。

自妻亡后，我十分苦闷，酒也喝得更勤一些。我本来就很疼爱湉儿，如今儿子成了没娘的孤儿，我更加关心他，爱护他。只是，这酒常常误事。一是买酒需用钱，钱用在了酒上，就无法用在湉儿身上；二是常醉酒，醉后便不能再照顾湉儿。我每日就生活在孩子和酒的矛盾当中。有时我非常痛恨自己不能做一个称职的父亲，也曾下决心戒掉酒，可苦闷和忧郁总是来得非常凶猛，让我抵挡不住，痛不欲生，唯有醉酒能解。酒醒后现实依旧，悔恨再来。我就在这样的痛苦折磨中循环往复。

唉，没有女人的家，不叫家。

我对小文君的怀念很深很深，每次吃饭时都多盛一碗。湉儿很聪明，明白爸的用意，每到这时就喊："妈妈，吃饭了，爸爸已经给你盛好。"湉儿喜欢让妈妈背着玩，如今只有我去背他了。我问湉儿："是妈妈背你舒服还是爸爸背你舒服？"湉儿没回答，突然大哭起来。那一回，我们父子俩痛哭一场。从此，我不敢再问类似的话。

为怀念小文君，那"悼红轩"的斋名我重新起用，书写一纸端端正正地贴在墙上。只是这一贴不要紧，我凝神看着那三个字，从字中竟走出几个女子来，一个个悲悲切切，那分明是查阿芳、翠环、香玉，还有小文君。我心中很难过，泪水再一次模糊了双眼。她们四个可都是好女子啊！论相貌，论品德，皆为优等，为何就都是红颜薄命的结局呢！一本《红楼梦》写了十余年，修来改去无数次，我最该写最想写的应是这几位女子啊！可我一直躲躲闪闪就是不敢直言，害怕授人以柄，害怕文字狱。删了又删，改了又改，我觉得已经干净得十分干净了，可仍是有人担心，无非就是两个字：避祸。我清楚，他们是害怕把自己牵连进去。

我对书稿审阅修改得很仔细，改着改着，便不耐烦起来。我心想，我写书的本意是什么？若将这样一本大书改得只字碍语都没有，可能吗？书中写的是贾家这一豪门大族由盛到衰的历史过程，又写宝玉与众多女子的情事，因对爱情痴迷而最终不能获得自由，加之家庭破败所导致的一连串悲剧。这种日落西山江河日下大厦倾倒秋风落叶般的文字，通身都是"碍"，改什么？要想没有碍语，只能把《红楼梦》烧掉！

我渐渐明白了，我写的这一部大书，就是在写碍语，不是在写颂扬功德的邀功之作嘛！

不过，我也清楚地知道，书与人一样，都要设法生存才是。鸡蛋不可碰石头，该迂回时要迂回，该隐蔽处要隐蔽。针不可拔掉，该加处还要加，只是要藏在棉里，别露针尖为是。多放烟雾，多施诡谲，说是也是，说不是也不是，如给赫端的四幅“鸡芭狗石”画儿一样，让其模棱两可哭笑不得。为人要老实，对老实者老实，对不老实者岂能还老实？为文要狡猾，该狡猾时不狡猾怎么成？

自有这一见识后，我在后来的《红楼梦》增删中隐笔暗写处就更多了起来。

三十四章　南游寻旧梦

乾隆二十四年初夏，一件意外的事情突然落到我头上。

一天，一位官差打扮的人找上门来，开口竟是久违的江宁口音。我一阵惊喜，倍感亲切，急忙拉来者坐下叙话。

原来，此人是两江总督尹继善派来的官差，是专为寻访我的。还说督府尹大人求贤若渴，非常希望我南下去总督府衙做幕宾。还说尹大人经常提及曹家，说与曹家有通家之谊。尹大人与江南文人也常论及曹寅的功绩，更称赞曹寅在诗词戏曲方面的造诣。尹大人经多方打听，始知有个叫曹雪芹的，是曹寅之后，在京城诗画界颇有盛名。便立即派官差来京邀请。

关于尹继善其人，我早有耳闻。尹继善有胆有识，廉洁奉公，是很得民心的清官。尹继善曾多次调离两江，任用他处。每逢离任时，民众便送别哭号，尹也凄怆伤怀，过村桥寺庙，必流连小住，以告慰送者。尹每每从别任调回时，民众都欣喜若狂，有“尹公再来天有眼”的谚语。

尹继善口碑如此之好，令我十分钦佩。在当时腐败横行，贪墨猖獗的风气中，有如此一位好官吏真是非常难得。

我本来已有穷死不当差的誓言，可这个差对我却有些吸引力。我脑海深处朦朦胧胧蹦跳着点点意识，很想再看看江宁的旧家，那总督府可是与曹家隔街相对啊。我还想去看看表妹李阿芳，她如今到底怎么样了？还有江宁的一些旧相识，他们的音容笑貌一个个在眼前活跃起来。

到底去不去？我想，该和霈哥商量商量，因为有个湉儿使我不好脱身。

我让官差稍等，带着湉儿匆匆赶往碧云寺。

霈哥是认识尹继善的，当年在怡亲王府任西宾时，与尹继善交好过。我把详情说完，霈哥当机立断，支持我去。霈哥说："尹继善很喜欢舞文弄墨，平时便是求贤若渴，他在江南任上，常效行祖父曹寅生前的很多做法。人生难得有知音，如今知音找上门来，难道你还推出去不成？再说，《石头记》这部书已磨砺得差不多，也该寻个机会将它刊印流传出去了。此事非权势者不可为，你此去可见机行事，如能经尹大人之手刊印，最好不过。听说乾隆帝的第八子永璇娶了尹大人的女儿，有此种关系，将来便是有不妥处也能担待些。"

我叹道："可也是呢，近日的胡中藻案，因诗集中有'一把心肠论浊清'句，激怒皇上，不仅将胡中藻凌迟处死，而且将家中十六岁以上男子全部斩立决，助资刊印者同样斩立决。"

"所以，尹大人若能助资刊印最好。只是，他是正统的封疆大吏，若站在他的角度去看此书，就怕有些地方过不去关。尤其后三十回，我看都是不行的。"

我笑道："如今凡是看过此书的人，都担心后三十回呢。可要没有了后三十回，如无尾之龙，那算什么！"

"可否一步一步地来？先争取尹大人的同意，给他看前八十回，如无碍，再让他看后三十回，通不过，再改。"

我点头，称这应是万全之策了。

霈哥再次嘱我绝不可泄露他批书的事。他希望这事变成一个谜，永远地谜下去，让世人猜不到“脂砚斋”到底是何许人。

我将湉儿寄托在霶哥这里，临分别时，把爱子抱了又抱，亲了又亲，千叮咛万嘱咐，让湉儿听大伯的话。湉儿也乖，连声答应，只是念叨让我早些回来。

就这样，我安排好湉儿，告别了霶哥和鄂比，离开西山，带上《红楼梦》书稿，乘船南下，去会那久别三十年的，日里梦里常常萦绕心头的梦幻之处。

船到淮安，我早已按捺不住，恨不得马上见到李阿芳。哪知到她的住处一问，房宅早已易主。经向老街坊打听，方知那个吴文泰家发得快，败得也不慢。他因错丢差，因闷复赌，很快弄个倾家荡产，没过几年就因病而死。李阿芳带着女儿相依为命，做些针线刺绣的活儿勉强度日。女儿十七岁那年嫁往江宁，李阿芳也就跟了去。住在江宁什么地方，却无人知晓。

我听罢叫苦不迭，原以为李阿芳这些年会生活得富足而又平静，没想到她只过了几年安稳日子，就又跌入贫困艰难的旋涡里去。她现住江宁哪里？如今状况如何？这些事真让我心焦。

船进秦淮河，我心潮澎湃，如江水一样起伏激荡。这里的一草一木，我曾经是那样熟悉；这里的街巷道路，不知往返过多少回。那时的我，一出门就前呼后拥，跟班长随就有十余人，当年的那种奢侈排场真是过分得厉害。

前边就是我的那个家了——江宁织造署衙。我在那里出生，在那里长大，在那里享受过十几年人间富贵，风月繁华；在那里读书识字，吟诗作画；在那里与表妹李阿芳度过了梦幻般的童年和美好的少年。我们曾是两小无猜，生活中有无限的乐趣；我们也曾倾心相恋，无数次品尝过痴情的苦与甜。如今那里却早归别属，据说已成袁枚的宅第。真是前人栽树，后人乘凉。而这乘凉之人却不姓曹，先人在天之灵该作何感想呢？他们能全怪子孙不肖吗？

我只顾看着旧家出神，哪知已经来到两江总督署衙。官差吼我一声，我才从梦中醒来。

初见尹继善，果然名不虚传，尹大人虽已六十多岁，仍然面白而红，慈眉善目，真如活佛一般。

尹继善见到我异常高兴，他向府中幕宾极力推荐我，逢人便说“这位就是曹寅之后曹雪芹”。后来我才弄清，祖父曹寅在江南文人圈中影响竟是如此之大，如此深远。尹大人历督两江，处处效仿曹寅，广交江南文人雅士，欲作东南半壁江山的风雅主持。他在交往中发现，文人们只要谈及诗词戏曲，必要说到曹寅身上去。尹大人暗暗叹服，原来曹寅在这里的影响远远大于他的想象。他曾倡议访寻曹寅之后，得到众多文人的响应。几经周折，才终于找到我。

得知这等原委，我心中便有了很大压力。江南文人很多，是名家云集之地。我顶着曹寅之后的名声，他们自然要高要求于我。我若没有点真本事，一是辱没了祖父的名声，二是根本无法在此立足。到那时反而弄个没趣，灰溜溜地返北，可就给人留下笑柄了。为此，我没敢马上去找阿芳，而是一头扎进书房，广览江南名士的文章诗画，与自己暗暗比较，先做到心中有数。

经过多次诗酒唱和，绘画展比，我逐渐立住了阵脚，赞扬声日渐增多。尹继善大喜，当众夸道：“先辈曹寅之孙有如此才华，不负众望，我们都为之高兴啊！”

我站住脚跟后，仍很谨慎，丝毫未敢得意忘形。府中幕僚成群，其中有的光明正直，但也不乏奸佞无耻之徒。我自知自己的行为见识言谈举止不合时流，常常会不知不觉地表现出来，授嫉贤妒能者以把柄，便时刻控制自己。因为还有两件大事没办，在这之前决不能出差错。

其中一件大事自然是寻找李阿芳。

李阿芳的线索有限，到哪里去找？她在淮安时是以刺绣为生，来到江宁，倘若女婿家殷实富足，也就不需她再辛劳。若果真如此，就更难寻找。

离开江宁已三十余年，这里大多已物是人非。费尽周折，寻找到几位当年的熟人，打听阿芳，他们头摇得像拨浪鼓。无奈，我只好采取大海捞针的办法，按街巷逐门梳理，志在必得。

费了几天时间，一无所获，心中不觉烦闷起来。我的快快不乐被尹大人觉察，便问何故。追问再三，我才说出因由，并将三十年前与李阿芳的一段恋情细述一番。尹大人听后唏嘘不已，连连哀叹，叹阿芳本是苏州织造李煦家的名门闺秀，不想竟有如此之多的磨难，叹我们虽已被迫分离三十年，却仍互相牵挂，情爱不减当年。尹大人真是个热心肠的好大人，当下拍板一定要为我找到李阿芳。尹大人以督府名义出一份寻人告示，抄几十份，往满江宁各热闹处张贴。

我随一路衙役前往张贴。贴至夫子庙时，意外情景突然出现。就在夫子庙旁边的一个杂货店里，我惊讶地发现了李阿芳，那个让我日思夜想魂牵梦绕的人儿。我的惊喜劲儿不亚于寻宝人突然发现了宝藏，比心花怒放还要疯狂，比喝了蜂蜜还要甜美！

李阿芳也一眼认出我来。她手里原是拿着一个盆子的，居然惊喜到忘神，盆子从手中落地，摔成几瓣。

这足以说明，李阿芳定是时时刻刻心里都在想着我，阿芳想我的程度一定胜过我想阿芳。

店铺里有一对年轻男女，我想那一定是阿芳的女儿和女婿。在众目睽睽之下，我也无法忍耐心中悲喜的冲撞，哽咽着说："表妹，你让我找得好苦啊！"一语未了，便孩子似的哭出声来。阿芳哪还忍得住？先是抽抽噎噎，终于无法控制，大放起悲声。

哭了一阵，两个衙役说："恭喜曹老爷。人既已找到，这剩下的告示就不用贴了，我们也该回去复命了。"

我这才想起，该让他们快去回尹大人。

经坐下细说方知，阿芳的女儿叫阿秀，女婿叫石万程，天津城西杨柳青人氏，在江宁夫子庙旁开店铺经营杂货。石万程之父石衷一有一条大船，常年往返于津宁之间，将北方货贩运至江宁，让儿子出售，再将南方货贩运至天津，两头取利。石衷一大船上有个伙计，是淮安人，与阿芳为邻多年，是他牵线把阿秀嫁给石万程的。

我能很快找到李阿芳，尹大人非常高兴。尹大人得知我和李阿芳都是单身时，更是高兴得击掌，要亲自做媒，以了却我们的毕生夙愿。

尹大人真是对我关照得不错，给我拨三间房，粉饰一新。在那个腊月里，就用花轿把阿芳抬了来，一路吹吹打打，比少女做新娘操办得还热闹。这件事，当时轰动了整个江宁城，人们互相传说着，这是三十年前江宁织造曹家的二公子与苏州织造李家的小姐结婚呢！

洞房之夜，客人散尽以后，我悄悄挑起阿芳的红盖头。这一看，使我惊喜得心咚咚直跳。阿芳略施脂粉，就容光焕发，倍显光彩照人，直如年轻的少妇一般。我知道，这与她的鲜衣艳装和略施脂粉有关，但最重要的原因还不在于此。作为女儿身，一生最重大的事件莫过于吹吹打打坐上花轿嫁给如意郎君了。阿芳盼望几十年，终于盼到这一天，是幸福的激情使她返老还童，是无限的喜悦使她变得年轻。那红扑扑的容光，若无一把爱恋的激情之火在胸中燃烧，如何能焕发得出？

捧着那张红牡丹花一般的脸儿，我看了又看，就是看不够。

阿芳笑容灿烂，无声地看着我。

阿芳眼里渐渐闪出荧光，是泪花在闪亮。

“今日是咱们盼望已久的大喜日子，只说高兴的事，好吗？”

阿芳点头，终未让泪花聚成珠。

我无比兴奋地说：“真该感谢天地，感谢尹大人，终于成全了我们。”

“我一直觉得会有这一天的。”

“还记得在碧纱橱里你给我挂金锁的事吗？那一次可是你说我欺负你呢。”

“这些年我常想起。一想起，就觉得幸福，脸上就发烧。”

“啊，早知如此，我当时该再亲你几下才是。”

“‘卿是一枝梅，冰雪独自开’。”

“‘吾当跃其上，并蒂斗寒霾’。哈哈！阿芳，‘有情人终成眷属’，这句话居然让咱们应验了。”

“并蒂花呈瑞，同心情自真。”

“好事要多磨，好酒须久陈。”

“‘有缘千里一线牵，情天情海情无边’。”

“啊，阿芳，你还记得这两句，足见你对我的情意有多深。那后两句呢？”

阿芳脸蛋儿红涨起来：“那后两句不是被我涂了么？”

我手指心窝：“在这儿呢，岂能涂掉！‘风月情浓情不尽，与卿共度昼夜欢’。”

阿芳嬉笑道：“你呀你！真是个冤家，害得我这几十年好苦啊！”

我再也忍耐不住，一下将她抱起。

我的身后是灯，阿芳把它吹灭……

转年三月里，杨柳青的船户、李阿芳的亲家石衷一匆匆来到江宁，让万程速跟他回家乡。说是大船被朝廷征用，就要开始专为朝廷运皇粮，南北贩运的营生从此干不成了。石万程感觉很可惜，好不容易有了硬靠山，地痞再也不敢欺，买卖也比先前好做多了，竟要舍去。万般无奈，只好盘卖店铺，向我们道别，带阿秀回杨柳青去。

与阿芳喜结良缘后，我没忘记还有一件大事要办。

一日，尹继善提起曹寅一生著述颇丰时，我趁机提说自己也是步先人后尘，学着著起书来了。尹大人闻听十分高兴，急问我作的什么书，非要一睹为快。我假意推辞说做得不好，羞于见人。尹大人连声说无妨，非要看不可，我才答应拿给他。

两个月后，尹继善召见我，对《红楼梦》一书大加赞赏，并指出人物故事全未归结，询问后续部分还有多少。我正好回说还有三十回刚刚修改完毕，乘机交给尹大人恳请斧正。

我心中暗自高兴，本来日日犯难的事却如此顺利。看尹大人的意思，对此书倍加推崇。后三十回若无大碍，尹大人就极有可能安排刊印。

啊！此次南游真是值了！人逢喜事精神爽，数月来，我一直沉浸在从未有过的幸福感觉之中。我将印书一事说与阿芳，阿芳倒很冷静，说："此事还是慎重为妙。你该知道文字狱的厉害，白纸黑字印在那里，是要天下人看的。你知道何时会被哪个帝王朝臣拣出错来？若依我说，还是先不刊印流布为好，请像尹大人这样善政谦和而又有见识的老者多看看，把把关口才稳妥。"

阿芳说的不无道理，一盆冷水让我清醒许多。我就是不为自己想，这一回也该为儿子和阿芳想一想，不因《红楼梦》惹出祸来才好。否则，将后悔莫及。从此，我急于等待的不是能不能刊印此书，而是尹大人对此书的最终评价。

然而，尹大人那里却迟迟没有音信。

时至六月中旬，尹大人突然召见我，不知是福是祸。跪见了尹大人后，我的心立刻凉了半截。他表情严肃，两道浓眉紧蹙。这情形极为少见，没有十分棘手的重大事件，尹大人是不会有这表情的。

"雪芹，《红楼梦》这本书你说过也叫《石头记》？"

"是的，尹大人。"

"在京时你给别人看过？"

"不光看过，已经有些人在传抄。"

尹大人突然站起，急促地来回踱步。

我一看情知不妙，急问："尹大人，怎么了？"

"唉！圣上已经发现这本书，十分震怒啊！"

我大吃一惊，当时真的惊出一身冷汗。难道说文字狱之祸真的要降临头上？难道阿芳的命就真的要苦一辈子？还没过上半年好日子，就又要牵连她？

“雪芹啊！京师来人说，圣上从八阿哥永璇那里发现一套手抄本《石头记》书稿，非常震怒。当然，圣上震怒是因永璇看闲书。圣上拿走其中一册，如今尚无下文。”

我立刻紧张起来，因为，八阿哥永璇就是尹大人的女婿。我急问：“尹大人，不会有什么事吧？”

尹大人叹道：“变化莫测，很难说啊！圣上一旦认定《石头记》是邪书，你这作者可就难逃干系。到那时，我若不把你押解进京，我就是知情不报的罪臣了。雪芹，你千万不可说我看过你的书稿。趁此事尚未明朗，你速辞去幕僚一职，快找地方避一避吧！我是看在先辈曹寅份上，不忍心把你软禁待日后邀功。此事须速决，越快越好。”

尹大人一席话，情真意切，我真不知用何种言辞感谢这位老人才好。

尹大人又说：“那后三十回书稿千万不可外传。我能断言，倘若圣上看见后三十回，你必有杀身之祸。我已将后三十回书稿烧掉，你大可放心。快去吧！从今以后你要好自为之。”

我再次千恩万谢后，方含泪告别尹大人。

回到寓所，我将这一重大事件告诉阿芳，阿芳大惊。我们随即决定，立刻起程北上，前往古镇杨柳青投奔阿秀。那里离京城近，正好打探消息，万不得已时，还可在古镇乡下避难。

经过一个多月的船上颠簸，我与阿芳总算到达了天津城西大运河畔的古镇杨柳青。

阿芳的女儿家只有阿秀和婆婆，石万程父子去南方运皇粮去了，需一个月后才能回来。我一听便有些心急，要亲自进京打听消息。阿芳坚决阻止，不让我去冒那个风险。无奈，我只好耐心等待。

我在家憋闷几日后便再也坐不住，很想出去散散心。阿芳说：“还是不出门为好，万一有人认出你，日后要真有了笔墨官司，你不是暴露行踪了吗？”

我不以为然道；“我一不是官僚，二不是名人，谁能认识我？你只管放心吧，绝对没事。”

阿芳见阻止不住，便劝道：“你是游历惯了的，很难窝在家里。只是你出去不要到人多热闹处，更不要到码头游船去，这里是京杭大运河上有名的水路码头，万一遇上认识你的人，可就埋下隐患了。”

我笑着点头道：“你想的极是，不怕一万就怕万一嘛。我注意着就是。”

我来到杨柳青运河岸边，但见河上帆樯林立，来往船只穿梭不断，心情立刻就开朗了许多。举目望去，河对岸不远处有一座高大楼阁，不知是什么去处，便向人打听，方知那是文昌阁。我立刻来了兴致，从西渡口渡船过河，东行里许，便来到阁下。

这文昌阁周围原来有大片荷塘和苇池，仅有一木桥通向阁下，清幽异常，真如仙境一般。我信步过桥，向看阁人打问，才知这阁内下层供奉的是孔子，中层供奉的是文昌帝君，上层供奉的是魁星。看阁人说，文昌帝君是文昌阁的主神，每逢二月初三他的生日那天，文昌阁院内就张灯结彩，锣鼓喧天，当地社会名流和文人墨客都云集这里给文昌帝君过生日。看阁人还说魁星是一位能主宰文笔兴衰的神灵，因此，凡是参加科考者路过这里，都要下船跪拜魁星，乞求他保佑自己能在文场上春风得意。我听后微微一笑。看阁人说，看样子你也是一个文人，你就上去拜一拜吧，拜后肯定能金榜题名平步青云的。

我谢过看阁人，登上文昌阁，但并没拜神灵，而是一直登上了阁顶。这里是古镇的制高点，登临阁顶四望，但见运河之上帆樯竞进，运河岸边街市繁华，一个个青砖青瓦的四合院排列有致，高大门楼比比皆是。更有数十座庙宇凸现于民居之间，使杨柳青显得既繁盛又有古朴风貌。向北望，另有一条河道通东海，蜿蜒如一条横卧着的巨龙；向西望，碧水接天，又被绿色杨柳分割成很多大小不一如镜一般的水淀；向南望，近野蔬圃，远树笼烟，一个个村庄掩映在绿树丛中。我看罢不由叹道，原来北方也有好地方，这里真是小苏杭啊！

我下得阁来，谢过看阁人，又信步来到杨柳青街市。但见这里旗幌招展，商铺云集，非常热闹。正眼花缭乱时，发现前面有一家年画店的幌子，心头一喜，大步走进店去。

年画店内，墙壁上挂满了各种内容的年画，红红火火，很是喜人。我非常赞赏这一绘画形式，曾与人谈论过，杨柳青年画是民众的画，不管穷人富人都喜爱，喜爱她的艳丽、吉祥、红火。我挑选了四幅画，一幅是送给阿芳的《仕女图》，一幅是送给儿子的《胖娃抱鱼》，一幅是送给霁哥的《八仙过海》，一幅是自己喜欢的《钟馗》。刚要出店门，发现左旁还挂着几幅字，细看都是名人题写的有关杨柳青的诗词，这立刻吸引了我。其中一幅是元朝诗人揭傒斯的《杨柳青谣》，默念后甚爱，我不觉读出声来：

杨柳青青河水黄，河流两岸苇篱长。
河东女嫁河西郎，河西烧烛河东光。
日日相迎苇篱下，朝朝相送苇篱旁。
河边病叟长回首，送儿北去还南走。
昨日临清卖苇回，今日贩鱼桃花口。
……

我这一吟引起店家的注意。店家说："客官一定是个通文墨的人，也会做诗填词吧？"

我笑答："只是喜欢而已。杨柳青这地方确实很美，真是京杭大运河上的一颗明珠。美景不可没有诗文，二者兼备才算完美。元朝的揭傒斯有见识，为杨柳青留下了这么好的诗文。"

店家说："听说揭傒斯是元代朝廷中的文史官，从大都回南方老家时，路过杨柳青小住，在客栈里写下了这首诗。我也是非常喜爱，求本镇书法高手抄录，又装裱起来的。客官您要是喜欢，我算是遇上第一个知音了，只收个装裱费即可。"

我说："这幅诗文我志在必得。"

店家又殷勤地推荐说："这里还有呢，客官再看。"

店家又拿出一幅近人抄录的诗文，我一看，原来是明代《西游记》作者吴承恩的诗作《泊杨柳青》，但见上面写道：

村旗夸酒莲花白，津鼓开帆杨柳青。
壮岁惊心频客路，故乡回首几长亭。
春深水暖嘉鱼味，海近风多健鹤翎。
谁向高楼横玉笛，落梅愁觉醉中听。

读罢吴承恩的诗，我说："吴承恩久考不中我是知道的。看来，这诗就是写一次落第后，回家路过杨柳青时，在这里小住，情绪低落，愁绪满怀，边听梅花落，边饮莲花白，借酒浇愁，浇出这首好诗来。"

店家听得笑着连连点头："客官解得好！是这样，是这样。啊，知音难遇，这一幅就送给客官了。"

我谢过店家说："杨柳青有文昌阁，有名家诗作，又有这么好的年画，更有诗情画意的地名，文脉真是够盛了，名声自然会传很远。"

店家说："我看客官不是一般人，很有见识和学问，客官可否也留下一首写杨柳青的墨迹？如蒙恩赐，我一定也给您装裱起来，问世传名。"

我岂能不想，并且心中早已有了，然而，正在避祸之时，此事不能做啊！于是我连连摆手，说我没有诗才，谢过店家，赶紧离开。

次日傍晚，我沿运河北岸西行，不多远运河拐弯向南，我便也随着向南走去。遥看西南方，夕阳的余晖映照在水淀上，一片金色，波光粼粼。正西方，从橘红色的大太阳处游出一只小船，一人撑篙，一人划桨，缓缓而来。我被这美景惊呆了：这是天上还是人间？不到杨柳青，如何能看到这样的景致！我痴迷地瞪眼望着。

小船渐近，原来是一只打渔船。划桨者竟是一少妇，薄衫短裤，合身称体，露出的肌肤显得润滑丰满而又结实。撑篙的小伙子动作既稳又猛，十分娴熟洒脱。

渔船很快驶到村庄边缘。原来，岸边的房屋就是他们的家，苇篱为墙，墙内是菜园。一只小花狗摇着尾巴出现在柴门口，显然是在迎接主人的归来。那对年轻夫妇将船拴在岸边的歪脖柳树上，把打来的鱼提上岸。少妇抱起小花狗，亲了又亲，才走进院去。

我看得呆了，不仅再次叹道：啊，这真是极富诗意的生活，陶渊明在世也会羡慕的。我想起阿秀家中有一本小书，怕我寂寞拿给我消遣，书中有一首诗叫《渔歌三首》，写得很有生活趣味：

其一

柴门杨柳偎长河，牵萝补屋费张罗。
九十春光无限好，弄潮儿娶采莲娥。

其二

生计全凭水上活，弄潮儿娶采莲娥。
月上树梢归来晚，轻风阵阵送渔歌。

其三

弄潮儿娶采莲娥，布衣称体胜绮罗。
渔归相携炊烟起，黍饼银鱼共一锅。

写得很美，简直就是这对渔民夫妇的生活写照。因不引经据典，也不追求华丽辞藻，所以通俗易懂，很受百姓欢迎，被镇上人收入诗文册子。

那天回到家，我仍兴奋不已，诗兴大发，不吐不快，拿纸笔写下《夕阳渔归》一首：

一轮巨日挂西天，水淀金波小小船。
莲女摇桨歌韵美，渔郎掌舵哨声欢。

门前狗仔声娇怯，树下鸡娃步蹒跚。

袅袅炊烟冲碧去，蝉歌蛩唱庆归帆。

写完诗篇后是我最高兴的时刻，由不得要手舞足蹈一番。阿芳进来见我如此癫狂，便说：“又写了什么？这么高兴！”

我滔滔不绝起来，对阿芳说我见到了天下最神秘的美景，红日如此之大，是从来没见过没听说过的，如巨轮一般悬挂在杨柳青水天相连的莲花淀上，最难得的是那只小渔船正从落日里出来，更为奇巧的是被我看个正着。我说我不光要写诗，以后还要画一幅《夕阳渔归》图。我的兴奋与激动深深感染了阿芳，阿芳说：“你又犯痴病了，已是四十多岁的人，还像小孩子一样容易动情。你要觉得这里好，咱们就不走了，在这里落户吧！”

我说：“你以为我没想过？皇上哪天因错除了我的旗籍，我就搬到杨柳青来，弄一只小船，每天带你去打鱼。”

阿芳嘻嘻笑道：“就你？以为打鱼那么好玩？别忘了咱们已不年轻。”

我哈哈大笑。

影之歌连声感叹说：“大作家啊，我是杨柳青人，却没见过如此之美的杨柳青美景，这是多么遗憾？”

曹雪芹说：“影妹，你别开玩笑，杨柳青水乡美景非常有名，被人誉为北方小苏杭，你怎能说没见过？”

“是有‘北方小苏杭’那样的赞誉，还有人说杨柳青是小扬州呢，那些早已成为历史。现如今，大运河停止航运已有百年，出现‘夕阳渔归’美景的莲花淀也早已干涸，如今那里蔬菜大棚比比皆是，农业科技生态园每天吸引着众多游客。高速公路铁路四通八达，农田阡陌纵横交错，景象早就有翻天覆地的变化了。”

“你说莲花淀已经不复存在？啊！真是可惜，没有了莲花淀，没有了大运河上的千帆竞进，杨柳青可是要失色不少的。”

影之歌摆手说：“也不尽然。虽说杨柳青失去了水乡美景，现如今却有很多新的迷人处。现代化的城市建设与明清街文昌阁的古色古香交相辉映，形成了独特魅力。杨柳青还被评为全国文化魅力名镇呢！”

曹雪芹高兴得眉头一扬：“哦，如此说来杨柳青又有一番诱人景象了。哎呀呀！可惜我不能再去人间走一遭，若能再见一见今日的杨柳青美景，与昔日的‘夕阳渔归’比较比较，该是多么惬意的事情。”

影之歌戏谑道：“您就再求求警幻仙姑嘛，要不然我去给您说情。您若能跟我回杨柳青，就入赘我家，住在御河沿儿，每天都能欣赏大运河美景，多么好啊！”

曹雪芹左拳砸在右掌上，无比惋惜地说：“是好，只是你这话如同镜中花水中月，如何能成真？便是成了真，你让我入赘你家，我也不是曹雪芹了，那还有什么意义？”

影之歌笑道：“您说的全是老皇历，如今全改了，入赘不再更名换姓，而且后代也不随女家姓。”

曹雪芹惊愕道：“啊！改成这样的规矩，那还称什么入赘？招女婿还有何用？招女婿不就是为了传宗接代吗？”

“如今都在计划生育，还讲什么传宗接代。”

“就是不更名换姓也不妥，我在太虚幻境是神瑛主事，到杨柳青怎么说？我这主事的职称不是丢了吗？”

“哈哈！哈哈哈！大作家啊，我就为您找熟人走一回门路。凭我的影响与活动能力，还是能为您解决职称问题的。”

曹雪芹说：“影妹啊，你的‘特权思想’病毒又作怪了。你想‘情大于法’，就还要让另一些人‘权大于法’。不妥！我不能去！”

影之歌听得哈哈大笑。

我在杨柳青躲避数月后，石万程才从京城打探来消息。我屏息静气地听他讲，说是皇八子永璇得知父皇十分生气地拿走一册书稿，非常害怕，连夜组织多人将其余书册火速删削，将有碍处和香艳处全部改掉，增加一些追求功名上进和匡扶社稷的言辞，然后呈送父皇审阅。皇上翻阅后，说此书写的是前朝丞相明珠的家事，随之释然。此次风波也就很快平息了。

得到这一确凿消息后，真是压在心头的一块石头倏然落地，一下变得十分轻松。我恨不得马上飞到北京，去见儿子和亲友。

回到西山，未及回家，我就带着阿芳直奔碧云寺去看霑哥。阿芳见霑哥已如此老迈，大嫂也早已不在人世，抱着霑哥痛哭不已。阿芳的到来，勾引得霑哥回忆起很多往事。想当年，秦淮岁月是何等繁华富贵，不想晚年竟落魄至此种境地，沦为废人，不觉也潸然泪下。

我劝住他们，把湉儿唤过来，让他喊阿芳妈妈。湉儿噘着嘴，就是不喊。阿芳拿出好吃的，湉儿不但不接，竟然把脸儿背了过去。

霑哥说："湉儿，听话！以后她就是你的妈妈，她会好好疼你爱你，给你做好吃的，给你缝衣穿。你一定要喊她妈妈。"

阿芳说："这事急不得，别再难为孩子，慢慢来吧！"

阿芳又极力劝霑哥搬出碧云寺，跟我们一块儿去住，也好有个照应。霑哥坚辞不应，说自己在寺里清净惯了，哪儿也不去。他说他已经不愿意见人，更厌恶热闹嘈杂的地方。

霑哥拿出批阅完的书稿说："真是虚惊一场啊！这部书尚未问世，就险些招来一场大祸。我与尹继善尹大人所见略同，那后三十回是不能见人的，我已经把它烧毁。这些书稿是前八十回，我已经先后批阅四次，算是定本了。你拿去吧！"

听说霑哥也把书稿的后三十回烧掉，我心头一阵发紧，很痛，又马上闪电般地想到了文字狱，想到曹家的大小人口，只觉得眼前突然发黑，头晕目眩。

阿芳看出我不对劲，急忙上来扶住我。

霹哥长叹一声道："唉！我知道那都是你的心血，你那样写也是我的初衷。不过，费些心血总比失去性命要好吧？"霹哥又看一眼湉儿："还有孩子呢！"

我从痛苦中回过神来，也长叹一声说："霹哥，你做得对。"

我把礼物和年画给霹哥留下，说了一些告别的话后，背着湉儿，带领阿芳，这才回正白旗家里。

鄂比得知我已回来，便马上找了来。我引见后，阿芳说："这位就是鄂大哥呀？雪芹可是总念叨你，牵挂着你呢！"

鄂比笑道："我们既是同窗，又是知己，同过生死，共过患难，在一起做过官，也是同时被罢了官，这样的交情，他怎能不牵挂我？不过，他多牵挂我也不如牵挂弟妹你呢！今日一见，弟妹和香玉果真相像，直如同胞姐妹一般。在我面前，他可是不止一次为你流过泪的。"

我笑道："你又混说些什么，再混说，我就使酒灌你！"

鄂比哈哈笑道："为早得酒灌，我可是又要说了。"

已经一年多没与鄂比同饮了。那日，我们喝了个酣畅淋漓。

酒过数巡，鄂比说："雪芹，你往后可是不会缺买酒钱了。"

"哦？这话从何说来？"

"那日我在庙市，你猜看见了什么？是你的大作《红楼梦》手抄本。那布衣先生要价五十两白银，抵咱们一年多的俸银呢！你说，你要是自己抄写，一年抄卖两部不难吧？"

这消息使我惊喜不已。啊！《红楼梦》抄本已被公开在庙市出售，这说明此书已经问世，且已受人欢迎。啊！我多年的心血总算有着落了。

惊喜后，我急问："老兄，你可曾细看，是不是全本？"

"不是，只有前八十回。我问那先生为何不全，他左右看看，悄声说，他没见过后面的文稿，听说后面有三十回，犯忌有大碍，不能面世。看他那心慌的样子，我就没再多问。我在庙市兜了一圈，再回到那里时，书已售出。看来，还是很好出手的。老弟，抄书吧！我来帮你，这一回可是有酒喝了。”

我笑道：“喝酒的办法你不是早就有了？你先说说，如今你又欠了酒家多少银子？”

“不多，不多。哪日咱俩再去，精心画上一幅好画，还欠后的剩余肯定又够咱们喝上一阵子的。要不，现在就去？”

鄂比说着，竟再也等不得，起身便来拉我。

阿芳看着鄂比的样子，嘻嘻笑个不停，说：“你们已经喝得不少了，今日就在这里，改日再去别处吧！”

三十五章　坚拒如意馆

峒峪村酒馆里，鄂比大声嚷道：“酒家，快拿好酒来！今日财神爷到，可是要把老账算清了。”

酒家闻听马上喜笑颜开，抹桌斟茶一路忙活。今日给酒家留下一幅什么画呢？我猛然想起杨柳青那一对年轻的打渔夫妇夕阳渔归的美景来，心里便有了底。

到酒酣耳热时，我给鄂比讲了杨柳青的趣事，尤其详细描述大肆渲染了“夕阳渔归”。鄂比的葡萄画得好，我故意增说了渔家柴门旁有一架葡萄，果实如何累累。最后我才摊牌说：“老兄，今日咱就画这幅‘夕阳渔归’，如何？”

鄂比先是愕然，继而大喜道：“原来如此啊！”

万没想到，这幅画不光卖回个好价钱，还引来一位大人物。

那日，酒家拿《夕阳渔归》画到庙市出售，被一位衣衫华丽的老先生一眼看中。酒家索要十二两银，意在十两就可出售，哪知那位先生没还价，付十二两银后，又问此画作者曹雪芹现居何处。酒家对他盘问一番，见他衣着谈吐全是文雅儒生之像，不会有什么歹意，才如实告诉了他。老先生当时就要去正白旗，酒家遂搭上他的马车，快马扬鞭而来。

这老者原来是董邦达董大人。董大人因在诗画方面造诣很深，是乾隆时有名望的画家，很受乾隆赏识。后来，皇上命他主持皇家画苑如意馆。我在戏迷王爷处任画师时，他曾要见我，后因我与小福晋私奔，从此断了音信，不想今日因这幅画把他引了来。

董大人来时我正在家，彼此相见，真是感慨万千。董大人叹道："雪芹呀雪芹！可惜你满腹才华，竟终无一用，一退再退，居然退到这荒山野林里来了。唉！你稍微随和一点，也不至于用卖画钱去付酒家吧？"

我正色道："董大人何必杞人忧天？这叫人各有志，各有各的活法，各有各的乐趣。我这活法虽说清苦些，但不必诚惶诚恐地去拜揖上官，不必因担心自己结错党跟错人而睡不着觉，更不必为给某某送何种礼物而愁得牙疼。董大人，您是我很崇敬的清正官吏，我一直很钦佩您。我的话多有唐突，请大人海涵！"

董邦达说："我早知你厌恶官场，无心仕途。可是，你只顾厌恶官场，不去当官，如何施展才华抱负？如何能有报效国家社稷的机会？雪芹，你满腹经纶，诗画的功力在京城都是很有名的，你该把它拿出去才是，万不可再在荒山野林中埋没下去。我已寻访你好久，今日是特为请你而来，请你去皇家画苑，做一名冠冕堂皇的如意馆画师，如何？我知道你嗜酒如狂，曾自称燕市酒徒，你还要养家，这都需要银子呀！如意馆画师薪俸高，圣上常去那里，若看见谁的画好，还有重赏。你去后再也不会为缺银子作难，又能展露才华。此一举两得的好事，我想你不会推辞吧？"

面对董大人的一番苦口婆心，我感激不尽。但是，区区高薪岂能一改我之襟怀？该如何回答他呢？多说无益，略一沉思，遂铺纸提笔，题诗一首：

置身漠野未沉沦，富贵难淫不惧贫。

敢以清高为正色，一心著书黄叶村。

写到这里，我突发奇想，何不破釜沉舟，标榜自己以效仿魏晋高人阮籍为荣，自号梦阮？这样方可彻底打消董大人相邀的盛情。想至此，挥笔在诗后落款：

梦阮题于西山正白旗。

董大人看罢又是摇头又是长叹，满口只是“可惜了！可惜了”。又说：“雪芹呀！也罢，人各有志，真是无法勉强。我早就听说你写出一部《红楼梦》，甚是好看，可否让我欣赏欣赏？”

“此书还没写完，待完稿后，一定请董大人指教。”

“卖画人说，你还写了一部救助穷人生存的书稿？”

“噢，那是《废艺斋集稿》。那不，您身旁桌子上就是。我曾以风筝技救助过一个叫于景廉的，是个因打仗伤残了腿的军兵，他以此技得以养活全家。我遂生此念，意在救助更多的无以生计之人。”

董大人闻听，将书稿取过来翻阅，边看边赞叹不已：“罢了！罢了！雪芹虽隐居，但的确未沉沦。自身忍受清贫，却有如此热肠，此乃济世救人之举，善德无量。比起那些只知花天酒地的贪官污吏来，雪芹你所认定的清高，我才算真正看清了。你所追求的清高与魏晋时名人不一样，他们追求的是清静无为，而你虽清静却是在有为。你并没像野鹤闲云一样闲得难忍，你是在做事，做的事要比作清官还费心血。只是，你这书稿既已写出，如何发挥效用，让穷困潦倒的人得到呢？”

“唯有传抄，再无别的办法。我是没有银子去刊印流布的。”

“若如此，我也做一点善德之事，为你这书稿写一篇序言，再设法将其刊印出来。如何？”

我万分惊喜，感激地说：“若果能如此，董大人您就是活佛了！

我替天下无以为继的残疾人谢董大人！”

董大人笑说：“你这燕市酒徒，就谢我一壶酒，可使得么？”

我哈哈大笑，遂让阿芳快快备酒。

时隔不久，董大人果然找人助资将《废艺斋集稿》刊印出来，并亲自作序一篇。序中云：

> 尝闻教民养生之道，不论大术小术，均传盛德，因其旨在济世也。扶伤救死之行，不论有心无心，悉具阴功，以其志在活人也。曹子雪芹悯废疾无告之穷民，不忍坐视转乎沟壑之中，谋之以技艺自养之道。厥功之伟，曷可计量也哉！

看了董大人帮助刊印的《废艺斋集稿》，尤其那篇评价我悯人济世的序言，使我很激动。在深深感激董大人之余，我也十分欣慰，觉得自己总算做了一件功德事，从此可以不再是一事无成之辈了。

数日后，张宜泉突然来访，手里提着一只新木箱。我们已分别近两年，再见倍感亲切。

张宜泉说：“得知曹兄与初恋情人喜结良缘，我特来贺喜。嫂夫人，请受愚弟一拜！”

阿芳急忙回礼，向张宜泉道了万福，让他上座，请他喝茶。

张宜泉说：“惭愧得很，愚弟是个清贫教书匠，拿不出像样的贺礼。这是我新近制作的一个书箱，权当为兄嫂新婚之喜留个纪念吧！”

阿芳赶紧称谢。

我接过一看，书箱是松木的，纹路很漂亮，做工也精细，箱盖是向上提拉的前抽门。门的左上角刻一丛兰花，下有诗一首：

贺芹溪居士

并蒂花呈瑞，同心友谊真。

难得痴情久，感动月下人。

我看罢连连称谢说：“此物最珍贵，最有纪念价值，如同卧佛寺的铜钟，可永久流传。这是我与阿芳爱情婚姻的最好见证。宜泉兄，难为你想得出。”

正说话时，忽有鄂比的声音从院子里传来：“雪芹，西山酒徒来也！雪芹，在家吗？”

我立刻惊喜道：“哈哈哈哈！燕市酒徒狂饮到西山来了。”

还没等我起身去迎，鄂比已经大踏步走进屋，但见他左手提着一只卤鸡，右手提着一个酒葫芦，眉开眼笑，天真得如同一个孩子。

我接过鄂比手中的酒肉，大声说：“鄂兄，来得正是时候，快来认识一位新朋友，咱们的宜泉贤弟。”

张宜泉主动站起，向鄂比拱手说：“在下张兴廉，字宜泉，是教书匠。”

鄂比忙还礼说：“哦，你就是张宜泉张先生，雪芹可是不止一次提起过你，说你很有诗才的。”

张宜泉谦虚道：“哪里！哪里！那是芹溪兄偏爱了。如果在下没猜错，你就是鄂比仁兄吧？”

我笑说：“跟鄂兄不用客气，说他是西山酒徒他更高兴。”

鄂比吆喝道：“弟妹，又要烦劳你了，给我们加两个可口的小菜，今日我又有了新知己，必要开怀畅饮了！”

李阿芳嘻嘻笑答：“我已经想好做什么，就做南味的，如何？”

鄂比高兴道：“最好。哈哈！雪芹啊，我和宜泉贤弟都托你的福，在这北京西山居然能品尝到江宁风味的佳肴。”

李阿芳又说：“鄂比大哥可是发财了？又是酒又是肉地提来。”

我笑问：“鄂兄，你又从哪里弄来的银子买这个，不会是赊欠的吧？”

鄂比红着脸说：“不是赊欠，不是赊欠，赫都统求我给他家画影壁，这是用画工钱买来的。银子有何用？换成酒吃到嘴里才有用！”

张宜泉哈哈笑道：“二位仁兄真是世外高人，住在西山，无拘无束，书画诗酒，野鹤闲云，真比魏晋竹林七贤活得还痛快！”

鄂比高腔大嗓道：“此言甚善！在这西山荒野就是比京城活得痛快，不用峨冠礼服，极少贺吊往还，远离红尘琐事，心胸无比坦然。这日子过得，是多么自在！”

阿芳把卤鸡块和一碟咸菜端上，我马上斟酒，说：“寒舍一壶酒，齐坐有三人。相交须同趣，潇洒伴闲云。来！二位兄弟，为远离红尘干杯！”

鄂比和张宜泉举起酒碗，一饮而尽。

鄂比得意地说：“宜泉贤弟，你有所不知，这位曹爷不光潇洒，还很有些放荡不羁，骨头比我还硬。都统赫端在西山是最大的官了，可咱的曹爷就是不买他账，赫端过五十大寿，你知雪芹送的什么礼？两坛泉水，还美其名曰‘君子之交就应该淡如水’。”

张宜泉哈哈笑道：“这事我知道，当时我就在场。要说芹溪兄骨头硬，就不能不提他给赫都统送的那四幅画。”

鄂比惊愕地问：“就是那雄鸡、芭蕉、狗戏图和怪石四幅画，原来你知道啊？哈哈哈哈！知道最好，由此可见曹雪芹的风骨！”

我不无得意地说：“这些陈谷子烂芝麻，还提有什么意思？说点新鲜的。鄂兄，说说你给赫端画的什么壁画。”

鄂比说：“我的影壁画没啥讲究，倒是有一件新鲜事可以用来增添酒趣。”

我赶紧追问：“什么新鲜事，快说！”

鄂比却不慌不忙地拿上了，说：“想听吗？先让我喝了这碗酒再说。”

我骂道：“这个燕市酒徒，居然如此不择手段。宜泉弟，不能让他独吞，咱们陪他再干一碗！”

鄂比哈哈大笑后说：“这件新鲜事出自赫端府第大门上的钉子洞

眼。”

我立即好奇地问：“都统大人的门上居然有钉子洞眼，谁如此大胆敢在太岁头上动土。”

鄂比说：“这可是一个高人，咱们西山有名的空空道人。那日空空道人去赫端府第化缘，恰巧碰上赫端看见，赫端见他衣衫破烂又肮脏，便轰他出去，让他回去净身后换一身新衣再来化缘。空空道人岂是好惹的，在赫端门前吵闹起来，又将左手掌用钉子钉在赫端的大门上，血流如注。看热闹的人越来越多，赫端开始慌神，他怕空空道人死在他的门口，便让家人向他求情。空空道人哪里肯依，就是不答应就此罢手。赫端无奈，只好亲自央求，空空道人仍置之不理。赫端眼看着鲜血在流淌，非常惊慌，便赶紧拿来一封银子，亲自跪在空空道人面前奉上。空空道人接过银子，左手掌一挥，从门上下来，哈哈大笑着离去。”

我高兴地喊道：“痛快！空空道人真乃侠客，血没白流。他能逼都统官员下跪，便算得上天下奇人！”

张宜泉担心地问：“赫端大门上既留下钉子洞眼，空空道人定是伤得不轻啊！”

鄂比大笑道：“妙就妙在这里，空空道人没受伤，事后人们发现，门上的血迹其实是红土子。”

我惊讶地说：“原来是这样！哈哈哈哈！空空道人高，是真高，真神人也！”

张宜泉感慨道：“西山人杰地灵，群贤毕至，真是藏龙卧虎之地啊！”

鄂比一击掌：“宜泉贤弟算说着了，西山确非等闲之地。就说曹子雪芹吧，也不寻常得很呢！视官位如草芥，拿荣华做粪土，比魏晋时的竹林七贤还要清高。”

我笑道：“鄂兄不要自吹自擂，吹我就是吹你自己了。你我都是燕市酒徒，如今略有改变不过就是西山酒徒而已，有什么值得炫耀的！”

鄂比不服，说：“我岂能比得了你？我是买官去做，你呢？有达官显贵送红顶子来你却不要。唉！惭愧啊！比起你来，我世俗得很了。”

张宜泉惊问：“有这事？”

鄂比说：“怎么没有，就是两月前的事。朝廷高官董邦达董大人可是亲自登门啊，来请雪芹去皇家如意馆，竟被雪芹用一首诗拒绝了。”

张宜泉更加好奇，急问：“是一首怎样的诗，可否吟来我听听？”

我笑道：“不值得大惊小怪，只是不愿意当差，不愿意受人驱使而已。”

鄂比说：“那诗我还记得，吟来你听，‘置身漠野未沉沦，富贵难淫不惧贫。敢以清高为正色，一心著书黄叶村’。落款没用雪芹，也没用芹溪的号，用的却是从没用过的‘梦阮’。我想，阮字肯定是指魏晋名士阮籍，梦阮这一字号厉害，彻底灭了董邦达邀请雪芹的念想。雪芹，我没说错吧？”

我笑说：“原来鄂兄不光是西山酒徒，还是很有才情的。”

张宜泉显得有些激动，也不说话，也不让人，突然自己把盏斟酒，自己端起独饮。一碗酒下肚后，起身到我的书案前，挥笔写起来。我知道他又有了写诗的冲动。鄂比坐不住了，过去看他写什么。张宜泉写完后，长出一气，很是得意。鄂比摇头念道：

题芹溪居士

姓曹名霑，字梦阮，号芹溪居士，其人工诗善画。

爱将笔墨逞风流，庐结西郊别样幽。

门外山川供绘画，堂前花鸟入吟讴。

羹调未羡青莲宠，苑召难忘立本羞。

借问古来谁得似？野心应被白云留。

鄂比念毕，连声说：“宜泉贤弟，你果然好诗才。我还在那儿说着话呢，你的诗句就成了。厉害！怪不得雪芹夸你。”

张宜泉说：“我是有感而发，心中有了，不写出就难受。雪芹兄的大作《红楼梦》我拜读过，他在开卷处说自己‘欲将已往所赖天恩祖德，锦衣纨绔之时，饫甘餍肥之日，背父兄教育之恩，负师友规谈之德，以至今日一技无成、半生潦倒之罪，编述一集，以告天下人’，那些文字其实都是谦辞，实则雪芹兄心中是有高见的。但那高见却不能明说，必须先自贬。其实，他早就把官场看透了，那里不光腐败肮脏，而且黑暗，是最泯灭人性良知的所在。他字号梦阮，更证明他的清高追求何等坚决，是铁下了心肠的。”

我插言道：“其实，我和鄂兄曾经也想施展抱负，为国家社稷出力，做出一番事业，没想到，清官是那样的不好做，我们双双都败下阵来。既然没有补天救世之才，还在官场上晃荡什么？不当贪官、赃官、庸官，也不与他们同流合污最好，如宜泉所说，庐结西郊，风流笔墨，过闲云野鹤般的生活，是多么自在！”

影之歌拦住话头说：“大作家这一段说得时间太长，一定很累了，歇息一会儿吧！张宜泉给您的题诗真是不错，勾勒出了您那一段生活的真实写照，庐结西郊，笔墨风流。他在诗中还用了典故，您听我解得对不对。‘青莲宠’一句是说李白受唐明皇和杨贵妃的宠爱，皇帝调羹，贵妃捧砚，使李白身价倍增，名声大噪，但是您并不羡慕他。‘立本羞’一句是说，唐太宗时画家阎立本曾经在皇帝面前蒙过羞。唐太宗与近臣泛舟游览春苑池，忽见异鸟戏水，非常好看，便命人吟诗助兴，由阎立本作画。立本此时已是主爵郎中，却只能在池畔俯身伏地，研磨绘画的颜料，看着座中赋诗诸人，而羞得汗流满面。回到家后，还告诫儿子说，‘我从小读书，文辞不输于同辈，如今却仅以画作而称名于世，形同厮役，尔等万勿学我！’看来，张宜泉在诗中说您‘难忘立本羞’，显然是在赞扬您拒绝皇家如意馆的邀请，不像阎立本那样去蒙羞，在西山过乐逍遥的日子。大作家，您说我这样解准确吗？”

曹雪芹笑答：“你对这些典故知道得如此清楚，说明还是有真才实学的。哈哈！影妹，佩服。”

三十六章　著书黄叶村

有阿芳操持家务，我们的小日子又过得有声有色起来。阿芳真是聪明灵巧，缝补浆洗自不必说，还会一手很地道的南味烹饪。品尝那美味佳肴，更使我常常想起少年时代在南京的生活。幸福得以重温，如严冬里睡回笼觉一般，妙不可言。遗憾的是只能偶尔品尝，每到这时，我才深知银子那臭东西原来很香。

也是每到这时，我才觉得活得十分惭愧，对不起爱妻与湉儿。我是个有本事挣钱的人，可就是不愿意去挣。董大人的话说得很对，我稍微随和一点，把金钱看重一点，也不至于“卖画钱来付酒家”。凭我的能力和才学，弄个一官半职并不难，即使去当差做侍卫，也能过上中等人家水平的生活。可我虽贫穷却又高傲，不清贫何待？我是得以满足自己的清高追求了，妻儿却无缘无故地跟我受了穷。

再退一步说，不去当官，不去当皇家画苑的画师，也不去当差，靠自己的才学挣饭吃总可以吧？我也不干。我的画拿去换银子明明是很容易的，便是抄书卖，也能使家中富裕起来。可我头脑里从小就形成一种观念，认为卖东西很羞耻。若站在那儿卖画，我会脸红心跳，无地自容，浑身冒虚汗。若强迫我卖，不如干脆一刀宰了我也罢。

我那不能随遇而安的坏毛病，一方面是因固执性格所致，另一方面肯定是少年时代安富尊荣惯了，后来虽落魄贫穷却仍放不下富家子弟的臭架子，轻商意识也早已渗透到骨子了。

阿芳与湉儿的关系已大有好转。湉儿虽仍未喊妈妈，但已不是后脑勺对着阿芳了，开始有言来语去。

这孩子是犟种所生，岂能不犟？过年时阿芳给他做了一身新衣服，在给他试穿时，我偷眼看见他脸蛋儿红红的，嘴张了又张似要喊妈妈，结果还是没能喊出来。

另有一次是在转年初春时节。湉儿与伙伴玩耍，不小心掉进冰河里。阿芳得信后，飞跑到河边，丝毫没犹豫，跳进刺骨的冰河中把湉儿救起。一条水淋淋的印痕，从河边弯弯曲曲地通向我家门。

阿芳拿来干衣，先让湉儿换上。

我闻讯赶来，大声斥责湉儿不听话。

阿芳拦道："孩子已经吓着了，你别再吓唬他。"

湉儿看着给他穿衣的阿芳，两眼扑闪扑闪地竟闪出泪光来。

我心底一阵激动，啊！湉儿肯定是感觉到了母爱的温暖。这个小犟牛该到喊妈妈的时候了。回想起小文君在世时常背着湉儿玩，湉儿在妈妈背上乐得东倒西歪，嘴里不住地喊妈妈的情景，我一阵难过，两眼潮湿起来。湉儿如能冲破这一关，一家三口其乐融融，没有隔阂，该是多好啊！

然而，湉儿嘴蠕动半天，还是未能喊出口。

这个小犟牛！

我真恨不得去撬开他的铁嘴钢牙！

然而，阿芳却不急，说："是你的儿子，就是我的儿子。他一辈子不喊妈妈，我也把他看成是我的儿子。"

阿芳的话，使我十分感动。如果说我爱少年时代的阿芳，是爱她的美貌和疼怜她的遭遇，那么如今爱阿芳，最爱的已是她高尚的人品。我感谢苍天厚待于我，使我到中年以后仍能与心地善良的阿芳团聚。

我写书又写得疯狂起来。

后三十回书稿的失去使我心痛，我总有一股莫名其妙的紧迫感，恨不得赶紧把它补写完。

原来的后三十回，人们都畏之如虎，于上次风波中统统烧掉，其因由不过是把宝玉写得反叛得厉害。他与黛玉追求婚姻自由，不愿受“父母之命，媒妁之言”的传统约束，甚至舍新婚的宝钗于不顾，离家出走，勇敢抗婚。不仅如此，宝玉还严厉抨击科举制度，说科举是为国招国贼禄鬼，官场上俯仰无愧之人太少，考场里追名逐利之辈太多。这一条更厉害，实在是有辱祖德，有背皇恩了。

此次续写将如何把握？我思之再三，再四，仍然觉得还是得那样去写。不那样写，如何能称为宝玉？那个风尘碌碌、一事无成的宝玉，那个潦倒不通事务、愚顽怕读文章的宝玉，是皇恩祖德富贵豪门养育造就而成，突然一落千丈坠入最底层，不光落了片白茫茫大地真干净，自己还被捕入狱，成为囚犯，最后穷途末路，寒冬噎酸齑，雪夜围破毡，形同乞丐。有如此经历的人，能让他怎么样呢？让他去为皇朝唱赞歌？让他说普天下一切都好？那简直是笑话！

家族的变故使我看清了朝廷与官场的黑暗与险恶，当差做小官的经历更让我认识到社会制度的腐朽与没落，如此下去，朝廷几无可用之才，八旗几无可用之兵，若还没有半点反抗的声音，一味地只是歌颂，那不是掩耳盗铃自欺欺人吗？当然，文字狱也不能不防，此次后三十回的书稿，除李阿芳外，再不让任何人见到也就罢了。

此意已决，我便不再犹豫，就按自己心中所想去写。

我因写书痴狂，常常不被人理解。走在路上苦思冥想时总是旁若无人，被人骂做“臭酸”；与人喝酒灵感突来时，起身便走，逃至无人处解下白布包就写；常常横眉立目愁容满面，一旦得意突又忽忘形骸，又唱又跳手舞足蹈；吃饭时一旦头脑进入构思状态，口中就没了味觉，此时若给我一块土也会照吃不误。因只顾写书，发长而数月不剃。穿一无领蓝褂，宽大黑裤，福字步鞋，腰围白布包，每日深山密林中转。离疯僧洞不远有一块大青石，上面光滑如桌面。我在旁边垒石作凳，以石板为桌，那里是我最好的书斋。饥餐饽饽，渴饮清泉，乏了就以石为床，作一回梦中漫游。那种惬意，那种傲然自得的生活，真像神仙一般。

只是苦了阿芳。阿芳说我越来越比湉儿还让她操心。湉儿饿了还知道说，衣服脏了也知道换，我只是一味地呆头呆脑，不让吃便不知道饿，一让吃就吃个没完。多好吃的菜也不会再说个“香”字，给多难吃的饭也不知说个“嫌”字。那衣服一穿上身便不知更换，汗碱儿在背后弯弯曲曲地爬，馊臭味儿三步开外就能闻得见。总是阿芳强迫我洗澡更衣，我才继续像个人样儿。

那日晚，月朗星稀，山野十分静谧。我躺在那儿难以入睡，苦苦思索如何安排王熙凤的下场。我很想将昔日贾府这个争强好胜、趾高气扬、心狠手辣、颐指气使的豪门贵妇的下场写得极其悲惨，想让人知道坏事做尽者是绝无好结局的，可又要顾及已经写完的“金陵十二钗”簿册和“红楼梦”十二支曲。

王熙凤的一生可用一句话归结，即“聪明反被聪明误”。上一稿我是按此构思而写的，只写到她被贾琏休弃，哭回金陵老家去。此次续写我想用笔墨更重一些，让她的下场更惨一些。我辗转反侧，苦思冥想，如何让王熙凤的下场既悲惨，又不违前文的判词和支曲。

那面如银盆的月亮，时而被乌云遮住，时而又从乌云中探出。我看着，想着，啊！云聚尚有云散时，月亮最终是不会被遮住的。凤姐就不同了，她的靠山王府和贾府均走向衰落，又因受贿害命而酿成大狱，更因嫉妒而使贾琏恼恨，她的结局必定悲惨，再无柳暗花明的可能。

我突然想到，何必急于让贾琏休弃她呢？让她凄凄惨惨一回后再休她也不迟嘛！想到此处，茅塞顿开，办法随之而来，故事情节呼之欲出。我再也躺不住，一跃而起，将油灯点亮，拿出笔墨，又去拿纸，却没有。

“纸呢？纸呢？”

我急得团团转，大呼小叫，把刚刚进入梦乡的阿芳惊醒。

“纸呢？纸呢？啊呀！急死我了！”

“你那白布包里没有，就是没有了吧。”阿芳见我急不可耐，急忙披衣下地帮我找。

我这才想起，纸是已经用完了的。

“这可如何是好？这可如何是好啊！”

阿芳见我抖动着两手，知道所用甚急，她也急将起来。急中生智，她发现了墙上挂的旧年皇历，速拆开反折上，递到我手中。

我接过那发黄的纸，激动不已，抱住阿芳的头，在她脸上狠狠地亲了一口，然后转身回到油灯下，飞舞起寸许羊毫，书写下王熙凤凄凄惨惨的下场来。王熙凤出狱后，人已经十分憔悴，自然也衰老了许多。回到家中，正妻位置早已被平儿代替，便是妾的位置也已归了秋桐。贾琏为折磨她，让她位居秋桐之下，而且像女仆一样必须去干杂活。心傲气盛的王熙凤哪里受得了这个？她知道贾琏是在对她进行报复。她最终被贾琏休弃，在回金陵娘家的路上，惨死于一座废寺中，被人用破席裹葬。

阿芳一直陪伴着我，把旧皇历一张一张反折好，叠成一摞，然后悄悄退下。我在灯下得以聚精会神，将此情节一气呵成。放下手中笔，才觉得困乏，伸个懒腰，舒展舒展。起身一看，大吃一惊，原来阿芳没睡，就在我身后坐着呢！我心头一热，一股暖流快速冲遍全身，一把将她揽在怀里，拥抱着，亲吻着。

“干吗累着一个还搭着一个，你怎么不睡呢？”

“想起了小时候的事儿，睡不着。”

“告诉我，你又想起什么了？”

“啊，小点劲儿，你要把我的脸蛋儿咬破呀！你在那儿写，我在后面猛然想起十几岁时，有一回老爷追问你的学业甚急，你夜里不敢睡觉，在油灯下读书写字。当时我在碧纱橱里看着你，心想，咱们要是夫妻多好，我就坐在你的身边陪着，你不睡，我也不睡。”

“就想这些？没再想别的？”

“想啦。嘻嘻，如今也不怕你笑话了，满脑子只在想坐花轿呢！唢呐声声，吹吹打打的。”

“后来呢？”

“后来，你睡了以后，我才入睡的。”

“就没想入洞房的事？”

“去你的！”

我的耳朵被阿芳揪住。

我的舌头伸进了阿芳的樱桃小口。

那一晚，最甜蜜，我们是人间最幸福的人。

春去夏至，夏退秋来，独自深山野游著书依然是我的最大兴趣。我要把后续书写完，不写完，心病难去，无以安宁。那些时光，我不愿见人，不愿会客，一心只在续书上。

那日，我在疯僧洞旁的大青石上正写得顺手，忽有狂笑声在身后响起。我大吃一惊，回头一看，哈哈，原来是空空道人。

这老道真正是仙风道骨，白髯飘飘，瘦骨嶙峋，却精神矍铄。他那笑声就不同一般人，音似铜钟，底气十足，一笑就声震山谷。

我急忙起身施礼说：“不知道长大驾光临，失礼失礼！”

空空道人说：“我若没猜错的话，你就是曹雪芹，对么？”

“鄙人不才，正是曹雪芹。”

“哈哈！曹雪芹呀曹雪芹，你把我的《好了歌》用到你的书里去了，且骂我是跛足道人。你是何等无礼！”

“道长明鉴，可不要冤枉了我。那跛足道人的跛可是装出来的，道长再看前面文字便知，他可是一位仙人呢！”

“玩笑，玩笑。哈哈，曹雪芹，你那《红楼梦》我看了，写得好！《好了歌》改得也好。我的《好了歌》只是劝人一心向佛，你那

《好了歌》含义可就深了。尤其后面的注解，读来真痛快，那才是劝世醒世的大作！”

空空道人哼哼叽叽，竟吟诵起来：

陋室空堂，当年笏满床……

空空道人吟诵罢，余兴未尽，仍兴致勃勃地说：“雪芹呀，你这文章写得痛快！一句话说尽了天下事。从帝王将相，到才子佳人，从大小官吏，到布衣俗人，各种拼杀打斗抢掠争夺到头来还不都是一场空忙？那跛足道人称赞甄士隐解得切，我也该称赞你解得切才是。”

我赞赏说：“道长真是神人。”

空空道人侧脸看着我问：“此话怎讲？”

我笑着说：“道长有真功，居然能逼迫都统赫端给您下跪求饶。”

空空道人也哈哈大笑：“雕虫小技，不值一提。雪芹，我这空空道人今日却不空空，葫芦里满着酒呢。来！我赏你饱饮！”

听说有酒，我立即如拉动的皮影人儿一样精神起来，忙让空空道人坐在唯一的石凳上，我蹲在旁边，等待开宴。

“先别急，你可有下酒之物？”

“有！”我忙从怀中掏出两个饽饽，递给空空道人一个。

“啊，妙极！有酒有此物，足矣！来，喝酒！”

我接过酒葫芦，咕咚咕咚地灌将起来。

空空道人突然夺过酒葫芦，嚷道：“这种喝法不行。你是文人，须文雅些才好。我说一首诗谜，你来解。若解得切，这酒任你喝；若解不切，这酒任我喝。如何？”

“哈哈！如此最好，这种喝法才有意思。您且说来。”

“一树红杏个个青，阴天下雨满天星。三个老道四面坐，不言不语念真经。你解！你解！”

我想了想，这是什么玩意？便嚷道：“道长，您这是混说呢，世上哪有这种事儿？”

“好哇！你果然解不出。这酒可该任我喝了。”说罢，仰脖灌将起来。

我急忙将酒葫芦夺下：“我只说一句话，还没解呢。你看！”

我在纸上写出谜底：未知有也。

空空道人一看，两手拍腿道：“完了！这酒我又喝不成了。”

我高兴得几乎要蹦跳起来，举起酒葫芦就喝。只喝几口，却又被空空道人夺下。

“哎哎雪芹，慢来慢来！你一气儿喝干了，还有什么意思？咱们对句取乐，胜者喝酒。”

这个不难，我自然答应。

空空道人摇头晃脑道：“蝎蜇驴背舞。”

我一听，这句出得真怪。略一沉思，便对道：“虻叮马蹄踢。”

“人生几何？何如美酒常满杯。”

“我愿长醉！醉时相拥花月睡。”

“哈哈哈哈！好个曹雪芹，真是语出惊人呀，潇洒如顽仙一般。我比你多活了几十年，常穿行于花月之间，也没敢想‘相拥花月睡’的奇句。罢了！不与你对了。看来今日这酒是非罚我不可啦！”说着，仰脖朝自己口中灌去。

“哎哎道长，慢来慢来！道长弄错了，是胜者喝呀，该给我才对。”

空空道人摇摇葫芦，已经空了。

“哈哈哈哈！是个空葫芦，你要它何用？”他说着，趔趔趄趄地起身，晃晃悠悠奔广泉废寺方向而去，边走边吟道：

假作真时真亦假，无为有处有还无。
天高地阔长悠悠，醉时欢乐醒时愁。
我愿不醒整日醉，醉时相拥花月睡。

世事难料岂有真，是非只在心外身。

望着空空道人的背影，听着他那东一句西一句拼凑的诗句，细思还真有些深意。尤其后一句，闭目思之，包容广泛，含义深远，不是能洞察世事的睿智哲人，岂能说出这种话来？

三十七章　诗友情谊深

乾隆二十六年秋，于景廉赶着毛驴载着礼品来西山看我。我向李阿芳介绍，李阿芳见于景廉走路一瘸一拐，如此走法却赶了几十里路，便非常感动，急忙让座斟茶，之后又去安排饭菜。

我埋怨于景廉说："先前说好了的，不许你再来看我，怎么又来了？"

于景廉擦一把头上的汗，笑嘻嘻地说："曹先生，你不要总拒绝我来，比起你救助我的大恩大德，我花这点钱跑这点路算什么？再说，曹先生你娶新夫人，我不来贺喜哪行？我知信太迟，已经来晚了。"

于景廉真是个好人，为人诚实，心地善良，知恩图报，做事又极其认真，把风筝铺经营得十分红火。我十分庆幸救助了这样一位品格优秀的人。那日，我没让于景廉当天赶回城里，而是留住在寒舍，我们相谈甚欢。

谈起京师生活，就想起敦敏和敦诚二兄弟，还有一些别的老朋友。我与阿芳商量，要随于景廉一起进城，去看望那些老朋友。阿芳满口答应，只是劝我不要喝海酒，以免伤身体。劝罢又说："唉！我知道，我这话是多余的，你只要去，没个不喝得昏天黑地的。"

我笑道："夫人放心，两天后，一定还你一个神气十足的曹雪芹。"

很想让阿芳一同前往，去京城看看皇室宗亲的气派宅院，阿芳却拒绝，说一个妇道人，去了多有不便，别说喝酒，说话都不随便了。我想想也是，只好作罢。

第二天一大早，我随于景廉一起进京。一路上，他非让我骑上那头小驴，我哪里肯依，让一个腿有残疾的人牵驴，我却骑驴，怎能做那种事？后来说定，每人骑一程，轮流歇脚，这才作罢。

一路上，我因想念敦敏、敦诚兄弟心切，便不由自主地述说起来。于景廉听说二敦都是黄带子，便惊奇地问："先生的这两位朋友还是皇室宗亲啊？"

我说："敦敏、敦诚可是大有来头，他们都是英亲王阿济格的五世孙。阿济格在多尔衮死后，因急于谋取辅政王之位，被夺爵抄家，直至赐死，全家人从此被革除宗籍。"

于景廉叹道："哎呀！真可惜，敦敏、敦诚没能享受祖上的荫德，却受了连累。"

我叹道："是啊！阿济格事败后，他们全家都被宗室除名，贬为庶民。直到康熙朝，虽然让他们又回归宗室，允许束黄带子，但后代一直受冷落。当今圣上临朝后，敦敏的父亲才开始被起用，给个喜峰口地方税官做。"

于景廉又问："先生说敦氏兄弟既是先生的朋友，又是先生的弟子，先生在敦敏家教过书馆？"

我笑道："哈哈！我刚才信马由缰乱说一通，原来你都记住了。我不是在敦敏家教书馆，而是在内务府的宗学里当教习，专门教汉文。啊，回想起来，那些时光真是十分难得，我与敦敏、敦诚二兄弟相处甚笃，我既是他们的先生，又是他们信得过的兄长。我们经常饮酒作诗，有趣极了！"

于景廉笑道："曹先生有大学问，对人又特别友善亲切，没有架子，为人真没得说。只是没能随弯就弯，浑身才能没得施展。曹先生真是委屈了！"

说话间已进入京城西直门，我该与于景廉分手了。他反复诚邀我定要去他家作客，我再次答应后他才恋恋不舍地牵驴而去。

敦敏的府邸称“槐园”，在宣武门内太平湖畔。敦诚的府邸则是“西园”，由西直门向南不远就是，在敦诚的槐园北面。我必须先到敦诚的西园，然后才能到敦敏的槐园。

敦诚的西园颇具名胜，是他父亲给他留下的遗产。西园中有假山一座，山上矗立古松四株，敦诚为此营造“四松草堂”为自己的书斋。并别具匠心，引水登高，再绕草堂砌石为池，使泉水成瀑布，造就白练横空飞挂之景。西园中有“梦陶轩”、“拙雀亭”、“五笏庵”等景观，建造精美独特。更有深意的是那些名号，“梦陶轩”显然是崇尚陶渊明，“拙雀亭”非常有新意，“五笏庵”是指什么？笏为官，这又是敦诚的怎样一种心思？

敦诚自号为闲慵子，平时好宾客，常邀文人名士诗酒唱和。有了“四松草堂”还不罢休，又仿效村墟农舍，别构小屋，门悬一帘，取名“葛巾居”，专门在此饮酒待客。敦诚雅兴如是，怎能不让我心痒？想立即见到他。

来到敦诚的西园，门子是认识我的，立即向里禀报。敦诚匆匆出“四松草堂”迎接时，我已经来到他面前。敦诚这不守规矩的学子，居然跑上前抱住我。我大喊：“成何体统！还有一点师生规矩吗？”

敦诚哈哈大笑：“先生息怒，弟子稍后请罪便是。先生只说是用南酒请罪，还是用掐头去尾的玉泉二锅头请罪？”

一听这话，我便狂笑不止，说：“当然是玉泉二锅头最能洗清你的罪过。哈哈哈哈！别忘了，玉泉二锅头可是已有五百年的道行了。”

我们说笑着进入“四松草堂”书屋。我发现敦诚的书案上放着不少诗稿，立即好奇地上前观看。但见一摞诗稿上写有《懋斋诗钞》，另一摞诗稿上写着《四松堂集》。我惊呼道：“啊！你和敦敏都要刊印诗集了？”

敦诚羞怯地说："先生，您见笑了。我们写的哪里是诗，与先生您比可是小巫见大巫了。"

"别！别！我不愿意当大巫，咱们最好都不干巫师。"

我边说边翻看诗稿，突然发现敦敏写的一首诗与我有关，便瞪大眼睛细看。诗稿写道：

短檠独对酒频倾，积闷连宵百感生。
近砌吟蛩侵夜语，隔邻崩雨堕垣声。
故交一别经年阔，往事重提如梦惊。
忆昨西风秋力健，看人鹏翮快云程。

读罢敦敏的诗稿我哀叹不已，说："'故交一别经年阔'，敦敏肯定是指我前年南游江宁那段时间。啊！独夜积闷难消，对灯自饮，回忆往事故交，这样的心境，我在江宁也有过，常常夜不能寐，想念你们兄弟。"

敦诚说："我也曾经写过一首怀念先生的诗，先生还没过目呢！正好我要收进《四松堂集》，先生先指点指点吧！"

敦诚说罢，从他的诗稿中翻找出来。我展目一看，但见上面写道：

寄怀曹雪芹（霑）

少陵昔赠曹将军，曾曰魏武之子孙。
君又无乃将军后，于今环堵蓬蒿屯。
扬州旧梦久已觉（雪芹曾随其先祖寅织造之任），且著临邛犊鼻裈。
爱君诗笔有奇气，直追昌谷（李贺）破篱樊。
当时虎门数晨夕，西窗剪烛风雨昏。
接䍦倒著容君傲，高谈雄辩虱手扪。
感时思君不相见，蓟门落日松亭樽（时余在喜峰口）。
劝君莫弹食客铗，劝君莫扣富儿门。

残杯冷炙有德色，不如著书黄叶村。

看后，我百感交集，深情地说："敦诚啊！你们兄弟真是我难得的知己。敦敏一别经年，便'积闷连宵百感生'，你呢，随父亲上任喜峰口，与我不得相见，也'感时思君'，浮想联翩，遂成佳句名篇。寥寥数语，却涵盖丰富，感叹身世，评判诗笔，回忆咱们在宗学的生活，又苦口婆心地劝慰我。好兄弟，你的良苦用心我深深理解，我一定会把《红楼梦》书稿写完写好，不负你一番期望！"

敦诚欢喜道："说起《红楼梦》，有一件喜事我还没禀报呢。有个叫明义的年轻人，读罢《红楼梦》抄本后，写下《题红楼梦》二十首诗。那真是洋洋大观，对您的大作是极好的评判。"

我惊喜道："哦？还有这事？明义是何许人，可否引荐引荐？"

敦诚说："引荐不难，只是他此时没在京城，与兄长敦敏出公差去了。这个明义嘛，要说与我家还有亲缘关系呢，我叔便是明义的堂姐丈，明义的哥哥又是我的朋友。其实，明义看的《红楼梦》抄本就是我叔收藏的那一本。"

我笑道："那可是个老本子了，是第三次增删稿本，如今我已增删过五次，变化已经很大。敦诚，可否让我看看明义写的二十首组诗？"

敦诚说："就是为您而备，怎么不可以？"

敦诚从书橱中找出一个线装的小册子递给我。我急不可耐地打开，一口气读下去，但见那二十首题诗是：

题《红楼梦》

曹子雪芹出所撰《红楼梦》一部，备记风月繁华之盛。盖其先人为江宁织造，其所谓大观园者，即今随园故址。惜其书未传，世鲜知者，余见其抄本焉。

佳园结构类天成，快绿怡红别样名。
长槛曲栏随处有，春风秋月总关情。

怡红院里斗娇娥，娣娣姨姨笑语和。
天气不寒还不暖，曈昽日影入帘多。

潇湘别院晚沉沉，闻道多情复病心。
悄向花阴寻侍女，问他曾否泪沾襟。

追随小蝶过墙来，忽见丛花无数开。
尽力一头还两把，扇纨遗却在苍苔。

侍儿枉自费疑猜，泪未全收笑又开。
三尺玉罗为手帕，无端掷去复抛来。

晚归薄醉帽檐攲，错认猧儿唤玉狸。
忽向内房闻语笑，强来灯下一回嬉。

红楼春梦好模糊，不记金钗正幅图。
往事风流真一瞬，题诗赢得静工夫。

帘栊悄悄控金钩，不识多人何处游。
留得小红独坐在，笑教开镜与梳头。

红罗绣缬束纤腰，一夜春眠魂梦娇。
晓起自惊还自笑，被他偷换绿云绡。

入户愁惊座上人，悄来阶下慢逡巡。
分明窗纸两珰影，笑语纷絮听不真。

可奈金残玉正愁，泪痕无尽笑何由？
忽然妙想传奇语，博得多情一转眸。

小叶荷羹玉手将，诒他无味要他尝。
碗边误落唇红印，便觉新添异样香。

拔取金钗当酒筹，大家今夜极绸缪。
醉倚公子怀中睡，明日相看笑不休。

病容愈觉胜桃花，午汗潮回热转加，
犹恐意中人看出，慰言今日较差些。

威仪棣棣若山河，还把风流夺绮罗。
不似小家拘束态，笑时偏少默时多。

生小金闺性自娇，可堪磨折几多宵。
芙蓉吹断秋风狠，新诔空成何处招？

锦衣公子茁兰芽，红粉佳人未破瓜。
少小不妨同室榻，梦魂多个帐儿纱。

伤心一首葬花词，似谶成真自不知。
安得返魂香一缕，起卿沉痼续红丝？

莫问金姻与玉缘，聚如春梦散如烟。
石归山下无灵气，纵使能言亦枉然。

馔玉炊金未几春，王孙瘦损骨嶙峋。
青蛾红粉归何处？惭愧当年石季伦。

看罢这一组题诗，我心中泛起万般感慨，非常感谢明义诸君如此看重《红楼梦》。这二十首七言绝句可是高度概括了拙作的内容与旨义了。我深知，写这二十首组诗要费多少心血，若不精心研读，只是浏览看热闹，如何写得出！能得到读者如此关爱与青睐，十余年的心血啊，总算没白费！数千个日日夜夜的如痴如狂，担惊受怕，多少岁月的坎坎坷坷，还有那无数变故，突然一股脑儿涌上心头，竟使我没能控制住，眼泪猛然冲出，露了丑。

敦诚慌了神，急忙上前拉我的衣袖，说："先生，先生该高兴才是。先生的《红楼梦》早已在京城悄悄传开，很多人在偷偷传抄，听说已经传到外省，实在是可喜可贺的事情。弟子敢断言，先生的《红楼梦》受人如此钟爱，定能传世！"

听到这话，我顿觉不妥，赶紧说："糟糕！若果然如你所说，京城已经传开，而且传到外省，可是非常不好。"

敦诚急问："为什么？先生还是怕文字狱么？"

"文字狱在其次，如今外面流传的抄本并不是定稿。比如明义的这二十首组诗，看的就是第三次增删稿本，他那诗里已经表现出来，如今我手里的第五次增删稿本并不是那样的。"

敦诚也十分遗憾地说："原来是这样。先生，出入大么？"

我说："怎么不大？有很多不同。比如第三首诗，宝玉问黛玉是否'泪沾襟'，后来就改为'问病'，已经不是'问哭'。旧稿中没有'晴雯撕扇'，所以第六首写晴雯的诗也没有撕扇，如今的稿本却是有晴雯撕扇的。第十八首是写宝玉给小红梳头，如今的稿本也已改成宝玉为麝月梳头了。还有林黛玉的死法，新旧两稿也是不同的。"

敦诚笑道："先生，我又要求您了，我的抄本也是旧稿本，我要重抄，先生可否借我新定的稿本？"

我笑道："别人不可，你还不可吗？只要你飨我玉泉二锅头，便可！只是，我还没写完，等全书定稿后，便拿来。"

敦诚大喜："极好，极好！先生，还等什么，快去'葛巾居'，我就去取玉泉二锅头！兄长不在，我代兄长敬您酒。"

我却摆手说："忙什么，酒是不会被人抢去的。我倒要好好看看你和敦敏的诗集。啊！能刊印诗集可是一件大喜事。"

敦诚闻言，引我到文案前，十分欢畅地说："先生，我们弟兄的诗集中都有与先生相关的诗稿。先生还记得我用佩刀换酒请先生痛饮么？”

我惊喜道：“怎么不记得？那次我去找你兄长敦敏，在槐园门口正遇上你这个小燕市酒徒。哈哈！你我身上都没有银子，你却非要饮酒，硬是把我拉进酒馆，用你的佩刀换酒。你是不是有诗作记此事？快拿来我看！”

敦诚笑道：“先生猜得不错。”急忙翻阅检索。

我接过一看，但见：

佩刀质酒歌

秋晓遇雪芹于槐园，风雨淋涔，朝寒袭袂。时主人未出，雪芹酒渴如狂。余因解佩刀沽酒而饮之。雪芹欢甚，作长歌以谢余，余亦作此答之。

我闻贺鉴湖，不惜金龟掷酒垆。
又闻阮遥集，直卸金貂作鲸吸。
嗟余本非二子狂，腰间更无黄金珰。
秋气酿寒风雨恶，满园榆柳飞苍黄。
主人未出童子睡，斝干瓮涩何可当？
相逢况是淳于辈，一石差可温枯肠。
身外长物亦何有？鸾刀昨夜磨秋霜。
且酤满眼作软饱，谁暇齐鬲分低昂？
元忠两褥何妨质，孙济缊袍须先偿。
我今此刀空作佩，岂是吕虔遗王祥。
欲耕不能买犍犊，杀贼何能临边疆？
未若一斗复一斗，令此肝肺生角芒。
曹子大笑称快哉，击石作歌声琅琅。
知君诗胆昔如铁，堪与刀颖交寒光。
我有古剑尚在匣，一条秋水苍波凉。

君才抑塞倘欲拔，不妨斫地歌王郎。

看罢，我哈哈大笑说：“好啊！你这个燕市小酒徒，还记得我‘击石作歌声琅琅’，哈哈！回想起来，那日清晨我们对酒当歌是何等快活！你作《佩刀质酒歌》，又载入你的《四松堂诗集》，这可好了，定可成为一段佳话流传开去。”

敦诚说：“其实，我是为答谢您的长歌所作。先生可否将那首长歌赐我，一并收进《四松堂诗集》，倘能完璧，那一佳话才完美。”

我笑道：“也好，下次带来。你们兄弟的这两册诗集中还有没有与我相关的诗作？我还想看看。”

敦诚说：“兄长还有一首诗，我觉得收进诗集不妥，在犹豫不定呢，正好请先生指教指教。”

敦诚翻找敦敏的《懋斋诗抄》稿，拿出一首递给我。我展目一看，原来是一首感怀诗：

偶遇芹圃感怀

芹圃曹君（霑）别来已一载余矣。偶过明君琳养石轩，隔院闻高谈声，疑是曹君，急就相访，惊喜意外，因呼酒话旧事，感成长句。

可知野鹤在鸡群，隔院惊呼意倍殷。
雅识我惭褚太傅，高谈君是孟参军。
秦淮旧梦人犹在，燕市悲歌酒易醺。
忽漫相逢频把袂，年来聚散感浮云。

看罢此诗，我立即阻止说：“这首诗万不可收进诗集，你看头一句，敦敏把我比为野鹤，却把其他文友比作鸡群，这是万万不可的！我哪里就‘鹤立鸡群’了？要说，敦敏的良苦用心我能深深体会到，他是要说我‘闲云野鹤，超然洒脱’，但不可为捧我去贬低别人。”

敦诚说："正是呢，我也在为'鸡群'之说感到不妥。看来，这首诗不能入选，或者等兄长回来后再推敲，将鸡群改掉再说。"

我笑道："敦敏用'鸡群'二字，完全是为抬举我，只要别想着抬举我，'鸡群'二字是好改的。要说那一次相见，的确值得以诗记之。我那次其实是刚从南方归来，离别一年多，非常想见一见你们弟兄二人，不巧找你你不在府上，去槐园找敦敏，半路上遇到明琳，便被他硬拉扯进他的'养石轩'。"

敦诚高兴地说："后来我听兄长说了，他路过'养石轩'，隔着高墙便听见是您在高谈阔论。他惊喜地跑步进院，明琳随即摆酒设宴，您向他们述说南游经历，追忆秦淮旧梦，十分精彩。啧啧！可惜得很呀！我没能在场，没能听到您是如何找到初恋情人，迎娶现今嫂夫人的。"

我哈哈大笑："这有何难？快用玉泉二锅头飨我，这就说与你听！"

敦诚惊喜异常："当真？哈！快跟我去'葛巾居'！"

三十八章　除夕文星落

乾隆二十七年正月底，我的身体总感不适，胸部常有阵痛发作。我是懂些医道的，再加细心体会，便知是肝上有病，肯定与酒有关。阿芳知此因由后，力劝我戒酒，并将我严管起来。

身体总有不适，酒喝得少了，文字写得也少了，烦闷之下，唯有去山林里闲逛。

那日闲逛到法海寺，与方丈说得太投机，不觉天色已晚，方丈热情留宿，我也就没推辞，在寺中住一晚。

转天我又在法海寺逗留半日，回到家天色已晚。一进家门，湉儿就迎着告诉我，说是有人来找。我急忙进屋看，却不见人。

阿芳说：“来了几拨子人呢！先是敦敏、敦诚二兄弟，正说着话，鄂比也来了。坐了一会子，不见你回来，鄂比非让他们去认认他家的门，便都领了去。让你不论早晚都要过去呢！”

我见桌上铺着几张大纸，便点灯来看。其中有一张是我昨日的画作，上有“题自画石”的诗一首：

爱此一拳石，玲珑出自然。
溯源应太古，堕世又何年？
有志归完璞，无才去补天。
不求邀众赏，潇洒做顽仙！

画面上是一块顽石，配上此诗，实是我当时心境的真实写照。

我发现自题诗的下面另有一首，很惊喜，秉烛细看，但见上面写道：

题芹圃画石

傲骨如君世已奇，嶙峋更见此支离。
醉余奋扫如椽笔，写出胸中块磊时。

后面有敦敏的署名。啊，知我者敦敏也！这才是真正的知音呀！我每日的辛辛苦苦，天天的似傻如狂，有几人能解？敦敏解得彻底，解得准确，知道我胸中有块垒，这块垒如墨，酒如水，以酒浇之，泡之，醉后奋扫如椽之笔，或为诗，或为画，或为书，嬉笑怒骂，放歌悲哭，书想书之书，言欲言之言，何等快哉！一生能有几知己，我愿足矣！

另一张纸上亦有两首诗，都是《赠曹芹圃》。——敦诚诗曰：

满径蓬蒿老不华，举家食粥酒常赊。
衡门僻巷愁今雨，废馆颓楼梦旧家。

司业青钱留客醉，步兵白眼向人斜。
何人肯与猪肝食？日望西山餐暮霞。

敦敏诗曰：

碧水青山曲径遐，薜萝门巷足烟霞。
寻诗人去留僧舍，卖画钱来付酒家。
燕市哭歌悲遇合，秦淮风月忆繁华。
新愁旧恨知多少，一醉酕醄白眼斜。

读罢二敦的诗，我百感交集，激动不已。对我的清贫凄凉境况他们表示出深深的同情，对我坚持自己的个性和人格也表示理解和赞许，有这样相知甚深的朋友做精神支柱，真是人生一大幸事！我心急如焚，恨不得立刻见到他们，遂匆匆出门，大步流星地奔鄂比家而去。

阿芳在后面追着说："这是昨天的事了，只怕敦敏、敦诚已经回京城，你还慌什么？"

我一边疾走一边说："那我也要去看个究竟。"

结果，我扑了空，鄂比告诉我，敦敏、敦诚因家中有事，不能逗留时间太长，已经打道回府了。

初春时节，接到敦敏一封书信，拆开方知是一首小诗：

东风吹杏雨，又早落花辰。
好枉故人驾，来看小院春。
诗才忆曹植，酒盏愧陈遵。
上巳前三日，相劳醉碧茵。

看罢方知这是一份请柬。上巳节是三月三，前三日当为初一。初一是个什么日子，请去"醉碧茵"？又有新友开家宴举行诗文酒会？诗文酒会何必非要定在初一？我猛然想起，三月初一是敦诚的生日。

掐指一算，敦诚正是三十岁而立之年，这个生日可是极重要的一次。敦敏为何不实话实说？细想来，敦敏实在是用心良苦啊！他若直说，我必会为这份寿礼而发愁。他知道我是应酬不起的，故托词让我去看“小院春”，当然就不用考虑带什么礼物了。唉！敦敏小弟呀，真是个细心人。

我终于没去赴约。原因有二：一是我不能装糊涂空手去赴宴，可备礼又备不起；二是阿芳阻拦，说是去必醉，于肝病有百害而无一利。此言甚是，我一去，岂有个不开怀畅饮一醉方休的？

人没去成，心可乱了章法。三月初一那天，我心神不定，坐卧不宁。阿芳见我如此难受，便优待解禁一次，亲自打酒来，陪我一饮，但严格控制酒量。

鄂比自打知道我那病与酒有关后，也很少来了。我们这两个酒徒在西山是有了名的，只要碰在一起就喝，逢喝必醉。因此，他如今不敢再来。

六月十八是我的生日。还差几日没到，阿芳就为此事操心。我劝道：“富贵人家过生日需要操心，咱这一贫如洗，就好办多了，一碗炸酱面便可。”

阿芳笑道：“你倒能将就，那也忒寒酸了不是？打不起红宝石的大金锁，也该打个绿宝石的小金锁，请不起大戏班，也得请个小戏班呀！”

我心头一震，阿芳这是在逗笑玩呢。她说的是我十三岁那年在江宁织造过生日，那绿宝石的小金锁就是她倾其所有给我打的，我想起在碧纱橱里阿芳给我挂金锁时，我忍不住亲她，使她生气的样子，便按捺不住，恨不得马上就亲她。我蠢蠢欲动，突然想起湉儿还在身边。看他一眼，他正纳闷地看看我，又看看阿芳，终于问：“爸爸过生日真的要唱戏吗？”阿芳笑道：“湉儿当真了。到那一天，让你爸自己唱便可。”

生日是万不可破费的。稍微破费一点，就得紧跟着勒紧裤带省出来。不然，就接不上下次放钱米的日子。

六月十八那天，鄂比突然跑来，左手提着酒壶，右手提着鸡和肉，进屋先嚷嚷："弟妹，弟妹，今日可不能怪我，今日是雪芹的生日，要怪就怪他。"

阿芳笑道："鄂大哥可算来了机会。今日是该开戒，只是要小心，雪芹一喝过量，两肋就涨疼难忍，可是要悠着点儿！"

鄂比叹道："弟妹真是贤惠得很，对雪芹弟照顾得如此细微周到，兄长我十分感动。来！这两只大鸡腿你们娘儿俩一人一只。哈哈！寿宴嘛，就得吃好喝好！"

望着鄂比那可爱的样子，我有些心酸，这位当年内务府管库银堂主事的大少爷，曾经是多么威风奢侈，今日竟也与我一样落魄到这种地步。

我与鄂比推杯换盏，酒过三巡后，鄂比总偷眼瞟阿芳。阿芳知其意，便说："鄂比大哥，你可要疼怜他些个，别喝多了让他遭罪。要是还没尽兴，我来把盏，你们两杯对一杯，如何？"

鄂比高兴地哈哈大笑："我赞成！我赞成！只怕雪芹不干。"

我笑道："你多喝的暂且记账，等我病好后一并与你算总账就是。"

酒足饭饱后，鄂比谈论起京师城厢发生的瘟疫。

鄂比说："你们听说了么？京城内又有瘟疫出现，是痘疹，传得飞快，厉害着呢！九城门外郊野处哭声不断，都是葬娃娃的。"

一听这话，我就浑身发冷，把湉儿拉过来坐在腿上，紧紧抱住。

阿芳很吃惊，却又自我安慰："瘟疫是在京城，不会到西山来的。这边是荒山野岭，人烟稀少，到这里来干啥？"

鄂比叹道："但愿老天爷发善心，别让瘟疫到西山来，快快收场吧！"

我说："那东西传染，咱们还是以不出门为好。湉儿记着，从今以后，再不要出大门口。爸爸陪你读书写字，吟诗作画，在院里玩耍。记住了吗？”

湉儿很乖，连连点头。

鄂比说：“雪芹整日疯野惯了，两脚像长了风火轮，这一回正好收一收野性，不能再乱跑。你们这里我以后也尽量不来，咱们都给孩子在意些儿吧！”

送走鄂比，阿芳便咣当一声把门闩了个结实，大有拒瘟神于门外的坚强决心。

痘疹便是天花，也叫痘疮。这东西不分大人小孩，人人都要出一回的，出一回便算过了人生这道险关，从此不再出。但这一关很难过，为此而丧命者不在少数，有的便留下满脸麻子。蒙古王公入京见皇上有严格规定，生身者不准入京，熟身者方可。未出痘叫生身，出完痘叫熟身。前朝顺治帝出家五台山，二十三岁病死，就是因痘疹而亡。多少威武豪强的将军，不惧疆场的刀枪血战，却怕这痘灾。

如是深居浅出坚持月半，时间已进八月，一家人平安无事。但营子里开始传来不好的消息，有的人家孩子已传上痘疹。周围的营子里已有小棺材抬出。

十分不幸，湉儿没能逃过这一劫，也得了痘疹。先是发高烧，烧得浑身滚烫，继而浑身起小红点，小红点渐渐长成疙瘩。

阿芳见状，惊恐地哭出声来，手按着湉儿的额头，催我说：“你快想法儿吧！不是说有药能治吗？那药多贵也得给孩子买呀！你快去卖画，卖了画去买药。你要嫌丢人，我去！”

阿芳的眼泪掉在湉儿脸上。湉儿抽搭抽搭的，终于哭出声来。那哭出的声音，居然是在喊妈妈。我抬头看时，湉儿两手握着阿芳的手，又喊了两声妈妈。

也许是过于突然，也许是过于惊喜，阿芳愣愣地看着湉儿，没有回答。我真是急疯了，正要上前提醒她，阿芳突然如山洪暴发，哭嚎道：“湉儿啊！我的好孩子，你得上这个病可让我怎么办呀！”

阿芳扑在湉儿身上痛哭失声，湉儿也哭个没完，我早已是泪流满面。我劝她们，答应马上就画画去卖。不论药多贵，也要买来。

我马上铺纸绘画，眼含热泪，画了一幅《舐犊情》。画面上，一头母牛面前有一头瘦骨嶙峋充满病态的小牛，小牛站在那儿已显十分吃力。母牛一边舔着小牛，一边用慈祥哀怜的目光抚慰着它，泪珠从眼中滚落两三颗。画中充满无限的母爱，充满对弱者的关爱、同情和怜悯。

我亲了亲湉儿，说："好儿子，爸爸这就去卖画买药。这病好治，保证药到病除。湉儿听妈妈的话，在家等着，不要再哭。"

阿芳难过地说："一辈子没卖过东西，真难为你了！"说时，止不住潸然泪下。

我强忍辛酸，没说什么，揽过她在后背拍了两下，便扭身而去。

庙市已无昔日的繁荣景象，游人稀少，摆摊卖货者也大不如前。可见，痘灾是何等肆虐。

我把画铺在庙前路边，用小石头压住四角。我不敢看人，更不敢叫卖，觉得每一个从此路过的人都在鄙视我。虽是热天，我的心却冷得直往一块儿抽。我将草帽下拉，遮住面孔，觉得这还不行，有时就转过身去，背向行人。

医治痘疹的药需用犀角、牛黄、人牙之类，价格昂贵。此时痘疹流行，用量激增，这些药一定更加昂贵，药铺中有无货还不知呢。

我越发着急起来，便再也不敢背向行人，将帽檐向上抬了抬，恨不得赶紧把画卖出去。可是，那画展卖多时，只有人驻足观看，却无人问津。眼见日头西移，我心急如焚。湉儿怎么样了？阿芳一定急得团团转呢。啊呀！我的宝贝儿子，倘若你真有个好歹，为父的我还怎么活呀！想到此，如一盆冷水猛地浇到头上，一股凉意从头顶向下蔓延，使我浑身发冷。

哎呀！为了抢救儿子的生命，哪里还有选择的余地！我已毫无傲骨可言，已到不低三下四不行的时候了。我一脸痛苦，伤心落泪，站在画旁，眼巴巴地看着来往的行人。

庙里的方丈溜达了过来，看看画，又看看我，叹口气，又将步子迈向了别处。

我真有些绝望了。这画今日若卖不出，可如何是好呀！难道空手而返？与阿芳一起眼睁睁看着儿子病情加重？我的心一阵阵发紧，嘴张了又张，就要向人乞求了。

方丈的脚步又朝这边走来。我觉得又来了一线希望，暗中祷告，但愿他能买下这画。哪知，方丈并没停步，直走过去。

“方丈请留步！”我喊出了声，“请方丈留下这幅画吧！银子不拘多少，够买药便可。”

方丈扭转身来：“我若没猜错，是你家有幼童得痘疹了吧？”

“正是。小儿不慎染上此疾，家中一贫如洗，无钱医治。”

“阿弥陀佛，舐犊之情实在让人心动。只是这大灾之年，庙里的日子也不好过，要不然我早就买下你这幅画了。也罢，就成全你这爱子之心吧。给你六两白银，可否？”

我满口答应，千恩万谢，接过银子，告别方丈，便匆匆直奔药铺而去。

药是买到了，可并未能救下爱子的命。湉儿身上的红疹全冒起白尖儿，尖儿破以后浑身布满脓疱，挨至八月十五中秋节，那一天终未能过去，他永远地闭上了那双可爱的眼睛。

我与阿芳哭得死去活来，多么希望我们的眼泪能有起死回生之效啊！

鄂比闻讯赶来，在湉儿面前大哭一场，然后操持着定做了一口小棺材。就这样，我那心肝宝贝蛋儿一句话没跟我说就被抬出了家门。

湉儿被葬在地藏沟他母亲的坟旁，与小文君做伴儿去了。霧哥闻讯哭得像小孩一样，躺在那里手捂着脸，打着滚儿地哭。湉儿跟霧哥生活了一年多，已是有了感情的，湉儿这一去，他心里哪受得了？

我在家里待不住，想湉儿想得心疼，只好每天到儿子坟上去哭。有时阿芳去劝我，有时鄂比去劝我。将我拉回家又能如何？心中有苦，何以解之？唯有酒哇！我又开始搬弄酒壶了。我常常喝醉，一醉解千愁，醒了再喝。

阿芳无计可施，唯有守着我掉泪。不让我喝酒吧，我醒时心里总是难过；让我喝酒吧，醉后可以忘记伤心事，但又担心我会喝坏身体。那些日子，阿芳真是遭罪啊！

当时的北京城，痘灾横行肆虐，波及千家万户。曾有诗人叹曰：

三四月交十月间，九门出儿万七千。
郊关痘殇莫计数，十家褓襁一二全！

那种凄惨，真算是人间大悲剧了。

我因一直在悲痛中不能自拔，又有病在身，很少出门。

后来得知，敦氏兄弟更惨，两家共有五口死于痘灾。敦诚《哭芸儿文》《哭妹侄侄女文》和敦敏的《哭小女四首》诗中都有记载。张宜泉家也没能逃脱，他与兄长共四个小孩，最后只有一个闯过了关口。

我因长期酗酒，两肋越发涨疼得厉害。阿芳非常担心，便强行制止我再喝酒，要带我去天津，到杨柳青阿秀家住一段时间，也好渐渐淡忘伤心事。我哪里肯依，与阿芳吵了起来，声言死不离开正白旗，死不离开地藏沟。为此，我们生了一场大气。

阿芳哭了，哭得很悲伤。阿芳说："你不为我想，也该为你那没写完的《红楼梦》想一想吧！倘若你真有个好歹，那没写完的书怎么办？"

阿芳这话起了作用，使我猛醒。是啊！《红楼梦》还没写完呢，我不能糟蹋自己，还得好好活着。

阿芳终于把我从伤痛中解救了出来，使我的头脑神智又恢复正常。可是，身体却糟糕起来，因两肋常疼，再也不能上山，更不能远游，便是在家里伏案而书，也是坚持半个时辰后，两肋就疼，得躺下歇息。

我向阿芳打趣说："我若出师未捷身先死，你可要为我把书续完。"

阿芳打我一巴掌，说我净混说，只要能戒酒，就会安然无恙。

哪知，我的话竟不是混说。

当年除夕夜，子时未到，便万家欢腾爆竹震响起来。此时的我，更加想念湉儿。回想以往的这个时候，我与湉儿正兴高采烈地在院里燃放烟花。湉儿前窜后跳，欢笑声一直充满小院。今日之日，可如何是好啊？

我心痛难耐，只求一醉，醉后才能解万般愁啊！我拿起酒壶时，忽又想起，湉儿在地藏沟是多么孤单凄凉，虽有母亲陪在身旁，可是没有烟花爆竹呀。不行！我得给他送去，陪他燃放。

阿芳阻拦我，说夜里天冷，我又有病在身，不宜前往，待天明日出后再去也可。

我不知哪儿来的邪火，一下窜了上来，怒声吼道："天明日出还是除夕吗？湉儿要在除夕夜放烟花的！可见他不是你的亲生骨肉，你就这样慢待他！"

阿芳委屈地哭道："你怎么说出这样的话来？我待湉儿如何难道你看不出？你说出这刻毒的话，可见这几年我在湉儿身上的心血都白费了！湉儿虽不是我生，可他是老太爷曹寅这一支的独苗，老太太在世时千盼万盼不就是盼这根独苗吗？便是谁都不看，只看老太太一人我也得善待湉儿呀！我常想，老太太若活着，该是如何疼湉儿。老人家疼湉儿一定会胜过疼你去。我就该像老太太那样去疼湉儿，也算我报答了老太太一片疼我之心。这几年来，我就是这样做的，你如何竟说出这样伤人的话来？"

阿芳一席话，使我百感交集。我抱住阿芳，更加痛哭。

阿芳终于没拗过我。我带着烟花爆竹，在夜幕中向地藏沟摸去。阿芳不放心，举着火把从后面赶来。

来到地藏沟，我先在小文君坟上摆了祭品，烧了纸钱，然后到儿子坟上，喊着湉儿的名字，让他来看放烟花。

“湉儿，这是震天雷。你没忘吧？这物儿太响，你可不要害怕。”

“湉儿，这是地老鼠，你最喜欢的，百放不厌，你快看看吧！”

我一边放一边说着，阿芳在一旁只是哭。

放完烟花鞭炮，我提过酒壶，说：“湉儿，过年了，你也喝上一杯酒。这物儿好哇！既能解忧又能御寒。”

我向湉儿坟前洒些酒后，便将壶口顺进自己口里，咕咚咕咚喝起来，没完没了。

阿芳边劝我边夺酒壶。我哪里肯放，只央求说：“还没醉呢，你就让我醉吧！醉了就罢手。”

我终于将酒壶喝干，觉得很舒服，只是看不见阿芳在哪里，只能听到她的哭声。

远处有钟声传来。我知道，那是卧佛寺的钟声，声音深沉而又悠扬。记得，那声音能在西山群岭中回荡，久久不散。去年是乾隆二十八年，响了28下，今年该响29下了吧。啊！就要交子时了。

我只觉一阵疼痛难忍，五脏六腑像要炸裂开一般。

阿芳哭着拉我，让我跟着回家。我想，也该回家了，却起不来身，一用力，不知从口里喷出了什么东西，咸咸的，我一声哀号，就躺倒那里，再也动弹不得，也听不到阿芳的哭声了。

啊！我就这样完了么？我的《红楼梦》还没写完呢！我生于乙未羊年六月十八，却要葬身在癸未羊年除夕之夜么？

影之歌听到这里，已是泣不成声。曹雪芹也是泪流满面，但他抑制住悲伤，力劝影之歌说：“影妹，对不起得很，让你为我伤感了。那都是很久以前的事，你不要再为古人担忧了。”

影之歌止住哭声说：“古人也罢，今人也罢，人的情感都是相通的。尤其这样悲惨的遭遇轮到你曹雪芹身上，别说我，国人哪个能不为你动情？乾隆二十八年癸未的除夕之夜，是公历1764年2月1日，中国历史上最伟大的作家就是在这个日子逝世的！对中国人来说，这个日子太重要了，太值得纪念了！”

曹雪芹苦笑道：“影妹何必如此认真？果真有那么重要么？”

影之歌铿锵言道：“您是人类文坛的巨星，您是中华民族的骄傲！您的生前有如此多的艰难坎坷，您的身后可是无比灿烂辉煌啊！您若逝世在当今时代，悼念的文章会铺天盖地，举国的车船会同时为您鸣笛，国旗也定会为您下半旗致哀。唉！可惜，您却逝世于穷困潦倒之中，是您的朋友鄂比为您操持一口寒酸的薄棺材，无钱雇鼓乐，更没请僧道念经超度，竟出了个哑巴殡。”

影之歌说着，又伤心落泪。

曹雪芹说：“鄂比是好人，在世时我欠鄂比实在太多。”

影之歌又说：“您的好友的确都很好。敦敏、敦诚得信后都悲痛万分。敦诚作悼诗说：

挽曹雪芹　二首

四十萧然太瘦生，晓风昨日拂铭旌。
肠回故垅孤儿泣，泪迸荒天寡妇声。
牛鬼遗文悲李贺，鹿车荷锸葬刘伶。
故人欲有生刍吊，何处招魂赋楚蘅？

开箧犹存冰雪文，故交零落散如云。
三年下第曾怜我，一病无医竟负君。
邺下才人应有恨，山阳残笛不堪闻。
他时瘦马西州路，宿草寒烟对落曛。

很明显，敦诚在埋怨你，思念爱子应该，却不该醉死在爱子坟头呀！续娶的新妇如何是好？您死后能瞑目吗？虽然如此，敦诚仍是为您洒泪悲号，并深深自责没能帮助您医治疾病。

敦敏也有吊唁您的诗作：

河干集饮题壁兼吊雪芹

花明两岸柳霏微，到眼风光春欲归。
逝水不留诗客杳，登楼空忆酒徒非。
河干万木飘残雪，村落千家带远晖。
凭吊无端频怅望，寒林萧寺暮鸦飞。

张宜泉更是万分悲痛，因过于突然，他难以忍受，到你坟上痛哭一场，又绕坟徘徊半天，才三步一回头地离去。

在你家里，张宜泉睹物思人又伤心一回。他见送你和阿芳的木箱上又添诗一首，细看方知是阿芳新写的悼亡诗：

不怨糟糠怨杜康，乩诼玄羊重克伤。
睹物思情理陈箧，停君待殓鬻嫁裳。
织锦意深睥苏女，续书才浅愧班娘。
谁识戏语终成谶，窀穸何处葬刘郎？

张宜泉念罢，倍觉哀伤，向阿芳索要纸笔，也作诗一首，以示悼念：

伤芹溪居士

其人素性放达，好饮，又善诗画，年未五旬而卒。

谢草池边晓露香，怀人不见泪成行。
北风图冷魂难返，白雪歌残梦正长。
琴裹坏囊声漠漠，剑横破匣影铓铓。
多情再望藏修地，翠叠空山晚照凉。

那‘白雪歌残梦正长’，分明是指《红楼梦》后三十回的残缺啊！可怜您为之拼搏半生的巨作，至死未能完成。这真是天大的遗憾！”

曹雪芹听得热泪满盈，哽咽不能语。半晌后才恢复常态，喃喃言道：“人间好！人间自有真情在。能去人间走一遭，交那么多知己好友，我已经十分知足。我会永远记住他们，还有那些红颜知己，当然如今也有你影之歌。”

影之歌微微笑道：“曹二哥，您把我也算做您的红颜知己啦？啊，真荣幸！我回去后一定要向他们炫耀！”

曹雪芹说：“‘仙界才一天，世上已千年’，虽然此说不无夸张，但也是有时光差距的。影妹，你还是快快回去吧！”

影之歌恋恋不舍地说：“唉！天下没有不散的宴席，原来这天上也同样啊！曹二哥，我回去后一定马上向三人斋斋主汇报，尽快争取确定文学巨匠曹雪芹的纪念日，以便今后世世代代的中国人都能有个纪念您的日子。”

“哈哈哈！你非要为我盖个庙，塑个泥身受人供奉吗？那可不是我愿意的事。高官厚禄荣华富贵我都视为粪土，身后虚名也同样不是我所追求的，还是算了吧！”

影之歌急道：“您清高，您寡欲，您是贤达好不好？纪念您其实并不是只为您，更主要的是为我们民族的子孙后代。中国是文明古国，历史悠久，文化昌盛，作为文学巨匠，您是一面旗帜，您为国人留下的精神和文化财富无法估量。对于曹雪芹，没有纪念日怎么行？诞辰也罢，逝世也罢，都很有意义？您的诞辰日是康熙五十四年乙未六月十八，也就是公元1715年7月19日；您的逝世日是乾隆二十八年癸未十二月三十日除夕夜，也就是公元1764年2月1日。此次探访，我的收获十分巨大。大作家，非常感谢您的热情配合。”

曹雪芹说：“你不远无数万里找来，实属不易，只冲这一点，我也不该怠慢你。”

影之歌笑着说：“‘爱哥哥’，快带我去辞别警幻仙姑吧！”

曹雪芹笑道：“哈哈，调皮的影妹，你还没忘记咬舌啊？你看，警幻仙姑已经来到。”

影之歌扭脸望去，果然有一朵祥云飘来，警幻仙姑已经来到面前，一脸慈祥地说：“影之歌，你要做的事已经做完，仙界不能再留你，就此告别吧！”

影之歌向警幻仙姑施礼道谢，谢字刚说完，警幻仙姑便一挥拂尘，一朵祥云架起影之歌就走，直奔灌愁海上的渡船而去。

影之歌拼命向曹雪芹挥手道别，曹雪芹也是大有恋恋不舍之意，频频向影之歌挥手。警幻仙姑显然不耐烦了，一挥拂尘，与曹雪芹驾祥云远去，瞬间消失在五彩云光中。

尾 声

影之歌返回人间后，一刻也没停留，直奔三人斋而去。

三人斋斋主和月之光为影之歌取得的成功欢呼雀跃，并设酒宴接风庆贺。

月之光一问再问：“影妹，曹雪芹长相帅不帅？到底是个小白脸还是个大头黑胖子？”

影之歌看月之光一眼，嗤笑道：“我听得出你这弦外之音。告诉你，曹雪芹可英俊了，又特风流。为讨好我，他配合采访非常积极，我问什么他答什么！”

月之光醋意十足地说：“你别气我，再怎么说，他也不能再到人间来。”

影之歌一本正经地：“这话可不能说绝了，我主动提出让他入赘到我家，他正向警幻仙姑申请呢！”

月之光很生气，脸色一红一白的。

斋主阻拦道：“不要再斗嘴了，快说正事！”

影之歌说：“此次探访我已经弄清，曹雪芹的诞辰日是康熙五十四年乙未六月十八，也就是公元1715年7月19日；逝世日是乾隆二十八年癸未十二月三十日除夕夜，也就是公元1764年2月1日。”

斋主击掌说：“好！今年是2012年，那么，再过三年，就是曹雪芹诞辰300周年的整日子。还有三年的准备时间，很紧迫啊，我们可要抓紧时间。”

月之光说：“斋主，你可要清醒，这事并不是咱们说了算。中国那么多红学家，对曹雪芹的诞辰持哪种说法的都有，很不一致。我们振臂一呼，能有多少红学家响应还很难说呢！”

斋主愣了愣，立刻说：“红学界应该求大同，存小异，立刻确定一个曹雪芹诞辰纪念日才是，如此争论下去，到何年何月能有结果？咱们明天就开始呼吁，开新闻发布会，公布咱们探访的成果。同时，咱们还要做耐心细致的工作，与持不同说法的红学家沟通，劝他们认可咱们的结论。无论如何，曹雪芹的纪念活动不能再空缺了。据可靠消息，有外国红学家要在他们国家召开‘曹雪芹诞辰300周年纪念会’呢，我们不能等到曹雪芹的纪念活动在国外举行才着急！”

影之歌突然站起来，十分激动地说：“斋主说得对！我们要大声呼吁，中国如若再错过‘曹雪芹诞辰300周年’的纪念活动，那简直是中国文化界的天大遗憾！”

月之光说：“影妹你别急，最好咱们三人斋拿出一个可行性方案，一方面大力宣传，争取民心；一方面与持不同说法者沟通。这样好不好？”

斋主和影之歌都瞪大眼睛急切地看着月之光，等他的下文。

月之光一笑，说：“建议有关部门召开会议，先论证，影妹你可以在会上大讲特讲，然后走民主程序，用投票方式决定。”

影之歌很有把握地说：“好！我有信心，我能争取到大多数！”

斋主终于笑了，笑得很天真。

后 记

《探访曹雪芹》初稿是2001年开始动笔的。当初设计“探访”，采用的便是借助魔法做过场的形式，以便观照现实，提升作品的可读性。不想几年后“穿越”表现形式在文坛盛行，而我的“探访”却还在沉睡。“穿越”形式新颖，但不可泛滥，泛滥便俗不可耐。我不过是想借助魔法手段，达到探访目的而已，动笔较早，与当今的穿越无关。

2003年完成了《探访》，33万字，手写稿纸1000多页。之后又转入《赶大营》的写作。经过5年反复揉搓，2009年，50万字的小说《赶大营》由天津人民出版社出版。近期，35集《赶大营》电视剧也由新疆立百立影视文化传播公司立项投拍。

重新审视初稿《探访曹雪芹》时，心中仍没能升起再次创作的强烈欲望。于是，重新翻阅已经散成单页的《红楼梦》，还有那一堆曾经的读书笔记，不同内容类别的列单，为写作而画出的“江宁织造府”“北京崇文门外蒜市口曹家住宅”“西山正白旗曹雪芹最后居住区域图”等自绘图。看着那些心血流程印痕，千重思绪又被一缕缕牵进以前的创作状态中。这时，面对书稿中的人物列单，一个个曾经在自己笔下悲喜荣辱过的名字都活起来，我突然有了冲动，一个声音在心底强烈呼喊：对不起，冷淡各位七年，从今以后我们又要在一起了！

如何才能在第一稿的基础上提高品位？经过一次再次地冷静思考后，我想首先要抓住曹雪芹这位文学巨匠的“魂”。曹雪芹的精神魂灵是这部作品的“纲”，纲举目才能张。只有把曹雪芹一生的艰难历程与人格成因理清，才有希望把曹雪芹写活写真。

然而，曹雪芹的历史资料实在太少。他是诗人，却仅留下两句诗；他是江宁织造曹家之后，今人却无法知道他生父母是谁，更不知道他的诞生日、逝世日以及诸多人生履历。红学家们的红学专著数不胜数，却都是在各抒己见，对很多疑难问题无一定论。我该怎么办？唯有再次跳进“红学”之海，博览红学家专著，捕捉与曹雪芹及那个时代有关的各种信息，感受那个时代是如何一步步把曹雪芹塑造得如此“洪才河泻”，又如何逼迫得他甘冒文字狱风险写出《红楼梦》的。

时势造英雄，文学巨匠其实也是时代造就。《红楼梦》的诞生，离开曹雪芹不行，别人无法胜任；曹雪芹不是出生在江宁织造府不行，否则他就享受不到荣华富贵；不是江南文人领袖曹寅之后不行，没得到积世家学他就无法有后来的“洪才河泻”；不被抄家不行，一味地荣华富贵可能会使曹雪芹变成纨绔子弟，而只有从顶尖豪富一下败落到举家食粥，那种强烈失落感才能形成块垒，在曹雪芹心中郁结，日后爆发成《红楼梦》；不是孤傲性格不行，绵羊性格逆来顺受，定当碌碌无为，曹雪芹痛恨官场和封建制度的黑暗腐败，不愿为朝廷出力，更不愿受庸人驱使，这样一个浑身上下全是傲骨、毛发中都满溢着才华的人，最终找到实现自己价值的坐标，创造出旷世奇作《红楼梦》。

有了这些认识，又掌握了红学家们提供的大量信息，我才有了主心骨，知道该从哪些方面去增删大修了。

如何提升思想意义和现实意义是我考虑的另一个重要问题。

我想，这部作品应该观照现实。因为，虽然曹雪芹生活的清朝中叶距今已有三百年，但民族文化的根脉一直在延续。传统文化中有很多健康有益的元素，成为十分宝贵的文化遗产被传承下来，同时也有部分消极因素在暗中发挥副作用，如“特权思想”“权大于法”“情大于法”等仍时有发生，曹雪芹时代有，现今仍然有。比如，王爷的外孙无视国法随便杀人，官府捉拿他他就喊“履亲王是我姥爷”，这一现象今天不是也有么？贪赃枉法，卖官鬻爵，现今的犯罪手法更隐蔽……

写作之初，之所以定书名为《探访曹雪芹》，其实是想借“探访”做过场，把现今社会现象与曹雪芹时代拉近，共同探讨文化层面的深层问题。在文化传承的过程中，不法分子常常如歪嘴和尚，把经念歪干坏事。现今社会远不同于曹雪芹时代的清朝中叶，已经有很大进步。现今社会的管理者只要能把智慧派上用场加强管理，尽力纠正“监管不力”现象，就能把文化传承过程中负面不健康的东西遏制住，让传统文化能够健康蓬勃发展，从而使我们的国家更有生机，更加充满活力。

这是写作的初衷。

表现历史题材的现实意义，要把握一个“度”，高则相反低又无用。怎样才算适宜呢？我用自己的理解，掌握了自己觉得适宜的“度”，但不知效果会如何。

书中写了曹雪芹与五位美丽女子的相爱相交，却并非如当今的二奶、三奶多个情妇那样情爱泛滥，书中的曹雪芹并没同时爱博而心劳，是不同时期对不同的异性追求。更重要的是，几位女性命运都很悲惨，都受过不同程度的迫害，对曹雪芹叛逆思想的形成起到极大的推动作用。曹雪芹的爱情婚姻生活，坎坷悲壮远远大于幸福美满，这也是他要写《红楼梦》为闺阁昭传的重要原因。

诸多文友老师听说我再修这部书稿后，纷纷主动借给我与曹雪芹和《红楼梦》有关的书刊，有的甚至把多年积累的简报也拿来了。还有地方上的诗词名家于振跃、王德林二先生，在诗词方面为我把关，至真至诚。这些文友和老师显然都有一个愿望，那就是希望我能把这部书尽力写好一点。

我与德高望重的崔道怡老师在2010年有十分难得的一面之交。说十分难得，是因为崔老师任《人民文学》杂志常务副主编多年，在文学出版编辑界很有声望，而我却是文坛小卒，对崔老师可望而不可即。其实，早在上世纪八十年代，我与崔老师就已经有无比幸福的单向神交。那时，我是狂热的文学爱好者，订了一份《小说选刊》，那一年，上面每期都有一篇谈小说创作的文章。我读来如饥似渴，反复琢磨，之后又在文旁写下密密麻麻的心得与感受。再之后，《小说选刊》一到手，我便先找那篇连载文章，同时牢牢记住了崔道怡——我心中的“神”。我迷恋文学已经迷恋到超越宗教信仰的程度，然而，却常常苦于不能提高，崔道怡老师的“小说十二讲”，每月一讲，让我盼得比贫苦儿童盼年肉还心焦。就是这么一位“神”，居然让我在2010年见到了！于是，我非常渴望崔老师能够为这本小说写个序，不想崔老师却只愿保留《红楼梦》原著在心中，对其他相关专著和文学作品均持排斥态度。我不愿放弃，第一次厚着脸皮坚持求人，终于得到《何处招魂赋楚蘅》序文。我欣喜若狂，向崔老师表示感谢。崔老师却在电子邮件中说：“你肯把一篇并非赞扬你作品的文章引为该书序言，实出意外。别人看了也会觉得意外……”我却是另外一种看法。

第二篇序《探访曹雪芹之我见》，是高为老师所作。然而，我在得到这篇序文时，还不认识高为老师。原因是，《探访曹雪芹》属于天津文学院重点项目签约作品，定稿后，文学院请专家审读，却按常规不告诉我专家是谁。我拿到审读报告，看后很想作为序言，文学院领导才告诉我审读报告是高为老师所为。高为老师是百花文艺出版社资深编审，第一编辑室主任，我早闻其名却一直不认识其人，是这本书成全我又认识了一位资深编辑老师。

在本书即将付印之际，我不仅要感谢上面提到的诸位老师，还要真诚地感谢所有在写作上支持过我的人！

晨曲

2012年11月19日

图书在版编目（CIP）数据

探访曹雪芹 / 晨曲著. —南京：译林出版社，2016.6
ISBN 978-7-5447-6328-8

Ⅰ.①探… Ⅱ.①晨… Ⅲ.①长篇小说－中国－当代 Ⅳ.①I247.5

中国版本图书馆CIP数据核字（2016）第088147号

书　　名 探访曹雪芹
作　　者 晨　曲
责任编辑 陆元昶
特约编辑 苑浩泰
出版发行 凤凰出版传媒股份有限公司
译林出版社
出版社地址 南京市湖南路1号A楼，邮编：210009
电子信箱 yilin@yilin.com
出版社网址 http://www.yilin.com
印　　刷 三河市华润印刷有限公司
开　　本 710×1000毫米　1/16
印　　张 31
字　　数 416千字
版　　次 2016年6月第1版　2017年7月第2次印刷
书　　号 ISBN 978-7-5447-6328-8
定　　价 68.00元